COLLECTION FOLIO

André Malraux

Le Miroir des Limbes

★★

La corde et les souris

Gallimard

Alors, l'Empereur Inflexible condamna le Grand Peintre à être pendu.

Il ne serait soutenu que par ses deux gros orteils. Lorsqu'il serait fatigué...

Il se soutint d'un seul. De l'autre, il dessina des souris sur le sable.

Les souris étaient si bien dessinées qu'elles montèrent le long de son corps, rongèrent la corde.

Et comme l'Empereur Inflexible avait dit qu'il viendrait quand le Grand Peintre fléchirait, celui-ci partit à petits pas.

Il emmena les souris.

I

Dakar,
mars 1966.

Léopold Senghor, président de la République du Sénégal, fait présenter à Dakar le plus éclatant ensemble de sculptures africaines réuni en Afrique : six cents pièces. Il y a même le moulage du masque fameux qui révéla l'art nègre à Derain et à Vlaminck, puis à tant d'autres peintres...

L'exposition a lieu au nouveau musée de verre et d'acier, que le Président vient de faire construire. Sachant par expérience que l'on ne peut rien voir pendant les inaugurations, je m'y suis rendu hier. Même lorsque je travaillais au Musée Imaginaire de la sculpture mondiale, je ne crois pas avoir éprouvé à ce degré la métamorphose des dieux. Notre Musée de l'Homme est un musée ethnographique ; les dieux s'y racontent leurs histoires de dieux. A quelques kilomètres d'ici, les villages aux cases coniques sont nombreux, étrangers. Les dieux ne deviennent jamais statues, de façon plus saisissante que lorsqu'ils sont le plus démunis ; ceux-ci, d'ailleurs, ne sont généralement que des ancêtres. L'Occident a ses saints, la Chine ses morts, l'Afrique ses fétiches...

Il y a quelques années, j'ai participé aux cérémonies pour l'indépendance du Sénégal. Plus tôt, au nom du général de Gaulle, j'ai proclamé l'indépendance des pays de l'ancienne Afrique-Equatoriale française : Tchad, République Centrafricaine, Congo, Gabon. L'Afrique-Equatoriale, c'était l'Afrique du *Cœur des ténèbres* de Joseph Conrad – la brousse à l'affût des capitales. Au Tchad... Fort-Lamy, six mille habitants lors du départ de Leclerc, devenait un magma de cinquante mille. Lorsque nous voulûmes, le président Tombalbaye et moi, aller de son palais à sa Cadillac – vingt mètres – nous dûmes traverser une sarabande de danseurs nus peints en bleu. Sur la grand-place confuse, dix mille possédés de toutes les tribus secoués par la même transe, étaient longés lentement par les cavaliers médiévaux de la frontière du Cameroun, chaudrons de cuivre sur la tête, chevaux écrasés par des caparaçons cubistes. L'Assemblée nationale s'ouvrirait bientôt. Autour de nous, le Tchad préhistorique, l'Afrique sans fin sur laquelle, de l'avion, j'avais vu se lever le soleil. Guadeloupe avec sa foule sur la place, ses fleurs nocturnes, sa radio qui nous poursuivait, et la mer des Caraïbes frémissante de lune... Je ne retrouvais pas au Tchad le délire politique d'une foule qui parlait français, je découvrais l'exaltation d'une communauté que martelait son fantastique comme ses pieds martelaient la terre. Danse des hommes-panthères, au centre d'un cercle d'amphores sur la tête des femmes... Hier, le mot Tchad signifiait quelques postes dans la solitude. De quelle savane surgissait cette foule qui désormais, en Afrique et en Asie, semblait surgir de partout ? Avec ses danseurs bleus, ses porteurs de masques, ses cavaliers carolingiens, le président Tombalbaye aux joues scarifiées, devait faire un Etat.

Animisme, islam noir. Nouveaux bâtiments du nouveau Tchad : depuis Dakar jusqu'à Brazzaville, ces édifices, au-dessus de la danse immémoriale, promettaient l'Etat aux nations trépignantes...

Mes compagnons regardaient descendre les couleurs françaises, et monter celles du Tchad, avec une colère usée que je ne partageais pas. J'ai été amené à la Révolution, telle qu'on la concevait vers 1925, par le dégoût de la colonisation que j'ai connue en Indochine. Au Tchad, l'un des derniers gouverneurs français avait été un libéral, Marcel de Coppet, qui invita Gide. Le Journal de Gide me suffit : quelques hôpitaux compensaient mal "les grandes compagnies concessionnaires".

Tous ces drapeaux nationaux montaient dans le ciel d'Afrique grâce à nous, gaullistes, qui faisions ce que nos adversaires avaient promis en vain depuis si longtemps. Si nos prédécesseurs avaient été exaltés par les empires, je l'étais, moi, par l'aventure qui nous menait sur les places africaines sans limites où vociféraient les danseurs peints, et dans les jardins présidentiels où les hommes-lions se défiaient devant des spectatrices fascinées en robe d'apparat – comme à Carthage...

Au Gabon, la mer, l'allée océanienne des cocotiers échevelés. La grande case avec son inscription de travers : *Club des métis* (je n'ai jamais vu le mot mulâtre). Des officiers français encore vichyssois – au large, émergeait le bateau des F.F.L. coulé. Des histoires de coupeurs de bois, car il en existait encore, et de leurs compagnes, qu'ils appelaient leurs « ménagères ». La forêt jusque dans Libreville. Un pays vieux. L'église ressemblait à nos églises de province, et l'évêque attendait en vain la statue d'un saint, qu'on lui avait promise. Quelques missionnaires. A Lambaréné, le docteur Schweitzer.

J'ai connu les missionnaires depuis le Tchad jusqu'à l'Océan... Tous arrivés au temps de la colonisation franc-maçonne. Tantôt de braves curés de village, tantôt des hommes de Dieu. Alsaciens ou Espagnols, on pouvait les classer selon les vertus théologales : j'ai connu quelquefois les prêtres de la Foi, souvent ceux de l'Espérance, surtout ceux de la Charité. Leur œuvre survivait à la colonisation, car les chefs des nouveaux Etats francophones d'Afrique sont souvent chrétiens. Comme Tchang Kaï-chek est protestant. A Fort-Lamy, au-dessus de la danse frénétique, montaient les échafaudages de la cathédrale...

Les missionnaires m'ont enseigné peu de chose de leurs fidèles. Mais je me souviens de la façon dont Schweitzer – qui était aussi pasteur – me parlait de Lambaréné :

– Nous savons bien, monsieur Malraux, que les hommes ont tendance à croire que leurs voisins sont dominés par l'intérêt. C'est un sentiment qui nous paraît un peu... secondaire. Mais je crois, voyez-vous, qu'il s'agit d'un sentiment très profond, très opiniâtre, très ancien. Ça me paraît important, parce que nos fidèles n'échappent à la solitude que s'ils croient au désintéressement.

– Rien de plus désintéressé qu'un hôpital...

– Nos malades sont persuadés que les médecins et les infirmières ont de bonnes places, persuadés aussi que la médecine est un métier...

– Sauf la vôtre ?

– Ecoutez-moi bien...

Il parlait lentement et avec une bizarre ironie, solidement chenu, son sourire de vieux musicien sous ses moustaches d'étoupe blanche :

– Sauf le petit groupe qui m'aide, ils pensent que je suis fichtrement malin, pour cacher si longtemps mon intérêt... Ils m'en croient un peu sorcier, me respectent pour cela. Et ce n'est pas particulier aux Noirs. Pensez à nos paysans. Ce sentiment-là est aussi profond que celui du surnaturel.

– Je l'ai rencontré à la chambrée.

– Quand je vois les masques danser autour des feux de brousse (et c'est impressionnant), je sais que, la folie terminée, ils retrouveront la méfiance. Comme ils retrouvent la faim, l'instinct sexuel. C'était peut-être ainsi au temps des Védas. Il y a des traces de cela dans la Bible... J'y vois un très vieux démon. En tout cas, il est commun aux chrétiens, aux musulmans et aux animistes.

– Et aux libres penseurs ?

– Ici, les francs-maçons sont chrétiens à leur manière. Ne vous y trompez pas, monsieur Malraux. Avec la libération de l'Afrique, le christianisme fait des progrès, c'est vrai ; mais l'islam aussi, et j'assiste à une véritable résurrection de l'animisme – qui m'étonne davantage.

– Vous avez écrit jadis que tout homme est sa foi, et je vous écoute en pensant à une part de l'homme que sa foi ne fait que recouvrir.

– Ne vous y trompez pas, monsieur Malraux : toute pensée qui se pense jusqu'au bout s'achève dans la mystique. Souvent, pour s'y perdre. Pourquoi pas ? La bonne conscience aussi est une invention du démon.

Dostoïevski eût accepté cette phrase de staretz ironique, fin d'une méditation sans doute ancienne.

Le docteur Schweitzer, sa tête blanche inclinée, regardait un insecte courir sur son soulier.

– Pendant toute mon enfance, j'aurais voulu savoir ce que sont devenus les Rois Mages. Ils sont rentrés chez eux, et rien n'a été changé ?

Entre la visite protocolaire au président et l'inauguration du musée, je suis allé en Casamance. J'en rêvais depuis longtemps. A cause du mot romance et des chansons des Isles ? Mais à l'arrière-plan de ces gravures, au lieu des minces goélettes, c'était l'énorme Afrique ; le pittoresque des pavanes de Gorée, le marquis de Boufflers et ses *signares*, mulâtresses en voiles de tulle sur leurs robes à paniers, coiffées de bonnets de mages – et quelle lune sur le cap Vert ! Je venais de les voir, grâce à un *Son et Lumière*... La lune d'autrefois projetait les silhouettes des bonnets pointus sur les arabesques des balcons ; un chien affolé au milieu des pavanes transforma le ballet nocturne des comédiennes en ballet de fantômes. Le vent de la nuit se levait sur Gorée...

J'avais attendu quelques passages lointains de mousselines et de madras mauves sous les bougainvillées, un Sénégal de jadis, endormi au bord de ses marigots. La Casamance est un fleuve-lac, un Niagara, tout bordé de courtes vagues marines. Dans la forêt, des bourgs sans âge, d'une propreté troublante, car la propreté nous semble moderne. Ils ont conservé leurs rois-prêtres, dont le pouvoir n'est plus que spirituel, mais dont le prestige demeure, en raison de leur mode d'élection. Le Roi mort, la tribu désigne son successeur : « Mais je ne suis pas digne... » On le bat à mort. S'il survit, il est roi – ce qui lui impose le devoir d'accomplir les sacrifices, et lui donne le droit de disposer des filles qu'a touchées son sceptre de paille.

Le premier était jeune, drapé dans un manteau rouge de spahi sous lequel il dissimulait ce sceptre, et entouré d'une cour de loqueteux en vêtements français, nobles comme des Anciens. Après les salamalecs, je lui demandai si son pouvoir s'affaiblissait.

– Les missionnaires ne peuvent rien contre les arbres magiques. Et les grands personnages viennent encore me voir : l'ambassadeur d'Angleterre la semaine dernière, vous aujourd'hui.

Bonne réponse de roi. Au-dessus de sa cour de clochards ancestraux, le soleil d'Afrique à travers les arbres immenses.

Au village suivant, personne : les femmes étaient à la pêche, les hommes à la récolte du vin de palme. Sur de hautes marches, un vieux roi jouait avec un enfant. Il reçut notre tabac et nous regarda partir vers de longues cours sans poussière.

Nous atteignîmes alors la région de la Reine.

Dans son palais de terre et de chaume, au fond d'un couloir aux piliers de bois, elle passait en hâte une toge bouillonnante de tulle pistache (je n'avais jamais vu bouillonner une toge) qui retomba pour dégager un visage hilare et inspiré. Des familiers l'entouraient, sa famille, les enfants du village – et ceux qui m'accompagnaient. Elle tenait les avant-bras levés, comme si elle eût présenté des offrandes, avec un port de prêtresse. On traduisit :

– Dites au général de Gaulle que je pense à lui, monsieur le Ministre.

– Il en sera heureux, reine Sebeth.

Pourquoi pas ? L'ambassadeur d'Angleterre (ou quelque gouverneur de la Gambie ?) lui avait offert une bouteille de whisky :

– Sa Gracieuse Majesté offre à Votre Majesté la meilleure liqueur du Monde.

Je dis au préfet sénégalais, surpris mais content, que dans ces cérémonies burlesques, elle avait plus de dignité que l'ambassadeur et que moi. Elle m'avait pris par la main.

– Elle vous conduit au fétiche, murmura le traducteur.

Je m'attendais à des sculptures. Le fétiche de la Reine était un arbre, semblable à un platane géant ; autour de lui, on avait dégagé une place ; on devinait qu'il dominait la forêt. D'un enchevêtrement ganglionnaire montaient des pans de racines droits comme des tôles, rassemblés en un fût colossal qui déployait, trente mètres plus haut, un épanouissement souverain. Une encoignure des pattes du tronc, hautes de plus de cinq mètres, formait une chapelle triangulaire, séparée de la place par une petite barrière que la Reine seule pouvait franchir, et surtout par un sol nettoyé avec soin, comme celui des cases du village ; car la place était couverte de la neige étincelante du kapok qui tombait. Dans cette pureté onirique, le sang des sacrifices se caillait sur l'arbre.

Je ne contemplais pas un prince-des-arbres, bien qu'il fût aussi cela, mais une colonne de majesté, maîtresse d'un monde où elle entraînait surnaturellement les hommes. Soudain, la Reine me sauta au cou, et m'embrassa.

– Est-ce que la puissance de l'Arbre protège les morts ? demandai-je.

Nous revenions au palais, et son chat la suivait, un chat égyptien de la taille d'un lynx, fauve et noir comme nos chats de sorcière. Les enfants se taisaient ; leur silence semblait émaner de l'irréelle propreté du village. La Reine ne répondait pas.

– Personne ne doit parler des morts, dit-elle enfin d'une voix irréfutable – la voix de secret des reines qui se succédaient ici depuis tant de siècles –, et que leur apportait la cérémonie meurtrière à laquelle cette vieille femme avait survécu ?

Dans ma mémoire, errait la citation : « Et pour le supplice, Brunehaut fut attachée à la queue du cheval par ses cheveux blancs... »

Quand nous partîmes, la reine mérovingienne, debout sur le perron de son palais de terre, étendit ses avant-bras levés, en un geste de bénédiction. Du grand arbre, la neige étincelante du kapok tombait solennellement et s'accrochait à la toge verte, sous laquelle tintaient ses colliers dans le silence.

Bientôt les villages seront dispersés. Purifié par les cyclones, l'arbre continuera d'étendre sur la forêt ses branches souveraines, et ne se souviendra plus du temps où il parlait aux hommes.

Le président Senghor est français au sens où Nehru était anglais. Un Nehru sans Gandhi, lié à une culture indigène sans Védas. Au temps de la lutte pour l'indépendance, le journal de ses amis s'appelait *Condition humaine*... Nous tentons de tirer au clair ce que nous pensons de l'exposition, dans le palais construit pour le gouverneur de ce qui fut autrefois l'A.-O.F., et où il m'offre l'hospitalité. C'est son palais de New Delhi. Une rumeur s'étend jusqu'aux limites de la ville. L'exposition n'est qu'une des manifestations du Festival des arts nègres où Senghor a voulu que toute l'Afrique soit présente, comme elle l'est au musée : *Son et Lumière* de Gorée, villages d'artisans, pièces au théâtre Daniel-Sorano. Et surtout, les troupes de danse : la frénésie séculaire et les danseurs à échasses de la forêt, qui se sont enfuis des scènes dans les coulisses quand le rideau s'est levé pour la première fois – épouvantés par les salles pleines...

Nous avons échangé nos discours.

– Dans votre texte, dis-je, vous avez donné l'importance majeure à la danse et à la sculpture. Je n'en ai pas été étonné, puisque vous fondez l'art africain sur le rythme. Mais j'ai été étonné de vous voir négliger la musique.

« J'ai eu le sentiment que pour Nehru, la musique était un art plus important même que la sculpture des grands temples de l'Inde. Après une réception officielle, il m'a conduit dans une petite salle, sous le Capitole, où on jouait "la musique qu'on doit jouer la nuit". Il est vrai que d'admirables danseuses l'accompagnaient...

– Vous savez, si je n'ai pas parlé de musique, je crois que cela tient tout simplement à ce qu'il s'agit d'une exposition de sculpture. Je pense moins à notre musique qu'à notre danse ; j'y pense tout de même beaucoup. Elle a couvert le monde. Ne vous y trompez pas : la race noire émigrée en Amérique est restée intacte dans son style, de même qu'elle est restée paysanne : quand elle ne l'est plus, elle est perdue. C'est pour cela que les Nègres américains sont liés au Sud, quoi qu'il arrive. Même en Amérique, les Nègres dansent leur vie. L'Occident le comprendrait mieux s'il connaissait notre domaine modal aussi bien que notre apport mélodique.

– Il commence.

– Oui. Gide dit quelque part que vos chants populaires, "comparés aux chants africains, paraissent pauvres et rudimentaires". Le bon-père qui dirigeait notre chorale d'enfants avait grand mal à nous faire chanter sans parties ni variations. Pensez à nos interprètes de jazz !

« Vous commencez à découvrir nos instruments à percussion. Selon un mythe dogon, le tam-tam est apparu avant tout autre art. Savez-vous quelle est l'âme de notre musique ? Le battement des mains.

« On nous le reproche... Comme si le propre du zèbre n'était pas de porter des zébrures...

– Vous avez une autre musique qui a couvert le monde. C'est la musique née du désespoir aux Etats-Unis. D'elle aussi, vous pouvez dire que les Noirs y chantent leur vie.

– Au Festival, nous n'avons rejeté ni les blues ni les spirituals ; mais nos arts doivent être des moyens de notre dignité retrouvée. Je suis, vous le savez, un vieux militant de la Négritude ; le Festival, l'exposition, je les ai conçus comme défense et illustration de la Négritude. Mais je veux y trouver le paroxysme ; je ne veux pas y trouver le désespoir. On dit ici : "Le tisserand chante en jetant sa navette, et sa voix entre dans la chaîne, entraînant celle des Ancêtres."

« Vous savez que nos paysans ont inventé de danser le Plan de Développement, et que notre musique accompagne nos concours de gymnastique ? Au bout du compte, par le rythme, tout art nègre est poésie.

Quelques-unes de ses formules sont très élaborées, parce qu'il les a écrites autrefois, et reprises dans son discours d'inauguration. Je me souviens d'un de ses poèmes : *« Que nous répondions présent à la renaissance du monde / Tel le levain nécessaire à la forme blanche ! / Car qui donnera le rythme / Au monde défunt des machines et des canons ? »* Sans doute est-il antérieur à l'expérience du pouvoir...

– Il a fallu, dit-il, que Picasso soit ébranlé par un

masque baoulé, qu'Apollinaire chante les fétiches de bois, pour que l'art de l'Occident consente, après deux mille ans, à l'abandon de la *physeos mimêsis* : l'imitation de la nature...

La citation me surprend. Je réponds ce que j'ai écrit naguère : qu'à mon avis, l'abandon de la référence à la nature, dans l'art, ressuscite la référence au sacré ; et que la sculpture grecque, à mes yeux, n'a pas apporté l'imitation de la nature (en quoi la *Coré boudeuse*, et même la *Vénus de Milo* sont-elles plus « réalistes » qu'une statue égyptienne ?) mais la victoire de l'idéalisation sur la spiritualisation.

– Il est possible, dit-il, que l'entrée en jeu de notre art ait été préparée par d'autres. Je ne connais pas l'histoire de l'art comme vous. Je crois à notre aptitude à découvrir le surnaturel dans le naturel. Et en face de Byzance, l'Afrique est d'une liberté !... La nature est moins transfigurée à Byzance que chez nous. Nous avons remplacé la raison-œil par la raison-toucher. Nous seuls.

– L'influence principale de votre sculpture sur la nôtre me paraît celle de la liberté. Mais les masques ont aidé – plus qu'aidé ! – à substituer à notre héritage méditerranéen celui des hautes époques, depuis la sculpture sumérienne jusqu'à la sculpture romane.

– Je suis moins frappé que vous par cette action sur le passé, parce que j'ai la charge du présent, et, si Dieu le veut, de l'avenir. Remplacer l'esprit d'imitation par l'esprit de création, telle a été l'action constante de la Négritude. Contrairement à l'opinion stupide des coloniaux. Je veux que le Nègre nouveau en prenne conscience.

– Un seul des artistes qui vous écouteront demain à l'exposition serait-il capable de *créer* un masque ?

Je crois qu'aucun de mes amis africains : écrivains, poètes, sculpteurs, ne ressent l'art des masques ou des Ancêtres comme les sculpteurs qui ont créé ces figures. Aucun d'entre nous, Français, ne ressent les Rois du Portail de Chartres comme le sculpteur qui les a créés. Pour l'Africain qui sculptait des masques, ne se référait-il pas au surnaturel, dont vous parliez, non à une qualité esthétique ?

– La qualité esthétique était le moyen d'expression de son surnaturel. Comme dans vos Rois de Chartres. C'est pourquoi j'ai confiance en cette exposition, et en tout ce que je tente ici.

– Le Musée Imaginaire existe pour tous les artistes...

– Les nôtres dialoguent avec l'art universel d'une certaine façon, par une certaine voie. Il ne faut pas que nos sculpteurs se mettent à vouloir sculpter de nouveaux masques, vous avez raison ! Il faut que, dans l'art universel, ils se sentent chez eux autant que vous, à leur manière. Il faut qu'ils sachent que la violence de l'émotion, qui est l'Afrique, leur a été donnée plus qu'à tous les autres. Les masques vont mourir, mais l'Afrique n'acceptera pas longtemps l'art moderne occidental. Nous savons que toute la Nature est animée d'une présence humaine, nous finirons bien par la saisir !

« Vous n'imaginez pas à quel point nos artistes étaient seuls, abandonnés, quand j'avais vingt ans. A moins de se vouloir Français, mais alors, artistes de seconde zone. Nous dansons très bien, à condition de ne pas danser la pavane ; et nous étions des hommes sans histoire. L'histoire était celle de l'Occident, et de la conquête du monde par l'Occident. Pas la nôtre.

La Casamance ne coule pas loin du fleuve Sénégal,

et le Congo de Lumumba reflète les feux des forêts sanglantes.

« Au fond, reprend-il, quand je pense au poids de l'histoire sur nous, je suis stupéfait. Avec Hegel, avec Marx, elle a dominé l'Europe. Mais l'Europe lui apportait la vénération des castes, et nous, celle des parias. Avec quelle jubilation nous avons accueilli les attaques de Valéry !

Il ajoute un peu tristement :

« Vous et moi étions déjà des hommes...

La petite salle poussiéreuse de l'Union pour la Vérité, rue Visconti. Tapis vert, chaises, plafond bas, foule : Valéry n'est sans doute venu que pour faire plaisir à Paul Desjardins. Les professeurs d'histoire attaquent, avec grande courtoisie. Dans sa réponse, Valéry, incidemment :

– Comme répondait le conscrit interrogé sur Jeanne d'Arc : c'était la femme de Napoléon...

L'un des professeurs, Isaac je crois :

– Bien ! Mais pourquoi n'est-elle pas la femme de Napoléon ?

Il veut dire : c'est l'histoire, qui établit son rôle historique.

– Au moins pour deux raisons ! répond Valéry, vaguement égrillard.

Et il enchaîne. Il met beaucoup de bonne grâce dans ces discussions. Ses adversaires défendent les méthodes de l'histoire, alors qu'il en conteste la valeur ; dialogue de sourds. Ceux qui parlent ne pensent qu'à la guerre de 1914. Il n'est guère question de Marx ; de Spengler, pas davantage ; de Nietzsche, à peine.

Ce qui était en cause alors, c'était de savoir si le destin de l'humanité était intelligible. Aujourd'hui, pour Senghor, l'histoire, c'est la création du Sénégal, et l'ensemble des faits historiques qui ont ravagé le monde pour y faire entrer l'Afrique. Dans la petite salle de la rue Visconti, il y a trente ou quarante ans, on nous parlait d'une histoire sans Hitler, sans Staline, sans bombe atomique, sans camps d'extermination.

– Il semble, dis-je, que l'histoire a trouvé sa puissance lorsqu'elle a répondu à des appels irrationnels. Comme la religion. Peu importe que l'une et l'autre répondent bien, mais il importe qu'elles répondent, quand le reste se tait.

– Valéry pensait surtout aux histoires nationales, celles "qui rendent les nations insupportables et vaines". Mais après tout, pour les Soviétiques, il y a une histoire universelle. Qui aboutit à l'Union Soviétique. Notre Afrique doit entrer dans l'histoire, mais aucune histoire n'aboutit à l'Afrique. On a dit aux Algériens : il n'y a jamais eu de nation algérienne. Ils ont répondu : eh bien ! nous en ferons une ! Pour les Sénégalais aussi, l'histoire est ce dont ils ont la charge !

Il n'est pas un politicien. Les chefs d'Etat dont j'ai noté les propos : Staline jadis, Nehru, Mao – et d'abord le général de Gaulle – sont nés du combat. J'ai aimé leur lutte contre les politiciens – surtout colonialistes. Même lorsqu'ils ont dû négocier (Nehru a beaucoup négocié) ils ont conservé, de leur combat pour l'indépendance ou la révolution, ce qui leur fait dédaigner l'intrigue – qu'ils n'ignorent pourtant pas. C'est ce combat, qu'ils appellent histoire.

Après quoi, quelques-uns espèrent faire converger sur eux les destins du monde.

Je réponds :

– Les deux Occidents croient à l'histoire, mais pas

à la même. Trotski m'a dit : "Il n'y a qu'une civilisation !" et sans doute Staline l'eût-il dit aussi, car Ehrenbourg a beaucoup repris la phrase. Il s'agit évidemment de la civilisation du progrès, symbolisée par les machines et par le communisme. Cette civilisation-là vous accueille, vous, à condition que vous teniez l'Afrique pour une immense enfance.

– L'Amérique n'est pas loin d'en penser autant, au communisme près. C'est pourquoi les Occidentaux suspectent toujours l'unité de notre civilisation. L'art européen, qu'il soit italien, français ou allemand, participe de la civilisation gréco-latine, de la raison discursive, animée par le souffle chrétien. Malgré ses nombreuses révolutions, il demeure, dans ses traits fondamentaux, identique à lui-même. Le nôtre aussi.

Il a changé de vocabulaire, et même de voix. Sans doute parce qu'il a longtemps étudié ces questions, et retrouve les formules de ses conclusions antérieures.

– Nous voulons être nous-mêmes pour nous-mêmes. Et cette possession, à la vérité, nous l'attendons d'une civilisation de l'universel. C'est pourquoi nous tentons plus que des révolutions sociales, plus que l'exploration du cosmos : l'élaboration d'un nouvel humanisme qui comprendra, cette fois, la totalité des hommes sur notre planète Terre. Idée banale, soit, mais dans la politique, dans l'action, les grandes idées n'ont pas à être originales.

– Nehru partageait votre... espoir. Pas Staline. La raison, déjà, avait cru, au XVIIIe siècle, qu'elle serait universelle... J'ai demandé à Gorki si Staline pensait quelque chose, du sens de la vie. Gorki m'a dit, un peu ironiquement : "Il pense que les hommes sont sur la terre pour devenir communistes ; et les communistes pour faire régner la justice." Pas mal, dans le genre monolithique.

– Il l'a inventé !

– Peut-être... Peut-être pas... La phrase du discours sur la mort de Lénine : "Je donnerais tout mon sang goutte à goutte pour le prolétariat", en son temps, n'a pas été tenue pour une phrase de propagande... D'ailleurs, si tous les hommes deviennent socialement libres, ils retrouveront les problèmes des anciens hommes libres...

Senghor réfléchit :

– C'est ce qui nous arrive... Quand j'ai reçu les membres de l'Académie des sciences soviétiques, j'ai noté une phrase de Zvorikine : "Aujourd'hui nous savons que nous pouvons produire beaucoup de maisons et tout ça, mais le problème, pour l'avenir, est de donner un sens à cette richesse."

– Donner un sens à, ou : trouver le sens de ?

– Il voulait certainement dire : donner. Nous aussi, nous dirions : donner. L'apport de la Négritude à l'humanisme universel doit être une action. Le XXe siècle restera celui de la découverte de la civilisation négro-africaine. Et avant dix ans, nous – je dis nous – aurons rendu aux Nègres américains l'orgueil de l'Afrique. Déjà ils commencent à la parer de toutes les vertus qui font défaut à la civilisation industrielle des Blancs : c'est l'Afrique du Paradis terrestre. Vous vous souvenez de Langston Hughes :

« *Je veux de grands arbres touffus qui plient sous le poids des perroquets bavards. Et non ce pays où les oiseaux sont gris.* »

Son humanisme me déconcerte. Avec le président du Tchad, un monde étranger au nôtre me semblait toujours prêt à entrer en jeu. Je me souviens d'un déjeuner chez lui (mets du Tchad, et la cuisine dépayse plus fortement que les paroles) avec quatre présidents africains, tous obsédés par Lumumba, et surpris – moi aussi – qu'il n'ait pas été encore assassiné. Lumumba, c'était l'autre Afrique, à laquelle n'appartient pas Senghor. A contre-jour, habillé par un grand tailleur parisien, devant la haute fenêtre d'où vient la rumeur des autos, il s'oppose dans ma mémoire à un Pygmée d'une douceur indienne, membre du conseil municipal de Bangui, que m'avait présenté avec le Conseil, le président de la République Centrafricaine. Mais comme la Casamance, comme le Tchad, la Centrafricaine est née de la savane et de la forêt. Il n'y a pas de forêt autour du palais de Dakar, il y a l'Océan sans négriers, la ville, l'Afrique apprivoisée, française depuis la Convention. Pendant la nuit d'investiture du général, en 1958, des députés gaullistes amenaient dans le bureau que l'Assemblée lui avait réservé, tels députés hésitants. Je l'ai rarement vu si patient. Un hurluberlu vint pour une colle de droit : le général se tourna vers les ministres juristes, qui séchèrent. Alors, avança d'un pas un petit ministre africain qui résolut la question en souriant : c'était Houphouët-Boigny. Il fut mon voisin au Conseil, il est maintenant président de la Côte-d'Ivoire. La présidence de Senghor est assez différente de la sienne, parce qu'elle semble couronner sa lutte d'intellectuel. Comme Nehru, comme Mao – pas comme de Gaulle, historien par nature – Senghor est d'abord sensible à l'histoire parce qu'il la fait. Sur le mur d'entrée de l'exposition, il a donné l'ordre de graver : « *Seul l'homme peut rêver et exprimer son rêve – en des œuvres qui le dépassent. – Et dans ce domaine le nègre est roi. – D'où la valeur exemplaire de la civilisation négro-africaine – et la nécessité de la décrypter – Pour fonder sur elle un nouvel humanisme.* » Tout humanisme universel ressemble à ce qui le rêve.

– Quand vous parliez de la discussion de la rue Visconti, dis-je, je pensais à un des participants illustres : Keyserling. Ce temps était celui de l'éphémère Ecole de la Sagesse. Il est bien naturel que les continents libérés veuillent contribuer à un humanisme universel, imposer, au moins faire reconnaître leurs propres valeurs ; mais, en cinquante ans, la recherche de ce qui s'était si longtemps appelé la sagesse, a disparu. Ce n'est pas sans importance, si nous voulons comprendre ce qui la remplace.

– Elle disparaît chez nous aussi. Mais après quoi le monde entier court-il depuis 1945 ? Le but de la civilisation n'est pas d'inventer des réfrigérateurs, évidemment, mais quel est-il ? La conquête du monde par l'homme ? Laquelle ? Ni la politique, ni la morale, ni même les lois imposées par la civilisation moderne ne sont fondées sur l'esprit scientifique dont elle se réclame...

Les klaxons ne cessent d'aboyer dans la grande chaleur du dehors.

« ... et Dakar, après tout, est une belle conquête.

– Notre civilisation, dis-je, croit continuer les autres parce qu'elle leur succède. Or, elle rompt avec elles par un fait banal et capital, la machine. Nehru m'accordait que Ramsès eût aisément parlé du gouvernement d'un empire avec Napoléon, non avec le président des Etats-Unis. Pourtant il n'y a pas que la machine ; c'est pourquoi la question que vous posez est sans doute la question décisive de notre temps. Le XIXe siècle croyait que nous lui succéderions dans la liberté et la justice...

– C'est quand même advenu !

– Il y a, en effet, la décolonisation. Mais aussi l'instinct de mort de Freud, les camps d'extermination et la suite...

Lors de ma réception à l'université sanscrite de Bénarès, la pensée traditionnelle de l'Occident y était encore reine. A un discours de réception assez banal, j'avais répondu : « L'Inde seule a osé dire : Tout homme peut atteindre Dieu à travers ses propres dieux. Jamais cette pensée n'a été si fortement mise en question qu'en notre siècle, qui voit s'opposer l'esprit scientifique – non l'esprit technique, mais la recherche des lois de l'univers – et l'esprit métaphysique. Aujourd'hui commence le plus grave dialogue qu'ait connu la pensée humaine, le dialogue entre ces lois et la signification de la vie, Einstein et Bénarès. »

Ce que je résume à Senghor.

– Mais il y a la Grèce, répond-il.

– La Grèce semble avoir, en effet, apporté au monde la volonté de connaissance profane. Au-dessous, il y avait la religion olympienne, et pas mal de survivances des religions archaïques – comme il y a le christianisme de notre temps sous notre volonté de connaissance. L'Amérique n'est pas athée. Ni Claudel, ni Péguy, ni Rouault. Je me demande si ce qui permet à notre civilisation de ne pas devenir invisible, ce n'est pas ce christianisme... subordonné. L'harmonie telle que la conçut l'Extrême-Orient, même hors du bouddhisme, ne répond plus à la question que pose la signification de la vie humaine, mais elle l'écarte. Les problèmes métaphysiques, qui s'effacent devant les Révélations, s'effaçaient peut-être lorsque le Fils du Ciel traçait le premier sillon de l'année...

– La Négritude aussi trace le premier sillon ! La plupart de ceux qui, aujourd'hui, se réclament de la Grèce, la trahissent. Quel continent, si ce n'est l'Afrique, oserait reprendre à son compte la phrase d'Anaxagore : "Tout ce qui se montre est une vision de l'invisible" ? Lequel oserait dire qu'il retrouve son génie chaque fois qu'il chante la Terre-Mère ? Nous devons contribuer à refaire l'unité de l'homme et du monde, de la nature et du surnaturel. Le plus grand mythe des Grecs est le mythe d'Antée.

Comme sa référence à la Grèce me semble singulière, devant ce frémissement de la chaleur jusqu'aux Grands Lacs, jusqu'aux forêts sans fin où les hommes poussent comme des arbres... L'unité de la nature et du surnaturel, qu'a connue aussi Nehru, se réclame de l'Acropole, à cent kilomètres de la reine Sebeth...

– Vous voulez une symbiose, dis-je. Vous n'êtes pas seul à la vouloir. La symbiose indo-musulmane : Delhi, Agra, presque tout le Gange, même la symbiose du christianisme et de Rome, ont été des réussites. Mao Tsé-Toung ne cherche pas un humanisme universel, même marxiste. Il attend le triomphe du sien.

– Ceux qui doivent construire le tiers monde, appartiennent au moins à deux cultures.

Il réfléchit.

– Même mes collègues qui continuent à cultiver leurs gris-gris en cachette : et n'oubliez pas que tous ont des gris-gris, même ceux qui occupaient avant vous votre ministère, même ceux que vous avez eus pour voisins comme ministres d'Etat ; passons... Mais enfin, le Brésil ! Lorsque je parle de deux cultures, je veux réellement parler de deux cultures. Nous venons de loin, mais pas du tout de l'état d'enfance que nous prêtaient les coloniaux ! De la communion avec le monde. Dans le royaume de Siné, dont je suis originaire, le roi était l'héritier du fondateur. Il représentait l'unité du royaume. Comme chez vous ; de plus, il unissait la communauté des vivants, aux ancêtres, aux génies et à la divinité. Il y a trois ans, nos paysans ont déserté les villages nouveaux, parce que les libations de lait n'avaient pas été versées pour leur fondation.

Je n'ignore pas que plusieurs de ses collègues, présidents de l'Afrique noire – y compris les anciens ministres de la République, – sont chrétiens, à l'occasion francs-maçons, et Grands Féticheurs. Je me répète qu'il n'en a pas fini avec l'Afrique millénaire. Je me souviens de l'abbé Fulbert Youlou, président du Congo français quand j'étais allé proclamer avec lui l'indépendance de son pays. Une tribune entourée d'arbres géants où les auditeurs pendaient ; la puissante cathédrale africaine, et ses enfants de chœurs noirs au cou entouré d'une fraise, assis sur des tabourets en orme d'éléphants. La nuit, la prise de possession officielle du Palais achevée, commença une danse des membres du gouvernement, l'abbé en soutane blanche, sur le dos du ministre de l'Intérieur à quatre pattes. « L'indépendance, cha, cha, cha ! Elle est gagnée, cha, cha, cha ! » danse qu'enregistrait le consul des Etats-Unis, un micro entre son veston et son gilet. Au-dela, le fleuve géant, les gratte-ciel foudroyés de Léopoldville et du Congo de Lumumba, dont la sombre profondeur obsédait toute l'Afrique, à l'exception du petit abbé jubilant et vénéré... Ce sont les rites-de-passage...

Senghor connaît comme moi ce pittoresque ; et mieux que moi, sa signification nocturne, avec laquelle il doit compter, car tous les vrais chefs d'Etat africains rêvent d'unifier l'Afrique. Son adversaire direct a été le président du Mali, Modibo Keita, mon prédécesseur dans le bureau ministériel du Palais-Royal, et à qui il faisait allusion. Mais Senghor n'ignore pas l'Afrique – à commencer par la Casamance. Bien qu'il la porte dans son cœur, il la craint assez pour vouloir soumettre à l'Etat son âme immémoriale ; et l'Etat, c'est l'Etat moderne.

– Depuis trente ans, dit-il, je prône les civilisations métisses. Nous devons créer ensemble un grand type métis culturel, comme l'ont été l'égyptien, l'indien, le grec. La civilisation de l'universel ne méritait pas encore ce nom, parce qu'il lui manquait les énergies dormantes de l'Afrique, et même de l'Asie – la chaleur de l'âme. La civilisation afro-latine unira les complémentaires. De Gaulle, en 1942 ! disait à un gouverneur : "Vous êtes un bourgeois, l'avenir est au métissage !" L'Occident a mutilé l'homme. Le pire des colonialismes est la dictature de la technique européenne, américaine ou russe, qui n'a rien de commun avec la raison grecque. La France, me disait un délégué de la Révolution algérienne, – oui, de la Révolution algérienne, à ce moment-là ! – la France, c'est vous, c'est moi, c'est le président de Madagascar ; c'est la culture française ! Quand nous étions enfants, Victor Hugo était un grand maître du tam-tam...

– Pourquoi pas ? Nous nous sommes proclamés héritiers des Romains pendant des siècles. Or, les Romains nous avaient tués : quarante mille mains coupées à Uxellodunum. Pourtant, la France est devenue la plus grande puissance romaine...

« Quant à Victor Hugo, il croyait à l'émancipation de l'Afrique, mais aussi à l'Internationale des peuples. Or, malgré votre exaltation de la Négritude, vous vivez pour le Sénégal. Ici aussi, la nation est née, et Nietzsche a eu raison contre Marx.

– Oui. Et le Sénégal, ce n'est pas son administration. Il faut que je l'incarne avec autant de force que les poétesses de mon village, même si, comme l'Algérie, il n'existe pas encore. Il existera.

La frénésie des klaxons recommence : quelque embouteillage.

– Il m'est plus facile de m'accorder à la Grèce qu'à New York, reprend-il. Mais que faire ? Il faut vous emprunter la raison polytechnicienne, quand les masses souhaitent le maintien de la Négritude la plus stagnante – voire du système tribal. Vous savez combien j'ai combattu la colonisation. Comme vous, d'ailleurs ! Mais quand j'ai été prisonnier des nazis, j'ai compris que j'étais aussi français – au moins, français de la République. C'est Pompidou, qui m'a fait connaître le socialisme ! Les Droits de l'Homme existent. Vous avez légitimé la Négritude quand elle n'avait encore aucune conscience d'elle-même...

Passe dans ma mémoire la Comédie-Française, où j'étais avec lui et avec le général de Gaulle, quand Maurice Escande acheva son poème au général, écrit en captivité : « O Gelowar !... », devant la salle debout. Je me souviens aussi d'une palabre dans mon propre camp de prisonniers, en 1940, au milieu des drains cyclopéens et des tuyaux abandonnés, la cathédrale de Sens au loin. Il y avait des tirailleurs sénégalais avec nous. Un des brigadiers périgourdins à gueule gothique avait demandé amèrement : « Ce que nous appelions la patrie, qu'est-ce que c'est ? » Un tirailleur avait répondu : « Comment ça se fait, que tu ne sais pas ? »

– Ecoutez les klaxons, reprend Senghor : ils ont raison, bien sûr. Mais quel président africain ne s'est senti en minorité dans son propre pays, dans son propre parti ? C'est la rançon de l'avance sur son temps. Je veux l'Afrique, mais je ne lutterai pas contre la machine, parce qu'elle seule vaincra la pauvreté...

C'est ce que m'a dit Nehru, mot pour mot. Je pense

taine d'Ancêtres anciens et un moulage de la *Victoire de Samothrace.*

Même usée par la gloire, c'est la seule figure grecque qui s'accorde au surnaturel. Les conservateurs du Louvre n'ont pu la laisser dans la salle hellénistique à laquelle elle appartient. L'amputation de ses bras fait d'elle le monstre idéal que ne sont ni les autres victoires ni les anges, parce que les ailes sont les bras des oiseaux, et qu'une figure ailée n'est parfaite que sans bras.

Pour les intellectuels africains avec lesquels je me suis entretenu hier, et qui suivent plus ou moins Senghor, la vie des animaux, des végétaux fraternels, des montagnes, n'a de sens que par son alliance avec l'action des morts... L'arbre de la reine de la Casamance... Dieu est l'Ancêtre des ancêtres des clans, ancêtres de ceux des hommes. Ceux que je regarde en vrac contre les murs semblent prisonniers. Et, autant qu'eux, la grande aiglonne poussiéreuse, si blanche pourtant dans cette caverne. Elle repose, privée de sa proue, sur le sol noir, parmi toutes ces sculptures aptères. Ici, la Victoire, la figure ailée que la Grèce seule a fait lever sur les champs de bataille, devient un Ancêtre blanc.

J'écris devant ma fenêtre ; en bas, sur une terrasse invisible, des serveurs matinaux balaient les traces des réceptions présidentielles. Je n'ai pas oublié la façon dont Senghor parlait de la Grèce. Des couples de papillons se poursuivent au-dessus des giroflées, comme jadis au-dessus des jardins d'Omphale, quand Hercule filait... Dans le fracas cristallin des bouteilles mêlé au ressac de l'Océan déployé jusqu'au cap Vert, je reprends les notes de mon dernier dialogue avec Athènes.

Le gouvernement hellénique m'avait invité pour la première illumination de l'Acropole. Je devais parler, un poète grec me traduisant, à une multitude dans l'ombre, entre les collines illustres. J'apportais aux combattants grecs de la Résistance et de la guerre, l'hommage des nôtres. Le jour de la libération de Paris, on avait fait des drapeaux avec des chiffons tricolores, dans les maquis de Crète.

Nuit d'été, le diadoque et les princesses devant la tribune de Démosthène, des femmes en grand décolleté assises sur des coussins... Les haut-parleurs semblaient brasser les foules indistinctes qui contournaient l'Acropole vers les Propylées. Arrivé le soir, je n'avais revu ni le Parthénon, ni la ville, ni même la tribune d'où je parlais :

« *Une fois de plus, la nuit grecque dévoile au-dessus de nous les constellations que regardait le Veilleur d'Argos quand il attendait le signal de la chute de Troie, Sophocle quand il allait écrire* Antigone. *Et Périclès, lorsque les chantiers du Parthénon s'étaient tus : "Si toutes choses sont vouées au déclin, dites du moins de nous, siècles futurs, que nous avons construit la cité la plus célèbre et la plus heureuse..."* »

Alors apparut l'Acropole illuminée. Les marins blancs de nos navires de guerre en rade au Pirée montaient vers elle comme un cortège de Panathénées bizarre...

« *L'Acropole est le seul lieu du monde hanté à la fois par l'esprit et par le courage. Eschyle et Sophocle ne nous atteindraient pas de la même façon si nous ne nous souvenions qu'ils furent des combattants. Pour le monde, la Grèce souveraine est l'Athéna pensive appuyée sur sa lance...* »

Discours... Nuit de la Martinique à l'odeur de vanille, transe des hommes peints du Tchad, dans le matin de l'indépendance...

« *Le peuple qui aime la vie jusque dans la souffrance, c'est à la fois celui qui chantait à Sainte-Sophie et celui qui s'exaltait au pied de cette colline en entendant le cri d'Œdipe, qui allait traverser les siècles ; c'est le seul peuple qui célèbre la fête du* "Non". *Ce* Non *d'hier fut celui de Missolonghi, celui de Solomos. Le monde n'a pas oublié qu'il avait été d'abord celui d'Antigone et celui de Prométhée. Lorsque le dernier tué de la Résistance grecque s'est collé au sol sur lequel il allait passer sa première nuit de mort, il est tombé sur la terre où était né le plus noble et le plus ancien des refus humains, sous les mêmes étoiles qui avaient veillé les morts de Salamine...* »

Salamine, on en voyait là-bas les lumières. Plus loin, Thèbes... Le discours achevé, j'invitai les membres de notre ambassade qui avaient contribué à la cérémonie, à venir boire du vin résiné dans un restaurant à treilles, dont tous les garçons regardaient l'Acropole, illuminée. Nul ne me rejoignit. J'étais ministre, comme disait Nehru.

Lorsque je revins, le spectacle commençait. Je ne reconnaissais du grec moderne que les noms propres, mais les citations des *Perses* dans le texte original montaient de la crevasse :

« *... Darius, antique majesté, viens, parais au faîte de ton tertre funèbre,*

Lève la sandale safranée à ton pied, fais luire ta tiare impériale,

Père irréprochable, Darius, lève-toi de la mort ! »

Une longue traînée lumineuse dégagea de la nuit l'Odéon d'Hérode Atticus. Une voix grave, rivale des voix multiples du chœur, répondait :

« Compagnons de ma jeunesse,
Vieillards perses, de quel mal a donc mal ma ville ? »
Puis, l'ombre de Darius :
« ... Zeus fait aboutir à mon fils la prophétie...
... Il avait bouleversé le détroit, forgé ses entraves, ouvert une route énorme à son énorme armée,
... Il a fermé le grand Bosphore ! »
Et la fin de la déploration :
« Ruine immense, inoubliable, et telle que la cité susienne ne fut jamais si dépeuplée... »
Je me souvins du début de la tragédie, du départ de la flotte perse « d'un même envol bleu sombre » : *« Peuple à la dague, la force de l'Asie aboie, au large, derrière son jeune maître... »*
Ces paroles sans personnages montaient de la nuit vers l'Acropole – mutilée comme après le passage de Darius. Le vent de l'Egée faisait bruire les eucalyptus sur le retour de Xerxès vaincu :
« Ah ! si seulement le trépas
M'avait enseveli avec mes guerriers morts ! »
puis le chœur :
« J'ai, pour saluer ton retour,
La voix du malheur, une clameur de malheur !
... Comme il brille, l'œil de l'Egareuse... »
Et les dernières répliques :
« Sanglote à pas lents... »
A notre ambassade, avant de m'endormir, je pensais à la nuit de Cayenne, avec l'album du bagne, l'égorgeur distingué, les derniers couples mondains égrenés dans la nuit tropicale. Et au personnage d'Aristophane qui voulait retrouver son puits bordé de violettes.

Le diadoque, devenu roi, est en exil. L'une des princesses a épousé, je crois, le prétendant à la couronne d'Espagne, rencontré sur ce yacht-fantôme, l'*Agamemnon*, qui croisait dans les eaux grecques, chargé des dernières familles royales de l'Europe...

Le lendemain matin, je devais revoir le musée de l'Acropole, enfin ouvert. Il y a des musées du matin... Au marché, on parlait des discours et de l'illumination. De toutes ses Corés, retrouvées en 1867, je crois, et que j'ai connues multicolores, le musée agrandi fait une large corbeille. Je n'avais pas remarqué, autrefois, que l'Olympe est presque absent de ce musée. Ses porteuses d'offrandes, comme les héros d'Eschyle, se délivraient de dieux plus ténébreux que les Olympiens.

Devant la porte, une grande fille blonde qui ressemblait à Hélène de Troie attendait quelque amant. C'est ici, que la beauté des vivantes devint un reflet sacré... Je sortis. Comme pendant la nuit, le vent frais venait de la mer. Brume légère, violettes du puits de l'oublié, présence de la terre ! Il n'y a pas si longtemps, je rampais sous les chênes nains d'un maquis de Corrèze qui ressemblait au champ de bataille de l'Ebre, pendant que passait une fois de plus l'aviation allemande ; l'odeur me fit deviner que je traversais un banc de violettes. Combien d'années dure un banc de violettes ? Au pied du Parthénon dans le soleil, la voix des figures colossales d'Elephanta, revues quelques mois plus tôt, me poursuivait :

« *Et toutes les créatures sont en moi*
Comme dans un grand vent sans cesse en mouvement dans l'espace... »

Je connaissais la réponse de l'Egée depuis les divinités crétoises envolées sur leurs balançoires : « Je n'aime pas les dieux qu'on adore la nuit. » Pourtant :

« *Et la Ténébreuse, la Nuit solitaire aux yeux aveugles*

Engendra l'odieuse Mort et le Sommeil ; et avec lui, toute la race des songes ! »

Amer écho de l'indifférente déploration védique :

« *Car l'amour et la haine étaient avant les temps,*

Et seront après eux... »

Delphes, la déchirure des Phédriades au-dessus de l'antre de la Pythie, les aigles qui battaient les montagnes verticales en miaulant au-dessus des rosiers, comme en Perse autour du bas-relief de Darius... C'est l'Acropole d'Athènes, qui a exilé les Erinnyes et Prométhée. Que *croyait* réellement Socrate, que croyaient Sophocle et Périclès ?

Une fois de plus, Salamine était en face de moi dans le soleil. « Que de haine déchaîne le nom de Salamine ! » avait hurlé cette nuit le messager de Xerxès. Aurais-je deviné jadis que je répondrais : « Lorsque le dernier tué de la Résistance grecque s'est collé au sol sur lequel il allait passer sa première nuit de mort... » après avoir vu tant d'hommes passer auprès de moi cette première nuit ? La nuit où nous veillâmes le premier tué du maquis sous le drapeau en loques de mousselines nouées, la nuit de la bataille de Dannemarie où, couchés dans la gelée blanche, nous regardions brûler nos fermes au ras de l'horizon – les nuits des paysannes qui venaient fleurir les tombes des maquisards entre deux kilos de sucre posés comme des offrandes, et que nul ne volait. « Regarde Suse, la grande cité veuve... » Quand j'ai lu *Les Perses* sur une marche de ce temple, j'avais une vingtaine d'années. Que penses-tu de ma jeunesse, ô ma lourde vie ? En 1922, Athènes était resserrée au pied de l'Acropole, menue ville jaune aux poivriers légers sous le grand ciel bleu, emplie le soir par l'odeur d'anis des petits cafés ; aujourd'hui, la ville grise sous le ciel sans couleur étend ses trottoirs de marbre, et lance jusqu'à la mer les lauriers-roses de la route du Pirée. Le gardien de l'olivier de la déesse m'en avait offert une feuille, contre une juste rétribution... J'avais noté sur mon exemplaire d'Eschyle : « Athènes n'a peut-être pas découvert la joie, mais elle en a découvert la gloire. » Déjà j'aurais pu écrire : « Ici, le destin de l'homme commence et le Destin finit. »

Malgré le Dionysos de Nietzsche, malgré l'Argos barbare de Leconte de Lisle, la Grèce demeurait pour Anatole France – encore vivant – ce qu'elle avait été dans la *Prière sur l'Acropole* : l'adversaire rayonnante du christianisme. « Nous admirons l'art grec, avait écrit Marx, parce qu'il exprime l'aurore de l'homme », l'Athènes dont Périclès avait proclamé : « Puissiez-vous reconnaître, siècles futurs, que nous avons construit la cité la plus célèbre et la plus heureuse !... » Qui m'eût dit que je retrouverais ce mythe, lumineux et trouble comme la Voie lactée, au retour de la Casamance ?

La Pallas ennemie du Christ a disparu. La Grèce antique n'affronte pas sans éclat le passé du monde, mais l'éclat a changé : en face de l'éternel Orient que l'homme porte en lui, l'avènement de la Raison devient insolite à l'égal du culte olympien. Nous ne la croyons certes plus appelée à régner sur le monde, mais la Grèce est chevillée au corps de la race blanche comme la Bible. La toute-puissance de l'Occident est née de deux petits peuples virulents et tenaces, dont il n'a épuisé ni la virulence, ni la ténacité – ni le mystère. L'Europe pressentait l'archaïsme hellénique. Ce n'est pas lui qui nous intrigue aujourd'hui, c'est la conjonction de Platon, d'Aristote, de l'Acropole et du dieu de la géométrie, solitaire comme le Chariot dans l'apparente confusion des étoiles. Qu'est aujourd'hui la Beauté sinon le style du surnaturel grec ? La déesse Raison, qu'eût suspectée Phidias, s'éloigne en contemplant la crayeuse majesté de la Victoire dressée dans un atelier de fétiches. La métamorphose joue avec l'immortalité. Petite Raison, ombre fine sur les sphinx du désert, sur les tombeaux des pharaons et des reines de Babylone qui ne savaient pas la géométrie, mais qui jouaient de la harpe pour les astres... Nous, nous avons découvert des lois de l'univers – mais seulement de celui qui serait le même, si l'homme n'existait pas.

J'en suis là de mes notes feuilletées dans le tintement des bouteilles, lorsque le brocanteur me fait relancer. Il vient de recevoir « des pièces d'art africain tout à fait exceptionnelles ». Allons voir ce qui succède à la Victoire de Samothrace.

C'est un Chemin de croix. Dans les églises des missions africaines, je n'ai vu que l'art de Saint-Sulpice ; quelques missionnaires laissent pourtant leurs fidèles sculpter à leur manière des objets religieux. Ce chemin de croix est dominé par un crucifix nègre hiératique et convulsif.

« *Seigneur, je fabrique des dieux noirs aussi / Osant même vous donner / Des traits sombres et désespérés...* »

La fuite en Egypte, avec son âne aux pattes raides, ferait penser à quelque bas-relief roman, sans l'hypnose de la Vierge. Pourtant, son accent poignant, celui des scènes qui l'accompagnent, évoque moins les stations du Calvaire que le domaine émerveillé qui accompagna si longtemps l'Ecriture, l'étrange bichon que nous rencontrons au pied de la Croix des primitifs flamands, comme devant les *Arnolfini* de Van Eyck. De quel évangile apocryphe vient-il ? Petit chien du Christ couché à ses pieds à Cana et lors de la Cène, ou trottinant sur les palmes de l'entrée à Jérusalem... J'ai souvent rêvé aux évangiles apocryphes, surtout à ceux de l'Enfance. Les camarades de Jésus modèlent des colombes, se moquent de lui parce qu'il modèle mal : il ouvre la main, et sa colombe maladroite s'envole.

Le bœuf et l'âne des tableaux ne sont pas dans l'Evangile... La présence de ces reliefs emplit la caverne. Jamais je n'ai vu d'œuvres chrétiennes traitées selon ce style, si bien que ces bas-reliefs innocents répondent à toute l'exposition de Senghor, à toute l'Afrique à laquelle ils appartiennent pourtant. Plus qu'au christianisme ? Je les regarde comme jadis, à Bagdad, les statues hérissées de scorpions astrologiques qui ressuscitaient la sculpture parthe. Aussi comme les œuvres d'une école romane inconnue. L'humanité a cessé d'inventer ses images de Fioretti. (Elle a aussi, depuis treize cents ans, cessé d'inventer des religions...) Ce crucifix est pathétique mais non atroce, comme nos crucifix rhénans ou espagnols : furieusement stylisé. Il eût figuré à sa place dans un camp d'extermination ; dans la lutte, vieille comme les hommes, contre le Mal absolu. Il appelle la secrète puissance de la fraternité, mais ce n'est pas elle qui atteint au plus profond l'infernal compagnon du temps et de la mort ; ce n'est même pas le Sermon sur la Montagne, c'est le supplice. Le sacrifice seul est aussi profond que le Mal... Pourquoi les religions vont-elles de l'absolu à l'amour ? L'agnostique Bouddha est devenu compassion. L'Incarnation a surgi d'un peuple qui avait accepté d'être exterminé pour ne pas reconnaître qu'un homme, empereur, pût être divinisé ; le bœuf et l'âne ne sont pas dans l'Evangile, le péché originel non plus. L'inexorable accent de Celui à qui seul appartiennent la puissance et la gloire ne prévaut pas sur la voix de saint Jean : « Le Christ a dit : je ne suis pas venu pour juger le monde, mais pour le sauver. » Le pathétique de ces bas-reliefs est étranger aux fétiches, mais aussi, à nos cathédrales de miséricorde : c'est le sacré d'un Israël qui aurait accepté les images.

– Vous voyez, ça commence...

Vient d'entrer l'un des prêtres sénégalais avec qui j'ai causé hier, au musée, après les discours. J'avais dit qu'aucun sculpteur de Dakar ne pourrait aujourd'hui inventer un masque. « – Peut-être saurait-il créer autre chose », avait répondu l'abbé. Je n'avais pas compris, parce qu'on parlait d'art moderne. Je vais comprendre.

– Msié l'abbé, il a commandé les sculptures, dit le marchand.

L'abbé parle français sans accent :

– Voyez, me dit-il, comme l'Eglise est restée une affaire européenne ! Encore pire : américaine ! Nos sculpteurs de la brousse comprennent bien mieux l'Orient ! Les sculpteurs de Saint-Sulpice sont incapables de faire un crucifix comme celui-ci. Naturellement ! Et vos sculpteurs modernes sont incapables de sculpter un Christ que les gens prient ! Alors, à quoi il sert ? Et eux ? Allez voir une paroisse dans la brousse. Nos chrétiens ont plus donné à l'Evangile en deux générations que l'Europe en deux cents ans. Qui le sait ? Personne. Le Saint-Père. Peut-être. La Tradition est blanche. Il faut une Tradition noire. Elle va venir. Dieu est blanc avec les Blancs, il sera nègre avec les

Nègres. Nous sommes bien plus près de la Bible que le rationalisme européen !

C'est le vocabulaire de Senghor ; l'abbé dit : le « rationalisme », et il dit : « nègre ». Le même espoir de forêt vierge. L'abbé ressemble à l'abbé Youlou, le chef du Congo – bien qu'il ne soit pas Bantou : la même éloquence banale et déchirante de chanteur noir, le même visage offert.

– Pourquoi pas ? dis-je.

– Le général de Gaulle pense aussi : pourquoi pas ?

– Peut-être...

– Vous entendrez nos fidèles chanter le Christ ; vous entendrez ! Mais personne n'aide Jésus à être présent dans ses Nègres. Il doit tout faire tout seul ! Tout seul...

Et, comme s'il terminait en s'adressant au crucifix, à voix basse :

– Si les Eglises d'Europe continuent leurs chamailleries, ne devrons-nous pas être prêts à aller les évangéliser ?

Je me tourne vers lui : il est parti.

Dehors, la rumeur de Dakar en liesse. Je m'engage dans une ruelle qui s'éloigne de cette foule endiablée. Devant moi, un grand Noir conduit un âne, ancien comme la Casamance. Au loin, la ville palpite de son immense tam-tam aux arpèges de feux d'artifice, enlève le Sénégal dans sa gigue frénétique. Elle passera comme a passé l'étreinte du Fils du Ciel et de la Terre ointe par ses géomanciens, comme passent les cortèges silencieux des poissons – lorsque viendra la civilisation ivre de drogues, qui a perdu sa nuit. Sur la terrasse d'Ellora, j'ai vu brûler le camphre des offrandes ; le camphre ne laisse aucune trace, comme les Révélations oubliées, comme les cloches qui sonnaient la Libération sur les grottes préhistoriques de Dordogne où nous avions caché nos armes. « C'est par une nuit pareille... », murmure Shakespeare, après la Bible... Nuits où les hommes sentent le passage des siècles comme celui du vent que l'Apôtre disait aussi présent et aussi insaisissable que Dieu. Le pas sourd de l'âne appartient à la nuit, comme celui qui conduisit la Vierge en Egypte. Valéry mourant avait dit à Jean Paulhan : « Quelle connerie, que la vie ! » Einstein ébouriffé, son violon à la main, m'a dit : « Le plus extraordinaire, c'est que tout cela ait certainement un sens... » Et le petit abbé : « Nous devrons aller les évangéliser... »

Une heure sonne.

Le bouquet d'un feu d'artifice éclaire doucement la ruelle, allonge mon ombre jusqu'à l'ombre cahotante de l'âne. La nuit revient, la nuit où ne restent que les chats hauts sur pattes aux yeux allumés, comme des religions disparues. Les vibrations de l'heure se perdent dans la rumeur affaiblie de la fête nocturne. Je me souviens de la petite pendule de Senghor.

II

Fin 1966.

Mort de Georges Salles, directeur des musées de France.

J'avais remplacé Gide au Conseil des musées, où il avait remplacé Valéry. Un jour de 1957, Georges Salles m'apporte la photo d'une peinture qu'aucun spécialiste ne parvient à classer. Elle lui est envoyée par un antiquaire iranien que je connais.

Cinq ans plus tôt, j'étais retourné à Ispahan, pour la première fois depuis 1929. Les caravanes y étaient remplacées par les camions, et le Sahara de l'admirable place, par un bassin entouré de gueules-de-loup. La nonchalance de l'Iran recouvrait la grande solitude de la vieille Perse où des arêtes de poisson micacées brillaient dans des cours de sable sous le soleil des Mille et Une Nuits ; où les dômes bleus des mosquées apparaissaient au hasard des villes, comme les turquoises au hasard des cendres exhumées, avec les monnaies frappées à l'effigie « du lapin qu'on voit dans la lune ». J'aime Ispahan, autant que Stendhal a aimé Milan. J'avais revu les antiquaires, marchands sans magasins qui apportaient dans de larges toilettes noires, des morceaux d'étoffes anciennes, des miniatures admirables ou fausses, des pièces à l'effigie d'Alexandre et d'autres qui eussent fait rêver nos romanciers du temps de Louis XIII : Artaban, Cyrus, Khosroes, Pharnabase. Elles tombaient de ces toilettes avec des oiseaux de paradis tissés dans les oasis de peupliers autour desquelles on se battait en vain depuis les Achéménides. Je m'étais lié avec le doyen des antiquaires, Souleyman Aaron (c'est lui, qui m'avait demandé s'il était vrai que les Russes eussent aussi *un livre*) et son neveu Saïdi. Souleyman, c'était la vieille Perse où l'on acquittait le meurtre d'un juif en « argent noir », c'est-à-dire en bronze, par mépris ; Saïdi, c'était déjà un sioniste : courage et efficacité.

Au jour de l'an 1952, j'ai reçu des deux une livre de riz, pour me porter bonheur ; et Georges Salles, la photo d'une étoffe qui se trouve à Bagdad. Ils peuvent l'acquérir pour le Louvre : cinq cent mille francs.

Les dimensions de l'image sont celles d'une carte postale ; celles de l'original, indiquées au dos, celles d'une serviette. L'étoffe dont on ne distingue pas la trame (une soie ?) est coupée autour de l'ombre d'un papillon héraldique, tache noire déchirée comme les dessins de Victor Hugo, avec des ailes d'oiseau fantôme, et une tête confuse où deux trous figurent des yeux. Son héraldisme ne vient pas de ses formes, mais de leur rigoureuse symétrie, mal accordée à celle d'un tissage : sa rigueur s'oppose à la tremblante découpure des ailes, que des veinules ornent comme des franges. Un aigle en décomposition, ou un papillon barbu. Joints, deux étroits morceaux d'une sorte de lin blanc.

A quel style relier une telle figure ? Antérieur à l'islam : l'arabesque n'y joue aucun rôle. Sassanide ? L'art sassanide ne connaît pas les papillons. Une telle symétrie a de très lointaines origines dans l'Orient jusqu'aux lions de Gilgamesh. Mais cette œuvre échappe à son propre style, quel qu'il soit. L'origine : Bagdad, ne révèle rien, car le marché des objets d'art est relativement riche, en Mésopotamie. Cet animal semble arbitraire parce qu'il n'a pas de place dans l'histoire, et occulte comme les mandragores ; mais sa symétrie n'appartient ni au hasard ni à la nature.

Je pense à l'art parthe, parce que nous n'en connaissons presque rien. A Bagdad, j'avais vu une dizaine de statues d'un baroque pétrifié. Elles avaient été trouvées dans la forteresse de Hattra, que les archéologues locaux venaient de découvrir. Ils les avaient entreposées dans les caves du musée de Mossoul, et exposées à Bagdad pour quelques jours, en l'honneur du mariage du roi, mêlées à des tableaux surréalistes irakiens. Argile du désert sur des figures apparentées aux palmyréniennes et aux sassanides, bas-reliefs encore polychromes de dieux à tiares entourés d'insectes qui étaient peut-être des signes du Zodiaque, déesse d'une Byzance sans regard.

Notre papillon-ptérodactyle n'est pas apparenté à ces formes massives, mais il appartient au sacré comme les scorpions de Babylone.

C'est lui que m'apporte Georges Salles, intrigué. Souleyman sait reconnaître une étoffe ancienne. La photo a fait le tour des départements du Louvre ; tous les conservateurs ont échoué à l'identifier, tous en ont confirmé l'originalité. Mais comment proposer au Conseil l'acquisition d'une pièce non identifiée ? Et cinq cent mille francs, pour le Louvre, c'est beaucoup...

Georges Salles, fils d'un grand avocat, conservateur du Guimet, puis directeur des musées, a conservé maintes relations mondaines. Haute taille, délicatesse, humeur, profil caprin, cheveux déjà blancs rejetés en arrière et relevés au-dessus des oreilles, comme au XVIIIe siècle, en ailes de pigeon. Les conservateurs, ses subordonnés, l'appellent le lama, avec une respectueuse ironie qui suggère à la fois son visage de Bourbon mince, ses gestes précautionneux, son détachement de maître bouddhiste.

– Connaissez-vous Madame Khodari-pacha ? me demande-t-il.

– La descendante du sultan Abd ul-Hamid ?

– Je le crains.

– Je l'ai rencontrée il y a une vingtaine d'années...

– Parmi les voyantes, sorcières et pythonisses, on la dit la meilleure depuis Freya.

– Un mauvais médium, c'est un imposteur ; qu'est-ce qu'un bon ?

– Celui qui a fait ses preuves. Elle nous a été fort utile. Elle est chimérique, puérile et autoritaire. Mais elle n'est pas menteuse. Elle dit qu'elle ne dispose pas de son don. Ainsi nomme-t-elle inconsidérément ce qui la visite quelquefois " – Avec une bonne habitude des métrites, des salpingites et de la vanité, je puis répondre aux questions qui me sont posées. Les interlocuteurs sont tous les mêmes !" Malgré ce vocabulaire médical, rare chez elle, elle a gardé tout son snobisme. Elle est répudiée – disons divorcée – d'un pacha des pétroles et vit, me semble-t-il, de ses consultations. Des amis riches lui ont laissé quelques chambres de bonne ; elle en a fait un atelier. C'est un lieu ancillaire et distingué. Pour nous, elle fera ce qu'elle pourra. N'oubliez pas d'oublier qu'elle sait l'arabe : son snobisme ne s'en accommode pas. Si l'on parle du Caire, elle demande excessivement où c'est.

Il rêve.

« Son snobisme n'a pas d'importance, les manies

ne peignent jamais les gens. J'ai sans doute eu un faible pour elle, autrefois. Maintenant, elle organise avec soin ses éclairages... Vers 1935, la revue *Vogue* la disait l'une des trois plus belles femmes du monde. Beaucoup plus tard, à la fin de sa splendeur, elle avait une psyché en pleine lumière dans l'entrée de son palais à Héliopolis ; elle a regardé au passage sa robe, très belle : la glace, inclinée vers nous, la reflétait, des souliers à la rivière d'émeraudes. Nimet (c'est son prénom) la regardait, émerveillée. Le poids, je ne sais quoi, a ramené la psyché à la verticale, et révélé à Nimet son visage déjà vieilli. Elle m'a dit : "Maintenant, ce n'est plus que pour ça ?..." et s'est mise à pleurer.

Je n'ai pas oublié cette beauté, que l'on disait juive alors qu'elle était circassienne : l'Orient des rêves, mon amie la Reine de Saba. Je m'étonne de ne l'avoir retrouvée dans aucun de ces mondes communicants dont Paris fait ce qu'il appelle le Monde. « Son don fait peur », me dit Georges Salles sans me convaincre ; car il y a bien deux ou trois mondes, à Paris, qu'aucune crainte n'écarte, et ce n'est pas par intrépidité.

Il neige. Nous entrons dans une somptueuse villa de style Arts Décoratifs. L'ascenseur nous conduit au second étage. Nous gravissons un étage de plus par un escalier de service très blanc. Au-dessus de nous, une voix amère crie :

– Vous voulez me photographier ? Vous avez ce courage !

En effet, des photographes entourent notre hôtesse. Je la reconnaissais aussitôt. Ce n'est plus Salomé, c'est Athalie.

Les photographes opèrent, partent à la file, elle nous introduit dans un petit atelier. Sur le piano, une photo du souverain, dédicacée ; un portrait d'Abd ul-Hamid ; aux murs, un aquarium et des tableaux d'un surréalisme innocent : elle peint. Sur un fauteuil, un chat noir couché en rond. Un divan en U devant un merveilleux feu de bois. Elle s'assied, séparée de ce feu par une table basse, entre Georges Salles et moi. Familier du lieu, il nous verse déjà un whisky, délicatement.

– Le whisky de France est ridicule ! dit-elle. En Ecosse, il est épais comme un sirop, très fort. La duchesse d'Argyll m'en a apporté dans ses bras ; vous savez qu'il ne supporte pas le voyage !

« Mon cher Maître, je dois préciser deux ou trois points. Georges les connaît, il connaît tout, mais ne comprend rien. Voici. Mon don l'a quelquefois aidé, et il aide couramment, à d'autres fins, l'un de vos anciens collègues, plus exactement l'un des amis du général de Gaulle. Avant le coup de téléphone de Georges, je savais que vous viendriez aujourd'hui. Peu importe ceux que je reçois : si je devais me livrer chaque fois qu'il en entre un nouveau, je serais morte depuis longtemps ! Les femmes ont besoin de parler d'hommes, les hommes de parler de femmes ; moi, j'écoute et je finis par avoir une expérience de confesseur ; c'est la vie courante, n'est-ce pas. Quant à mon don, je n'en sais rien de plus que mes amis : je suis visitée.

Son abattage, qui survit à sa beauté comme à sa fortune, semble maintenant un abattage de théâtre...

– Madame, Victor Hugo n'écrit pas tous les matins la *Tristesse d'Olympio*, Picasso ne peint pas tous les jours *Guernica* ; mais les autres ne peignent jamais.

– Jean Cocteau me dit toujours : après tout, tu es comme les poètes...

Je pense : comme un poète qui n'écrirait pas ses œuvres et ne les publierait pas ; ou un peintre qui ne peindrait pas...

« Ce que je fais, dit-elle, est souvent plus contrôlable que le génie. Le poète, le chasseur, moi, nous partons chacun sur une piste, c'est vrai. La chasse n'est pas toujours bonne, vous savez ! Même quand elle l'est, ce que je vois a des limites. En 1938, j'ai prévu les morts que j'avais à prévoir ; je n'ai pas prévu la guerre. Un idiot vient me consulter parce qu'il va jouer sa fortune aux courses ; s'il doit perdre et se tuer, je le sais. Je ne sais jamais le nom du cheval qui gagnera.

« Commençons.

Georges Salles lui tend la photo et les lanières d'étoffe, des deux mains. Déjà, quand il lui a baisé la main, il l'a tenue entre les siennes ainsi qu'en 1820. Il touche toutes choses comme les objets précieux des musées. Elle regarde le feu mollement et fixement, pose la photo sur la table basse et les mains sur la photo, et la parcourt des ongles de la main droite. Dans la gauche fermée, elle froisse les lanières.

– Tiens ! ce n'est pas du tout en soie. C'est épais. Rugueux. C'est l'étoffe, que je tiens ; le dessin n'est pas un tissage. Ce n'est pas... un motif. Pas un dessin du tout. L'étoffe a été autrefois pliée en deux ! Ce qui l'a teinte n'est pas une couleur.

– Pourtant la vraie tache n'est pas noire, dit Georges Salles. Sur la photo seulement.

– Ce n'est pas une couleur : c'est du sang.

Je tiens un double de la photo. A cause de la symétrie, personne encore n'a pensé à une tache.

– Aurez-vous prochainement cette étoffe entre les

mains ? demande Georges Salles, qui note ses questions.

– Non.

– La posséderons-nous pour les Musées nationaux ?

– Je ne sais pas. Elle ne viendra pas en Europe.

« Un... Arabe, un Oriental, va faire un voyage dans un pays voisin du sien. Sa vie va changer.

Saïdi doit partir pour Israël.

– Remontez plus haut, dit Georges Salles. L'homme dont vous parlez est celui qui nous a envoyé la photo.

Elle regarde le feu. Malgré son état voisin de l'hypnose ou de l'ivresse, elle a compris la question. Elle se tait quelques minutes.

– C'est très loin... Très loin dans l'espace... au moins l'Orient... Et c'est un temps très ancien.

Sa voix autoritaire a disparu. Elle cherche :

« Il y a l'obsession d'un dieu.

« Et tout est décidé chez les chameaux.

« Il y a un champ de bataille, la nuit. On s'est battu. Un roi qui cherche parmi les morts. Derrière des porteurs de lanterne.

« Il y a toujours un grand bouclier.

« Il y a un fleuve comme le Nil... un pont de bateaux... un autre roi... Ce sont des femmes qui versent le vin... Il y a des troupeaux de moutons. Encore.

« Arrive la pluie du ciel noir. Tous les jours...

« Elle cesse... De l'autre côté du fleuve, des feux partout...

Une des bûches qui flambent craque fortement, comme si nous parlions d'elle.

« Plus tard...

Elle ferme les yeux, attend.

« Il y a des Blancs sur des chevaux, et des hommes de couleur sur... sur quoi ? D'énormes animaux que je ne connais pas, mul-ti-co-lores... des animaux disparus ?... mais les Blancs ne sont pas des hommes des cavernes, plutôt des Romains...

– Voyez-vous leur costume ? demande Georges Salles.

– Il y a des jambes nues... aussi quelque chose comme les pantalons des zouaves, mais blancs...

– Voyez-vous le pays ?

– Il ressemble aux déserts montagneux de chez nous...

– La mer est proche ?

– Non.

En disant : chez nous, elle a voulu parler de l'Egypte. Georges Salles et moi, pensions à Zama, mais les troupes carthaginoises avaient-elles rencontré celles de Rome sur un terrain désertique ?

« L'homme que je... vois est un chef des Blancs...

Scipion ?

« Rasé. Ses cheveux clairs mangent son front. Il y a trois femmes... Quand il descend de cheval, il marche très vite...

« Ha ! Les animaux vont charger, ils lèvent la trompe... Ce sont... je vois mieux maintenant... des éléphants peints... Tiens, il y en a qui sont dorés ! Du côté de l'homme, il y en a aussi. Pas beaucoup.

« Devant eux, il y a des soldats tout... hérissés de pointes de fer... Des châtaignes... Ils portent des faux...

« Du temps passe...

Elle marque le passage du temps par un silence qui l'habite comme les fondus enchaînés du cinéma ; puis, reprend :

« L'homme va mourir, mais plus tard...

Le chat miaule, tourne sur lui-même, saute sur mes genoux. Je le caresse.

– Ne vous inquiétez pas, dit-elle : il se comporte toujours de cette façon quand je vois la mort.

Et, au chat :

– Laisse-nous tranquilles avec tes histoires !

Je caresse sa fourrure hérissée, ses muscles noués, son corps réfugié.

« L'homme est en face d'un autre, dit-elle, monté sur un des éléphants peints... Derrière cet autre, il y a des soldats qui tiennent des branches... Sur les branches, des oiseaux.

Annibal ?

« Une odeur de fleurs très... sirupeuse. Comme à Tahiti. L'homme s'en va vers le désert... Pourtant, c'est lui qui a gagné la bataille. Maintenant, c'est le soir, et tout le fleuve est gardé par les éléphants.

Elle pose sa main à plat sur la photo.

« Il y a beaucoup de combats... contre des villes fortes sur des petits monts, devant des montagnes. Il y a aussi des montagnes droites au loin. Des plaines couvertes d'herbes, de... lavande, et des arbres comme des peupliers. Le vent vient de loin.

« Je ne connais pas les montagnes de Grèce. Quelque chose dit : le bouclier d'A-chille... Troie ? mais il n'y a plus de femme...

« Et les chameaux, les chameaux...

« Tout ça ne dure pas...

« Je ne vois plus l'homme.

« Ah ! je suis avec lui... Il pense à un ami qu'il a tué... Il n'y a plus d'herbe... Du désert avec des montagnes bleues au fond...

– Vous ne distinguez pas la végétation ?

– Il n'y en a plus. On apporte du bois. De loin. On termine une... non, c'est un bûcher. Des soldats, toujours des soldats. Une cérémonie ; c'est la fin. On plante une grande borne...

« Le bûcher flambe. Des flammes de petite lampe. Depuis longtemps... Le soleil va se coucher.

« Des braises sur le sable. Très au-dessus, suspendues à... quoi ? un croisement de... tiges de fer, de lances ? il y a des os qui viennent de s'écrouler. L'armée pousse des cris... petits... Sur ce qu'on voit du désert, le squelette noir d'un grand cheval s'allonge... parce que le soleil se couche. La tête du cheval est soutenue par le fer d'une lance. La voilà là-bas ! l'ombre va jusqu'à la montagne...

« Encore des caravanes qui portent du bois. Des chameaux, des ânes à gros colliers bleus... Je connais les colliers, j'ai joué avec...

« Mon cher Maître, pourriez-vous cesser de penser à cette croix ? elle me gêne », dit-elle d'une autre voix. Je pense, en effet, à la croix du père de Foucauld, faite de deux petites branches, dans l'ermitage du Hoggar où pas un arbre ne pousse à cent kilomètres. Notre hôtesse retrouve sa voix blanche :

« Je ne comprends pas. Depuis les batailles, c'est désert. Comme notre désert à roches noires, à Eléphantine. Pourtant, tous les chefs ont des feuilles sur leur casque... Oui, des feuilles. Et il y a des espèces de chariots...

– Des chars ?

– Non : des chariots longs, bâchés. Des tapis pendent. Dedans, des hommes, dix, quinze... Ceux-là ont des casques avec des feuilles. Gesticulent, chantent. Des grands gestes au-dessus des roues... Tiens ! ils sont ivres. Il y a toujours l'armée...

« Il hurle en chantant... Pourtant c'est un homme très triste... Il a aussi des feuilles sur son casque ;

aussi des fleurs... blanches, charnues. Il y a des femmes, pas beaucoup. Ça dure...

« Ah ! il n'y a plus rien...

Elle se lève, à peine hagarde, va s'asseoir devant l'aquarium. Elle a emporté la photo. Les poissons en croissants de lune obliquent sans souplesse.

« Maintenant il est allongé sur le pont d'un grand vaisseau. Les soldats sur des... des barques ? passent devant lui, l'acclament. Il lève un bras... Il y a des crocodiles.

« Maintenant une très, très grande tente... avec des chambres faites par des tapisseries. Une foule de femmes... des centaines, oh ! encore plus ! avance... Ce sont des noces.

– Distinguez-vous le visage de l'homme ? demande Georges Salles.

– Maintenant, oui.

– Comment sont ses yeux ?

– Tiens, tiens ! un bleu, un noir !

Les yeux d'Alexandre de Macédoine. Georges Salles me regarde en silence.

– Savez-vous quand le sang a coulé ?

– Quoi, le sang de la tache ? Non.

« Il y a une ville qu'emplit l'armée. Les cuisines grillent des brochettes. Beaucoup de flamboyants. Des idoles...

« Maintenant, une autre ville, avec de grands jardins.

« Encore du temps...

« Il y a des grands banquets, des milliers, des milliers de convives, sûrement !

De nouveau, le silence opaque des siècles.

« Une file passe maintenant devant son lit, dans un

palais. Il y a près de lui une fosse. Ah non ! c'est la mort... Des soldats l'un après l'autre. Il les salue d'un battement des paupières...

L'insaisissable s'engouffre dans l'histoire. Les yeux d'Alexandre ne regardent plus passer des ombres, mais des officiers macédoniens. Devant nous, notre whisky, ce feu confortable. Autour, Paris. Désormais, elle ne peut plus qu'illustrer la vie d'Alexandre. Mais on sonne.

Elle va ouvrir en chancelant, nous dit au passage : « J'attends un télégramme très grave. » Dans l'encadrement de la porte, un moustachu coiffé d'un képi.

– Ah ! crie-t-elle, se jetant à son cou : ce n'est pas le télégramme !

– Madame, dit l'homme éberlué, je suis le Gaz.

– Venez par ici !

Et de le conduire dans la pièce voisine, d'où elle revient, ravie.

– Vous ne savez pas qui vient chez vous ? demande Georges Salles, un peu ironique.

– Parfois, pas du tout. Parfois, très bien. Jamais si je suis en cause. C'est imprévisible. J'ai pu vous aider ?

– Beaucoup.

Elle ne semble attacher aucune importance à ce qu'elle nous a dit.

Nous avons hâte de prendre congé.

– La semaine dernière, dit-elle, la duchesse de Luynes est venue sans se nommer. Je savais qu'elle devait venir, et je lui ai précisé la lignée de sa famille, qui est presque comparable à la mienne.

Georges Salles sourit à peine, et je regarde cette magicienne soucieuse des lignées au moment où elle vient d'abandonner l'ombre d'Alexandre. Sur le divan, la photo, et les deux lanières chiffonnées.

Nous descendons rapidement, comme si la clef du surnaturel nous attendait. Nous allons chez Georges Salles, au Louvre. A peine la voiture démarre-t-elle :

– Vous connaissez bien Alexandre ? me demande-t-il.

– Quand on a joué l'adaptation de *La Condition humaine* par Thierry Maulnier, j'ai découvert le théâtre, et j'ai rêvé d'écrire, après je ne sais qui, un *Alexandre aux Indes.* Et vous ?

– Moi aussi, à cause des fouilles. Elle aurait pu dire maintes choses qui ne fussent point véritables, mais la plupart des images qu'elle a décrites correspondent à nos connaissances.

Il tire d'une poche intérieure de son pardessus noir, ses annotations :

« J'ai mentionné : les trois femmes – le retour d'Asie avec les pampres au casque – les éléphants de Darius et de Taxile en face des éléphants peints de Porus – l'ami tué, qui est Clitos – le pantalon des zouaves, qui est celui de la cavalerie perse – les soldats hérissés de pointes qui accompagnent les cataphractaires – le ciel noir de la mousson – le bûcher de Bucéphale – les yeux "bigarrés"...

– Et les chameaux ?

– La bataille d'Arbèles fut livrée à Gaugamèle. Gaugamèle veut dire : halte des chameaux. Ce site est bien celui où l'empire perse est mort. Félicitons madame Khodari. Pacha. N'oublions pas pacha.

(Son profil est beaucoup plus celui d'un chameau de race, que d'un lama.) Je réponds :

– Aurait-elle lu cette nuit une vie d'Alexandre, elle ne s'en serait pas souvenue *ainsi*... Et ni vous ni moi n'avions pensé au pli effacé, qui explique la symétrie de la tache ; ni surtout au sang. Ni d'ailleurs à

Alexandre. Le laboratoire du Louvre pourrait analyser la tache ?

– Je crois. Mais serait-il honnête, voire judicieux, de demander cinq cent mille francs au Conseil sur l'affirmation d'une voyante ?

– Et nos mécènes ?

Au Conseil, figure un représentant des « grands donateurs ».

– Leur générosité n'écarte point leur prudence.

– Dans l'hypothèse d'une transmission de pensée, qu'a-t-elle pu trouver en vous ?

– Presque tout – sauf l'essentiel, qui est le sang. Je suppose que vous pensez à la transmission de connaissances oubliées. Je répète : oubliées. Mais j'avais rassemblé avec soin des documents pendant des mois. Elle a commencé par dire : il y a l'obsession d'un dieu. Le travail que j'avais commencé traitait exactement de ce point. Je voulais étudier le surnaturel qui ne cesse d'entourer Alexandre.

– Tout de même, quel sentiment de vérité impose l'irruption de l'Histoire ! Votre amie était "visitée", comme elle dit, par quoi ? par le passé. Tout a changé pour nous quand elle a vu les yeux d'Alexandre...

– Ainsi Dumas, flottant lorsqu'il contait les aventures de d'Artagnan, devient-il convaincant lorsqu'il oppose ce d'Artagnan imaginaire à un Richelieu de vaudeville. Ce Dumas est grand. Je l'admire. Madame Khodari aussi...

Enfin les hautes fenêtres du Louvre se succèdent, comme les Dix Mille sur les bas-reliefs de Persépolis. Le funèbre couloir, bustes, portraits de conservateurs. Le bureau de Georges Salles, la Seine devant nous. Au mur, une affiche de l'exposition étrusque, une gravure de Picasso dédicacée. Contre le mur, des tableaux et quelques sculptures attendent le prochain Conseil.

– Donnez-moi Alexandre, dit-il en souriant à l'huissier, qui va chercher un dossier et le pose sur le bureau où Georges Salles s'est assis.

– Donc, voyons sa relation avec le divin. Tout commence avec Olympias fécondée par la foudre, ce qui n'est pas véritable – et ses serpents apprivoisés.

« A l'oasis du désert, quand il demande au grand prêtre : "Amon m'accordera-t-il l'empire du monde ? – J'étais aussi à Samothrace", répond l'autre. Olympias, avant de rencontrer Philippe, avait été prostituée sacrée de Samothrace...

« Il vit environné de prédictions et de présages. Dès sa naissance : "Cette nuit-là, s'est allumée en Orient une torche qui embrasera le monde..."

« La femme de Gordios, le roi du nœud gordien, est prophétesse.

« L'oracle d'Amon a dit à Hector, le fils de Parménion : Le Nil sera la frontière de ta fortune. Hector croit qu'il sera roi d'Egypte. Et se noie dans le Nil. Ce qui est juste. Car il était impardonnable, et ne fut point pardonné.

J'ai rencontré ce ton parodique, qui m'amuse, chez nombre d'intellectuels de sa génération ; il s'affaiblit :

« Lors de l'éclipse de lune, je ne sais où vers la Bactriane ? lorsqu'il lutte contre l'épouvante de l'armée, il fait crier : "La lune s'est cachée au temps de Salamine..."

« Il parle avec le brahme qui monte sur le bûcher que vont atteindre les flammes. Cette conversation me trouble plus que son bavardage avec Diogène. "L'an prochain à Babylone", dit le brahme. A Babylone où les prêtres de Bel-Mardouk, donc d'Amon, l'adjureront sagement de ne pas entrer.

– Il n'obéit pas toujours aux présages...

– Bien inconsidérément. Mais le Destin ouvre ou ferme l'esprit aux présages qu'il dispense...

« Voici le plus intéressant. Peu de temps avant sa mort, Alexandre se déshabille pour se baigner dans le fleuve. Il laisse le manteau de pourpre et la couronne sur le trône qui le suivait partout. Toucher le diadème est un sacrilège insigne. Quand il revient, un homme est assis sur le trône, porteur de la pourpre et du diadème. Un fou. Aux questions, il répond : les dieux m'ont envoyé... En quoi ce fou montrait grand sens.

« Le surnaturel ne cesse pas à sa mort. Chaque matin, après les sacrifices, le roi Eumène viendra prendre les ordres du manteau du mort. Peut-être celui qu'avait revêtu le fou...

– L'architecte du musée de Téhéran m'a raconté que lorsqu'il apporta au Chah Reza Pahlevi les tablettes d'or de Darius, le Chah en fit installer une dans une chambre voisine de la sienne. Il allait tous les matins se recueillir auprès d'elle.

– Précisons maintenant les relations d'Alexandre avec les hommes.

Georges Salles prend une autre chemise du dossier :

– Ses blessures se ferment trop. Il est plus invulnérable qu'Achille. Il échappe à tous les périls, y compris aux périls saugrenus, car de l'Inde et du golfe Persique, il attend des monstres redoutables.

« Quand la colère le fait sauter dans la citadelle des Malliens, il devrait être tué : il ne l'est pas.

« Son sens divinatoire lui fait trouver le gué du Tigre. Son cadavre reste sept jours sans se décomposer (nous rencontrons maintes fois le chiffre sept). Ce dont la chaleur de Babylone porte à douter.

« Je n'ai point une idée claire de son esprit. Mais je

distingue la part fabuleuse, chez ce capitaine dont les combats ont exigé un sens peu commun du réel. Aristote s'étonne de son indifférence à la métaphysique. Croyez-vous à la métaphysique ? Le roi croit à la valeur du secret : il dit à Aristote qu'un philosophe a tort d'*écrire*. Il porte grand respect à Homère. Et aux astres. Le refus de combattre en face du soleil est prudence militaire, et aussi relation avec le dieu-soleil. La nuit d'Issos, il attend le lever de la lune pour faire recueillir avec soin les plus belles cuirasses des morts.

– Madame Khodari a retrouvé cette image tout à l'heure. Elle est aussi dans la *Bhagavad-Gità*, ou presque...

– Un autre point me trouble : son goût du travesti. Il n'est pas rare chez les homosexuels. Soit. Il se déguise en Héraclès. En Artémis – en Artémis !

– Hercule et Omphale...

– Son goût du costume perse n'est donc pas seulement politique. Il se déguise en Dionysos. Passons-lui ces anciens usages. Le char traîné par les tigres, les lions et les panthères, le pouvons-nous soutenir ? Pourquoi non ? Mais le retour vers Babylone, le cômos à travers le désert, cérémonie où Madame Khodari reconnut sagement une traditionnelle saoulerie, a existé. C'est une fête de Dionysos : cômos signifie bacchanale, disent les gens instruits.

« L'ivresse est excessivement présente. Voici une scène aussi belle que celle du fou sur le trône. L'envoyé de Parménion vient prendre les ordres pour la cavalerie avant la guerre des Indes – la dernière ; Alexandre, ivre mort, le chasse de la main ainsi qu'une mouche importune.

Il n'y a plus de feuilles dans la chemise.

– Pourquoi aviez-vous rassemblé précisément ces documents-ci ?

– Fait-on des fouilles en Perse sans y rencontrer beaucoup Alexandre ?

« La curiosité des hommes est infinie. J'avais tenté de répondre à : comment se conçoit un homme qui se croit surhumain ? Lourde tâche ; c'est pourquoi j'ai rassemblé ces documents qui devraient vous plaire, et n'ai rien écrit. Ce dossier fait peine à voir. Je me console en affirmant que c'est la faute de tout ceci...

Il désigne de la main les tableaux et les sculptures déposés le long du mur. Il y a aussi quelques marionnettes, sans doute pour le musée des Arts et Traditions populaires. La neige tombe sur la Seine avec indifférence.

« Nul ne peut écrire sur Alexandre. Racine ?... pour quoi dire ? Shakespeare l'a sagement négligé. Il était cependant plus grand qu'Antoine. Victor Hugo en eût fait un héros de *La Légende des siècles.* Mais il a escamoté l'Antiquité. Le jugeait-il pompier ? Il manquait de mâchicoulis, c'est vrai. Et rien depuis.

– Hugo n'aurait pas cherché en Alexandre un personnage de Poussin. Il l'aurait livré à son antiquité fantastique. Comme Xerxès, qui a fait flageller la mer de trois cents coups. Neptune regarde :

Et de ces trois cents coups il fit trois cents soldats,
Gardiens des monts, gardiens des bois, gardiens des villes,
Et Xerxès les trouva debout aux Thermopyles.

« Ou l'aurait fait dialoguer avec les constellations du *Satyre,* qui lui conviendraient assez bien. Une bataille d'Arbèles dans le style du Waterloo de *L'Expiation.* Mais Alexandre a existé et il est mort vainqueur. Sinon, il eût trouvé son prophète, qui n'est pas Hugo : Nietzsche.

– Vous me faites rêver... Alexandre contre Apollon, au lieu de Dionysos...

Je souhaite revoir mes notes, comme nous venons de revoir son dossier.

– Que faisons-nous ?

– Pour cette Maison, répond-il, rien. Je connais depuis des années les membres du Conseil. Ce sont des hommes formés par le siècle dernier.

– Ils nous tiendront pour des farfelus ?

– N'en doutez pas. Ils sont plus ouverts qu'au temps de Poincaré ou de Barthou. Pourtant Valéry, qui ne refusait guère, eût refusé. Ecoutez une histoire. Elle concerne Roger Martin du Gard. Un jour, on nous propose une étoffe, comme celle-ci, non identifiée. On nous en faisait présent. Les conservateurs ne se prononcent point. Je vais visiter Freya. Elle identifie des taches de vin. Ce que je signale à l'auteur des *Thibault*, qui rit. Nous envoyons la pièce au laboratoire : il authentifie les taches. Ce que je dis à Roger Martin du Gard. Il me répond : "Je n'aime pas ça ; ah, cher ami, si vous pouviez savoir comme je n'aime pas ça !"

« De plus, tenons compte d'un obstacle, que vous n'ignorez point. Supposons que la pièce nous soit communiquée, hypothèse chimérique ! et que l'analyse confirme la présence du sang ; voire, la date approximative : qui pourra soutenir qu'il s'agit du sang d'Alexandre ? Proposerons-nous de payer cinq cent mille francs une tache de sang du IVe siècle ? Le contrôleur financier se montrera sceptique et amer ; et il ne nous donnera point notre argent.

« La voyance de Madame Khodari ne me semble pas contestable. Elle reconnaît pourtant qu'il lui advient de se tromper. Comme tous, comme toutes. Tantôt parce que "son don" n'agit pas ; n'advient-il jamais au grand médecin, de se tromper dans son diagnostic ? Tantôt parce qu'elle est obligée d'interpréter. Elle m'a honnêtement raconté ceci. Un de ses visiteurs (comme Freya, elle ne dit jamais : clients) attend la mort de sa femme malade, pour épouser sa maîtresse. Madame Khodari lui annonce "la mort d'une femme qui lui est liée de près". Et au temps désigné, c'est la maîtresse qui meurt...

– Vous pensez que le médium ne pense qu'en termes de destin ?...

– Je n'envisage pas sans malaise ce que je pense du surnaturel, même lorsque je l'appelle supranormal. Il me trouble. Je ne le cherche point. J'ai consulté ces pythonisses pour les musées ; non pour moi. Mais lorsqu'on ne croit plus à grand-chose, cher ami, comment ne tournerait-on pas autour de la poésie ? Et la poésie vivante est rare.

« Vous connaissez les tablettes mésopotamiennes qui portent les empreintes de la main de leur auteur. Les mains des prêtres de Ninive ne ressemblent point à celles des militaires...

« Avez-vous étudié le travail vigilant du président des anciens Centraliens ? Il a passé des années à rassembler des dates de naissance, pour poser une question troublante : les hommes naissent-ils au hasard ? De douze mille hommes nés en un an, il devrait naître mille par mois, n'est-ce pas ? Il n'en est rien. Les hommes naissent à des dates apparentées à celles de leurs ascendants directs. Les deux tiers seulement ; un dieu distrait les prédestine. De même que les femmes ne sont fécondes qu'à certaines dates, elles ne le deviendraient qu'à d'autres. Ce qui fait réfléchir. Ce n'est pas une astrologie, cher ami ; toutefois, c'est plus qu'un hasard.

« Pour nos musées, j'ai eu affaire au docteur Osty,

au temps de l'Institut de Métapsychie. Il n'était pas un homme crédule, bien que... enfin ! Ses services avaient écarté des imposteurs en grand nombre. Ils avaient même démasqué quelques charlatans.

– C'est lui qui a publié la prédiction polonaise de 1919 ? celle qui annonçait la venue fort peu prévisible des Français, et la victoire polonaise, quand tout le monde attendait la prise de Varsovie par les Russes ?

– Il s'agit de l'une des très rares prédictions contrôlées. Osty a publié aussi l'extraordinaire histoire, si proche de la nôtre, du liquide enfermé dans une ampoule trouvée sur un tombeau du Liban. La photo avait été communiquée à Mme Morel, l'une des voyantes de l'Institut. Sa sténographie éberluée est la plus surprenante que je connaisse. Je vous l'apporterai...

Je rentre à *La Lanterne*, et reprends mes notes, comme Georges Salles a repris son dossier. Je pensais à une tragédie, et je rêvais d'un film. J'avais d'abord fixé des images. Images et dossier coïncident.

Bucéphale, après la bataille contre Thèbes, gravissant les amoncellements de cadavres du Bataillon Sacré. La ville d'Œdipe rasée à l'exception de la maison de Pindare. La tempête de neige qui environne Alexandre lorsqu'il coupe le nœud gordien. La découverte de la première mousson : le ciel noir sur les montagnes jaunes. Le manteau jeté sur le sable pour y dessiner le plan d'Alexandrie, et les prêtres qui tracent les rues principales avec de la farine, guidés, selon la coutume, par des aveugles. Pendant la bataille d'Arbèles, Darius immobile entre les statues de son char. Les remparts de Babylone, le temple de Bel écroulé. Alexandre mettant sa main dans la main de la statue. La forteresse d'Aornos couverte de lierre, qui avait résisté à Krishna. Des rois pendus entre leurs ministres, aux arbres qui bordent un fleuve lent. Un pont de bateaux que traversent en cahotant des machines de guerre, chargées de prostituées. La fondation d'Alexandria-Eschata, Alexandrie-la-Lointaine ; les autels des douze dieux de l'Olympe dans les steppes. Les funérailles de Bucéphale. La lettre de Parménion : « J'ai détruit l'armée ennemie, et pris quatre-vingt-sept échansons et quarante-six tresseurs de guirlandes. » La ligne d'orfèvreries abandonnées et d'ossements laissée dans le désert par le retour de l'armée. Le tombeau d'Héphaïstos, et l'ordre de couper les crinières de tous les chevaux en signe de deuil. Le fou. Enfin, le cillement funèbre qui répond à la file atterrée des dignitaires macédoniens. Dernière image du film : le cillement cesse, la file s'immobilise, la paupière ne se relève pas.

Maintenant, lui-même. Je croyais n'avoir presque rien noté. Erreur. Le beau visage au front bas des statues, et le profil à la corne de bélier fixée par la résille d'or ; les yeux de couleurs différentes ; Aristote qui enseigne sans pouvoir prononcer correctement les S ; le pas de Napoléon, et la tête un peu inclinée sur l'épaule ; à la mort de Philippe, les généraux réunis pour consultation, et auxquels il donne aussitôt des ordres. Le discours de l'ambassadeur scythe : « Quand tu auras subjugué l'humanité, tu feras la guerre aux forêts !... » — et peut-être, la statue devant laquelle rêve César envieux...

« Nous avons tout conquis, et ne possédons rien », dit Alexandre au sommet de la gloire. Il ne voulait pas posséder, mais conquérir. Qu'est sa politique, l'une des plus fortes de l'histoire ? Annexer les grands vaincus sans les écraser, puis soumettre le monde au gouvernement d'un roi-dieu. C'est pourquoi il hait les

Macédoniens rebelles à sa déification. Il change l'art militaire et la conception du chef, accueille les adolescents des aristocraties conquises, les introduit dans la phalange macédonienne et dans la cavalerie des Compagnons. D'où les noces de Suse : comment gouverner le monde avec la seule Macédoine ? Le maréchal Tito, vainqueur des Etats-Unis...

– Votre tragédie, m'a dit Georges Salles, a rejoint mon étude. Quelle belle histoire littéraire formerait celle des desseins abandonnés !... Pourtant nos travaux ont existé, cher ami ; ils ont existé.

Le personnage de tragédie est un pôle, et Alexandre est bien un tel pôle. Quel serait l'autre, l'« antagoniste » ?

Sophocle eût-il conçu que Némésis attendait à Babylone le destructeur de Thèbes, ville d'Héraclès et d'Œdipe ? La seule menace qu'Alexandre entende n'est pas celle des princes de l'Indus aux milliers d'éléphants, c'est celle de Callisthène et de la Grèce : « Tu n'es pas un dieu. »

Il se veut surhumain, en un temps auquel le surhumain est familier ; les rois ne prévalent pas sur Héraclès. Impuissant contre lui-même (il tue Clitos), tout-puissant sur l'univers. L'élève d'Aristote danse avec ses compagnons, nu et armé d'une lance, autour du tombeau d'Achille – Peaux-Rouges sur le sentier de la guerre. On le voit se diviniser par bonds. Vainqueur de l'Inde, comme Dionysos. Vainqueur du monde, qui vaut bien l'hydre de Lerne ou les écuries d'Augias ; et Roxane vaut mieux qu'Omphale. Il traverse les déserts de Gédrosie, de Carmanie, parce que ni Sémiramis ni Cyrus n'ont pu le faire. Napoléon dit qu'il finit dans la débauche ; cette trouble grandeur le déconcerte.

Qui pourrait croire que son éclat de dieu solaire tienne au talent des historiens antiques ? Autant croire que le Christ tient à celui des Evangélistes. Son invincibilité le délivre de la condition humaine. Son génie politique et militaire, si délibéré, semble d'instinct ; il poursuit la domination du monde par un roi sacré, avec une rigueur que ne brisent pas les bacchanales. Sa naissance suspecte entourée de présages nie l'ordre du monde comme Hercule avait combattu les monstres, et Bellérophon, la Chimère. Il entre à Babylone par la porte maléfique. A cette âme inassouvie de tout, au-delà de l'inconnaissable comme de l'inconnu, au-delà des sagesses soumises, quel antagoniste opposer ?

A-t-il rencontré les couvents bouddhistes, nombreux dans le Taxila ? Ce n'est pas la pensée bouddhique, que m'évoquent tous ces couvents, c'est la légende rivale, celle du prince Siddharta. Ici l'austère Pella et même les mystères de Samothrace, les Acropoles tricolores, Zeus-Amon, le bouclier d'Achille, la terre vaincue, Roxane et Statira. En face, la nuit de l'Inde, le palais rouge sous les étoiles, la reine caressée si doucement qu'elle ne s'éveille pas, la ville que traverse en silence le cheval aux sabots enveloppés par les dieux ; le prince resté chez les ascètes, le pas du cheval qui revient seul par la ville encore endormie, pour se laisser mourir de faim... Le Sermon de Bénarès, quand les gazelles posent leur tête fraîche contre la joue du Bouddha : « A l'origine de la douleur universelle est la soif d'exister, la soif des plaisirs qu'éprouvent les cinq sens extérieurs et le sens intérieur – et même la soif de mourir... »

Jamais le successeur d'Achille et d'Hercule n'a

connu le bouddhisme. Il a rencontré Çiva. Qu'a-t-il pensé, lorsque, au pied du bûcher, le brahme qui ne voyait en lui qu'un cyclone frivole, lui a donné rendez-vous à Babylone ? Mais ni l'ascétisme, ni le bûcher, ni la connaissance prophétique, ni la communion avec ce qu'il appelait le néant divin n'étaient plus puissants que son rêve. Qu'importe de s'unir aux dieux, si l'on emplit les rêves des hommes ! Pendant la journée où il ne vit plus que par les paupières, croit-il que son écroulement flamboiera sur sa mort, comme le bûcher sur celle d'Hercule ? Pressent-il qu'en détruisant l'empire iranien, son armée repue de victoires a créé le monde où va s'élaborer le christianisme ? De Jérusalem à Rome, et non de Jérusalem à Persépolis. Le vide qu'il laisse ne sera comblé que par l'Empire suprême, et Rome n'est pas une aventure.

Néanmoins, ce qui le remplace sans lui succéder n'est ni Rome ni le christianisme, c'est l'islam. Khodjend, Samarcande, Bactres se sont toutes nommées Alexandrie-la-Lointaine et portent des ruines de mosquées. L'islam accomplit ce que le Roi n'a pas eu le temps d'achever – de Lahore aux colonnes d'Hercule.

L'interlocuteur tragique d'Alexandre n'est pas la mort, c'est le destin du monde...

Il connaît (ou ignore) pourtant un antagoniste au sens grec – antagoniste divin, si l'on reconnaît les dieux aux sacrifices : c'est son Double. Pour les dieux mêmes, la Grèce a inventé la transfiguration de l'homme ; Alexandre invente ce qui échappe à toute statuaire, l'irrationnel lyrique du songe et de la nuit, incarnation de la Grèce panique. Sa légende démesurée répond au trouble appel du héros avec autant de rigueur que l'austère Pallas de l'Acropole avait répondu à l'appel de la cité. Ce roi presque sans femmes semble entouré de bacchantes. Il accomplit la Grèce en la niant, divinisant l'Hybris. A vingt ans, il entend échapper à la condition humaine. Non par la sagesse de ses précepteurs grecs, non par la libération bouddhique, non par la communion avec l'âme du monde. Il ne possède rien de plus précieux que ses coffrets d'or : il y enferme l'*Iliade*. Les grands rêves poussent les hommes aux grandes actions et aux mythomanies épiques. En lui, Don Quichotte entreprend de dépasser Roland, et y parvient ; les preux de la Table Ronde, dans notre mémoire, font figure de rois de cartes. Possédé par Homère comme Napoléon par Rome. Jusqu'à l'âme : au fils de la sibylle Olympias, une étoile ne suffit pas. Et les temps sont plus favorables. Il s'est parfois cru fils de Zeus. Napoléon s'est cru parfois prédestiné : « Ralliez-vous à ma gloire ! » dit-il à Cadoudal. La contagieuse démence d'Alexandre est plus vaste et plus profonde que la gloire. Nul ne connaît mieux que lui la puissance de l'imaginaire que peuplent les héros de l'*Iliade*, les demi-dieux, et d'abord Dionysos : l'imaginaire du soleil, comme celui d'Eschyle était l'imaginaire de la nuit. Il a formé l'un des plus grands desseins : égaler le paganisme cosmique en l'incarnant. Les hommes sont hantés par les songes, et les actions qui ont la couleur des songes sont aussi fortes que les dieux. Il sait que tout génie doit conquérir sa part de ténèbres et d'inconnu. Il organise la cavalerie des Hétères comme César organisera les légions ; mais César, homme d'Etat, grand capitaine, ignore la phosphorescence des marais de Lerne et du bûcher d'Hercule, alors qu'Alexandre, de victoires en fondations d'Alexandries lointaines, et de présages en merveilles, organise aussi son immortalité. Il donne trop au destin, pour que le destin ne lui donne rien. Il jette en hâte sa traîne de royaumes aux dieux impatients qui l'attendent, et auxquels il arrache pour les siècles le plus grand empire occidental, parce que cet empire ne lui survivra pas. « Prenez garde aux rêveurs éveillés, quand ils disposent des moyens d'accomplir leurs rêves », dit Lawrence d'Arabie. « Roi, je t'attends à Babylone ! » Qui donc l'attend ? Par la voix du brahme, Alexandre entend parler son Double, pour la première et la dernière fois.

Il neige sur *La Lanterne*, comme il neigeait sur Paris, comme il neigeait sur le temple quand le roi trancha le nœud gordien, comme il neige sur la Macédoine.

Quelques jours plus tard, Georges Salles vient me voir au ministère. Il y a été reçu par bien des ministres (les meubles, autrefois, étaient plus nombreux) et cette pièce irréelle lui est aussi familière qu'à moi. Il salue de la main les petites sphinges dorées du lustre, relève les blanches ailes de corbeau de ses cheveux, tire un dossier de sa serviette :

– Voici la sténo du docteur Osty. Vous allez voir. Donc, la pythonisse, une femme qui ne connaît point l'Orient ancien, tient l'ampoule mystérieuse dans sa main ; elle monologue, et le sténographe enregistre :

« *Je vois dans un brouillard une figure inanimée... Je vois quelque chose sans existence, comme une tête morte... Je vois comme une voûte déserte... Cet homme réunit du monde... comme un homme que l'on distingue au-dessus des autres...*

« *Quelque chose de très brusque, de très violent,*

arrête tout cela... Cet être étouffe, je vois du sang...

« *Oh ! comme je vois du monde ! je vois énormément de monde ! Une grande foule... beaucoup de bruit... quelque chose de militaire... Je vois une chose très haute... c'est comme des funérailles anormales... Mais je vois beaucoup de robes blanches... Les uniformes, ce sont les soldats qui les portent... Je vois des coiffures volumineuses...*

« *Ce n'est pas de la terre, c'est comme une petite maison souterraine... Cet être est là comme suspendu... posé sur quelque chose... Je vois des êtres morts...* »

– Quelle ressemblance de ton, dis-je, avec celui de Madame Khodari !

– Toutes parlent ainsi. Mais elle dit rarement : je vois. Pourtant, lorsque les objets apparaissent, les images se succèdent. Ainsi les choses se passent-elles dans nos rêves, où vous voyez un plumeau, et décidez inconsidérément qu'il est un fusil. Que le médium voie des scènes, je le crois. Madame Khodari affirme que souvent, elle connaît les scènes sans les voir. Chaque fois que j'entends une voyante parler d'objets (je ne rencontre les voyantes que pour leur soumettre des objets), ce rythme saccadé accompagne les images.

Il reprend sa sténographie :

« *Dans mon ampoule il y a une chose comme liquéfiée... c'est comme du sang... C'est au moment de la mort d'un être, dans le temps passé. Des montagnes, des forêts... Je vois quelqu'un qui saigne... Un être martyrisé... comme si des êtres faisaient du mal à un autre, à un seul... Des plaies... Quelle tête étrange ! ce corps qui saigne...*

« *Une montagne... Cet être monte... Il porte... quoi ? Comme c'est lourd ! Noir. Quelqu'un tombe... Je vois du sang autour de sa tête... Des hommes versent ce sang, d'abord dans autre chose, puis dans cette ampoule... On l'enferme auprès de l'être...*[1] »

Je demande :

– L'ampoule contenait réellement du sang ?

– On exigeait quatre mille livres, et le docteur Osty ne disposait point de cette somme...

Il replie sa sténographie.

– Je crois probable l'existence d'un domaine du surnaturel, reprend-il. Au sens où je croyais probable l'existence d'un domaine de l'inconscient, avant la psychanalyse. Rien de plus commun que les farfadets. Ce sont rarement ceux que l'on croit voir ; ils s'apprivoisent peu à peu, puis ils disparaissent. Jadis les anges envahissaient tout. On n'en voit plus.

« Je suis favorable au mystère ; il protège les hommes contre leurs désespoirs. Le spiritisme m'agace moins devant les malheureux qu'il console... Aurais-je dû devenir médecin ? Mais j'aime les beaux objets.

– N'y a-t-il pas, au fond de vous, le recul devant l'entrée de la caverne, le sentiment de Roger Martin du Gard, plus nuancé : tout cela m'est contraire ?... C'est aussi le mien. Ce qui m'étonne un peu. J'ai été intéressé par l'action des drogues qui jouent un rôle dans les civilisations : l'alcool, le peyotl, l'opium, le haschisch. Davantage encore, par les *états* religieux. Et songez que pour aller en Asie, j'ai longé sept fois la Palestine, sans jamais aller à Jérusalem. Bien qu'agnostique, je pense qu'on doit parcourir la Voie Douloureuse en pèlerinage, ou pas du tout. Or, je suis allé à Bodh Gaya, et à Bénarès.

1. La sténographie complète de l'institut de Monaco a été publiée par le docteur Osty, dans *La Connaissance supranormale*, Alcan, Paris.

– Le Bouddha n'a pas été crucifié.

– Il n'y a pas que cela. J'ai rencontré le surnaturel, j'ai tendance à l'écarter ; et lui, à revenir.

« A la fin de la guerre, j'ai été appelé au secours par une romancière, Champigny, que vous avez peut-être rencontrée. Non ? Elle était connue dans les milieux littéraires pour sa "voyance". Elle se trouvait alors abandonnée dans un village de Corrèze. Pierre Juillet devait se rendre à Cahors pour une réunion gaulliste. Le matin, je lui donne l'adresse de Champigny et lui demande de passer la voir. Elle est au dernier degré de l'intoxication par la morphine qui calme ses douleurs. Au soir, il arrive dans le village. Sonne. Battements d'une cloche sur un petit jardin abandonné. Pas de réponse. Il pénètre dans le jardin ; la porte de la maison est fermée. Il parvient à en écarter un volet, un chien bondit au-dehors. Juillet entre. Par terre, Champigny, qui a sans doute voulu se lever quand elle a entendu la sonnette : évanouie, avec du sang sur le front. Il la porte sur le lit, seul meuble, la ranime. Elle lui malaxe le bras : "Vous êtes Pierre Juillet. Vous êtes venu. Que pouvez-vous pour moi ?"

« Elle ne pouvait connaître son nom – ni quoi que ce soit de sa venue, pas même envisagée la veille. Et Pierre Juillet ne passe pas pour un petit superstitieux.

« Pourtant, je l'avais vue quelques jours avant ma capture par les Allemands, et elle n'en avait rien prévu...

– Nombre de médiums sont incapables de connaître une date...

– Les Prophètes aussi, d'après la Bible.

Ce que je ne dis pas à Georges Salles, c'est que j'ai rencontré le surnaturel de façon plus poignante.

En hiver 1944, en Alsace, quelques officiers de la Ire armée, dont je suis, doivent déjeuner le lendemain avec Churchill qui parcourt le front. Vers une heure du matin, je suis réveillé par le planton qui m'apporte les instructions relatives à la rencontre. Ce réveil interrompt un rêve dont je garde un souvenir d'autant plus précis qu'il est plus surprenant. Une femme brune me regarde avec une grande douceur, en inclinant la tête. C'est ma belle-sœur, bien qu'elle ne lui ressemble qu'à demi, et porte une coiffure – bandeaux, raie au milieu – que je ne lui ai jamais vue. Une voix solennelle, et un peu ironique, qui n'est ni la voix d'un rêve ordinaire ni une voix de veille, articule très distinctement : « Et maintenant, voici votre troisième femme. »

A sept heures, éveil et nouveau télégramme : « *Etat Josette alarmant, venir toute urgence.* » Un tel télégramme n'est envoyé à un officier du front qu'en cas d'agonie ou de mort, ce pour quoi il appelle une permission immédiate.

La neige sur toute la France. J'arrive au milieu de la nuit avenue Alsace-Lorraine à Tulle. Ma femme est morte, coupée en deux par un train. « Maquillez-moi bien, parce qu'il va venir et que je veux qu'il me voie comme autrefois... »

J'ai appris en mai la mort de mon frère tué en déportation, et j'ai plus tard épousé ma belle-sœur.

Je sais qu'un choc violent peut susciter de faux souvenirs. Tout de même...

Je dis à Georges Salles :

– Etudier ce domaine comme un domaine scientifique est évidemment enfantin. Encore pourrait-on tenter d'y introduire la relative rigueur que l'on tente d'appliquer à la psychanalyse...

– Le rapprochement que vous avez fait avec l'art, répond-il, m'a paru pertinent. Quand vous avez dit que Victor Hugo n'écrit pas *Olympio* sur commande.

Mais vous avez trop résumé votre pensée. Je crains aussi que les idées ne soient point familières à Madame Khodari : elle préférait les formes, et d'abord les siennes. Vous aviez pourtant raison de dire que ces phénomènes, étudiés, si mal ! aux temps scientifiques se sont réclamés des sciences, se veulent des phénomènes scientifiques. Pour les hommes qu'ils passionnent, scientifique s'oppose à illusoire. Et veut seulement dire véritable. Car les spirites se veulent scientifiques au sens du XIXe siècle, quand la science ne l'est plus ; ce que je trouve piquant. Mais il est raisonnable de dire, comme vous le faites : entre les lois de la physique et l'habileté dans la supercherie, il existe l'art. Etudier Madame Khodari en pensant à Victor Hugo est plus fécond que de l'étudier en pensant à Newton. Les prophètes ne sont pas à coup sûr maîtres du passé ; pourtant, ils y pénètrent quelquefois, et je n'y pénètre jamais. Il reste qu'en effet, si le génie de Victor Hugo implique le pouvoir de créer *Booz endormi*, il n'implique point le pouvoir de le créer à volonté, ni à coup sûr.

– Je crois que d'anciennes civilisations, comme aujourd'hui celle de l'Inde, ont eu avec le surnaturel une relation très différente de la nôtre. Sans doute certaines connaissances se sont-elles élaborées *parce qu'elles se transmettaient*, comme se transmettent nos connaissances. Mais je me sens en face d'une confusion énorme, et je n'ai pas envie de consacrer ma vie à la dissiper.

– Pensez à ce que put être le pouvoir magique des premières images ! Aussi à la haine, la peur peut-être, de l'islam devant les premiers portraits... Si nous rencontrions la fiction pour la première fois, Shakespeare, imaginez, quel pouvoir ! Ne croyez-vous pas que ces choses seraient plus apprivoisables, si ceux qui les étudient parlaient de leur supranormal comme nous parlons de la musique ? Il y a dans le contact profond du médium avec le surnaturel quelque chose d'incertain, qui me fait penser à l'art ; mais enfin, l'art n'est qu'une approche, un moyen de poser le problème en échappant au préjugé hostile ou favorable... Jean Paulhan, qui a suivi de près les travaux de l'Institut, a confiance en Osty, mais dit que la confusion entre le paranormal, l'imposture et l'erreur est bien triste.

– Pourtant une prémonition *contrôlée*, comme la prédiction de Varsovie, est plus importante que dix erreurs.

– Peut-être l'esprit humain va-t-il être amené à s'occuper sérieusement, c'est-à-dire avec précision, de l'aléatoire ? Il a commencé... Revenons à l'art. Pendant au moins trois siècles, la pensée a cherché une esthétique. Elle continue à chercher des lois, au nom de l'histoire de la science ou de la philosophie. Des lois, voilà une grande exigence. L'art s'en accommode avec distraction et sérénité. Notre civilisation me semble tâtonner vers un nouveau domaine. Des scientifiques, qui voient ces choses selon leur optique, me disaient que l'évolution des mathématiques, de la physique et de la biologie leur paraissait presque coordonnée ; et que nous étions au bord d'un champ inconnu, mais cohérent ; comme nous avons été au bord du champ de l'électricité. Faut-il ne voir là qu'une métaphore ? Je ne distingue pas bien l'unité du domaine paranormal : para vous suffit-il ? "Epoque de l'alchimie", soit ! Mais ce domaine rassemble hélas ! toutes les crédulités et toutes les superstitions. En résumé, le Conseil nous tiendrait pour des étourdis.

Quelques mois plus tard, il convainc un de « nos

mécènes » d'acheter l'étoffe pour son propre compte. Curieux de l'analyse (il veut envoyer la pièce au laboratoire), j'écris avec lui à Souleyman. L'étoffe, tenue pour sassanide, a été vendue à un nommé Morris.

Si j'ai poursuivi Alexandre quand je voulais en faire le héros d'une pièce, c'est bien lui qui me poursuit aujourd'hui. Même si je ne revois plus cette étoffe, ensanglantée ou non ; même si Madame Khodari est visionnaire. Nous retrouvons jusque dans les Evangiles d'Abyssinie le bœuf, l'âne, le petit chien de Jésus auquel je pensais à Dakar ; mais aussi l'ascension d'Alexandre au Paradis. Ce récit fait suite à « la Sagesse de Sibylle, fille d'Hercule », et aux qualités de Bacchus, Nietzsche, Dionysos, Alexandre... Le Conquérant erre dans l'imaginaire du monde comme le Christ plonge dans le cœur de l'Europe. Notre limaille dessine ses grandes moires autour de ces jeunes morts surnaturels.

Pas seulement la nôtre.

Mon ami Raja Rao vient me voir. Il enseigne maintenant à l'université d'Austin, mais retourne aux Indes pour quelques mois. Tristement : son gourou est mort. Il sourit pourtant, du sourire que j'ai vu à beaucoup d'esprits profondément religieux, quelle que soit leur religion. Nous parlons de l'ouvrage qu'il veut consacrer au Gange, et de ce que je viens d'écrire :

– Comme vous, dit-il, j'ai été surpris de ne voir trace du bouddhisme dans les historiens anciens d'Alexandre. D'autant plus que les rois grecs d'Asie centrale s'y sont intéressés : vous connaissez les *Questions de Milinda.* Vous savez qu'il existe une version chrétienne de la légende du Bouddha ?

– Non.

– Je crois qu'elle a été rédigée dans l'entourage de saint Jean Damascène. Le prince Siddharta s'appelle Josaphat. Son gourou chrétien lui a révélé le malheur malgré les ordres du roi. Il a organisé en secret les sorties ; et les rencontres du mendiant, du malade, du mort, confirment les paroles du Christ. Surtout celles du malade et du mort. Le prince vit dans la solitude, devient un grand saint par la méditation et l'austérité, et des miracles ont lieu sur son tombeau...

– Comment est décrit le Grand Départ ?

– Le prince s'évade, sans plus.

A quel point, pour moi, toute la légende du Bouddha est indienne ! Des palais presque tibétains sur la crête de hautes montagnes, et, au-dessus encore, les formidables pics de neige... Dans la plaine, les villes rouges. Joyaux, tubéreuses, vautours. Magie : les flèches fleuries du démon, le roi des cobras qui déploie son capuchon pour apporter l'ombre à l'ascète, le génie qui ouvre la porte de la cité, les arbres amis, les oiseaux prophétiques, les phrases toujours dans ma mémoire : « Quand l'aube point et que l'on fait battre le tambour... Bordez les avenues de lanternes multicolores, déposez les urnes d'eau claire aux carrefours !... » Et la civière qui passe : « Prince, c'est ce qu'on appelle un mort... »

– Pour vous, dit Raja Rao, y a-t-il un décor de la prédication du Christ ?

– A peine. Les palmes, et un Orient d'Abraham : désert, temple, patriarches, filles au bord des puits : mais la Passion ignore tout décor.

– Il n'y a pas de Passion du Bouddha.

Nous parlons d'Alexandre. Raja ne le connaît que comme moi. Je voudrais lire le récit copte de sa légende : le roi y boit aux sources des quatre fleuves du Paradis. Et la version éthiopienne, dans laquelle le Saint-Esprit lui révèle le secret de la Trinité... Je ne me souviens même pas de notre version médiévale...

Je l'ai recherchée. L'âme en est partie, comme dans l'histoire du prince Josaphat. Pourtant j'ai pensé aux notes de Georges Salles, en prenant celles-ci :

Certains faiseurs-de-contes prétendent qu'Alexandre était fils d'un nécromant : ils mentent, les félons. – Ses cheveux blonds brillaient comme des écailles, et ils étaient crépus comme la crinière des bêtes fauves. Un de ses yeux était noir comme un œil de dragon. Le bas du corps bien fourché. Un maître lui apprit la marche des étoiles, art qui protège les nochers. – Lorsque Bucéphale voulut se jeter sur lui, Alexandre le regarda avec des yeux courroucés, le cheval s'agenouilla... – Les Romains lui donnèrent une couronne d'or rutilant, et ce cadeau lui plut. – Darius jura qu'il pendrait Alexandre, qui servirait de pâture aux oiseaux.

Il y a dans ce roman gothique la poésie des jeux de cartes, le duc nommé Gracto, le duc nommé Perdrix, tous les compagnons d'Alexandre nés le même jour que lui, l'escorte de cinq cents preux à laquelle se joignent mille preux de Calabre, jusqu'à Césarée la grand-ville, gouvernée par les satrapes qui sont ducs. Le texte s'arrête à l'énumération des forces de Darius. Du moins l'auditoire a-t-il entendu la conquête de Tyr, et d'autres guerres picrocholines peuplées de mangonneaux et de grands coups d'épée : « Le chevalier frappa le Perse Jubal de haut en bas, depuis les dents jusqu'aux lombes, et en fit deux moitiés égales. Ah ! combien ce coup fut loué ! – Alexandre frappa vigoureusement le comte Pincun de son épée. Le coup n'eut rien de bienveillant, car la tête de Pincun tomba aux pieds du roi. » Il advient pourtant quelques aventures qui font rêver. J'aime la colère du poète devant les noces de Philippe et de Cléopâtre, dont il déduit pertinemment la répudiation d'Olympias. Il disperse têtes, bras et jambes, « et nul n'a pu dire ce que devint la mariée ». J'aime aussi les présents insolents que Darius envoie à Alexandre, « un éteuf semblable à ceux qui servent à amuser les enfants, un lacet, un peu d'or » et renvoyés par celui-ci : « L'éteuf m'a fait savoir que tout ce que le ciel recouvre m'appartient de droit... » (L'éteuf est la balle du jeu de paume.) Et « pour honorer celui qui veut être placé au-dessus de tous les autres » le gibet promis par Darius, dressé sur la nuit médiévale...

Quelle relation y a-t-il entre un homme et le mythe qu'il incarne ?

Georges Salles vient de recevoir une lettre de M. Morris, à qui Souleyman a signalé (pas fou !) l'intérêt que le Louvre prenait à son acquisition. M. Morris a fait analyser la tache : c'est du sang.

– Pour nos musées, dit Georges Salles, n'en parlons plus. Mais j'ai répondu avec soin à M. Morris. Plus tard, qui sait ce qu'on apprendra ? Si les vêtements d'Alexandre avaient été faits d'une étoffe particulière, et si l'analyse la retrouvait dans la nôtre ?

Il tire de sa poche une petite feuille, énumère :

– Notre pythonisse a retrouvé la nature de l'étoffe ; la pliure ; le sang ; les chameaux ; le fleuve ; les pantalons bouffants de la cavalerie perse ; la marche oblique et précipitée d'Alexandre, sa tête inclinée ; les éléphants ; l'armement ; les villes sur les monts ; la mort de Clitos ; le retour dans le désert ; les noces ; la mort ; enfin, les yeux. C'est beaucoup. Cette sibylle est admirable, et nous ne saurions trop l'admirer ; ce que les Musées manifesteront par un menu cadeau.

La neige tombe toujours nonchalamment sur *La Lanterne*, et les flocons hésitants forment de petits cônes sur les buis taillés en boule. Quand ils volent presque à l'horizontale, ils donnent à ces jardins et à cette maison l'irréalité du givre. Ici, Ducis a traduit *Hamlet*. *La Lanterne* est un château minuscule, puisque lanterne, en architecture, s'applique à des pièces éclairées des deux côtés. Son parc communique par une porte romantique avec celui de Versailles. Les soirs de printemps, quand j'ai de la chance, je rencontre le hérisson. Descend-il des animaux apprivoisés d'autrefois ? Cette maison a fait partie de la ménagerie de la duchesse de Bourgogne, et sa petite architecture si pure s'accorde à cette petite fille si folle. La porte est surmontée de deux bustes de cerfs sur lesquels sautent mes chats. Dans les potagers voisins, où les ouvriers du château font des margelles de puits avec des pneus d'auto et attendent le soir comme dans un tableau du douanier Rousseau, on devine sous les capucines et les roses trémières, les vestiges du Bassin des Eléphants...

A la Révolution, les animaux des deux ménageries, la mienne et celle de Mme de Pompadour, « perdirent leurs chaînes » en même temps que le peuple. Eléphants, chameaux, autruches et papillons se dispersèrent dans le parc. Ils ne moururent pas tous. Après la chute de Napoléon, le château abrita une foule d'émigrés pauvres, qui se promenaient dans le parc devenu presque sauvage. Sous la direction de l'un de mes prédécesseurs à *La Lanterne*, directeur du Muséum d'alors, des employés brandissaient leurs filets à papillons ou poursuivaient le dernier chameau, parmi les hautes cannes dressées et les facesà-main. Les roseaux s'étendaient d'un bout à l'autre du Grand Canal, comme je les ai vus après la guerre...

Ce soir, deux journalistes viennent me demander ce que je pense du récit, célèbre dans les pays anglo-saxons, des deux Anglaises qui ont rencontré dans le parc de Trianon, pendant quelques heures, des personnages morts au XVIIIe siècle...

III

Lundi 6 mai 1968.

Au ministère, j'attends Max Torrès. Nous étions amis, au temps de la guerre d'Espagne. Secrétaire d'Etat pour la Catalogne, communisant mal vu du Parti, ex-psychanalyste. Je l'avais connu d'abord à Pontigny. Emigré en 1938, professeur à l'université de Mexico, puis à Berkeley, où il dirige le séminaire de chimie du cerveau depuis 1958. Je ne l'ai pas vu depuis trente ans.

Entre un vieillard en tweed, main tendue, Voltaire aux cheveux blancs. Son visage n'est pas méconnaissable, mais l'âge l'a marqué comme un sculpteur mécontent. Un aspect placide succède à l'agitation d'autrefois, qu'a rappelée, dans l'encadrement de la porte, la jovialité des retrouvailles. Voltaire tient précieusement devant lui un drôle de petit cabas, le pose sur mon bureau et nous nous étreignons à l'espagnole, avec un peu de malaise : que d'années séparent ma vie de la sienne, dont je ne connais plus qu'une carrière !... Peut-être pour dissiper ce malaise, il saisit un des lourds fauteuils blancs du roi Jérôme, le tire devant mon bureau, s'accoude en face de moi, cabas sur les genoux, la tête plantée au sommet de ses bras en triangle. A sa droite, les hautes fenêtres du Palais-Royal où le jour finit.

– C't'étonnant ! Je me disais, en montant ton noble escalier du XVIIIe siècle : des amis qui se seraient quittés avant la Révolution française, et qui se reverraient après la mort de Napoléon...

Une autre Europe. Et nous avons l'air d'amies de lycée qui se retrouvent, mères de grandes filles.

De telles rencontres sont rares. J'ai revu mes amis espagnols : José Bergamin, Max Aub, peu changés ; la Pasionaria devenue une femme vieille ; Ehrenbourg, que j'avais connu gros et menacé, que je retrouvais mince, officiel, séparé de moi par vingt-cinq ans de quelle Russie ! La trouble intimité qu'inspire un ami qu'on ne connaît plus...

Max regarde autour de lui, et je vois par ses yeux mon bureau, que je ne vois plus depuis des années : les moulures Louis XVI sur les panneaux blancs, les hauts rideaux jaune pâle aux embrasses d'amarante Empire, les fauteuils aux tapisseries héraldiques. Ce mobilier d'Etat n'est sans doute pas sans pittoresque historique, vu de Berkeley. Je pense à San Francisco, à la Porte d'Or en 1938. J'étais allé parler à Berkeley pour l'Espagne. Max ne s'y trouvait pas encore.

– Retrouver Paris après trente ans ! dit-il. Tes monuments clairs... Ça ressemble à Barcelone ! En mieux. Paris noire était une ville triste. Surtout en été. Elle est devenue gaie.

– C'est la saleté qui l'avait rendue triste. L'architecture de nos grands palais, du XVIIe et du XVIIIe, ne l'est pas. Le noir supprimait les ombres, donc le décor.

Je n'écarte pas le tutoiement de la guerre d'Espagne, mais je ne le retrouve pas encore. Après quelques minutes de banalités, il dit :

– Je tombe dans une Europe où Hitler est mort. L'Union Soviétique, énorme ! L'empire britannique, disparu ! L'Algérie, indépendante. Mon cher Montparnasse, n'en parlons pas. Et Marseille ! Et Berlin, Vienne, Moscou, etc., tout ce que j'ai vu aux Actualités ! Je retrouve aussi un jeune Max Torrès, boulevard Saint-Michel. La différence entre lui et ses successeurs d'aujourd'hui vaut celle entre Berlin et ses ruines, vois-tu bien. Mais moi, moi, je ne suis pas devenu ce successeur ! J'ai perdu ma coquille. Pur-et-simplement.

Il a fait ses études en France, et son absence d'accent accroît la bizarrerie de cette locution, qu'il employait déjà en Espagne. Je me souviens d'un portrait de Voltaire jeune, que le musée de Versailles avait mis en dépôt à *La Lanterne* : adolescent quelconque, qui ressemblait par l'acuité des yeux à la statue de Houdon, pourtant monochrome. Max a été un jeune juif anguleux aux yeux éclatants dont je retrouve de moins en moins les traits dans ce Voltaire inachevé par Rodin. Ses lèvres sont devenues minces, ce qui me surprend, car l'amincissement des bouches a disparu depuis l'invention du dentier. Lorsqu'il parle, ses lèvres s'enroulent, malgré leur minceur, en un sourire de caoutchouc, gourmand et enfantin. Puis, reparaît le rictus joyeux. Il pousse son petit cabas, se lève, commence à parcourir la pièce depuis le mur jusqu'aux grandes fenêtres où tombe la nuit.

– Quand j'étais à la Sorbonne, on s'intéressait à l'inconscient, bien sûr ! mais pour le coloniser. Maintenant, on est colonisé par lui ! Nous avons commencé par l'exploration, nous avons abouti au L.S.D., à la marijuana, etc.

– Beaucoup de tes collègues se droguent ?

Il réfléchit.

– En somme, non. Les étudiants, oui. Mais je parlais symboliquement. Depuis quelques années, chez nous, Freud est moins important que Jung ; pourtant rien n'a remplacé le collage explosif du sexe et de l'inconscient. Nous cherchons tout ce qui dépossède l'homme, vois-tu bien. Et en même temps – ça doit aller ensemble, n'est-ce pas – des états psychiques ; je devrais dire : des ivresses. Plus la sexualité écarte le sentiment, plus elle ressemble à l'alcool. L'alcool et la machine vont ensemble aussi ! Je pourrais parler des jeunes pendant des heures ! Ils m'encombrent ! Mais la question les dépasse. En somme, je ne crois pas à mon époque – ni aux autres, par la même occasion. D'habitude, c'est au bénéfice d'une autre, future au besoin ! Non. Agnostique de la vie, pur-et-simplement. Attention ! je ne crois pas à ce qu'on croit, mais au contraire non plus. Quand il s'agit de la pensée, constater la bêtise de la gauche n'est pas une raison pour trouver la droite intelligente.

Il se tait, ajoute tristement :

– Vois-tu bien, je n'ai jamais pu supporter à la fois le mensonge et la connerie.

– Ce pour quoi tu as combattu ne t'est pas tellement indifférent, puisque tu ne veux pas rentrer chez Franco.

– La fidélité aux copains morts est autre chose. Comprends-moi. En marge de la chimie du cerveau, j'ai étudié la pensée archaïque ; on s'en occupe beaucoup chez nous. Les hommes ont cru au temps sacré, à la fête, aux mythes. Aux religions. Puis à l'Histoire, à la Science, au Progrès. Enfin à la Révolution, au Prolétariat, à l'Inconscient, etc. C'est pareil.

– J'ai moi-même éprouvé plusieurs fois ce sentiment de... distance à l'égard de notre civilisation, du monde qui nous entoure. Quand j'ai échappé à la mort, par exemple. Pour toi, qu'est-ce qui a joué le rôle de la mort ? L'exil ?

La réflexion, qui crispe tant de visages, donne au sien la sérénité du sommeil. Mais il éclate de rire :

– Je ne m'en serais pas douté... Incroyable : c'est la caricature ! La pensée de mes étudiants m'intrigue et m'exaspère, mais elle est la caricature de la mienne, enfin, d'une partie de la mienne, vois-tu bien ! Aucun portrait n'est aussi révélateur qu'une caricature !

Il se rassied, reprend son petit cabas en disant :

– Mon expérience est plus négative que la tienne, bien sûr...

Il ferme les yeux.

– Il me semble pourtant que je peux t'expliquer ce qui m'arrive. A l'ambassade d'Espagne à Washington, un cabot mord les fesses d'un ministre américain en visite et s'enfuit. "Je vous prie d'agréer toutes mes excuses, Excellence, dit l'ambassadeur de Franco ; je me permets néanmoins de vous signaler que cet animal n'appartient pas à l'ambassade : c'était un chien de passage..."

Il imite le ton de mépris de l'ambassadeur.

– "... oui, de passage..." Tu te rends compte : un étranger, quoi ! un républicain ! L'humanité a subi beaucoup d'hôtes de passage. Ils ne la mordent pas ; ils l'habitent, vois-tu bien. Mon retour en Europe me fait comprendre que ma vie a consisté à subir des hôtes de passage, *nada más.*

« C'est tout, mais à soixante-dix ans...

Il est plus âgé.

– ... c'est excessif. Tu as peut-être eu la vie pour laquelle tu étais fait. Proust l'a eue, à la fin ; pas Marx ; pas Freud ; pas moi. Je déteste l'étranger, sauf Paris. Même ici, je voudrais revoir des choses de mon enfance. Je voudrais retrouver mes cimetières, et je vis à Berkeley ! Et puis, retrouver, retrouver... A la Sorbonne, de quoi s'agissait-il, en politique ? De l'Action française. Tu sais que je n'exagère pas ! Les étudiants l'ignorent. "Connais pas." Comme les jeunes Allemands (mais j'y crois moins) : "Hitler, connais pas !" Ah, celui-là !

Il s'interrompt, reprend d'une façon pressante, comme un comédien saisit son interlocuteur par un bouton :

– A cause de lui, je suis bien obligé de penser que je suis juif ! Pourtant, je m'en fous ! Ici, mon maître Lévy-Bruhl était juif ; Jérusalem, vois-tu bien, c'était un vers de Racine ! J'aurais dû devenir une sorte de Renan. Renan dirigeait son Collège de France, il ne professait pas chez les Peaux-Rouges ! Braves Peaux-Rouges d'ailleurs !... Mais Renan croyait à la science. Ce que son esprit avait acquis resterait acquis ! Qu'est-ce que mon esprit a acquis ? La chimie, c'est autre chose...

Entre un huissier, qui m'apporte un télex du ministère de l'Intérieur. Ces nouvelles se succèdent depuis le déjeuner.

MILLE CINQ CENTS ÉTUDIANTS EMPÊCHENT LA POLICE DE MANŒUVRER STOP GROUPES IMPORTANTS SE DIRIGENT VERS DENFERT-ROCHEREAU.

Il y a quatre jours, l'U.N.E.F. (Union des étudiants) appelait étudiants, enseignants et travailleurs à se rassembler aujourd'hui à 18 h 30 place Denfert-Rochereau. Interdiction. Fermeture de la faculté de Nanterre. Quatre-vingt-trois blessés. Occupation de la Sorbonne par la police. Daniel Cohn-Bendit et ses camarades, chefs du Mouvement du 22 mars à Nanterre, devaient comparaître ce matin devant le conseil de discipline de l'Université. A 9 heures, l'U.N.E.F. renouvelait son appel contre l'interdiction. A 9 h 30, la Commission disciplinaire annonçait qu'elle rendrait demain le verdict relatif à Cohn-Bendit et à ses camarades. A 13 heures, quatre mille manifestants quittaient la Faculté des sciences pour défiler jusqu'à la place des Victoires puis au quartier Latin. Vers 15 heures, ils se heurtaient boulevard Saint-Germain à la police de Paris et aux C.R.S. rappelés de province. Ce matin, vingt professeurs, dont Kastler, prix Nobel, avaient pris position en faveur du syndicat de l'Enseignement supérieur et lancé un appel à leurs confrères ; à 16 heures le syndicat appelait les enseignants « à descendre dans la rue avec leurs étudiants ». Ces enseignants inspiraient plus d'inquiétude aux postes périphériques de radio que ces étudiants. Le doyen de la Faculté des sciences, le professeur Zamansky, déclarait « voir dans ces manifestations l'aboutissement d'une situation qui remonte à une quinzaine d'années ». Le ministre de l'Education nationale, Alain Peyrefitte, parlera ce soir à la radio et à la télévision.

La police a pour instructions d'isoler les agitateurs et de les arrêter ou refouler sans ménagements. Après deux heures de cette brillante tactique, en Allemagne fédérale, tous les étudiants passent du côté des agitateurs...

MILLE ENSEIGNANTS QUITTENT LA FACULTÉ DES SCIENCES POUR REJOINDRE LA MANIFESTATION.

Ce sont les informations ministérielles des jours de crise : barricades d'Alger, putsch des généraux. Lors des barricades, je pensais aux passagers qui entouraient le télex de mon paquebot en 1925 : LA GRÈVE GÉNÉRALE EST DÉCLARÉE A CANTON. Le premier télex que j'ai vu suivait le match Carpentier-Dempsey...

La nuit du putsch des généraux d'Alger, j'étais à l'Intérieur avec Roger Frey, nommé la veille. A l'issue du Conseil, le général de Gaulle avait déclaré : « Faites ce que vous voudrez : je vais me coucher. » Déjà vers cinq heures, lorsque je lui signalais que la liaison entre l'Intérieur et la Guerre était mauvaise : « Bon, remédiez-y. Ça n'a pas d'importance. Ils ne feront rien : ce sont des militaires ! » Michel Debré préparait son discours à la télévision : « Rendez-vous tous sur les routes des aérodromes... » pour que les parachutistes trouvent devant eux le peuple de Paris.

Ils attendaient, près des avions, sur la piste d'Alger, nous avaient communiqué les Services spéciaux vers cinq heures du soir. Le vol passerait nécessairement dans le champ des radars de Sardaigne. Nous ne disposerions plus alors que de quelques heures. Au Conseil, le secrétaire d'Etat à l'Intérieur avait affirmé : « La police et les troupes de Paris n'engageront vraisemblablement pas le combat contre des assaillants porteurs de l'uniforme français. » Bien. Nous l'engagerions nous-mêmes. Derrière le Grand Palais, attendait un régiment de chars. Nous faisions équiper, et ferions armer les volontaires qui affluaient au ministère. Sur quel aérodrome les troupes de l'O.A.S. allaient-elles se poser ? On venait de nous annoncer leur atterrissage sur un champ de la région parisienne. Ordre au préfet de contrôler l'information. Fausse. Comme nous aurions eu l'air intelligent, si nous avions fait hurler les sirènes ! Encore ne fallait-il pas le faire trop tard. Nous contrôlions chaque alerte auprès du maire. Heureusement : fausse alerte trois fois. Les fous ne manquaient pas. Toute la région parisienne à l'écoute, les cinquante boutons du téléphone branché sur toutes les préfectures, les radars de Sardaigne au fond de la nuit. L'O.A.S. ne tenterait pas d'atterrir après l'aube. Toujours rien au large de Cagliari. A cinq heures du matin, les volontaires redevenaient civils ; je rentrai chez moi par une aube d'Espagne, l'aube insolite et banale des retours de mission...

Nous n'en sommes pas au branle-bas de combat. Cette nuit verra, au plus, une répétition générale, entre Denfert-Rochereau et le quartier Latin. Je tends les deux dépêches à Max ; il leur jette un coup d'œil, se lève, marche de long en large comme s'il leur répondait en continuant son monologue :

– Mon adolescence ici, c'était Bergson. Il ne joue plus aucun rôle. Même pour moi. L'individualisme de Barrès et surtout de Gide, tu te rends compte ! Le freudo-marxisme partout ! Sous l'Arc de Triomphe, le tombeau du freudo-marxisme inconnu ! Je ne suis pas contre Freud, remarque : j'ai été psychanalyste. Pas contre Marx : j'ai combattu sous commandement communiste, je ne le regrette pas. Au fond, je m'en fous. Mais je n'aime pas la connerie, n'est-ce pas... Les gens deviennent crétins, et contents de l'être.

– Qui, les gens ?

Le vaste lustre doré l'éclaire au passage ; puis il se perd dans l'ombre qui rejoint la nuit du Palais-Royal, un dernier reflet sur ses cheveux blancs qu'il agite et sur son index qu'il brandit :

– Qui ? Mes assistants, les étudiants, mes collègues, la presse, les intellectuels, etc. : tous ceux que je vois ! Surtout mes étudiants. Ils se prennent pour l'avenir, parce que dans les sciences et dans l'art, au XIXe siècle, l'avenir a toujours gagné. Je veux bien me faire traiter de vieux con, mais l'avenir leur sera aussi étranger qu'à moi ! L'avenir, Baudelaire ou Marx, n'est jamais ce qu'on croit ! Et si je parle de mes étudiants, hein, c'est parce que je suis bien élevé. Je pourrais parler des tiens ! Ils ont l'air brillants, aujourd'hui ! Ça ne m'émeut pas : j'ai suffisamment vu ça à Berkeley. Hier chez nous, aujourd'hui chez vous, demain au Japon. On n'en a pas fini avec la jeunesse ! Au fond, je m'en fous.

– Pas moi. D'où tombe ta rage contre ce freudo-marxisme ?

– De la réalité à la noix dans laquelle nous vivons, vois-tu bien ! Et que personne ne connaîtra dans cent ans ! On parlera du vrai Freud, du vrai Marx. Malheur ? Si tu crois que les gars occupés à se colleter avec ta police du côté de Denfert-Rochereau ne sont pas freudo-marxistes, tu changeras d'avis ! Mais je tiens à mon dada. J'y reviens ! Quand j'étais à votre Sorbonne, que m'enseignait-on ? "Il y a une valeur des valeurs, qui est la vérité. La vérité, c'est ce qui est vérifiable." Freud et Marx accepteraient la phrase, bien sûr ! Mais celle de Marx que tout le monde cite : "Il ne s'agit pas seulement de comprendre le monde, il s'agit de le changer", commence à me casser les pieds. Dis donc ? Si on cessait un peu de changer le monde, pour essayer de le comprendre, pur-et-simplement ?

Mobile, virevoltant, hennissant, il a l'air d'un acteur qui jouerait son propre rôle. Le Voltaire de Houdon ressemble d'ailleurs à un vieil acteur. Je demande :

– Tu as connu Alain ?

– Non. J'ai été lié avec plusieurs de ses élèves.

– Simone Weil ?

– Non.

– Il t'aurait enseigné que l'objet de la philosophie est évidemment la connaissance, mais aussi la sagesse. Pas la raison : la sagesse, telle qu'on la vénérait dans notre Pontigny. C'est elle, qui avait cru "succéder" à la religion.

– Dire que j'ai lu tout Anatole France ! Enfin, c'était l'Europe...

J'ai assisté aux funérailles nationales d'Anatole France en imaginant des funérailles nationales de Verlaine, né la même année, et en pensant au terrible enterrement de celui-ci, à sa maîtresse criant sur la fosse : « Paul, tous les amis sont là ! »...

– La sagesse ! Mais je ne peux pas, je ne peux pas parler de ces trucs-là ! Impossible ! Mes étudiants foutraient le camp ! Pour eux, Goethe est un con. Quand tu parles à une foule, tu sais ce que tu ne peux pas dire ! Les étudiants m'acceptent comme ils aiment l'art nègre. La psychiatrie fait bon ménage avec le marxisme. Quand ils sont intéressés, mobilisés, je le sens. Il y a eu l'existentialisme, maintenant, c'est la théologie négative. Tu connais : le tragique de la mort de Dieu n'existe que pour un chrétien, Dieu meurt de son incarnation dans l'histoire, etc.

– Ça ne joue aucun rôle en France... C'est pour les pays protestants. Je préfère d'ailleurs les orthodoxes, à commencer par Dostoïevski.

Je trouve soudain ce que je cherchais. A qui ressemble ce Voltaire ? Au traditionnel vieux savant couvert de chats. Il rentre dans la lumière, son sourire en avant :

– Il y a des jours, je me demande si je ne comprends plus, si c'est l'âge. Mais... ça te paraîtra drôle, hein ! malgré, enfin... tout ! je ne connais pas encore la vieillesse !

Il a presque crié, il éclate d'un rire qui enchevêtre ses rides, insiste sur Voltaire, raille la mort. Puis, son visage s'immobilise. Il regarde « en lui ». Il aimait autrefois me parler de ses secrets ; je m'intéresse plus à l'intimité des autres, qu'à la mienne. Déjà, Gide s'en étonnait : « Mais enfin, cher, vous ne vous sentez jamais singulier ? Ça ne me touche pas beaucoup. Une femme, un Chinois, oui ; un individu, non. Je n'ai jamais eu le goût de juger, et je crois que les deux goûts sont liés. – C'est vraiment très curieux... Mais enfin, voyons, la cu-rio-si-té !... » Elle l'intéressait si précisément, qu'il exprimait toujours : c'est intéressant, par "c'est très curieux". Attentif aux êtres jusqu'à la dégustation, il m'a dit un jour, de son intérêt pour un homme : « A mon âge, vous savez, c'est surtout la curiosité... » et je n'ai pas encore compris ce qu'il avait voulu dire.

En dépit des années, je retrouve avec Max Torrès l'intimité à sens unique. Il va de nouveau emporter dans l'ombre ses cheveux blancs illuminés.

– Autrefois, je croyais qu'à mon âge, je penserais beaucoup à moi : l'expérience, tout ça... Je n'y pense jamais. La vie n'a aucun rapport avec ce qu'on croyait... Les histoires des jeunes, tes types en train de se tabasser avec les flics, mes étudiants... La nouvelle génération ! Nouvelle ! On parle comme si elle se révoltait contre nous. Nous, elle s'en fout. Elle devrait nous haïr. Elle n'a pas le temps : elle change ! On parle comme si les hommes tournaient toujours de la vie, avec des petites différences d'optique... Sans blague ? Je ne sais quel texte dit que nous sommes dans un canot ; que pour entrevoir la vérité, il faut avoir perdu de vue la rive... En profondeur, nous n'avons rien à nous dire, les jeunes et nous ; à une telle profondeur, que personne n'a tort. Nous avons perdu la rive, et ils la perdront après nous. Tout le monde le sait. On avait quand même inventé les classes d'âge. Solides comme des couleurs de peau ! (Tu n'as jamais envie d'être d'une autre couleur : bleu, vert ?) Les jeunesses les unes après les autres, les nuages qui passent, la haine qui revient... Les dépêches qu'on t'apporte, les explications politiques de ce qui se passe à Berkeley, à Tokyo, je m'en fous. Les étudiants s'agrippent les uns aux autres, les femmes, les prolos, tous, parce qu'ils découvrent la solitude dans laquelle ils vivent. A tâtons. La nuit a encore du pain sur la planche, vois-tu bien ! Le côté politique ne m'impressionne pas. Mais il y a cette sacrée bête, l'homme ! Hein, quoi ? L'éloquence m'égare ! Mettons que je n'aie rien dit.

« Rien de meilleur que de voir ses étudiants atteints de sa propre maladie ! Ça instruit ! Tous ces mythes qui nous ont habités... Pris le métro, partis sans laisser d'adresse ! La grande illusion, c'est eux. Pas du tout le brave univers, qui n'en peut mais ! Quand j'ai été blessé, pendant la guerre civile, je me suis traîné au bord d'une petite rivière, un ruisseau. Pour qu'on me trouve, tu comprends : les fascistes étaient partis, le tir des nôtres avançait... En été, toutes les petites rivières ressemblent à celles où l'on pêche à dix ans : les bancs de poissons tout petits, les herbes aquatiques, le courant. Il faisait trembler les herbes. Elles avaient l'air de nager. Je rêvassais... Abruti. Ma blessure n'était pas mortelle, le courant, la vie, quoi ! continuait à couler, à passer sur les hommes, sur les herbes, à les agiter ; à s'en aller vers d'autres occupations. Beaucoup d'herbes ont été emportées, la rivière n'a pas changé depuis les guerres contre les Maures. Elle s'en fout. La couleur de l'été, le soleil dans l'eau... Elle doit être encore la même...

Soudain, comme s'il attrapait une mouche au vol, sans cesser de marcher :

– Est-ce que tu pries ?

– Que veux-tu que je prie ?

– Ça ne fait rien. Moi, maintenant, je prie. Je ne sais pas quoi. Ça ne fait rien. Pas le Dieu d'Israël. Nous compliquons tout : Dieu, c'est ce qu'on prie !

Il éclate de son rire-Voltaire, qui grince contre lui-même et cesse d'un coup – plus vite que l'ironie.

Je le regarde, et je pense, ou plutôt quelque chose pense en moi : qu'est devenu son visage ? Mon camarade ? C'est lui. Dans ma mémoire, il joue un film de sa jeunesse. Qu'il me raconte ce qui lui est arrivé depuis tant d'années, à quoi bon ? Les événements n'ont rien de commun avec le changement d'une vraie face. Ils n'expliquent évidemment rien. L'âge n'est pas seul en cause. Abstraction. Mais le vieillissement, les traces de ce qu'on ignore, de rien, de tout, c'est la matière de la vie. Max est fait en vieillissement comme une sculpture est en bois. Et moi ?

– La psychanalyse, dit-il, au fond, je m'en fous. Comme la rivière ! La science est entrée dans ma vie avec la chimie du cerveau. Elle commence en 1957, n'oublie pas. J'avais donc une vie derrière moi. Elle a tout changé. Mais personne, tu entends, personne, ne sait pourquoi le cerveau obéit aux drogues que nous lui administrons. Nos découvertes sont empiriques, comme tant d'autres : la pénicilline ! J'ai commencé par l'hypothèse, je continue par l'empirisme, tu te rends compte ! Mais attention, il ne s'agit pas de placebos[1] : la camisole de force a pur-et-simplement disparu. C'est *vrai* !

1. Faux médicament, dont l'action est due à l'imagination des malades. (*Placebo* : je plairai.)

« Qu'est-ce que c'est que celui-là ?

Il est tombé en arrêt devant la cheminée.

– Un chat de bois que Balthus m'a rapporté du Japon. Porte-bonheur : il lève sa patte gauche.

– Ah ? Bon...

Il reprend sa marche et son discours :

– On avait essayé les amphétamines contre le cancer. Les malades ne mouraient pas moins, tu penses ! mais ils mouraient euphoriques. Des psychiatres intelligents, ça existe aussi ! ont laissé tomber le cancer, employé les amphétamines contre la dépression. « La véritable dépression est pire que le cancer. » Citation d'un professeur français, pas d'un Américain exalté ! La chimie du cerveau a commencé.

Je sais qu'il n'exagère pas.

– Pourtant, ajoute-t-il, quittant le ton de l'affirmation pour celui de la rêverie, pendant qu'on soigne l'humanité, on oublie qu'elle est folle. Ça, c'est bien... Beaucoup de mes élèves sont médecins, mais moi, je n'ai pas le diplôme. Maintenant, c'est trop tard.

– La France aussi exige que les psychiatres soient médecins.

– Alors que tous ceux d'Europe centrale ont fait de la thérapie. Au fond, je m'en fous.

« Tu as des enfants ? demande-t-il comme un diable sort d'une boîte.

– J'ai encore une fille.

– A l'université ?

– Plus âgée : elle a épousé Alain Resnais.

– Suppose qu'elle soit à Nanterre.

– Je connais des étudiants de Nanterre. Et des professeurs, d'ailleurs. Dont une gaulliste.

– Ça prouve qu'elle a du cran ! Mais suppose que ta fille ait vingt ans. Qu'elle soit freudo-marxiste. Tu aurais l'impression que c'est un virus ! une conversion au nestorianisme, à une religion disparue ! Avec mes élèves et ma centaine d'étudiants, l'épidémie est plus évidente. L'ondulation des herbes dans le courant – le courant qui s'en va. Il en viendra un autre. Ce ne sont pas des modes. Des épidémies, plutôt des épidémies...

Une secrétaire entre. Le directeur de mon Cabinet reçoit par téléphone nombre d'informations, et me transmet celles qu'il retient :

VAVIN 18 H 40. DIX MILLE MANIFESTANTS CONDUITS PAR PROFESSEURS. DEUX AUTOPOMPES EN ACTION, TRÈS VIVE RÉSISTANCE. BARRICADE D'AUTOS ET DE PAVÉS. COMBAT DE RUE BOULEVARD SAINT-GERMAIN ENTRE LA RHUMERIE MARTINIQUAISE ET LA STATUE DE DIDEROT.

Combien de fois suis-je passé devant ce bistrot, cette statue ! J'habitais rue du Bac. Le café *Procope* n'est pas loin. Les *Deux Magots* entreront-ils dans l'histoire ? Je passe la note à Max, qui s'est assis.

– Bon, c'est comme chez nous... Je ne suis pas beaucoup moins... déboussolé qu'eux, vois-tu bien. J'ai la ressource d'accuser l'exil... Quant aux jeunes, ils ne pensent pas "autre chose" que moi : ils pensent autrement. Autrement. Ils ne sont séduits – séduits ? intoxiqués ! – que par des idéologies aussi totalitaires que l'était la foi. Enveloppantes.

Il enveloppe un paquet imaginaire en ricanant.

– Je veux parler de ce que freudisme et marxisme ont en commun. Le reste, ils l'envoient à la poubelle. Il faut que la pensée qui leur est étrangère soit écartée, dévaluée, et cætera, ordure, quoi ! en face de leur monde sacré ! D'ailleurs Freud l'est pour l'Union Soviétique, ordure ! C'est bien fait !

« Mais je ne te fais pas comprendre l'essentiel. Je m'agite trop !

Il semble se préparer à passer son bachot, et dit, lentement :

– J'ai lu autrefois un livre français qui s'appelle *Le Romantisme et les mœurs.* Travail épatant, qui rassemble des lettres d'inconnus, des journaux intimes, etc. On y voit ce que devient le théâtre de Musset quand le vrai clerc de notaire écrit à la vraie notairesse, quand un conard croit vivre *Le Lac* ou *Olympio.* Les documents ne sont pas parodiques, loin de là : on trouve plusieurs lettres de suicide. Tous ces sentiments sincères semblent fous. Folie disparue ! Partie avec ses suicidés ! Les gens avaient attrapé le romantisme, pur-et-simplement. Maintenant, ils attrapent le freudo-marxisme. C'est la même chose. Ils l'attrapent, tu comprends ?

Il éclate de son rire hennissant ; Voltaire devient sans peine sarcastique.

« Tout de même, reprend-il en martelant le bureau comme pour écraser son rire, qui cesse, est-ce que tu te rends compte ? Je voudrais savoir si tu te rends compte ! Quelle tête aurais-tu fait, à vingt ans, si ta chiromancienne t'avait dit : vous assisterez à la fin de l'individualisme ! La fin de l'individualisme, pur-et-simplement ! Un rien !

« Le plus fort est que nous n'avons pas l'air de nous en apercevoir ! Anecdotique ! Je répète : est-ce que tu te rends compte !

– Disons que les gens avaient attrapé l'individualisme. Comme le romantisme. Et les Ames sensibles valaient les âmes romantiques : les bergeries ont fini par la guillotine. Sais-tu qui a condamné à mort Mme du Barry ? Son ancien petit page noir, Zamore...

– Aucun rapport ! Je me fous des bergeries ! Le Roi

est nu ! Je te dis que tu ne te rends pas compte ! C'est...

Il s'immobilise, médusé :

« Je regarde glisser tout, et je suis tout seul !

Le sarcasme a disparu. Pas tout à fait :

– A l'âge où on commence à voir les copains mourir dans les journaux...

Il cherche son idée perdue, la retrouve :

– Marx, Freud surtout, ont été accueillis dans les universités du Pacifique comme des révélations. Bien qu'on ait d'abord parlé d'eux comme de penseurs parmi d'autres. Pas du tout comme l'Europe a pu accueillir Kant ! Les pensées prophétiques sont polémiques, vois-tu bien : on croit les ajouter au programme, et puis !... Je t'ai dit que je suis réjoui, je suis quand même stupéfait.

Il feint de s'observer avec surprise.

– Pourquoi ne serais-je pas un réjoui-stupéfait ? Stupéfaits, nous le sommes tous, plus ou moins ?... Je descendais un escalier ordinaire, je débouche pur-et-simplement sur la lune ! Bien sûr, Paris aggrave la chose. Ton Palais-Royal, j'y suis venu pour acheter des timbres et des bouquins lubriques. Ta Galerie d'Orléans était couverte. Rue de Valois, j'ai déjeuné dans un restaurant où était venu Bonaparte. (J'espère que tu feras poser deux plaques commémoratives. Je dis : deux !) Mais il ne s'agit pas tout à fait du passé. Je retrouve moins clairement ma pensée d'autrefois, que le souvenir de ta Galerie d'Orléans. Elle était pleine de grandes photos des colonies. Tu te rends compte : des colonies... La pensée de mon temps me paraît aussi bizarre que ces photos-là. Etrangère. In-so-lite !

– Je te l'ai dit, j'ai connu des choses comme ça. Le retour sur la terre, quand on vient d'échapper à un grand danger ; l'atterrissage de l'avion militaire, mission remplie. Des objets surprennent : les balais, les arrosoirs, les bêtes... Pas les hommes.

Je pense à Gramat après le simulacre d'exécution. Mais les souvenirs de la résistance, qu'il n'a pas connue, sont intrus, alors que ceux de l'Espagne nous rapprochent. Quand ai-je commencé d'éprouver la métamorphose du monde ? Pendant le dernier hiver de la guerre, depuis le débarquement jusqu'à la mort d'Hitler ? les troupes américaines en uniforme de mécanos, les convulsions du fascisme, l'armée martienne des bulldozers soviétiques suivis de troïkas, les dernières années des empires, la bombe de Hiroshima... Je réponds :

– Appartenir à une civilisation parmi d'autres, subir une civilisation, si tu veux, je connais ça. Mais je pense de moins en moins : "parmi d'autres". Aucune époque n'aura su comme celle-ci qu'elle était provisoire, qu'elle marquait la fin d'un monde : pour nous, c'est tous les matins l'entrée d'Alaric à Rome... Les choses ont commencé par mon premier retour en Asie après la guerre ; par la destruction du sentiment de s'éloigner dans le temps quand on s'éloignait dans l'espace. Echelles du Levant, Malle des Indes... Lentement, les jours et les jours du paquebot, comme les jours et les jours des caravanes de Pierre Loti. Les caravansérails de Perse, les maisons-des-hôtes d'Indochine... Mon père avec son poste à galène et son casque, écoutant "Ici, Budapest" comme il eût écouté une table tournante : "Ici Théodora, impératrice de Byzance"... La télé nous donne Budapest et Istanbul, nous donnera un jour la lune. La nouvelle civilisation ressemble aux appartements déjà vides : on attend les derniers déménageurs.

Max élargit son sourire en caoutchouc :

– Tu penses à des spectacles, à des... voix, genre : ici Budapest. Oui... Depuis notre guerre d'Espagne, je n'ai jamais retrouvé l'absinthe... Moi, quand je pense aux choses disparues, je pense aux idées. Les hôtes de passage. Je croyais qu'elles dureraient bien plus longtemps que moi. Je pense surtout aux mythes, enfin à ce que nous appelions les mythes quand nous ne savions pas ce que c'est. L'inconscient, le progrès, la révolution et cætera. Les hôtes de passage, oui, c'est bien ça !

– Nous disions mythes à cause du mot mythologie. La libido, en tant que Vénus.

– L'Histoire en tant que dieu, pur-et-simplement !

– Non. J'ai cherché ce que pouvaient bien avoir de commun l'Histoire et l'Inconscient, le Progrès, la Nation, le Parti, tout ton Olympe. Tous, depuis la Raison jusqu'aux Complexes et aux Partis totalitaires (les seuls vrais...), sont des tueurs de dieux. Et leurs héritiers... Mais il faut que nos abstractions trouvent une espèce d'âme...

– Alors, qu'est-ce qui la leur donne ?

– De trouver des ennemis. Même pour l'irrationnel, notre civilisation emploie un vocabulaire rationnel. Mais nous vivons dans des ectoplasmes – les Matérialisations, au sens spirite du mot. Les Anciens incarnaient des forces pour les diviniser ; nous, nous incarnons nos concepts. Tes hôtes de passage : Inconscient, Progrès, Révolution, Prolétariat, sont des Ectoplasmes. Les idées qu'on charge d'un destin, les majuscules... Tout le monde en veut ; dans mille ans, on tentera de comprendre ce que furent le dieu Inconscient et la déesse Révolution. Mais nous, nous sommes dedans.

– Même l'Inconscient ? Tu vas fort ! Je veux bien

que Freud soit un vieux crabe, et tout, mais la psychanalyse, quand même...

Psychanalyse... 1920. Je prenais un café à *La Coupole* (alors bureau de tabac) avec un peintre suédois, maigre géant à tête de fakir, qui se faisait appeler Kharis et avait choisi pour signature un caractère de devanâgari. Il disait : « Les Autrichiens ont trouvé une méthode pour découvrir ce qu'il y a dans l'inconscient. Ils l'appellent la psycho-analyse. » Cendrars manchot passait, tendant à quelques-uns "sa main amie".

– En soi, dis-je, l'inconscient est un concept ; et tous ses fidèles en parlent comme d'une expérience. Le mettre en question est tenu pour stupide ou sacrilège. Il n'est pas chargé d'avenir, comme les mythes politiques, qui sont des mythes de Progrès ; il n'est pas, comme eux, un Destin, mais prends garde, il est le domaine où les destins s'élaborent... C'est un concept plein de sentiments ; comme le péché originel, non comme la gravitation. Tu connais tes collègues psychanalystes ; ils...

– Ex-collègues !

– ... Ils sont des militants. Ce qui sépare le nouveau domaine mental de celui qui l'a précédé, c'est que tes étudiants y accueillent seulement les idées *qui exigent des militants.* Platon n'en a pas.

– Socrate a des auditeurs.

– Montaigne a des livres. La pensée militante appelle un milieu, une action, non la solitude et la méditation. On peut la préférer à l'autre, on ne peut pas les confondre.

L'huissier apporte *Le Monde*. L'agitation des étudiants ne figure pas seule en première page :

Les pourparlers entre les Américains et le Vietnam du Nord se dérouleraient à Paris. – La venue du ministre tchécoslovaque Dubcek à Moscou ne semble suivie d'aucun résultat.

Pourtant, « l'explosion de colère des étudiants a surpris tous les observateurs... Le mouvement de grèves et de manifestations, dont il est encore impossible de préciser l'ampleur, prolonge l'agitation de Nanterre. La masse des étudiants passe de l'apathie à la violence. L'U.N.E.F. est débordée par de petits groupes d'extrême gauche... ».

Je lis ces passages à haute voix. Max, comme précédemment, semble répondre en suivant sa pensée :

– La vérité a des propriétaires ; les pires emmerdeurs, vois-tu bien ! En Espagne, j'avais découvert cette race-là avec les occultistes : ceux qui n'approuvent pas sont forcément des crétins ou des canailles. En somme, le ministère ne t'a pas rendu idiot. C'est agréable.

Il s'excuse :

– Tu sais, des fois, on se demande...

– Valéry appelait "professions délirantes" celles de l'art et de l'esprit.

– N'empêche que ton journal, apporté sur un plateau d'argent, ça fait humoristique !...

– Surtout la première fois : c'était *Le Canard enchaîné.*

– Ça, alors, ça me plaît !

Il revient à ses moutons :

– Le déterminisme religieux avait des marges, vois-tu bien : la Providence, la contrition, etc. Dieu pardonnait ! Ensuite, est venu un scientisme optimiste. Je t'ai dit que j'aurais préféré être Renan. Il confiait son paradis à la science du siècle prochain, le nôtre...

– Entre lui et nous, il y a les camps d'extermination et la bombe atomique...

– Un rien ! Mais attention ! l'optimisme reflue. Les méduses sur le sable continuent à se demander ce qu'elles y foutent. Le reflux du paradis les laisse en face des déterminismes scientifiques. Pas commodes, vois-tu bien ! Eux, ne pardonnent pas ! Pour commencer, les Lumières ont proclamé que l'obscurantisme était l'esclavage – imposé par l'imposture de l'Eglise et la croyance au péché. Ensuite, *exit* la puissance de l'Eglise, *exit* le péché, *exit* et cætera. Dans le domaine des idées, triomphe ! Alors l'angoisse devient la Peste Noire – le siècle qui devait apporter l'euphorie à l'humanité, le nôtre ! Trinquons ! Champagne !

Voltaire exulte, se lève, reprend sa marche à travers le vaste bureau blanc et or perdu dans l'ombre, mais dont les miroirs multiplient son agitation lorsqu'il passe sous le lustre.

– Notre puissance est liée à notre émancipation des dieux, vois-tu bien, mais notre obéissance aussi. Obéissance à quoi ? Au fond, je m'en fous. C'est comme dans la psychanalyse. Au nom de la guérison de gens qu'on ne guérit pas beaucoup, on se délecte à fricoter avec tous les diables que l'humanité porte en elle. Et il y en a !

Sans cesser de tourner comme un chaman au-dessous des petites sphinges dorées du lustre, il lève un docte index à la hauteur de ses yeux encore plissés par le large sourire :

– Je n'y vois, pour ma part, aucun inconvénient, remarque... J'entends seulement ne pas être dupe. Cette maladie viendra en France...

– Elle ira partout, sous des formes diverses. Elle est déjà en Hollande, avec les provos. Le gauchisme des intellectuels est épisodique ; les jeunes, c'est plus sérieux, et ça va devenir très grave en France si...

– N'exagère pas !

– Je répète : très grave, si l'explosion universitaire rencontre l'insurrection.

– Le parti communiste ne s'y prête pas beaucoup !

– Il ne peut que ce qu'il peut.

Il traverse la lumière, approuve vivement de la tête, et ses cheveux blancs voltigent.

L'huissier, de nouveau. Deux dépêches :

18 HEURES STOP CENT BLESSÉS STOP MANIFESTATIONS SOLIDARITÉ GRENOBLE ROUEN STOP IMPORTANTE MANIFESTATION TOULOUSE.

Et :

PRÉPARATION MANIFESTATIONS OUVRIÈRES POUR LA DÉFENSE DE L'EMPLOI DANS NEUF DÉPARTEMENTS OUEST STOP MANIFESTATIONS SOLIDARITÉ ÉTUDIANTS A STRASBOURG CAEN NANTES STOP MANIFESTATION PARIS SANS PRÉCÉDENT STOP DIX-NEUF HEURES : TROIS CENTS BLESSÉS.

– Chez nous, dit Max, c'était pareil. Laisse tomber !

– Peut-être existe-t-il deux types de grands esprits. A Princeton, Einstein cherchait le sens du monde, et me disait qu'il en avait sans doute un. Mais les prophètes de tes étudiants ne cherchent pas le sens du monde, ils en cherchent le secret.

– Oui... oui ! La partie immergée de l'iceberg ! Marx veut dévoiler le secret du capitalisme. Pourtant, mieux vaut que le secret soit visqueux. Marx et Freud ensemble, même Nietzsche, c'est vraiment intéressant. Pourquoi les hippies, qui aiment la pureté, se déguisent-ils en clochards ? Et tes existentialistes ? Les étudiants ont inventé un uniforme...

– L'uniforme de la contestation ne change pas. C'est la contestation qui change.

– Il y a quelque chose de masochiste dans cette foutue époque, vois-tu bien. Là, tu as raison, Marx est accidentel. Le freudisme des étudiants, c'est le plaisir de patauger dans l'érotique ; aussi le plaisir de respecter les pulsions comme des forces fondamentales, auxquelles ils sont soumis... Tous admirent Sade. Sade n'est ni un voluptueux ni un drogué, plutôt un prisonnier. Tous sont des prisonniers, ils n'exaltent que ce qui les emprisonne ! Ils sont révoltés, contestataires comme ils disent, mais ils ne parlent que de ce qu'ils subissent, ils s'y roulent !... Pour que l'homme les intéresse, il faut qu'ils puissent le regarder comme un bouchon sur l'eau sale ! Je répète que leur pensée est enveloppée par quelque chose. Comme celle des étudiants du XIIIe siècle par la foi ! La démission de l'individu a commencé après la guerre de 1914... Celle de l'homme... Il faisait l'histoire, il subit la sexualité. Pour les freudos comme pour les marxistes, la liberté est promue reine mère de la pensée ! ça ne se discute même pas ! L'homme ne s'est jamais senti plus chien que depuis cette royauté-là !

Il passe et repasse à petits pas sous le lustre, et ressemble maintenant à un Indien sur le sentier de la guerre.

– Se rendent pas compte, ces andouilles, que leur exhibitionnisme est aussi bête que les chemises de nuit victoriennes ! Il est clair que la chose la plus importante, entre les hommes et les femmes, est la tendresse, et...

– Valéry aussi disait cela.

– Tiens ! Il l'a écrit ?

– Non.

– Ça m'aurait étonné. Personne n'en parle. Déshonorant ! Croulant, comme vous dites ! On fait comme si ce qu'il y a de plus important entre les sexes, était génital. Dans cent ans, nos étudiants, professeurs et autres conards, auront l'air d'amputés. Amputés des sentiments, vois-tu bien. Même des mauvais, à la fin ! Tu verras ! Les seuls honorables sont les collectifs, érotisme et révolution, freudo-marxisme ! Sentiments ! si on peut dire... ! Le règne de la sensation me met toujours la puce à l'oreille. Nous vivons dans un des petits bouquins clandestins du XVIIIe que l'on achète sous tes arcades, mais devenu fou.

– Achetait. On les vend ailleurs.

– Imagine nos héritiers : "Il semble que dans la seconde partie du XXe siècle, on ait tenu l'art de tirer un coup pour plus important – plus important en soi, tu entends ! pas question de partenaire ! – que de prendre doucement une tête dans ses mains." Aux fous ! Tu sais de quoi cette époque-ci aura l'air, avec tous ses gratte-ciel ? D'un désert. Ah ! je voudrais voir ça !

– Tu ne le vois pas mal.

– Pour les jeunes, as-tu remarqué ? la révolution n'a plus pour but une conquête, mais un mélange de 14 Juillet et de Saturnales. Je n'ai rien contre les Saturnales, bien sûr.

– Contre le 14 Juillet non plus.

– Non plus. N'empêche que le freudo-marxisme pourrait avoir de sérieux ennuis avec la contestation qui se mijote ! L'artiste doit détruire tout art, le révolutionnaire doit détruire tout Etat. Au bénéfice de la révolution permanente mythique, qui ressemble à la fête sauvage. Le mot "sauvage" redevient à la mode ! Le sauvage drogué remplace l'innocent Huron...

– Tout ça est vrai. Mais ne serait capital que si cette révolution permanente était liée à un désespoir.

– L'humanité a connu des épidémies de suicide... On a étudié tard le masochisme. Il nous est devenu familier. Et collectivement ? Nous n'allons pas parler du masochisme d'une civilisation ! Pourtant, la nôtre a quelque chose de masochiste. Par moments... Le carnaval crasseux ! Déjà, le mot : sans-culottes... Nous combattons nus ? pas seulement, pas seulement !

Max fait sauter pensivement son petit balluchon.

– Quand les sans-culottes sont aussi sans révolution, ça va mal. L'idéologie de mes hippies, de mes pseudo-existentialistes, ne leur imposait pas du tout leur carnaval. Il a été plus contagieux que tout le reste. Je ne comprends pas, vois-tu bien, comment Guignol a changé ; ni ce qui se passe entre les Blousons noirs – les Mauvais Garçons, depuis le XVe siècle, on connaît ! – et les... comment Victor Hugo appelle les épaves ? ah oui ! la cour des miracles.

Il regarde avec soin son cabas :

– La fascination du crachat ? Bon.

La secrétaire m'apporte une feuille dactylographiée. Par téléphone, j'ai demandé au directeur ses dernières informations :

PLUS DE DOUZE MILLE ÉTUDIANTS. BARRICADES SYMBOLIQUES : AUTOS, PAVÉS, GRILLES D'ARBRES. UNE VRAIE BARRICADE A SAINT-GERMAIN-DES-PRÉS. L'ÉMEUTE TIENT LA PLACE MAUBERT. POLICE AVEC BOUCLIERS, GRENADES LACRYMOGÈNES. VOITURE POLICE-SECOURS ATTAQUÉE. CAMION DES POMPIERS ATTAQUÉ MAIS INCENDIE MAÎTRISÉ. MANIFESTANTS ATTAQUENT STATIONS MÉTRO, PROTÉGÉS PAR LA-

CRYMOGÈNES. BANDEROLES DE SOLIDARITÉ AVEC LES ÉTUDIANTS TCHÈQUES ET POLONAIS, BANDEROLES « NOUS SOMMES UN GROUPUSCULE », DONC ANTICOMMUNISTES. LE PRÉFET DE POLICE S'EST RENDU SUR PLACE.

Je tends la note à Max, qui ne la prend pas :

– On peut aussi interpréter l'ensemble d'une autre façon, vois-tu bien. Tu dis que le monde a vécu pendant des milliers d'années sur des sentiments très profonds. Puis, l'Europe a cru vivre sur des idées : première mutation. Ensuite, le monde recommence à vivre sur des sentiments, des concepts chargés d'avenir, bolchevisme, nazisme, maoïsme, progrès, science, et cætera ; deuxième mutation. La science, c'est autre chose.

– C'est *aussi* autre chose.

– Seulement, nous avons plus appris sur la chimie du cerveau depuis dix ans que depuis cinq mille. Si l'épidémie présente n'était qu'un balbutiement ? Pas le premier ! Il pourrait avoir une suite pur-et-simplement magnifique. Magnifique et imprévisible...

D'où surgit cet optimisme ? « Max Torrès gaule des idées comme on abat des noix », disait Julien Benda au Congrès de Madrid. Mais il sourit faiblement, regarde en biais comme s'il craignait de se faire rappeler à l'ordre par quelque divinité contraire, baisse la voix, commence à manœuvrer la lampe Empire posée sur le bureau : l'abat-jour de métal vert monte et descend sur une tige, grâce à une clef frappée d'un N. Il demande « ce que c'est », mais suit sa pensée.

– Une lampe de Napoléon. Laissée là par le roi Jérôme.

– Tu te mets bien !

– Si je pense à mes prédécesseurs, ça me calme. Mais il y en a un qui est devenu dictateur du Mali.

– Où est le Mali ? En Afrique ?

Il n'écoute pas la réponse, pose le petit cabas sur le bureau, écarte toute frivolité d'un geste, mais renonce à son idée parce que, de l'autre côté du jardin, toutes les fenêtres à gauche viennent de s'éclairer :

– Qu'est-ce que c'est que ça ?

– La Comédie-Française. Il y a eu la Comédie-Sensible, la Comédie-Plutarquienne, la Comédie-Chrétienne : la Comédie de l'Imaginaire. Bon. L'humanité est ensorcelée par son propre théâtre ; mais le philtre qui lui a fait jouer *Les Ames sensibles*, lui a fait jouer aussi *Les Soldats de l'An II*. Le mystère de l'homme est plus profond que sa comédie. Et tu ne veux pas rentrer en Espagne.

Sensible aux compliments comme autrefois – seulement au sujet de l'Espagne, car il n'a aucune vanité – il ne peut s'empêcher de sourire, du sourire le plus inattendu : naïf. *Exit* Voltaire. Il répond :

– La Comédie-Française existe encore ?... Paris est si romanesque ! Le décor de vos romans, depuis Rastignac jusqu'à Fantômas... Aucun Américain ne défie New York du haut du Père-Lachaise ! Même au cinéma.

– Balzac est très présent pour nous aussi. Haussmann a diablement éventré son décor. C'est à la Galerie d'Orléans, en bas, que se tenaient les Galeries de Bois du Palais-Royal, celles des *Illusions perdues*...

Moscou 1934. Déjeuner à l'hôtel National, avec Olecha et Pasternak. Olecha rafle les petits vases, les pose sur notre table, dit : « Fleurs des champs ! Il fot être jarrdinier... », s'assied et rêve : « Tu nous emmèneras à Paris, Borris et moi. Paris est notre *romantik*. Il y aura des boutiques de modistes, avec des chapeaux de femmes... Nous irons nous asseoir sur un banc, place Pigalle. – Nous regarderons entre nos pieds, dit Pasternak de sa profonde voix d'aveugle, et nous dirons : "Voilà la boue de Maupassant !..."

– La Comédie-Française, répète Max. Les âmes sensibles... le freudo-marxisme d'alors, vois-tu bien. Des dieux ou des diables, toujours aussi forts, toujours aussi cons. Aphrodite et la Contestation, le Grand Manitou et l'Aliénation, Vénus et les Structures... Ces passions-là deviennent des vieux chapeaux...

Comme si quelque télépathie lui avait transmis la phrase d'Olecha sur les modistes.

« Enfin, puisqu'on ne peut pas vivre dans le vide... L'éternité ? J'y pense, j'y pense !... Conneries !... Peut-être que je suis une âme sensible... Toutes les époques en ont. Intoxiquées, toutes ! Les hôtes de passage, comme le chien... Si on m'avait dit que je finirais ma vie sans même savoir quelle comédie je joue !... Nous devrions avoir deux vies, vois-tu bien... La première, pour déchiffrer. Ensuite une autre, pour en profiter... Ça commencerait à... vingt ans ? Déchiffrer... J'aurai été un homme de notre époque, de notre époque informe, pur-et-simplement...

– L'informe a son prix. Pourquoi ne pas continuer tes Mémoires, puisque tu les avais commencés ?

Il hausse les épaules :

– Connaître les hommes pour agir sur eux, dit ton Stendhal. L'action sur les hommes, on appelle ça la propagande, non ? Tes Français sont étonnants ! Apprendre à connaître les hommes en lisant *Le Rouge et le Noir* ! Est-ce que nous connaissons les fous quand nous lisons *Don Quichotte* ?

La secrétaire :

INFORMATION RELATIVE A L'ATTAQUE DES STATIONS DE MÉTRO DÉMENTIE. IL S'AGIT DE GAZ LACRYMOGÈNES DE LA POLICE, POUSSÉS PAR LE VENT.

Max, sans même tendre la main vers la note, continue :

« On parle de l'expérience apportée par l'âge, on ne parle jamais de l'indifférence... Les jeunes n'en ont pas idée ! Elle est bien plus profonde. Tranquille. Je l'ai étudiée ; chez nous, en psychiatrie, l'"A quoi bon ?" pathologique est un symptôme meurtrier.

Méry m'a rappelé, à Singapour, que Lawrence d'Arabie avait fait inscrire *Qu'importe* à l'entrée de son cottage. Presque de la même voix. Les amitiés anciennes... Je ne l'ai revu ni à Paris ni en Indochine. Si je retrouvais Max à Singapour, notre relation serait différente. (Et voici les vols de papillons sur les îles de la Sonde, la brume chaude de la nuit, le patio de l'hôtel *Raffles,* les aboiements...) Mais Méry avait longuement parlé de Hô Chi Minh avant de parler de lui-même. Son Asie, l'Amérique de Max vont à merveille avec la lassitude de l'un, l'agitation de l'autre. Le bouddhisme du centurion chancelant de Singapour frappe de frénésie cet A quoi bon ? rageur. Les deux hommes ont en commun le besoin de pensée, l'interrogation. Ils ont pris à l'égard du présent plus de distance que moi : la guerre civile, ou la colonie, a fait d'eux les émigrés d'un passé. Méry regardait sa vie dans un miroir divin, voilé comme le petit bassin où la lune se reflétait devant nous ; je crois que le divin n'existe pas pour mon Voltaire mécanique, malgré ses prières. Il est installé dans son professorat. Mal. Ancien combattant. Méry ne monologuait pas en face de moi, mais en face de la mort. Pourtant :

– Quand as-tu cessé de penser à des choses que tu ferais plus tard, qui arriveraient plus tard... ? demande Max.

– Insensiblement, je suppose... Comme tout le monde.

– L'avenir à long terme disparaît, on ne s'en aperçoit pas !... Quelle vie, que la vie ! A propos : je t'ai dit que je ne connaissais pas la vieillesse, mais je connais la peur de penser au futur.

– Cette maison-ci oblige à y penser souvent. D'une façon impersonnelle, administrative. Ce qui, en somme, le supprime...

– J'ai été condamné à mort pendant deux jours, avant d'être délivré. Je ne l'ai pas oublié, à cause du pittoresque ! J'ai oublié mes sentiments. Quand j'en parle, vois-tu bien, je les invente. Au fond, je m'en fous.

L'huissier :

GRÈVES ORGANISÉES PAR LES COMITÉS LYCÉENS A MICHELET ET CONDORCET STOP NANTERRE CALME STOP ÉTUDIANTS COMMUNISTES NE SUIVENT PAS STOP SYNDICATS CHRÉTIENS DÉCLARENT ACTION UNIVERSITAIRE INCOHÉRENTE STOP DIX-NEUF HEURES TROIS CENTS BLESSÉS.

Trois cents. Nanterre calme. Avec ce genre de calme, nous allons à trois mille. Je pense à ce que Max vient de dire.

Suis-je aussi indifférent que lui à de tels moments de mon passé ? Gramat... Le chasseur italien qui fonce sur la tourelle de mon avion, et sur lequel, pendant quelques secondes, je ne peux pas tirer, parce que je distingue sa barbiche au-dessous du masque... Madrid vers trois heures du matin, la Gran Vía où ne restent que les aveugles flûtistes qui jouent *L'Internationale*... Pourquoi ces images ? Parce que Max est espagnol ? Aucune envie de penser à mes antichambres de la mort. Peu importe, on ne parle jamais de ce qui est essentiel. Je dis :

– Les *Christ aux outrages* russes sont des Christ assis, la tête soutenue par un bras. Le gouvernement avait donné l'ordre d'envoyer à Moscou ceux des églises pour un musée, pour je ne sais quoi. Dans la salle d'attente d'une petite gare, près de Novgorod, je les ai vus assis côte à côte sur les deux banquettes de bois, comme des voyageurs. Ils attendaient. Je pense à eux comme toi aux herbes de ta rivière...

– L'absurdité du monde, nous en parlions déjà tous les deux à Madrid, il y a... trente ans. Je n'ai pas fait beaucoup de progrès, vois-tu bien... Sauf sur un point... enfin, voici. L'ennemi numéro un de l'absurdité est sans doute l'espérance. La notion centrale de notre psychiatrie devient le "niveau de l'humeur" ; comme si cent correspondait à l'euphorie, zéro au suicide, et cætera. Ce niveau ne s'abaisse qu'en direction de la mort. Et les travaux montrent de plus en plus clairement qu'il coïncide avec celui de l'espoir...

– Ça vaut la peine.

– Ça vaut souvent la peine. Nous venons de faire une découverte importante. Les "doses moyennes" des remèdes sont acceptées partout depuis cinquante ans, alors que leur action varie parfois de 1 à 6. En chimie du cerveau, cela allait de soi. La question va se poser en médecine générale. Mais beaucoup de gens, dont je suis, ne peuvent pas vivre sur ce qu'ils savent, ils veulent vivre sur ce qu'ils croient, vois-tu bien ! La recherche scientifique n'a jamais rien résolu dans une vie ; heureusement, elle diffère tout. C'est la chasse au trésor. Les jeunes ne peuvent pas profiter de l'aubaine... Ici, la Jeunesse ne fait pas partie de tes attributions ?

La lettre qui fixait la date de sa venue ne demandait rien. Pourtant il attend de moi une aide, ou une réponse à une question qu'il n'ose poser.

– Non. Et les Etats ne peuvent rien pour elle. Il est possible que ce qui se passe au quartier Latin en ce moment soit important, mais...

– Penses-tu ! Pourquoi plus qu'à Berkeley, au Japon ou ailleurs ?

– Ici, l'émeute étudiante peut se conjuguer avec une action syndicale. Les communistes ne participeront pas à une insurrection en compagnie des étudiants, qu'ils tiennent pour impulsifs, irresponsables et farfelus, mais...

– Ils ne l'ont fait nulle part !

– Les étudiants n'ont rencontré nulle part un parti communiste puissant.

– Pas non plus un général de Gaulle, vois-tu bien !

– Le P.C. dit : "Nous sommes avec la masse des étudiants, qu'il ne faut pas confondre avec les petits groupuscules pseudo-révolutionnaires."

– C'est sans doute vrai, ici comme chez nous...

– La C.G.T. ne prendra pas le risque de ce qu'elle appelle une aventure gauchiste. Mais un vrai mouvement de masses a sa vie propre.

– Les gens sont avec les étudiants. Mais les étudiants ne rêvent pas de révolution, ils rêvent de jacqueries. Comme en Espagne, mais oui ! Comme en Californie, comme en Hollande, comme partout ! Le mélange du nihilisme et de la Fête, je te dis ! Très espagnol ! A Mexico, des étudiants ont foncé de l'université sur le Zocodover, la grande place, pour tirer de tous les côtés. Tes Français sont des bourgeois !

– Jusqu'ici, pas un mort. Ce qui est étrange, même si l'on tient compte des intentions des étudiants, des instructions de la police.

Il ricane :

– Un accident est vite arrivé... Mais il n'arrive pas... Je suis allé à Nanterre. C'était comme partout. *Vive le Vietnam – L'Université dresse les chiens de garde de la bourgeoisie, nous contestons l'Université et la société ! – Avec le prolétariat, pas toujours avec Marx – Maoïstes ou pas, les politiques sont des emmerdeurs ; mais chacun doit avoir le droit de parler – Vive Marcuse, vive Reich : luttons contre l'aliénation sexuelle des travailleurs – Vive la contestation permanente, fondée sur la provocation ou l'insulte.* Et ainsi de suite ! Ah ! je connais, je connais !... Lénine n'aurait pas aimé ça du tout, vois-tu bien ! Vous avez en plus Cohn-Bendit, qui brait plus fort que les micros ; minuscule différence. Pourtant, chez vous, le psychodrame devient contagieux, agit sur les spectateurs. San Francisco se foutait de l'épidémie de Berkeley...

L'huissier :

QUATRE CENT CINQUANTE BLESSÉS.

– Votre freudo-marxisme, demande Max, a naturellement commencé par la contestation sexuelle, une histoire de dortoir ?

– L'important n'est pas là. Tous les gouvernements interprètent le nihilisme en termes politiques parce que ce sont des termes rationnels.

– Je croyais que tu les jugerais complètement idiots...

– Politiquement, ce feu d'artifice à fusées noires n'aura d'autre résultat concret, comme on dit au P.C., que de soutenir M. Mitterrand et ses politiciens contre le général de Gaulle. Et s'ils échouent, de jeter les électeurs dans les bras du gaullisme de droite. C'est bien la peine de faire l'amour en public par groupes de six pour aboutir au président du Sénat ! qui se débarrasserait des communistes comme d'habitude. Terminer l'Apocalypse par la restauration de Topaze, pourquoi pas ? Il y a dans tout ça de l'illusion lyrique, mais aussi pas mal de sarcasme, de dérision...

– Ça m'a frappé, au quartier Latin !

Il hennit, ses cheveux voltigent ; mais depuis qu'il s'est rassis, cabas sur les genoux, une tristesse de plus en plus lasse succède à la frénésie.

– Tu ferais mieux de t'occuper de chimie du cerveau ! A propos, il faut que je te donne les Actes du dernier Congrès... Tout de même, l'homme est une drôle de bête !... Alors, ces Actes du Congrès, ça vient ?

Il a posé sur mon bureau le petit cabas qu'il ne cessait de peloter entre ses genoux, y plonge la main, en tire des papiers et un soutien-gorge, enchaîne :

– ... et la femme, donc !

trouve enfin une plaquette qu'il me donne : *Congrès*, ferme le cabas et le repose sur ses genoux. Pendant la guerre, il m'a dit : « Vers cinquante ans, quand j'aurai enfin atteint l'âge heureux de l'impuissance... » Fol espoir sans doute.

« A Madrid, nous avions beaucoup plus d'espoir. Ça ressemble à nos émeutes et ça n'y ressemble pas, vois-tu bien. A ton avis, quelles sont leurs vraies motivations, comme ils disent ? Quand on retrouve un pays, on devrait noter les nouveaux mots : motivation, structure, alinéation, quoi encore ?

– Démystification, frustration, progressiste, société de consommation...

– Même ceux qui viennent de grands esprits, et du passé, localisent épatamment le dernier état de la connerie. Je demandais... ah oui ! les motivations ?

– Il y en a plusieurs.

« D'abord, comme ailleurs, modifier l'organisation des études. Ils ont raison. Elle doit être adaptée à la ruée des étudiants : il y en a autant, cette année, qu'il y avait d'élèves des lycées et collèges avant la guerre.

« Puis, la sexualité. Parfois, la Faculté intervient pour protéger la liberté des filles ; parfois, sans trop savoir au nom de quoi.

« Puis, les objectifs immédiats : évacuation de la Sorbonne par la police, solidarité avec les étudiants condamnés. Très important.

« De plus, faire grève, s'insurger, c'est exister. En temps normal, ils n'existent guère, les pauvres. Existence, insurrection, indépendance, liberté, l'ensemble est confus, mais explosif.

« Enfin, le vrai nihilisme. C'est pourquoi je t'ai parlé d'irrationnel. Là, les objectifs sont des masques ; sauf les plus simples, comme la libération des étudiants emprisonnés. La Sorbonne populaire n'est pas un objectif révolutionnaire, c'est un film d'Eisenstein. Tout nihilisme appelle des états psychiques. L'atmosphère insurrectionnelle en fournit encore plus que la sexualité. Ils disent : faire la Révolution, comme les gandins disaient : faire la noce. Tu n'as pas besoin de moi pour savoir que sans Rome, Napoléon n'aurait été ni consul ni empereur. On appelle contestataire, un protestataire qui se regarde protester. Mais ces acteurs-ci se trompent de République.

Fais-je un exposé au soutien-gorge ? Il rend tout saugrenu...

– De Gaulle gagnera encore, cette fois-ci ? demanda Max. Et puis, qu'est-ce que ça peut foutre ! Le plus extraordinaire de tout, c'est la musique. L'Espagne... enfin, je me suis fait une raison, mais à Berkeley je peux prendre les émissions mexicaines. Il y a souvent du flamenco, quelquefois du canto jondo. Alors, je me dis : quelle chose extraordinaire, être venu sur la terre pour y regretter ce que je n'ai jamais connu...

Il hésite.

– Dis donc ? Tu parlais d'états psychiques... Ça t'intéresse toujours ?...

Sa bouche reste ouverte. Vais-je savoir pour quoi il est venu ?

– L'un de mes collègues a mis au point un... comment dire, puisqu'il n'accepte pas le mot : hallucinogène ? enfin, soit ! une drogue auprès de quoi les autres sont des jeux d'enfants. Ceux qui l'ont expérimentée parlent d'état premier – par prééminence sur ce que nous appelons tous l'état second.

– Premier en intensité ?

– Pas tout à fait... plutôt non... ils parlent d'une “douceur inconnue”. Et ils ne sont pas des écrivains ! Leur slogan est, écoute bien : le seul état, avec la mort peut-être, où la conscience et l'expérience coïncident. (Comme s'ils connaissaient ton vocabulaire.) Pourtant ils avaient étudié les drogues principales...

– Pourquoi : avaient ?

– Mon collègue a renoncé. Pas par crainte de la police ; par peur tout court. C'est pourtant la seule drogue qui n'apporte ni dépression ni accoutumance.

– Alors ?

– Il a peur...

– L'action dure plusieurs heures ?
– Douze.
– C'est beaucoup.
– Oui. Rends-toi compte ! Rien de commun avec le haschisch, la mescaline, ni les opiacés...
– Les alcaloïdes ?
– L'héroïne ? Pas question !
– Douze heures... Il y a une "mise en marche" ? Tu sais comme moi que le haschisch est un multiplicateur, d'où son action religieuse dans certaines sectes.
– Religieuses... J'ai demandé à un de mes étudiants, athée, de me donner une idée de cette drogue-ci... Il m'a dit...
L'ombre d'une voix chuchotante et nostalgique passe sur celle de Max :
– Il m'a dit : c'était le Paradis...
Donc, Max n'a pas fait l'expérience.
– Mon collègue n'a conservé que deux doses. Quand il a su que je venais ici, il m'en a remis une pour toi. Si tu n'en veux pas, je la rendrai...
Est-il venu pour cette proposition ? Accompagne-t-elle seulement son voyage ? Les jeunes admirateurs lointains existent : nous faisons partie de leur exotisme. Même chez les scientifiques, l'inattendu n'est pas rare, en de tels domaines.
– Comment a réagi le Contrôle des stupéfiants ?
– Mon ami ne le consultera jamais. Il sait bien... Leur jalousie... surtout, leur peur.
– La peur du bonheur ?
– Bien sûr !... Tu te rends compte ?
Depuis que nous parlons de ce sujet, Max ne m'a pas regardé. Son regard revient. Il sourit gauchement. Je ne croyais pas que son agitation pût connaître la gaucherie. Le mot « paradis », à peine prononcé,

étend dans le bureau ses ronds mystérieux, se perd dans la nuit menaçante.

– Si ça marche, dit-il, c'est la fin des drogues chez les contestataires de l'Université... La fin de leur drame, peut-être... Quelle histoire !... Le mot bonheur ne s'est jamais appliqué qu'à des moments...

Sa voix pressante tout à l'heure pour me convaincre de balivernes, ne l'est plus. On dirait qu'il n'ose pas. Sa ressemblance avec Voltaire ne s'interpose plus entre le vieillard qui me fait face, et mon ami d'autrefois. Je retrouve son écarquillement de jadis. Bouche un peu ouverte sur le sourire qui a perdu son ironie, buste penché, bras un peu écartés, comme pour l'abrazo espagnol ; aussi, une tension de chat inquiet d'on ne sait quoi. Mais ce très vieux chat ne sautera plus. Je lui demande :

– Que veut ton collègue ? Un écrivain qui fasse pour sa découverte, ce que Huxley, Michaux ont fait pour la mescaline ? Je n'écris plus...

– Tu écrirais si tu voulais. Ce n'est pas ça... du moins, ça m'étonnerait...

– Echapper à sa responsabilité, qu'il semble supporter assez mal, sans brûler sa formule ?

Max sourit, du même sourire maladroit dont je ne sais s'il exprime la complicité ou l'ironie.

– Plutôt. Mais je ne sais pas, bien sûr... Il m'a seulement demandé de te dire ce que je t'ai dit.

– Donne les sachets.

Comme pour mettre fin à l'entretien, le téléphone interministériel sonne.

– Pourtant, je suis un homme de ce drôle de temps, je te dis !..., répète Max qui gagne la porte avec son petit cabas.

Le temps des limbes.

IV

Colombey,
jeudi 11 décembre 1969.

La fatigue des derniers temps du pouvoir s'est effacée. Le général de Gaulle retourne d'un geste un des fauteuils de cuir. Sa haute taille, un peu courbée maintenant, domine la petite pièce où flambe un feu de bois. Il s'assied à contre-jour, pour protéger ses yeux, derrière une table à patiences dont le tapis vert supporte les boîtes de cartes. Jamais, aux jours éclatants, je n'ai assisté à un dîner à l'Elysée, dans le salon d'Honneur surdoré comme les palaces du siècle dernier, sans voir ce dîner partir vers le néant avec ses deux cent cinquante couverts, ses musiciens sous la tapisserie d'après l'*Héliodore* de Raphaël, sa musique de Mozart et son cortège de fin des Habsbourg... Khrouchtchev, Nehru et Kennedy dans la galerie des Glaces de Versailles, et Trianon restauré, déjà hanté par le départ...

J'ai redécouvert, en lui serrant la main, combien les mains de cet homme encore si grand sont petites et fines. Les mains ébouillantées de Mao Tsé-toung, elles aussi, semblent les mains d'un autre.

Après les paroles de bienvenue, nous passons dans

son cabinet de travail. La noblesse de la pièce tient-elle à l'accord de ses proportions avec celles du bureau, ou aux trois fenêtres derrière lui, à l'impression de vide qu'imposent les livres dans le mur – œuvres complètes de Bergson, ami de sa famille, et les miennes, qu'il me montre d'un clignement – ou au général devant l'immense paysage noir et blanc de la neige sur toute la France, un seul fauteuil en face de lui ?

Il m'a dit autrefois, pendant que nous parcourions le parc : « Voyez, tout ceci a été peuplé jusqu'au Ve siècle ; et il n'y a plus un village jusqu'à l'horizon. »

La cellule de saint Bernard, ouverte sur la neige des siècles et la solitude.

Qu'amis et adversaires s'interrogent sur les causes réelles de son départ, il le sait. Il l'avait annoncé ; peu importe. Pour le pays, il y a dissonance entre le référendum, les régions, le Sénat, tout le matériel de la dernière consultation, et le départ du général de Gaulle après des élections ultra-gaullistes. Le général ne pouvait affronter que des événements historiques – ou la mort – ou le secret. Son premier départ avait déconcerté. On sait qu'il ne reviendra plus. Ce qu'on appelle la politique française continue, à l'écoute de ce silencieux Veilleur.

– Cette fois, dit-il, c'est peut-être fini.

Je revois le petit salon de l'hôtel Lapérouse, en 1958, dans la décomposition générale : « Il faut savoir si les Français veulent refaire la France, ou se coucher. Je ne la ferai pas sans eux. Mais nous allons rétablir les institutions, rassembler autour de nous ce qui s'est appelé l'Empire, et rendre à la France sa noblesse et son rang. » Il parlait avec une énergie invulnérable, alors qu'il parle aujourd'hui avec le ton dont il a dit de l'Italie, en 1941 : « Ne restera-t-il d'elle, comme l'a dit Byron, que la triste mère d'un Empire mort ? »

Il me regarde pesamment :

– Quand je suis parti, l'âge a peut-être joué son rôle. C'est possible. Mais vous comprenez, j'avais un contrat avec la France. Ça pouvait aller bien ou mal, elle était avec moi. Elle l'a été pendant toute la Résistance. On l'a bien vu quand je suis arrivé à Paris. Il y avait l'énorme vague qui me soutenait. Sur laquelle je dirigeais mon bateau. A Londres, j'avais vu arriver les politiciens, des militaires, des Canaques. Et puis les pauvres types, les marins de l'île de Sein : la France. Quand les Français croient à la France, oh, alors ! Mais quand ils cessent d'y croire !... Vous connaissez la phrase du pape : les Français n'aiment pas la France.

« Enfin !

« Le contrat a été rompu. Alors, ce n'est plus la peine. Le contrat était capital, parce qu'il n'avait pas de forme ; il n'en a jamais eu. C'est sans droit héréditaire, sans référendum, sans rien, que j'ai été conduit à prendre en charge la défense de la France et son destin. J'ai répondu à son appel impératif et muet. Je l'ai dit, écrit, proclamé. Maintenant, quoi ?

Il est seul, puissamment courbé, devant la neige qui couvre l'étendue déserte : « J'ai eu un contrat avec la France... » Pourquoi dit-il : la France, et non les Français ? Pourtant, il continue :

« Les Français n'ont plus d'ambition nationale. Ils ne veulent plus rien faire pour la France. Je les ai amusés avec des drapeaux, je leur ai fait prendre patience en attendant quoi, sinon la France ?

Il avait vingt-quatre ans en 1914, et je me suis toujours demandé si ce qu'il appelle ambition nationale ne se confond pas avec la volonté de revanche de son adolescence... Mais il ajoute :

« Même les Anglais n'ont plus d'ambition nationale.

On a souvent essayé de le peindre par la psychologie, qui, dans son cas, me semble vaine. Il est perspicace, et même, quelquefois, médium : « Un jour, on s'accrochera à nos basques pour sauver la patrie. » Mais son intelligence tient au *niveau* de sa réflexion (ce que Chateaubriand appelait l'intelligence de la grandeur d'âme) plus qu'à la pénétration, bien qu'elle ne lui manque pas ; et tient aussi à une obsession. Je suppose que les grands chrétiens du Moyen Age, saint Bernard par exemple, ont possédé des intelligences de vocation. Il est hanté par la France comme Lénine l'a été par le prolétariat, comme Mao par la Chine, comme le fut Nehru par l'Inde. La première phrase de ses *Mémoires de guerre* lui est consacrée, et je crois que la France a toujours été moins simple dans son cœur, que la princesse de légende dont il parle. C'est elle qu'il a épousée, avant Yvonne Vendroux. Si haut que soit son drame, il est parent de celui des chefs communistes qui se sont séparés du Parti. Et le général de Gaulle est à mille lieues de penser que la France l'a trahi pour ses successeurs.

– Mais, dis-je, dans les choses capitales que vous avez faites, quand n'avez-vous pas été minoritaire ?

Ne l'était-il pas le 18 juin, et maintes fois avec Churchill, et à coup sûr avec l'*Amgot* et les troupes d'Eisenhower, et entre les parachutistes de 1958 et les défileurs de la Bastille à la Nation ? Il acceptait tout cela allégrement ; en comparaison, que signifiait un référendum sur les régions et le Sénat ? Peut-être que les Français étaient idiots à ce moment, mais qu'a-t-il fait toute sa vie, sinon les contraindre à finir par reconnaître la France ?

Il dit :

– J'étais minoritaire, j'en conviens ; je savais que tôt ou tard, je ne le serais plus.

Il y a longtemps que je me demande ce que les Français sont pour lui. Quelque chose de variable, sans doute, comme presque tout ce qui est profond. Les « braves types de l'île de Sein » ? Ils étaient, à ses yeux, les délégués de la France (ils arrivaient à Londres, d'ailleurs, avec les Canaques). Les femmes qui jugeaient naturel de donner asile à nos postes émetteurs dans leurs chambres de couturières ou de dactylos, en sachant qu'elles risquaient Ravensbrück ? La foule des villages après le débarquement, celle de Bayeux, des Champs-Elysées ? Celle qu'il a rencontrée partout, lors de ses voyages présidentiels ? Son lien avec tant de siècles ? Il appelle Français ceux qui veulent que la France ne meure pas.

Je pense aux servantes de Baulieu qui écoutaient à la radio la déclaration de guerre, à mes compagnons de char – Bonneau le souteneur avec son pinson blessé ; Pradé et son fiston, le pompier Léonard aimé des stars ; à ceux du maquis, aux femmes en châles noirs chacune devant sa tombe, lorsqu'on enterrait nos morts de Corrèze ; à la patronne de l'hôtel de Gramat, à la supérieure du couvent de Villefranche ; au prisonnier de Saint-Michel de Toulouse, qui déconcertait par son ton professoral : « Touristes ! » le type de la Gestapo qui entrait dans notre cellule en gueulant : « Terroristes ! » ; aux gosses de Ramonchamp et de Dannemarie, venus la nuit, conduits par l'institutrice, planter leurs petits drapeaux sur nos premiers morts, ou les déposer sur nos morts sans tombe.

– Avez-vous jugé le contrat rompu en mai, ou plus tôt, lors de votre réélection ?

– Bien avant. Alors j'ai pris Pompidou.

Que veut-il dire ? Au temps du conflit parlementaire ? Au retour d'Afghanistan ? (Il devrait donc dire : conservé.) Il ne fait pas allusion au temps où il a appelé Pompidou, car ce serait évidemment faux. Il continue :

– En mai, tout m'échappait. Je n'avais plus de prise sur mon propre gouvernement. Bien sûr, tout a changé quand j'ai pu faire appel au pays, quand j'ai dit : "Je dissous la Chambre."

« Mais pas pour longtemps !

« La participation, vous savez, j'y voyais un moyen de réveiller le pays, de lui faire prendre conscience de son existence, enfin, de le secouer ! Mais il avait déjà choisi. Et l'action ne vaut qu'en fonction de contingences qui ne se retrouvent jamais.

– Je n'ai guère cru à l'association capital-travail, donc à la participation...

– Vous les avez défendus.

– Dès que vous seriez réellement entré en conflit avec le capitalisme, les conséquences de ce conflit eussent été imprévisibles. C'est un peu comme l'appel du 18 Juin, la Paix des Braves ou la Communauté. Quant au marxisme, j'ai passé mon temps à dire à mes amis, les gaullistes de gauche : mettez-vous bien dans la tête que le mot rassemblement, pour le général, est le symbole de son espoir.

Je l'ai fort amusé lorsque j'ai répondu, à je ne sais quels idiots qui hurlaient que nous étions le capitalisme : "Vous êtes allés au Vel' d'Hiv' ? Oui ? Ce n'est pas le capitalisme, c'est le métro !" Il n'est évidemment pas un défenseur du capitalisme, mais pas davantage du prolétariat. Il n'a pas accepté les nationalisations pour faire plaisir aux communistes : les nationalisations, à ses yeux, étaient un moyen de résurrection de la France. Il s'accorde au marxisme sur la propriété collective (il dirait nationale) des moyens de production, pas sur l'exaltation de la lutte des classes.

– Je veux bien, dit-il.

– Le problème social, certes, n'avait pas disparu, mais il était devenu subordonné – parce qu'il l'était devenu dans le monde entier.

– La justice sociale se fonde sur l'espoir, sur l'exaltation d'un pays, non sur les pantoufles.

« La participation, c'était un symbole, vous voyez ce que je veux dire... Le niveau de vie est devenu la boîte à chagrins de tous les pays. La moitié de la politique mondiale est orientée par lui. Pourtant, il ne s'agit pas seulement de lui. Notre ancienne société agricole a été transformée par l'accès des paysans à la propriété. Notre société industrielle sera transformée aussi. La participation était, un peu à tâtons, le chemin de cette transformation. Et vous savez bien que la France, en votant contre moi, n'a pas écarté que les régions, le sénat, et ainsi de suite : elle a écarté la participation. J'ai dit ce que j'avais à dire. Mais le jeu était joué.

J'ai entendu son discours à l'armée d'Algérie : « Quant à vous, écoutez-moi bien : vous n'êtes pas l'armée pour l'armée, vous êtes l'armée de la France ! » Et le discours sur la destruction de ce qu'on avait appelé l'Empire ; et celui de Strasbourg, dans le vent glacé, à une foule d'officiers hostiles : « Si vous ne me suivez pas, vous ne pouvez devenir que des soldats perdus ! » Il m'avait dit, quelques jours plus tôt : « Le caractère exige d'abord de négliger d'être outragé ou abandonné par les siens. Les gens croient que je ne connais pas le sens de : perdre la fraternité.

Croient-ils que je n'aie pas assez connu le goût de poison du mépris ? Ils ont beaucoup à apprendre ! Mais il faut accepter de tout perdre. Sinon, quoi ? Le risque non plus, ne se divise pas. »

Il parle aujourd'hui avec la même fermeté, mais il se veut hors du jeu. Je lui demande :

– Pourquoi êtes-vous parti sur une question aussi secondaire que celle des régions, mon général ? A cause de l'absurdité ?

Il me regarde de nouveau fixement :

– *A cause de l'absurdité.*

A quel point il est le passé de la France, un visage sans âge, comme, derrière lui, la forêt couverte de neige qu'il a maintenant épousée !

Il n'y a pas de Charles dans ses *Mémoires*, mais pas davantage dans un dialogue avec lui. Il exprimait un destin, et l'exprime lorsqu'il proclame son divorce avec le destin. L'intimité avec lui, ce n'est pas de parler de lui, sujet tabou, mais de la France (d'une certaine façon), ou de la mort.

– Vous avez bien fait, reprend-il, de ne pas partir le lendemain de mon départ. On savait que vous partiriez.

– La Constitution impliquait que votre successeur n'était pas le président du Sénat, mais le gouvernement – donc le vôtre. Et avant les élections, il pouvait se passer bien des choses. Ç'a été très irréel, d'ailleurs...

L'irréalité avait commencé plus tôt. Je revois le dernier Conseil sous la présidence du général : projets de décrets sans importance, admission à la retraite d'un préfet, communications. Le ministre des Affaires étrangères s'était tu avant midi. Le général s'était levé :

– Eh bien, messieurs, nous avons terminé !... Alors, à mercredi prochain. A moins que... Eh bien, dans ce cas-là, une page de l'histoire de France sera définitivement tournée...

Elle est tournée.

Je reprends :

– A la première séance de la Chambre après votre départ, pendant deux ou trois minutes, je me suis trouvé seul au banc des ministres avec Couve, et Chaban à la présidence, dans le jour blafard que vous connaissez : aucun député n'osait entrer le premier...

Ici aussi la lumière est irréelle, à cause de sa réverbération par la neige. Je connais bien cette lumière blanche, car elle change les couleurs des tableaux ; mais il n'y a pas de tableaux ici. Sur la table, sont alignés quelques feuillets de manuscrits, ses *Mémoires* sans doute, couverts de son écriture ascendante.

– Vous écrivez la suite de vos *Mémoires*, et un livre idéologique ?

– J'écris mes *Mémoires*, de 1958 à 1962. Ensuite, il y aura deux autres tomes.

– Pas de traversée du désert ?

– Non. On vous a parlé d'idéologie parce que je n'écris pas un récit chronologique. Comme dans les *Mémoires de guerre*, il s'agit de dire ce que j'ai fait, comment, pourquoi.

Je pense encore à l'hôtel Lapérouse en 1958. Il continue :

– Comme il est étrange que l'on doive se battre à ce point, pour arracher de soi ce que l'on veut écrire ! Alors qu'il est presque facile de le faire quand on parle. Colette disait : "C'est difficile, la langue française ! Les adjectifs !" Elle se trompait, malgré son talent : la langue française, ce sont les verbes. Et puis, se délivrer des manies d'écriture...

Il fait allusion au rythme ternaire, qui l'obsède et l'irrite. Jusqu'ici, il ne s'en est nullement délivré.

– On me dit que vous envisagez de publier tout ce que vous avez *dit* depuis le 18 Juin : discours et conférences de presse ?

– Sauf les machins aux maires, sur le bord de la route. Mais il est bon de donner les choses à leur date.

– L'effet d'ensemble peut être singulier, parce que vos textes de Londres ne sont pas des discours, ce sont des monologues destinés à des foules invisibles... Le jour où la radio nous a donné la masse de "messages personnels" qui annonçaient de toute évidence le débarquement, je pensais au discours nocturne de Rodrigue dans *Le Soulier de satin* : « Officiers, compagnons d'armes, hommes assemblés ici... »

La suite, que je ne cite pas, continue dans ma mémoire :

« ... hommes assemblés ici qui respirez vaguement autour de moi dans l'obscurité,

« Et qui tous avez entendu parler de la lettre à Rodrigue et de ce long désir entre cette femme et moi, qui est un proverbe depuis dix ans entre les deux Mondes,

« Regardez-la, comme ceux-là qui de leurs yeux maintenant fermés ont pu regarder Cléopâtre, ou Hélène, ou Didon, ou Marie d'Ecosse... »

Précisément, il n'y aurait rien à voir de l'imminent branle-bas dans l'aube avec lequel nous avions depuis si longtemps rendez-vous, et qui, pour nous tous, allait fort ressembler au destin.

– Ce qui donne leur accent à vos allocutions, dis-je pendant que les versets s'éteignent en moi, c'est ce qui les sépare des discours. (D'ailleurs, la conférence de presse, aussi, a été un nouveau moyen d'expression.) L'écrivain non plus ne connaît pas ses lecteurs. Et dans une certaine mesure, comme vous, il les suscite... Mais tout grand écrivain est lié à ceux qui le précèdent, alors que vos allocutions n'avaient pas de précédent. Sauf un. Vous connaissez Vézelay : comment les chevaliers, en bas, auraient-ils entendu saint Bernard, qui parlait évidemment sans micro ? Cependant, ils sont partis pour la Croisade.

« D'ailleurs, il y aura des surprises ; je ne me souviens pas d'avoir retrouvé, dans les *Mémoires de guerre* : "Il est normal, et absolument justifié, que les Allemands en France soient tués par les Français : ils n'ont qu'à rester chez eux."

– Oui. Quand j'en aurai fini avec les institutions, il y aura aussi, quoi ! les choses que j'ai à dire. Si j'écris, on s'attend tout de même à savoir ce que je pense, ce que j'ai fait ! Et je vais le dire. Je vais dire aussi ce qui s'est passé.

Je crois que les hommes font les institutions plus que les institutions ne font les hommes ; mais je sais que ce livre, héritier des *Mémoires de guerre*, sera une simplification romaine des événements – la simplification par laquelle, en littérature comme en architecture, Rome impose avec tant de force son ordre – et l'oubli de ce qu'il a toujours mis plusieurs fers au feu (pas n'importe lesquels) pour tirer du feu, le jour venu, la seule arme efficace. Il n'est pas latin, il est romain, ce qui signifie presque le contraire.

– J'aime *Les Trois Mousquetaires*, dit-il. C'est aussi bien que votre ami *Le Chat botté*. Mais leur succès vient de ce que la guerre avec l'Angleterre n'y doit rien à la politique de Richelieu. Elle doit tout aux ferrets d'Anne d'Autriche, récupérés par d'Artagnan. Les gens veulent que l'histoire leur ressemble. Au moins, qu'elle ressemble à leurs rêves. Ils ont quelquefois de grands rêves, heureusement.

– Il existe, dis-je, un domaine de la littérature que la critique n'a pas isolé, parce qu'elle le confond avec les Mémoires : ce sont les livres qui racontent ce que leur auteur *a fait.* Pas : a ressenti. Car les Mémoires sont souvent des résurrections de sentiments. Le récit de l'exécution d'un grand dessein pose d'autres problèmes. Si la *Guerre des Gaules* n'était pas de César, le livre n'en serait ni meilleur ni moins bon ; mais il ne serait pas de même nature. Si le *Mémorial* était fait des souvenirs de Las Cases, si Napoléon n'y parlait pas, ce serait un autre livre. On vous a parfois attaqué, et plus souvent admiré. A mon avis, par un malentendu. Les *Mémoires de guerre* n'ont rien à voir avec les *Mémoires d'outre-tombe,* et il en sera ainsi de ce que vous êtes en train d'écrire. Les moyens ne sont pas orientés par le même but.

A mes yeux, ses *Mémoires,* que le récit soit celui du maintien de la France dans l'abandon de 1940 ou dans l'espoir de 1958, sont une tragédie à deux protagonistes : les Français et lui. Dans la guerre et dans la paix, la France est l'enjeu. A plusieurs reprises, il l'a faite contre la majorité des Français. Il en éprouve une amère et secrète fierté. Espère-t-il que la postérité comprendra, est-il maintenant au-delà de cet espoir et des autres ? Je rêve d'une sorte d'Œdipe dont Sophocle nous dirait comment il a voulu faire Thèbes contre les Thébains. A Cronstadt, Lénine et Trotski ont rencontré le même drame, et l'ont furieusement résolu : des prolétaires contre le prolétariat. Il possède une rare fermeté, mais enfin, il est un homme, et non un personnage de théâtre. Il m'a dit un soir : « S'il ne s'agissait que de liquider, quel besoin avait-on de moi ? Pour fermer un grand livre d'histoire, la IVe suffisait. » Dans les *Mémoires de guerre*, une méfiante pudeur le sépare de l'essentiel, à quoi il ne se méprend pourtant pas. Quelques jours après son retour, pendant le drame d'Alger : « Vous connaissez le colonel Lacheroy, n'est-ce pas ? Je ne l'ai jamais vu. Envoyez-le-moi. » Le colonel était alors l'un des principaux chefs du Service psychologique, et une sorte de ministre de l'Information local, avec conférences de presse à l'accent de Bourgogne. Il arrive à Matignon. Le général l'écoute. « – Bien. Alors maintenant, Lacheroy, mettez-vous solidement une chose dans la tête : on ne défend pas la France contre de Gaulle. » *Exit* Lacheroy. « Quand j'ai parlé à Alger, m'a dit alors le général, chacun a compris que, cette fois, c'était la France qui parlait. »

Il reprend, après un silence :

– Ce que nous avons voulu – et entre vous et moi, pourquoi ne pas lui donner son vrai nom : la grandeur ? – est fini. Oh ! la France peut encore étonner le monde ; mais plus tard. Elle va tout négocier. Avec les Américains et même les Russes, avec les Allemands et les communistes. On a commencé. On peut continuer sans grande signification. A moins d'un événement ! La France n'en attend pas. Les autres non plus. Je ne crois aucunement que ça dure. Vous verrez. Les parlementaires peuvent paralyser l'action, ils ne peuvent pas la déterminer. La France s'était relevée contre le parlementarisme : elle va s'y ruer, et il la défendra aussi intelligemment que lorsque je tentais de faire accepter les blindés !

– Mais Hitler est mort.

– Le pays a choisi le cancer. Qu'y pouvais-je ?

Il n'a jamais accepté de confondre le pays et les politiciens, mais il vient de dire : le pays, et non les politiciens.

La grandeur, c'est fini... Il a rétabli la France à partir d'une Foi, et la foi n'a pas qu'un sens religieux. Comment saint Martin, hongrois, a-t-il évangélisé nos provinces de Loire ? Comment les évangélisateurs irlandais ont-ils évangélisé l'Allemagne ? Il ne suffisait pas de sa foi en la France pour qu'il fût le général de Gaulle ; pourtant il n'eût été sans elle qu'un vainqueur intrus parmi les vrais, ou un vaincu plus ou moins héroïque. Napoléon battu croule sous ses victoires passées, mais il est obsédé par lui-même, non par la France. Une fois de plus, je retrouve dans le général ce que j'ai appelé le chef d'ordre religieux. Si la France l'abandonne, il parcourt sa solitude mérovingienne au-dessus de Clairvaux, il n'envisage pas d'aller servir le Grand Turc. Sa relation avec la France est loin d'être simple. Sa réponse aux journalistes, jadis : « Mais moi, j'étais la France ! » est au passé. Celle à Churchill : « Si je ne suis pas la France, qu'est-ce que je fais dans votre bureau ? » est au conditionnel (apparent). Personne, après l'appel célèbre, n'a cru qu'il *était* la France, et d'abord pas lui. Il a décidé de l'être. Lorsqu'il a dit aux Français écrasés, au monde stupéfait : « La France *existe* ! », qui, sinon lui, eût osé le dire ? Les politiciens de la IIIe République n'y croyaient plus. Le maréchal Pétain était alors un émouvant protecteur des ruines, mais sa protection, loin de signifier que la France existât, signifiait que la France avait cessé d'exister. Le général ressent avec violence que l'agonie de la France n'est pas née de l'affaiblissement des raisons de croire en elle : défaite, démographie, industrie, etc., mais de *l'impuissance à croire* en quoi que ce soit. Il m'a dit autrefois : « Même si les raisons que le communisme apporte aux Russes pour croire à la Russie sont à dormir debout, il est irremplaçable, puisqu'il les apporte ! »

Nehru m'a demandé, avec plus de lassitude : « N'est-il pas à la fois nécessaire que nous ayons les pieds sur la terre et que nos têtes ne restent pas au niveau du sol ?... » Le mot grandeur, que le général a si souvent employé, et que les autres ont si souvent repris pour ou contre lui, a fini par signifier à la fois le faste, et une expression théâtrale de l'Histoire. Or, ce cabinet de travail, dont l'accent vient de l'immensité déserte, n'est pas Versailles, et l'idée de grandeur du général est inséparable de l'austérité, l'était même aux réceptions de l'Elysée ; inséparable de l'indépendance, et d'un âpre refus du théâtre. Le shah m'a confié : « Quand je l'ai rencontré pour la première fois à Téhéran, j'étais un jeune homme. Je lui ai demandé conseil. Il m'a répondu : "Monseigneur, on vous suggérera bien des habiletés. Ne les acceptez jamais ! Je n'ai qu'une suggestion à vous faire, mais elle compte : mettez toute votre énergie à rester indépendant." » On a beaucoup cité : « Etre grand, c'est épouser une grande querelle », parce qu'il a donné cette phrase de Shakespeare pour épigraphe au *Fil de l'épée*. Il m'a dit : « La grandeur est un chemin vers quelque chose qu'on ne connaît pas. »

Et combien de fois a-t-il répété : « Quand tout va mal et que vous cherchez votre décision, regardez vers les sommets ; il n'y a pas d'encombrements. » Au contraire de ce que supposent ses amis et surtout ses ennemis, la grandeur n'est point un domaine qu'il croit posséder, mais un domaine qu'il sert, en sachant que ce domaine le sert. Ainsi saint Bernard était-il au service du Christ – dont il attendait beaucoup... Pour le général, la grandeur était d'abord une solitude, mais c'était une solitude où il n'était pas seul.

– Qu'irais-je faire avenue de Breteuil ? dit-il. Peut-être avais-je partie liée avec le malheur, non avec tout ce joli monde...

– Et avec la Libération, et dix ans de résurrection de la France.

– Ce qui se passe n'est même pas le malheur. Et je ne pourrai pas, pour la troisième fois, rattraper la France par les cheveux au dernier moment.

– Croyez-vous qu'à Colombey, vous ne soyez pas la statue du Commandeur ?

– Enfin, vous voyez ce que je veux dire... Je ne sortirai de mon silence que si l'on met le pays en question. On doit savoir – et je compte sur vous – que je suis étranger à ce qui se passe. Ça ne me concerne aucunement. Ce n'est pas ce que j'ai voulu. C'est autre chose. J'entends ne m'en prendre à personne : s'en prendre à quelqu'un est toujours une faiblesse. Mais la page est tournée. Une fois de plus, on va se mettre à suivre sur la carte les étapes victorieuses des autres. Et à en discuter magistralement !

L'absence d'un grand dessein, qu'il reproche à ses successeurs, il la reproche aussi au monde.

– Le président Nixon a encore été applaudi, reprend-il, parce que l'Asie croit encore la paix possible. Mais il n'en a pas fini avec la boîte à chagrins. Tout grand dessein est un dessein à long terme. Je ne crois pas que les Etats-Unis, malgré leur puissance, aient une politique à long terme. Leur désir, qu'ils satisferont un jour, est d'abandonner l'Europe. Vous verrez !

« La Russie, elle, veut gagner du temps. La France n'a plus de desseins du tout. Je n'écris pas pour ceux qui vont me lire ; il est trop tôt. Et quand je serai mort, vous verrez d'abord reparaître les partis et leur régime de malheur, mais ils finiront par s'embrasser.

– Quand Foster Dulles est venu, vous m'avez dit : “Il n'y aura pas d'Occident.” Il n'est évidemment pas nécessaire que l'Europe soit l'Occident, mais si elle doit se créer contre l'Occident, bonne chance !

– Quand les Français ont-ils compris Foster Dulles ? Ils ont été avec moi. Ils ne le sont plus. Oh ! ils ne sont aucunement avec les autres...

Les autres... Quand Trotski parlait de Staline, il l'appelait l'Autre. Trotski et moi causions seuls à Royan, dans sa petite maison qui bourdonnait de disciples ; les journaux encombraient son bureau. Ici, la solitude ne vient pas seulement de ce que nous sommes seuls. Je crois comprendre la lassitude que le général exprime avec un calme contagieux ; j'en comprends moins bien l'origine. Je me souviens du Conseil des ministres qui suivit les accords d'Evian. Les négociateurs venaient de terminer leur exposé. Le général, qui avait l'habitude de donner la parole en commençant par les jeunes secrétaires d'Etat, passa de droite à gauche, ce qui me fit parler le premier, pas par hasard. Je dis que le dédommagement des Français d'Algérie coûterait moins qu'une guerre sans fin, mais qu'il s'agissait d'abord de savoir si ce que signifiait la France pour le monde était conciliable avec cette guerre.

Michel Debré défendit passionnément son point de vue, que Jacques Soustelle avait défendu amèrement. Cette fois, il ne s'agissait plus de la descente des Champs-Elysées, mais d'un jeu capital qui se jouerait sous la table. Nous parlions, devant le général *immobile*, séparés, par les hauts rideaux verts, du passage négligent des nuages qu'ils encadraient. Après l'exposé de toutes les opinions – il y fallut deux heures – le général dit :

– Le destin de la France ne coïncide pas nécessairement avec les intérêts des Français d'Algérie.

Donc, la guerre d'Algérie était finie, – et les attentats de l'O.A.S. allaient commencer.

Louis Martin-Chauffier m'a affirmé que le général lui avait dit, en 58 : « Nous quitterons l'Algérie. » A moi, il a dit seulement : « L'Algérie restera française comme la France est restée romaine. Mais soyez prudent ! » Comme lui, je croyais alors à la Paix des Braves. Il voulait à tout prix l'accord – et tenait pour certain qu'il l'obtiendrait. Erreur. Mais je savais que des fers qui rougeoyaient dans le feu, il attendait de tirer le fer de la France. Je l'ai entendu dire, au temps des négociations de Melun : « Ça ne plaît pas à Michel Debré ? Et à moi, croyez-vous que ça me plaise ? »

Alors, pourquoi a-t-il choisi de transformer un référendum épisodique, en conflit irrémédiable ? Les obstacles opposés à ses projets pour les nouvelles Halles venaient de lui préciser les limites de son pouvoir en face de celui des municipalités, mais il était prêt à un combat de plus.

Comme si nos pensées silencieuses se répondaient, il me demande :

– Vous savez que les rats des Halles sont déjà à Rungis ?

J'ai été moi-même intrigué par ces rats qui émigraient à Rungis comme si le génie des rats leur avait révélé l'émigration des Halles. Est-ce leur départ, qui me rappelle la dernière cérémonie du gouvernement intérimaire, à l'Arc de triomphe ? Les tambours battant aux morts firent jaillir de *La Marseillaise* de Rude, un dernier tournoiement de pigeons qui s'éparpilla dans le vent...

– Vous lisez la presse, mon général ?

– Oh : les titres !... Je vous l'ai dit : je n'ai rien à voir avec les péripéties.

– Même ce qui se passe dans le monde ? Autrefois, j'ai essayé de comprendre l'enthousiasme qui vous entourait, au loin. Le Canada, la Roumanie, bien ! l'Amérique latine, à la rigueur. Mais Chiraz ? Ces gens n'auraient pas situé la France sur une carte... Et aucune propagande ne jouait, pas même celle qui a joué un si grand rôle dans le voyage de Khrouchtchev, par exemple.

« Je voudrais savoir ce que vous avez signifié pour eux. Certains criaient "Shah in Shah" et d'autres, m'a dit l'ambassadeur, l'équivalent de "Vive Roustem", ce qui serait un peu chez nous "Vive Roland !". Donc, vous étiez la réincarnation d'un de leurs propres héros. Mais je voudrais savoir ce que cela voulait dire : *qui* était le général de Gaulle, pour ces gens qui l'acclamaient.

– Il en eût été de même en Indonésie... En Amérique latine, c'est différent. Pourquoi les Espagnols ne m'aimeraient-ils pas ? Ils aiment bien don Quichotte ! Mais le monde aussi a remis ses pantoufles. Les souris dansent. Vous savez, même en France dans les meilleurs jours, il est toujours étrange que les gens vous aiment. Enfin, je m'entends...

– Votre prédécesseur, en France sinon en Iran, ce n'est aucun politique, pas même Clemenceau ; peut-être Victor Hugo...

– Au fond, vous savez, mon seul rival international, c'est Tintin ! Nous sommes les petits qui ne se laissent pas avoir par les grands. On ne s'en aperçoit pas, à cause de ma taille.

Son demi-rire se prolonge dans un mouvement las des épaules. Einstein m'a dit autrefois, au sujet de Gandhi : « L'exemple d'une vie moralement supérieure est invincible. » Je suis loin d'en être assuré. Et la vie du général de Gaulle, certainement haute, n'est pas moralement supérieure, en ce sens. Qu'est-ce qui fait de lui un personnage légendaire ? Il n'est pas un grand capitaine, il n'est pas un saint. Il n'est pas le vainqueur d'une guerre, au sens où le fut Clemenceau. Un grand politique ? Mais Richelieu, Bismarck ne sont pas légendaires ; les géants politiques ne le sont jamais. Je lui ai dit que sa France n'était pas rationnelle, mais il ne l'est pas non plus. Certes, il y a dans son prestige, maint élément rationnel : il a été le libérateur, le solitaire vainqueur, l'intraitable, la résurrection de l'énergie nationale et par conséquent de l'espoir, même en 1958 ; le seul homme que l'on ait pu opposer au désastre, non parce qu'il ferait une « union nationale » à la manière de Poincaré ou de Doumergue, mais parce qu'il portait la France en lui ; un peu, le prophète... Bien entendu, il y a aussi le talent : lorsqu'il parle aux assemblées de Grande-Bretagne ou des Etats-Unis, il parle comme la France. Les présidents de la IVe République n'auraient pas nécessairement mal parlé ; mais on ne les eût pas écoutés.

Son dialogue avec les politiciens a toujours été un dialogue de sourds. Les royalistes, qui s'opposaient, dans leurs écrits, à Danton puis à Saint-Just, n'étaient certes pas tous des niais, et l'idéologie de plusieurs d'entre eux était moins chimérique que celle de Saint-Just. Mais il ne se définissait pas par son idéologie : il se définissait par la guillotine de Strasbourg, et par Fleurus. Lorsque tel politicien proclame ce que le général « aurait dû faire », il n'a pas nécessairement tort ; mais cela n'a aucune importance. Comme, d'ailleurs, l'idéologie gaulliste. Ce que nous avons si souvent entendu appeler inconditionnel (car la soumission à Staline et à ses tribunaux, n'est-ce pas, était tout à fait conditionnelle !), c'était l'irrationnel. Il existe une éloquence des actes, qui n'est point celle de la parole, bien qu'elle la suscite souvent ; l'appel du 18 Juin lui appartient. Et même une mystérieuse action sur le monde, étrangère à la politique. Qui connaît le nom des adversaires du général, au Mexique ou à Chiraz ? Que pourraient-ils y signifier – puisque, pour les gens du Mexique ou de Chiraz, ils ne signifieraient *rien* ?

Ce que signifiait le général de Gaulle pour les Français qui le suivaient était clair ? Soit ; un des hommes sans lesquels la France serait différente de ce qu'elle est. Mais pour tous les autres ? Pour le tiers monde, il a incarné l'indépendance, et pas seulement la nôtre ; il a rétabli la France qu'avaient aimé jadis tant de nations, et non une France *über alles* ; il a été le défenseur de l'Afrique, et, à la fin, du Vietnam. Il a rendu à la France une force liée à lui, et d'abord à notre faiblesse : on l'a écouté, contre les colosses, parce qu'il ne pouvait menacer personne. Mais rien de tout cela, ni même tout cela, n'explique l'enthousiasme de l'Iran, la considération de Mao – ni l'instituteur mexicain qui dit à Joxe, venu visiter son petit musée : « Adieu, serviteur d'un héros... » L'instituteur n'appelle pas ainsi le général de Gaulle parce qu'il approuve sa politique. Le personnage qu'il appelle héros appartient à l'imaginaire. Son action ne vient pas des résultats qu'il atteint, mais des rêves qu'il incarne et qui lui préexistent. Le héros de l'Histoire est le frère du héros de roman ; un chevalier n'est pas un reître. La crucifixion révèle la royauté du sacrifice. Bien entendu, le héros de l'Histoire n'agit pas si clairement, et sa gloire tient souvent aux sentiments épars qu'il ordonne. La gloire d'Alexandre va de soi (le plus grand conquérant du monde occidental), pas celle de César ; mais le meurtre de César assure sa gloire. Si la défaite de Napoléon ne détruit pas sa légende, c'est que Sainte-Hélène fait de lui le compagnon de Prométhée. Il était devenu Napoléon quand il avait cessé d'être Bonaparte, comme Michel-Ange était devenu Michel-Ange lorsqu'il avait cessé d'être M. Buonarroti : ce que j'ai dit autrefois. Et le général de Gaulle le devient en cessant d'être Charles. Un personnage n'est pas « un individu », en mieux.

Victor Hugo n'est pas Victor embelli. C'est peut-être la raison pour laquelle le général, lorsque l'Histoire entrait en jeu, parlait volontiers de lui en disant : de Gaulle. L'humanité a besoin d'inventer le portail royal de Chartres, Ellora, les grottes chinoises – ou les personnages transfigurés de la Sixtine. A Chiraz, au Mexique, le général de Gaulle est sans doute un personnage de la Sixtine. Mao m'a parlé de lui à plusieurs reprises ; je ne crois pas qu'il m'ait beaucoup parlé de la France. Le général est inséparable de forces qui semblent moins les siennes que celles du destin. Pour ses amis, pour ses ennemis, il y a du sorcier en lui – et pour le tribunal de Rouen, si Jeanne d'Arc n'était pas liée aux saints, comment ne l'eût-elle pas été au diable ? Je me souviens de nouveau d'Einstein, le violon sous le bras : « Le mot progrès n'aura aucun sens, tant qu'il y aura des enfants malheureux. » Ce que Dostoïevski avait exprimé plus tragiquement : « Si le monde permet le supplice d'un enfant innocent par une brute, je rends mon billet. » J'ai écrit autrefois que le moindre acte d'héroïsme n'était pas moins mystérieux que le supplice d'un enfant innocent. Je revois le visage de Bernanos quand je lui ai dit, des camps d'extermination : « Satan a reparu sur le monde. » Notre Résistance à tout prix (parfois à quel prix !) a répondu à ces camps, qu'elle ne connaissait pas : le Vercors a répondu à Mauthausen. Et le général de Gaulle, dans ce domaine, répond à Himmler. Pour nous, Français. Mais pour les autres ? L'armée française, lorsqu'elle a été pulvérisée, passait pour la plus forte armée du monde, depuis 1918. La résurrection a-t-elle été à l'échelle du désastre ? Ce dont il s'agit ne s'exprime pas en termes militaires. Type humain qui n'a pas de nom, mais qui joue peut-être, dans l'Histoire, un rôle aussi singulier que celui du héros ou du saint : l'homme qui échappe au destin – ce qui est peut-être la définition de l'homme légendaire.

Il pose la main sur le feuillet en cours de ses *Mémoires* :

– Malraux, au fond, de vous à moi, est-ce la peine ?

Tous ses amis sont morts – et la plupart des miens... Il ajoute :

– Pourquoi écrire ?

– Et pourquoi vivre ? Vous connaissez la BHAGAVAD-GITA : *"Et à quoi sert le pouvoir, à quoi sert la joie – A quoi sert la vie..."*

Têtes géantes d'Eléphanta dans la pénombre, goélands stridents sur la saccade des vagues de la mer d'Oman... Devant moi, cette neige qui reviendra inépuisablement sur la terre :

– Mon général, pourquoi faut-il que la vie ait un sens ? A Singapour, la dernière fois, j'ai rencontré l'un de mes anciens amis. Il avait dirigé l'Enseignement en Indochine et collectionnait les papillons depuis qu'il se savait en face de la mort. "Souvent, maintenant, je me place du point de vue des papillons..." Ils ont deux cent soixante millions d'années, et la vie moyenne d'un papillon dure deux mois. Ils connaissent leurs régions en Malaisie, leurs îles. A Java, à Bali, ils étaient là bien avant les hommes... Alors, ils échangent sans doute des histoires de papillons : les fleurs ont quitté les arbres pour devenir les offrandes, pour orner les cheveux... Les humains sont venus les uns après les autres, et se sont massacrés : naturellement. Ils se sont donc succédé. Des fous... Soyez certain que, pour les papillons, la seule partie vaguement sérieuse de l'humanité, ce sont les femmes, qui ne se massacrent pas... Enfin, disent-ils sans doute, nous, nous sommes les mêmes papillons depuis si longtemps, et les pauvres histoires des hommes...

– Et l'Histoire des hommes.

– ... nous semblent frénétiques et déraisonnables... Si l'on ne ressent pas l'univers comme une dépendance de l'homme, l'humanité est une aventure parmi d'autres. J'ai cité à mon pauvre ami le texte sacré de l'Inde où les grands papillons, après le combat, *"viennent se poser sur les guerriers morts et sur les vainqueurs endormis..."*.

– C'est beau. Je reconnais que les papillons peuvent voir dans la vie humaine une péripétie. Ils ne répondent pourtant pas à la question que vous posiez. Bien qu'à certains égards, ils la détruisent.

Il reprend, écho ironique et peut-être amer :

– Pourquoi faut-il que la vie ait un sens ?...

Combien d'êtres humains, pendant combien de siècles, se sont posé la même question, dans les petites pièces sans lumière des Cités Interdites, ou sous le firmament commun aux reines de Babylone et aux esclaves de Rome qui regardaient mourir leurs nouveau-nés esclaves ? Il hausse imperceptiblement les épaules :

– Qu'ont répondu les philosophes, depuis qu'ils pensent !

– La réponse n'appartient-elle pas plutôt aux religions ? S'il faut que la vie ait un sens, c'est sans doute parce que lui seul peut donner un sens à la mort... Vous connaissez la phrase d'Einstein : "Le plus étonnant est que le monde ait presque certainement un sens." Mais il ne va pas de soi que le sens du monde soit celui de notre vie... Et si notre civilisation n'est certes pas la première qui nie l'immortalité de l'âme, c'est bien la première pour laquelle l'âme n'ait pas d'importance...

– Pourquoi parlez-vous comme si vous aviez la foi, puisque vous ne l'avez pas ?

– Renan n'était pas idiot...

– Parfois.

Il pense qu'à ma manière j'ai la foi, et il m'advient de penser qu'à sa manière il ne l'a pas. Il m'a dit : « Il y a une consolation religieuse, il n'y a pas de pensée religieuse. » Même les hindous, pour qui la pensée humaine flotte dérisoirement à la surface du sacré, ne le diraient pas. Mais il veut dire que ce que dit l'Inde. La consolation, ce n'est pas la tombe de sa fille (qui n'est pas rien, puisqu'il m'a dit : « Je serai enterré avec Anne »), c'est sans doute ce qui s'accorde pour lui à la houle de l'âme que la pensée confond avec son pauvre frémissement... Il me dit :

– La mort, vous savez ce que c'est ?

– La déesse du sommeil. Le trépas ne m'a jamais intéressé ; vous non plus : nous faisons partie des gens auxquels il est indifférent d'être tués. Pourtant, ma relation avec la mort est loin d'être claire. Quand les Allemands m'ont collé au mur à Gramat, je ne croyais pas à mon exécution. Mais à l'attaque des Hauts de la Parère (vous étiez sur la colline d'en face, je crois ?) les obus de mortiers arrivent, avec leur miaulement qui a l'air de vous chercher. Nous nous couchons, et je continue à raconter des blagues. Un éclat coupe en deux mon ceinturon. Quand on est couché, ça veut dire : il ne s'en est pas fallu de beaucoup. Là-dessus, je me tais. Pourquoi ? Peut-être parce qu'on ne parle pas à la mort...

« Mon souvenir le plus saisissant, dans ce domaine, est un souvenir d'Espagne, précis parce que j'ai eu beaucoup de mal à lui redonner vie dans mon film. Les avions de chasse italiens foncent sur nous devant les grands viseurs de l'époque. Je commence à tirer ; le viseur est furieusement secoué, un chahut d'enfer emplit la tourelle de l'avion. Une fourmi parcourt nonchalamment le viseur à travers lequel je tire sur les Italiens qui me mitraillent de leur mieux : les fourmis sont sourdes.

« D'une certaine façon, les hommes aussi.

« Mais pendant les prises de vues du film, les fourmis, si tranquilles sous les balles, voulaient toujours s'en aller... A la fin, un régisseur a fait enduire de miel le côté du viseur vers lequel se dirigeaient les fourmis, et nous avons eu la paix...

« Comme dit aujourd'hui l'islam, modernisant le Coran : un insecte écrasé sur la route par une auto peut-il concevoir le moteur à explosion ?

Un chat des Chartreux saute sur le bureau. D'où vient-il ? La porte est fermée.

– Savez-vous, me dit le général, les paupières ironiquement plissées, qu'à l'O.N.U., il y a un chat noir que personne n'ose chasser ? Quand ces gens parlent de l'avenir du monde, il passe, pour remettre les choses à leur juste place...

Son chat, comme mis en cause, vient vers lui.

– Mon général, est-ce que vous savez ne rien faire ?

– Demandez au chat. Nous faisons des réussites et

des promenades ensemble. Personne ne s'impose aisément une discipline d'oisiveté, mais c'est indispensable. La vie n'est pas le travail : travailler sans cesse rend fou. Souvenez-vous-en. Vouloir le faire est mauvais signe. Ceux de vos collaborateurs qui ne pouvaient se séparer du travail n'étaient aucunement les meilleurs.

Il caresse distraitement le chat. Je dis :

– L'un des plus grands esprits que j'aie connus est mort du cancer en disant à Paulhan : "Comme c'est curieux, la mort !" Reste celle de ceux que l'on aimait...

Il s'est un peu tourné du côté du cimetière de Colombey, que l'on ne voit pas de son bureau. La neige tombe derrière lui. Sa fille Anne est enterrée là-haut, je crois.

– La mort de ceux que l'on aimait, dit-il, on y pense, après un certain temps, avec une inexplicable douceur.

Jamais il ne m'a parlé d'elle, sauf d'une façon tendrement allusive. A Londres, c'est lorsqu'il la promenait par la main qu'il réfléchissait, et peut-être l'accent de sa réflexion n'eût-il pas été tout à fait le même, s'il n'était né en face du malheur.

– Il n'est pas vrai, reprend-il, que les expériences les plus profondes dominent notre vie. Dans l'action, oui ; ailleurs, non.

– L'expérience du retour sur la terre, que j'ai si bien connue après Saba, puis après le simulacre de mon exécution pendant la Résistance, commence à s'user dans ma mémoire...

– Le pire malheur s'use. Mais, bien entendu, ce que nous pensons de la mort... L'important est ce que la mort nous fait penser de la vie.

– Mon général, vous connaissez comme moi la

phrase célèbre : la vie est l'ensemble des forces qui résistent à la mort. Ce qui revient à dire que la mort est l'âme du monde, et me paraît pur verbiage. Il y a bien un problème de *notre* mort, mais c'est parce que nous sommes vivants. Et ce n'est pas nécessairement le problème de la mort.

« En face de la foi, c'est différent...

Comme toujours lorsque je lui parle de la foi – qui implique la sienne –, il ébauche le geste qui semble chasser des mouches.

– Les chatons jouent, les chats méditent, répond-il.

J'ai envie de caresser le chat, assis sur le bureau.

Je réponds :

– Ou font semblant. Les enfants, les hommes méditent, ou font semblant. Un de mes amis, éminent psychanalyste, me dit : "La vie, c'est un type dans le métro, avec une valise au bout de chaque bras. Il est frénétique, il s'occupe des meilleurs changements pour arriver le plus tôt possible, à quelle dernière station ? A la mort. Mais il tient tellement à ses valises..."

– Quel âge a votre ami ? Son point de vue n'est pas d'un homme jeune.

– Soixante-cinq ans, à peu près...

– Encore jeune. Tout de même, il n'attache pas assez d'importance à l'ambition. Aucune maladie n'est plus répandue. Les valises en sont pleines. C'est surprenant.

– Et le désir d'être aimée, ou aimé, lui appartient souvent. Avez-vous remarqué qu'elle ne fait pas partie des péchés capitaux ?

– L'orgueil et l'envie permettent de la retrouver. Qu'importe ? Des siècles durant, on a médité dans l'éclairage que la mort projetait sur la vie : la retraite spirituelle, le couvent passé cinquante ans. Depuis des années, on empêche la question de se poser. Là où la religion s'efface, la science vit dans les siècles, le savant vit au jour le jour. L'image des valises est frappante, mais la vie ne consiste aucunement à être obsédé par ses valises, elle consiste à s'en délivrer.

« Enfin, pas toujours ! Les valises permettent de ne pas penser au reste, c'est-à-dire à l'essentiel. Les tient-on à la main pour ce qu'on transporte ? ou parce qu'on transporte ce qui permet d'oublier le voyage ? L'ambition écartée, que contiennent-elles ? Elles sont pleines des passions du moment. Quelques-uns y ajoutent le génie. La mort se charge de calmer ce tracassin.

– Ou de le métamorphoser.

– Oui, oui. Pourquoi pas ?

– Ne met pas qui veut la France dans ses valises.

– J'ai rendu à la France ce qu'elle m'avait donné.

Neige.

Il reprend, en haussant les épaules :

– Qu'est-ce qu'échapper aux valises ?

– Vivre dans le présent comme vous vous vivez dans l'Histoire ?

– L'Histoire peut justifier la vie, elle ne lui ressemble pas.

– Comme la peinture...

– Staline m'a dit une chose sérieuse, et je vous l'ai citée : "A la fin, il n'y a que la mort qui gagne."

« Pourtant, il y a la contemplation. »

Cette phrase, il me l'a dite autrefois – et je ne l'ai pas plus comprise qu'aujourd'hui. Mais sa vie est actuellement ordonnée par ses *Mémoires*.

– L'écriture aussi est une puissante drogue, dis-je. Les valises sont pleines de pages blanches qui veulent être écrites... Quand aucune transcendance n'entre en jeu, le sentiment le plus secret et le plus poignant des hommes est souvent : comment faire pour ne pas penser à l'essentiel ?

« Quand il s'agit de vous, tantôt confusément, tantôt clairement, la phrase célèbre de Napoléon à la Vieille Garde reparaît : "Et maintenant, j'écrirai les grandes choses que nous avons faites ensemble..."

– Il avait bien de la chance !

Sa voix ironique change, comme s'il revenait en arrière :

– Il croyait que la postérité pouvait être d'accord avec lui, avec ce qu'il pensait de son action, de ce qu'il appelait sa gloire. Nous en reparlerons. Ecrire permet d'oublier la meute. C'est important.

– Rome a sans nul doute créé la première civilisation athée. Mais superstitieuse. Lorsque Cicéron, ou je ne sais qui, parle des pigeons sacrés, il dit qu'il n'aime pas ces volatiles fonctionnaires.

– Superstitieuse, comme tous les athées. Pas plus. Que *croyait* César ? Rien de ce qu'il a écrit ne nous le dit. Ni même rien de ce qu'on a écrit sur lui. Et on a beaucoup écrit.

– C'est pourquoi je ne crois pas négligeable que vous écriviez vos *Mémoires*. Sinon, croyez-vous que d'autres ne les écriraient pas ? "A quoi te sert, Socrate, d'apprendre à jouer de la lyre, puisque tu vas mourir ? – A jouer de la lyre avant de mourir."

« Il y a une seconde réponse. Voyez ce qui commence à se passer autour de l'émeute de Mai. Les bourdonnements autour de Sainte-Hélène suffisent à montrer que le *Mémorial* est irremplaçable.

« Et puis, lorsque vous écrivez – que vous écriviez *je* ou *de Gaulle* – le lecteur ne lit pas votre témoignage comme il lit le récit d'un autre. Le rapport est inversé. L'autre transmettrait, comme un romancier invente ; et vous témoignez, même si le lecteur pense que vous vous trompez. Je reprends ma phrase : le *Mémorial* est irremplaçable.

« Vous m'avez dit : les Français ont aussi envie de savoir ce que, moi, j'ai pensé de tout cela. Le rétablissement de la France, comme la Résistance d'ailleurs, ce n'était pas que des événements. Bien entendu, ce n'était pas non plus une rêverie. Mais les Alliés, les Américains surtout, auraient pu tenir la Résistance pour une Légion étrangère, une armée Anders ; c'est vous qui en avez fait autre chose. Du rétablissement de la France aussi. Il a suffi de quelques jours, pour que le discours du 18 Juin, signifie autre chose que l'appel à la création d'une Légion étrangère. Vous disiez : des forces immenses n'ont pas encore donné ; nous alignerons le nombre d'avions et de chars nécessaire, et nous gagnerons pour les mêmes raisons que nous avons perdu. C'était irréfutable. Mais personne n'en a parlé, même à cet étonnant Conseil des ministres de 1940 qui devait, théoriquement, parachuter Herriot à Londres (et de rire !). La force des prophètes d'Israël, c'était de proclamer la Vérité quand elle avait tout contre elle. La force de vos discours de Juin et de tout ce qui les a suivis tient à la même certitude prophétique : "Quand vous vous lèverez d'entre les morts..."

– Les choses capitales qui ont été dites à l'humanité, répond-il lentement, ont toujours été des choses simples... Les religions... Enfin, vous voyez ce que je veux dire... Et ce qu'elles font naître est imprévisible...

Le lien entre deux hommes seuls, dans cette petite pièce si close malgré l'immense paysage blanc, suscite-t-il une confuse télépathie ? Un jour, il m'a dit, de la Résistance : « J'ai dû lui sacrifier tout : elle était la France. Dans quelle mesure la France l'a-t-elle suivie ? »

– Pourquoi, dis-je, vos discours de guerre ne donnent-ils pas un plus grand rôle à la Résistance métropolitaine ? Vous pensiez que, tôt ou tard, des politiciens tenteraient de la jouer contre vous ?

– Je lui a donné un grand rôle.

– En 1944 ou 45, lorsqu'un journaliste vous demande d'où viennent les armes des F.F.I. de la Ire armée, vous répondez : "Des Africains chassés par l'hiver, et des Américains." Elles étaient aussi celles que nous avions prises aux Allemands : les mitraillettes des soldats de la brigade Alsace-Lorraine exposées au musée de Strasbourg sont des mitraillettes allemandes.

– Je suppose qu'à l'époque, je l'ignorais. J'aurais dû le savoir.

La distance qui le sépare si souvent de ses interlocuteurs, semble s'établir entre deux parts de lui-même ; il dit : « Je devrais le savoir » comme il écrit : « de Gaulle. » J'enchaîne :

– Il y a eu quelque chose d'admirable dans les derniers mois de la Résistance : c'est qu'alors, nous savions ce qui nous attendait. Après l'arrestation de Jean Moulin, résistants et résistantes ont réellement combattu en face de l'enfer.

Craignait-il qu'il n'y eût beaucoup de bluff dans la Résistance, et ne voulait-il faire état que de certitudes ? Pensait-il que la Résistance seule n'eût pas assuré la continuité de la France ? Il disait : « J'écoute la voix profonde de notre peuple, comme on entend la rumeur de la mer. » Il a plusieurs fois parlé des caves de la Gestapo, et des poteaux d'exécution. J'ai vu avec lui, aux Invalides, le poteau mâché par les balles allemandes, terrible totem qui ramenait au documentaire toute l'exposition de la Résistance. Il le regardait comme moi, mais sans doute pensait-il qu'il n'y a pas si loin, d'une Légion étrangère, à des maquis. Il m'a dit : « La Résistance a eu plusieurs motifs, même la plus noble. Je crois que la France sait que moi, je n'ai pas résisté à une politique au nom d'une autre, ni, ce qui est plus sérieux, à une civilisation enragée, au nom de notre civilisation. Ni même au nom de la chrétienté. J'ai été la Résistance *de la France*. On ne pourra pas oublier que j'ai accueilli tout le monde. Sinon, j'aurais été le chef d'un parti en exil.

« Des malheureux me reprochent de prétendre assumer la France ; que faire d'autre ?

Aujourd'hui, il est obsédé par l'époque où la France redevenait la France, parce qu'il passe des heures chaque jour pour ressusciter ce temps. Les dix dernières années ne sont-elles qu'un dernier sursaut ? Je pense aux biologistes rassemblés à San Francisco pour assister à l'expérience qui allait faire surgir de la matière, la vie : la première manche gagnée, puis la fascinante minute pendant laquelle il semblait que la vie hésitât à naître – et l'échec final.

Ehrenbourg, qui détestait le général, disait pourtant : « A Moscou, la France avait l'air de le suivre à trois pas, comme les épouses musulmanes. » N'a-t-elle plus besoin de lui, parce qu'elle ne veut plus rien ? « Bir Hakeim n'était évidemment pas Austerlitz ; ceux qui s'y sont battus ont pourtant été des témoins. » C'est ce qu'il pense de lui. Mais pas toujours. « Je suis le personnage du *Vieil Homme et la mer*, d'Hemingway : je n'ai rapporté qu'un squelette. »

Il y a aujourd'hui chez lui l'étrange indifférence à l'action dont il a parlé naguère : « Des hommes que l'on acclame rejettent soudain le fardeau. » A qui pensait-il ? à César ? Vraisemblablement. A Saint-

Just ? il le connaît mal, et ne l'aime pas. Mais peut-on analyser l'indifférence à l'action – qui est sans doute, chez l'homme d'action, l'indifférence à tout – ou naît-elle d'un sentiment fondamental, dont les causes sont des justifications ? C'est ce qu'affirme depuis dix ans la chimie du cerveau, dit Max Torrès... Avant son départ, n'a-t-il pas entendu le coup annonciateur de la mort ? Il semble invulnérable. Pourtant, sous le squelette du *Vieil Homme et la mer*, je reconnais son acharnement. Il m'a dit un jour, avec une sincérité manifeste : « Je reconnais que vous m'avez convaincu » ; le lendemain, il a fait ce qu'il avait décidé avant notre conversation. Mais enfin, il rassemble ses discours, il répond aux femmes qui lui écrivent pour la Saint-Charles en leur demandant, pour la première fois, leurs prières : les instructions données à Mme de Gaulle, en cas d'accident, sont précises. Il parle de la mort avec une indifférence grave, alors qu'il en parlait distraitement. « Il fait ses paquets », m'a dit, avec angoisse, quelqu'un qui le connaît bien.

Il croit à sa retraite. Pas moi. Ce qu'il écrit est la suite de sa vie, une action affrontée à la solitude qu'il parcourt chaque après-midi avec son chat. « Si loin que s'étende mon regard, il n'y a plus une maison. On peut se promener pendant des heures et ne rencontrer personne. » Sans doute saint Bernard a-t-il parcouru comme lui cette immensité déserte de l'hiver : Clairvaux est au-dessous de nous. Il m'a dit une phrase surprenante de sa part, mais qui exprime peut-être l'un de ses domaines secrets ; plus surprenante encore parce qu'il avait parlé ainsi de Saint-Just : « Saint Bernard était assurément un colosse ; était-il un homme de cœur ? »

Vers Clairvaux, un jardinier traverse la Boisserie ; plus loin, une charrue semble abandonnée, comme un monument à Cincinnatus. Il y a chez le général de Gaulle un domaine qui n'est ni celui du Romain, ni celui de Washington, ni celui des grands religieux solitaires. Le refus en est la valeur suprême. Sa définition du caractère n'est pas seulement de dire : « Non », mais il n'est à l'aise que lorsqu'il dit : « Non. »

On apporte un paquet, qu'il ouvre ; une dactylographie des *Discours et Messages.*

– C'est le premier tome ?

– La guerre...

Demain à cette heure, il sera dans cette pièce. Il retrouvera sa théorie de la guerre de Trente Ans commencée en 1914 : « Foch, Clemenceau, de Gaulle, c'est la même chose », et : « Notre patrie est en péril de mort » ; puis, au lendemain de la destruction de la flotte française de Mers el-Kébir par la flotte anglaise : « Au nom des Français qui demeurent encore libres d'agir selon l'honneur et l'intérêt de la France, je déclare qu'ils ont, une fois pour toutes, pris leur dure résolution : ils ont pris, une fois pour toutes, la résolution de combattre. » Et : « Parmi les soldats en marche, c'est à peine si le monde entendait encore le pas lointain de quelques-uns des nôtres... » Il tournera les pages, ajoutera des virgules. « La France qui combat, c'est nécessairement la France... Le ciment de l'unité française, c'est le sang des Français qui n'ont pas voulu connaître, selon Corneille : "la honte de mourir sans avoir combattu..." » « Notre armée d'Afrique, ses armes rouillées et sa valeur intacte... » Il retrouvera aussi l'ombre tragique du suicidé Hitler, et Vichy, qui n'a plus d'ombre : « Depuis que la lâcheté a proclamé la honte sous prétexte d'éviter la souffrance... Ces réalistes qui ignorent la réalité... Vichy qui tient les mains de la France pendant que l'ennemi l'égorge... Les bâches que l'ennemi et les traîtres jettent sur nos morts... La bouche de ceux qui prétendaient gouverner notre pays ne s'ouvre que pour lui ordonner de se rouler dans la boue... »

Les pages succéderont aux pages, exprimant ce qui se passa chaque jour : « La plus grande gloire du monde, celle des hommes qui n'ont pas cédé. » Et : « Dans l'immense bouleversement, ne valent, ne marquent, ne comptent, que les hommes qui savent penser, vouloir, agir, suivant le rythme terrible des événements. »

Tantôt il se souviendra de l'histoire qu'il a faite, comme Michel-Ange se souvenait de la Sixtine ; tantôt, comme d'une lutte sans fin avec le passage sans fin des ombres. Et l'heure du déjeuner viendra.

La voici.

– Vous lisez encore ? me demande-t-il.

*

Pendant qu'il reçoit Geoffroy de Courcel, notre ambassadeur à Londres, qui y fut jadis son aide de camp, je cause avec l'aide de camp d'aujourd'hui et Mme de Gaulle. Je n'ai plus l'impression d'être le diable pour elle. Parce que j'ai accompagné le général dans sa retraite, parce que les antennes féminines jouent et qu'elle connaît depuis des années, sans comprendre clairement, ma relation avec le général, parce que je suis aujourd'hui à Colombey, parce qu'elle devine la sympathie qu'elle m'inspire ? (Sympathie née quand on m'a dit qu'après l'attentat du Petit-Clamart, elle avait quitté la voiture sans un mot, en rejetant des morceaux de verre tombés sur son épaule, et en remettant son chapeau en place.) Elle a rajeuni à tel point que je découvre le jeune visage qu'aima le capitaine de Gaulle. Naguère lasse, elle montre aujourd'hui une joie communicative, qui n'est pas étrangère à la sérénité du général.

Elle parle de l'Elysée comme elle parlerait d'un camp de concentration :

– Même pour le général, vous savez, je me demande comment il a pu supporter cela si longtemps !

Elle l'aime et l'admire, mais si fémininement ! « Oh, le général dit ça, bien sûr, mais, vous savez... ! »

Sur la table, il y a des jeux de patiences en fil de fer, enchevêtrements qu'il faut débrouiller :

– C'est lui qui s'entraîne pour dimanche. Maintenant, il est plus fort que tous ses petits-enfants...

Je regarde briller les fils de fer avec lesquels joue le général de Gaulle... La lumière, sans doute parce que les fenêtres sont à gauche, a perdu son épaisseur.

J'ai reçu la semaine dernière une excellente lettre anonyme :

« *C'était donc cela, de Gaulle : petitesse de l'esprit, petitesse de l'âme, petitesse du cœur !*

« *Et encore, et par là : étroitesse de vue, contresens historique, hermétisme au génie latin !*

« *La France (et non "sa" France), la France égarée qui a vu avec lui et par lui : sa défaite de 40 déguisée en victoire, l'abandon de l'Empire travesti en gloire, la traîtrise en honneur, l'ignorance en lumière ; la France qui a vu : son armée mutilée et bafouée, sa justice ligotée, sa culture désagrégée, son peuple méprisé ; la France menée par lui à un désarroi total, à un désordre désespéré, par la contradiction flagrante, insupportable, entre ses mots ronflants et la vérité ; la France qui a vu ses enfants se tourner contre elle-même, le couteau à la main, alors que ce vieillard laissait tomber "chienlit" ; la France, qui l'a chassé, espérait encore !*

« *La France aurait tout pardonné, s'il y avait eu chez lui une grandeur, un souffle d'épopée, ou même de folie. Elle ne trouve dans son "guide" qu'un diplodocus à toute petite cervelle, un homme qui n'a de grand que la monstrueuse vanité, et la ténacité dans la mesquinerie.*

« *La France consternée regarde ce Monsieur Jourdain du Grand Siècle : ses préoccupations de résidence, ses voyages en province, son attachement anachronique à la monnaie, et les prix d'excellence, d'honneur ou de bonne conduite qu'il décerne à ses collaborateurs.*

« *Enfin, définitivement éclairée sur ce mégalomane aussi bas que retors, la France a encore à s'inquiéter dans l'immédiat de la parution de ces livres qui verseront de l'huile sur les passions semi-éteintes, qui ne pourront que mécontenter l'Amérique, décevoir la Russie...* »

L'Amérique, la Russie... Il m'a dit autrefois : « Pas une fois, vous entendez bien : pas une fois ! je n'ai trouvé contre moi un homme qui représentât, qui assumât *la France.* » Shakespeare seul a puissamment exprimé la haine que suscitent les grandes destinées. Ou plutôt, ces destinées qui suscitent encore aujourd'hui la haine parce qu'elles ont suscité l'amour : celle de Jeanne d'Arc comme celle de Napoléon. Nous connaissons les chansons contre l'Empereur : « *Eh bien dis donc, Napoléon – Elle ne r'vient pas, ta Marie-Louise !* », contre Louis XIV : « *Le vieux soldat rentre au village – Epouser la vieille putain...* », les insultes prodiguées à César, héritières sans doute de celles que reçut Alexandre. L'auteur de cette lettre, de combien d'autres ! tuerait volontiers le général de Gaulle, s'il en avait le courage, au nom du pétainisme, en oubliant Hitler ; des communistes plus sérieux le feraient au nom du prolétariat. Les ennemis de Napoléon n'ont jamais eu de peine à trouver de prétexte pour le haïr. Et Richelieu, Lénine, Clemenceau : appartenir à l'Histoire, c'est appartenir à la haine. Le général de Gaulle m'a demandé naguère, avec son sourire crispé : « Vous ne trouvez pas bizarre d'être exécré (il n'emploie jamais le mot : haï, quand il s'agit de lui) à la fois pour ce qu'on est, et pour ce qu'on n'est pas ? »

Ce qu'on est...

Je ne connais pas le général de Gaulle. Qui, connaît qui ? Nous appelons connaissance une familiarité avec ce qu'un homme a d'individuel : n'être pas surpris par tel acte imprévisible, savoir à quelle part de cet homme il appartient. A quoi s'ajoute l'illusion des recettes du succès : connaître le général permettrait de savoir comment il s'y prend. Un pas de plus, et connaître un homme, c'est connaître ce qu'il cache. « Pas de grands hommes pour leurs valets. » Bassesse envieuse, ou appel à l'unité de l'humaine condition, à une ressemblance si profonde qu'elle prévale sur toutes les hiérarchies ? Les siècles précédents disaient « démasquer » ; le nôtre découvre que la recherche de l'inavoué est plus profonde que celle de l'inavouable. Sa recherche de « ce-qui-agit-sur-nous à notre insu », ne ressortit point à la connaissance, elle s'apparente à nos chimères : voler comme nous marchons, nous trouver en tous lieux à la fois, pouvoir tout posséder, ne jamais mourir.

Les grandes monarchies ont conçu la société

comme une comédie, l'homme comme un comédien dont il fallait « percer les semblants ». Le portrait français se réclame de la perspicacité, mais il tend à la caricature ou à la définition. Pourtant penser à Max, à Méry, n'appelle pas plus en moi leur définition, que leur caricature (voire leur photographie) ; – pas plus que leur profession. Le portrait n'est pas une opération mentale, c'est un genre littéraire et artistique. Portraire, c'est fixer. Les portraitistes ne fixent pas la même image, ne disposent pas des mêmes appareils. Tout être est inépuisable, mais chacun projette et découpe son ombre lorsqu'il entre dans le faisceau lumineux de l'action ou des sentiments : pour moi, lorsque la pensée « Au temps de... » s'impose avec l'intensité du « déjà vu ». J'ai noté mon entretien avec Max parce que je l'éprouvais comme un passé. J'écoutais ses propos sur le freudo-marxisme, comme j'imagine ceux d'une âme-sensible de 1788 sur les tyrans, comme j'écoutais Méry : « C'était le temps du Bonze Fou, quand la musique de Singapour brouillait les ordres des chefs de nos blindés... » D'où l'action que les hommes de l'histoire exercent sur moi. Leur expérience s'attache à l'homme collectif ; celle du général de Gaulle n'est pas de même nature que celle de Méry, de Max. L'expérience du pilote ne se confond pas avec celle des passagers. Beaucoup moins individuelle. Chez le général, l'individu est annulé, veut l'être. Son style invisible est pourtant accusé, parce qu'une telle annulation crée un style puissant. Bien qu'il ait beaucoup négocié, il ne discute jamais. Parfois il laisse émerger une pensée lasse ou hypothétique ; le plus souvent, il affirme ou interroge. Chez Nehru, l'individu n'était pas annulé, mais effacé – effacé de la même façon : par l'histoire, par un invincible « Au temps de Nehru ». L'Inde passait.

Le général quitte son cabinet de travail en disant à Geoffroy de Courcel :

– Au fond, notre Vieille Garde et tout ça, je les aime bien, mais...

– Mais ils sont tout de même restés ! dit Mme de Gaulle.

– ... mais il faut que l'on sache que je n'ai rien à voir avec ce qu'ils font.

Porto. Les murs du salon de la Boisserie, comme autrefois, sont couverts de livres brochés. Au-dessus des rayons, une dizaine de lampes de mineurs, des photos gondolées de souverains et de chefs d'Etat régnants, morts ou déchus : Chang Kaï-chek, Eisenhower et la reine d'Angleterre, Kennedy à côté de Nixon. Des tableaux (un Marquet) qui lui ont été donnés à Alger. Rien qui ne soit lié à sa vie : aucune œuvre d'art n'a été achetée. Un poste de télévision. J'en ai vu un autre, au passage, dans le salon Empire.

Nous passons à table.

– Et que se passe-t-il à Paris ? Vous êtes sortis, ces temps-ci ?

Sa voix a changé. Il semble dire : entracte. Comme aux déjeuners privés de l'Elysée. Quand il avait quitté le bureau présidentiel à l'énorme mappemonde, il ne parlait plus de choses sérieuses. Il répondait par une phrase, souvent par une boutade. D'où le trouble de ses voisines, qui attendaient des considérations sur l'histoire du monde, et à qui il demandait des nouvelles de leurs enfants, ou leur opinion sur le dernier film à succès. Mais le général crée à Colombey une atmosphère que je n'ai jamais connue à l'Elysée : atmosphère à la fois familière et chaleureuse, comme s'il se retrouvait avec plaisir, maître de maison.

L'ambassadeur raconte le bal du baron de Rédé, et les concours d'anecdotes : « Tout ça un peu banal. »

– Vive la fin du XVIIIe siècle, dis-je, avec ses dîners partagés entre le mot du prince de Ligne à Vienne, et celui de Mme de Pompadour à Versailles ! A Vienne, un courrier, haletant bien entendu, apporte un message à l'empereur d'Autriche : "Un homme vient de se noyer dans les fossés du Prater !" Fossés sans eau. "Allons, sire, allons ! dit le prince de Ligne, encore un flatteur !" Le mot rival, vous le connaissez : Louis XV...

La suite serait : « ... pelote Mme de Pompadour ». Mais peloter n'appartient pas au vocabulaire de Mme de Gaulle :

– Louis XV caresse Mme de Pompadour. Elle prend sa main, la pose sur son cœur, sourit, et dit : "C'est là, voyons !..."

Retour du chat dont je demande le nom :

– Il avait un nom très distingué, dit Mme de Gaulle en riant, mais je l'ai oublié ! Maintenant, il s'appelle Grigri.

J'ai demandé un jour au général quelle était sa relation avec les chats. Après réflexion : « Ils n'ont plus peur de moi... »

Geneviève de Gaulle m'a dit qu'il avait entendu avec tristesse les enfants, dans la pièce voisine, dire du prochain Noël : « Si l'Oncle Charles vient, ce sera mieux, mais nous ne pourrons pas rigoler... »

Je m'adresse à Geoffroy de Courcel :

– Vous avez lu la dernière théorie anglaise sur Azincourt ?

– Je ne crois pas.

– La tradition veut que les archers français n'aient pas pu se servir de leurs arcs, détendus par la pluie parce qu'ils n'avaient pas d'étuis, alors que les archers anglais en avaient.

– On n'est plus d'accord ? demande le général.

– La nouvelle théorie dit ceci. L'Europe était alors parcourue d'immenses bandes de rats. Les Anglais seuls avaient des "capitaineries de chats". Une des multitudes de rats a contourné l'armée anglaise, non par peur des chats mais à cause de leur odeur. Et elle s'est ruée sur les cordes graissées des arcs français.

– A Azincourt, dit le général, les archers combattaient avec des arcs, ou avec des arbalètes ?

– Dans un film, avec des arcs... Tout ça est peut-être farfelu, mais un historien pourrait contrôler si l'armée anglaise possédait ou non des capitaineries de chats. Ça me plaît, cent vingt chats en rang...

– En faire vivre deux ensemble, dit Mme de Gaulle, est déjà assez difficile !...

– L'histoire de chat que je préférais, dis-je – je ne sais plus si elle est de Louise de Vilmorin, de Jean Cocteau ou de moi – est celle-ci :

« Au coin du feu, un vieil Anglais, sa femme et leur chat noir. Le chat regarde l'homme, et lui dit : "Ta femme t'a trompé." L'Anglais décroche son fusil de chasse et tue la femme. Le chat s'en va, la queue en point d'interrogation, et dit : "J'ai menti."

– L'histoire doit être de vous, dit le général. Mais les capitaineries d'animaux ont duré longtemps, avec ou sans chats.

– Vous vous souvenez que les Archives ont reçu, il y a quelques années, la lettre par laquelle Charles de Batz, c'est-à-dire d'Artagnan, capitaine des volières, remerciait le roi de l'avoir nommé capitaine de ses petits chiens.

« Quand il n'y avait plus de chats en Europe, on envoya au pape Grégoire Ier un chat d'Abyssinie, et je ne sais quel concile déplore que le Saint-Père néglige ses devoirs pontificaux pour le caresser.

Je me souviens d'un chat noir couché sur une souricière, dans la « vieille ville » de Concarneau.

L'un des murs de l'antichambre, nu il y a vingt ans, est barré de massues polynésiennes, les unes très belles, les autres fabriquées pour les touristes. « Ça amuse les enfants », dit le général. Dans la salle à manger, sur une armoire normande, des groupes sculptés du Grand Nord.

– Des Eskimos ?

– On nous les a donnés au Québec, dit Mme de Gaulle.

Le service est fait par deux bonnes en tablier blanc. Le général verse lui-même le vin. Jusqu'ici, je ne lui avais vu ce sourire descendant et cette paupière plissée que lorsqu'ils accompagnaient des boutades – comme lorsqu'il me dit, en voyant arriver pour une réception de l'Elysée Brigitte Bardot vêtue d'un pyjama à brandebourgs : « Veine : un soldat ! » et, à elle : « Quelle chance, Madame ! Vous êtes en uniforme et je suis en civil ! » Aussi, le jour où il serrait des mains dans la foule sans avoir mis ses lunettes : « Bonjour, monsieur le curé ! – Mon général, je suis un des gorilles. – Alors, bonjour, monsieur le gorille ! » Et, plus amèrement, à un idiot qui disait devant lui : « On a exagéré les conditions de détention de Ravensbrück. – Monsieur, les résistantes étaient si bien dans les camps d'extermination, qu'elles y sont presque toutes restées. »

Il demande à l'ambassadeur des nouvelles d'amis anglais.

– La lettre la plus émouvante que j'aie reçue au sujet de mon départ est celle de Mme Churchill.

Il se tourne vers moi :

– Savez-vous quelle a été la première ? Celle de Franco. Il m'invitait à venir en Espagne.

Le rôti succède aux soles. Bordeaux admirable. Le général ne laisse jamais un verre vide. Emplissant le mien, il me demande :

– Vous n'êtes pas allé à Alger ?

On m'avait invité à présider le Congrès francophone.

– J'ai failli accepter, parce que l'invitation, adressée à un Français, avait une signification. On me dit que la confusion a été à son comble, entre les Noirs américains et les Noirs africains...

– Vous y auriez peut-être mis bon ordre.

– J'avais le sentiment d'avoir dit à Niamey ce que j'avais à dire...

– Vous avez certainement dit à Niamey des choses utiles. Le Niger a-t-il beaucoup changé ?

– Moins que le Tchad. Niamey est encore une ville de vieil empire français, où le président habite le palais jaune du gouverneur...

– Et les villages ?

– Millénaires. Mais quelques-unes de nos ethnologues les habitent, et la contribution des femmes, dans l'islam du Niger, est irremplaçable. Elles pensent qu'elles peuvent jouer un rôle entre le Niger et la France ; avec raison. Le village, lui, n'a pas changé. Sauf en ceci. Tous les hommes de haute taille s'appellent Gaul, comme au Congo. Et les Peuls sont grands. Leurs femmes ou leurs fiancées s'appellent tante Yvonne : tantivonn. Où ne pénètre pas *Le Canard enchaîné* ! Alors, dans les ruelles à chèvres au-dessus du fleuve, on entend des cris lointains : "Gaul ! Gaul – Tantivonn ! Tantivonn !"

Mme de Gaulle rit.

– Que font nos ethnologues ? demande-t-elle.

– Des travaux sur la femme nigérienne. Leur tâche n'est pas facile. Celle qui me guidait a les cheveux ondulés ; or, pour les indigènes, qui sont crépues, le Niger est une déesse aux cheveux ondulés, à cause de l'ondulation des flots. La première fois que notre ethnologue s'est baignée, tout le village s'est enfui. Elle est revenue après quelques jours, et sa meilleure amie nigérienne lui a dit : "Heureusement que nous te connaissions bien : sinon, ils t'auraient tuée. Puisque tu n'es pas la déesse, tu ne pouvais être qu'un démon." Depuis, elle ne se baigne qu'avec un bonnet de caoutchouc, et couvre ses cheveux d'un foulard...

Sur un meuble, se trouvent quelques numéros du *Journal de la France*. Les premiers ont été consacrés à la Révolution. Le regard du général suit le mien. Il dit :

– Les choses ont peut-être été moins difficiles qu'on ne croit : la France avait vingt-huit millions d'habitants, et la conscription. La monarchie, à son couchant, avait redressé sa puissance militaire ; les réformes demandées par Guibert ont été réalisées par la Révolution et par l'Empire. Mais la Révolution a remis la France au combat, et la France a toujours été faite à coups d'épée. Les armes ont d'ailleurs la vertu d'ennoblir jusqu'aux moins purs.

« Qui eût cru que les disciples de Jean-Jacques Rousseau deviendraient des Romains ?

« Quand nous sommes allés voir la nouvelle mise en scène de *Ruy Blas*, je vous ai dit : "Quel singulier sujet !" et vous m'avez répondu : "Pour le public de l'époque, le valet amoureux de la reine, c'était Rousseau devenu Premier ministre." Je n'y avais pas pensé. L'eût-il souhaité ? Pourquoi non ? Il était un peu fou...

Le général, qui paraîtrait austère sans ses saccades d'humour noir, aime le farfelu.

– Victor Hugo, dis-je, ne savait pas que Marie de Neubourg, la reine de *Ruy Blas*, a eu pour fils naturel le plus extraordinaire aventurier du siècle, le comte de Saint-Germain. Cagliostro, Casanova cherchent par quelle astuce il est reçu dans les petits appartements de Louis XV, où ils n'ont jamais eu accès : Louis XV, comme tous les souverains de l'époque, connaissait sa naissance...

Sur la couverture d'un autre numéro de l'hebdomadaire, un grand portrait de Napoléon.

– Où en êtes-vous avec l'empereur ? me demande-t-il.

– Un très grand esprit, et une assez petite âme ?

« Mais ce n'était pas à dire en Corse... »

Je devais prononcer à Ajaccio le discours qui commémorait la naissance, et le général, aux Invalides, celui qui commémorait le retour des cendres.

– Il me semble, dis-je, qu'il n'a jamais été en face de l'interrogation métaphysique, ou, si vous préférez, religieuse. Lisez le *Mémorial*. On nous parle de ses superstitions, comme si tant des plus grands esprits religieux n'avaient pas été superstitieux ! Mais sa religion, sa vraie religion, n'était sans doute pas très différente de celle de sa mère. Les grands conquérants sont rarement interrogés par le sens de la vie : Alexandre, César, Gengis, Timour... Quand ils sont venus devant Dieu, je suppose qu'il les a tous envoyé au catéchisme...

Le général répond, avec le demi-sourire qui semble signifier une rencontre de plus avec la bizarrerie humaine :

– Pour l'âme, il n'a pas eu le temps... Voyez, à

Sainte-Hélène... Quand dit-il la phrase que j'ai citée : "Oui, c'est triste ; comme la grandeur..." ?

– Quand il retrouve les Tuileries, après l'île d'Elbe.

– Elle n'est pas d'une âme commune.

– C'est vrai. La spiritualité a toujours été étrangère à Napoléon, mais sa relation avec la vie n'est pas, à Sainte-Hélène, ce qu'elle était à Austerlitz.

– Et puis, poursuit le général, chez des personnages historiques, le pouvoir de création légendaire, vous voyez ce que je veux dire, prend la place de l'âme.

– Qu'auriez-vous dit, aux Invalides ?

– Il a laissé la France plus petite qu'il ne l'avait trouvée, soit ; mais une nation ne se définit pas ainsi. Pour la France, il devait exister. C'est comme Versailles : il fallait le faire. Ne marchandons pas la grandeur.

Il sait du reste que la force est la force, et ressent de façon désespérée notre faiblesse ; mais il ne pense pas à la France en termes de force (il a jugé idiote la phrase de Staline : « La France a moins de divisions en ligne que le gouvernement de Lublin »), moins encore, de territoires. Comment n'en a-t-il pas pris une conscience plus claire lorsqu'il a décidé d'accepter l'indépendance de l'Algérie ? Ce jour-là, il a choisi l'âme de la France contre tout le reste, et d'abord contre lui-même. Il n'attache pas grande importance au fait que Napoléon ait laissé une France mutilée : l'empereur avait prouvé aux Français que la France existait.

– Et puis, vous savez, reprend-il, le destin de Napoléon n'est pas le seul destin historique tissé de beaucoup d'erreurs.

– Tout homme de l'Histoire rassemble ses armes avant de choisir celle qu'il emploiera.

– Encore faut-il qu'il choisisse. Le drame actuel de l'Angleterre est d'être contrainte à choisir entre conserver les vestiges de l'Empire au prix de l'hégémonie américaine, et un jeu loyal avec le Continent. Churchill a passé son temps à tout céder aux Etats-Unis, à commencer par ses Antilles, contre cinquante bateaux dont les Américains ne faisaient rien ! Napoléon, lui, n'a pas su choisir entre le généralissime et l'empereur. Avant Leipzig, il a passé des heures à signer des décrets. Et pourtant, son armée n'était plus l'armée française. Comment les choses commencent-elles, comment basculent-elles ?

« Jusqu'en 1811, son génie ne faiblit pas. La composition de tous les efforts en un seul, l'obstination à doubler la mise, la passion du risque, c'est l'essence de la stratégie. Et dans le combat, il sait comme aucun autre faire naître la rupture d'équilibre, l'exploiter aussitôt. Sa volonté ne subit d'éclipses ni dans le triomphe ni dans le désastre. La sérénité dans la peine est le premier don pour le commandement, dit Voltaire. Dans chaque destin historique, il y a le moment où tout commence. Tout a commencé à Lodi. »

Je pense : et pour vous ? Mais je connais la réponse. Tout a commencé lorsqu'il a cessé de penser à Weygand, à Noguès et aux autres (à supposer que...), lorsqu'il a répondu à René Cassin qui lui demandait à Londres : « En tant que juriste, dois-je considérer que nous sommes une Légion étrangère, ou l'armée française ? – Nous sommes la France. » La France, c'était, devant lui, deux tables en bois blanc.

Il continue :

– Mais Napoléon prétend toujours forcer la fortune. Pourtant les âmes, comme les choses, ont des limites. A partir de 1813, à force de frapper, il avait brisé l'épée de la France. Quand la proportion est rompue entre le but et les moyens, les combinaisons du génie sont vaines. Ce qu'il fait, dans la première partie de sa vie (je parle du chef de guerre) est admirablement prémédité. Tout ce qu'il fait après la retraite de Russie a l'air d'une aventure. Je sais bien que quand un lieutenant est devenu empereur, il peut penser que l'empereur revenu gagnera encore des batailles, et qu'on verra après. Mais il les livre comme s'il n'était plus lui.

Ce à quoi il a réfléchi, ce dont il a traité, prend dans sa mémoire une densité de formule ou de résumé. Il n'improvise pas, il synthétise. Et puis, lorsque l'Histoire est en cause, comment ne semblerait-il pas un professionnel parmi des amateurs ?

– Joséphine Baker dit qu'il est plus facile de redevenir une star que de le devenir.

– A condition, répond-il, de ne pas se croire une star. Si Napoléon n'avait pas gagné tant de batailles, qui sait s'il eût livré celle de Waterloo comme il l'a fait ?

– A la fin, il n'a plus de cavalerie ; il semble combattre contre tous les principes de sa jeunesse... Pourtant, le prince Schwarzenberg m'a affirmé que son ancêtre avait su ramener de Russie la cavalerie autrichienne...

– On ne l'a peut-être pas beaucoup attaquée ! Mais voyez comme les défaites ont peu atteint la gloire de Napoléon. Voyez la force de son nom, pas seulement pour les Français. Il remue les âmes. Vous connaissez son tombeau : où avons-nous vu la foule ressentir davantage le frisson de la grandeur ?

– Malgré l'indignation de Tolstoï, qui le tenait pour un brigand. Après la défaite, le Midi l'a furieusement haï. A Carcassonne, on a fait un énorme bûcher de tout ce qui portait son effigie, et on est allé chercher un aigle dans une cage, pour le brûler vivant sur le bûcher.

– Combien d'hommes sont dignes qu'on brûle un aigle parce qu'on les hait ?

« Quel a été son sentiment, sa surprise, quand il a perdu la première bataille ?... Vous avez été bouleversé par le cri de Jeanne d'Arc lorsque les flammes l'ont atteinte ; elle pensait, disiez-vous, que les saints la protégeraient et qu'elle ne brûlerait pas. Il a dû éprouver quelque chose de semblable.

– Une de ses phrases m'a toujours troublé, parce qu'elle est magnifique et incompréhensible : "Je fais mes plans avec les rêves de mes soldats endormis."

« Il a rétabli l'ordre – ou plutôt il l'a établi, car ce n'était pas le même. Il portait en lui le besoin de transformer la confusion en ordre, comme tous les hommes de l'Histoire qui ne sont pas des hommes de théâtre... Politiquement, c'est clair, parce que la confusion qu'il ordonne est claire. Mais dans les domaines qui ne sont pas celui de la politique ?... Je suis en train de rassembler des préfaces que j'ai écrites autrefois sur des gens de la fin du XVIIIe, donc sur l'une des crises les plus profondes qu'ait traversées l'individu. Qu'eût été une littérature qui eût continué Laclos, une politique qui eût continué Saint-Just, une peinture qui eût continué Goya ? C'est à cause de Napoléon, que Mme Récamier sur sa chaise longue succède à la *Maja desnuda*... Mais il a rejeté la France du côté des hommes ; depuis 1750, l'Europe n'avait pas été conquise par les Français, mais par les Françaises.

– Il a fait régner l'ambition sur la France. La Révolution avait été un conte fantastique ; il a transformé les Conventionnels en préfets. Professeur d'ambition, comme Barrès disait : professeur d'énergie. Mais beaucoup plus d'ambition, que d'énergie.

– Saint Rastignac ? Vous avez écrit : "L'âpre ressort de l'ambition, qui soutient l'homme d'action" ou quelque chose comme ça...

– Il ne s'agissait aucunement de la passion des grades et des honneurs, mais de l'espérance d'agir sur de grands événements. L'ambition individuelle est une passion enfantine. Préférer ce qu'on paraît à ce qu'on est, quand on est Napoléon ! Et capable de dominer la solitude de Sainte-Hélène ! Tout de même, a-t-il eu la vocation de la France ? Il aimait l'armée française, parce qu'à l'époque et sous son commandement, elle était la meilleure. Mais je crois qu'il a conçu son destin, même à Sainte-Hélène, comme celui d'un individu extraordinaire. Pourtant, c'est peu de chose, un individu, en face d'un peuple.

– Il est certainement le saint patron de Rastignac, mon général, mais aussi celui de Nietzsche. A Sainte-Hélène, quoi qu'il advînt, l'ambition était comblée. Stendhal dit que s'il avait unifié l'Italie en 1813, il aurait pu y continuer la guerre après Waterloo.

– Il pensait qu'il y avait des Italiens, mais pas d'Italie. Alors qu'il y avait une France.

– Ses fervents, je voudrais comprendre pourquoi, le créditent de ses victoires et ne le débitent pas de ses défaites. On dirait que c'est parce qu'il les *étonne*. Et les Français lui sont reconnaissants, comme à la Convention, comme à Jeanne d'Arc, de ce qu'ils montrent "ce qu'on peut faire avec nous", quand tout va mal. Il leur a fait confiance. C'est pourquoi ils supportent Waterloo : il était revenu.

– Il n'a pas toujours été à sa propre hauteur, je

sais. Mais il a toujours eu contre lui les pantoufles. Ce n'est pas rien !

Un geste vague, qui semble signifier : peut-on reprocher aux hommes d'être malades ?

– Bien entendu, vous connaissez Malmaison, mon général. Et vous, Madame ?

– Oh oui !

Je ne crois pas avoir entendu dire : « Oh oui ! » par une femme, depuis la supérieure du couvent de Villefranche à qui je demandais si elle possédait l'Evangile de saint Jean.

– La charmille sous laquelle le Premier consul jouait aux barres est encore là, dit le général.

– En face de la porte du jardin, il y avait un arbre. Entre ses deux grandes branches, il avait vu son étoile, au retour d'Austerlitz. Quand il est allé à Malmaison après Waterloo, ce n'était évidemment pas en mémoire de Joséphine : elle y avait reçu le tsar. C'était, dit le général Bertrand, pour retrouver l'étoile, disparue depuis Smolensk. Napoléon raconte l'histoire sur le bateau qui l'emporte à Sainte-Hélène. "Mais, demande le capitaine, était-ce le même ciel ?" Austerlitz a eu lieu le 2 décembre, et Waterloo, le 18 juin. L'empereur n'y avait pas pensé. Vous l'imaginez, distrait du ciel et oublié de lui, en silhouette sur les lampes du couloir de Malmaison, en train de chercher son destin disparu : et quelques jours plus tard, le *Bellerophon*. Le prince Napoléon, à qui j'ai raconté l'histoire, est allé revoir le jardin ; mais l'arbre était trop vieux, on l'a coupé...

– On ne retrouve jamais son étoile, quand on se met à la chercher.

– "*Parlez nous de lui, grand-mère – Parlez-nous de lui...*" Il a donné au peuple la possibilité d'accéder à l'aristocratie, le fameux bâton de maréchal dans la giberne. Ce qu'il appelait l'égalité, c'était cette chance. Mais ce qu'il appelait sa gloire, et qu'il mettait tellement au-dessus de lui-même, est d'une autre nature.

– Il a voulu faire des Français une aristocratie, mais ils n'aiment que ça ! Et par qui a-t-il été aimé, sinon par le peuple ?

– Qu'est-ce que le peuple, mon général ?

– La France, évidemment.

Même phrase au temps de la seconde élection présidentielle dans le bureau de l'Elysée, avec les peintures qu'il appelait « les femmes nues dans les volubilis », l'énorme mappemonde, et les fenêtres qui encadraient la roseraie devenue solitaire.

– Bien entendu, reprend-il, je ne crois guère à la loi du nombre ; mais les passions collectives existent aussi dans les minorités. Je préfère les passions de la France à celles du Conseil économique, ou de l'Académie française. Les multitudes ont eu de grandes passions, même bonnes ! les corps constitués sont indispensables, mais les passions ne leur valent rien : ils les confondent avec la raison.

« Napoléon est devenu un homme de génie pour presque tous ses ennemis étrangers. Pour nous, je comprends : il affirme à la France qu'elle vaut mieux que ce qu'elle croit ; et nous, qu'avons-nous fait d'autre ? Mais pour les Allemands ? Le successeur de Charlemagne ?

– Rien de plus mystérieux que la métamorphose d'une biographie en vie légendaire, mon général. Pourquoi César est-il l'une des plus grandes figures de l'Occident ? Des victoires importantes mais non capitales, un grand gouvernement romain parmi d'autres... Mais il y a eu Plutarque. Et Shakespeare.

– Il les appelait, Pompée, non. Pas même Auguste.

Les victoires sont moins importantes qu'on ne croit. Pourquoi Turenne est-il plus respecté que Condé ? Aucune de ses batailles n'a l'importance de Rocroy. Maurice de Saxe, qui n'a pas perdu un seul combat, n'égale point Napoléon, qui a fini vaincu. Les victoires qui ne sont que des victoires ne mènent pas loin. Il faut qu'autre chose entre en jeu. Peut-être la nation future : Jeanne d'Arc, l'avenir du monde, la signification confuse et symbolique de ceux qui font l'Histoire, vous voyez ce que je veux dire... Quant à Napoléon, il a été vainqueur lorsqu'il commandait l'armée française, et vaincu lorsqu'il commandait la Grande Armée, qui n'était plus française. Sauf à Waterloo.

« Voyez-vous, la France lui est reconnaissante, sans bien le savoir, de ce qu'il *a fait* des Français. Ils venaient de Rossbach. Il y avait eu les soldats de l'an II, mais oui, mais oui ! Ils s'éloignaient, quand il est arrivé en Italie !... Il a fait de l'armée française ce que Rome avait fait des légions, ce qu'Alexandre avait fait des hétairies. A la fin, les trente-sept mille hommes de la Garde, ce sont tout bonnement les Français, y compris les Marie-Louise qui ne savaient pas charger leur fusil. Victor Hugo mêle avec génie ces pauvres conscrits et la Vieille Garde...

« Il a voulu inventer une chevalerie : chevaliers de la Légion d'honneur. Et il a créé des troupes françaises d'élite auxquelles rien n'a résisté : "Murat, le plateau de Pratzen est couvert par des batteries : Va les prendre." Croyez-moi, la France ne l'a pas oublié, quoi qu'elle en pense. En 1940, il disait aux Français, avec moi, qu'ils n'étaient pas ce qu'ils semblaient être...

Geste vague comme s'il se reprochait d'avoir, au cours du déjeuner, parlé de choses sérieuses. Il reprend, d'un ton presque ironique :

– Et votre projet de transfert du corps de l'Aiglon ?

J'avais jugé absurde que son cercueil semblât en rivalité avec ceux de nos grands capitaines, par la grâce de Hitler. Puisqu'il se trouvait aux Invalides, je souhaitais qu'il fût placé au pied du tombeau de l'empereur.

– Le transfert a eu lieu, je crois...

– On ne s'en est guère aperçu. Il est vrai qu'on ne s'aperçoit plus de rien.

« Pourquoi diable, reprend-il avec une curiosité indifférente, tant de compagnies d'assurances ont-elles pris l'aigle pour symbole ?

– Parce que les principales étaient américaines, je suppose ?

– Tous les soirs, la radio me parle de l'avenue du Président-Kennedy. Il n'y a d'avenue Clemenceau ni à Washington ni à Londres, que je sache ?

« A New York, c'est Johnson qui vous a reçu, je crois ?

– En tant que vice-président, mon général. Fort dignement.

– Oui, oui... Bien qu'il ne prît pas la peine de faire semblant de penser.

– C'était au Waldorf, où, en 1944, les Américains avaient fait la haie pour vous applaudir...

– Ils m'ont envoyé des petits papiers dans je ne sais quelle avenue, comme des confetti. Un peuple passionné, et sans bassesse. Ce n'est pas mal.

– Vous vous souvenez de notre dialogue, lorsque vous êtes revenu des obsèques du président ? Vous m'avez parlé de Mme Kennedy. Je vous ai dit : "Elle a joué un jeu d'une grande intelligence : sans se mêler de politique, elle a donné à son mari un prestige de mécène qu'il n'aurait pas trouvé sans elle : le dîner des cinquante prix Nobel...

– Et le vôtre !

– ... c'était elle. Mais vous avez ajouté : "Elle est une femme courageuse, et très bien élevée. Quant à son destin, vous vous trompez : c'est une vedette, et elle finira sur le yacht d'un pétrolier."

– Je vous ai dit ça ? Tiens !... Au fond, j'aurais plutôt cru qu'elle épouserait Sartre. Ou vous !

Il a retrouvé son ton narquois, différent de l'autre, et singulier chez lui : étranger à ce qu'il dit. J'enchaîne :

– Vous vous souvenez des pancartes à Cuba : "Kennedy, non, Jackie, oui" ?

– Charles, dit Mme de Gaulle, si nous y étions allés, est-ce qu'il y aurait eu des pancartes : De Gaulle, non, Yvonne, oui ?

Il répond rarement aux questions humoristiques. Et l'humour écarté, je connais sa bizarre perspicacité. Quand une de nos amies est entrée au Carmel, j'avais écrit un article d'adieu. Il m'a dit : "Ne le publiez pas : elle peut en sortir : elle n'a pas prononcé ses vœux. »

Elle en est sortie.

Je demande :

– Quelle impression vous a faite Indira Gandhi ?

– De frêles épaules sur lesquelles repose l'énorme destin de l'Inde – et qui n'en sont pas fâchées. D'ailleurs, qu'importe ? Croyez-vous que si nous avions eu la bombe atomique avant les Américains, nous aurions fait cette politique qui n'en est pas une ? Bonaparte rejeté par le Directoire se serait peut-être mal arrangé avec le Grand Turc. Né un peu plus au Nord, Bourguiba serait maire de Marseille. Dans l'ensemble, les femmes pensent à l'amour, les hommes aux galons, ou à quelque chose de ce genre. Au-delà, les gens ne pensent qu'au bonheur – qui n'existe pas.

Je me souviens de sa phrase : « L'illusion du bonheur, d'Astier, c'est fait pour les crétins ! Vous avez été heureux, vous ? Il y a longtemps, je suppose ! » Mais je me souviens aussi de la phrase de Gide : « C'est très curieux, cher, le mal que j'ai à ne pas être heureux... »

Je réponds :

– Les femmes pensent à l'amour, sans doute. Mais une "femme sensible" eût fait remarquer à Stendhal que cristalliser est un acte parmi d'autres, alors qu'être cristallisée, c'est bien intéressant...

Mme de Gaulle continue à s'amuser.

– Tout de même, Charles, vous leur avez donné le droit de vote.

– La France ne se divise pas.

– Et vous avez gracié toutes les condamnées à mort.

– Les femmes sont capables du meilleur et du pire. Donc, on ne doit jamais les fusiller.

Le ton signifie-t-il : elles sont irresponsables ? Imperceptiblement. Mais ce ton change. Il poursuit :

– Pourquoi la beauté féminine est-elle toujours, dans une certaine mesure, un masque ? Les statues, les tableaux, le cinéma...

– Le maquillage... Celles que j'ai eu l'honneur de recevoir avec vous, Marlène, Ludmila Tcherina, Brigitte Bardot n'arrivaient pas à l'Elysée en bigoudis. Les artistes inventent le rêve, les femmes l'incarnent. Mais le christianisme seul a inventé l'Eternel féminin.

– Pourquoi ?

– J'ai tenté de comprendre comment la Vénus de Milo a pu devenir une Vierge gothique. Un premier événement m'a fait rêver. Lorsque l'Eglise pense que son destin dépend de Clovis, qui est païen, elle lui cherche une femme catholique. Loin, puisque Clotilde est une petite princesse suisse. L'Eglise ne cherche pas la plus belle, elle trouve la plus charmante. Les grandes hétaïres avaient été belles, brillantes, voire éclatantes, elles n'avaient pas été charmantes. Cette féminité qui semble se définir par la douceur... Beaucoup plus tard, le culte marial domine la chrétienté : presque toutes les cathédrales s'appellent Notre-Dame. Vous connaissez la théorie : lorsque les suzerains partirent aux Croisades, les chevaliers – adoubés à treize ans – qui, jusque-là, ne connaissaient que leur mère, leurs sœurs, ou les paysannes avec qui ils couchaient, découvrirent, avec la suzeraine qui désormais présidait la table, une vraie femme de vingt-cinq ou trente ans, qui les tourneboula... Il y aurait beaucoup à dire ! Il reste qu'il n'y a d'Eternel féminin que dans le monde chrétien. Mais son expression est inséparable du domaine religieux. Agnès Sorel dévoile son sein célèbre, dans un portrait de Vierge. Le moment saisissant de la peinture, c'est celui où le peintre découvre l'Eternel féminin *contre* la Vierge.

– Continuez...

– *La Joconde* est le seul tableau auquel s'assimilent les fous, même masculins ; le seul sur lequel on tire. S'il n'était pas protégé par le verre à l'épreuve des balles qui le rend verdâtre, il serait troué depuis longtemps. Son voleur l'avait apporté à Gabriele d'Annunzio, épouvanté... La police, qui avait retrouvé le cadre, disposait des empreintes digitales et les a comparées à toutes. Mais le voleur, Perugio, n'avait pas travaillé au Louvre depuis six mois. Les policiers ne relevèrent pas ses empreintes, mais visitèrent, par principe, sa chambre. Et signèrent le procès-verbal sur un tapis de table sous lequel se trouvait le panneau ; sans cadre, *La Joconde* est un panneau très mince. Quand nous l'avons envoyé aux Etats-Unis, il est parti sur le *France.* On y distribuait les fleurs destinées aux passagères lorsque le paquebot a gagné la mer. Restait un bouquet de violettes de Parme, avec une enveloppe : "Pour Monna Lisa." Journaliste astucieux, pense le capitaine. Mais la carte de visite était blanche...

« D'ailleurs, *La Joconde* n'est peut-être pas Monna Lisa, mais Constance d'Avalos, dont elle porte le voile de veuve – et plus vieille de vingt ans. Quel est son âge ? On l'a accrochée dans la salle de bains de François Ier, de Louis XIV et de Napoléon : donc, en des temps où Léonard n'était pas à l'honneur. Et lui, qui a toujours éprouvé pour sa peinture un sentiment si trouble, a écrit : *Il m'advint un jour de peindre une figure réellement divine...* En son temps, la figure a certainement surgi comme une révélation, parce que la résurrection des formes antiques venait des statues, et que les autres n'avaient pas de regard, donc pas d'âme. J'ai dû dire, à Washington, quelque chose comme : "La mortelle au regard divin triomphe des déesses sans regard..." Une figure sans regard, celle de la sculpture antique, est l'abstraction, le sommeil ou la mort... Vous aimez la sculpture grecque, mon général ?

J'ai vu dans la bibliothèque les dos de quelques albums.

– Vous m'avez emmené inaugurer des expositions qui m'ont fait réfléchir. Les Mexicains... La seule sculpture qui me parle est celle du Moyen Age. Vous m'avez intéressé, quand vous avez écrit que le temps des Croisades sculptait des saints militaires, et jamais des chevaliers. Comment a-t-on inventé saint Georges, qui n'a pas existé ? N'importe : la sculpture gothique, romane, me parle, je le répète. Les autres sont de l'archéologie.

« Que serait devenu l'art grec, si la Grèce avait été vaincue à Salamine ?

Je connais ma réponse, mais je sais mal sur quoi je la fonde :

– Tout eût quand même fini par Alexandre...

Il semble rejeter une rêverie, et dit :

– Oui. Et à l'aube, le loup mangea la chèvre de M. Seguin, qui avait combattu toute la nuit.

« L'accueil des Etats-Unis à *La Joconde* a été ce qu'ont dit les journaux ?

– Le lendemain des discours, j'ai vu la foule de Washington, les négresses en vison qui tenaient leurs petites filles à couettes, devant la Grande Icône... A New York, où l'on faisait queue pour la voir à partir de six heures du matin, un garçon de vingt ans arrive, sa canadienne bourrée comme par une mitraillette. Un détective se précipite, le palpe, et un petit chien jaillit : "Je voulais que Foxy soit le seul chien au monde qui ait vu Monna Lisa !" avoue le garçon désespéré...

Mme de Gaulle l'approuve.

– Nous leur enverrons encore des tableaux, dit le général, et ça n'aura plus le même sens... Mais votre premier voyage n'était pas celui de *La Joconde* ?

« Je me souviens de vos dépêches de l'époque – ou plutôt, de celles de l'ambassadeur. Résumé sérieux, mais je savais que le président souhaitait s'arranger avec moi, et ne pas s'arranger sur l'Algérie. Aujourd'hui, que pensez-vous ?

– Il y a eu plusieurs dialogues assez différents. Le premier, n'en parlons pas. Notre ambassadeur m'accompagnait ; le président ne voulait pas sembler changer d'avis, en quoi que ce fût, sur quoi que ce fût.

Il était braqué plus que réfléchi, parce qu'à ses yeux vous existiez puissamment, et la France, pas du tout. Donc, pas d'accord sur le Congo, pas d'accord sur le Viêt-Nam. Arrive, évidemment, l'Algérie. Il montrait une grande courtoisie, mais aussi une sorte de... d'acharnement. Je lui ai dit : "Plus tôt ou plus tard, nous aboutirons à l'indépendance de l'Algérie. Avec nous ou contre nous. Alors, vous prendrez la relève en Afrique ou en Asie, et je vous souhaite bonne chance." Il a d'abord pensé que je déraillais, puis il a fait un geste incertain, comme pour écarter la question. L'entretien était d'ailleurs terminé, puisque je n'avais rien à lui demander. Il a quitté le fauteuil articulé du Conseil, dans cette vaste salle où nous étions presque seuls, pour me reconduire, en me disant : "Bah ! la grâce de Mme Kennedy effacera tout cela ce soir (il me recevait à la Maison-Blanche). Et nous ne parlerons pas de La Fayette !" Je lui réponds, suave : "Qui est ce gars ?" Il éclate de rire, la double porte s'ouvre, et les photographes, à l'affût d'une mauvaise rencontre, prennent une photo où nous sommes hilares. En somme, Laurel et Hardy.

– Et le soir ?

– Gentillesses. J'étais dans une pièce à la table de Mme Kennedy, lui dans la pièce voisine et nous faisions assaut de micro. Mme Kennedy avait fait ce qu'elle avait pu (c'était beaucoup) pour que cet entretien, dont il a dit ensuite : "Ç'a été assez dur", parût enveloppé d'une sorte de chaleur... Avant le week-end et nos échanges de frégates (il adorait les maquettes de bateaux), il avait dit de moi : "Bon : c'est pour Jackie."

– Le voyage suivant fut celui de *La Joconde* ?

– Là, aucun problème. La chaleur américaine est profonde et sincère. Le président pensait que nous,

Français, nous conduisions avec amitié. Et il y avait eu quelques événements, que vous connaissez mieux que moi. Il pensait que c'était vous, qui envoyiez *La Joconde*, mais que j'y étais bien pour quelque chose. C'était un homme sensible au style. Il m'a donc invité dans sa maison de campagne. Alors, après un charmant déjeuner de crabes mous et de je ne sais quoi...

– Qu'est-ce que c'est qu'un crabe mou ? demande Mme de Gaulle.

– Tout ce que j'en sais, Madame, c'est qu'on le coupe comme s'il n'avait jamais eu de carapace.

– C'est très bon ?

– Ni plus ni moins qu'un crabe ordinaire, le pittoresque en plus...

– Et là, dit le général, vous avez pu parler sérieusement ? Enfin, pas plus qu'à Colombey...

– Mon général, chez Robert Kennedy, le frère du président, un beau chien beige attendait les invités à l'entrée de l'allée ; et un autre de même race, mais tout noir, à l'entrée de la maison. Quand j'ai dû prononcer mon toast, j'ai dit : Soyez remercié de nous avoir fait accueillir par un chien qui a compris qu'il devait se mettre en smoking... Allégresse générale. Les Etats-Unis ne sont pas protocolaires, et j'ai souvent parlé plus sérieusement avec les Américains dans cette sorte de cordialité, que dans ce que l'Europe appelle le sérieux.

« Le président revenait en avion d'une réunion où il attendait deux ou trois mille personnes. Il y en avait trois cent mille. Il me dit : "D'après mes informations, c'est comme ça chez vous avec le général de Gaulle ; pourquoi ? – Parce que les disques ont fait que le public s'est rué sur les musiciens, alors que l'on affirmait qu'ils feraient déserter les salles. Et vous, vos moyens de diffusion sont bien autres que des disques..."

« C'est alors que nous nous sommes mis enfin à parler de la France. Je lui ai dit que nous avions été maintes fois envahis, ce qui n'était pas arrivé aux Etats-Unis. Et qu'un gouvernement qui, chez nous, n'assurait pas la défense nationale, ne pouvait avoir qu'une légitimité *apparente*. Je suppose que vous lui aviez dit cela bien avant moi...

– Pas tout à fait ainsi. Que vous a-t-il répondu ?

– Plus courtoisement que je ne le résume, il m'a dit : la défense de l'Europe, c'est nous. A quoi j'ai répondu à mon tour que la défense nationale était la volonté de se défendre, qu'il s'en était aperçu avec Mao, et s'en apercevrait au Vietnam. Il a réfléchi, puis il a dit : "La France est un drôle de pays : ses malheurs après les victoires qui en avaient fait le premier pays d'Europe, sa marine reconstituée, l'aide qu'elle nous a donnée, la Révolution, Napoléon... 1940, et aujourd'hui le général de Gaulle..." Je lui ai dit que c'était un pays profondément irrationnel, qui ne trouvait son âme (vous connaissez mon dada) que lorsqu'il la trouvait pour les autres : les Croisades, et la Révolution bien plus que Napoléon. Je disais que l'Angleterre n'était jamais plus grande que lorsqu'elle se retrouvait seule, et que la bataille d'Angleterre, en 1940, était sans exemple depuis Drake – alors que la France n'était grande que lorsqu'elle l'était pour le monde...

– Il y a un pacte vingt fois séculaire entre la grandeur de la France et la liberté des autres, dit le général.

– Je savais bien ce que pensait le président : les Etats-Unis ne peuvent fonder leur politique européenne sur la France, et ils ne peuvent pas tenir la

France pour négligeable, parce que les Français sont toujours capables d'inventer on ne sait quoi : ils ont bien inventé le général de Gaulle !... Kennedy a enchaîné sur les Etats-Unis, et je lui ai dit ce que je vous ai dit naguère à vous-même – et que j'ai eu l'occasion de dire à Pékin, au ministre des Affaires étrangères : "Les Etats-Unis sont la seule nation qui soit devenue la plus puissante du monde sans l'avoir militairement cherché. Alexandre voulait être maître du monde (enfin, du sien !), César aussi. Les Etats-Unis ont, à l'occasion, voulu une domination économique : c'est radicalement différent. Mais maintenant qu'ils possèdent cette puissance colossale, il s'agit de savoir ce qu'ils vont en faire."

« J'ai eu l'impression de rencontrer sa propre pensée. Il désirait instinctivement régler les problèmes de l'Europe et de l'Asie par la décision des Etats-Unis ; et c'est pourquoi il m'avait irrité la première fois. Je crois à la puissance des Etats-Unis, mais je crois que la puissance est une chose, et que l'Histoire en est une autre. Carthage était puissante.

– Ne vous trompez pas : il voulait maintenir à tout prix la situation dominante des Etats-Unis dans la défense de l'Occident. Et je ne suis pas sûr que malgré sa valeur, il n'ait pas accepté la comparaison, chère aux naïfs, entre les Etats-Unis d'Europe et les Etats-Unis d'Amérique. Alors que ceux-ci ont été créés à partir de rien, sur une Sibérie fertile, par des flots successifs de colons déracinés. Si les Etats-Unis deviennent consciemment maîtres du monde, vous verrez jusqu'où ira leur impérialisme.

– Je me souvenais alors de la phrase angoissante du président Eisenhower : "Je ne me présenterai pas devant Dieu avec du sang sur les mains."

– Le sang sèche vite.

– J'ai dit à Kennedy, sans insister : "Vous êtes maintenant contraints à une politique mondiale, au moins comme Rome a été contrainte à une politique méditerranéenne. Depuis le plan Marshall, quelle a été la politique mondiale des Etats-Unis ?" Et j'ai eu le sentiment qu'il voulait réellement assumer l'Histoire, porter l'énorme responsabilité des Etats-Unis, dont il était fort conscient. Sans doute l'eût-il fait...

« Je pense que c'est en lui déclarant qu'il en avait la charge, que vous avez établi la relation profonde que rien n'a détruite.

« Ce politicien habile était séparé des politiciens par ses brusques colères, quand l'Etat entrait en jeu. Vous vous souvenez de la télévision : "Mon père m'a toujours dit qu'en face du pays, les industriels se conduisaient comme des fils de putains !" Peut-être le danger était-il déjà là ; mais de toute évidence, il avait décidé de n'en tenir aucun compte...

– Vous savez bien, répond le général, que le courage consiste toujours à ne pas tenir compte du danger. Et puis, il faut mourir assassiné ou foudroyé.

Il hausse les épaules :

– Quand César a été tué, il tenait la liste des conjurés dans sa main. Il ne l'avait pas lue. Ce pauvre président m'a parlé de Lincoln d'une façon qui m'a frappé. Il espérait le retrouver dans la vie, il l'a retrouvé dans la mort. Et peut-être la distraction, un peu complaisante, d'un obscur commissaire de police de Dallas, aura-t-elle suffi pour infléchir l'histoire du monde.

– Il me semble que le président est mort le jour de votre anniversaire ? Le destin joue tout seul son jeu mystérieux : Shakespeare est né l'année de la mort de Michel-Ange, et le soleil se couche au milieu de l'Arc de triomphe le jour anniversaire de la mort de

Napoléon, qui ne l'a jamais vu... Le dernier acte officiel de Louis XVI est la nomination d'un lieutenant d'artillerie qui s'appelait Buonaparte...

« Donc, après les considérations historiques, le président m'a dit, d'une façon abrupte : "La Chine va avoir la bombe atomique. Devrions-nous intervenir dès maintenant ?" Il n'attachait aucune importance à mon avis, mais il pensait que je ne parlerais pas comme ses conseillers américains, et que je lui apporterais un autre domaine de réflexion. Et il attendait sans doute de ma réponse un écho de ce que vous pensiez.

– Si je me souviens bien, vous lui avez dit que la Chine n'aurait pas la bombe atomique avant un an ?

– Ce qui fut vrai. Mais ce que je n'ai pas compris, ce que je n'ai pas compris plus tard, quand j'ai parlé aux Chinois, c'est : pourquoi concevoir l'intervention américaine comme une guerre (les Américains n'auraient pas débarqué en Chine) au lieu de penser que l'écrasement des quelques centres industriels chinois eût ramené la Chine, de cinquante ans en arrière ? Je suppose qu'il me posait la question que lui posait le Pentagone. Je lui ai répondu, en effet, qu'il avait plus de temps qu'il ne croyait ; et j'ai ajouté (avec des gants...) qu'il n'interviendrait pas.

Le général ne répond rien. Se demande-t-il une fois de plus ce qu'il aurait fait, lui, s'il avait disposé de la puissance américaine et de la bombe atomique ? Pense-t-il à la Russie ? La neige tombe, comme sur la Cité Interdite. Je reprends :

– Kennedy a certainement voulu une action historique, pour lui et pour les Etats-Unis, mon général. Mais ce n'était pas rien, que de concevoir l'action du plus puissant pays du monde sans la concevoir comme un impérialisme...

– Comment savoir ce que le temps fera de lui ? Il était un vrai Président : architecte, non gérant. Bâtir. La mort est venue. Dresse-t-on des statues aux intentions ?

« Tout dépendra du successeur. Nixon va ressortir de sa boîte, d'une façon ou d'une autre. Ce pays va-t-il, oui ou non, concevoir sa politique historique ? Ou bien aurons-nous connu les dernières volontés à longue échéance, l'homme va-t-il inventer autre chose ? Le pays du futur ne pense guère l'avenir !... Pourquoi ? Il n'y a plus de politique révolutionnaire de la Russie. La Chine en a pour trente ou cinquante ans à faire la Chine.

Comme ce matin, il me rappelle la citation : « La triste mère d'un Empire mort. » Mais quelles que soient ses perspectives, le ton de sa voix conserve l'optimisme indifférent de l'énergie.

Il esquisse le geste par lequel il semble vouloir tout chasser.

– Vous avez eu l'occasion d'assister à leurs grandes réunions de hippies ?

– Je crois qu'elles ont eu lieu surtout en Californie...

– La chose m'intéresse, figurez-vous ! Que veulent-ils réellement ?

– Un mode de vie... Leur idéologie, celle des groupes qui les ont précédés ou qui les suivent, ne me semble pas essentielle : les zazous se réclament de l'existentialisme, les hippies de Gandhi, et les contestataires de Che Guevara...

« Il y a aussi le nihilisme. L'étudiante de Nanterre qui déclare : "quand vous savez ce que vous voulez, vous êtes déjà embourgeoisée", est évidemment révélatrice. Les personnages des *Possédés* auraient parlé comme elle.

– Qu'oppose-t-elle à : savoir ce qu'on veut ?

– L'instinct. Les événements de Mai sont nés de la conjonction d'une révolte communiste – syndicale – prudente, et d'une révolte irrationnelle de la jeunesse. Liée au romanesque historique, comme partout.

– Pas en Russie.

– Depuis les marins de Cronstadt, le romanesque anarchisant n'a plus cours en Union soviétique...

– Les nihilistes russes tuaient, dit-il.

– Le tsar les tuait aussi. Le sérieux a beaucoup changé... Et puis, les Russes étaient chastes, et ne se droguaient pas. Il y a, dans l'aventure actuelle, tout un domaine physique. Elle est une compensation. La Révolution était réellement, pour les nihilistes, une valeur suprême. Avec laquelle ils communiaient, comme vous venez de le dire, par l'action. La Révolution dont rêvent nos nihilistes appartient à ce que j'ai appelé l'illusion lyrique. Ce qu'ils opposent à la société de consommation, au moins incertaine chez nous, ce n'est pas une autre société, c'est leur indignation. Mais l'indignation n'est pas une valeur suprême. Un garçon de vingt ans, qui achevait une enquête parmi les étudiants, m'a dit : il y a quelque chose de plus important que les hippies et les contestataires, c'est la quantité de jeunes qui disent seulement : "Qu'importe ?" L'ambition a toujours existé, mais incidemment. Il a fallu Napoléon, la bourgeoisie, les romans, les Etats-Unis, pour qu'elle s'aligne avec l'amour, devienne la passion capitale du siècle. Julien Sorel n'a pas de frère aîné. Peut-être sommes-nous en face d'un immense reflux de l'ambition ? A peine dix pour cent des étudiants sont politisés...

– Toujours les pantoufles. L'indignation, l'indifférence, la fraternité... "Je veux être président d'une république fraternelle", disait le pauvre Auriol : pour devenir maître, le politicien se pose en serviteur. Dans le monde entier, nous allons retrouver le temps des gens de bonne volonté, qui n'ont que de la bonne. Le temps a passé ; le destin aussi. En 1914, j'ai connu une jeunesse prise par la curiosité qui précède les premières batailles, et pourtant elle sentait venir la moissonneuse. Elle est morte.

« Les Etats-Unis ont cru que la démocratie réglerait tout, et les voilà en face d'un problème qu'elle ne réglera pas. Leur démocratie est l'égalité. Et aussi un sentiment qui met les démocraties anglo-saxonnes et scandinaves au-dessus des nôtres : un culte de la loi. La loi, c'est tout de même l'Etat. En politique, en religion, les Latins n'ont jamais bien su quand ils étaient Rome, et quand ils faisaient semblant. Vous avez bien dit que Rome était le contraire de l'agitation méditerranéenne ? »

*

Dans le salon aux fauteuils de cuir, où nous allons prendre le café, Grigri est couché sur un fauteuil. Les nuages se sont accumulés, et la pièce devient sombre. Le général me dit avec un peu d'ironie :

– C'est vous qui avez imposé le mot gaullisme, non ? Qu'entendiez-vous par là, au début ?

De nouveau, le ton a changé. Plus question de chats, ni de la distraction familière avec laquelle il parlait de Guevara, et même de Napoléon. Comme aux déjeuners intimes de l'Elysée, l'entracte est fini.

– Pendant la Résistance, quelque chose comme : les passions politiques au service de la France, en opposition à la France au service des passions de droite ou de gauche. Ensuite, un sentiment. Le sentiment que vos motifs, bons ou mauvais, *n'étaient pas ceux des politiciens.*

– Quand j'ai vu les politiciens rassemblés pour la première fois, j'ai senti aussitôt, sans erreur possible, leur hostilité à tous. Ils n'ont aucunement cru à ma dictature ; mais ils ont compris que je représentais l'Etat. C'était la même chose ; l'Etat est le diable, parce que s'il existe, eux n'existent plus. Ils perdent ce à quoi ils tiennent avant tout. Qui n'est point l'argent, mais l'exercice de leur vanité.

– Vous ne leur facilitez pas la vie : ils promettaient des cadeaux, vous promettiez des sacrifices. Il reste que les Français sont antimonarchistes, et l'organisation de l'enseignement primaire depuis la IIIe n'y est pas pour rien ; ils sont aussi antipoliticiens, souvent pour de mauvaises raisons, car, quoi qu'on en dise, j'ai peu rencontré la corruption... Guy Mollet m'a dit qu'il ne possédait pas huit cent mille francs de l'époque ; c'était certainement vrai. (Quand son ministère et le mien se trouvaient dans l'hôtel qui fait face à Matignon, j'y occupais l'ancienne salle des mousquetaires, ce qui était flatteur, et lui, l'ancienne salle des chanoines...)

– Je reconnais que les grands politiciens sont plus intègres qu'on ne le dit. Reconnaissez qu'ils aiment beaucoup les palais nationaux. Quand Herriot est revenu, il m'a expliqué dans les cinq minutes qu'il devait reprendre l'hôtel de Lassay, affecté à la présidence de la Chambre. Je n'étais pas d'accord, puisqu'il n'était pas président de l'Assemblée. Il ne me l'a pas pardonné.

– Il me semble que les Français n'estiment longtemps que les hommes politiques voués à quelque chose : la France, la Paix, comme Clemenceau, Briand ; même Poincaré, à cause de la guerre. Ceux qui ne se définissent pas par un mélange d'ambition, d'élections et d'admiration.

– Oui.

– Vous avez fait aux Français un don qu'on ne leur fait guère : élire en eux leur meilleure part. Légitimer le sacrifice est peut-être la plus grande chose que puisse faire un homme... Les communistes aussi l'ont fait pour les leurs.

– Encore valait-il mieux, dit-il, être Salan devant nos tribunaux, que Toukhatchevski, innocent, lui ! en face de ceux de Staline. Mais je reconnais que si bien des soldats de l'an II sont morts pour la République, personne n'est mort pour le parti radical. La France va de nouveau se politiser.

– Votre France n'a jamais été du domaine rationnel. Comme celle des Croisades ou celle de l'an II. Pourquoi les braves types de l'île de Sein sont-ils venus vous rejoindre ? Et nous ? Vous disiez qu'à la fin nous serions peut-être vainqueurs ; nous pensions aussi que nous serions d'abord morts. Les gaullistes de gauche ont réellement espéré que tôt ou tard vous feriez, dans le domaine social, ce qu'ils n'attendaient plus des communistes ni des socialistes ; ils ne vous ont pas suivi *pour cela*. En 40, la justice sociale était dans la lune ; Staline, l'allié de Hitler, et Hitler à Paris. Mais les communistes sont venus avec nous, plus tard, avec soulagement : la défense du prolétariat écrasé s'accordait à celle de la France écrasée.

– Et à celle de la Russie.

– Ce qui a empêché le gaullisme de devenir un nationalisme, c'est sa faiblesse. Votre force a tenu à ce que vous n'aviez rien. Il n'y a pas eu que les gaullistes, pour vous suivre. Si j'en juge par les journalistes qui viennent m'interroger, un domaine capital de la France combattante et de la Résistance va disparaître, a déjà disparu : c'est l'antifascisme. Vous êtes le dernier chef antifasciste d'Occident. La plupart des anciens combattants d'Espagne, espagnols ou français, qui vous ont suivi au temps du pacte germano-soviétique, continuaient leur combat. Ils ont d'ailleurs été stupéfaits de ne pas retrouver Franco entre Hitler et Mussolini, mon général.

– Il est bon que vous citiez les étrangers, car vous parlez de la Résistance politique, non de la Résistance nationale, sans laquelle l'autre n'aurait pas pesé lourd.

– Mais ils ont continué le combat avec nous, plutôt que de rejoindre l'armée américaine. Ce qui a tout de même un sens. Je ne crois pas qu'un historien futur puisse interpréter le gaullisme en termes seulement politiques, ni même, seulement nationaux... Le gaullisme a été la France, mais aussi quelque chose de plus. Quand un de mes amis anglais est arrivé à Calais, en 1945, le comptoir du bar où il était entré était surmonté d'une grande photo de vous : " – Vous êtes gaulliste ? demande-t-il au patron. – Oh, vous savez, moi, la politique ! Mais après tout, un homme ne dure guère plus de trente ans, et celui-là vaut mieux que les autres..." Le hasard m'a fait passager de la première croisière privée de *La Marseillaise*, vers 1950. Il y avait eu la croisière des ministres de la IVe. Je commande un vin, je m'aperçois que le sommelier devra le chercher au diable, j'en commande un autre. Le sommelier sourit : "Vous avez changé pour ne pas m'envoyer dans la cale, n'est-ce pas ? Mais je vais y aller. Je suis content de vous servir. Pour notre pays, un grand écrivain, c'est bien. Pas eux." L'une des raisons, mon général, pour lesquelles on me regarde comme une sorte de gaulliste symbolique, c'est que je ne me suis jamais fait élire. Quand vous m'avez jugé trop farfelu, en 1958, vous m'avez dit, mi-figue, mi-raisin : "Ah ! soyez ministre", et je vous ai demandé "Pourquoi faire ?" Dans le gaullisme, il y a ce qui s'explique, et ce qui ne s'explique pas. Le meilleur titre de livre dont on vous ait fait hommage, c'est tout de même celui de Soustelle : *Envers et contre tout.* Vous étiez seul le 18 Juin, et vous l'êtes aujourd'hui. Peut-être fallait-il qu'il en fût ainsi...

Je crois que le NON du solitaire, à la force, est chargé d'une mystérieuse contagion.

– J'ai eu tout le monde contre moi chaque fois que j'ai eu raison, dit-il. J'ai l'habitude.

– Vous dites que les soldats de l'an II ne seraient pas morts pour le parti radical, mais nos morts des camps d'extermination ne seraient pas morts pour l'élection du président de la République au suffrage universel – et je prends l'exemple le plus haut.

Il sourit – à peine. S'il a le génie de l'instinct, il a aussi le goût de la rigueur. Je me souviens de sa surprise lorsque, au sujet de la dévaluation, j'ai dit au Conseil ce qu'il pensait. Il parlait toujours le dernier. « Je voudrais comprendre, dis-je, pourquoi le gaullisme, qui ne peut être que la défense du pays contre les spéculateurs, – comme il l'a été contre tant d'autres – accepterait la dévaluation, lorsque les spécialistes affirment que nous pouvons l'écarter... » Et d'une façon plus trouble, lorsque j'ai dit : « Le destin de la France ne peut supporter la guerre d'Algérie que si elle finit par un accord. » Et aussi, au mois de mai 1968 : « Aller aux Champs-Elysées nous engagera dangereusement, si nous ne sommes pas assez nombreux. Mais peut-être serons-nous un million, et nous devons le tenter. » Il n'avait pas besoin de moi pour le penser, mais il était content de l'entendre.

Il regarde la table aux patiences.

– Nous avons contrôlé pendant plusieurs mois, dit Mme de Gaulle, les réussites et les pas-réussites : c'est toujours la même proportion.

Le général relève les yeux. Il y a dans son regard, comme dans sa voix, la pesante chaleur que je connais :

– Et plus tard, qu'adviendra-t-il de tout cela ?...

Encore la télépathie. Plus tard veut dire : quand je serai mort. Il m'a dit naguère, avec moins d'orgueil que d'obsession : « Si un nouveau sursaut doit se produire, il continuera ce que j'ai fait, et non ce qu'on aura fait après moi. » Pense-t-il à son destin ? (Sa vie ne l'intéresse plus.) Une image de la volonté française ? Après tout, Clemenceau l'a été. Dans la bibliothèque, j'ai vu le dos tricolore de *Grandeur et Misère d'une victoire*.

– Que pensez-vous maintenant de Clemenceau ?

– Il les méprisait trop. Mais il croyait au destin. Vous vous souvenez du dialogue : "Franchet d'Esperey a eu de la chance ! dit Lloyd George. – C'est déjà bien : tant de gens n'en ont pas !" Je ne suis pas sûr que la baraka existe ; le contraire existe sûrement.

« Sa rage exprime la France : c'est en 18 – en 18 ! – qu'il répond par l'interruption fameuse que l'on croit aujourd'hui son premier discours de président du Conseil : "En politique extérieure, je fais la guerre ; en politique intérieure, je fais la guerre ; la Russie nous trahit, je fais la guerre. Je me battrai devant Paris, dans Paris, derrière Paris. Et ça suffit." C'était bien.

« Il connaissait les Français. Souvenez-vous du paysage qui s'étendait devant vous ce matin. C'est une position imprenable. Vercingétorix l'a perdue. Il devait recevoir tous les jours des syndicats et des contestataires.

– Clemenceau a sérieusement essayé de régler la question...

– Avec quel résultat ? La chasse au tigre ?

– Zaharoff, qui lui avait donné sa Rolls, ne prenait pour collaborateurs que des gens qu'aimaient ses chats. Les malins mettaient de la valériane au bas de leur pantalon. Peut-être est-il plus facile de séduire les chats que l'Histoire... Qu'en dis-tu Grigri ?

– Il est étonnant que Clemenceau ait pu tout à coup cesser d'être un politicien. L'Histoire transforme les hommes. Enfin, de temps en temps. Mais il avait conservé ses colères. Il est mort dans la haine de Foch, avec qui il avait réglé ses comptes, et de Poincaré, avec qui il ne les avait pas réglés. Philippe Berthelot, qu'il a beaucoup défendu contre Poincaré, lui avait dit un jour : "Vous êtes vraiment trop méchant, monsieur le Président !" Réponse : "J'ai eu une femme, elle m'a fait cocu. Des enfants, ils m'ont abandonné. Des amis, ils m'ont trahi. Il me reste mes mains malades, et je ne quitte pas mes gants ; mais il me reste aussi des mâchoires : je mords." Berthelot ajoutait : "Il me fait penser au général Dourakine : toujours en colère, mais on ne savait pas pourquoi." Paroles bien parisiennes... Mais Clemenceau avait osé dire aux députés : "Chassez-moi de la tribune, si ce que vous demandez n'est pas au service de la France, car je ne le ferai pas !" Et au président Coolidge : "Venez dire dans nos villages la liste sans fin de nos morts, pour comparer !" Et, à personne : "Je voudrais simplement que le peuple français ose compter sur lui-même, et c'est précisément le spectacle qui m'est refusé. Les Français ont été sublimes, ils ne le savaient pas ; ils sont redevenus médiocres, ils ne le croient pas."

Le vent qui s'est levé fait tournoyer la neige comme elle tournoyait sur le jardin de *La Lanterne*, lorsque je recopiais les phrases de la voyante sur Alexandre.

– Thémistocle, dis-je, est mort au service de la Perse...

« Claude Monet citait de Clemenceau une phrase assez fière : Honneur à ceux qui ne baissent pas les yeux devant la destinée ! Vous avez connu Poincaré, mon général ?

– J'étais à la gare de l'Est, en 1914, quand il est venu assister au départ des premiers trains militaires. Personne n'a applaudi. Mais tous les civils se sont découverts. Le passage de la mort. Noble.

Le capitaine de Gaulle dans cette cour de la gare de l'Est où j'ai rendez-vous, ce soir... Je pense aussi aux lanciers qui tourbillonnaient dans la nuit des Ardennes, le lendemain de la déclaration de la guerre en 1914.

L'avenir sera-t-il d'accord avec le patron du bar de Calais ? Staline ressuscite Pierre le Grand, et ce sont nos républicains, Michelet d'abord, qui ont ressuscité Jeanne d'Arc. Les analyses rationnelles sont fragiles. La radio ? Suffisait-il d'y exposer des choses justes, pour que Roosevelt malgré son hostilité, Hitler peut-être, comprissent que le cadavre de la France pouvait ressusciter ? Qu'eût apporté la radio au général Giraud ? Comment eût-il dit : « La France gît à terre ; mais elle sait, elle sent, qu'elle vit toujours d'une vie profonde et forte... » Comment définir l'action historique de Gandhi, par son action politique ? A quel point l'Histoire qu'incarne le général porte l'accent du destin ! Que fût-il advenu si, après l'entrevue de Bordeaux, Herriot avait accepté de se réfugier à Londres ? Si Noguès avait accepté le commandement de la France libre, si Vichy n'avait pas mis la franc-maçonnerie hors la loi, faisant ainsi basculer la moitié de l'Afrique française chez les gaullistes ? Si Pétain avait pris l'avion pour Alger ? Si Hitler avait trouvé la bombe atomique avant les Américains ? L'habileté politique du général de Gaulle n'a pas gouverné son destin. Celui de Saint-Just, de Jeanne d'Arc, de Frédéric II (le miracle de Brandebourg...), de Mao, m'a toujours troublé comme celui de personnages prédestinés. Deux hommes auraient pu barrer la voie à Bonaparte : Saint-Just a été guillotiné, Hoche empoisonné.

Au Petit-Clamart, il s'en est fallu de peu. Le général l'a regretté, je crois.

En 1958, j'ai assumé quelque temps la charge de sa sécurité. Nous savions qu'on devait tirer sur lui d'une des maisons des Maréchaux, place de l'Etoile, lorsqu'il serait au garde-à-vous devant l'Arc de triomphe, pendant *La Marseillaise*. Quand j'entrai dans le bureau de Georges Pompidou, alors directeur du cabinet, il disait à un interlocuteur aux cheveux blancs : « On a assassiné peu de rois de France : Henri III, Henri IV... – Oui, mais ce sont ceux qui voulaient rassembler les Français..., répondit doucement l'interlocuteur en prenant congé. – Qui est-ce ? demandai-je. – Le préfet de police. »

– Quoi qu'il advienne, mon général, s'il advenait quelque chose de nos adversaires, depuis les âmes sensibles des *Deux-Magots* jusqu'à vos ennemis politiques, Dieu serait bien étonné...

– Quels adversaires ? Les communistes qui vont de la Bastille à la Nation, les socialistes qui ne vont nulle part ? Les syndicats, comme s'ils pouvaient refaire la France ! Tout ça et Ferdinand Lop, c'est la même chose. La même impuissance : fière, en quel honneur ? de la force de Mao Tsé-toung ou de l'héroïsme de Guevara. La Longue Marche pour arriver au stade Charléty ? Ce n'est pas sérieux.

– Au moment du référendum, mon chef de cabinet, Français Libre, dit à l'un de nos directeurs, antigaulliste, avec suavité : "Malheureusement, si Malraux s'en va, il faudra renoircir les monuments ! – Oh, répond l'autre, nous ferons un plan : ça nous donnera du temps !" Combien de lettres d'injures mon cabinet a-t-il reçues, pour avoir dilapidé l'argent des contribuables à changer la couleur de Paris, en détruisant la précieuse patine des siècles – alors que les pierres de Paris, comme celles de Versailles, se patinent en orangé, jamais en noir. Anthologie des idiots. Enfin, on ne vous a pas remplacé par M. Poher. Quant à vos successeurs...

– Je n'ai pas de successeurs, vous le savez. Les communistes ne croient plus assez au communisme, ni les autres à la Révolution. C'est trop tard. A force de mentir pour revendiquer la démocratie, ils sont devenus démocrates. Ils veulent menacer le pouvoir, ils ne veulent plus le prendre.

« Je ne vois pas pourquoi un système économique, qui s'appelle le communisme, ne serait pas meilleur qu'un autre, qui s'appelait le capitalisme. Je n'aime pas les "ismes". Mais enfin le capital, c'est clair, la libre entreprise aussi. Je comprends l'Américain qui dit que les Postes devraient devenir des sociétés privées, comme le téléphone. Je comprends moins bien comment la libre entreprise ferait la Sécurité Sociale. Elle nous répondra qu'elle devrait pouvoir s'en passer. Soit. Mais si elle devait opposer une bombe atomique, qu'elle eût été incapable de créer sans l'Etat, à celles de l'Etat soviétique, et même chinois, je ne donnerais pas cher de la libre entreprise. Je ne vois pas pourquoi je n'aurais pas parlé avec les communistes, quand ils faisaient partie de la France et n'y créaient pas une sorte d'île, vous voyez ? J'ai dit à Thorez : "Vous avez choisi. Je vous comprends, mais vous avez choisi. Moi, je n'ai pas le droit de choisir." Il n'a pas été d'accord, évidemment, mais il a compris, lui aussi. Je ne veux pas opposer, même pour triompher, je veux *rassembler*. Lors de la Libération, je l'ai fait. C'est pour cela que je ne serai jamais monarchiste, quoi qu'en disent les agités. Il n'y a pas de rassemblement possible de la France autour de la famille royale. Il n'y a pas de rassemblement possible autour de la classe ouvrière, en train de s'effriter. Les communistes français n'ont que le mot "concret" à la bouche, mais ils sont le parti le plus romanesque du monde. Leur propagande les a persuadés que l'on peut convaincre de tout, en détail, ceux qui sont convaincus de tout, en bloc. Ils en sont très fiers. Ils n'oublient qu'une chose : tout ça n'a pas d'importance. *L'Humanité* dit que j'ai rejoint Thorez dans la Résistance !

– Cambrioler des mythes est inutile, parce qu'un mythe devient sans action lorsqu'il se sépare de ce qui lui a donné naissance. La révolution d'Octobre est loin, mon général.

– Chez nous, on ne peut rien fonder de durable sur le mensonge, c'est un fait troublant et certain. Mais malgré l'apparence, le communisme russe est le moins imposteur, parce que la résurrection de la Russie n'est pas un mensonge.

Allusion à l'une de nos premières conversations : je lui avais dit qu'à mes yeux, le communisme tenait une grande force, de ce qu'il avait donné à la Russie le rôle qu'elle n'avait trouvé ni dans l'orthodoxie, ni dans l'occidentalisation, ni dans le panslavisme. J'ajoute :

– Et parce que le problème social existe. Il y a pourtant dans le communisme une comédie incurable, une volonté de transformer les adversaires en "scélérats", qui a joué son rôle dans la rupture de pas mal d'intellectuels avec le parti. Pas seulement en Union Soviétique. Chez nous, peut-être le communisme devient-il, entre autres choses, ce que deviennent les partis : un mythe au service d'une société d'entraide.

– Vous savez, les Français ont toujours eu du mal à se débrouiller entre leur désir des privilèges et leur goût de l'égalité ! Mais au milieu de tout ce joli monde, mon seul adversaire, celui de la France, n'a aucunement cessé d'être l'argent.

« J'ai eu les intellectuels avec moi, puis ils sont devenus des équilibristes. Comme lorsqu'ils faisaient des épigrammes sur Rossbach en l'honneur de Frédéric. Le talent n'est pas souvent le garant de la justesse des idées. Et la grève de la radio, en Mai ! Qui a jamais fait grève pour la France, dans cette maison.

– Les intellectuels ne sont pas seulement les clients des *Deux-Magots* et les abonnés de *L'Observateur.*

– Même ceux-là avaient été avec moi. Vous avez écrit que les "âmes sensibles" n'étaient ni nées ni mortes en 1788, et que toute l'histoire était inséparable d'un romanesque historique. Nos âmes sensibles m'ont proclamé maurassien lorsque je rétablissais la République, colonialiste quand je créais la Communauté, impérialiste quand j'allais faire la paix en Algérie. Vous voyez Maurras se battre pour imposer l'élection du président de la République au suffrage universel ? Vous voyez "la droite", ravie des nationalisations, de mes décisions relatives à l'Algérie, et de votre Sécurité Sociale ? En 1958, vous savez bien que nous étions fascistes ! Vous vous souvenez, j'espère, d'une phrase qu'on vous a attribuée : "Quand a-t-on vu une dictature en ballottage ?"

– J'avais dit aussi : quand a-t-on vu un dictateur que la presse ne cesse d'attaquer ? Si les historiens faisaient votre histoire à travers la presse, ce serait épatant !

Le 4 septembre, place de la République, j'avais prononcé le discours qui introduisait celui où il exposait sa Constitution. Les cris hostiles venus de loin se perdaient dans la place, pendant que le général disait : « Alors, au milieu de la tourmente nationale et de la guerre étrangère, apparut la République ! Elle était la souveraineté du peuple, l'appel de la liberté, l'espérance de la justice. Elle devait le rester à travers les péripéties agitées de son histoire. Aujourd'hui, plus que jamais, nous voulons qu'elle le demeure ! » C'est alors que les ballons d'enfants montèrent nonchalamment dans l'après-midi d'été, porteurs de banderoles qui affirmaient, en ondulant, que le fascisme ne passerait pas.

– Les grands écrivains français du XVIIIe siècle ont été prophètes, reprend-il, mais ce qui a commencé en tragédie finit une fois de plus en comédie. Dommage ! D'abord parce que les intellectuels, même quand ils aiment les honneurs et les puérilités, sont, comme moi, au service de quelque chose qui les dépasse.

Camus, au temps de la traversée du désert, le quitte en lui demandant en quoi, à son avis, un écrivain pourrait servir la France : « Tout homme qui écrit (un temps), et qui écrit bien, sert la France. »

– Il existe tout de même des artistes gaullistes,

dis-je : Braque et Le Corbusier hier, Chagall et Balthus aujourd'hui. Et ils ne sont pas seuls.

– Qu'est-ce qu'un artiste gaulliste ?

– Un artiste qui vous défend.

– Soit. Vous connaissez le disque des autres : nous mettons la France trop haut ! Comme s'ils ne savaient pas ce qu'il y a de lâcheté dans la modestie !

« Nos intellectuels et nos artistes comptent, encore, dans le monde. J'ai vu à la télévision les funérailles que vous aviez organisées pour Le Corbusier : la Cour Carrée du Louvre redevenue blanche, éclairée par les projecteurs, l'ambassadeur de Grèce et celui de l'Inde avec leurs offrandes... Le télégramme que m'avait envoyé le gouvernement indien : "L'Inde, où se trouve la capitale construite par Le Corbusier, viendra verser sur ses cendres l'eau du Gange, en suprême hommage." La fin de votre oraison funèbre : "Adieu, mon vieux maître et mon vieil ami..." Vous vous souvenez encore ?

– *Adieu, mon vieux maître et mon vieil ami.*

« *Bonne nuit.*

« *Voici l'hommage des villes épiques, les fleurs funèbres de New York et de Brasilia.*

« *Voici l'eau sacrée du Gange, et la terre de l'Acropole...*

« Mon général, nos âmes sensibles écarteraient (modérément d'ailleurs dans le cas de Corbu, vomi par les académiques) cet héritage ; mais elles ont, toutes, leurs Pères de l'Eglise. Mal conciliables : Freud, Marx, Proust, Kafka, etc. Patrologie d'ennemis dont la conciliation deviendra inintelligible, lorsqu'on aura oublié que les écoles des cafés n'ont pas d'autre vie que leurs conciliabules.

Je pense au freudo-marxisme de Max Torrès.

– Desnos, répond le général, et comment s'appelait ce pauvre garçon : Desbordes ? sont morts noblement.

Il me regarde :

– Pourquoi les intellectuels ne croient-ils plus à la France ?

– Y ont-ils jamais beaucoup cru ? Au Moyen Age, la France, qui n'existe pas, est un sujet de chansons mélancoliques. Jeanne d'Arc ? Cinquante ans après sa mort, que reste-t-il de ce qu'elle a signifié ? et ça finit par Voltaire. Ils ont cru au roi, ou haï le roi : pour un homme aussi intelligent que Diderot, la liberté, c'est Catherine de Russie ! Le rôle des passions négatives, chez les intellectuels, est à coup sûr très grand : de notre temps, ceux qui étaient contre Hitler ont cru être avec vous. Un certain temps. Ajoutez la mythologie de la gauche. Mais quoi ? Nos intellectuels sont presque tous des littérateurs, dont l'idéologie dépend des sentiments. Pourquoi un romancier comprendrait-il l'action ou l'histoire mieux qu'un peintre, mieux qu'un musicien ? Nietzsche écrivait que depuis 1860, le nihilisme (c'était, pour lui, ce que j'ai appelé l'absurde) atteignait peu à peu tous les artistes. Depuis, pensez ! Le génie, de Baudelaire à nos écrivains, a été nihiliste à quatre-vingts pour cent.

– Le conflit a été différé par l'antifascisme et par la Résistance, il est vrai. Mais nos intellectuels veulent que ce qu'ils appellent l'esprit, et qui l'est si peu, domine la nation. (Pour aboutir à Mai 68 !) Moi, je veux que la liberté de l'esprit soit défendue ; sauf au prix de la réalité nationale sur laquelle elle se fonde. Sans laquelle elle n'existerait pas. Voltaire est plus lié à la France qu'à la Raison, quoi qu'il en pense. Les intellectuels sont passionnés par les intentions, et nous, par les résultats. Qu'y faire ? Des déjeuners ?

Il se retourne pour regarder tomber la neige.

Appartient-il à notre temps – ou à un passé auquel s'accorde si bien, aujourd'hui, sa stature de gisant ?

– Pompidou pensait qu'il faut toujours faire déjeuner les gens ensemble. Avait-il tort ? J'ai invité Adenauer, que je ne connaissais guère : vous faites manger le même gigot à des gens qui se détestent parce qu'ils ne se connaissent pas, ça les transforme en moutons.

« La droite et la gauche auront rejoint les chimères avant un siècle. Sachez bien que je ne suis pas méfiant des théories politiques par principe, je le suis par souvenir. Quand le Front populaire est arrivé au pouvoir, j'ai pensé : puisqu'ils doivent combattre le fascisme, ils seront obligés de défendre la France. Donc, de faire une armée moderne. Je connaissais le pauvre Lagrange, un des rares parlementaires qui soient allés se battre et qui en soient morts ; je connaissais un peu Blum. Que s'est-il passé ? Le Front populaire a fait l'armée française de 1918, quand le nazisme faisait mes divisions cuirassées, et ses Stukas.

– Le Front populaire a fait pas mal de choses...

– Qui, sans moi, auraient été balayées par Hitler et par Vichy ! Le gouvernement russe s'est battu sur l'essentiel. Hitler aussi. Depuis la Grèce antique, la Méditerranée prend les discours pour des réformes. Tout ce que nous avons fait, on veut oublier que c'est nous qui l'avons fait. Au moment du Marché commun, nous trouver parmi les Six avec la charge de notre agriculture, sans contrepartie, eût été mortel. Mais la France reste ravagée par les mythes, enfin, ce que vous appelez les mythes.

« J'étais un mythe aussi...

« Autrement.

« Les historiens s'imaginent que l'on peut faire ce

qu'on veut, quand on est au pouvoir. Louis XIV se plaignait de n'être pas obéi en Auvergne ; des accusés dans l'Affaire des poisons avaient trouvé refuge auprès du gouverneur. Napoléon se plaignait de n'être obéi à Orléans – à Orléans ! – que s'il y allait ! Et je ne suis pas parvenu à faire construire aux Halles des édifices convenables. J'ai voulu ressusciter la France ; dans une certaine mesure, je l'ai fait. Quant aux détails, Dieu reconnaîtra les siens. Il expliquera, le pauvre, pourquoi les gauchistes s'appellent gauchistes afin de se distinguer des communistes ; et s'appellent ainsi depuis que la gauche n'existe plus. Il a l'habitude.

– Cette gauche est possédée par un romanesque historique très agissant, le côté main-sur-le-cœur des vieillards de Victor Hugo qui viennent dire leurs vérités aux rois. Pour les pays méditerranéens, la politique est liée au théâtre. Le romanesque a été tantôt pour vous, tantôt contre vous.

– Oui, oui. Je vous l'ai dit : il a été pour moi si longtemps qu'il m'a pris pour Tintin. Il adore Tintin.

– Mais, si la gauche a été longtemps autre chose qu'une comédie, c'est qu'elle a été ce qui s'opposait à la droite, qui était d'abord l'argent.

– La droite a cessé d'avoir une idéologie quand elle a cessé d'avoir partie liée avec la nation. Quand l'héritage de Rome qu'elle partageait avec l'armée, avec l'Eglise, avec l'Etat, a été repris par les communistes. Qui n'étaient pas l'Eglise, évidemment ! qui noyautaient l'armée, et qui voulaient être l'Etat.

– Une droite du profit ne peut être qu'une droite clandestine. Le vieux mythe de la gauche était le même que celui du gaullisme de 1940 : la défense des vaincus. Il a justifié, tour à tour, les Conventionnels, les révolutionnaires de 1848, les communards, les radicaux malins, les bolcheviks, les gauchistes de Mai... Un mythe politique est un domaine d'émotions, qui se logent dans les idées comme les bernard-l'ermite dans les coquilles de crustacés morts...

– La Commune a voulu assumer la France : à ce titre, elle fait partie de notre histoire. Mais elle n'a pas tué un seul Prussien.

– La Commune est bien vue des intellectuels, la révolution de 1848 mal vue. Pourtant l'idyllisme enragé est bien antérieur à 1848 : Rousseau l'a connu, Saint-Just aussi. Le romanesque historique est devenu un des éléments fondamentaux de notre époque.

Il réfléchit, et dit :

– Si vous l'écartez tout à fait, que devient votre marxisme ?

– La propriété collective des moyens de production, ne croyez-vous pas ? Mais l'objectif de nos âmes sensibles n'est pas la prise du pouvoir ; c'est la prise de l'Odéon.

– Oui. A la Libération, la faune politicienne me prenait pour un amateur. J'étais déconcerté par son incapacité de savoir ce dont elle parlait. Pourtant je la connaissais. Le seul révolutionnaire, c'était moi. Bien sûr, il y avait les communistes, pour qui le mot signifiait la prise du pouvoir par leur parti. Et pourtant, bien des années plus tard, en Mai 1968, leur chef a dit à notre ministre de l'Intérieur : "Ne cédez pas !" Mais les autres !

– Quel mot capital ne tire sa force de sens superposés ? Révolution, Dieu, amour, Histoire... ? Dieu veut dire créateur, juge, amour sacré, mystère du monde ; j'en passe...

– Il n'est aucunement nécessaire de définir Dieu ; il est nécessaire de définir ce que l'on veut changer, et les moyens par lesquels on veut le changer. Je m'interroge, comme chacun, sur les grandes époques obscures de l'Histoire. J'ai autrefois cherché à comprendre ce qui, à Byzance, séparait réellement les Bleus des Verts. Vainement. Alors que je comprends Rome.

– Rome est peut-être intelligible, en effet (enfin, jusqu'à Tibère...). La révolution d'Octobre aussi. La culpabilité des accusés de Moscou, c'est déjà plus compliqué. Et l'affirmation que les C.R.S., qui n'ont tué personne, étaient des assassins. Qu'il fallait défiler, en Mai, avec de grandes banderoles "Vengeons nos morts !", alors qu'il n'y avait pas de morts. Que la Guépéou, et dans un autre domaine, Mao Tsé-toung, représentaient la liberté. Après avoir représenté, pour d'autres, et aussi intelligemment, l'homme au couteau entre les dents... Je voudrais comprendre les sorcières de mon époque.

– Ecrivez l'histoire des chimères : c'est un bon sujet.

– Bien que détruire le capitalisme n'ait jamais été pour vous fondamental...

– Je n'étais aucunement venu pour détruire le capitalisme. Je ne l'ai d'ailleurs pas défendu. J'étais venu pour rétablir la France, contre les chimères qui la paralysaient. L'internationaliste Lénine savait-il qu'il était venu pour rétablir la Russie ?

« La politique est l'art de mettre les chimères à leur place. On ne fait rien de sérieux si on se soumet aux chimères, mais que faire de grand sans elles ?

« Pourtant, les chimères sont ce qui n'existe pas. La France n'est pas une chimère. Ni la Russie. Ni Lénine. Ni Staline. Ni Mussolini. La chimère, c'est le marxisme des intellectuels qui n'ont pas lu Marx. Vos âmes sensibles avaient sans doute lu beaucoup de choses de Jean-Jacques Rousseau, mais pas *Le Contrat social.* Malgré sa légende, c'est un livre puissant.

– Les mythes ne se succèdent pas seulement dans le domaine politique.

– Vous avez rencontré le curé de Colombey ? me demande le général. C'est un bon prêtre. Il m'a dit, de l'extrême-onction : "J'ai presque toujours trouvé la même attitude, surtout chez les femmes : Monsieur le Curé, je vais faire ce que vous dites ; mais, voyez-vous, ça n'a pas beaucoup d'importance. Je n'ai jamais fait de mal à personne : le bon Dieu ne me chassera pas."

« Je reconnais qu'il serait intéressant de fixer ce que les catholiques croient. Les hommes ne le savent guère quand ils meurent ; pourtant, ce prêtre a raison. Il y a plus de chrétiens pour croire que Dieu accueillera ceux qui n'ont jamais fait de mal, qu'il n'y en a pour croire à l'enfer. Chacun a sa petite foi personnelle dans son petit sac, croyez-moi, les marxistes comme les catholiques... Néanmoins, ce n'est pas tout à fait la même chose.

L'Eglise fait partie de sa vie, mais il dit au pape : « Et maintenant, Saint-Père, si nous parlions de la France ? » Il a fort peu cité Dieu, et pas dans son testament. Jamais le Christ. Je connais son silence sur quelques sujets capitaux, silence né de beaucoup de pudeur et d'orgueil, si l'on peut appeler orgueil le droit au secret. Qu'il reçoive à Moscou la communion, est clair : il témoigne. Mais il ne communie pas qu'à Moscou. Lorsque sa foi ne me paraît pas énigmatique, elle me semble si profonde, qu'elle néglige tout domaine qui la mettrait en question. C'est pourquoi mon agnosticisme ne le gêne pas. Aussi parce que je ne suis ni anticlérical ni antichrétien, en un temps où les intellectuels le sont si souvent, alors que ceux de sa jeunesse ne l'étaient pas : Péguy, Jammes, Claudel. Un agnostique ami du christianisme l'intrigue plus qu'il ne l'irrite, même s'il est aussi un ami de l'hindouisme. Sa foi n'est pas une question, c'est une donnée, comme la France. Mais il aime parler de sa France, il n'aime pas parler de sa foi. Elle recouvre un domaine secret, qui est sans doute celui du Christ, et aussi d'une interrogation, non sur la foi, mais sur les formes qu'elle prend. Il a été frappé, quand je lui ai cité la phrase hindoue : Tout homme va à Dieu à travers ses propres dieux. Il m'a demandé un jour : « Que signifient pour vous les œuvres religieuses des colosses comme Beethoven et Victor Hugo, dont la foi était vague, et qui n'étaient pas pour autant des voltairiens ? »

Un jour, l'un de ses proches collaborateurs, chargé de rassembler les documents dont le général aura besoin pour le prochain discours (au Canada ?), lui dit timidement :

« – J'ai pensé que vous seriez peut-être amené à finir sur la volonté divine, et les documents sont là. »

Il répond :

« – Je vous remercie. Je n'ai pas peur de Dieu. »

Sans doute sa phrase signifie-t-elle : "Pensiez-vous que j'écarterais la référence à Dieu ?" Mais Freud ne prendrait pas à la légère la forme qu'il lui donne...

– Gide, dis-je, à la fin de sa vie, tenait beaucoup à une idée qui m'a toujours semblé singulière : "Pour moi, la religion est un prolongement de la morale." Il avait d'abord, pensé l'inverse...

– Le péché n'est pas intéressant. La vraie morale dirige l'homme vers ce qu'il porte de plus grand. La grandeur peut être petite, mais voilà, ça ne fait rien.

Tout cela n'est pas sérieux. Quand j'ai dit : je suis venu pour délivrer la France des chimères qui l'empêchent d'être la France, on m'a compris. Pourtant, elles sont constantes, elles jouent un rôle important. Elles ne bourdonnent pas autour de l'Histoire comme des mouches. Elles aussi se succèdent. Ont-elles une histoire ? Elles vont du gauchisme de la Rive gauche, au sentiment de vos âmes sensibles, qui les conduisit si bien à la guillotine. Hier, l'ombre des nuages passait à mes pieds pendant que je me promenais ; je pensais que les chimères font partie de l'humanité de la même façon que les nuages font partie du ciel. Mais est-ce que les chimères se succèdent comme eux, ou comme les plantes ? Devant les grands arbres que vous connaissez, à droite de la porte, je pense à l'histoire des nations. Elle est le contraire des nuages. Et assumer la France, en 1940, n'était pas un problème de jardinier.

L'ombre macaque et voltairienne de Max Torrès nous accompagne. Freudo-marxisme, *Action française*... Il ne va pourtant pas de soi, que les herbes aquatiques du professeur de Berkeley rejoignent les nuages du chef de la France Libre. Et des nuages semblables, en moi, en combien d'autres ?

Comme si cette image s'incarnait dans ceux qui l'emploient tour à tour, chacun pour soi ; comme si elle nous préexistait. Comme si nous reflétions, au passage, une même lueur inconnue.

– Pourtant, dit le général, il faut comprendre ce que nous avons fait.

– Ce que *vous* avez fait.

– Ce que j'ai fait ne s'est jamais défini pour moi par ce que je faisais. Notamment pas le 18 Juin.

« L'important – peut-être, pour tous les hommes qui ont été liés à l'Histoire – n'était pas ce que je disais mais l'espoir que j'apportais. J'ai rétabli la France parce que j'ai rétabli l'espoir du monde en la France. Comment être obsédé par une vocation sans espoir, je vous le demande ? Quand je serai mort, cet espoir changera puisque sa force tenait à notre avenir. Qui, évidemment, ne sera plus un avenir. Oh ! je ne crains pas qu'il ne reste rien de cet espoir. Une constitution est une enveloppe : on peut changer ce qu'il y a dedans. Quand ce qu'il y a compte, qui diable l'enverrait à la corbeille ? Mais ce qui comptera est imprévisible. Un homme de l'Histoire est un ferment, une graine. Un marronnier ne ressemble pas à un marron. Si ce que j'ai fait n'avait pas porté en soi un espoir, comment l'aurais-je fait ? L'action et l'espoir étaient inséparables. Il semble bien que l'espoir n'appartienne qu'aux humains... Et reconnaissez que chez l'individu, la fin de l'espoir est le commencement de la mort.

« Peut-être avez-vous raison de dire que, pour beaucoup, le gaullisme se définissait par ce qui les séparait des politiciens. Mais pour moi, quand j'ai accepté le mot, assez tard, c'était l'élan de notre pays, l'élan retrouvé. Le premier volume de mes Mémoires va s'appeler *Mémoires d'Espoir*. Je suis loin de préparer le second volume, ne parlons pas du troisième ! avec les mêmes sentiments. Ce que nous avons fait va se transformer, et je veux qu'il existe un témoignage : *"Voici ce que j'ai voulu. Cela, non autre chose."* C'est pourquoi je n'ai plus pour ministres que les nuages, les arbres, et des livres.

– Vous connaissez la phrase : "Le frémissement d'une branche sur le ciel est plus important que Hitler."

– Et que le cancer, sans doute – quand ce n'est ni

le vôtre ni celui d'un être cher ! Phrase curieusement féminine.

– Elle est d'un homme, je crois.

– Hitler le disait à ceux qui préféraient se défendre avec des branches plutôt qu'avec des chars. Mais enfin, je comprends ce qu'elle veut dire. Depuis quelques mois, j'ai vu beaucoup de branches.

– On peut vouloir s'accorder à la vie qui n'est pas celle des hommes...

– J'aime les arbres ; j'aime aussi les bûcherons. La branche n'était pas plus importante que Hitler, pour nos compagnons des camps d'extermination. L'action historique n'est pas seulement celle d'un homme, même quand cet homme est Napoléon. Elle assume les passions les plus profondes de beaucoup d'hommes, leur détresse, leur espoir. Comment ne pas voir les arbres, ici ? Après tout, la France dure depuis plus longtemps que la plus ancienne branche du parc. Ne soyons pas dupes de l'éternité – enfin, de la petite éternité des branches...

« Vous connaissez le dialogue de Moltke – quatre-vingts ans – avec Bismarck ?

– Lequel, mon général ?

– "Après de tels événements, dit Bismarck, est-il encore quelque chose digne d'être vécu ? – Oui, Excellence, répond Moltke : voir grandir un arbre."

Il réfléchit, reprend :

– Les hommes de l'Histoire sont nécessairement des joueurs.

Lorsqu'il parle sur le ton de la confidence, son œil se plisse, et la confidence semble ironique :

– Saint Bernard n'était pas assuré d'écraser Abélard. Napoléon n'était pas assuré de la victoire au matin d'Austerlitz. A Borodino, il pense qu'il est vainqueur, puisque les Russes ont abandonné le terrain. “Combien de prisonniers ? – Sire, presque pas.” Il comprend qu'il a livré une fausse bataille, remporté une fausse victoire.

– Alexandre le Grand a dû se demander, avant la rencontre avec Porus, comment tournerait la campagne des Indes.

– L'incertitude de la grande politique n'est pas très différente de l'incertitude militaire.

« Il serait temps d'analyser un facteur décisif de l'Histoire : le moment où *le courant passe*. Pour nous ou contre nous : la Wehrmacht de 40 et celle de 44, la Libération et Mai 68. Parfois, il s'en va aussi rapidement qu'il est venu. Je parle de ce qui donne une âme à un peuple, comme à une armée.

Je pense à l'Algérie, et surtout au Viêt-Nam. Combien de fois ai-je entendu, naguère : « On ne fera jamais une armée avec des Annamites ! » Je réponds :

– En art aussi, le caractère mystérieux du courant existe : quand Baudelaire devient Baudelaire... L'increvable *Cid*...

– Et *Cyrano*, que l'on reprend toujours...

– Vous aimez encore Rostand ?

– On aime sa jeunesse. Le courant qui passe est peut-être ce que Rome appelait la Fortune.

« Enfin, dans quelques jours, 1970... Désormais, une seule génération nous sépare de l'entrée en scène du tiers monde... Aux Etats-Unis, il est déjà en place.

– C'est la fin du temps des empires...

– Pas seulement des empires. Gandhi, Churchill, Staline, Nehru, même Kennedy, ce sont les grandes funérailles.

Il lève les bras selon le geste que nous lui connaissons, mais que je ne lui ai jamais vu qu'en public.

Je pense au bûcher qui faisait tomber du cadavre de Gandhi les balles incandescentes, aux sifflets des trains russes qui annonçaient la mort de Staline à travers les solitudes sibériennes, aux escortes de Churchill et de Kennedy, aux éléphants de Nehru. Pendant une seule vie.

– Restent en place, dis-je, Mao, et, dans une certaine mesure, Nasser.

– Mao, oui. L'islam, peut-être. L'Afrique, qui sait ?

Je pense à mon avion de 1959 dans l'aube au-dessus des immenses marécages du Tchad ; au soldat noir évanoui sous le modeste soleil de la Concorde, le 14 Juillet où l'on distribuait des drapeaux de la Communauté... Et au président Senghor, à la négritude qu'il proclamait, pendant que la reine mérovingienne de la Casamance suivie de son grand chat entraînait ses fidèles sous la grêle nonchalante des kapoks, vers les arbres sacrés. Senghor aussi, annonçait l'entrée en scène du tiers monde... Dernière plongée dans l'Asie, milliers de glaïeuls inclinés d'un seul geste, Mao, Cité Interdite, grand soleil de Chine à travers les rideaux de soie blanche... En 2000, le tiers monde sera-t-il dressé en face de la civilisation qui conquiert la Lune et ignore sa jeunesse, et où des étudiants se font flamber comme des bonzes ? Le général disperse sans s'en apercevoir les cartes à jouer sur la table verte et regarde tomber la neige :

– On dressera une grande croix de Lorraine sur la colline qui domine les autres. Tout le monde pourra la voir. Comme il n'y a personne, personne ne la verra. Elle incitera les lapins à la résistance.

Du côté de la colline, il y a seulement, si loin que porte le regard, l'ondulation de la forêt sans âge.

– Staline avait raison : à la fin, il n'y a que la mort qui gagne.

– Peut-être, dis-je, l'important est-il qu'elle ne gagne pas tout de suite ? L'Egypte pensait qu'après des millénaires, les momies, les statues, les pyramides ne protégeaient plus le pharaon. Mais elle élevait les pyramides.

– Il faut bien !...

Il a soixante-dix-huit ou soixante-dix-neuf ans. « Je ne prétends pas que l'âge n'ait pas joué dans ma décision », a-t-il dit. Il me semble maintenant beaucoup plus âgé que moi : on ne voit vieillir que les autres. Son autorité reste saisissante, et il ne dialogue pas avec la vieillesse, mais avec un « qu'importe » stoïcien qui concerne l'Histoire qu'il a faite. Il a cité, dans un discours de 1940 : « *Homme de la plaine, pourquoi gravis-tu la montagne ? – Pour mieux regarder la plaine...* » Naguère, lorsque je faisais allusion au sentiment religieux, il me répondait par son geste qui semble chasser les mouches. Il dit :

– Des malheureux, qui généralement n'ont rien fait, m'ont reproché "mes changements". Le monde dans lequel je devais agir n'a pas changé, non ? Comme si une politique continue était une politique toujours semblable ! Ils s'imaginent sans doute que vivre consiste à imiter son enfance, et à vouloir à tout prix des confitures !

– Je ne crois pas qu'en une génération, le monde ait jamais changé à ce point, même lors de la chute de Rome...

– L'âme de la politique, en Europe, était la nation. Après la bombe, la nation reste-t-elle ce qu'elle était ? On ne répétera pas toujours : la bombe atomique n'est qu'une bombe plus puissante que les autres. Des spécialistes sont venus me dire : les découvertes ne nous apportent que la multiplication de nos propres moyens. Oui, oui... Le microscope électronique n'est pas qu'une énorme paire de lunettes : il nous fait découvrir ce que nous ne cherchions pas. Il résout quelques-uns de nos problèmes ; il apporte les siens. Nous n'en avons pas fini avec la bombe atomique. L'arme la plus puissante a commencé par apporter la paix. Une drôle de paix, la paix tout de même. Attendez la suite.

« Avec le développement du secteur qu'on appelle tertiaire, que devient l'ancienne lutte des classes ? Vous avez dit, en Mai, une phrase que j'approuve : le drame des étudiants n'est aucunement un drame universitaire, c'est une crise de civilisation. Le mois de Mai a créé beaucoup de romanesque, – avec *un* mort, et encore ! par accident ! Mais jusqu'où la jeunesse française est-elle touchée ?

– Un apiculteur, dit Mme de Gaulle, affirme qu'en Mai, dans toute la France les abeilles étaient enragées aussi.

Je me souviens de l'hôtel Lapérouse, lors de son retour : « Si avant de mourir, je puis revoir une jeunesse française... » Et aussi de Max Torrès, en Mai, dans mon bureau du Palais-Royal. Je réponds :

– Le drame de la jeunesse me semble la conséquence de celui qu'on a appelé la défaillance de l'âme. Peut-être y a-t-il eu quelque chose de semblable, à la fin de l'empire romain. Aucune civilisation ne peut vivre sans valeur suprême. Ni peut-être sans transcendance...

– Concevez-vous qu'une valeur suprême ne soit pas une valeur religieuse ?

– Robespierre croyait réellement à la raison et à la nation. *Et* à ce qu'il faut faire pour assurer leur victoire. Jusqu'à la guillotine, il l'a fait. Saint-Just ne s'est pas mis à quatre pattes devant les Strasbourgeois. Saint Bernard ne s'est pas mis à quatre pattes devant les étudiants. L'Université ne sait pas ce qu'elle veut, l'Etat occidental ne sait pas ce qu'il veut, l'Eglise ne sait pas ce qu'elle veut. En fait, les étudiants non plus. Croyez-vous qu'une seule civilisation, avant la nôtre, ait connu la mauvaise conscience ?

« Aucune civilisation n'a possédé une telle puissance, aucune n'a été à ce point étrangère à ses valeurs. Pourquoi conquérir la Lune, si c'est pour s'y suicider ?

Grigri s'est enfui comme s'il avait peur, et je me souviens du chat de Madame Khodari, Pacha, qui n'aimait pas entendre parler de la mort.

La lumière change : la neige recommence à tomber. La nouvelle lumière fait briller, en face de moi, les petits jeux en fil de fer, machines de cosmonautes sur le sol de la Lune, pendant que je dis :

– Il est étrange de vivre consciemment la fin d'une civilisation. La Révolution française, la Révolution américaine succèdent seulement à la fin d'une société. Les philosophes romains attendaient le stoïcisme, et la Stoa n'a pas pesé lourd en face du christianisme, auquel ils ne pensaient guère.

– Elle était désespérée, la Résurrection ne l'était pas. L'espoir est toujours vainqueur du tracassin.

– Les zazous ont précédé les hippies et les contestataires, mais les professeurs d'alors ne devenaient pas zazous. Valéry me disait de Gide : "Je ne peux pas prendre au sérieux un homme qui se soucie du jugement des jeunes gens." Je lui répondais que la jeunesse et les jeunes gens, ce n'est pas la même chose.

– Bien sûr : comme la France et les Français ! Mais quelle civilisation, avant la nôtre, a connu de grands vieillards ennemis de leur jeunesse ? Vous disiez que les professeurs du Moyen Age ne devenaient pas zazous. Voyez-vous, il y a une chose qui ne peut pas durer : l'irresponsabilité de l'intelligence. Ou bien elle cessera, ou bien notre civilisation cessera. L'intelligence pourrait s'occuper de l'âme, comme elle l'a fait longtemps, du cosmos, de la vie tout court, d'elle-même, que sais-je ? Elle s'est occupée de la vie historique : la politique, au vrai sens. Plus elle s'en occupe, plus elle devient irresponsable. En Russie, en Chine, elle ne l'est pas. Montesquieu m'eût dit des choses importantes. Mais quand j'ai interrogé nos intellectuels, ils m'ont dit des choses sans conséquences. Vous comprenez ? Ils jouaient un rôle. Souvent avec désintéressement, parfois avec générosité, *mais sans conséquences*. La bêtise peut parler pour ne rien dire ; l'intelligence, non. Vous verrez. Il faudra en revenir à savoir ce qu'on pense. On peut se battre pour des passions confuses, on ne peut pas – vous voyez ce que je veux dire ? – se battre toujours pour des calembredaines. On finit par la vente des journaux gauchistes sur les boulevards ; non par manque de courage ! mais ce courage-là ne rencontre jamais son ennemi. Si j'avais dit à Staline que bientôt, chez nous, les adversaires de l'Etat – du gouvernement – ne parviendraient pas à se faire arrêter, il aurait pensé que je devenais fou.

– Comment avez-vous commencé, avec Staline ?

– Pendant au moins une minute, personne n'a parlé. C'était long. Puis...

Il hausse les épaules :

– Puis, je croyais qu'il allait me parler de l'Europe, ou de ses gens de Lublin, puisqu'il tenait tellement à eux ! Et il m'a dit : "Alors, vous venez me redemander Thorez ?" Il a enchaîné : "A votre place, je ne le ferais pas fusiller : c'est un bon Français." J'ai répondu : "Le gouvernement français traite les Français en fonction de ce qu'il attend d'eux. Et vous ?"

Le général ne raconte guère, même dans la conversation. « Les poulets de Staline, c'est bon pour Churchill. » Mais d'autres le remplacent. Je connais le banquet du Kremlin, avec l'imprudent ministre russe qui porte un toast à Staline, ce qui ne se fait pas. Staline lève le verre de sa propre vodka, qui est de l'eau, car il ne boit d'alcool que dans son appartement : « Le camarade Un Tel est ministre des Transports ; et si les Transports ne marchent pas (Staline écrase son verre sur la table)... Il sera *pendu.* » C'est en pensant à cette scène, que le général m'a dit : « Il était un despote asiatique, et se voulait tel. »

Puis, le gouvernement de Lublin, que le général n'acceptait pas de reconnaître. Le banquet fini, il va se coucher. A trois heures du matin, Molotov, qui n'a pas trouvé Bidault, ministre des Affaires étrangères, vient chez Gaston Palewski : « Voulez-vous dire au général de Gaulle que le maréchal va faire projeter un film pour lui ? » Le général descend dans la petite salle du Kremlin. Film patriotique, avec les soldats allemands qui tombent en gros plan l'un après l'autre. A chaque mort, la main de Staline se crispe sur la cuisse du général. « Quand j'ai jugé qu'il m'avait fait assez de bleus, j'ai retiré ma jambe. »

Hitler vivait encore...

Au matin, le traité franco-soviétique a été signé. La neige, comme celle qui nous entoure – plus épaisse...

Serge Eisenstein m'avait confié, lorsqu'il avait reçu l'ordre d'interrompre sa mise en scène de *La Condition humaine* : « On m'a laissé en paix quand j'ai fait le *Potemkine,* parce que j'étais presque inconnu, parce qu'on me donnait six semaines pour faire le film, et que si ça tournait mal, tant pis pour moi.

J'avais vingt-sept ans. Mais je ne demanderai pas maintenant audience à Staline, parce que, s'il ne comprend pas, il ne me restera qu'à me tuer. »

Et comment Eisenstein est-il mort ?

– La psychologie ne sert pas à grand-chose, dit le général. On sait tout de suite, et même avant ! que Roosevelt n'est pas Churchill, que Khrouchtchev n'est pas Staline. On n'apprend rien d'individuel sur ses interlocuteurs. Ça ne mènerait nulle part. On apprend à connaître leur technique de négociation, rien de plus. Il ne faut pas se croire un sorcier parce qu'on découvre que la maladie rend irritable. Quant aux peuples, notre époque les met souvent en face de situations sans précédent. Les gens parlent de la Russie éternelle quand ils ont lu Custine, mais Custine n'a pas connu le parti communiste russe. Qui compte !

Il tient la connaissance des hommes pour l'une des qualités constitutives du chef. Il n'emploie pas volontiers le mot psychologie. N'être pas dupe des hommes, savoir quand ils sont dupes d'eux-mêmes, savoir jusqu'où doit aller la confiance. Et savoir ce dont ils sont capables – sur quoi ils se méprennent souvent ; en un mot : savoir qu'en faire. Le reste est fioritures et cancans.

Cette connaissance va de haut en bas. Elle ne s'applique qu'en partie à ses interlocuteurs historiques. Il étudie la géographie de l'adversaire. Il est soucieux de définir sa position, comme un chef religieux le serait d'abord de définir sa foi. Quiconque la refuse, le refuse. C'est pourquoi il s'est plus mal entendu avec Roosevelt qu'avec Staline. Pour Roosevelt, la France ne comptait plus. Pour Staline elle avait cessé de compter militairement, mais Staline savait que l'Union Soviétique, au temps de Brest-Litovsk, ne comptait guère. Et puis, Staline reconnaissait en de Gaulle un collègue de « l'envers et contre tout », non un génie du coin du feu. Le général, qui définit Roosevelt comme « un praticien démocrate », n'a guère défini le Géorgien. Animal préhistorique, solitaire. Mais les êtres dont il cerna la part d'inconnu sans y pénétrer, le retiennent.

– Voici le trait le plus instructif qu'on m'ait rapporté de Staline, dit-il. Il se croit seul, alors que Molotov est derrière lui. Il couvre des deux mains de grandes parties du globe terrestre qui se trouve dans son bureau ; puis, d'une seule main, l'Europe, et murmure : "C'est petit, l'Europe..."

J'ai rencontré Staline, je n'ai pas rencontré la Russie. Ma Pologne, c'était le contraire. Je regrette : la Russie compte !

– Ce que la vie en Union Soviétique vous aurait apporté, c'est l'extravagance sans limites que tant de grands écrivains russes ont saisie, et qui existe toujours. Staline citait : "Chez nous, il y a Sparte et Byzance. Quand c'est Sparte, c'est bien." Il n'y a pas que Byzance, pour s'opposer à Sparte : il y a les ivrognes inspirés, le comique soviétique, qui n'est pas plus gai que le comique russe, et un domaine difficile à définir.

« J'ai connu, en 1934, le chef de la police pour le Grand Nord. Les indigènes reçoivent de l'alcool – qui les tue. Il faut y mettre ordre. Après des semaines de traîneaux à chiens, mon chef de la Guépéou arrive dans une sorte d'isba sur l'océan Glacial. Des bouteilles de vodka, un Russe mort conservé par le froid ; des pingouins ou d'autres bestiaux, et, sur ce qui a servi de table, une page du journal de San Francisco, une annonce matrimoniale entourée au noir de tison : "Jeune fille bien sous tous rapports, désire épouser Russe, Sibérien de préférence, situation comparable à la sienne." Date du journal : 1883. Des paquets de roubles à côté, maintenus par une pierre...

« Et le club de Rostov, formé presque uniquement d'amputés, parce qu'il avait pour raison d'être de coller sur les bulbes de la cathédrale, des affiches faites de feuilles de carnets (il n'y avait pas de papier) : *Dieu est un traître*. Comment ne se sont-ils pas retrouvés au bagne (ça a fini ainsi, je suppose, mais je me trouvais à Rostov avant les purges), puisque Dieu avait trahi en livrant la Russie aux bolcheviks ? Mystère. Dieu réglait la question : chaque année, quelques colleurs d'affiches tombaient, se cassaient une jambe ou un bras – et à côté de moi les éclopés prenaient leur vodka avec les copains qui allaient se casser la jambe l'année suivante.

« "La Russie est toujours pleine de Karamazov !", disait Ehrenbourg. C'est avec lui que j'ai connu mon plus beau numéro russe. Dans je ne sais quelle ville de Sibérie, les usines affichent, sous la signature de Staline : les relations sexuelles sont désormais interdites. Nombreux discours : Camarades, tout ce temps employé à des satisfactions individuelles est perdu pour la production ! La sexualité est pire que la vodka ! "Alors, dit Ehrenbourg, je vais à poste, je demande communication télégramme. Postière blonde avec nattes, vingt ans : 'Camarade Ehrenbourg, j'ai déchiré. Il disait : Relations sexuelles entre hommes sont interdites. Idiots, à Moscou ! comme s'il pouvait y avoir relations sexuelles entre hommes !' Alors, très pas content, j'ai dit : 'Camarade postière, vous, idiote ! *dourak !*' "

« De telles anecdotes sont innombrables. Je ne crois pas qu'elles ne signifient rien.

– Non, dit-il.

– Elles se mêlent, comme dans les romans russes, à l'eau profonde. J'ai vu, l'année dernière, un komsomol bouleversé pour avoir lu un cahier où était copié l'évangile selon saint Jean, cahier manuscrit qui coûtait aussi cher que les œuvres complètes de Tolstoï. J'ai écouté une psychiatre (maintenant, à Moscou, on peut parler : la main de la police est au-dessus des têtes, très proche d'elles, mais elle ne les tient plus à la gorge) qui m'a dit : "Je viens de soigner un fils de commissaire du peuple. Question traditionnelle : 'Que rêves-tu le plus souvent ? – Que je suis enfin seul. Seul contre tous les autres. Seul contre tout le monde.' ". Jadis Boukharine, arpentant avec moi la place de l'Odéon entourée de tuyaux d'égouts tirés de leurs tranchées, m'a confié rêveusement : "Et maintenant, il va me tuer..."

« Ce qui fut fait.

« A l'entrée en guerre (si l'on peut dire !) de l'Union Soviétique, les prisonniers polonais des Russes sont alignés militairement pour écouter l'officier polonais qui va leur dire qu'ils doivent entrer dans l'armée de libération polonaise, aux côtés de l'Armée Rouge : l'officier s'avance lentement, appuyé sur deux cannes parce que le mois précédent, il a été torturé par les Russes...

« Vous vous souvenez de Staline hilare devant les photographes du pacte germano-soviétique ? Evidemment, il en avait vu d'autres ! Djilas, qui l'a rencontré peu de temps avant ou après vous, dit qu'il était pelé. Quand je l'ai connu, il était un robuste capitaine de gendarmerie, silencieusement intéressé par le monde, la terreur, sa pipe et sa moustache droite...

– En 1944, il était devenu un vieux chat tout-puissant. Pelé ? Le chat était un fauve. Il ne se réclamait que de l'avenir, il m'a impressionné par son enracinement dans le passé.

– Le passé est toujours là, en Russie ! Dans le bureau de Lénine, près des cartes des fronts de la guerre civile, la pile des œuvres de Marx supporte un petit pithécanthrope darwinien de bronze, offert par un industriel des Etats-Unis qui voulait créer des usines de crayons, puisque le gouvernement soviétique avait décidé d'apprendre aux enfants à écrire. La culture, quoi ! J'ai vu le drame tiré de *Dix jours qui ébranlèrent le monde.* Saisissant, mais mythe pur, bien plus que l'*Octobre* génial d'Eisenstein. Le lendemain, j'ai visité le musée Marx-Engels. Assez vide pour que je trouve dans la dernière salle quelques couples d'amoureux embrassés plus tranquillement que sur les bancs du square... En marge, bien entendu, la résurrection colossale de Leningrad, le cimetière aux cinq cent mille morts, le monument pompier mais épique de Stalingrad, qui, lui, est vraiment un monument de Sparte...

– Et, au-delà du pittoresque ?

– Chez Gorki, Staline était narquois et farfelu. La jovialité silencieuse. Quant au vrai, je crois qu'il était gouverné (aussi profondément que vous par la volonté de rassembler) par une obsession statistique : Si nous tuons tous ceux qui ont connu ceux qui ont connu, etc., nous atteindrons les vrais coupables, ou nous les paralyserons. “Avec moi, il n'y aura jamais de Franco.” L'innocence des gens qu'il tuait ou envoyait au bagne ne l'intéressait pas. Souvenez-vous de sa réponse à Djilas, qui se plaint des viols de l'Armée Rouge en Yougoslavie : "Elle a suffisamment souffert pour qu'on ne lui demande pas de comptes !" Et surtout, les prisonniers de guerre russes envoyés au bagne, évadés compris.

– L'obsession statistique explique-t-elle le despote ?

– Vous vous souvenez du dialogue avec Boukharine, encore au pouvoir : "Pour régler la question des koulaks selon ta théorie, dit Boukharine, il faudrait d'abord en tuer huit millions. – Et alors ?" Il montrait une drôle de bonhomie, un peu fascinante : en somme, un serpent à moustaches.

« Puis, il y a eu ma conversation avec Kossiguine, en 1966. On pouvait bien me dire qu'il était un politicien, il n'en était pas moins le seul survivant des trois directeurs du Plan – les deux autres, tués par Staline ; il n'en avait pas moins été le maire de Leningrad pendant la bataille. Je me souvenais du plus grand cimetière civil du monde. Mais l'entretien était le même qu'avec Chou En-laï : le mélange, si singulier pour nous, de prises de puissantes positions historiques, et d'affirmations qui eussent été les mêmes s'il avait tenu son interlocuteur pour un demeuré. Il m'a parlé du coupable pouvoir personnel de Mao, du progrès de l'humanité : "Les hommes ne peuvent être cousus dans un pantalon uniforme, sous peine de n'être plus que des soldats ! Le temps des fanatiques est révolu." Après quoi, tout à coup, une affirmation capitale : "Il y a autant de différence entre le Parti que vous avez connu, et celui d'aujourd'hui, qu'entre la Moscou que vous avez connue, et celle d'aujourd'hui." Je pense d'ailleurs que c'est vrai. Mais non que le Parti a cessé d'être le Parti. Hypnotisé par Mao, par sa volonté de conquête de l'Asie. Mais aussi : "Sur quoi s'appuie-t-il ? L'intelligentsia est contre lui.

Il est la dictature, et aboutit au capitalisme. Lui mort, ce sera le vide. Tout ce qu'il fait est fondé sur la peur. – La peur est une grande puissance, monsieur le Président. – Il se peut que les Chinois finissent par intervenir au Viêt-Nam... (Où l'Union Soviétique n'intervient pas, comme chacun sait !) – Ils sont pour la guerre, alors que nous sommes pour la paix. – A votre avis, monsieur le Président, les Etats-Unis emploieront-ils la bombe atomique ? – Non. – Les Chinois parlent constamment de la guerre, mais ils ne la font pas. Même au Viêt-Nam. Je ne suis pas certain que les forces de paix puissent faire la paix, mais je suis certain que les forces de guerre, provisoirement, ne peuvent pas faire la guerre..."

« La neige tombait comme ici, mais à gros flocons. Devant la fenêtre qui avait été celle de Staline, je retrouvais un discours d'autrefois : *Staline regardant par la fenêtre du Kremlin tomber la neige qui ensevelit les Chevaliers teutoniques et la Grande Armée...*

« En 1934, je pensais, dans le petit square en bas du Kremlin, à cet immense pays misérable, menacé de si près par Hitler, et déjà enragé de rivaliser avec la colossale Amérique ! Je regardais les tours médiévales au-dessus de moi, je me souvenais de la Garde impériale des gratte-ciel de Manhattan. J'avais vu les steppes de Sibérie où les lumières des grands complexes industriels brûlaient comme le début de l'incendie.

« Mais mon dernier souvenir russe ne concerne ni Staline ni ses successeurs. Un de mes amis, émigré en 1918, me demande d'aller voir sa mère à Moscou, et de l'aider. Ce que je fais. Quelques mois après mon retour, nous sommes au cinéma, et il me dit soudain : "Ma mère ressemble maintenant à cette vieille femme sur l'écran, n'est-ce pas ?" »

La voiture aux pneus cloutés qui va nous reconduire à Bar vient d'entrer dans la cour. Le général nous accompagne, et ajoute, comme s'il ne voulait pas mettre fin à cette hospitalité modeste et souveraine sans retrouver l'essentiel :

– Souvenez-vous de ce que je vous ai dit : j'entends qu'il n'y ait rien de commun entre moi et ce qui se passe.

– Le personnage légendaire écartera la confusion. Les hommes de l'Histoire ne ressemblent jamais à ce qu'ont souhaité leurs adversaires. A eux-mêmes non plus, d'ailleurs.

– En politique, il y a une stratégie, qui s'appelle sans doute l'Histoire. Et une tactique. Parler de celle-ci n'est pas plus sérieux que de parler d'escrime. Vous connaissez, comme tout le monde, la phrase de Napoléon : "La guerre est un art simple, et tout d'exécution." Réfléchissons avant d'agir, mais l'action ne naît pas directement de la réflexion. C'est autre chose. Je vous l'ai dit : un destin historique est inséparable de beaucoup d'erreurs. Je ne me suis pas trop trompé sur la France, ni sur ce qu'il fallait faire pour elle. Pourtant, j'ai cru que la Russie serait incapable de fabriquer la bombe ; qu'en 1946, la guerre s'approchait inéluctablement ; qu'en 1947, la France n'en pouvait plus. En 1960, Adenauer m'a dit que si les socialistes prenaient le pouvoir à Bonn, ils traiteraient avec Moscou. Nous nous trompions. Mais je ne me trompais pas sur le destin de la France. Je ne me trompais pas en affirmant que Pétain n'irait pas à Alger. Vous aviez raison de dire : quand on passe par Montoire, on finit par Sigmaringen. Il ne faut jamais passer par Montoire. Il advient que l'on pense, avec raison, que la France doit s'opposer à tout prix à la reconstitution d'un Reich, et que l'on aille porter une couronne au Soldat Inconnu allemand... Le temps fait l'Histoire. Si celle de la France passe par l'indépendance de l'Algérie, qu'elle y passe ! par notre mariage avec l'Allemagne, qu'elle y passe ! Regretter l'indépendance algérienne n'était pas gai. Mais il fallait bien penser d'abord que nous avions la charge de la France. Au contraire de ce que pensent les politiciens, les politiciens ne font rien. Ils rassemblent des terres, en attendant de les perdre. Ils défendent des intérêts, en attendant de les trahir. L'Histoire s'accomplit par d'autres voies.

« Ces malheureux croient que je me suis trouvé en face de M. Mitterrand, de M... comment, déjà ? Poher. Je me suis trouvé en face de ce dont vous avez parlé tout à l'heure. La France a été l'âme de la chrétienté ; disons, aujourd'hui, de la civilisation européenne. J'ai tout fait pour la ressusciter. Le mois de Mai, les histoires de politiciens, ne parlons pas pour ne rien dire. J'ai tenté de dresser la France contre la fin d'un monde. Vous le savez.

Il a écrit : La page des empires coloniaux est désormais tournée. Il développe. Nous vivons la fin de la première aventure planétaire. Elle a commencé confusément, par les Grandes Découvertes. Nous avons découvert tout le monde, et personne ne nous a découverts. Ensuite, il y a les colonies, puis les empires coloniaux, enfin, la décolonisation. Ça commence confusément, ça finit clairement. Nehru à Delhi, 1947 ; Mao à Pékin, 1948. Les trois derniers colosses – enfin, deux et demi : Amérique, Russie, Japon – sont les colosses du Pacifique, et l'Inde se situe dans ce jeu-là, non dans celui de l'Europe. Après avoir dit : « Au XVIIIe, l'Amérique et la Russie entrent ensemble dans l'histoire... » on dira : « Au cours de la seconde partie du XXe, quand disparaissait l'hégémonie européenne... »

– Ai-je échoué ? reprend-il. D'autres verront. Sans doute assistons-nous à la fin de l'Europe. Pourquoi la démocratie parlementaire, la distribution des bureaux de tabac ! qui agonise partout, créerait-elle l'Europe ? Bonne chance, à cette fédération sans fédérateur ! Mais enfin, faut-il qu'ils soient bêtes ! Pourquoi la vocation de la France serait-elle celle de ses voisins ? Et pourquoi un type de démocratie dont nous avons failli mourir, serait-il sacré, quand il s'agit de surmonter les obstacles énormes que rencontre la création de l'Europe ?

« Il n'est pas même capable d'assurer le développement de la Belgique !

« Je n'ai jamais cru bon de confier le destin d'un pays à ce qu'on doit changer quand ce pays est menacé. Et je devrais juger bon de lui confier l'Europe !...

« Ils chérissent la démocratie depuis qu'il n'y en a plus. L'antifascisme a bon dos. Quelle démocratie ? Staline, Gomulka, Tito, hier Perón ? Mao ? Les Etats-Unis ont eu leur monarque : Roosevelt, et le regrettent. Les illusions de Kennedy sont condamnées. On l'a élu à une goutte près, et ce sera partout ainsi. En Grande-Bretagne, chez nous ! Aux dernières élections, je n'ai eu cette majorité qu'à cause de la peur ; elle est partie avec la peur. Quand la démocratie est née, le Tiers contre les ordres privilégiés, ça faisait du monde ! C'est fini. Et pourquoi ne gouvernerait-on pas avec 1 % de majorité, comme ils disent ? Ah oui, pourquoi ? !

« Quant à l'Europe, vous le savez comme moi, elle sera un accord entre les Etats, ou rien. Donc, rien. Nous sommes les derniers Européens de l'Europe.

Après la chrétienté. Une Europe déchirée, qui a tout de même existé. L'Europe dont les nations se haïssaient, avait plus de réalité que celle d'aujourd'hui. Oui, oui ! La France ne fera plus l'Europe, et la mort de l'Europe la menace de mort.

Après tout, c'était l'Europe, au temps d'Alexandre ? Les bois, derrière la fenêtre...

Ce matin, ils s'étendaient derrière lui à l'infini.

– Les étudiants enragés, péripéties ! On a fait des confessionnaux pour repousser le diable, puis on a mis le diable dans les confessionnaux. La vraie démocratie est devant nous, non derrière : elle est à créer. La nation peut gagner du temps, le communisme peut croire qu'il en gagne. Je veux bien qu'une civilisation soit sans aucune foi ; que met-elle à la place, consciemment ou non ? Bien sûr, rien n'est définitif. Si la France redevenait la France... Enfin ! j'aurai tenté ce que j'aurai pu. S'il faut regarder mourir l'Europe, regardons : ça n'advient pas tous les matins. Mais Guy Mollet aurait suffi...

« La France en a vu d'autres. Je vous ai dit autrefois : ça n'allait pas très bien le jour du traité de Brétigny, ni même le 18 Juin. Oh ! elle étonnera encore ! Mais, je le répète, en partant de ce que j'ai fait, pas de ce qu'on fait maintenant : ce qui se passe ne me concerne pas. »

Qui en doute ? Tous savent qu'ils ne seront plus entraînés dans quelque immense pari. L'imprévisible, désormais, n'est plus celui de la France : c'est celui des autres.

Nous arrivons à la porte. Le général nous tend la main, regarde les premières étoiles, dans un grand trou de ciel, à gauche des nuages, et dit ironiquement :

– Elles me confirment l'insignifiance des choses.

L'auto démarre. Toujours la neige blanche sur les arbres noirs. Le maintien de la France contre tout, la Résistance misérable, toute cette aventure désespérée, illusions ? La décolonisation, la fin du drame algérien, l'homme qui signifiait la France ravagée parlant d'égal à égal avec le président des Etats-Unis, illusions ? Je me souviens d'un syndicaliste des émeutes de 1934 ; il portait un drapeau rouge et noir, et les responsables politiques, devant la police qui chargeait, criaient : « Roulez les drapeaux ! – Oui, oui : ne nous pressons pas... »

Lumière de la neige, siècles de pénombre où se dressèrent les premiers clochers ; temps où les horloges veillaient sur la chrétienté, avec l'indifférence de leur aiguille unique et sereine... La petite pendule de Senghor sonne un coup dans le bureau climatisé de Dakar, et l'air chaud tremble derrière les fenêtres. Fait-il beau à Dakar ? Les chefs des nouvelles nations africaines, qui ne pensent à l'Europe que pour l'aide qu'elle leur apporte, rêvent-ils à l'unité de l'Afrique ? Un grand Noir suit son âne dans une ruelle déserte. Qu'importent l'Afrique, Mao qui vient de reconquérir la Chine, les passions qui se sont abattues sur les peuples comme de grands rapaces – qu'importent même les peuples ? Et qu'importent à Mao, qu'importerait à la reine de la Casamance, l'éphémère tourbillon de cette si vieille neige, et ses compagnons éternels, les nuages au-dessus des clochers survivants et des cimetières disparus ? Je pense aux sauvages de Bornéo, tous porteurs, dans leur brousse, de montres-bracelets arrêtées. Je pense aussi, sans doute parce que je crains obscurément d'avoir vu le général pour la dernière fois, à la maison de Nehru, – et à Bénarès :

Je suis la mort de tout, je suis la naissance de tout – La parole et la mémoire, la constance et la miséricorde – Et le silence des choses secrètes...

Le Gange emportait des reflets bleus et rouges dans la nuit,

Prononce maintenant les inutiles paroles de la sagesse...

Lumignons dans les impasses de Bénarès, et jadis, au fond des ruelles d'Ur ou de Babylone, avec des aboiements au fond de la nuit constellée. A Provins, en 1940, notre colonel attendait les ordres ; comme il ne faut jamais laisser les soldats désœuvrés, les futurs combattants des blindés, au repos, avaient pour instruction de chercher des trèfles à quatre feuilles... La réverbération de la lune qui emplit soudain notre char, pendant que nous foncions sur les lignes allemandes... Un soir de juin 1940, plein de roses dans la canonnade et le brouillard d'été, les paysans brûlent leurs meules avant la nuit. L'aumônier mort aux Glières ; par une nuit de neige comme celle qui vient, nous avancions en file indienne. Il portait le fusil mitrailleur. Je ralentis pour l'attendre, et lui dis : « A quoi réfléchissez-vous ? – A rien : j'essaie de voir le Christ... » Lorsqu'il dut prononcer la première prière pour les morts du maquis, il dit seulement : « Mon Dieu qui m'écoutez, donnez-nous la générosité... » Soir, tombe doucement dans les tourbillons de neige ! Voici la fin du temps de cet homme, et du mien. La fin du temps de la marche de Gandhi vers l'Océan pour y recueillir le sel, de la marche de Mao vers le Tibet pour y recueillir la Chine. Hitler, dans le bunker de Berlin, entendant les premiers chars russes, Nehru se souvenant des brins d'herbe de sa prison et des écureuils roulés en boule. Troupes de Mao suspendues au pont devant les mitrailleuses. Viêt-minh vainqueur du napalm, seins ensanglantés des Indonésiennes devenues les blasons des partis tour à tour vainqueurs. Banales nuits d'Indochine, écroulement des dominos chinois, violons monocordes, injonctions des usuriers chettys avec leur bruit de grille raclée, disputes au-delà des marécages criblés de lucioles. Villes des Indes abandonnées aux paons et aux singes, bourgades devenues des capitales. Le monde, comme les yeux phosphorescents du chat invisible dans la nuit de Dakar. L'armée allemande qui chantait sur nos routes, les villes allemandes où nous sommes entrés au début de 1945, entre toutes ces fenêtres où les draps de lit faisaient office de drapeaux blancs. Le général aux funérailles de Jean Moulin.

"Entre ici, Jean Moulin, avec ton terrible cortège..."

Messages de Londres dans le maquis, parachutes multicolores éclairés par nos feux nocturnes ; premiers policiers allemands quand nous avions dans notre poche notre premier revolver ; expéditions dans l'aube à travers le meuglement des bestiaux réveillés ; camarades évadés et camarades morts, chambrées de prisonniers de la Gestapo ; camps d'extermination où erraient les ombres trébuchantes de notre misérable et poignante Iliade ; foudre égarée dans le parc de l'Elysée ; barricades d'Alger, dernière conférence de presse hérissée d'appareils de télévision, sur la minuscule scène du salon d'Honneur où avaient lieu les ballets qui suivaient les dîners de réception des souverains...

Des branches de noyers se tordent sur le ciel éteint. Je pense à mes noyers d'Alsace, leur grande circonférence de noix mortes au pied du tronc – de noix mortes destinées à devenir des graines : la vie sans hommes. Nous aurons tenté de faire ce que peut faire l'homme avec ses mains périssables, avec son esprit condamné, en face de la grande race des arbres, plus forte que les cimetières. Le général de Gaulle mourra-t-il ici ? Nous repassons devant la guérite saugrenue qui abrite un garde à mitraillette, quittons le parc de la Boisserie funèbre. Maintenant, le dernier grand homme qu'ait hanté la France est seul avec elle : agonie, transfiguration ou chimère. La nuit tombe – la nuit, qui ne connaît pas l'Histoire.

*

Après la neige mérovingienne de Colombey, celle à travers laquelle le train roule vers Paris semble citadine, et moderne... Seul, à quoi penserais-je, sinon à lui ? – comme dans la voiture où je me trouvais seul aussi, après notre entretien à l'hôtel Lapérouse. Il a peu changé. Mais il a perdu son dialogue impatient dans l'avenir : « – Maintenant, faire un Etat qui en soit un, stabiliser la monnaie, régler la question coloniale ! »

J'ai vu pendant dix ans un homme assailli. Je viens de voir un homme livré depuis des mois à une vocation de solitude, face à lui-même, à un destin dont rien ne le protège plus. Il m'a dit, de Napoléon : « – Pour l'âme, il n'a pas eu le temps... » Ce temps, il est en train de le prendre.

Des heures par jour écrivant, raturant, il travaille à espérer. Il a mis dans son titre le mot espoir. Jamais il ne m'a davantage échappé, jamais je n'ai ressenti à ce point, combien ce qui le personnalise, le peint peu.

Il ne m'a pas répondu directement, lorsque je lui ai dit : les grandes figures de notre histoire n'ont pas obéi qu'à ce qu'elles ont voulu servir. Il a dit : « J'étais un mythe aussi... »

Mythe étranger à toute idéalisation de sa personne : il lui préexiste. Nous connaissons des figures de l'imaginaire enfouies en l'homme dans l'attente de leurs incarnations, qu'elles suscitent parfois : César rêve d'Alexandre, et Napoléon, de César. L'humanité n'a pas eu besoin d'oiseaux pour imaginer les anges (qui sont les Victoires grecques), ni d'épouvantails pour imaginer les fantômes. Le Général, en 1940, s'est apparenté au mythe par l'invisibilité, l'ubiquité, jusque par son nom. Il n'était que ce nom, et un grade – qui eût joué contre lui, si tout ce qu'il disait, et le peu qu'on savait de lui, n'eussent contredit de front le mot : général.

C'est pourtant à nos chefs de la dernière guerre, qu'il eût ressemblé, s'il n'eût été séparé d'eux *par la parole*. On eût rapproché l'appel du 18 Juin, de l'Ordre du Jour de la Marne – si Joffre avait enregistré le second...

On n'avait pas non plus entendu Clemenceau, et depuis, on avait trop entendu beaucoup d'autres. Le vocabulaire de la France Libre n'a pas été celui de la Chambre.

Dès le premier jour, ce ne fut ni le chef d'une Légion étrangère ni celui d'un gouvernement en exil, qui répondit au maréchal Pétain. Celui-ci tenait un langage sans recours. Le Général dit que la France en avait vu d'autres, et c'était la première fois que la France parlait, autrement que par métaphore : qu'on l'entendait. La France n'a pas perdu la guerre ? Ce n'était pas la logique, qu'on écoutait alors, c'était : « Ecoutez-moi, car si vous m'entendez, c'est que je suis vivante. »

L'idéologie a joué un tel rôle dans notre Révolution, que pour nous, le doctrinaire est l'auteur d'une doctrine, non son incarnation. Saint-Just ne se souciait pas d'appliquer les *Institutions* ; sa véritable doctrine était le Salut public. Le rival du *Manifeste* de Marx n'est pas une théorie gaulliste, c'est l'appel du 18 Juin.

Les Français – et non pas moi, malgré la boutade du Général – ont inventé le mot gaullistes, comme le mot staliniens ; aux Etats-Unis, on ne parlait pas de rooseveltiens. Le Général a voulu vainement l'écarter, parce qu'il suggérait une allégeance en face du mot pétainistes, et une doctrine, en face du mot communistes. Pourtant le fait gaulliste et les doctrines ne sont pas de même nature. Le mythe napoléonien n'est pas le produit du Code civil. Ce n'est pas le thomisme qui délivre Orléans, ce n'est pas l'Action française ou le marxisme qui crée la France Libre. Il n'y a pas de Jeannedarquisme.

Au 18 Juin, le général de Gaulle a posé des principes de Salut public. Ceux qui ne l'avaient pas entendu le tenaient pour le chef d'une vague légion étrangère, défenseur du patriotisme traditionnel. Ceux qui l'avaient entendu restaient surpris. On a rarement prêté à la France cet accent dorien. Son patriotisme ignorait le chauvinisme, dans un pays qui les avait beaucoup confondus. Pourquoi tant de Français ont-ils tenu pour une imitation – au mieux, une continuité – l'une de nos plus profondes métamorphoses, celle du patriotisme ? Depuis cent cinquante ans, on avait appelé ainsi, pas seulement en France, le sentiment de supériorité nationale. Internationalisme, pacifisme, se développèrent contre les nationalismes plus que contre les particularismes, accrochés aux régions. La patrie désespérée, informe, perdue, bredouillait un appel masochiste à un folklore et à des grandeurs disparus. Le patriotisme dont le Général parla comme d'une évidence, se fondait simplement sur la liberté : la place des Allemands était à Berlin, non à Paris. Il était antifasciste, ce que n'étaient pas nos Ligues. Les Français Libres continuaient le combat (Bir Hakeim lui apporta un symbole inespéré) et il avait proclamé, dès le premier jour, que la partie n'était pas jouée. La France se croyait vivante alors qu'elle était morte, criait le désastre : c'est à cette terrible conscience, qui unissait les Français pour la première fois depuis si longtemps, qu'il a parlé, répondu. Sa France n'était pas une image d'Epinal, et c'est en perdant leur propre France, que tous avaient découvert qu'elle ne l'était pas non plus. Il a parlé avec la force irrationnelle de celui qui dit ce que tout le monde sait, quand tout le monde le tait ; il a exprimé l'alliance qui donnait à la patrie écrasée la formule la plus simple de l'amour : *tu m'es nécessaire.*

Son charisme n'a été que de rendre la France proche et convaincante, comme saint François l'avait fait du Christ. Manifester le divin, pour la plupart des religions, c'est faire ressentir la présence de ce qui ne se prouve que par cette présence même. Et il va de soi que la France n'appartient pas au surnaturel ; mais aussi que par cette présence, elle n'appartient pas seulement à l'abstraction.

La France Libre a rassemblé ceux qu'il avait ralliés à cette France amère. A l'œuvre entreprise, chacun était lié, plus encore que par son but, par sa participation même. « Epouser une grande querelle » ; il a appelé les gaullistes à épouser la France, au nom des enfants qu'ils auraient ensemble ; et avec eux, les Français, stupéfaits d'entendre affirmer qu'elle n'était pas stérile. Ils voulaient tout, à la fois de Gaulle et un Pétain sans Sigmaringen, d'autant plus avidement qu'ils n'avaient rien. Ce passé fraternel, qui lui aussi appartenait au mythe, mêlait Jeanne d'Arc à la Convention, démocratie autoritaire et nationale. Est-ce du volontaire de 1792, du cavalier de Rivoli, que Leclerc tenait son pseudonyme ? A la fin de la guerre, la 2e D.B. exprimait le gaullisme mieux qu'aucun texte doctrinal. On a tort d'oublier ceux du général Giraud, le discours alors fameux qui proclamait qu'un peuple dont les dactylos mettent du rouge à ongles ne peut aller qu'à la défaite. Rien ne montre mieux ce que de Gaulle ne fut pas – ni comment l'unité qu'il imposa à la Résistance comme à Londres, rendit possible une Libération infernale. Plus tard, on a traité de haut son obsession de rassembler. Elle avait désinfecté le patriotisme.

Son idéologie la plus simple déconcertait. Il aurait *dû* être un chef de Légion, ou un patriote traditionnel, ou un dictateur, ou un fasciste, parce que les catégories connues sont longtemps plus fortes que l'évidence. L'historien qui eût répondu, avant ses décisions capitales, à la question fort simple : « Que doit tenter, dans les circonstances présentes, un homme qui tient l'intérêt de la nation pour sa loi suprême ? » eût été tenu pour devin.

La France lui a été reconnaissante de croire à ce point en elle : elle y croyait moins. L'intérêt général, le bien commun, Bibles de Robespierre et de Richelieu, paraissaient des fariboles – parce qu'on avait confondu en un même mensonge, tout ce que disaient tous les politiciens. Il n'est pas facile de survivre, aux démocraties habituées à snober leurs principes – sans savoir très bien au nom de quoi. Que ses principes fussent bons ou mauvais, le général de Gaulle ne les snobait pas.

Il a osé appeler péripéties, Dakar, les victoires de Rommel, le drapeau hitlérien sur l'Acropole, les défaites russes. Son souci de l'histoire et son dédain de la politique, sa confiance qui ressemblait parfois à une consolation devant un cercueil, son NON qui dès le premier jour avait pris la résonance des grands « non » historiques, et toujours, sa voix sans visage, tout concourut, dès que la chance commença de tourner, à faire de cette voix, celle de la France ; ce non solitaire prodiguait une confiance d'ordre religieux. La confiance n'est pas un sentiment rationnel. Le refus d'Antigone et de Prométhée non plus. Il n'exprime pas une opinion, il assume à la fois le malheur et l'espoir. « Des lois plus contraignantes et plus hautes que les lois humaines... » ; une évidence future, "plus contraignante et plus haute" que le présent. Le plus sûr moyen de ne pas comprendre le général de Gaulle eût été de le tenir pour un autre Leclerc, car on attendait un héroïque chef de blindés, et c'est à cette figure que se substitua le mythe, après s'être substitué à celle du général réactionnaire. Non sans peine, parce qu'elle devait créer sa propre tradition : on avait beaucoup oublié les Romains. Le général de Gaulle n'a commandé en personne aucune des forces de la France Libre. Ce qu'il disait n'était pas juste parce que l'événement le confirmait : il devenait de Gaulle parce qu'il tenait ce langage. Moins un général français qui combattait à Londres, qu'une création par ces paroles sans image, au sens où tout grand créateur devient un mythe suscité par ses œuvres.

Le mythe ne se borne pas aux gestes qui l'expriment, ni à ce qu'il sert, ni à qui le sert. Le sien a été la dernière métamorphose du mythe de la France, qui n'apparaît que par ses métamorphoses. Bien que de tels mythes vivent de l'imaginaire qui leur préexiste, ils s'imposent par ce qui échappe à ce qui les a précédés – comme les héros des grands romans appartiennent à la fiction, mais ne s'imposent que par ce qui les distingue de leurs prédécesseurs. Un mythe n'est pas l'imitation d'une chrysalide, il en est le papillon. Métempsycose des nations, dirait l'Inde.

La Libération incarna ce mythe sans avoir le temps de le détruire. Félix Gouin poussa les Français à retourner au mépris de leurs politiciens. Puis naquit le R.P.F., mais il ne disposa ni de la radio ni de la télévision.

Jusqu'à son triomphe aux élections municipales, il fut un mouvement insurrectionnel – sauf pour le général de Gaulle. Triomphe aussi limité – ou aussi étendu – que le nombre des militants comparé à celui des votants. Beaucoup ont tenu le mot Rassemblement pour un terme de bonne volonté, un peu scout : alors que rassembler fut pour le général de Gaulle, l'un des mots les plus lourds après celui de patrie. On a toujours, et bien avant Marx, professé que ce mot ne couvre qu'illusion ou imposture. Comment en eût-on convaincu l'homme qui pendant cinq ans, contre vents et marées, n'avait tenté que cela ! – et pas toujours en vain. « L'histoire ne pourra oublier qu'à Londres, j'ai accueilli tout le monde. » Les buts les plus dignes d'être visés sont ceux que l'on n'atteint jamais. La volonté d'unité, comme celle de justice ;

mais davantage. Pour les ennemis du général, la volonté de rassembler était foncièrement *utopique* ; ce qu'avait été le socialisme pour ses propres ennemis, jusqu'à l'entrée en scène de Lénine. L'utopie, c'est la forme de l'espoir de nos adversaires.

Vincent Auriol inventa les apparentements : la totalisation des voix des partis apparentés, c'est-à-dire presque tous, contre le communisme et le gaullisme. Ou bien le Général apparentait le R.P.F. (au M.R.P. par exemple), mais il entrait ainsi dans le système des partis ; ou bien il refusait, et assurait la victoire d'une Troisième Force qui l'accuserait de préparer un Parti Unique. Car elle ne comprenait pas (la plupart des membres du Rassemblement non plus) que pour le Général, un Parti unique, quel qu'il fût, usurpait l'Etat. Ses adversaires craignaient fort qu'il ne choisît la première décision. Il ne l'a pas envisagée. Réussite ou échec, il ferait appel à l'intérêt général fondé sur la nation, en lequel il ne pouvait voir une chimère, parce qu'il croyait à l'expérience capitale de sa vie . la France Libre avait conjugué des forces disparates dans une action commune. Même Jean Moulin disait : nous discuterons après la victoire. Lorsqu'il a dit que le pouvoir était à ramasser, il a refusé de risquer la guerre civile pour le ramasser. Il le refusa même lorsqu'il fut assuré que les apparentements pourriraient le R.P.F., si celui-ci ne faisait pas appel à l'insurrection. Depuis le 6 février, la guerre d'Espagne surtout, le risque de guerre civile – non celui de l'affrontement, mais celui de faire du pays, pour vingt ou trente ans, un pays sous-développé – a été l'un des puissants facteurs de notre histoire ; les parlementaires ne l'acceptaient pas non plus, et c'est pourquoi le Général, ne lui ayant pas dû sa victoire, lui dut son retour.

Car c'est le général de la Libération, non le président du R.P.F., qui revint en 1958. Après Diên Biên Phu, après la grève de la police, le régime n'était plus d'assemblée ou de parti, mais d'abandon. Comme l'avait été la IIIe République après l'armistice. Le président Roosevelt avait eu tort de croire que la France pouvait la rétablir : elle était aussi condamnée que l'Empire après Sedan.

Le général de Gaulle avait combattu, dans le régime des partis :

Sa faiblesse. Et d'abord son incapacité de faire face à une échéance que nul n'ignorait : la fin de l'empire.

Son irresponsabilité.

Son obligation d'élever le compromis au rang de technique de gouvernement – ce que j'ai appelé concilier les thèses relatives à la Défense nationale en mettant un demi-soldat dans un demi-char.

Les influences contradictoires de l'étranger.

Le caractère dramatique pris par la succession des gouvernements. L'alternance raisonnable se fonde sur la certitude que l'opposition au pouvoir continuera la politique de ceux qu'elle remplace, quand l'intérêt national sera en jeu.

Il avait combattu enfin l'incapacité de faire la paix comme de faire la guerre – la guerre qui allait gagner l'Afrique noire – l'incapacité même de concevoir une volonté nationale.

Pensées du combat, avec la rigueur qu'il impose. En marge, peut-être le Général pensait-il que les partis étaient morts de la naissance des Partis uniques, avec lesquels ils n'eussent pu rivaliser que par un sens de l'Etat comparable à celui de Richelieu ou de l'Angleterre victorienne, alors qu'ils ne s'y intéressaient que pour le partager.

Les peuples magnifient leurs “professeurs de confiance” : Colomb, le Taciturne, Frédéric II, Pierre-le-Grand, Lénine ; et chez nous, la Convention, les chefs des premières Croisades, Richelieu, Napoléon. Sentiment peu étudié, parce qu'on le confond avec la certitude de chances raisonnables, alors qu'il est de foi plus que de jugement, et s'applique souvent à une suite d'actions opposées. Cette confiance-là faisait que la question d'Algérie « ne se posait plus comme avant », même pour ses ennemis.

Ainsi retrouvait-il son caractère mythique. Les parlementaires, la nuit où s'éteignait leur branle-bas de départ (non de combat, car ils n'avaient plus même de police à opposer aux parachutistes d'Alger) l'avaient élu dans l'amertume. Ils savaient qu'il n'avait point appelé les présidents Guy Mollet, Pinay et Pflimlin par souci de conciliation, ni seulement de légitimité, bien qu'ils n'aient guère compris son opiniâtre répulsion au risque de livrer l'Etat à un parti, fût-ce l'ancien R.P.F. Ce n'était pas leur élu qui partait pour Alger : c'était le seul homme que les Algériens et l'armée eussent accepté d'entendre, sinon d'écouter. Le « suprême recours », le seul qui pût parler au nom de la France sans faire hausser les épaules. On l'avait bien senti dans l'appel du président Coty. A l'Assemblée, la nuit de son retour, la France enfouie que ses ennemis et ses adversaires retrouvaient ensemble, ne se fiait qu'à lui.

Avec raison, bien qu'ils n'en fussent pas assurés. Non seulement ils tenaient son ministère pour un ministère de transition, non seulement la droite algéroise disait : « Nasser après Néguib ! » mais encore la majorité des militants gaullistes attendaient leur Révolution. Or, il allait appliquer la décision la plus grave qu'il eût prise depuis le 18 Juin 1940 : s'opposer à la création de tout Parti unique.

Nous savions bien qu'il en serait ainsi, nous savions mal pourquoi. Question oiseuse ? se trouva-t-il simplement aussi étranger à l'idée de créer un Parti unique, qu'à celle de ressusciter le parti radical ? Pensa-t-il que la vocation de la France, qu'il tentait de retrouver à travers la Communauté, mais que la guerre d'Algérie mettait à rude épreuve, exigeait cette décision ? Entre les coquecigrues d'alors, celle du « pouvoir » allait se montrer la plus éclatante. Gouverner devint, de la part des gouvernants, gravement coupable. Tout pouvoir fut flétri par les experts en impuissance, qui la préféraient pour l'avoir pratiquée avec soin. Les Français ne conçoivent guère le pouvoir ; ce qui leur est familier, c'est l'abus de pouvoir, idée claire et brillamment liée à l'histoire, depuis Victor Hugo jusqu'à Dumas. O temps bénis où l'on ne tolérait pas le pouvoir gaulliste, où le Général "et moi-même, Messieurs, sans nulle vanité", étions hebdomadairement flétris par maints Ruy Blas avec l'accent de Duclos ! L'infâme juridiction d'exception devait à peu près acquitter Salan... Le général de Gaulle, jusqu'à son départ, compris, a été un chef d'Etat extrêmement légaliste. Le cérémonial selon lequel le consul revêtait en quittant Rome avec l'armée, la toge de la Ville, puis reprenait la toge consulaire après la victoire, a fait partie de ses images familières : sa toge rouge, c'était l'article 16. Je l'ai vu défendre (non sans colère) les franchises municipales qui permettaient à quelque Topaze de tenir ses projets en échec, parce que « jusqu'à vingt mille habitants, les Conseils municipaux sont d'excellents outils de la France ». Il supportait mal l'attitude du Conseil d'Etat, la supportait cependant. Il tenait le

Sénat pour notre institution la moins efficace : il se mit en jeu pour demander au pays d'en changer la forme. Fut-il toujours attaché à un pouvoir *défini*, par le sentiment d'une qualité supérieure de civilisation, qu'il devait à la France de maintenir, comme il avait maintenu la République ?

Il connaissait l'opération hégélienne. La souveraineté du peuple n'est pas celle de l'ensemble des particuliers. La Volonté générale, souveraine de fait, accomplit le destin historique, avec ou sans l'assentiment des individus qui l'ignorent ou ne s'en soucient pas (opération éminemment favorable à l'assimilation du Parti communiste au prolétariat). Le destin de la France ne dépendait-il pas de ceux qui s'en souciaient ? Sa réponse, presque agressive, était que le pouvoir doit s'exercer à travers l'Etat.

Il l'a dit maintes fois. L'entendre aurait épargné bien des malentendus. Mais les hommes n'entendent que ce qu'ils connaissent par cœur... Du moins cette décision, que ses *Mémoires* n'expliquent pas encore, fut-elle délibérée, car il me dit plus tard : « – Cette perpétuelle histoire de fascisme est imbécile. Nous n'avons rien à voir avec ces gens-là. La pente dangereuse ne nous ferait pas rouler au fascisme, mais à la monarchie. » Jusqu'à son départ, ses ennemis définirent son gouvernement, de façon curieuse, comme un futur-fascisme. Demain, on fusille gratis.

« – Pourquoi diable, disait-il, les démocraties protestantes – scandinaves aussi bien qu'anglo-saxonnes – se reconnaissent-elles dans les "gauches" méditerranéennes, qui leur ressemblent si peu ? Pourquoi tant de gens croient-ils que je prépare un Etat totalitaire ? La République, les libertés individuelles, qui les a établies ? Je voudrais comprendre le mécanisme... »

Mais il avait rencontré la télévision. Et en avait changé la nature avec les images. Aux photos des nouveaux ministères, distributions de prix, avait succédé son avion, un point dans l'écran, vers le Sud ; aux congratulations de néant, le Forum d'Alger. Avec haine, avec admiration, tous regardaient l'histoire remplacer la politique. Le 14 juillet, place de la Concorde pour la première fois, la Communauté dressait des drapeaux éphémères. Un ambassadeur stalinien se pencha vers moi non sans ironie : « Même nous autres, vieux révolutionnaires, ça nous pince... » Les téléspectateurs ne partageaient pas ces astuces, mais quoi de commun entre ce qu'ils regardaient, et ce que, l'année précédente, ils n'avaient pas regardé ? Par cette fin d'empire devenue fête des Fédérations, par *La Marseillaise* de Berlioz ressuscitée, par l'Algérie houleuse et l'Afrique amie, la France s'engouffrait dans le petit écran. Les conférences de presse parlaient du monde, alors que l'écho eût répondu naguère : de quoi vous mêlez-vous ? Le manichéisme qui opposait gaullistes et antigaullistes, et qui n'avait pour précédent que celui qui avait opposé les communistes aux anticommunistes (mais le communisme aussi est un mythe) brouilla la mutation décisive comme on brouille une émission. La télévision a poussé le gaullisme dans les maisons en y introduisant l'histoire, de la même façon que la radio avait fait, de la voix du Général, celle de la France. On n'a pas changé de programme, on a changé de destin.

Les politiciens appellent pouvoir, la distribution des places et la victoire de leurs sentiments. Ils ont accusé le Général de fausser la balance par le poids de son autorité, ne comprenant pas qu'il était toujours lui-même l'enjeu de son imperturbable banco, par sa personne ou par son engagement. La victoire des parachutistes d'Alger n'eût pas signifié qu'on remanierait le ministère ! Celle des émeutiers de 1968 non plus. Etre renversé par un coup d'Etat ne ressemble pas à donner sa démission. Son assassinat par le M.L.N. ou l'O.A.S. n'eût étonné personne. Le mythe se dégrade en fiction, comme l'héroïsme ; mais il naît communion, au plus profond de chacun de nous. Ses ennemis le confondent toujours avec sa parodie ; mais qu'ils la contestent ou l'injurient au passage, ils savent qu'il faut toujours tuer Jaurès. Le mythe nourrit le mythe : le président en uniforme contre les généraux d'Alger, le général de Gaulle dressé comme un menhir, pour l'entrée des cendres de Jean Moulin au Panthéon, dans le long manteau fermé qu'il n'avait pas revêtu depuis le débarquement. Ses actes ont maintenu entre les événements et lui, un lien semblable que rien n'eût remplacé, surtout pas les doctrines. Imagine-t-on un général de Gaulle dont la confiance se fût exprimée par un livre, et non par le 18 Juin ?

Mais sous le mythe, se glissait un personnage d'expérience et de résignation, celui qui disait : "Les choses étant ce qu'elles sont" comme s'il se soumettait à elles, alors qu'il entendait les conduire. Il a dû concilier, au moins faire coexister, le Don Quichotte et le Sancho dont le couple assurait la majorité qui le légitimait. Moins en arbitrant des tendances, comme autrefois, qu'en attelant ensemble des forces presque antagonistes, complémentaires pourtant. D'une part, les gaullistes passionnels, donc tous les militants ; d'autre part, la masse silencieuse qui commençait à la confiance pour finir à « De Gaulle, hélas ! » Il professait que les démocraties avaient perdu l'exaltation dont naissent les vrais rassemblements ; qu'elles vivaient maintenant de majorités infimes, à tel point que de cinq points d'écart, cinquante-cinq pour cent contre quarante-cinq, toutes faisaient un triomphe. Au référendum sur l'Algérie, où l'Europe et l'Amérique proclamèrent que la France le suivait, son quatre-vingt-dix pour cent inespéré n'avait pas même atteint les deux tiers des inscrits. D'où son permanent appel à l'histoire, qui lui répondait une fois sur deux par des mirlitons. Elle avait été l'œuvre de majorités passionnées ; il avait encore connu les Champs-Elysées de la Libération, et même la France autour de lui contre l'O.A.S. Il jouait désormais dans des marges étroites comme le destin. « Pourquoi pas la majorité des femmes sur les hommes dans les départements côtiers, demandait-il, de sa voix de goguenardise noire, ou bien les citoyens dont le nom commence par la lettre A ? » Il avait espéré rassembler autour de lui, pour des tâches encore de Salut public, les masses de 1944. Mais de quoi étaient-elles nées, sinon de l'acharnement de ces pauvres groupes, la France Libre, la Résistance ? Au débarquement, il commandait moins de volontaires, que Vichy ne commandait de gendarmes.

Le destin de la France qu'avaient assumé les groupes combattants, appartenait maintenant à la frange de votants qui détenaient sans le savoir, la légitimité nationale. Il n'y changerait rien. C'était ceux-là, qu'il devait convaincre – comme si la France eût joué son avenir aux dés. Toutefois, les moyens employés par ses adversaires pour déterminer et conquérir à tout prix, sinon cette frange, du moins des votants aussi nombreux : célibataires, vieillards, collectivités particulières, avaient échoué. Il ne tentait rien de semblable. Il éprouvait que c'était seulement s'il touchait la France au cœur, qu'elle lui apporterait ces inconnus. Il ne maintiendrait la France que s'il les atteignait, il ne les atteindrait que s'il visait la France. Sans doute s'est-il cru plus assuré de l'avenir, à la tête des marins de l'île de Sein, que de cinquante et un pour cent des votants... Mais il avait jadis rétabli la nation à partir de moyens si misérables, qu'il comptait la maintenir en naviguant au plus près : « Il faut faire les choses avec ce qu'on a ! Si vous croyez que Henri IV s'est amusé tous les jours ! » Ecoutant la bande du discours de Pnom Penh, au retour du Cambodge, il semble perplexe d'entendre la voix survivante de la France, comme une ménagère qui trouverait, au retour du marché, son panier plein d'étoiles. Et de constater une fois de plus que les Français, qui confondent l'Etat avec l'administration, acceptaient tant bien que mal de prendre pour loi, la *responsabilité suprême devant la France – confiée par le peuple – exercée à travers l'Etat.*

La France le hante, elle ne l'interroge pas. L'interrogateur obsédant, c'était l'Etat. Il en parlait comme Bonaparte consul, et comme les scientifiques parlent de la science : d'un domaine de rigueur tout nourri d'aventure. Il reprochait à saint Augustin l'absence d'esprit politique, pour l'avoir comparé à une assemblée de brigands. C'est pourquoi la nouvelle constitution lui avait semblé presque aussi urgente que l'Algérie. Pas de Salut public sans conscription, et pas de conscription sans l'Etat révolutionnaire qui l'avait décrétée. Pas de nation sans Etat, comme l'avaient compris les théoriciens des Internationales, qui exigeaient sa disparition. Le Général ne voit pas, n'a jamais vu dans l'Etat, l'appareil du pouvoir d'une classe, mais l'agent de l'unité nationale toujours menacée ; la Convention l'a vu ainsi. Les plus grands serviteurs de la France, disait-il, l'ont servie en transformant l'Etat : on n'imagine pas Bonaparte, connétable de Louis XVI. Monarchies et républiques avaient donné forme à la nation qui, sans Etat, serait corps sans âme et concept sans histoire. De même que Richelieu, il tenait pour sa tâche première, la création et le maintien de l'Etat qui servirait le mieux la France.

Le travail, l'ingéniosité, l'industrie, le commerce de la France de 1620, qui ne comptait pas, étaient-ils si différents de ceux de la France de 1650, la plus puissante monarchie de la chrétienté ?

« – Quand les Français s'entendent, oh ! alors ! » Il éprouvait avec force le sentiment d'une grande mutation historique, à laquelle l'Etat perdu de politique et de chimères, s'accordait mal. Son Etat était presque le contraire de l'administration ; celle-ci dirigeant ce qui continue, et l'Etat, ce qui change. C'était l'instrument du devenir de la nation, le plus puissant moyen de coordonner ses forces. « – On n'a pas fait grand-chose depuis Napoléon... Sauf ne rien comprendre à un Etat dont on attend tout, y compris le droit au bonheur. » Il s'était attaché passionnément à l'efficacité de cet appareil suprême et claudicant, comme autrefois à l'emploi des divisions blindées. Il y voyait plus qu'un appareil, un organisme obscurément vivant et prisonnier, à délivrer de l'inertie, du conformisme, des féodalités patronales ou syndicales, des chimères – c'est-à-dire de ce qui pouvait rivaliser avec l'Etat. Il en a rêvé une histoire semblable à celles de la guerre, qui sont d'abord histoires des armées. Il a écrit celle de l'armée française. Mais si maints officiers ont traité de la stratégie, le principal historien des armées, Delbrück, n'est point un militaire, c'est un professeur. L'emploi de l'arbalète, de l'arquebuse, s'organise et se développe comme le fera celui des chars ; telles mutations décisives des guerres ne sont pourtant pas militaires, par exemple la conscription décrétée par la France de "la Patrie en danger", d'où sont venues les mobilisations générales. Comme Napoléon, Alexandre invente à la fois (et semble-t-il, de la même façon) ses formations militaires et ses formations civiles, la cavalerie des hétères et le corps administratif des régions conquises. « – Notre Etat est en retard d'un demi-siècle sur nos techniques et même nos conceptions politiques », disait le général de Gaulle en 1960. Il l'avait rétabli en 1945 et 1958, établi pour la formation de la Communauté. « Et maintenant, il va falloir qu'ils fassent des Etats. S'ils en sont capables. » Faire un Etat n'allait pas plus de soi, que créer l'armée des Légions ou le Sénat romain. Il s'était intéressé à la formation des départements comme à celle de l'armée soldée par Charles VII. Il connaissait chacun des préfets, et "l'invention" des premières libertés communales comme celle du premier impôt permanent – ou de la Sécurité sociale. Un de ses ministres, harassé, m'a dit : « Il voudrait ouvrir une E.N.A. tous les matins ! » Mais lui : « – Le pouvoir de l'Etat a été un bouchon, entre des partis acharnés à conquérir une majorité, pour qu'elle arbitre des problèmes qu'elle ignorait. »

Le monde syndical restait en marge, malgré les quinze cent mille voix prises aux communistes. Le Général avait souhaité rétablir avec lui la relation établie à Londres. Dès son retour, il avait rendu aux syndicats leurs libertés. Il voyait en eux, une représentation plus soucieuse que les partis, d'exprimer et de défendre les revendications professionnelles. Mais les objectifs communs de Londres : antifascisme, victoire, n'existaient plus. La rupture avec Léon

Jouhaux, dès 1946, fut décisive. En intervenant dans une décision politique, celui-ci passait de façon criante, pour de Gaulle, du camp populaire au camp des féodalités nouvelles. Au refus de le recevoir, Jouhaux répondit que le Général était l'ennemi de la classe ouvrière ; dans les mêmes conditions, celui-ci eût refusé de recevoir le président des syndicats patronaux, exactement de la même façon.

Mais l'opposition syndicale en 1946, ou après 1958, ne mit jamais en danger l'Etat – pas même le développement du pays. Et une démocratie implique une opposition. Sans doute le Général en eût-il préféré une autre.

Il pense qu'on en préfère toujours une autre.

Il a rencontré tôt celle de la presse.

En attaquant sans trêve, au nom d'une démocratie vertueuse et d'une morale politique, le fascisme-pour-demain prêté au Général, les journaux, pendant des années, ont exprimé une réprobation commune chez les intellectuels, faible dans le pays, non avenue pour le Général. Parce que les communistes seuls proposaient un gouvernement de rechange – qu'ils ne pouvaient imposer seuls. Le psychodrame, voire la comédie italienne, de l'intarissable : « Recommencez-moi ça ! » adressé au Général, deviennent de mois en mois plus visibles : l'historien découvre que l'intelligentsia et les politiciens ne crurent ni à la révolution prolétarienne, ni au retour à la IVe République, à quoi ils semblaient toujours se référer. En fait, dans les circonstances graves, l'alternative ne se présenta jamais. Au « – Que faut-il faire ? » de l'action, il fut toujours répondu : des articles.

Les intellectuels ne sortaient guère de leur dialogue de sourds entre : fascistes ! et : Guépéou ! Opposition de "doctrines" idiote, parce que le gaullisme, technique de sauvetage, réponse à la mise en question de la France, n'a rien de commun avec un système. La Ire République, le socialisme de la seconde, ont englobé les systèmes de leur temps. Marx y mit bon ordre ; mais à la Sorbonne, et bien ailleurs, il n'a pas succédé à Proudhon, à Bakounine : il a succédé à *l'Action française*. Sous les yeux du Général, qui l'a bien connue. Sa pensée ombrageuse ne se confond pas avec un système. L'idée, le mot lui sont si contraires, qu'il a longtemps appelé le régime des partis : "le système". Il se souciait moins de ce qu'était l'histoire, l'Etat ou lui-même, que de ce qu'il devait en faire. Il avait fort approuvé le Bouddha, que je lui avais cité : « Si tu vois ton ami frappé d'une flèche, dois-tu méditer sur la nature de l'arc, ou arracher la flèche ? » Il voulait le pouvoir de la France, comme Marx ou Maurras celui du prolétariat ou de la monarchie, mais sa France n'était pas un concept. Il avait moins pour interlocuteur l'Histoire, que le Salut public.

La victoire du marxisme n'est certes pas d'avoir converti l'Occident, mais d'avoir fait pour tant d'Occidentaux, de la question qu'il pose, la question capitale – ordonnatrice. Mais on n'oppose pas une doctrine, même considérable, à une action, même exemplaire. Le Général n'a pas fait prévaloir ses problèmes, notamment celui de l'Etat : l'adhésion à ses idées passe par l'adhésion à son mythe, et souvent s'y tient. Le domaine de références du marxisme lui est étranger. L'histoire tenue pour destin, évoque pour lui celle de Rousseau ; il ne tient pas l'avenir pour secourable, mais pour ennemi, et nul cours de l'histoire ne suffit à y rétablir et y maintenir la France. Le marxisme négocie désormais avec le mystérieux fait national que le Général voit au cœur du siècle, bien que nul ne le cerne tout à fait. Héritier des patries ? L'Algérie, qui n'a jamais été une nation, le devient. Le Viêt-Nam, peu importe lequel, le deviendra. En Afrique, les fédérations naissent mal, les nations pullulent. Et la nation ne tient jamais tout à fait le général de Gaulle pour ennemi. Mao Tsé-toung me l'a nommé avant de nommer la France. Et le passé donne à la position nationale des communistes, une clarté que le présent ne connaît guère. Ceux de 1945 ont tenté d'annexer les mouvements de Résistance, au nom d'un communisme patriote et libéral, semblable à celui du printemps de Prague. Qui diable croit aujourd'hui que le Staline de 1945 eût toléré un printemps de Paris ? Il ne s'agissait pas de ces roses, mais du vrai stalinisme, et le Général a vu Staline de près.

Lorsqu'il a refusé à Thorez et à Duclos les ministères clefs qu'ils exigeaient, il leur a dit : « – Vous avez choisi ; moi je n'ai pas le droit de choisir. » Ce qu'ils ont jugé trompeur, et qui était sa pensée même. Dans quelle mesure espéra-t-il, sinon récupérer les communistes dans le nouvel Etat, du moins parvenir à un *modus vivendi*, le pacte franco-soviétique aidant ? A Londres, à Alger, à la Libération, ils l'avaient suivi. Non sans arrière-pensées. Mais les Milices patriotiques étaient dissoutes, la Reconstruction ne l'était pas.

Il avait transcrit la note de Lénine : « Pas une seule Révolution n'a fini sans avoir renforcé le pouvoir de l'Etat. » Il n'ignorait pas combien Lénine avait flétri l'Etat, comme Engels, comme Marx, car il avait lu ce qui concerne l'Etat. Il regardait souvent les communistes, comme un marxiste regarde les idéalistes. Une Histoire se jouait de ceux-ci, une autre de ceux-là. Sa perspective les déconcertait – comme tout ce qui, chez un adversaire, n'appartenait ni au capitalisme ni à la droite. Ils le déconcertaient aussi. Je l'ai entendu se demander, plus qu'il ne le demandait à Duclos : « – Comment sera le communisme, dans cinquante ans ? – Toujours le même ! » répondit fermement le jovial Toulousain. Duclos parti : « – Il le croit ? me demanda le Général. – Oui : vous êtes un ennemi, et ce qu'ils disent à l'ennemi devient toujours vrai. – C'était bien la peine de se donner tant de mal pour ne pas croire à la France, et finir par croire à la Russie ! Pourtant ils travaillent, ils font travailler, la France a besoin de tout le monde. »

N'existât-il qu'une chance d'établir l'unité de l'Etat pendant la reconstruction, il devait jouer, même avec des tricheurs. Sans prévoir, lui qui avait prévu tant d'événements, qu'ils en apportaient la destruction dès l'ouverture de l'Assemblée. Il avait raison de penser qu'ils ne feraient aucune révolution. Mais il conservait le souvenir des partis qu'il avait connus avant la guerre ; le souvenir du communisme qu'il avait connu à Londres. Il ne retrouvait pas les premiers, très affaiblis, ni le second, où, sauf Thorez, chacun se prenait pour Lénine et tous le prenaient pour Kerenski. Or, les grandes démocraties sont nées d'un consensus, qui n'a survécu nulle part à la présence d'un Parti stalinien puissant, et se réclamant de la démocratie elle-même. Pas assez fort pour prendre le pouvoir, ce parti le devient assez pour détruire l'Etat, parce que la carte politique, même parlementaire, ne s'ordonne plus par rapport à lui, mais par rapport au stalinisme. La vraie droite disparaît, remplacée hier par le fascisme, aujourd'hui par des colonels, des indépendants qui se voudraient libéraux, des libéraux qui se voudraient indépendants. Le socialisme d'autrefois fut la justice et l'internationalisme contre l'ordre et l'armée ; les staliniens revendiquent l'ordre, la patrie, l'armée, leur justice, dans une perpétuelle surenchère. Où ils ne risquent rien, puisqu'ils veulent détruire l'Etat ; et les partis, tout, puisqu'ils veulent le maintenir ou le réformer. L'Assemblée nationale constituante à peine élue, il ne restait de l'antifascisme, qu'une marionnette stalinienne. Les gouvernements occidentaux crurent-ils, en vérité, reprendre avec les partis communistes, un dialogue interrompu par la guerre ? Ceux-ci ne ressemblaient pas plus à leurs fragiles prédécesseurs, qu'une Russie maîtresse de la moitié de l'Europe, à l'Union soviétique encerclée de 1936. Personne, en Occident, ne comprit alors que des Fronts populaires aux Démocraties populaires, les partis communistes avaient changé de nature. Le 13 novembre, l'Assemblée unanime avait porté à sa présidence, le général de Gaulle. En décembre, les réunions de la Commission de la Constitution privaient de toute autorité le futur président de la République, et subordonnaient le gouvernement à l'Assemblée. Nul ne pourrait conduire cette charrette aux roues divergentes, et la fermeté du conducteur n'y changerait rien – même la sienne. Vainqueur tôt ou tard pour la France depuis 1940, le général de Gaulle avait cette fois perdu.

Un train dans la nuit, la neige éparse car Paris approche, les bras levés sur la fenêtre blanche au-dessus de Clairvaux... Le président Senghor aussi avait conscience de l'ébranlement d'un monde ; et le professeur Torrès, à Berkeley ou dans mon bureau du Palais-Royal : « Pourtant, je suis un homme de ce drôle de temps... » Il disait, en mai 68 : « Les étudiants, ça recommence ! comme en Californie !... Laisse tomber !... » et « de Gaulle gagnera encore, cette fois-ci ? Et puis, qu'est-ce que ça peut foutre !... » et « Tout ça, ce sont des hôtes de passage... » Mais c'est bien aux hôtes dont il m'a le plus parlé, que je pense depuis un quart d'heure. On a fait un sort à ma phrase : « Il y a les communistes et nous, et entre les deux, rien ! » longtemps après qu'elle eut cessé d'être juste. Du moins, pendant des années avons-nous été leurs adversaires majeurs, et réciproquement. Il est stupéfiant que nous ne nous soyons jamais réellement affrontés. La politique extérieure du général ne suffit pas à l'expliquer. Les communistes nous traitaient de fascistes, pour l'exportation : eux, savaient qu'il n'y a pas de fascisme sans parti unique, et que la décision du général était irrévocable. En revanche, jamais celui-ci n'a envisagé de dissoudre le parti communiste ; et, sauf quelques pugilats entre les services d'ordre de 1947, jamais ce parti n'a tenté une action de masse contre le général de Gaulle, avant mai 68.

Lui aussi regarde ce "drôle de temps" comme un astronome découvre des planètes capricieuses. Vues de haut. Mais comment le passé ne lui apporterait-il que ses événements, et non ce qui leur échappe, la réalité invincible qui semble incarner l'imaginaire – celle qui restera quand tous ceux qui l'ont vécue seront morts ?

Il y eut les cris des soldats allemands qui cassaient les crosses de nos fusils dans les cours des fermes. Tout le pays poussé vers le Sud par la fumée d'Apocalypse des réservoirs en feu. La France avachie, veuve d'elle-même, et la voix de Londres qui disait : "J'invite à me rejoindre, avec ou sans leurs armes... » Leurs armes !

Il y eut la nudité de Carlton Gardens, le dialogue

avec le président Cassin devant les tables de cuisine appelées bureaux : « – Mon général, nous ne sommes évidemment pas une Légion ; sommes-nous l'armée française ? – Nous sommes la France. » En bas, les marins de l'île de Sein et les premiers volontaires canaques. Mais quand les Allemands arrivèrent à Sein, ils n'y trouvèrent pas un homme.

Il y eut la flotte française de Mers el-Kébir coulée par les Anglais. « Quant aux Français Libres, ils ont pris, une fois pour toutes, leur dure résolution : ils ont pris une fois pour toutes, la résolution de combattre. »

A une crête de l'ample houle des sables de Libye, comme une épave miroitant sur la mer, Bir Hakeim, il y eut ces Français que les Allemands, enfin, ne battirent pas.

Il y eut le premier Français Libre parachuté fusillé en représailles. Pas de vichyste qui n'enjoignît alors au général de condamner les attentats individuels contre les Allemands : à plat ventre, on exigeait de ce « traître », des vertus gandhistes. Jamais le général ne condamna un acte de Résistance. Dans ce procès-là, il n'était pas juge, mais partie.

Il y eut l'échec de Dakar – mais la certitude pour l'Afrique entière, que la France n'était pas à Vichy.

Il y eut les désaccords avec Churchill. « Si je retirais ma main, le général de Gaulle n'aurait plus une pierre où reposer sa tête ! » Avant l'invasion de la Russie et le bombardement de Pearl Harbor, quand l'Angleterre assumait seule le destin du monde, ne pas céder au gouvernement anglais... « J'étais trop faible pour plier. »

Hier, les troupes allemandes sont entrées en Union soviétique, annonça la radio, et, de semaine en semaine, il y eut ce cortège de victoires napoléoniennes – jusqu'au mur.

Il y eut Saint-Pierre-et-Miquelon, haillons dispersés comme s'ils étaient la France.

Il y eut, à la stupéfaction de tous, les désaccords avec la toute-puissance de Roosevelt. Darlan, mais Darquier de Pellepoix. Giraud, qui se suffit à lui-même. Les dialogues Pétain-Leahy ou Herriot-Laval. Les unions sacrées de tous les abandons.

Les alliés dédaignaient d'autant moins les F.F.L. et la Résistance, que les réseaux de renseignements couvraient la Bretagne et la Normandie, que les réfractaires au Service du Travail obligatoire peuplaient les maquis, et que le débarquement aurait lieu en France. Le général de Gaulle s'efforçait depuis 1944, d'unir les Résistants et les Français Libres ; de tirer de ce courage épars, une action concertée de la France. En face des alliés, quel groupement de résistants, pour étendu qu'il fût, aurait représenté la continuité de la nation ? Au nom du Général, Jean Moulin fonda le Conseil national et les Mouvements unis de la Résistance, mourut de ses tortures sans avoir parlé, et l'on dut au "peuple de la nuit", les ponts sautés, les voies plastiquées, le sabotage qui imposèrent à la convergence des renforts allemands sur la Normandie, les retards que le général Eisenhower qualifia d'irréparables.

Bien en prit à la France. L'exercice de l'autorité dans les territoires libérés serait-il confié à des Français, ou à l'armée de libération ? Les Américains avaient envisagé, sans trop de confiance, d'appliquer un texte oublié de la IIIe République : il confiait aux Conseils généraux la formation du nouveau gouvernement. Ce qui eût apporté des mois d'anarchie – réprimée comment, Vichy disparu, sinon par la Police militaire américaine ? Aux ordres de qui, sinon de l'Amgot [1], ce qui assimilait la France aux territoires ennemis, Italie et Allemagne ? Imaginer de noirs desseins, de véritables conflits avec nos alliés est absurde : si les Américains avaient décidé d'installer l'Amgot, d'abandonner Strasbourg, qui les en eût empêchés ? Mais pour reconnaître l'autorité d'une France belligérante et non collaboratrice des Allemands, encore fallait-il qu'elle existât. Dès le premier jour du débarquement, surgirent les Commissaires de la République parachutés de Londres ou formés par la Résistance. Dans chaque ville reconquise, l'armée alliée trouva, en place depuis quelques jours ou quelques heures, le préfet du gouvernement provisoire de la République. La France libérée se reconnaissait en de Gaulle, dans l'enthousiasme grave et frénétique des Champs-Elysées, comme elle s'était reconnue dans les soldats de Leclerc arrivés à l'Arc de triomphe couverts de rouge à lèvres.

Une foire à l'autorité, digne de la foire à la ferraille, l'attendait à Paris. Il établit d'abord, que le gouvernement provisoire ne se doublait pas. S'installerait-il à l'Elysée, à l'Hôtel de Ville, ailleurs ? Il s'installa au seul lieu d'où l'on pût combattre à la fois l'ennemi et le chaos : au ministère de la Guerre.

La prolifération des uniformes qui, au lendemain de la Libération, submergèrent ceux des maquis, commençait à remplacer les combattants par un dangereux carnaval. L'amalgame des F.F.I. avec la Ire Armée, opéra d'un coup la décantation : les vrais partaient pour le front ou rentraient chez eux. Restaient les autres. Pas longtemps. Et toutes les armes lourdes étant nécessairement affectées à l'armée, il n'en resta plus à l'arrière. La dissolution des

1. Allied Military Government of Occupied Territories.

Milices patriotiques, décidée par un gouvernement où Maurice Thorez était ministre, fit comprendre aux agités qu'un Etat n'a qu'une armée, dont la place est au front.

Il fallait reconstruire la France en continuant la lutte, assurer son indépendance. Le premier objectif supposait une convention avec le Parti communiste, durable et réelle. Staline souhaitait sans doute un accord. Et le général n'appelait pas indépendance, la soumission aux Etats-Unis. Il partit pour Moscou, en revint avec le pacte franco-soviétique, Thorez dans ses bagages, les ouvriers français au travail.

Il crut contribuer à en former l'Etat. Et se réveilla devant le projet de Constitution le moins propre à l'assurer, le moins propre à maintenir l'indépendance qu'il avait reconquise. Il le dit à Bayeux. Trop tard. Pour dix ans.

En 1958, son objectif majeur fut donc une nouvelle Constitution ; son objectif immédiat, retrouver une France en face du drame algérien, quoi qu'on attendît d'elle. Et sans guerre civile. Il supprima la censure, et partit pour Alger.

Avant tout, délivrer le complexe problème algérien du problème colonial. En face de l'Angleterre depuis dix ans partie des Indes, la France qui avait jadis affranchi les esclaves, devait cesser de s'accrocher à un empire colonial, le jeter dans la balance : chaque ancienne colonie choisirait entre son entrée dans la Communauté française, et son autonomie.

La fin de l'empire des Indes avait été un événement, celle de notre empire en était un aussi. Et l'anxiété née du dialogue sanglant de l'indépendance et de la partition indiennes, reparaissait dans l'attente devant cette loterie épique, ce dialogue d'un homme redevenu la France libératrice, avec chacune des anciennes colonies françaises.

C'est pourquoi il a disposé dans la guerre et les négociations avec le F.L.N., d'une marge radicalement différente des hésitations de la IVe République. Au début, il crut un accord possible (et le F.L.N. ne rompit jamais tout contact avec lui). « – Malheureusement, rendre Ferhat Abbas intelligent ne dépend pas de moi... » Lorsqu'il dit au Conseil des ministres, sur le ton du doute : « – Il s'agit de savoir si l'intérêt supérieur de la France coïncide avec les intérêts des colons d'Algérie... », je crus sa décision prise. Bien qu'il souffrît de ce qu'il appelait le cancer de l'armée ; pour commémorer la reprise de Strasbourg par Leclerc, il avait convoqué des milliers d'officiers, qui écoutaient son discours dans un silence hostile. Une fois de plus, il faisait front. Et termina lentement, pesamment, comme s'il parlait à la guerre civile : « – Dès lors que l'Etat et la nation ont choisi leur chemin, le devoir militaire est fixé une fois pour toutes. Hors de ses règles, il ne peut y avoir, il n'y a, que des soldats perdus... »

Jusqu'à l'insurrection des généraux.

Alors coïncident son mythe, l'idée qu'il a de l'Etat, celle qu'il a de lui-même. Il incarne la résistance du pays, du peuple, du paysan à qui le facteur ou le maire vient d'annoncer la mort de son fils en Algérie, contre « des hommes aux moyens expéditifs et limités » qui tirent de l'armée leur prestige et leur force usurpés. Une France des colonels ! Devant les écrans de télévision, les gens attendent, mais savent qu'ils vont entendre une fois de plus le NON du 18 Juin : « Si je porte aujourd'hui cet uniforme, c'est pour signifier que je ne suis pas seulement le président de la

République française, mais aussi le général de Gaulle », et : « Vous vous opposerez à ces hommes de toutes vos forces, par tous les moyens ! » Le gaullisme fut ce qui sépare, devant la même menace, la France et son gouvernement en 1961, de la France et son gouvernement avant 1958. « Mon cher et vieux pays, nous voici une fois de plus ensemble dans l'épreuve... » Cette fois, avec fermeté.

Il n'a plus affronté la grande houle – une autre – qu'en mai 68. De la même façon. A ceci près qu'il n'éprouva pas pour la jeunesse étudiante, les sentiments qu'il avait éprouvés pour les généraux d'Alger. Il avait prévu la révolte militaire, sous cette forme ou sous une autre ; il avait prévu la crise de la jeunesse : Etats-Unis, Hollande, Italie, Allemagne, Inde, Japon, même Pologne... Mais nul n'avait prévu la conjonction prochaine de cette crise avec un vaste mouvement syndical. La situation en prenait un accent du XIXe siècle, fête et barricades, tout différent de celui qu'avait pris la grève des mineurs par exemple. Mais l'émeute estudiantine, comme dans d'autres pays, montrait déjà que sa nature profonde n'était pas celle de l'insurrection : elle se voulait irrationnelle, et son propre objet. C'est pourquoi le parti communiste ne s'était pas engagé avec elle ; il l'accompagnait. L'énorme manifestation rassemblait toutes les forces politiques et syndicales contrôlées par l'appareil révolutionnaire communiste. Il se jugeait plus fort qu'en 1945, qu'en 1947, et le Général ne l'ignorait pas. Les communistes laissaient les bavards parler de faire la révolution ; eux, savaient qu'on ne la fait pas : on la cueille. Situation typique pour les analystes : la confusion insurrectionnelle qui précède la prise du pouvoir, et, contre l'Etat, une seule discipline en place. Le stade Charléty avait montré ce que les communistes trouveraient, le général de Gaulle tombé : moins que Kerenski. Toutes les forces anti-gaullistes capables de lutte et non d'illusion lyrique, convergeraient sous eux. Mais un seul mort... Beaucoup de policiers, peu de moyens de répression : ils n'étaient pas engagés. On savait ce qu'avaient pesé, contre les chars soviétiques, les cocktails Molotov de Budapest : rien. Le gouvernement n'emploierait évidemment pas de chars contre les étudiants ou les manifestants, mais il les emploierait contre des milices armées. Si bien que le Parti communiste ne pouvait pas plus disposer de ses cocktails Molotov, que le gouvernement, de ses chars. L'un et l'autre dépendaient de l'opinion. Sans elle, pas d'insurrection, mais plus d'Etat. Et les dés étaient jetés : le Parti communiste, qui depuis longtemps parlait de « participation à un pouvoir d'union démocratique », déclarait la veille de l'intervention du Général : « Le peuple de France exige que, dans le régime nouveau, la classe ouvrière et son Parti communiste aient toute leur place. » Toute la place. Le Général, qui avait à peine parlé de l'Algérie dans le discours du putsch, ne parla guère des étudiants. Il parlait aux Français, au nom du Salut public.

« Je ne me retirerai pas. J'ai un mandat du peuple, je le remplirai.

« Je ne changerai pas le Premier ministre, dont la valeur, la solidité, la capacité, méritent l'hommage de tous. Il me proposera les changements qui lui paraîtront utiles dans la composition du gouvernement.

« Je dissous aujourd'hui l'Assemblée nationale. »

C'était substituer la France au gouvernement. A partir de cette minute, le général de Gaulle devenait garant de la consultation populaire, des nouvelles élections. La Ve République mettait à l'épreuve ses institutions fondamentales. Finie la comédie, même insurrectionnelle : la France elle-même allait fixer son destin.

« Partout et tout de suite, il faut que s'organise l'action civique. Cela doit se faire pour aider le gouvernement d'abord, puis localement les préfets, devenus ou redevenus commissaires de la République, dans leur tâche qui consiste à assurer autant que possible l'existence de la population et à empêcher la subversion à tout moment et en tous lieux.

« La France, en effet, est menacée de dictature. On veut la contraindre à se résigner à un pouvoir qui s'imposerait dans le désespoir national, lequel pouvoir serait alors évidemment et essentiellement celui du vainqueur, c'est-à-dire celui du communisme totalitaire. Naturellement, on le colorerait, pour commencer, d'une apparence trompeuse en utilisant l'ambition et la haine de politiciens au rancart. Après quoi, ces personnages ne pèseraient pas plus que leur poids, qui ne serait pas lourd. »

Pendant qu'il parlait, une foule aussi dense que celle de la Libération, couvrait peu à peu les Champs-Elysées. La hausse des salaires était acquise, la réforme de l'Université aussi ; mais la guerre civile, qui eût rejeté la France, de vingt ans en arrière, avait perdu. On ne prendrait pas le pays par surprise : il faisait front, et la voix sans visage de la radio retrouvée lançait un million d'hommes sur les Champs-Elysées. La multitude dont l'ambassade des Etats-Unis, depuis la Concorde, captait les clameurs pour les transmettre à la Maison-Blanche, atteignait l'Arc de triomphe. Le soir même, le Parti communiste ne réclamait plus qu'"une démocratie véritable". A partir du 4, le travail allait reprendre partout. Imagine-t-on un gouvernement Auriol en face de mai 68 ? Avec, sans doute, la police en grève ?

Les *Mémoires* obligent à regarder en arrière. Les événements qui touchent à la légende promettent l'imprévisible, diffèrent le destin. A cette heure, sans doute, le général de Gaulle tourne-t-il dans sa pensée circonscrite et inexpugnable, comme dans son bureau dont il a tiré les rideaux sur la nuit de neige. Pensant tantôt à la conjoncture, à lui-même ; tantôt, que l'essentiel resurgira. *Mémoires d'espoir*. Il a étudié l'Europe qui suivit les guerres napoléoniennes. « Quand la France redeviendra la France, on repartira de ce que j'ai fait, non de ce que l'on fait depuis mon départ. » De ses idées, ou d'un autre 18 Juin ? Il a toujours dit que son idéologie courait mal en terrain plat. La France survivra si la volonté nationale la maintient jusqu'au surgissement de l'imprévisible : quand Richelieu fut appelé, elle était une puissance de second ordre. Le général pense : péripétie, de tout ce qui menace visiblement la France ; mais du monde aveugle, qui la balkanise ? Richelieu ne craignait pas la fin de la chrétienté. « J'ai tenté de dresser la France contre la fin d'un monde. » La Nation avec une majuscule, celle à laquelle la France convertit autrefois l'Europe, est née de "la Patrie en danger", de la métamorphose fulgurante imposée par la Convention. En 1940, la France était directement concernée. L'est-elle toujours dans ce monde informe où les derniers empires s'affrontent à tâtons ? « Elle étonnera encore le monde. » Gide a dit, pendant son agonie : « C'est toujours la lutte de ce qui est raisonnable et de ce qui ne l'est pas... » Aux Invalides, à l'exposition de la Résistance, devant le poteau haché de nos fusillés entouré de journaux clandestins, le

Général déclarait à l'organisateur, comme moi en 1945 : « Les journaux montrent trop ce que les résistants ont dit, trop peu comment ils se sont battus et comment ils sont morts. Il n'y avait plus personne, sauf eux, pour continuer la guerre commencée en 1914 : comme ceux de Bir Hakeim, ceux de la Résistance ont d'abord été des témoins. » Lui aussi. Seul à Colombey entre le souvenir et la mort, comme les grands maîtres des chevaliers de Palestine devant leur cercueil, il est encore le grand maître de l'ordre de la France. Parce qu'il l'a assumée ? Parce qu'il a, pendant tant d'années, dressé à bout de bras son cadavre, en croyant, en faisant croire au monde, qu'elle était vivante ? Tout à l'heure, il semblait la porter, lorsqu'il a dressé les bras devant la fenêtre et la neige : « Ce sont les grandes funérailles. » Il survit à ceux qu'il a combattus : Hitler, Mussolini, à ceux avec qui il a combattu : Roosevelt, Churchill, Staline. Avec le sentiment des généraux napoléoniens quand ils disaient, vers 1825 : « Au temps de la Grande Armée... » Toutes ces ombres amies ou maléfiques jouent sur la lande avec leurs cartes noires, fou compris. L'Europe en flammes, le suicide de Hitler dans son bunker, les trains arrêtés qui sifflent longuement dans les solitudes sibériennes, pour la mort de Staline... Pense-t-il "grande époque" plutôt que grands hommes ? Comme après 1815, le destin du monde est démissionnaire. Mais il y a toujours en lui, la confiance qu'il faut bien appeler aventure quand la France est en jeu : l'imprévisible. Il n'est certes pas un homme sans rêves ; il pense certainement aussi, avec une sombre fierté, ce qu'il ne dira pas : « Si le dernier acte de ce qui fut l'Europe a commencé, du moins n'aurons-nous pas laissé la France mourir dans le ruisseau. »

Mais pour qu'elle comprenne ce qu'il veut lui léguer, il faut peut-être plus que le pouvoir, plus même que quitter le pouvoir : être mort.

Colombey,
13 novembre 1970.

Dix minutes après la mort, le médecin quitte la Boisserie pour aller soigner les filles d'un cheminot. Mme de Gaulle demande à l'un des menuisiers de prendre l'alliance au doigt du général ; leur travail à peine terminé, les deux menuisiers sont appelés par Mme Plique, dont le mari, cultivateur, vient de mourir – aussi... Aujourd'hui, dans le jour gris des funérailles, je me hâte sous le glas de Colombey auquel répond celui de toutes les églises de France, et, dans mon souvenir, toutes les cloches de la Libération. J'ai vu le tombeau ouvert, les deux énormes couronnes sur le côté : Mao Tsé-toung, Chou Enlaï. A Pékin, les drapeaux sont en berne sur la Cité Interdite. A Colombey, dans la petite église sans passé, il y aura la paroisse, la famille, l'Ordre : les funérailles des chevaliers. La radio nous dit qu'à Paris, sur les Champs-Elysées qu'il descendit jadis, une multitude silencieuse commence à monter. Ici, dans la foule, derrière les fusiliers marins qui présentent les armes, une paysanne en châle noir, comme celles de nos maquis de Corrèze, hurle : « Pourquoi est-ce qu'on ne me laisse pas passer ! Il a dit : tout le monde ! Il a dit : tout le monde ! » Je pose la main sur l'épaule du marin : « Vous devriez la laisser, ça ferait plaisir au Général : elle parle comme la France. » Il pivote sans un mot, sans que ses bras bougent, semble présenter les armes à la France misérable et fidèle – et la femme se hâte en claudiquant vers l'église, devant le grondement du char qui porte le cercueil.

Champs-Elysées.

Sauf au premier rang, l'ombre des cent drapeaux ensevelit ceux qui les portent. Tous ces vieux étendards mouillés, verticaux dans la nuit, dans le silence où cliquettent les décorations lentement secouées par la lenteur des pas, avancent comme les arbres des forêts de Shakespeare. L'Arc de triomphe seul est éclairé ; le fleuve coule dans les ténèbres encore étoilées de quelques boutiques. La nuit est trois fois présente : par l'heure, par l'éclairage de l'Arc, et par les nuages pressés dont la pluie surplombe la coulée des hommes, qu'enserrent les haies massives de spectateurs sur les trottoirs. Des ombres regardent couler d'autres ombres. Ce n'est pas une manifestation : d'un bout à l'autre de l'avenue, on ne parle qu'à mi-voix. Ce ne sont pas tout à fait des funérailles : il n'y a pas de cercueil. C'est une marche funèbre vers l'Arc devenu tombeau, vers la vaste oriflamme qui palpite devant les phares de D.C.A. dont les faisceaux bleu, blanc ou rouge, plombés par la nuit, font apparaître jusqu'aux nuages les gouttes de pluie, comme les rayons du soleil font apparaître avec indifférence leurs atomes éternels.

Un reporter de Radio-Luxembourg, petit micro en main, rejoint un collègue, qui chuchote :

– Qu'est-ce qu'ils te racontent, les gars ?

– C'est plutôt les bonnes femmes, qui parlent. Les gars, quand je dis : Avez-vous voté oui ? beaucoup m'envoient paître ! Ceux-là ont dû voter non ; les bonnes femmes, elles, disent toutes un peu la même chose : « On lui doit bien ça ! » ou « Pluie ou pas, on ira jusqu'au bout ! » Une, m'a dit : « Faire jeter des fleurs, ça doit être madame de Gaulle : vous pensez bien que c'est une idée de femme !... » Une autre, l'*Huma* sous le bras : « Je suis venue pour lui dire adieu. » Aussi une vieille, à qui j'ai dit, la pauvre ! « Donnez-moi votre fleur, je la mettrai en même temps que la mienne. – Pas la peine : trois ans de Ravensbrück, trois heures de pluie, ça va. » Et toi ?

– J'ai enregistré dans les queues, aux marchandes de violettes du Châtelet, aux fleuristes des avenues : tout est pareil. Il y a des gosses. Elles disent qu'ils se souviendront. J'en ai piqué une qui m'a dit : « Quel dommage qu'il ne nous voie pas ! »

Elle se trompait : le général mort écoute ce silence que foulent confusément des centaines de milliers de pas. Plus présent qu'à Colombey, sauf lorsque, devant le char qui débouchait de la Boisserie, des femmes ont tendu des enfants. La pluie redouble. Beaucoup de gens portent des parapluies roulés (pour les ouvrir lorsque la cérémonie sera terminée ?). Des remous de foule tournoient lentement, venus des rues, des maisons, du métro. Le cours nocturne s'arrête. Une *Marseillaise* erre dans la pluie. Alors, chrysanthèmes, œillets, anémones, bouquets de violettes, passent de main en main vers l'Arc de triomphe. Ces fleurs n'appartiennent plus à personne : la terre salue la mort.

Le cortège reprend sa marche pas à pas à travers la grande nuit funèbre. Les mortes des camps, qui n'ont connu d'autres fleurs que celles qu'elles cultivaient pour leurs tortionnaires, accompagnent ce cortège de silence. Certaines n'étaient pas gaullistes ? C'est à tous, que le cortège va jeter ses fleurs ruisselantes.

Beaucoup de ceux qui avancent lentement étaient ici pour la manifestation de mai 68 ; beaucoup, à la Bastille pour la manifestation ennemie ; beaucoup, lorsque le général de Gaulle descendit les Champs-Elysées, devant les soldats couverts de rouge à lèvres. Ce cortège s'enfonce beaucoup plus profondément dans le passé, y rejoint celui qui vint saluer le cercueil de Victor Hugo. Le poète avait dit *non* vingt ans à l'Empire, à la défaite, à la répression. Bien plus loin dans la nuit, il y a évidemment le *non* sans âge. Le cortège monte comme le cortège thébain vers le tombeau d'Antigone. Le Soldat inconnu sur lequel se relève rageusement la Flamme, est aussi l'un de ces crieurs de *non* qui se relaient au-dessus de la flotte nocturne des vivants, au-dessus du fleuve souterrain de nos morts. Avec les femmes noires de Corrèze debout sur la tombe de leur famille, en l'honneur des maquisards ensevelis par les occupants qui venaient de les tuer. Avec les paysans qui venaient poser un kilo de sucre introuvable, sous la croix de bois de nos compagnons fusillés. Que de femmes ! Les hommes portent mal les fleurs : si loin que remonte notre mémoire, il y a plus de femmes que d'hommes pour les offrandes, fût-ce au péril de leur vie. Buchenwald et Dachau montent vers l'arche funéraire, avec toutes les ombres qui choisirent d'accepter la mort – et plus que la mort. Soldats de nos chars, dactylos qui cachaient nos postes émetteurs, et la multitude suppliciée des camps d'extermination. La politique a enfin perdu son sens : les conseillers municipaux communistes sont là. Des femmes qui portent le petit drapeau à croix de Lorraine partagent leur bouquet avec des voisines qui portent l'*Huma* et n'ont pas trouvé de fleurs. Il ne s'agit ni du gaullisme, ni seulement de la France. Ceux qui piétinent dans la nuit pluvieuse n'appartiennent plus qu'à la communion que leur révèle ce mort sans cercueil. Comme les nôtres qui ont crié son nom au poteau d'exécution.

Un service d'ordre à brassards, sans uniforme, canalise le fleuve vers l'arche, beaucoup plus étroite que l'avenue. La place que fait briller la pluie reflète l'Arc de triomphe. Ceux qui n'ont pas pu aller plus loin ont accumulé leurs fleurs sous *La Marseillaise* de Rude. Le cortège avance. Des hippies ouvrent leur poncho pour en tirer des chrysanthèmes. Le grand drapeau où tentent de se réfugier les pigeons, emplit l'arche sonore, de son claquement mouillé. Au-dessus des hippies, les listes des combats napoléoniens perdent dans l'ombre leur veillée de Victoires. Les vivants jettent leurs fleurs, et la Flamme tour à tour rabattue et verticale, éteint et illumine leurs faces ruisselantes.

V

Je mets à jour des notes de la guerre d'Espagne : le dernier printemps de Barcelone.

Les Ramblas à l'heure où les avenues sont encore vides. Des gens passent dans le matin froid, des gens dont la marche n'est plus celle des hommes de la paix. Vitrines où l'on ne voit plus que des jouets misérables ou des séries de timbres rares et chers – les timbres s'emportent aisément –, bijouteries aux petits supports de velours sans bijoux, chemisiers qui vendent tous des cravates de deuil, oiseleurs avec leurs pancartes "Plus de nourriture pour les oiseaux" : l'immense attente de la défaite. Les gens deviennent plus nombreux. A l'entrée de la Rambla des Fleurs, presque sans éventaires depuis longtemps, des badauds à revolvers entourent l'imitateur d'animaux, qui imite maintenant le miaulement des balles. Sur les tables des bouquinistes, un nouveau livre porte la bande "vient de paraître" : c'est Tartuffe.

Puis, une floraison stupéfiante.

Le syndicat a donné l'ordre de couper les arbustes à fleurs des environs ; une double haie d'aubépines (ce qu'on n'a jamais vu dans une ville) étincelantes comme le givre, recouvre à perte de vue le trottoir du centre, et des ombres obliques disparaissent dans les rues, brandissant comme des girandoles les buissons d'aubépines qu'elles emportent dans leur maison sans vivres et sans feu.

La sonnerie du téléphone.

– Monsieur, c'est de la part de Mme Pablo Picasso.

Elle appelle de Mougins. Les journaux ont rapporté les problèmes juridiques de la succession. Je lui dis que si je puis l'aider, j'en serais heureux. « Moi ? non..., dit-elle. Il s'agit plutôt de la France... » Elle veut léguer à l'Etat la collection de tableaux anciens rassemblés par Picasso, en se conformant fidèlement aux instructions de celui-ci. J'ignore les obstacles qu'elle rencontre, mais doute qu'ils soient insurmontables. Elle m'invite à voir les tableaux. Cet appel qui semble venir des aubépines de Barcelone, ce visage que je n'ai jamais vu mais que ses portraits m'ont rendu familier, cette voix que sature la tristesse... Je dis que nous savons tous combien les importunités avivent le chagrin, et que nous tenons à l'en préserver. « Je suis très malheureuse », répond-elle d'une voix atone, poignante et simple. Je l'appelle madame. « Vous ne voudriez pas m'appeler Jacqueline ? », dit la même voix éloignée.

A l'aérodrome de Nice, cohue de photographes. Ils attendaient je ne sais qui pour l'inauguration d'un festival, et se demandent si j'ai repris du service. Fin du quiproquo. Jacqueline m'attend derrière un gros avion. Elle ressemble à ses portraits : type de la jolie Arlésienne, médaille romaine au nez aquilin. Son visage a la douceur triste de sa voix. Ses vêtements de grand deuil posent un crêpe sur le souvenir de ses portraits multicolores.

Nous partons en trombe. « A Mougins, Nounours »,

dit-elle au chauffeur. Je reconnais la relation que Picasso a toujours entretenue avec ceux qui le servaient. Sa femme de chambre avait l'air d'une confidente ; son secrétaire, d'un disciple ou d'un famulus. Il inspirait à son entourage le sentiment d'une supériorité fraternelle, et c'était, je crois, celui qu'il préférait inspirer.

Elle raconte la préparation de l'exposition rétrospective du Grand et du Petit Palais, que j'ai fait organiser en 1966 :

– Nous prenions les grandes décisions le soir. Pablo travaillait tard ; après, nous allions à la cuisine manger quelque chose, et c'est à ce moment-là qu'il décidait. Je lui ai parlé de l'exposition, il a dit non. Une heure plus tard, avant d'aller se coucher, il a dit : "Si tu y tiens, fais-la, mais je ne m'occupe de rien !" Et il est resté couché pendant une semaine.

Son ironique affection la rapproche du passé. Les courbes de la route balancent les collines de Provence sur la Méditerranée. J'ai habité Roquebrune à la fin de 1940, après mon évasion.

La tendresse inspirée par la mort fait aimer les vivants qui l'éprouvent, et Jacqueline est tout entière habitée par son chagrin.

– Le 10 avril, quand je suis venue à Vauvenargues avec Pablo, il neigeait. C'est une coïncidence, non ? Il ne neige jamais ici le 10 avril, mais ce jour-là il y avait tant de neige, que nous n'avons pas pu aller jusqu'au bout.

Le 10 avril... Elle veut dire : quand j'ai regagné Vauvenargues avec le cercueil.

Mougins. Barrière. Chemin privé. Fleurs, cyprès. C'est Notre-Dame-de-Vie. On ne voit pas la maison. Une porte sans doute latérale, un long petit couloir sombre.

Nous allons voir Miguel. C'est un ancien officier républicain, hérité lui aussi de Picasso, qui assiste Jacqueline ; classement des toiles, déménagement, gens de loi... La finesse des Espagnols fins, une douceur qui me surprend chez un homme dont je ne connais que la guerre ; une grande chaleur triste. Pour ne pas parler de Picasso, nous parlons de Teruel.

Jacqueline et moi entrons dans une pièce où deux couverts sont mis.

– Avec Pablito, nous déjeunions ici.

Ce n'est pas une salle à manger : comme à l'atelier des Grands-Augustins, toutes les pièces sont des pièces-à-tableaux. Dans la lumière du Midi tamisée par des stores, des toiles, des toiles, un masque nègre par terre. Collée par la peinture sur une toile qu'elle cache, l'affiche de la première exposition d'Avignon. C'est un mousquetaire qui s'appelle *Homme à l'épée*. Sans doute choisi par Picasso entre les deux cents tableaux réunis en 1970.

– D'où viennent-ils, les mousquetaires ? des *Ménines* ?

– Non : ils sont arrivés quand Pablo s'est remis à étudier Rembrandt.

Un vide étroit entre les tableaux, le chemin par lequel Picasso passait : la forêt tropicale, tous ses bambous arrachés et piétinés, là où sont passés les éléphants disparus. A-t-il fait des dessins sur cette nappe ? Les assiettes sont peintes par lui : trois larges coups de pinceau carmin.

– Tout est fait à la main et à la maison, dit-elle ironiquement.

Aux murs, des photos de Picasso. En face, un visage grandeur nature, attentif, très ressemblant. Jacqueline lui chuchote : « Tu vois, Pablito, ton ami est venu... » A gauche de la porte, de grandes photos en couleurs : Picasso en robe grenat, dans l'ombre ; Picasso en Romain, appuyé sur une lance, jambes écartées, trapu ; d'autres, plus anciennes. Un tableau de la période rose ressemble au *Portrait à la palette*.

L'affection de Jacqueline, le prénom ou le diminutif qu'elle emploie me rappellent que je n'ai jamais connu Pablo, personne privée, sentiments ; j'ai seulement connu Picasso.

Un dessin qui représente Jacqueline. Un tableau allongé, panorama de toits et de cheminées. Je demande :

– Ce sont les toits de Barcelone ?

– Vous les reconnaissez ?

– Je crois reconnaître la ligne qui se découpait sur le petit matin, quand nos avions revenaient...

Je crois aussi en avoir vu la reproduction en noir. Elle suggérait un tableau petit, alors qu'il ne l'est pas ; et gris, alors qu'il annonce la période bleue.

Dans la pièce voisine, rien au mur ; mais le même envahissement par les châssis retournés. Une autre affiche du Mousquetaire. Sur un fauteuil d'osier, un petit carton où Picasso a écrit : « *Si tu crois que tu n'as pas raté ton tableau, retourne à l'atelier, tu verras que ton tableau est raté.* »

– Un jour, dit-elle, il devait sortir, il avait laissé ça pour un ami. Il disait que depuis, il le gardait pour lui ; que c'était un bon conseil.

« Souvent, il aimait que je sois là quand il travaillait. Il ne travaillait plus dans cette pièce depuis longtemps, mais le fauteuil est resté...

Elle se penche vers des châssis, hésite :

« Voulez-vous voir d'abord les toiles de sa collection ?

Le couloir, de nouveau. Il a changé, parce que mes yeux se sont habitués à l'accumulation des toiles.

Nous entrons dans une grande pièce claire, mais non plus vide.

Retournés contre le mur, dans la lumière, une cinquantaine de tableaux. Posés sur les tranches des châssis, deux tout petits portraits du Douanier Rousseau, une Figure de Derain ; au-dessus, grandeur nature, la tête de la *Yadwiga* du Douanier, dépasse.

– Elle regardait comme ça chez l'antiquaire, cachée par les tableaux pompiers. Pablo passait tous les jours. Quand il a eu les vingt francs demandés, elle n'y était plus. Mais le brocanteur l'avait dans sa boutique...

Je me souviens de la tombe du Douanier, avec le poème d'Apollinaire gravé sur la pierre. C'est Brancusi qui l'a gravé.

A droite, quelques grands tableaux visibles. L'un des plus beaux Matisse, la *Nature morte aux oranges*. Je l'ai vu dans l'atelier des Grands-Augustins.

– Oui, Pablo la gardait avec lui. Nous la regardions. Elle change tout le temps.

Je pense à la chapelle de Matisse, au Père Couturier, qui disait : « Si les chrétiens mettaient dans leur vie les vertus que Cézanne a mises dans sa peinture, le monde irait mieux... » C'est lui qui avait décidé Matisse à entreprendre sa chapelle ; quand il posa pour le *Saint Dominique* linéaire, Matisse lui dit : « Pour qu'il soit un saint et non une figure, je n'ai pas trouvé d'autre moyen que l'auréole. » Par un matin d'été, on m'a ouvert la chapelle fermée. L'art roman me hantait trop pour me laisser à l'aise devant ce goût suprême, mais je revenais de loin, et il m'accueillait comme la France... Un jour, Picasso est venu. Il a acheté des cartes postales à la sœur bougonnante. Un des visiteurs dit : c'est Picasso. Elle le regarde : « Eh ben, m'sieur Picasso, puisque vous êtes là, j'ai à vous dire une bonne chose. Ici, tous les gens donnent leur avis, et ci et ça ! Un jour, m'sieur Matisse en a eu assez : "Ma Sœur, qu'il m'a dit, y a qu'une seule personne qu'ait le droit de me critiquer, vous entendez ! c'est Picasso." Sauf le Bon Dieu, bien sûr. Vous devriez le leur dire, aux autres ! » Picasso prend son air écarquillé : « Et pourquoi, lé Bon Dieu, il lé dit pas ? » Hélène Parmelin a raconté le début, Picasso racontait la fin.

– Matisse, dit Jacqueline, aimait beaucoup sa nature morte. Il a voulu la reprendre au marchand. Elle était vendue. Quand il a appris que c'était Pablo qui l'avait achetée, il a pleuré.

Souvenir, et non information : un passé désolé imprègne tout ce qu'elle dit. A côté des *Oranges*, un *Château noir* de Cézanne, clair, poreux, mat comme un pastel.

– Il n'est pas verni ?

– Non, Cézanne interdisait à Vollard de vernir ses tableaux.

Elle retourne un petit Cézanne de *Baigneuses*, verni. C'est presque un art différent.

Une figure de Corot ; une autre, surprenante : la tête n'a pas été peinte, ou Corot l'a effacée. Un Van Dongen fauve. Des monotypes de Degas qui ont illustré la *Maison Tellier* de Vollard ; celui-ci a vendu à Picasso, ou échangé avec lui, maints tableaux de cette collection. Une petite nature morte du XVIIIe couverte de poussière : viande rouge sur fond sombre.

– Tiens, dis-je, Goya ?

Elle rit, chasse la poussière : Chardin. C'est bien la viande de Goya, avant lui, mais pas son fond noir.

Deux Braque. Elle retourne une toile magistrale

de l'époque du cubisme analytique, presque blonde.

– Je vais faire retourner les grandes, dit-elle en sortant.

Je regarde la toile blonde. Le cubisme analytique cherchait l'autre. Un faîte aigu ordonne la “composition”, encadre des facettes comme pour rivaliser avec la *Tête* de Penrose, triangle de bandes colorées. Ce Braque date des mois où les deux camarades peignaient ensemble. Il pourrait être un Picasso très séduisant. Qui eût pensé, alors, que Braque mourrait devant ses toiles réconciliées, et Picasso, au milieu des *Hommes à l'épée* corrosifs dont l'affiche annonçait l'exposition au Palais des Papes ?

Il m'avait parlé de Braque, au temps où il achevait *Guernica* ; il venait de cesser de peindre, l'expression tendue de son visage avait disparu. Il nous avait montré, à José Bergamin et à moi, les dessins posés contre la grande toile (dans l'atelier, elle semblait immense) : « Je voudrais qu'ils montent se placer dans la toile, en grimpant tout seuls, comme des cafards ! » Nous avions parlé de l'Espagne, de peinture ; il en était venu à la confidence la plus révélatrice que j'aie entendue de lui.

« On parle toujours de l'influence des Nègres sur moi. Comment faire ? Tous, nous aimions les fétiches. Van Gogh dit : l'art japonais, on avait tous ça en commun. Nous, c'est les Nègres. Leurs formes n'ont pas eu plus d'influence sur moi que sur Matisse. Ou sur Derain. Mais pour eux, les masques étaient des sculptures comme les autres. Quand Matisse m'a montré sa première tête nègre il m'a parlé d'art égyptien.

« Quand je suis allé au Trocadéro, c'était dégoûtant. Le marché aux Puces. L'odeur. J'étais tout seul. Je voulais m'en aller. Je ne partais pas. Je restais. Je restais. J'ai compris que c'était très important : il m'arrivait quelque chose, non ?

« Les masques, ils n'étaient pas des sculptures comme les autres. Pas du tout. Ils étaient des choses magiques. Et pourquoi pas les Egyptiens, les Chaldéens ? Nous ne nous en étions pas aperçu. Des primitifs, pas des magiques ! Les Nègres, ils étaient des intercesseurs, je sais le mot en français depuis ce temps-là. Contre tout ; contre des esprits inconnus, menaçants. Je regardais toujours les fétiches. J'ai compris : moi aussi, je suis contre tout. Moi aussi, je pense que tout, c'est inconnu, c'est ennemi. Tout ! pas les détails : les femmes, les enfants, les bêtes, le tabac, jouer... mais le tout ! J'ai compris à quoi elle servait, leur sculpture, aux Nègres. Pourquoi sculpter comme ça, et pas autrement. Ils étaient pas cubistes, tout de même ! Puisque le cubisme, il n'existait pas. Sûrement, des types avaient inventé les modèles, et des types les avaient imités, la tradition, non ? Mais tous les fétiches, ils servaient à la même chose. Ils étaient des armes. Pour aider les gens à ne plus obéir aux esprits, à devenir indépendants. Des outils. Si nous donnons une forme aux esprits, nous devenons indépendants. Les esprits, l'inconscient (on n'en parlait pas encore beaucoup), l'émotion, c'est la même chose. J'ai compris pourquoi j'étais peintre. Tout seul dans ce musée haffreux, avec des masques, des poupées peaux-rouges, des mannequins poussiéreux. *Les Demoiselles d'Avignon* ont dû arriver ce jour-là, mais pas du tout à cause des formes : parce que c'était ma première toile d'exorcisme, oui !

« C'est pour ça que plus tard j'ai peint aussi des tableaux comme avant, le *Portrait d'Olga*, les portraits ! On n'est pas sorcier toute la journée ! Comment on pourrait vivre ?

« C'est aussi ça qui m'a séparé de Braque. Il aimait les Nègres, mais, je vous ai dit : Parce qu'ils étaient des bonnes sculptures. Il n'en a jamais eu un peu peur. Les exorcismes ne l'intéressaient pas. Parce qu'il ne ressentait pas ce que j'ai appelé Tout, ou la vie, je ne sais quoi, la Terre ? ce qui nous entoure, ce qui n'est pas nous, il ne le trouvait pas hostile. Ni même, figurez-vous ! étranger ! Il a toujours été chez lui... Encore maintenant... Il ne comprend pas du tout ces choses-là : il n'est pas superstitieux !

C'est un reproche.

« Après, il y a eu une autre question. Braque fait sa peinture en réfléchissant. Moi, pour ma préparation, j'ai besoin des choses, des gens. Il a de la chance : il n'a jamais su ce que c'est, la curiosité. On confond bêtement avec l'indiscrétion. C'est une maladie ! Une passion, parce qu'elle a aussi des avantages. Il ne connaît pas la vie : il n'a jamais eu envie de tout faire avec tout... »

Je pense aussi à ce que m'a dit Braque, d'un tableau parent de celui que j'ai sous les yeux : « Je ne le reconnais plus. Ça se passe souvent. La seule chose essentielle dans un tableau, personne ne peut l'expliquer, pas même le peintre... Peut-être que ça tient à l'ensemble... Voyez la façon dont les bons tableaux prennent de la poésie, comme les bronzes prennent de la patine... On prétend que nous avons découvert la poésie des guitares et des paquets de tabac ; c'est idiot pour Picasso, pour Gris, pour moi. Les paquets de tabac ont pris de la poésie tout seuls. Vermeer a peint des guitares avant nous. Les objets de Vermeer, de Chardin, ne sont pas poétiques, l'atmosphère de leurs tableaux non plus ! c'est leur peinture, qui le devient. » Il pensait, comme Picasso et peut-être tous les peintres : Il y a des tableaux qu'on laisse pour les reprendre plus tard, et qui se finissent eux-mêmes. Toute couleur qui crée son propre langage devient-elle tôt ou tard poésie ?

Comme si elle répondait à mon souvenir, Jacqueline, qui revient accompagnée de Nounours, et me voit devant le tableau, dit :

– Pablo aimait bien celui-là. Mais il trouvait que Braque n'aimait pas la bagarre... Ce qu'ils ont pu s'engueuler !

Je sais. Il en reste ce tableau fraternel, que Picasso aurait pu signer...

Je ne vois rien de Léger. Tous trois s'étaient rencontrés en face de Cézanne comme bien d'autres. Léger, lorsqu'il illustrait pour Kahnweiler mes *Lunes en papier*, m'a montré une grande toile, enchaînement de volumes vert sombre, et la *Noce*, beaucoup plus libre, dont j'aime encore la tache framboise : « C'est la sortie de Cézanne. » Les cubistes ont découvert ensemble, après l'éphémère théorie de la représentation des objets sous toutes leurs faces, la fécondité du signe.

Nounours commence à retourner les grandes toiles. Deux portraits par Miro, un par Modigliani. La grande *Yadwiga* du Douanier est dégagée des châssis qui la cachaient jusqu'au cou. Voici le *Roi étranger visitant l'exposition universelle*. Je ne vois pas *Le Parc Montsouris*.

– Dans l'atelier des Grands-Augustins, les *Oranges* était entre *Le Parc* de Rousseau et un Balthus.

– On a laissé le Balthus dans une autre pièce, dit-elle. Je dois le faire transporter, mais il est grand. *Le Parc Montsouris*, je ne me souviens pas.

Un grand Renoir, surprenant : les jambes de la femme ont l'importance arbitraire des membres des “grosses femmes” que Picasso a peintes à Rome, et dont il grommelait : « C’est à cause de Michel-Ange ! »

Le grand Le Nain. J’en reconnais le bœuf noir dès que Nounours le retourne : il était dans la salle à manger de mon père, à Bois-Dormant. Il appartenait à une belle-tante, qui l’a vendu par mon entremise à Kahnweiler, qui l’a vendu à Picasso. Le monde est petit. Nounours retourne un autre châssis.

– Oh ! ce n’est pas le bon Courbet, dit Jacqueline. Je ne sais pas pourquoi Pablito l’avait acheté.

– A cause des cornes ? »

Une tête de chevreau, médiocre en effet, mais dont l’œil, et la tache allongée du pelage qui le continue sont aussi noirs que les cornes irréelles, parentes de celles des taureaux de Picasso. Voici d’autres cornes ; quand Jacqueline a retourné le châssis, elle a dégagé une céramique où rit un chèvre-pied.

– Je croyais qu’aucune œuvre de lui ne faisait partie de sa collection ?

– Oui. La céramique était là, on ne l’a pas transportée : elle est lourde. Maintenant, vous avez tout vu. Donnez-moi un conseil. L’Administration me demande de mettre les Le Nain avec les autres Le Nain, les Matisse avec les autres Matisse... Pourtant, il avait toujours dit que ses tableaux devaient rester ensemble...

Problèmes juridiques.

« Et puis, sa collection, il voulait la dédier “Aux jeunes peintres”. Il y tenait beaucoup. Si on la disperse... Autre chose : j’ai l’intention de donner ses Nègres au Musée de l’Homme, mais je voudrais qu’on ne les sépare pas non plus.

– Donnez-les, aux conditions qu’il avait fixées pour sa collection de tableaux... D’ailleurs, le Musée de l’Homme est beaucoup plus libre que le Louvre...

Ses masques formeront vraiment un florilège, comme les « Picasso de Picasso ». Ce que les tableaux de sa collection ne forment pas. Ils me font penser aux meubles que nous conservons après plusieurs déménagements, les uns parce que nous les aimons ou en mémoire des amis qui nous les ont donnés, les autres parce qu'ils se sont trouvés là. Les Cézanne, le Matisse, le Braque, le Derain (vers 1923, pour nous, le rival de Picasso était moins Braque, que le Derain de *La Cène* et du *Chevalier X*) sont sans doute liés à des moments de sa vie ; mais aucun tableau n'évoque le temps des *Demoiselles d'Avignon.* Il est vrai que des sculptures nègres se sont réfugiées dans les coins ou sous les meubles.

L'absence des deux peintres qu'il aimait « autrement que les autres » me surprend :

– Ni Goya, ni Van Gogh ?

– Ça ne s'est pas trouvé... Peut-être que Pablo n'a pas beaucoup cherché. Est-ce qu'il aurait aimé les voir ici, je ne sais pas...

– Pourtant, Cézanne ?

– Vollard avait des Cézanne, Pablo a fait un échange. Cézanne, il l'admirait ; Van Gogh, il l'aimait.

Je savais quels tableaux célèbres je trouverais ici. Mais j'imaginais, autour d'eux, je ne sais quel musée des arts inconnus. Peut-être parce que, dans ses ateliers, il mêlait ses tableaux anciens à ceux qu'il venait d'achever ; peut-être parce que je ne tirais pas toujours au clair le dialogue de ses sculptures avec ses fétiches ou ses statuettes de haute époque. Le plus ancien des tableaux que je viens de regarder est vieux de quelques siècles ; la *Vénus* de Lespugue, qu'il m'a montrée aux Grands-Augustins, de vingt ou trente millénaires...

Sa collection ne lui ressemble pas. Il m'avait dit, il

y a trente ans : « Ce que j'aime et ce que je veux avoir chez moi, ce n'est pas la même chose. Je suis un peintre ; je suis aussi un amateur qui me donne des conseils quand je peins ; mauvais conseils. » Il a peint parfois avec sa collection, parfois contre elle. Quoi de commun, entre la sérénité de son Matisse, même de son *Château noir*, et son conflit incurable avec ce qu'il appelait la nature : « Il faut bien qu'elle existe, la nature, pour qu'on puisse la violer ! »

Sa collection, c'était la peinture des autres... Petit jeu, comparé à tout ce qu'il a ressuscité ou légitimé, depuis les fétiches jusqu'à Sumer, en passant par l'Océanie !

Son chèvre-pied qui rit semble rire de tous ces tableaux. Le farfelu de céramique dit que l'unité de l'œuvre d'un peintre est celle de son style. Les manières successives de Picasso se suivent dans le sien comme les accès dans la rage : son style, c'est cette succession. Je lui parlais un jour du haschisch, dont l'action spirituelle m'a beaucoup intéressé au Cambodge et au Siam, pays de service religieux obligatoire.

– Moi, dit-il, j'en ai pris une fois, au Bateau-Lavoir. Dégoûtant ! Pendant des heures, j'ai eu la certitude qué jé peindrais toujours de la même façon !

La continuité du style, c'était l'enfer.

Il ironisait : « A bas le style ! Est-ce que Dieu a un style ! Il a fait la guitare, l'arlequin, le basset, le chat, le hibou, la colombe. Comme moi. L'éléphant et la baleine, bon, mais l'éléphant et l'écureuil ? Un bazar ! Il a fait ce qui n'existe pas. Moi aussi ! Il a même fait la peinture. Moi aussi. » Sa condamnation de la continuité du style était plus profonde, et plus obscure, que sa boutade. « Je n'ai pas de vrais amis, je n'ai que des amants ! Sauf peut-être Goya, et surtout Van

Gogh. » Mais qu'avaient tenté durant toute leur vie Goya et Van Gogh, et tous ceux dont les tableaux forment sa collection, et le Greco, Rembrandt, Vélasquez, Delacroix, Courbet avec lesquels il s'est mesuré, sinon approfondir leur art ? Le Derain de la bonne époque, Matisse, Rouault, Braque, Chagall prennent appui sur leurs dernières créations, montent leur escalier marche à marche. La création de Matisse ou de Chagall s'élabore par les mêmes voies que celle de Piero della Francesca ou de Rembrandt. Ils ne savent pas tout à fait ce qu'ils entreprennent quand ils commencent un tableau, puisque tout tableau « devient », par le seul fait de le peindre. Mais l'étage à construire s'appuie sur les étages construits. Même quand leur pouvoir les abandonne, ils le connaissent. Picasso seul veut remplacer le prochain étage par une échelle ou par une balançoire – et s'envoler ? « Ma petite fille qui saute à la corde, la sculpture, comment la faire tenir en l'air, puisqu'elle saute ? J'ai appuyé sur le sol. Personne ne s'en est aperçu. » Qui donc, excepté Picasso après *Les Demoiselles d'Avignon*, a osé interdire à l'approfondissement, de gouverner seul la succession de ses manières ? Le principe : « On doit tout faire, à la condition de ne jamais recommencer », ne mène pas où vont les autres peintres. « Aller plus loin », non plus, au sens où il l'entendait. « – Plus loin, mais dans son propre sens », répondait Braque. « – C'est ce que je fais. Pourquoi chercherais-je à être dans ma peinture ? J'y serai toujours, puisque c'est moi qui la peins ! » Il aurait pu ajouter : et qui la dépasse.

Je pense à *La Grande Charrue* devant laquelle Braque est mort. Comment le mot art, dont l'esthétisme fausse d'ailleurs le sens, exprime-t-il à la fois l'acte créateur de Picasso et celui de ses rivaux ? Quelle relation entre sa dernière exposition au Palais des Papes, celle de Braque au Louvre, celle des toiles inachevées de Rouault au Salon Carré, le *Message biblique* de Chagall à Nice ? L'accord fondamental de Braque avec le cosmos (cosmos veut dire ordre...), ses tableaux affectueusement liés à la peinture, ne sont pas réduits au silence par la voix la plus insoumise que l'art ait connue. Tout l'œuvre de Picasso serait un hurlement, si ses tableaux n'échappaient au hurlement par leur création même : un supplice peint par Goya n'appartient plus aux supplices, mais à la peinture.

Après la mort de Braque, il semblait que son esprit fût revenu ranger son atelier. Ici, un génie sans remède veille sur les images qu'entassa son passage de trombe, tas de feuilles plaquées par l'ouragan de la mort.

– Où sont allées les sculptures, après l'exposition du Petit Palais ?

– Beaucoup sont ici, répond Jacqueline : Vous voulez les voir ?

*

Les deux niveaux étroits de la longue salle sans meubles sont reliés par des marches. Derrière les fenêtres à la lumière de soupirail, des ombres confuses de statues, en silhouette sur le jour pourtant radieux, au-delà d'un foisonnement immobile et inextricable de bronze, de pierre, de plâtre, de matières vernies, que *Le Chat* doré, queue en l'air, garde à mes pieds. Au-dessous, le même grouillement, plus grand et continu, comme un étage noble sous un rang de mansardes. En surgit un moulage de *L'Esclave prisonnier* de Michel-Ange. Je sais bien que ce sont les sculptures de Picasso ; et je les avais vues, en désordre, lorsqu'on les avait apportées au Petit Palais. Mais des socles les attendaient, chacune allait devenir une sculpture, hors des camions où on les avait disposées en rang. Elles venaient de la vie, comme si Picasso allait demain en créer d'autres. Alors qu'ici, la mêlée de leurs formes vient d'une mort véhémente, dont la sorcellerie susciterait cette multitude de Jugement dernier, qui lui appartient plus qu'à la terre. Je pense à Saül prosterné pendant qu'une pieuvre d'ombre monte dans la caverne d'Endor : « L'ombre de Samuel... » Je pense encore au serpent constellé qui déroulait dans les grottes de l'Inde ses invisibles anneaux à l'heure où Çiva épousait la déesse aux yeux de poisson ; la psalmodie de la *Bhagavad* et les cris lointains des grands oiseaux de la mer d'Oman (les pépiements entrecroisés des moineaux de Mougins emplissent la pièce, comme je les ai entendus emplir le Ramesseum...) se mêlaient dans l'obscurité où les trois visages colossaux de la plus célèbre *Majesté* de l'Inde régnaient sur leur peuple d'outre-monde. Ici, au plus haut du tas frémissant, règne la conductrice de la *Poussette*. Séparée de sa voiture d'enfant presque recouverte par des hérissements de bronze, des tessons, des socs, des cornes de masques nègres, elle devient l'Esprit de la cohue arrachée à son furieux sommeil. Un bras cassé, l'autre en avant, Aurige de Delphes sans char ou Coré sans offrande, la crosse solennelle de sa coiffure vaguement orientale au-dessus de ses yeux d'insecte, on ne sait si elle veille sur ces pierres d'abîme et ces chardons mêlés par le vent de l'au-delà, ou si au contraire elle vient de naître d'eux. Un échafaudage de baguettes peintes, à la fois décor géométrique et marionnette pour un guignol de démons enfants, ressemble à une épure parmi ces formes rugueuses ou convulsées. Il s'appelle *Personnage*. Ce ne sont pas des formes étranges (presque toutes me sont familières) qui, peu à peu, se dégagent de ce lieu hanté ; malgré *L'Esclave* blanc, rien de l'insolite surréaliste, toujours soumis à l'imaginaire qu'il invite ou capture. Celui de Picasso vient du combat que ses figures livrent à la Création. Fort étrangères aux diables, aux funérailles de l'Amour sur un fond d'incendies, aux mannequins méditatifs, paysages lunaires, montres molles et girafes en feu, villes de silence abandonnées par des civilisations inconnues. L'insolite de Picasso ne naît pas de rencontres saisissantes d'objets, car les objets rapprochés n'y représentent pas un monde, fût-il inconnu : ils expriment un monde qui ne peut exister que par la sculpture. Les seins de la *Fillette sautant à la corde*, faits de paniers, ne sont plus des paniers, les chaussures (vraies) ne sont plus des chaussures. « J'ai souvent employé les morceaux d'un journal dans mes papiers collés, mais pas pour faire un journal. » La fillette n'appartient pas au fantastique (quelle œuvre de Picasso appartient réellement au fantastique ?) mais au monde que l'art seul peut créer. Les spectacles du surréalisme imitent ce qui n'existe pas ; les formes de Picasso l'inventent.

Quoi de plus étranger aux spectacles, que ces galets lisses et ces rochers, ces oursins, apparentés comme dans les grandes profondeurs ? Peuple d'une même planète, sculptures-de-Picasso à la manière dont les animaux les plus différents sont des animaux-de-la-vie. « Je créerai les formes qui n'existaient pas, qui n'auraient jamais existé sans moi. » Leur stridence couvre l'orchestre des formes de la terre. Telle œuvre ressemble au moulage d'une main, telle autre à celui d'une feuille ; la *Tête* pour le monument d'Apollinaire a été celle de Dora Maar, le chat est presque un chat. Les fleurs de bronze sont-elles presque des fleurs ? Devant un grand contreplaqué, une renoncule isolée sort d'une boîte de laitier, en face de *L'Esclave*, comme un projet pour un *Tombeau de la sculpture*.

Peu à peu les formes se précisent : mon regard s'accommode, et mon esprit, en les reconnaissant, les délivre de leur enchevêtrement. Les plus célèbres sortent de la brousse de cuivre parce qu'elles sont les plus hautes, et que presque toutes semblent noires. Elles sont des statues. Et les autres ? Picasso voyait-il en l'*Homme du mouton*, œuvre fort étudiée qu'il choisit pour la place de Vallauris, le *Guernica* de sa sculpture ? La *Femme enceinte* rivalise-t-elle avec la *Vénus* de Lespugue, dont il avait fait faire un moulage ? La *Figure au vase* n'est pas moins élaborée. Jacqueline en a placé une fonte sur le gazon funéraire de Vauvenargues. Elle m'en montre une photo : l'édifice même, murs rocailleux aux tourelles écrasées de castel espagnol, est devenu mausolée. Elle veut l'emplir de ses toiles, et quel tombeau serait davantage selon son cœur ? Ici, tous les grands nus voisins de la *Figure*, si peu des nus ! entourent un *Homme au mouton*, tranché à la taille, et séparé de ses jambes voisines, par des fleurs carnivores. Du jardin, une fonte intacte projette son ombre à travers la fenêtre. Au Musée Imaginaire, une salle Picasso les accueille déjà.

Autour d'elles, volettent les souvenirs du *Verre d'absinthe*, du *Mangager* de *Parade*, les figures de papier, la *Sculpture à la plante et à la corne*, le *Radiateur*. Et devant moi, cette brousse qui mêle à mes pieds son entrelacement de crocs semblable à celui des plaques scythes, où les rapaces déchirent les soubresauts des tigres. Elle monte à l'assaut de statues encore moins délivrées qu'elle. Les bouquets semblent plus nombreux que les têtes, parce qu'ils se ressemblent ; comme si elles avaient été jetées aux chardons et aux orties. Celles dont la racine du nez est arrachée du front, avec leurs yeux en demi-boules et leurs volumes de monnaies gauloises : énormes virgules, cornichons, poires courbes, sont encore des sculptures. Comme les grandes formes blanches dressées dans l'ombre claire du Midi après l'avoir été dans son atelier de Boisgeloup, destructrices de tout équilibre, et d'abord de celui que la vie doit si souvent à la symétrie des feuilles, au tronc qui ordonne la folie des branches. Il y a les figures ironiques, le *Buste de guerrier* au casque en balai de chiendent qui, sans l'accent de la création, semblerait se moquer de la sculpture, de son sujet et même de son auteur, puisqu'il ricane des héros romains que Picasso peindra seulement trente ans plus tard. Il y a les délégués de l'inconnu. Voici les fontes de la *Femme à la poussette* qui m'a secoué lorsque je l'ai vue exposée chez Kahnweiler, de la *Fillette sautant à la corde* sans assise et sans pesanteur, négation sardonique de la statuaire. L'original de chacune, bois, plâtre, carton, examine sa fonte noire comme nous regardons notre ombre. Le vernis de la sauteuse en fait un grand jouet menaçant.

Avec quoi n'a-t-il pas joué ? Ces jouets ne dévoilent pas sa création, ils la cachent. La selle aux cornes de guidon, l'ibis-patinette ne sont point l'expression la plus aiguë du génie qui suscita la *Femme à la poussette* ou celle *au feuillage*. Pas plus que les ready-made ne sont des tableaux de Marcel Duchamp, épurés. Picasso a joué à faire une bonne femme avec l'enveloppe d'un paquet de cigarettes ; il a joué aux ready-made, parce que ceux-ci naissent d'un regard parent de celui qu'il jette sur tous les objets ; encore le jette-t-il pour les capturer. C'est à l'inépuisable offrande de la vie, que le bouquet sauvage de la mort oppose soixante ans de réponses victorieuses ou traquées.

La vie le surprenait. Lorsque, en promenade, il interrompait la conversation pour arracher une branche ou ramasser un caillou, il ne cherchait pas un modèle, il cherchait « cé qué yo pourrais bien en faire ». Ce qui voulait peut-être dire, car il développait rarement ses percutantes boutades : je cherche comment cet objet pourrait m'aider à faire éclater le monde de la peinture, ou de la sculpture. La branche reparaissait dans la *Femme au feuillage*, en connivence avec des volumes géométriques. Il n'avait pas emporté le caillou pour l'admirer, mais pour le graver. Son fameux « Je ne cherche pas, je trouve » exprime peut-être moins d'orgueil que d'étonnement. Il a pourtant quelquefois cherché, au sens traditionnel. Nous connaissons ses études pour l'*Homme au mouton*, les états successifs de la *Femme au feuillage*. Mais il disait aussi que la peinture lui faisait faire ce qu'elle voulait. Et la sculpture. La branche s'acoquinait toute seule à l'un des objédérébuts (objets de rebut) qu'il chérissait.

– On ne pouvait pas laisser traîner un bout de ficelle sans qu'il en fasse quelque chose ! dit Jacqueline.

« La sculpture a plusieurs âmes », affirmait-il. Sans doute la métamorphose était-elle la première.

– Je ne vois pas le *Faucheur* ?

C'est le bronze, souvent reproduit, dont l'œil unique, au centre de la tête, est figuré par l'empreinte d'un moule à pâté de sable ; une branche bifide en forme de tronc et les jambes, et un moignon végétal y dirige une faux vers le sol, avec le geste de la Mort. Je voulais en faire le monument aux *Fleurs du mal*, à la pointe de l'île Saint-Louis.

Il doit être à « La Californie », à Cannes...

Parmi les jouets et les objets que Picasso appelait sculptures involontaires, le *Faucheur* régnerait comme la haute *Femme à la poussette* règne ici sur son peuple de formes arrachées à la vie. Entouré de ce qui ne parle pas, il semblerait hurler. Il n'est nullement le frère des ready-made mais bien de la célèbre *Tête de mort*, galet abandonné par le reflux de la vie, sur laquelle j'ai failli tomber dans l'obscurité de son atelier. Inexplicablement, les fleurs carnivores ressemblent au crâne lisse.

Fleurs et crânes se mêlent, sur la même planète, à la végétation antivégétale qui pousse hors du ciment son peuple métallique de tournesols cambrés, de capsules, de chiendents, de champignons aux oreilles recourbées, comme les ronces des coraux investiraient de gros galets étoilés d'astéries. Cette végétation de bronze sert d'âme aux galets, qu'elle ne recouvre pas. Les épines de sa herse et ses pétales massacrés expriment la vie comme l'expriment les muscles révulsés, comme l'invisible geste qui fait craquer les branches et lacère les feuilles, transforme l'arbre en fagot parce qu'aucun dieu ne peut faire pousser des fagots, – fagots qui appellent le bûcher comme l'appellent toutes ces scories et ces tisons. Volonté de création d'autant plus rageuse qu'elle combat la Création tout court, et le sait.

Sans rompre avec elle, pourtant, le lien allusif du signe, venu de ses tableaux. A la limite de l'allusion dans les deux *Femmes* de Vallauris de 1948. Idéogrammes menaçants du combat, emblèmes de bronze plus tordus par le feu que l'aigle hitlérienne après la prise de Nuremberg, – symboles ravagés de Picasso lui-même, comme le bronze de son poing crispé par la force ou par le supplice. Il advient aussi que le signe magique, peinture ou sculpture, suscite son adversaire hors de l'œuvre : dans le jardin de « La Californie », les grandes céramiques, sculptures plates, dessins cernés, qui ne portent qu'en elles-mêmes leur raison d'être, harcèlent les arbres pour les entraîner dans leur univers.

Leurs modèles réduits se distinguent à peine des autres sculptures, car le langage secret de toutes ces œuvres est celui de leur unité. La constance du combat implique au moins une parenté des formes de combat ; celles-ci se ressemblent en ce qu'elles ne ressemblent pas aux autres. Bien entendu, le Musée Imaginaire rôde ici. Picasso réagit à la découverte des œuvres comme à celle des objets et des sentiments ; il emporte la feuille dans sa réserve d'écureuil, accueille dans ses toiles les colombes de son atelier de Paris, de son jardin de Cannes ; il les accueille aussi dans sa sculpture, avec sa guenon, son crâne de taureau, son verre, ses hiboux. Il s'approprie tout ferment de métamorphose, et change en crâne de guenon, une petite auto d'enfant. Mais il ne s'approprie ni les fétiches ni les dieux des hautes époques ; il n'introduit pas la longue figure étrusque dans une sculpture, il se bat avec elle. En une rivalité meurtrière, à mille lieues du jeu subtil par lequel Braque illustre Hésiode. Il rivalise même avec la feuille ? Je sais. (Dieu aussi est un très grand créateur de formes, « bien qu'il n'ait pas de style ».) En vain d'abord. Il ne lui suffit pas de la métamorphoser en objet pour la posséder : son acharnement y parviendra pourtant dans la *Femme au feuillage*. Envoûté par l'immémorial, car les formes historiques sont absentes de sa sculpture, malgré cet *Esclave* blanc, personnage de Chirico plus que statue de Michel-Ange – échoué ici en tant que Michel-Ange, ou en tant qu'esclave ? « Michel-Ange, il est un héros garroté », disait Picasso. Moins que lui. Je pense au Viking jeté par les chrétiens dans un tonneau de vipères, hurlant son chant de guerre en dressant vers le ciel ses bras flagellés de serpents. Ses sculptures appellent le peuple des figures sacrées, qui nous assaillent *parce que* nous ne savons pas ce qu'elles signifient. Les Doubles égyptiens qui ne sont plus des morts, les dieux de Sumer auxquels nous ne croyons pas, ceux de l'Inde, de l'Extrême-Orient et du Mexique, les mêlées de fauves des cavaliers nomades, les saints que nous ne prions plus, les masques et les fétiches qui ne sont plus des esprits. Toute la sculpture : Acropole, grottes chinoises, églises romanes, tombeaux de Florence, reconnaît ses compagnons royaux dans les basaltes sumériens de Goudéa, à la fois adorants, dieux et temples. Les envoûtements de Picasso s'accordent aux arts sauvages, à des idoles mexicaines et préhistoriques ; la statue qui veille sur eux n'est pas un prince chaldéen monumental, c'est le totem arraché à sa poussette, un dieu en forme d'instrument de torture.

A-t-il su qu'il rivalisait avec le sacré ? L'emmêlement de ces chardons de bronze sur les galets des têtes, leur négation de l'apparence, non moins véhémente que celle des Fécondités sumériennes ou des fétiches à clous, proclament que cette négation ne se réclame pas seulement de la sculpture, mais aussi d'une sorcellerie. Il est le possédé d'un sacré qu'il ignore.

Voici, léguée par l'amitié, une statue de Manolo. (Je crois que je possède encore deux bas-reliefs de lui quelque part.) Intruse, mais révélatrice. Manolo, Maillol, les sculpteurs cubistes, même Giacometti, se réfèrent à "la sculpture", veulent faire entrer leurs œuvres dans son Musée Imaginaire. Picasso a voulu les y précéder, il a aussi voulu le détruire. Tout grand artiste détruit en lui l'œuvre de ses maîtres directs ; le vrai maître de Picasso, le rival à détruire, est devenu assez tôt ce Musée. C'est pourquoi beaucoup de ses figures, vers 1930, ne se réfèrent plus à la sculpture, plans et volumes, mais à la sculpture-de-Picasso, monde clos auquel de jeunes sculpteurs se réfèrent comme d'autres au Musée Imaginaire, comme leurs ancêtres au classicisme. Ce que nos contemporains appellent la sculpture de toujours, depuis les sumériens jusqu'à Henry Moore, n'y pénètre pas. Nous n'y rencontrons guère que l'énigmatique liberté de certaines œuvres sauvages : masques eskimos, dogon, de la Nouvelle-Bretagne ou de la Papousie, silex mayas, urnes zapotèques.

Jacqueline regarde rêveusement la mêlée des sculptures, Ancêtres inconnus. Un masque africain violet passe ses cornes poussiéreuses sous la *Fillette à la corde*, comme pour s'enfuir. Cette *Fillette*, la *Femme au feuillage* sont étrangères même aux graffiti : l'esprit de Picasso veut se délivrer aussi des formes qu'ont inspirées les esprits, n'attendre que de lui, sa propre magie.

– Tiens !, dit Jacqueline.

Elle vient de trouver une fonte du *Faucheur*. Mon souvenir l'avait rapetissé, car les photos en font un bronze de vitrine. J'avais oublié aussi que l'hémisphère creusé par le moule à pâté, pour suggérer la tête, porte en son centre une face minuscule.

– La face est donnée par le moule ?

– Oh non : il l'a ajoutée ! Il changeait presque toujours ce qu'il avait commencé. Au début, il n'y avait pas non plus la faux. Il disait : "Ça m'est venu comme ça..."

– Autrefois, je l'ai vu accueillir certaines idées parce qu'elles ne pouvaient venir que de lui ; d'autres, parce qu'elles venaient de très loin. La faux suggère évidemment la mort. C'est pourquoi, cette figure, agrandie, m'avait paru si bien convenir à Baudelaire...

Dans la *Tête de mort*, les trous des orbites s'opposent à une bouche vivante, sans dents et sans lèvres : un seul trait ricanant. Et le fétiche de la *Poussette*, avec son enfant aux jambes nouées en choupette et ses yeux de mouche géante, appartient au même domaine que la minuscule face perdue dans l'ombre en côtes de melon du *Faucheur*.

– Il était très sensible à des formes extrêmement anciennes, dis-je, qui ont traversé les civilisations : le crâne de mort, le taureau du Soleil, le cheval de la Mort... Ces deux-là sont dans *Guernica*. Il était ravi d'avoir accouplé une selle et un guidon, mais il était encore plus ravi d'en avoir fait un taureau... Il aimait bien moins l'ibis-patinette. Vous savez qu'on a découvert des Clefs des Songes à Babylone et en Chine...

Elle m'interroge du regard.

« On y trouve une sorte d'inventaire des songes qu'elles interprétaient. C'est le même matériel que celui de Freud. Surtout pour les cauchemars. Les civilisations s'enfouissent les unes les autres ; un sculpteur babylonien n'aurait certainement rien compris à Picasso, qui retrouve les formes de ses démons et de ses Fécondités, mais nous rêvons des mêmes pieuvres et des mêmes araignées que les

Babyloniens. Et l'araignée des cauchemars est l'un des plus anciens animaux de la terre...

Avant le départ de *Guernica* pour le pavillon de l'Espagne républicaine, j'avais dit à Picasso : « – Nous ne croyons guère aux sujets ; mais il faut reconnaître que cette fois, le sujet vous aura bien servi ! » Il me répondit qu'en effet, il ne croyait guère aux sujets, mais qu'il croyait aux thèmes – à condition de les exprimer par des emblèmes : « On peut exprimer la mort par le *Tres de Mayo* ; ou par le crâne, on le fait depuis longtemps... mais pas par un accident d'auto. » Il appelait thème (je cite) la naissance, la grossesse, la souffrance, le meurtre, le couple, la mort, la révolte, peut-être le baiser ; bien qu'ils prissent les formes des époques, on les rencontrait dans presque toutes ; on ne pouvait jamais les exprimer sur commande, mais quand un grand peintre les rencontrait, ils lui donnaient du génie. « Ils viennent de plus loin que la civilisation... » *Guernica* l'avait mené à étudier les *Fusillades du 3 Mai*. « Le ciel noir, il n'est pas un ciel, il est du noir. L'éclairage, il y en a deux. Un qu'on ne comprend pas. Il éclaire tout, comme un clair de lune : la sierra, le clocher, les fusilleurs qui devraient être à contre-jour ; mais il éclaire bien plus que la lune. Il n'a pas sa couleur. Et puis, il y a la lanterne par terre, énorme, au centre. Elle, qu'est-ce qu'elle éclaire ? Le type aux bras dressés, le martyr. Vous regarderez bien : elle n'éclaire que lui. La lanterne, c'est la Mort. Pourquoi ? On ne sait pas. Goya non plus. Mais Goya, lui, il sait que ça doit être comme ça.

– J'ai toujours eu l'impression d'un tableau envoûté, lui répondis-je. Envoûté par quel surnaturel ? Surtout pendant la guerre d'Espagne, parce que l'homme aux bras dressés symbolisait nos copains. Je ne pensais pas à l'éclairage, je pensais à ce grand geste des bras en V. Depuis, nous avons eu le geste du général de Gaulle, et les doigts de Churchill. Pendant la guerre civile, V ne voulait pas encore dire Victoire. Mais les bras dressés ainsi, nous les connaissions bien, ce sont les bras des crucifixions où la croix est un arbre fourchu... » Il ajouta : « J'ai un squelette de chauve-souris, ailes étendues. C'est très joli, très fin. Je ne m'étais pas aperçu que c'est aussi une crucifixion ; une crucifixion formidable.

*

Jacqueline me conduit dans une autre pièce.

Le même amoncellement menaçant que celui des sculptures. Mais les toiles, accumulées contre les murs, forment le long de l'étroit passage laissé entre elles, une exposition bord à bord ; et cette exposition cache les toiles quinze fois plus nombreuses qui se recouvrent, pages d'album sous des couvertures de Picasso. Je commence à rabattre les tableaux vers moi. Ceux qu'il a peints avant 1966 figuraient au Grand Palais. Je les y ai vus, comme les sculptures au Petit ; ils semblaient s'y soucier du spectateur. Ici, les piles de toiles sont endormies.

Presque tous les tableaux de 1972 ont été envoyés au Palais des Papes. La virulence de ceux qu'on en a rapportés n'attaque pas le musée Picasso : elle l'isole autant que le fait sa mort. Un monde sépare les *Mousquetaires*, les idéogrammes rageurs qui ont succédé au *Peintre et son modèle*, du musée dédié au cubisme et à ses œuvres d'accompagnement par les tableaux que je dégage un à un, et par ceux dont je me souviens, depuis *Ma Jolie* jusqu'à *Guernica* toujours à New York. Les papiers collés que l'on accueillit comme une éruption géométrique continuent mieux Cézanne et Seurat, que les portraits ingristes ou celui d'Olga. Les natures mortes, depuis celles de 1912 jusqu'aux natures mortes à la bougie et aux objets cernés, peintes après la guerre, ont pris une imperturbable unité, emplissent le tableau ou le gouvernent. Je pense aux réserves des musées.

A celles du Louvre où nous regardions, Georges Salles et moi, les blancs de la *Douleur* de Cézanne reparaître sous le vernis brun appliqué par le donateur pour accorder Cézanne à ses toiles anciennes : le "vernis-musée" ruisselait des grosses éponges. Aux réserves du Trocadéro, où les mannequins en costumes exotiques regardaient pendre une sorte d'oiseau mort fixé à un fil de fer par des épingles à linge, et qui était le diadème de Montezuma. Dans la cave de l'Acropole, le conservateur, impatient d'avoir attendu la clef, retournait coléreusement la *Corê boudeuse* punie dans un coin, visage au mur.

Jacqueline et moi rabattons des toiles devant les « Picasso de Picasso », et l'exil de *Guernica* pèse sur ce musée qu'assaillent les *Mousquetaires* enchevêtrés, la peinture giclée des Grands Nus de 1969, les dernières formes qui semblent tordre leur tableau autant que leurs lignes, les profils éclatés comme ceux des monnaies gauloises, les *Mardi gras* et les *Musiciens* disloqués, les tessons des *Toréadors*, leur luxuriance pétrifiée de mosaïques – et les têtes des *Ménines*, ces tableaux qu'on appelle des études, et qui sont le contraire.

– Avec elles, dit Jacqueline, Pablo a vraiment voulu régler un compte ! Jamais il n'avait travaillé comme ça !

Mais nous ne parlons d'études pour *Les Ménines*, que par un malentendu. La petite toile forcenée que je regarde n'étudie un modèle ni pour l'imiter, ni pour le comprendre, ni pour l'introduire dans la grande composition. Picasso a peint *d'abord* celle-ci, ensuite ses études supposées ; et elles n'ont de modèle ni dans sa composition ni dans le tableau de Vélasquez. Des études pour l'infante Marguerite (celle de face), postérieures au premier camaïeu d'ensemble – les autres sont, je crois, à Barcelone – l'en dégagent jusqu'à ne plus la figurer que par quelques traits de couleur, qui ne veulent point être des traits expressifs ou suggestifs. Et cet idéogramme pictural ne prépare en rien la même infante Marguerite du grand ensemble multicolore que Picasso peindra un mois plus tard, après des infantes beaucoup plus bariolées (en marge, ses pigeons et sa fenêtre), des groupes avec le chien, et le premier ensemble en couleurs – où Marguerite ignore toutes les Marguerite qui l'ont précédée. Mais préfigure celles qui la suivront.

Les vraies études, les états préparatoires, se rapportent aux œuvres qui forment le musée Picasso. *Les Ménines* isolées, au contraire, annoncent les têtes provocantes d'Avignon, la rupture avec ce musée. Ces centaines de têtes n'ont pas de *Guernica*.

Dans la pièce d'angle où nous passons, quelques toiles de l'époque bleue sont appuyées aux murs ; d'autres, sans châssis, couchées sur la table comme des affiches. Un portrait de Casagemas, l'ami de Picasso qui s'est tué d'un coup de revolver, en 1901. A sa tempe bleue, au milieu de cet étalage bleu, une seule tache grenat : le sang.

Dans la salle à manger, il y avait un autoportrait de la période rose. Ici, on a groupé quelques figures de la période nègre. L'une, tendue comme un scorpion menacé, appelle toutes les griffes des œuvres futures. Jacqueline la pose sur la table :

– Il aimait celle-ci. Elle lui rappelait plus de souvenirs que les autres. Un jour, nous revenions d'une corrida, on nous avait fait des cadeaux, il l'a prise dans ses deux mains, il m'a dit : "Célèbre, bien sûr, je suis célèbre ! Lollobrigida ! Qu'est-ce que ça veut dire ? Au Bateau-Lavoir, oui, j'étais célèbre ! Quand Uhde venait du fond de l'Allemagne pour voir mes peintures, quand des jeunes peintres de tous les pays m'apportaient ce qu'ils faisaient, me demandaient des conseils, quand je n'avais jamais le sou, là j'étais célèbre, j'étais peintre ! pas : une bête curieuse..."

Elle n'imite point sa voix, mais j'entends, de l'autre côté de la mort, l'étrange accent, si peu traditionnel, qui mêlait les *u* parisiens aux *e* fermés, doublait les *s*, ignorait la jota, mais changeait les *j* en *y*: yé n'étais pas uné bett curiosse... Mais Jacqueline dit, comme lui : « J'étais un peintre » et non : j'étais un artiste – mot qu'il n'employait que par dérision. Le : « J'étais célèbre » évoque une de nos dernières conversations. Je venais de lui dire que j'allais faire classer le Bateau-Lavoir.

– Si on nous avait dit ça, quand nous y étions !...

– Vous ne pressentiez pas du tout votre destin ?

– Ça dépend... A vingt-cinq ans, nous étions certains que la peinture, c'était nous. Un peu plus tôt, un peu plus tard. Mais nous serions reconnus quand nous serions morts. Comme Cézanne. Comme Van Gogh ; il avait vendu une toile, une ! un louis. Après, il s'était suicidé. Au Bateau-Lavoir, les amies de Fernande disaient aux modèles très moches : "Toi, va poser chez Picasso !" Vous avez connu Manolo ? Il n'était pas un idiot. Et il était un bon sculpteur. Eh bien, devant les *Demoiselles*, il m'a dit : "Tout de même, si tes parents t'attendaient sur le quai de Barcelone avec des gueules comme ça !" Si nous vivions très très vieux, ça irait peut-être... Hé, vous voyez, nous n'avons pas eu besoin de vivre tellement vieux ! Quand Braque m'a dit : "Tu te rends compte que nous avons chacun une auto, avec un chauffeur !" il était aussi étonné que moi... Ça, le succès, ça nous a paru extraordinaire.

Je demande à Jacqueline :

– Sa légende l'amusait encore ?

– Ça dépendait des jours. Il aimait s'amuser, vous savez... Quand les gens l'ennuyaient, il se mettait à faire le toréador...

Il aimait s'amuser, en effet. J'ai rencontré seulement chez mes amis espagnols son rire de sorcier. Il avait recueilli des scorpions et des hiboux. Il m'avait dit, des chats qu'il sculptait : « Ils ne sont pas tout à fait bien, parce que les chats c'est comme les femmes : il faut qu'ils soient décoiffés. » Souvent, la gaieté tournait court. Quand je lui montrai des photos de terres cuites sumériennes qui ressemblaient à ses sculptures, il dit joyeusement : « Il y a un moment, dans la vie, quand on a beaucoup travaillé, les formes viennent toutes seules, les tableaux viennent tout seuls, on n'a pas besoin de s'en occuper ! » Et, après un moment : « Tout vient tout seul. La mort aussi. »

J'ai failli me souvenir à voix haute... Pourtant, la mort est là.

Devant l'amoncellement que j'explore, il n'y a plus que deux manières de Picasso. La première rassemble les toiles du musée Picasso : période bleue, période rose, décors, cubisme. La seconde, toutes les autres et la plupart des sculptures : ce que les échotiers appelaient *Les Monstres*. *Les Demoiselles d'Avignon* et *Guernica* appartiennent aux deux. Ici, la division entre le cubisme et les convulsions, est la rupture entre la succession de Cézanne et celle de Van Gogh.

« Ayez pitié de nous, écrivait Apollinaire, de nous

qui vivons cette longue querelle de l'Ordre et de l'Aventure... »

Celle-ci était beaucoup plus chez elle dans la salle des sculptures. Depuis le *Verre d'absinthe* jusqu'à 1929, Picasso avait sculpté maintes œuvres aussi soumises au cubisme que ses guéridons devant les fenêtres étaient soumis au tableau cézannien ; et même quelques bas-reliefs plus soumis au tableau qu'à la sculpture... Ils sont peu nombreux dans la salle voisine, où le taillis des bronzes les recouvre. Les sculpteurs aspiraient à une monumentalité commune aux *Goudéa* chaldéens, aux statues colonnes, à quelques arts de haute époque – souveraine pour Maillol comme pour les sculpteurs cubistes et Manolo ; la sculpture que les Allemands appelaient tectonique, et nous : construite. Picasso, longtemps respectueux du tableau, que ni Cézanne ni même Van Gogh n'avaient mis en question, fut peu soucieux de cette monumentalité ; elle resta étrangère à ce que lui apporta l'art nègre. Ses sculptures cubistes cédèrent vite la place aux griffes et au fer. C'est pourquoi ses toiles les plus provocantes, ici, semblent proliférer peu à peu, alors que ses sculptures de Boisgeloup, tout à l'heure, semblaient surgir. La rupture entre le musée Picasso et les formes virulentes qui lui succèdent après l'avoir parfois accompagné, serait beaucoup plus brutale, si elles ne lui semblaient reliées, comme aux grandes sculptures, par les petites toiles agressives des *Ménines*, par *Les Ménines* même, et surtout par le souvenir que ses grandes Confrontations, qualifiées alors de Massacres, font peser sur treize ans de sa création.

Treize ans, des *Demoiselles de la Seine* à l'*Enlèvement des Sabines*. Les Confrontations avaient pourtant commencé beaucoup plus tôt, par des dessins d'après le retable de Grünewald. Sur la croix, il avait remplacé le Christ par des chapelets d'os, bizarrement sacrilèges.

– A-t-on jamais peint un squelette crucifié ? lui demandai-je.

– Me semble pas. Remarquez que j'ai dessiné tous les bouts des os, arrondis. J'ai vu au Muséum que les os, ils ne sont jamais sculptés, ils sont moulés. C'est drôle.

Il appelait drôle ce qui le surprenait. Plus tard, il avait peint sa *Bacchanale* d'après celle de Poussin, en l'honneur de la Libération. Je l'ai vue à la fin de la guerre, encadrée, précieuse, dans l'atelier des Grands-Augustins, dont il cultivait joyeusement la poussière ; entre les chefs-d'œuvre, la selle aux cornes de guidon, et les *Nature morte à la bougie*, qui devaient à leurs formes cernées l'autorité que les plombs donnent au vitrail. Quelques jours plus tôt, Rouault, à qui je demandais ce qu'il pensait de Poussin, s'était frileusement dérobé. Je demandai à Picasso s'il tenait Poussin pour un grand peintre, au sens où il l'entendait de Goya et de Vélasquez. « En ce sens-là, non. Mais voilà : ça n'a aucune importance... » Bien vrai. Vers 1910, Moréas accueillait régulièrement Picasso à *La Closerie des Lilas*, par la psalmodie : « Eh bien ! monsieur Picasso, est-ce que vous croyez toujours que Vélasquez a vraiment du talent ? » André Salmon me le racontait en 1923. J'y pense aujourd'hui, cinquante ans plus tard, devant ces *Ménines* carrées ; je pense aussi à l'atelier où une tête colossale de Dora Maar polémiquait avec celles de l'île de Pâques – à l'atelier nomade où Picasso était un vivant, et qui ressemblait sans doute à celui du Bateau-Lavoir. Je pense à Fernande. J'avais une vingtaine d'années, je dînais place du Tertre avec Max

Jacob ; elle, à la table voisine, avec l'acteur Roger Karl. Je dis à Max qu'elle était très belle. « Oui, répondit-il, pincé : elle a quarante ans ! » Derrière nous, Utrillo, Suzanne Valadon et le Sacré-Cœur. Et la petite église Saint-Pierre-de-Montmartre, où se sont mariés mes parents...

Picasso laissait sa *Bacchanale* dans l'atelier (il avait emporté d'autres toiles dans sa chambre) mais n'en parlait pas. Voulait-il éprouver ses visiteurs ? Sans héritière, seule parmi des natures mortes gouvernées, en face de la selle-au-guidon ironique, elle semblait un jeu subtil et secret.

Le jeu changea lorsqu'il peignit les *Demoiselles de la Seine.* Sa transcription retrouva la force de choc du cubisme. Les peintres s'étonnaient de ce vitrail aux plombs noués, peu soucieux de la palette de Courbet. La transcription des *Femmes d'Alger* les déconcerta plus encore. Picasso ne prenait même pas le tableau de Delacroix pour livret de sa partition ; il en tirait sa propre toile, aussi différente qu'une nature morte cubiste l'était d'une guitare.

Georges Salles, alors directeur du Louvre, avait proposé à Picasso d'apporter, un jour de fermeture, celles de ses toiles qu'il souhaitait étudier en face de tableaux illustres. Il commença par faire placer une de ses *Nature morte à la bougie* près du grand Zurbaran diagonal ; puis, près des *Femmes d'Alger,* presque pour jouer, l'*Aubade* et les tableaux qu'il allait donner au Musée d'Art moderne. Il étudia le Delacroix longtemps. « Nom de Dieu, quel peintre ! » Ses propres *Femmes d'Alger* étaient nées ce jour-là. Le voici, petit et noir à côté du grand Georges Salles aux longs cheveux blancs. Voici le jour où celui-ci me conduisit chez sa voyante. Elle étendait à travers le désert iranien l'ombre de Bucéphale au soleil couchant, sous le portrait du dernier sultan de Turquie, son grand-père... Toute sorcellerie est ici chez elle. Quand j'ai vu les *Femmes d'Alger* de Picasso, je me suis souvenu de sa phrase rageuse : « Il faut bien que la nature existe, pour pouvoir la violer ! » Oui. La peinture aussi.

La critique parlait de rivalité ; le viol allait apparaître brutalement dans la métamorphose des *Ménines*. D'autant plus brutalement, que Picasso s'attaquait, cette fois, à l'un des plus célèbres tableaux du monde.

Le dialogue d'un grand peintre avec ses prédécesseurs n'était pas sans précédents. Picasso connaissait sans doute la « copie » du *Charles Quint et l'Impératrice* de Titien, par Rubens, qui traduit ostensiblement Venise en Anvers. Pendant la guerre civile, elle tremblait sous les bombardements de Madrid au mur du Comité des Ecrivains révolutionnaires...

Pourquoi penser ici à l'aventure de Manet, qui découvrit la peinture moderne presque sans s'en apercevoir, et laissa ses successeurs tirer les leçons d'*Olympia* ? Un tableau qu'a tourné Jacqueline, *Les Amoureux*, est signé par Picasso, d'une grosse écriture parodiquement enfantine : Manet, 1920.

Mais Manet découvrait son pouvoir au musée, dont il faisait l'unité. Picasso ne découvre pas le sien, il l'invente. N'importe quel peintre peut décrypter la *Vénus d'Urbin* pour y trouver une *Olympia*, les *Instruments du fumeur* de Chardin pour y trouver un Braque ; aucun décryptage de Vélasquez ne permettra d'y trouver *Les Ménines* de Picasso.

Il ne se soucie pas plus de la palette de Vélasquez que de celle de Delacroix ou de Courbet : il oppose ses rouges de drapeaux, à l'admirable accord d'ombre et de bleus des *Ménines*, de la même façon qu'il oppose ses petites filles géométriques à l'infante. « Et moi aussi je suis sorcier. » Ce n'est plus le pouvoir pictural, qui est en cause : c'est le pouvoir démiurgique.

Le tableau de Vélasquez existe à l'égal des Ménines elles-mêmes ; le tableau auquel Picasso travaille doit exister au même degré, sans l'équivoque de Vélasquez, dont l'œuvre est soumise à la fois au monde de la peinture et à celui de l'illusion. Pourquoi aller hier chercher Delacroix, aujourd'hui, Vélasquez ? Pour révéler le dialogue démiurgique, comme Manet avait révélé le dialogue pictural en allant chercher Titien. Picasso avait conservé les masses des *Demoiselles de la Seine* ; Courbet y chuchotait encore. Cette fois, l'illustre interlocuteur se tait. Le tableau vivant et le tableau tout court écartés, Picasso retient seulement l'acte créateur. Il en proclame la libération. J'avais écrit, avant la guerre : « Bientôt, sa marche ne sera plus éclairée que par la torche qu'il tient dans sa main, même si sa main brûle... » Le cubisme avait tenté de se légitimer ; cette peinture-ci n'est plus légitime, elle est contagieuse.

Au temps de *Guernica*, nous parlâmes, pendant une de mes permissions, de la façon dont Goya s'accordait à la mort : celle qui entourait mes camarades, non celle qu'il avait représentée, et dont Picasso m'avait parlé au sujet des *Fusillades du 3 Mai*. Je dis combien me surprenait la mise en accusation des peintres qui l'ignoraient, comme Chardin ou Cézanne, par ceux qui semblaient la connaître, comme le Greco et Van Gogh. « Oui, dit-il, répondant à lui-même plutôt qu'à moi : il y a la vie, et il y a la peinture... » Le ton signifiait : en face de la vie, il n'y a que la peinture. Braque aussi m'a dit cela, au temps où sa mort approchait.

Des *Jacqueline*, des *Jacqueline*. Celle qu'il m'avait

envoyée pour l'affiche du Grand Palais (je lui avais répondu qu'elle me faisait penser à une cariatide assise) regarde un *Portrait de Picasso* tout rouge, qui n'est pas de lui. Un de ses hiboux, une de ses colombes. Encore une *Jacqueline*. Je viens de voir des portraits de presque toutes ses femmes.

Il parlait peu de sa propre vie, mais volontiers de *la* vie, lorsqu'il parlait de peinture. Depuis *Les Demoiselles d'Avignon* (et c'est Avignon qui va présenter demain sa dernière exposition), il n'a cessé de se mesurer à elle.

– Vous connaissez les proverbes chinois, vous, le Chinois. Il y en a un qui dit ce qu'on a dit de mieux sur la peinture : il ne faut pas imiter la vie, il faut travailler comme elle. Travailler comme elle. Sentir pousser ses branches. Ses branches à soi, sûr ! pas à elle ! C'est ce que je fais maintenant, non ?

La nature était encore le "dictionnaire" de Delacroix, il y trouvait encore des formes et des couleurs pour les introduire dans ses tableaux, et même celles qui lui suggéraient ce vers quoi il tâtonnait. Mais l'inépuisable querelle que lui cherchait Picasso devenait plus complexe. Lorsqu'il m'avait montré la *Bacchanale*, il m'avait aussi montré la tête de taureau faite de la selle et du guidon. « Ce n'est pas mal, hien ? ça me plaît. Voilà ce qu'il faudrait faire : Je jetterai le taureau par la fenêtre. Les gosses qui jouent en bas le ramasseraient. Un gosse n'aurait pas de selle, pas de guidon. Il compléterait son vélo. Quand je descendrais, le taureau serait redevenu un vélo. La peinture n'est pas faite pour les salons des gens ! » Au Bateau-Lavoir, il avait acheté des fétiches qui portaient des colliers de verroteries. Les colliers avaient disparu. « Les fétiches, ils étaient tout nus ! » Des amies de Fernande étaient venues dîner, les verroteries au cou.

Il était ravi. En l'écoutant, je m'étais souvenu des dessins déposés au bas de *Guernica*, pour grimper comme des cafards.

Encore une *Ménine*, en face d'une *Jacqueline*. Picasso ne s'y efforce certes pas de perfectionner le visage de l'infante Marguerite qu'il a peint seize fois, ni de le détruire, comme on l'a trop dit, comme il l'a dit lui-même ; s'efforce-t-il d'épuiser ce qu'il peut tirer de la peinture ? La dernière *Infante Marguerite*, comme une drogue, en appelle une autre, qui, à son tour... Et l'imprévisible satiété advient comme un tableau s'achève ; car un sentiment, non une conclusion, annonce aux peintres que leur tableau est fini. La veille du réveillon de 1957, Picasso abandonnant *Marguerite*, peint en style d'adieu une gracieuse *Isabel* venue d'ailleurs, étrangère à la crise qui suscitait ses compagnes, et dont la révérence annonce le départ.

– Je la laisse comme ça.

Il n'en peindra plus.

Pourtant il n'abandonnera pas les Confrontations. Elles sont entrées dans son art comme y étaient entrés les paysages. Mais il ne renouvellera pas la proclamation des *Ménines*.

Voici l'*Enlèvement des Sabines*, les *Guerriers*. Pour dialoguer avec ceux-ci, Picasso retrouve le Poussin de *La Bacchanale* ; mais Louis David n'est ni Vélasquez, ni l'Espagne, ni Poussin. Est-ce avec le "matériel antique" : glaives, lances, casques aux cimiers en brosses, que Picasso s'amuse ? Il surnomme ses personnages, des Guerriers. Ils sont entrés dans l'atelier par effraction, quand Picasso, sur l'invitation du Salon de Mai, songeait à l'*Entrée des Croisés à*

Constantinople de Delacroix. L'*Enlèvement des Sabines* devait s'appeler *Bataille.*

L'un des Guerriers, en 1962, ressuscite la *Tête casquée* sculptée trente ans plus tôt. Et cette *Tête,* bosselage au plumet en balai, que j'ai vue dans la salle des sculptures à côté du *Chat,* annonce aussi les *Mousquetaires.* Un accent énigmatiquement dérisoire est entré en scène – pour longtemps. Les carnages se succèdent, la fête ironique finira, l'année suivante, dans une hécatombe tricolore.

Aucun guerrier n'annoncera la fin du jeu de massacre par un salut du glaive, comme la dernière infante Isabel par sa révérence.

Picasso n'en poursuit pas moins sa plus dangereuse aventure. Encore quelques *Peintre et son modèle,* opiniâtres... Les figures isolées chassent les autres, le temps de *Mardi gras* commence. La vraie Confrontation sera désormais la confrontation millénaire, celle du peintre avec la face humaine.

Après la guerre, il avait rassemblé dans l'atelier des Grands-Augustins une foule de *Figures* agressives, travaux récents, et des portraits traditionnels de ses enfants, peints vingt ans plus tôt. En costumes de carnaval ; s'il ne bouleversait pas les formes, il lui fallait au moins déguiser les modèles. Il m'avait dit, de la voix dont il se parlait : « Il faut absolument que je trouve le masque. » Phrase plus claire par le ton que par les mots. Bien qu'il fût capable de formules d'une rare force, il exprimait parfois allusivement sa pensée. Pendant des années, je l'ai entendu dire, en accentuant les mots : « Nommer, voilà ! En peinture, on ne peut jamais arriver à nommer les objets ! » Du moins avait-il nommé *Guernica*... Je pensais à tout ce qu'il avait tiré jadis du signe émotif. Je supposais qu'il entendait, par « masque », un ensemble plus complexe, de même nature pourtant : l'accent qu'un grand style donne au visage humain.

– Ça vaudra la peine, répondis-je. Je crois qu'en quarante ou cinquante siècles, les artistes n'ont pas trouvé dix fois ce que vous appelez le masque. Peut-être, la Mésopotamie ? Certainement l'Egypte. La Grèce. Rome, pour l'imitation.

– Ça né compte pas.

– L'antique avait inventé l'idéalisation, mais les Italiens ont tout de même inventé le regard... Les statues ne regardaient pas.

– Les tableaux ne regardent pas. Il y a la couleur. Les peintres vénitiens, espagnols, ils ont inventé une couleur formidable ! Un masque ? Des effigies, pas plus. Le masque romantique, encore des effigies.

– Il n'y a peut-être pas non plus de peinture romantique : Delacroix s'excite sur Venise à travers Rubens, comme Ingres sur Raphaël...

– Tout de même, Goya ! Et Corot ? Non : il peint des figures, pas le masque...

Il rit.

« Cézanne... non : les volumes de la tête. Van Gogh... il se peint. Ou bien il peint un tableau : *Le docteur Gachet*, *l'Arlésienne*. Formidable. Il ne fait pas le masque.

« Picasso, il ne fait rien du tout. »

Par terre, appuyées aux murs, quatre-vingts toiles. Il avait l'air écarquillé – évidence et surprise – des Pierrots peints par lui. Il conclut : « Ce qu'on fera est plus intéressant que ce qu'on a fait. »

Il y avait des colombes dans l'atelier, et le lévrier afghan Kazbek. Le matin de guerre était beau. On n'entendait pas les rares gazogènes. Françoise Gilot entra, montra des dessins. Aujourd'hui, je suis à

Mougins avec Jacqueline devant ses toiles par centaines, et il est mort. Il n'a pas découvert le « masque ». Il a découvert autre chose...

C'est ce que me disent ces toiles harcelantes, avec la voix de l'inscription de Thèbes : « Ecoute le cortège des morts, avec son bruit d'abeilles... »

Voici la pièce où il peignait. Une table chargée de pots de peinture (très peu de tubes), celle où s'accumulaient les pots vides : « Il continuait à ne jamais rien jeter », celle sur laquelle il peignait à plat : « Cette peinture dégouline ! » A peine la place pour peindre, et le chemin qu'il a laissé dans l'amoncellement ordonné des toiles.

– Voilà..., dit rêveusement Jacqueline. L'atelier du plus grand peintre du siècle... C'est drôle, non ?

Ces deux mots, si familiers à Picasso, comme un écho de sa voix. L'atelier des Grands-Augustins abritait déjà un désordre indérangeable et minutieux, que Picasso traversait comme un chat. Il a vécu "en campagne". Gorki m'a dit ironiquement : « Ma culture, celle des livres ? Je sautais le mur pour entrer la nuit dans la bibliothèque de mes amies aristocrates, je lisais, et quand il n'y avait plus de lune pour lire, je filais. » Picasso a beaucoup peint en sautant le mur pour entrer chez lui.

Les toiles de la période bleue, de la période rose (sauf l'*Autoportrait* de la salle à manger) semblent d'un autre. Reliées peut-être à quelques colombes, hiboux et chèvre-pieds, par une affectueuse pitié. Il disait du *Peintre et son modèle* : « Ce pauvre type... » Toiles irréductiblement séparées par l'absence de dérision, de celles que Jacqueline commence à retourner, *Mousquetaires* et *Toreros* de sa dernière manière.

Une énigmatique passion tord ces toiles, toutes

figuratives. Miguel vient chercher Jacqueline, dont on attend quelque instruction. Elle quitte la pièce ; il retourne les tableaux un à un, nous parlons de l'Espagne. A ma surprise, la guerre s'accommode mal de la mort, mais non de cette peinture. Toujours les figures d'Avignon, ou leurs semblables ; je reconnais celles de l'exposition de 1971. Mousquetaires, guerriers, peintres-et-modèles, femmes-à-l'oiseau, personnages-rembranesques-et-amours, fumeurs, hommes-au-casque, hommes-à-l'épée, Arlequins, toreros, Mardis gras, flûtistes emplissent peu à peu la pièce, m'encerclent. Encore des *Jacqueline*. Elles veillent sur l'amoncellement des figures. Au temps de l'Indochine, la maladie de l'opium ravagea une nuit la manufacture de Saigon ; le matin, une marée de bactéries passée sous le portail envahissait la rue, avançait inexorablement, centimètre par centimètre... Les personnages de la Mascarade, entrés ici de la même façon, attendent leurs semblables. Dans une pièce voisine, des *Couple*, des *Baiser* et des nains submergent des toiles anciennes ou retournées. Bien que Jacqueline en ait envoyé deux cents au Palais des Papes, leur peuple conquiert encore les autres — comme, à l'étage inférieur, les fleurs carnivores et les totems aux yeux d'insecte recouvrent les autres sculptures.

Les extravagants entraînent toutes les figures dans leur Tentation de saint Antoine. Les femmes-à-l'oiseau, couples et baisers sont néanmoins déguisés, avec leurs yeux postiches et leurs faux nez. Le grand feutre en paraphe suffit à costumer la plupart des autres. L'unité de la Mascarade est telle, que ceux qui connaissent mal l'art de Picasso ont cru découvrir une nouvelle manière au service de nouveaux sujets. Qui rejoindraient d'ailleurs les plus anciens, le carnaval rejoignant les saltimbanques, et l'Arlequin-totem, ceux de la période rose.

Sur cette gigantesque Mi-Carême, règne le Minotaure souvent dessiné, dieu noir des corridas multicolores. Les déguisés se rencontrent, se groupent, ne veulent plus se séparer. Déjà, au Salon de Mai, il en avait envoyé un rang : *Douze toiles en une*. Au Palais des Papes, le public entraînait dans la vie, ces images créées pour la peinture, et qui n'appartiennent qu'à elle. On les transformait en personnages ; ils ne pouvaient pas plus le devenir que les déchirures de cuivre ne peuvent devenir des fleurs, le totem aux yeux striés de mécanique, devenir un mannequin empanaché. Les visiteurs s'épuisaient à y chercher l'expression audacieuse de personnages imaginaires. Il n'y avait pas de personnages, il y avait des signes ravagés et ravageurs, qui exprimaient autre chose que ces personnages. Ici, cette Saturnale devient la Saturnale de la peinture elle-même. Il y a dix ans que Mardi Gras dure toute l'année : c'est le match de Picasso avec sa création, qui suscite les mascarades. Elles sont ensorcelées, mais elles le sont par la peinture.

La pièce communique avec un balcon profond, une chambre dont on a supprimé le mur extérieur. Nous y entrons. Jacqueline revenue dispose, à son tour, les figures de la Mascarade.

– Ici, Pablo voulait faire son atelier. En attendant, il y mettait les toiles au fur et à mesure. Avant la fin des travaux, il n'a plus trouvé de place.

Cette frénésie de création fait penser à une invasion de Martiens, à celle de la rue de Saigon par l'opium.

– Quand ça marchait bien, murmure Jacqueline de sa voix de souvenir, il descendait de l'atelier en disant : "Il en arrive encore ! Il en arrive encore !"

Cette foule, je l'ai vue au Palais des Papes, il y a deux ans. Il était vivant...

*

Au Palais d'Avignon, la foule serrée des toiles rivalisait avec celle des visiteurs, non parce que toutes étaient des figures, mais parce que leur enchevêtrement continuait celui de chaque tableau, et traçait, au bas des voûtes de cathédrale, un grouillant chemin de croix. Petits murs de Notre-Dame-de-Vie ! Deux cents mètres de procession faisaient le tour de la salle gothique où les Tarots regardaient en riant la foule provinciale parcourue de hippies et de Japonaises ; les tableaux rapprochés formaient un seul monde, comme les fresques de Giotto à Padoue. On reprochait à Picasso de ne pas peindre un autre *Guernica*. Pourquoi aurait-il peint de grandes compositions ? Son *Jugement dernier*, c'était cette salle.

Des vociférations sans âge venaient de la cour, où le T.N.P. répétait une tragédie crétoise, comme pour acclamer le Minotaure. Il y avait des toreros, des mousquetaires (le catalogue disait : *Homme à l'épée*), tout le premier Carnaval. Des *Couple*, des *Baiser*. Le dernier acte – alors... – de sa bataille avec la peinture. Sa dernière voix parlait seule, striée par les hurlements crétois. Le temps des adversaires passionnés était fini. Mais depuis que les Tarots occupaient sa vie comme une ville conquise, il peignait en face de la mort. Et peindre en face de l'autre monde, fût-il le néant, n'était pas peindre en face du monde, fût-il la peinture.

Car ces figures envoûtantes semblaient, comme

celles de quelques autres grands peintres, éclairées par l'approche du trépas. Les derniers Titien, les derniers Rembrandt, les derniers Hals... Hals pressentait qu'il allait mourir. Titien est mort de la peste. Rembrandt ne savait rien. La mort, elle, savait : elle choisit, à soixante ans comme à quatre-vingts, ceux qu'elle va combler parce qu'elle les attend. L'intrépidité avec laquelle Picasso a conduit sa dernière aventure tint-elle à ce qu'il n'entendait pas seulement sa propre voix ?

Que pensait-il alors de la postérité ? La métamorphose dont il tirait son génie pouvait aussi le détruire. Serait-il vainqueur du futur comme il l'avait été du présent ? La métamorphose emporterait peut-être la peinture, mais le cubisme était devenu *Guernica*, et aussi la dernière grande école occidentale – au temps où la terre n'en connaissait pas d'autre. Le pouvoir de création qui avait conquis la terre était bien capable, pourquoi pas ? « de conquérir deux ou trois siècles... après, on ne sait jamais... ».

– Sensationnel, bien sûr, disait un peintre à un autre, mais ce ne sont pas des tableaux !

Au sens où *Guernica* en est un, le peintre avait raison ; même au sens des tableaux cubistes. Le cubisme contribuait fortement à rendre cette peinture inintelligible. Pourtant j'avais jadis entendu Picasso dire, devant telle de ses toiles : « En tout cas, c'est un *tableau* ! » Mais devant les premiers de ceux-ci, avec la fermeté angoissée de la dernière : « Maintenant, je ne choisis plus. »

Au destin, de choisir. Il avait élu l'impulsion, ou elle l'avait élu. Toute élaboration, même d'un chaos, introduit l'œuvre élaborée dans le monde traditionnel de l'art. On avait connu des états de *Guernica*, de l'*Homme au mouton* ; on ne connaissait pas d'états de ces deux cents Tarots.

Mais ce gage ne suffisait pas. J'écoutais les petits groupes reconnaissables à l'uniforme de la révolte : blue-jeans et cheveux longs. Je les avais vus dans la rue des Teinturiers, près des moulins à eau qui teignaient jadis les pantalons garance de l'armée. En entrant à l'exposition, j'avais écouté des hippies devant des *Couples.* Ils en comprenaient la révolte, ils comprenaient aussi que ce n'était pas la leur. Les hippies rêvent de l'Inde, du bouddhisme, d'un christianisme originel, communautaire et musical. Le groupe que j'atteignais n'était pas hippy. La gueule de l'orateur eût semblé brutale sans ses cheveux crépus en auréole ; sa petite barbe n'était pas celle du Christ, mais celle des Blousons noirs. Il citait à ses copains la réponse de je ne sais qui à une enquête de *Combat,* au temps de la rétrospective des deux Palais :

« – Qu'est-ce que ça peut vous foutre, ce type qui ne s'occupe plus que de faire des gosses et des tableaux sur la Côte d'Azur ?

– Quand même, répondit un petit blond frisé, il est du Parti.

– Ça t'intéresse encore, les crapules staliniennes ? Mai 68 t'a pas suffi ? Parti ou pas, il est récupéré, et puis ça va ! Moi, je suis venu pour voir où en sont les turpitudes, c'est tout. Merde pour la peinture ! Même la gestuelle, j'en ai marre ! Pollock asperge ses tableaux, il finit milliardaire, ça va ! »

Je connaissais ce ton de voix : violent, gouailleur, mais éploré. Ils lui en avaient trop fait voir, Pollock et Picasso ! Naguère, ce genre de gémissant devenait garde-chiourme.

– Pollock, répondit le petit blond, il finit surtout suicidé.

– Qu'est-ce qu'il aurait fait d'autre ? Il faudra bien en venir aux tableaux peints *pour* être brûlés en public ! Chefs-d'œuvre compris ! Chefs-d'œuvre surtout !

Ce qui me fit penser aux œuvres disparues. Le bouclier d'or de Montezuma, envoyé à Charles Quint, pris par les corsaires de Dieppe, envoyé à François Ier, volé plus tard à Fontainebleau et vraisemblablement fondu. Le tableau d'Apelle : pas le probable navet dont les oiseaux venaient becqueter les raisins, mais celui que tous admiraient bien qu'on n'y devinât que trois lignes à peine visibles. « Il disparut dans l'incendie du palais des Césars... »

– Et pourquoi faut-il le brûler *en public* ? demandait le petit blond, insidieux.

– Marcel Duchamp, comme attitude, je ne dis pas mais les ready-made, ça fait plutôt bazar ! Lui et Pollock, ils n'ont même plus d'agressivité, alors quoi ?

– Puisque t'es heureusement pas assez con pour attaquer l'agressivité, tu pourrais te rendre compte que là-dessus, il en connaissait un bout, Picasso ! Dans le genre, qui dit mieux ? Et il l'a dit un peu plus tôt que Réquichot !

Un autre étudiant, rectangulaire et à lorgnons, clame :

– Réquichot est mort, il a tout fait pour ça. Les *Reliquaires*, c'est bien. Et puis, le gars qui va toutes les semaines aux abattoirs avec son copain pour en rapporter des têtes de bestiaux qu'il fait poser comme des femmes nues de la Belle Epoque, chapeau ! La poussière, le déchet, le gluant, les idiots de Faulkner, les poubelles. Les poubelles, c'est la première chose : pour foutre la société dedans, jusqu'à la gueule ! Au mur, là, devant nous, où qu'elles sont, les poubelles ? Il triomphe, le Picasso, vous trompez pas !

– N'empêche que nous sommes là, répondit le petit blond. Vous dites que c'est pour les turpitudes, bon, mais celles des autres, on n'y va pas !

L'agressivité de Picasso assurait depuis longtemps le lien entre des mouvements de jeunes et lui : Dada, surréalisme, art brut, occupation de la Sorbonne. Mais dans ce groupe, les héritiers de ses formes rejetaient son esprit, les héritiers de son esprit n'acceptaient pas ses formes.

– Celles des autres, on n'y va pas. Puisque la vraie question est là, mieux vaudrait commencer par la poser. Nous n'avons rien à faire ici, et nous y sommes. Pourquoi ?

L'autorité de celui qui venait de prendre la parole, d'une voix très lente mais non affectée, était saisissante. Son costume gris le distinguait de tout ce pittoresque comme si lui seul eût été déguisé. Le nez un peu courbe, les cheveux très noirs et le masque en losange des figures mexicaines.

– Cette société nous dégoûte. Celle des Petits Pères des Peuples aussi. Nous sommes pour la Révolution, mais seulement pendant. Ne confondons pas les torchons avec les serviettes. Figuratifs ou pas, abstraits ou pas, tout ça, au fond, ce sont des tableaux. Même Pollock. Les écoles réellement nouvelles dans le monde, à la Biennale, sont les écoles de dérision et d'agressivité. Pour elles, il est l'ancêtre, bien plus que Kandinsky ou Mondrian. Vous avez dit, Couturier...

– Je dis que les abstraits, je m'en fous ! Le test de ce qui compte, c'est la profanation ; qu'est-ce qu'il est foutu de profaner, Picasso ?

– L'homme, mon petit. Pour parler comme les croulants.

– Couturier nous casse les pieds ! dit une assez jolie blonde vêtue en tzigane imaginaire. Ça devient bourgeois. Voulez-vous que je vous montre mon derrière ?

– N'en faites rien, Houppe : nous vous croyons sur parole. J'allais ajouter que pour la dérision, on n'a pas fait beaucoup mieux que Picasso. » Il rit comme un piège à loups. « Nous approuvons Couturier quand il dit : il faut en venir au tableau qu'on brûle. Mais je vous en prie, ne recommençons pas le surréalisme avec ses jurys ! La manie de juger est le premier symptôme de la névrobourgeoisie...

(Je vous en prie n'était pas une prière, c'était une injonction. Ce Saint-Just n'était pas mal, avec son rire en piège à loups. Couturier semblait définitivement éploré.)

« ... avec son jury, son président du jury des tableaux-à-brûler, comme l'alcool du même nom. On brûlera aussi les chefs-d'œuvre. Nécessairement. En imagination, bien sûr. Savez-vous pourquoi la Joconde sourit ? Parce que tous ceux qui lui ont posé des moustaches sont morts.

« Une seule chose est importante : refuser la durée. En 1968, les journalistes-à-programmes restaient pantois quand nous leur disions : si vous commencez à raisonner, vous êtes déjà embourgeoisés. Ce sont des lents. L'instant ne se marchande pas, Couturier. Vos copains croient trop à la dérision. Ils peuvent rêver de ressusciter la Fête. Ou des cataractes de néon (variables, variables !), même des tours lumineuses. Même des...

– Après les tours lumineuses, les musées, ça sera de l'archéologie !

– Ou des catacombes, mon petit. Il se passe beaucoup de choses dans les catacombes. Donc, j'enchaîne, si vous permettez. On peut rêver de la Fête, des tours, ou des affiches lacérées, ou de n'importe quel art de l'aléatoire. Mais si vous voulez dire que Picasso est fini, si vous voulez sommer sérieusement la peinture de se démettre – sinon, de quoi s'agit-il ? – vous devez vous marier avec l'instant. Sans idée de divorce. « La beauté sera convulsive ou ne sera pas », disait Breton. Beaucoup de bruit pour rien ! L'instant brûlera la peinture, ou la peinture continuera à kidnapper l'instant. Brûlez le tableau, il reviendra vous chatouiller la plante des pieds si vous ne faites pas flamber la durée avec. On commence par elle, agressivité ou pas, on finit par la postérité. *Dixi.*

Il ignorait que seuls entendent l'impérieuse logique du suicide, ceux qui lui obéiront. Je m'éloignai. S'il avait su combien les adolescences se ressemblent ! Mais il montrait évidemment plus de rigueur que les tracts et petites revues. Etait-il tellement prêt à déboutonner l'ancêtre ? Il restait sensible – où l'eût-il été plus qu'ici ? – à la poursuite toujours inassouvie d'un négatif du sacré, qui ressemblait fort à son propre démon gardien. Il avait raison de dire que l'instant seul pourrait oublier ou vaincre une peinture forte de ses deux victoires sur l'apparence : l'intemporel et la création, les deux liens entre l'art des vivants et celui des morts... Mais il avait tort d'ignorer que tout ce qui livre l'art des vivants à l'instant, et même au viager, porte de l'eau au moulin du Musée Imaginaire. Les Tarots retrouvés ressemblaient vaguement à ses amis carnavalesques, et m'entouraient comme les spectateurs des corridas dont Picasso peignait les gradins au marli de ses assiettes. C'est sur l'une d'elles, que j'ai vu son dernier Minotaure. Malgré les hurlements crétois, la peinture, dont il avait entouré la nef à sa manière sombre et convulsive, l'emplissait de son propre orchestre : chevaux de bois et loteries, Stravinski, canto jondo. Je me souvenais que Picasso ne sifflait qu'un air, venu de *Petrouchka* ; et je regardais un panneau d'*Homme à l'épée.*

Aujourd'hui, à Notre-Dame-de-Vie, j'en retrouve un, dont le visage éclate en trèfle :

« C'est celui qui va le plus loin...

– C'est le dernier, répond Jacqueline. Il l'avait peint il y a un an, mais il l'a repris. Il ne les reprenait presque jamais.

Les parties claires de la tête sont d'un rose mort. C'est le dernier rival de celui que reproduisait l'affiche de l'exposition de 1971. Il porte un oiseau. Picasso avait découvert ces Mousquetaires pendant sa dernière maladie, dans un album sur Rembrandt, a dit Jacqueline. Les rencontres qui se renouvellent cinq ans durant ne sont pas des rencontres de hasard. L'un de ses moustachus, à l'exposition précédente, s'appelait *Personnage rembranesque.* Il n'y a pas plus de rivalité entre ces personnages et ceux de *La Ronde de nuit,* malgré les chapeaux, qu'entre la *Bethsabée* du Louvre et celles de Mougins. Drôle de dialogue, d'ailleurs : dans le dessin en couleurs de Picasso, Bethsabée est devenue Jacqueline ; et la servante, une figure d'homme, plus ou moins déléguée par le pauvre peintre du *Peintre et son modèle.* Picasso lui-même ? Qu'a-t-il de commun avec Rembrandt, dans son art ou dans sa vie ? A moins que...

D'autoportrait en autoportrait, il poursuit son tragique dialogue. Seul, il semble attendre de la peinture le secret du monde, trouver dans ses œuvres les plus désespérées le droit de l'exiger encore. Pour lui, le secret du monde s'appelle Dieu. Mais son pouvoir ne peut germer que dans la mort. La peinture n'est pas ce qu'en croient les gens. Ils mourront aussi.

A Stockholm, j'avais ouvert par un discours, le cycle des commémorations européennes de Rembrandt. Je venais de dire : « Et, quand le soir tombe sur l'atelier désert où ne s'accumulent plus que ses chefs-d'œuvre encombrants, il regarde dans un miroir plein d'ombre sa face de chagrin, en chasse ce qu'elle ne doit qu'à la terre, et jette au visage de la gloire perdue, le portrait de Cologne qui éclate d'un rire insensé... Les coups de l'angélus se mêlent dans le soir au battement des rames sur le canal, et... » Toutes les cloches de Stockholm commencèrent à sonner ; le roi de Suède se leva, l'assistance aussi ; les neuf coups de l'heure saluaient Rembrandt dans la nuit..

Il échappe à la peinture hollandaise, qu'il domine. Picasso échappe aussi à la notre. Il retrouve le supplice de Sisyphe, et sa fécondité. Devant moi les Tarots dialoguent avec toutes les figures dont nous ignorons de quoi elles se réclament. Lors de la rétrospective des deux Palais, les derniers ennemis de Picasso répétaient qu'il prenait ses formes partout ; au fond d'une brousse océanienne où les squelettes des soldats japonais pendent encore aux branches, des masques taillés par des hommes de l'âge de pierre attendent pour gagner les musées d'Amérique, qu'il ait peint son dernier Tarot.

Au-delà du balcon, l'été de la lumière, de l'impressionnisme, frémit sur les collines méditerranéennes. Je pense à sa collection : pas un tableau impressionniste, pas un tableau où la lumière joue un rôle. Pas même dans son admirable Cézanne, pas même dans son grand Renoir. Lumière vivante des vitraux, lumière apaisée de Van Eyck, lumière de Venise, lumière émotive de Rembrandt, lumière tremblante des reflets impressionnistes... Son œuvre ne connaît que la bougie, le phare et le soleil ; le soleil des corridas et de Cannes, uni comme les fonds d'or ou les ciels noirs de Goya. Ses deux maîtres : Van Gogh, et précisément Cézanne (« C'était notre père, notre Protecteur... ») avaient rompu avec la peinture heureuse. Les tableaux de Manet, de Renoir, des « Promeneurs » s'assombrissaient lorsqu'ils peignaient le crépuscule, comme les vitraux lorsque venait le soir de Dieu.

Je regagne la pièce (comment appeler ces chambres habitées par les toiles comme par des humains ?) où Miguel a retourné d'autres tableaux – comme il a pu. A gauche, les personnages isolés ; à droite, les *Couple* et quelques *Baiser*. Que l'esprit s'accoutume à ces tableaux, vite obsédants, le Carnaval disparaît. La puissance de la création subordonne toute fantasmagorie. Dans le grand passage de la mort qui se confond avec celui de Picasso (son désordre semble une présence ; les tableaux semblent retournés « en attendant »), avec le souvenir des sculptures emmêlées comme des têtes de chardons par le vent, la peinture livre ces personnages à un domaine d'inconnu qui n'est pas celui de la Mascarade, mais celui des Tarots.

Ils continuent des œuvres de Picasso depuis *Les Demoiselles d'Avignon* ; héritiers en transe de ce tableau, plus que du cubisme. Héritiers aussi de dislocations inventées par Picasso depuis plus de trente ans, après les enchevêtrements géométriques et quelquefois presque expressionnistes que symbolise la *Femme qui pleure.* Et n'aurais-je vu aucun des compagnons de l'*Homme à l'épée*, je pressentirais qu'il n'est pas une création solitaire – comme tous les peintres l'ont pressenti de la première plaque des steppes (qu'on appelait alors scythe), des premiers bronzes archaïques chinois, des premiers fétiches.

Les plaques scythes, depuis les monstres royaux du Trésor de Pierre le Grand jusqu'aux boucles de ceintures, figurent des combats d'animaux. Motif millénaire, chargé de l'esprit du lion mésopotamien, de l'aigle et du serpent mexicains. L'art des steppes a rompu très tôt la continuité de la forme ; les serres d'un rapace y sont aussi les griffes d'un fauve voisin, comme Braque et Picasso inscrivent dans une face son propre profil. Le bronzier veut inventer un signe du carnage, ravagé par l'esprit du carnage comme l'incendie. Si l'on rapproche deux plaques des steppes que séparent des siècles – et trois mille kilomètres... – il semble que leur pouvoir commun soit précisément d'exprimer cette distorsion, dont l'expression maîtrisée agit sur nous avec autant de force que la symétrie. Ce signe de bronze en fusion préexiste aux bronzes eux-mêmes, il les engendre. Comme l'idéalisation grecque suscite les images de ses dieux, ou la gesticulation, les assemblées de Rubens. Les Tarots, qui semblent ne se réclamer que de l'impulsion et du hasard, appartiennent à une seule race.

Comme les peuples des steppes font concourir les griffes et les serres à l'accent de leurs idéogrammes convulsifs, Picasso invente des narines en hélice, des lacis et des épées, des nœuds de lanières que dénouent ou contredisent les graphies qui les entourent. C'est le temps des feutres aux paraphes aplatis, le temps de l'omniprésence ironique du ∞, signe grec de l'infini. Les toiles les plus révélatrices sont les *Couple* de profil, groupés à droite : où le baiser, entrelaçant les lèvres de l'homme et de la femme en un seul signe, le ramifie ou le déploie en visages et en corps, selon un hasard mensonger qu'il gouverne. L'art des steppes aurait pour schème des serres agrippées ; les bronzes archaïques chinois, le tao-tie, idéogramme magique du tigre ; celui de Rubens, la gesticulation. Le schème de Picasso est plus complexe, parce que ses Tarots font alterner, et parfois converger, le nœud et l'éclatement. Les *Baisers* sont sinueux et emmêlés ; je viens de revoir le *Personnage à l'oiseau* qui a pour tête les feuilles écartées d'un trèfle dur où ses yeux et son nez sont logés cahin-caha. Ces Tarots semblent dire : comment pourrait-on représenter un homme qui serait autrement ? et proclament qu'ils ne le représentent pas. Souvent, c'est le schème qui inspire le personnage, comme le signe du baiser inspire les profils et les nus. Des taches naissent aussi de traits emportés, de lignes qui ne les structurent pas, et semblent tracées pour désagréger l'image qu'elles suggèrent. Ces graffiti corrosifs sont des négations autant que des allusions. Quand un peintre a-t-il combattu avec un tel acharnement la peinture, et sans doute lui-même ?

« Je ne choisis plus. » Certains de ces Tarots ne sont pas du tout des tableaux ; d'autres, pas seulement – de même que les masques nègres (et d'ailleurs les Vierges romanes) ne sont pas seulement des sculptures. Ils ne sont pas non plus semblables aux caractères chinois, qui symbolisent tout. La dernière foule jetée contre les murs par l'un des plus grands inventeurs de formes de l'Histoire, serait-elle un peuple de Tarots qui ne voulût rien dire, parce qu'il est fait de cris ? Les *Couple* s'étendent autour d'un signe du baiser, mais ces Tarots sont eux-mêmes des signes. De quoi ? De l'inconnu qu'ils révèlent.

Il avait commencé par sculpter des pièges à futur, et peut-être à postérité. Au Trocadéro, les masques n'avaient pas été pour lui des sculptures comme les autres, mais ils étaient des armes. *Les Demoiselles d'Avignon*, les toiles de la période nègre, avaient dû attendre leur public, elles l'avaient aussi créé. Les Tarots sont de tels pièges, mais plus dissimulés que *Les Demoiselles*, que *Guernica* surtout. Héritiers du Totem à la Poussette : chacun répond à une impulsion comme les prises de drogues répondent aux appels des morphinomanes. Les Tarots ne se réfèrent pas même aux anciennes toiles de Picasso, sauf aux « toiles disloquées » qui annonçaient leur invasion ; à rien, sauf à la prescience de leur pouvoir.

Si leur sens déconcerte, plus encore que leurs formes, c'est en raison de l'idée paradoxale, que l'artiste connaît l'inconnu qu'il découvre. Les grands styles religieux découvraient les formes religieuses des scènes qu'ils représentaient. Les icônes apportaient aux Byzantins l'inconnu orthodoxe ; les statues des cathédrales apportaient aux catholiques, leur propre inconnu. Mais les sculpteurs romans n'avaient pas traduit l'Evangile en un langage connu : ils avaient découvert le langage qui exprimerait la part du christianisme que l'art seul pouvait exprimer. L'art avait dû découvrir ce langage, avant de pouvoir le parler.

Sur le store, le soleil heureux peint une toile blanche au-dessus des Tarots accolés. J'écoute, devant cette iconostase, un enfant crier – comme, sur une hauteur du Guatemala, j'écoutais la rumeur lointaine de la vie, devant l'idole que les aiguilles des pins recouvraient peu à peu dans le même soleil, dans le calme éternel de l'après-midi que la chaleur endort.

« Ecoute le cortège des morts, avec son bruit d'abeilles... » Je retrouve l'atelier des Grands-Augustins : « Picasso, il ne fait rien du tout. » Je retrouve le lévrier, le bruit éloigné des gazogènes. La guerre.

« Il faudrait retrouver le Masque... »

Ce qu'il appelait le Masque roman, était sans doute

ce que le sculpteur roman fait d'un visage accordé à son Dieu : à ce qu'il en vénérait et à ce qu'il n'en connaîtrait jamais – à ce qui, selon les théologiens « appartient à Dieu en tant que Dieu », c'est-à-dire au sacré. Le Masque nègre était accordé à ce que les sculpteurs noirs craignaient, aimaient et ignoraient dans les Esprits qu'ils figuraient. C'était mot pour mot ce que disait Picasso. Je l'avais intrigué, jadis, en lui disant que la « beauté » (terme qui l'irritait), avait joué pour les artistes, pendant plusieurs siècles, un rôle assez semblable : elle ne s'était manifestée que par des spectacles, des corps, et par les œuvres d'art, comme la lumière ne se manifeste que par ce qu'elle éclaire. Il m'avait répondu par une des obscures formules qu'il choyait, antidéfinitions cabalistiques. M'indiquant du doigt son *Chat et l'oiseau* : « Le chat mange l'oiseau, Picasso mange le chat, la peinture mange Picasso... La sculpture nègre mange les Nègres, c'est la même chose. Seulement, ils ne l'ont pas su. A la fin, la peinture gagne. » Ce qu'il appelait « la peinture » n'était pas la relation des couleurs, ni même la création des formes. Il disait : peinture, parce qu'il ne disait pas plus art, qu'il ne disait beauté. Elle avait capturé la beauté comme elle avait capturé la religion, et, dans la préhistoire, « on ne savait même pas quoi ». La certitude de capturer quelque chose, comme l'avaient fait les peintres des cavernes, lui suffisait.

Les sculpteurs romans voulaient manifester l'inconnu révélé, alors que Picasso manifeste un inconnaissable que rien ne révélera. Il n'en connaît, il n'en connaîtra, que le sentiment qu'il en éprouve. Le sentiment d'un inconnaissable sans prières et sans communion, d'un vide animé, comme celui du vent. Cet art est celui des limites humaines, serres plantées en l'homme comme celles des rapaces des steppes dans le corps des fauves. Celui de notre civilisation, dont il exprime en ricanant le vide spirituel, comme le style roman exprimait la plénitude de l'âme. Je n'ai vu dans les ateliers de Picasso aucune figure romane, aucune sculpture asiatique, mais des fétiches et des masques y passaient leurs antennes. Si sa période nègre avait amputé les fétiches du Bateau-Lavoir de leurs esprits mais non de leur âme souterraine, ses Tarots (des déguisés, comme ses enfants dans ses portraits traditionnels) ne lui parlaient-ils pas ce que le bouddhisme appelle une langue d'abîme, qui n'avait pas envoûté ses Arlequins cubistes ? Au temps des Tarots, eût-il accepté, comme au Trocadéro, l'idée que le masque nègre était une tête accordée par la sculpture à l'Inconnu africain ? Le *Trocadéro*, le *Couple* dérisoire et menaçant, devant moi, appartiennent aussi à une race de figures accordées par lui à une part d'inconnu. Aux yeux de Picasso, ils étaient ce que notre inconscient peut reconnaître. Ce que le plongeur pouvait rapporter des dernières profondeurs. La peinture rapportera, du fond de l'inconnu, ce qui est assez étranger à l'homme pour qu'il l'ignore, assez proche de lui pour qu'il le reconnaisse.

Je comprends enfin ce que je cherche depuis que Miguel a retourné les figures. Le masque africain n'existe pas, mais c'est lui qui donne leur âme à tous les masques ; le masque roman n'existe pas, mais c'est lui qui donne leur âme à toutes les figures du Portail Royal ; le masque qui hantait Picasso n'existe pas, mais son peuple existe, et c'est lui qui m'entoure. Je pense aux statues mexicaines que les Espagnols prirent pour des démons. Supplice, sexe, sang, nuit, emblèmes hilares dont la moitié droite est celle d'une tête de mort et dont la gauche éclate de rire ; dieu de la fertilité aux signes géométriques peints sur les peaux de ses victimes ; statuettes à deux têtes et quatre yeux ; caverne de La Venta où surgit du sol une figure hantée, un enfant dans les bras ; je pense aux grandes idoles venues, elles aussi, des dernières profondeurs, et qui n'expriment que le combat de l'âme mexicaine et d'un envoûtement. L'emblème que suggèrent devant moi ces styles surnaturels à l'égard du fond d'or, n'est pas l'expression de l'une des âmes successives de l'Homme, comme le masque égyptien et le masque roman ; il est le blason de l'art en lutte contre son propre pouvoir, plaque des steppes, nœud de fauves – emmêlement de l'homme et de l'inconnu qui l'assiège. Mais quel artiste pourrait trouver le masque d'une civilisation qui ne connaît pas ses propres valeurs ? Les Tarots n'appellent point un Masque ordonnateur, ils en gigotent la destruction. Le dieu des signes négatifs n'est pas un Masque négatif, c'est la négation du Masque. Ces tableaux ne sont en rien les satellites, de quelque *Guernica* où Dieu aurait remplacé Franco, ce ne sont pas d'autres *Ménines* ; ces nomades n'attendent nul empire, sinon leur occupation victorieuse du Palais des Papes. Devant les Tarots retournés par Jacqueline et par Miguel, je me souviens de la fièvre du personnel qui préparait la rétrospective du Grand Palais. Entre plus de cent expositions, de 1958 à 1968, le travail ne s'est poursuivi la nuit, que trois fois : pour Picasso, pour la sculpture romane et les arts mexicains.

Quel sortilège envoûtait ces hommes et ces femmes, des machinistes aux conservateurs, dont aucun n'était peintre ? Que signifiaient l'aura des statues romanes, la résurrection des mexicaines, l'œuvre de

Picasso ? Nul ne savait ce qui suivrait les Tarots, pas même lui. Sauf la mort.

Un air de violon monte du jardin ; un disque, je suppose. J'ai dit un jour à Yehudi Menuhin et à Nadia Boulanger que nos grands musiciens, entendus en Asie, suggéraient que le plus profond sentiment de l'Europe était la nostalgie :

– Vous diriez cela aussi, Nadia ? demanda Menuhim.

– Je ne crois pas...

– Oh non ! moi, je dirais : la louange...

Quel son prend ce mot de bénédiction, en face de ces figures insurgées ! Giotto, les sculpteurs des tympans romans, des grottes de l'Inde et de la Chine, inventaient des formes inconnues, parce qu'ils inventaient les formes de leur louange. Cézanne provoque la résurrection des figures des grandes religions ; mais Picasso ressuscite celles des arts sauvages, et les fétiches d'Afrique et d'Océanie ne sont point des figures de louange. Son œuvre, qui connaît si bien la colère et la souffrance, quelquefois la pitié, connaît-elle la louange ? Et l'œuvre des deux ancêtres qu'il vénère, Goya et Van Gogh ? Picasso l'accorde quelquefois à celui-ci, distraitement. Mais le ferment secret de sa propre peinture est au-delà de la colère et de la louange : dans l'interrogation, dans l'inépuisable altercation avec le monde des œuvres qui le hantent lorsqu'il dit, d'un ton innocent : « Qu'est-ce qu'elle fera, la peinture, quand je ne serai plus là ? Il faudra bien qu'elle me passe sur le corps ? Elle ne pourra pas passer à côté, non ? » *Guernica* comme son dernier Tarot, ses œuvres les plus élaborées comme les plus spontanées, ont été destinées à ce monde qui les englobe même si elles le nient, même quand elles le transforment. Elles sont nées en lui. Une satire de la langue française écrite en français appartient au français. La plus furieuse accusation de la peinture, écrite en tableaux, appartient à la peinture. Si les œuvres capitales de Picasso ne finissaient pas dans un Louvre français, espagnol ou américain, elles finiraient dans le Louvre imaginaire d'un Skira du siècle prochain – ou dans le mien.

*

C'est dans l'atelier des Grands-Augustins, que nous avons parlé pour la première fois du Musée Imaginaire ; le jour où il me montra les quatre-vingts toiles qui s'y trouvaient rassemblées, sans doute par la guerre, lors de mon dernier passage à Paris.

– Vous ne remarquez rien ? me demanda-t-il d'abord.

– Non.

– J'ai coupé ma mèche !

Pourtant l'expression de son visage n'avait pas changé : les mêmes yeux d'autre-monde dans un masque de Pierrot étonné.

Il m'avait montré quelques paysages, d'une facture proche de celle des natures mortes qu'il achevait à mon passage précédent. On les avait rangées, sauf une, qui représentait le radiateur. Je n'avais jamais vu de paysages de lui. Je fus saisi par ceux-ci, pour la même raison que par les *Fleurs* de ses sculptures naguère, et, plus tard, par ses Confrontations : chaque attaque d'un nouveau domaine modifiait ses moyens d'attaque, et dévoilait les précédents.

– Ça vous étonne ? demanda-t-il. C'est vrai, je ne suis pas un paysagiste. Ces paysages-ci sont venus tout seuls. Je me suis beaucoup promené sur les quais, pendant l'occupation. Avec Kazbek...

C'était son lévrier afghan, d'ordinaire couché dans l'atelier. Les Allemands s'enquéraient de sa race, et Picasso répondait, innocent : basset charentais.

« Je n'ai pas peint Kazbek. Ce sont les arbres des quais, Notre-Dame, le Vert-Galant, ce que vous voyez là, qui a commencé à sortir. Je n'ai rien peint sur le motif. J'ai peint ce qui est venu, je l'ai laissé comme ça... Comment vous trouvez ça ?

La palette[1], différente de celle que je connaissais, m'étonnait. Je ne parlai pas de l'essentiel, qui se limitait encore, dans mon esprit, à une séduction coupante. Eussé-je été moins surpris par quelques figures qui les accompagnaient, si je les avais découvertes ? mais elles m'étaient familières. Son *Vert-Galant* aux troncs en trapèzes et aux feuillages en oursins, saisissait au vol les bords de la Seine entre ses couteaux. Parent de quelques Arlequins cubistes ; à l'opposé de ses Fleurs en crocs qui sembleraient peintes, plus tard, pour des oriflammes barbares. Hérité de ce qui avait été la paix, sous la petite silhouette bienveillante d'Henri IV... Presque heureux, ces paysages pointus... Ne pas s'y fier.

Dans l'atelier de l'étage supérieur, il avait rassemblé une foule de figures arbitraires, qui accompagnaient son art depuis vingt ans sans le conquérir. Héritiers retrouvés des *Demoiselles d'Avignon* et de la période nègre, se succédaient les yeux à la place des oreilles, les seins à la place des genoux, les enfants martiens des *Figures au bord de la mer, Les Amoureux*

1. Les peintres entendent par ce mot, l'éventail de leurs tons, et les relations habituelles qu'ils établissent entre eux.

de 1920, la *Femme endormie*, signe hérissé de crocs que Kahnweiler conserva trente-sept ans, l'extraordinaire *Crucifixion* en chapelet d'omoplates et de fémurs, la *Femme qui pleure*, toutes les formes annonciatrices de celles que prodiguerait plus tard son génie-aux-liens ; et des figures récentes qui leur étaient apparentées, le *Chapeau bleu*, des portraits de Dora Marr, l'*Enfant à la langouste*, la *Femme à l'artichaut*, que les journaux nommaient déjà les *Monstres*. Réunis, ces tableaux que l'on allait appeler provocateurs et gratuits après les avoir appelés mystificateurs ou idiots, révélaient ce que ces profils enchevêtrés dans leur face avaient de commun avec sa *Crucifixion* éclatée, dans l'Ordre de la distorsion. Toutes étaient des œuvres limites. Si on lui avait demandé une fois de plus : « Qu'est-ce que c'est ? », il eût répondu : « – Des tableaux. » J'en connaissais trois ou quatre ; quelques autres, par des photos.

Cette assemblée ne s'apparentait à aucune de ses expositions. Depuis la guerre, et même depuis la guerre d'Espagne, j'avais vu peu de peintures. Chez lui, seulement des natures mortes. On ne connaissait guère ses sculptures, qui ne furent réunies au Petit Palais, que vingt ans plus tard. Dans mon esprit, dans celui de mes amis qui n'avaient visité ni son atelier ni Boisgeloup, la dernière et la plus magistrale expression de son génie était *Guernica*. Ces quatre-vingts toiles semblaient d'abord annoncer une nouvelle manière ; elles s'étaient pourtant succédé, de loin en loin, depuis 1919. Par leur rapprochement, Picasso isolait le virus de son art. Le virus, non le ferment, car certaines de ses œuvres capitales (et d'abord *Guernica*) appartenaient à un autre monde, sinon à une autre peinture. Nul ne pouvait savoir que ces fragments d'aérolithes deviendraient les annonciateurs des Tarots.

– Hein, c'est pas mal ? dit-il.

– Comme coup de poing dans l'estomac, c'est même sérieux. Savez-vous à quoi ça me fait penser ? Aux *Demoiselles d'Avignon.* Aussi à certaines photos de vos sculptures. C'est la "terre inconnue" de votre art.

– Pourquoi pas ? La peinture, c'est la liberté... A force de sauter, on peut retomber du mauvais côté de la corde. Mais si on ne risque pas de se casser la gueule, comment faire ?, on ne saute pas du tout.

« Il faut réveiller les gens. Bouleverser leur façon d'identifier les choses. Il faudrait créer des images inacceptables. Que les gens écument. Les forcer à comprendre qu'ils vivent dans un drôle de monde. Un monde pas rassurant. Un monde pas comme ils croient...

(Je me souvins du récit de sa première visite au Trocadéro : « Moi aussi, je pense que Tout, c'est inconnu, c'est ennemi. »)

– Je ne savais pas que ces figures existaient depuis si longtemps..., répondis-je.

– J'ai peint *Les Amoureux* aussitôt après l'autre guerre. La *Femme à l'artichaut,* l'année dernière. Toutes celles-ci, à gauche, depuis quelques mois.

Il sourit, ironique et inquiet :

– Qu'est-ce qu'elles veulent dire ?

Lorsqu'il prenait l'expression naïve (son air meunier-de-comédie, disait Braque) qui lui était chère pour mystifier ses interlocuteurs, il s'exprimait volontiers par interrogations : « Comment voulez-vous qu'une femme fasse une bonne nature morte avec un paquet de tabac, si elle ne fume pas ? » ou encore, bras écartés et mains ouvertes : « Puisqu'ils disent que je dessine aussi bien que Raphaël, pourquoi ils ne me laissent pas dessiner tranquille ? » Mais aussi : « Est-ce que nous allons nous décider à parler de la peinture ? Ah ! si j'étais artiste-peintre !... » Et de continer, avec une gravité soudaine et lasse :

– Tout de même, avant de mourir, je voudrais deviner cé qué c'est, la couleur...

– Vous le savez mieux que moi, répondis-je. Elles veulent dire ce que rien autre ne pourrait dire. Toutes en chœur, elles le crient.

J'ajoutai, non sans une admiration un peu amère :

– Elles disent aussi : "Ecrit sur les murs de la prison."

Et enfin que, depuis tant d'années, ces œuvres intraitables créaient un monde de peinture qui n'avait jamais existé ; évidemment très différent du monde architectural et cézannien du cubisme...

– Le Louvre de Cézanne, dit-il, ne devait pas être très différent du mien. Ce qui est très différent, c'est justement ce qui n'est pas au Louvre...

Il savait combien de résurrections avaient accompagné ses expositions, depuis la sculpture romane jusqu'à la mexicaine, depuis les masques nègres jusqu'aux tableaux naïfs, depuis les peintures préhistoriques jusqu'à toutes les formes de l'agressivité. C'était avec lui, que la création artistique se retrouvait jusqu'aux cavernes, parce que cette aventure se poursuivait parallèlement à la sienne. Je lui montrai des photos agrandies de monnaies gauloises et de Fécondités sumériennes, alors presque inconnues. On venait de me les envoyer. Il les regarda, puis les vit ; son visage devint instantanément le masque intense qu'il prenait lorsqu'il peignait, un masque de lézard habité par les esprits. Pourquoi lézard ? Son visage était rond. A cause des pommettes, des yeux sans blanc

– et si noirs ? Un effet de lumière suggérait une moustache blanche en brosse. Autre masque. Elle eût supprimé l'étonnement, l'insolite, l'eût transformé en personnage trapu. Il étudiait les faces des monnaies, éclatées en fragments de haches, en bâtonnets brisés, en virgules, en boules ; et une Fécondité sumérienne vaguement parente d'une de ses sculptures, yeux en anneaux dans la corolle qui formait la tête. Son visage redevint lentement joyeux, retrouva celui de Picasso ; il me rendit les photos, avec l'air d'avoir trouvé un trésor dans son propre jardin :

– Qu'est-ce que vous faites de ça ?

C'est alors qu'il m'interrogea sur le Musée Imaginaire. Mon essai n'avait pas encore paru. Pourtant Picasso savait qu'il n'y était pas question du Musée des Préférences de chacun, mais d'un musée dont les œuvres semblent nous choisir, plus que nous ne les choisissons.

Cette entreprise de déménagement ne lui déplaisait pas.

– Oui, dit-il, bien sûr... Qu'est-ce qué c'est, la peinture ?

Le soir commence à tomber sur l'atelier, bizarrement mal éclairé.

« Ce que fait Braque maintenant, dit Picasso, ne ressemble plus beaucoup à ce que je fais. Pour lui, la bagarre est finie ! Mais si je lui donnais ma collection, il serait très content, non ? Pourquoi Derain collectionne les plaques scythes, et pas moi ? Elles me ressemblent, et pas à lui ! Pourquoi Matisse achetait des fétiches avant nous ? Qu'est-ce qu'ils ont à voir avec lui ?

– Ils s'accordent à ses tableaux, mieux que sa propre sculpture. Les marchands le savent bien. Les grands artistes d'une époque ont le même Musée Imaginaire, à un quart près.

Je lui raconte la rencontre de Degas avec Bonnat sur l'impériale de l'omnibus, la stupéfaction de Degas à l'énumération des tableaux anciens qui forment aujourd'hui le musée de Bayonne. Le plus célèbre des Pompiers aimait les mêmes œuvres que les plus audacieux Indépendants. « C'est drôle, la vie, avait dit Degas. Enfin ! chacun a suivi son chemin... » Ils savaient qu'ils ne se reverraient plus. Ils se séparèrent en se serrant chaleureusement la main...

– Quand les gens veulent comprendre le chinois, dit Picasso, ils pensent : il faut que j'apprenne le chinois, non ? Pourquoi, ils ne pensent jamais qu'il faut qu'ils apprennent la peinture ?

– Vous le savez bien. Ils pensent que puisqu'ils jugent du modèle, ils peuvent juger du tableau. Ils commencent, seulement aujourd'hui, à se dire que le tableau n'imite pas toujours le modèle. A cause de vous, du cubisme, et des arts qu'ils commencent à découvrir, ceux des hautes époques, les arts sauvages, etc. Ces arts n'imitent pas de modèles non plus, ou pas trop. Dès que l'art gothique a cessé de s'expliquer par la maladresse, tout l'ancien système a été condamné à mort. Maintenant, les non-artistes, au Louvre, sont les gens qui admirent ce par quoi les tableaux sont ressemblants ; les artistes, ce par quoi ils ne le sont pas...

– Les gens disent : je ne suis pas musicien, mais ils ne disent jamais : je ne suis pas peintre.

– Parce qu'ils pensent : je ne suis pas aveugle. Ils ne croient pas devoir apprendre la ressemblance, ni la beauté...

– Laquelle ?

– L'idéalisation, je suppose. Donc, ils jugent allégrement.

– On juge toujours, quand on ne sait rien !

– C'est toute la question. Dès que l'art moderne est entré en jeu, à quoi s'est-il référé ? A...

– A la peinture !

– C'est-à-dire aux tableaux et aux sculptures qui nous habitent – ce que j'appelle : le Musée Imaginaire. Mais lorsque les gens croyaient connaître la beauté et la ressemblance, ils n'en soupçonnaient même pas l'existence. Quand ils allaient au Louvre...

– S'ils allaient y chercher la ressemblance et la beauté, ils ne pouvaient pas voir les tableaux. On croit qu'on regarde, non ? Ce n'est pas vrai. On regarde toujours à travers des lunettes.

Il parle fort bien de ces lunettes que les créations des artistes imposent aux spectateurs. Non pas de « la nature imitant l'art », mais du filtre qui colore le regard au moment où il se pose sur l'objet ; de l'intention préconçue qui fit croire que le sèche-bouteilles de Marcel Duchamp était une sculpture parce qu'on le représentait dans une exposition, et que les sculpteurs nègres étaient maladroits, parce qu'on était assuré qu'ils voulaient imiter leurs voisins, ou la nature.

– Il faut obliger les gens à voir les tableaux malgré la nature, évidemment. Qu'est-ce que c'est la nature ?

Je me souviens de sa réponse de jadis, à un journaliste du genre malin qui lui demandait :

– Monsieur Picasso, doit-on peindre les pieds rectangulaires ou carrés ?

– Jé né sais pas, il n'y a pas de pieds dans la nature.

Je lui réponds :

– Le berger Giotto dessine bien mal les moutons, mais quand les gens ont compris que les peintures ne se référaient plus à la nature, ils n'ont pas été contents du tout : l'art moderne commence à *Olympia,* et *Olympia* est le premier tableau qu'on ait dû faire protéger par la police.

– Vous êtes sûr ?

– Tout à fait. Et c'est d'autant plus curieux, que le tableau n'est pas érotique. Il s'agit bien de peinture. Or, si elle ne plaisait pas aux protestataires, ils n'avaient qu'à ne pas l'acheter. Ce qu'ils ont fait, d'ailleurs.

– Les gens ont toujours eu envie de détruire la peinture qu'ils détestent. Ils ont raison. Contre *Les Demoiselles d'Avignon,* ils n'ont rien fait, c'est drôle...

– Quand le connétable de Bourbon a pris Rome, ses archers ont choisi pour cible l'*Ecole d'Athènes...*

– Ils n'aimaient pas Raphaël, non ? Déjà cubistes !

– Pendant des mois, tous les personnages : Platon, qui était Léonard de Vinci, et je ne sais plus lequel, qui était Michel-Ange, et tous les autres, ont eu des flèches plantées dans les yeux... Belle scène pour un film.

– Pas étonnant. Les gens n'aiment pas la peinture. Ce qu'ils voudraient, c'est savoir ce qui sera bien dans cent ans. Ils croient que si on saute par-dessus, on a gagné. Ils devraient tous être marchands de tableaux. Pourtant, la peinture, on ne sait pas comment ça vit. Comment ça meurt. Personne ne peut parler de la peinture. Je peux parler de Van Gogh. Peut-être. Pas de la peinture. Elle me fait faire ce qu'elle veut : aller loin, aller très loin, aller encore plus loin, et que ça se tienne... Seulement, voilà ! que ça se tienne... en face de quoi ?

– De votre Musée Imaginaire...

Il réfléchit, répond :

– Si vous voulez. Pas seulement.

J'ai moins envie d'engager une discussion, que de le pousser à parler. Je lui demande néanmoins s'il ne croit pas qu'après Manet, les œuvres abandonnent le domaine de leur création : caverne, temple, palais, tombeau, cathédrale, salon, pour entrer dans un domaine commun, où elles se réfèrent les unes aux autres : les archaïques grecs aux statues-colonnes, à la dernière *Pietà* de Michel-Ange, aux masques nègres ?

– Les gens ne sont pas contents, répond-il, parce qu'ils veulent que si un peintre pense à Kazbek, il imite Kazbek. Le mot : chien, avec des lettres, n'imite pas un chien !

– Le caractère chinois non plus, du moins depuis longtemps.

– Il le nomme. Le peintre doit nommer. Si je fais un nu on doit penser : c'est un nu. Pas celui de Mme Machin.

– Ou de la déesse Machin. Mais l'amateur veut un nu de Picasso.

– Il le sera de toute façon, si j'arrive à nommer le nu. Bien sûr, c'est difficile. C'est la peinture. En peinture, les choses sont des signes ; nous disions des emblèmes, avant la guerre de quatorze... Qu'est-ce que ce serait, un tableau, si ce n'était pas un signe ? Un tableau vivant ?! Ah, bien sûr, si on était artiste-peintre ! Mais quand on est seulement Cézanne, ou le pauvre Van Gogh, ou Goya, alors on peint des signes.

« Vous êtes d'accord, vous, le Chinois, non ? »

Les cubistes ont compris très tôt que le moyen privilégié de la peinture est le signe émotif. La liberté de Picasso a rarement accepté de se libérer sur lui. Son art en a besoin pour rivaliser avec la nature, et même pour la détruire.

Il désigne du geste le groupe le plus arbitraire des

tableaux posés le long des murs. Ces figures tantôt révulsées et tantôt géométriques, signes animés par un même conflit acharné avec ce qu'ils signifient, s'unissent dans un caractère commun aux figures nouées et aux figures anguleuses ; toutes semblent ligotées par leur cadre. L'équerre frénétique de la *Femme qui pleure* est déjà célèbre ; sa liberté a paru préparer un nouveau style, peut-être un nouvel expressionnisme. (C'était mal connaître Picasso.) Mais l'écriture sauvagement libre des toiles que je regarde échappe à cette fureur enchevêtrée. De façon variable, au cours de tant d'années...

– Les caractères chinois, dis-je, se réfèrent à une signification connue ; ces tableaux-ci se réfèrent à une signification inconnue, même s'ils sont des portraits de Dora Maar. Et puis, pour un Chinois, le monde du signe est respectable ; c'est un peu celui de l'algèbre pour les Occidentaux. Ils respectent les équations ; mais ils ne connaissent que deux sortes de signes : les dessins d'enfants, graffiti, "bonhommes", etc., et les caricatures. Vous attaquez aujourd'hui le visage d'une façon beaucoup plus inquiétante. On n'ose plus parler d'infantilisme, de snobisme, de mystification...

– Oui. Pourquoi ?

– Vos tableaux valent trop cher. Pendant la Résistance, j'ai eu pour collaborateur, un médecin du Lot. "Votre Picasso, ça n'existe pas, c'est du snobisme, de la mystification, il l'avoue lui-même !" Bien. Cette année : "Votre Picasso, j'en fais autant, seulement, lui, il les vend des millions, dans tous les pays du monde. Pas moi ! Vous me direz que c'est bien organisé, qu'il y a les marchands de tableaux ? Sûrement, mon colonel, mais ça ne suffirait pas. Tant d'argent, et en changeant tout le temps ! Il aurait pu continuer les trucs qu'on a photographiés partout, c'était compréhensible, au moins ! Non, je ne suis pas superstitieux, mais il y a du sorcier dans ce garçon-là..."

Le mot sorcier plaît à Picasso. Il s'accorde à la transe de certaines de ses formes, à ses figures de grimoire, à sa puissance de métamorphose. Il aime les chauves-souris, il a recueilli des scorpions et des petits hiboux, et fait passer les seconds dans ses toiles, en attendant les colombes. Il connaît la part mystérieuse de son génie, ses crises paludiques d'invention. Je lui ai dit un jour au sujet de Lawrence d'Arabie, que la légende des monstres sacrés n'allait pas sans une part de mystère. « – Oui, m'a-t-il répondu, mais quand ce sont des peintres, il faut que le mystère soit dans la peinture... » Il aime pourtant que sa sorcellerie lui échappe un peu, et regrette de comprendre si bien mon brave médecin, qui le comprend si mal.

– Tout de même, qué des gens qu'ils ne comprennent rien à ma peinture, s'occupent tellement de moi, c'est drôle, non ? Au fond, c'est drôle aussi, ceux qui comprennent la peinture, quand ils ne sont pas des peintres... C'est qui ?

– D'abord, ceux qui en ont besoin ?... La suite nous mènerait loin, je crois. Les mauvais peintres aussi, aiment la peinture...

– Pas la même.

– Parfois la même... Voyez Bonnat ! Enfin, je voulais dire que maintenant, tout le monde sait que vos signes signifient quelque chose. Mais quoi ?

– Ça les ravage ! Qu'est-ce que ça peut leur faire ? Tout de même, les Arlequins cubistes sont dans les magazines...

– Par une confusion avec la décoration, surtout avec les décors de théâtre. Mais la période nègre... Et ces toiles-ci !...

– Les gens commencent *toujours* par ne pas comprendre ! Après, c'est seulement comme s'ils comprenaient. Mais ça, c'est formidable. Parce que moi, je ne sais pas du tout ce qu'ils comprennent. Quand on est mort, bon. Je ne suis pas mort. Ils ont pris l'habitude ? Il y a autre chose. Tenez, Apollinaire, il ne connaissait rien à la peinture, pourtant, il aimait la vraie. Les poètes, souvent, ils devinent. Au temps du Bateau-Lavoir, les poètes devinaient...

J'ai vu pour la première fois Utrillo, hagard, accompagné d'un gorille stupéfiant, chez l'épicière de Montmartre où déjeunait Max Jacob. Utrillo ne savait plus que deux mots. Ses paupières très lourdes se levèrent sur un vide désolé, il me demanda : « Peintre, ou poète ? », s'assit et s'endormit.

Je réponds :

– En ce sens, Baudelaire, qui n'était pas musicien, a deviné Wagner...

– Mais vous ne trouvez pas que c'est drôle ? Quand on commence un tableau, on ne sait jamais ce qu'il va devenir. Quand il est fini, on ne le sait pas non plus. La peinture, on dirait qu'elle mûrit pour devenir bonne à manger. Voyez pour Cézanne, pour Van Gogh. Les gens ne comprennent pas que c'est moi, Van Gogh, non ? Ça ne fait rien : nous ne sommes pas pressés...

Il parle sur le ton de la plaisanterie ; je crois qu'il ne plaisante qu'à demi. Il se moque. De lui-même ? Plutôt de tout, comme il semble ricaner des formes humaines dans certaines de ses figures. Sa plaisanterie grince.

– Van Gogh, dis-je, mort au même âge que Claude Monet, serait mort à la veille de la guerre, en 1939... Il aurait été, de son vivant, plus célèbre au Japon que Raphaël. Mais la victoire tardive des génies maudits est une chose, les résurrections du Musée Imaginaire en sont une autre. Pendant des siècles, les fétiches ont été des bonshommes.

– Ils existaient quand même.

– Pour le dieu de la sculpture ?

– C'est ça qu'il faudrait comprendre. Personne ne l'a expliqué. Mettons qu'on les ait oubliés. Non, n'allons pas si vite ! après tout, Rembrandt a copié, comme ils disent, des miniatures indiennes, non ?

– Oui. Et Dürer a étudié les statuettes aztèques qu'on lui a montrées à Anvers. On a pourtant cessé de *voir* l'antique pendant un bon moment ; la sculpture romane, pendant cinq bons siècles. Théophile Gautier, de passage à Chartres, n'a pas fait le détour, quatre cents mètres ! pour regarder la cathédrale. Et les statues-colonnes n'étaient pas enfouies, et les plus célèbres antiques ont orné l'Hippodrome de Byzance.

Il dresse mystérieusement l'index :

– Je vais vous montrer quelque chose...

Il m'entraîne dans une petite pièce voisine, tire de sa ceinture un trousseau de clefs, ouvre une armoire métallique. Sur les rayons, ses statuettes très allongées que l'on appelait alors les *Crétoises*, une idole-violon des Cyclades, deux moulages de statuettes préhistoriques :

– La *Vénus* de Lespugue ?

– Oui.

L'un des moulages est celui de la statuette mutilée ; il en a trouvé un de la statuette reconstituée : le buste et les jambes jointes surgissent symétriquement du puissant volume de la croupe et du ventre.

– Je pourrais la faire avec une tomate traversée par un fuseau, non ?

Il y a aussi de ses cailloux gravés, de ses petits

bronzes, un exemplaire du *Verre d'absinthe*, et le squelette d'une chauve-souris. Il tire d'un rayon une *Crétoise*, me la tend. Les photos n'en transmettent pas l'accent incisif.

– Je les ai faites avec un petit couteau.

– De la sculpture sans âge...

– C'est ce qu'il faut. Il faudrait aussi peindre de la peinture sans âge. Il faut tuer l'art moderne. Pour en faire un autre.

« Tout le monde, exactement tout le monde, jusqu'à nous, a trouvé moches les idoles en violon. Moi, je trouve que la mienne n'est pas moche. Vous aussi. Tous nos amis. On l'a oubliée longtemps, sûr. L'histoire du goût, je m'en fous. Même, ça me plaît, qu'on l'ait oubliée ! Sans ça elle serait immortelle ! Mais pour nous, elle est là. Elle est là. On dit : nous aimons ce qui nous ressemble. Ma sculpture ne lui ressemble pas du tout, à mon idole ! Elle ne devrait être aimée que par Brancusi, alors ? Les ressemblances ! Dans *Les Demoiselles d'Avignon*, j'ai peint un nez de profil dans un visage de face. Il fallait bien le mettre de travers, pour le nommer, pour l'appeler : nez ! Alors, on a parlé des Nègres. Avez-vous jamais vu une seule sculpture nègre, une seule, avec un nez de profil dans un masque de face ? Nous aimons, tous, les peintures préhistoriques ; personne ne leur ressemble !

Au temps de *Guernica*, il m'a dit, dans ce même atelier : les fétiches ne m'ont pas influencé par leurs formes, ils m'ont fait comprendre ce que j'attendais de la peinture. Il tient et regarde l'idole-violon des Cyclades. Son visage naturellement étonné redevient le masque intense qu'il a pris quand il a regardé les photos. Changement instantané. Télépathique. (Braque m'a parlé de « son côté somnambule ».) Il n'a pas fait un geste, il continue à parler ; la lumière et l'atmosphère sont les mêmes ; des bruits continuent à monter de la rue. Mais il vient d'être pris d'une angoisse et d'une tristesse communicatives. Je l'écoute, et j'entends une phrase qu'il disait au temps de la guerre d'Espagne : « Nous, les Espagnols, c'est la messe le matin, la corrida l'après-midi, le bordel le soir. Dans quoi ça se mélange ? Dans la tristesse. Une drôle de tristesse. Comme l'Escurial. Pourtant, je suis un homme gai, non ? » Il semble gai, en effet. Par un mélange de jeunesse, presque d'enfance, et d'activité, qui donne l'impression qu'il joue, et qu'il s'amuse. Sauf lorsqu'il peint. Pourtant, en quelques secondes, la mer joyeuse s'est retirée de ce visage de sable. Il est en train de dire :

– De temps en temps, je pense : il y a eu un Petit Bonhomme des Cyclades. Il a voulu faire cette sculpture épatante, comme ça, non ? exactement comme ça. Il croyait faire la Grande Déesse, je ne sais quoi. Il a fait ça. Et moi, à Paris, je sais ce qu'il a voulu faire : pas le dieu, la sculpture. Il ne reste rien de sa vie, rien de ses espèces de dieux, rien de rien. Rien. Mais il reste ça, parce qu'il a voulu faire une sculpture. Qu'est-ce que c'est, notre... nécromancie ? Et les trucs magiques qu'ont les peintres, les sculpteurs, depuis si longtemps ? Quand on croyait à la beauté immortelle, aux conneries, c'était simple. Mais maintenant ?

– Vous n'avez pas choisi d'aimer la sculpture des Cyclades. Ni les masques nègres. Pourquoi les œuvres que vous aimez existent-elles ensemble dans votre esprit ? Je crois que c'est par leur présence commune. Ce n'est pas tout à fait clair pour moi... Vous venez de dire que cette idole est là. Je le pense aussi. Nous ne le pensons pas de l'Apollon du Belvédère. Le Musée Imaginaire de chacun, ce sont les œuvres présentes pour lui. Les statues survivaient parce qu'elles étaient des œuvres d'art, elles sont aujourd'hui des œuvres d'art parce qu'elles survivent...

Il a l'esprit très rapide, mais le goût de réfléchir lorsqu'une idée lui semble concerner sa relation avec la peinture :

– C'est intéressant... On peut me dire ce qu'on veut d'un tableau qui n'est pas là quand je le regarde, ça m'est égal. Les autres tableaux, c'est pour les historiens ; c'est comme les amis, il y a ceux qu'on aime et ceux qui nous sont indifférents. Mon idole est devenue une sculpture ? oui, le fétiche aussi. Sûr. Ça ne s'arrêtera pas avec nous, non ? Des fois, je *vois* l'atelier, toutes les choses qui sont là. Comme je vois les choses avant de peindre, avant de penser à m'en servir. Qu'est-ce que ça deviendra ? Mes toiles d'autrefois ont beaucoup changé. Pas les couleurs : les toiles. Aussi les sculptures. Et je suis vivant. Après... Et Van Gogh ? Et Cézanne ? Je vous ai dit : on ne sait pas comment ça vit, la peinture...

Il veut dire : l'art, mais ce mot est tabou. Alors que « peinture » fait partie des mots majeurs : amour, mort, Dieu, révolution, dont je pense qu'ils tirent leur force, de sens superposés.

De la main qui tient le petit violon de marbre, il désigne, dans un coin, sa *Femme au feuillage* :

– Les feuilles, elles ont été bien étonnées de se trouver dans ma sculpture, non ?

Il parle de la façon la plus simple. Ni chiqué ni maladie. Mais il ressent la métamorphose comme les médiums ressentent leur état second. Les feuilles sont entrées dans sa sculpture, en effet. Il a imaginé le taureau redevenu guidon et selle, parti sur deux vélos. Il a parlé de rejeter à la mer les galets qu'il a sculptés. « Que penseraient ceux qui les trouveraient, plus tard ? » Les guitares en désordre dans la pièce voisine, il les a collectionnées *après* avoir peint ses tableaux à guitares. De ses nouvelles toiles, il dit : il en arrive ! De celles qu'il achève : je les laisse comme ça. Il a parlé de ses paysages comme s'ils étaient entrés en lui et en étaient sortis tableaux. Après *Les Demoiselles d'Avignon*, son œuvre devient une métamorphose inépuisable. Il vit en elle. La *Femme à la poussette* ne sera plus une "interprétation". Lorsque les journalistes disent : le sorcier Picasso, ils expriment à la va-vite le pouvoir profond et trouble qu'il possède et peut-être exorcise. Même l'ensemble de son œuvre, par la nature et la succession des périodes, est hanté par la métamorphose, comme l'œuvre d'aucun artiste ne le fut avant lui. Je n'ai pas oublié les cafards posés au pied de *Guernica*. Ce jour-là, pendant notre conversation avec Jose Bergamin, Picasso détachait des larmes de mince métal rouge dont il faisait l'essai aux yeux de la figure échevelée, du cheval d'Apocalypse et du taureau. Il voulait retrouver la quasi-monochromie de l'œuvre. Les larmes grenat tombaient une à une dans l'étroite gorge au bas de la vaste composition, comme les gorges où l'on pose la craie des tableaux noirs scolaires. Quand nous prîmes congé, il en fit un petit tas brillant qu'il tendit à Bergamin en chuchotant, du ton où il mêle si singulièrement l'ironie et la pitié : « – Té les donne : cé sont les larmes de l'Espagne. »

Il a repris sa gaieté étonnée. L'émerveillement ironique est une de ses expressions familières. Séparé du Petit Bonhomme des Cyclades. Déconnecté des siècles.

– Mes feuilles, bon. Des feuilles domestiquées, comme Kazbek. Mais le violon, ce n'est pas une feuille. Quand même une sorte de feuille, non ? L'arabesque, la symétrie... J'ai mis des morceaux de guitare dans mes tableaux. Braque et Gris aussi. Et puis, tout le monde.

Maintenant, je me demande : le petit sculpteur, il l'a inventé, le violon ? Invention formidable ! Si vous raccordez le haut à gauche et le bas à droite, en coupant au milieu du cran, c'est un nu, de profil ! Inventé, découvert ? Est-ce que nous avons un violon en nous, qu'il a reconnu comme moi je reconnais sa sculpture ?

– C'est un peu ce que Jung appelle l'archétype, qu'on connaît seulement par les formes qu'il prend. Comme la mère-vinaigre, explique-t-il.

– Je veux dire : est-ce qu'il y a des formes, un peu vagues comme le projet d'un tableau, qui se précisent, qui se réincarnent ? Pourquoi ? Parce qu'elles correspondent à quelque chose de profond en nous, très profond ? Par la forme elle-même, ou parce qu'elle exprime quelque chose ? Vous comprenez : la symétrie, ce sont des formes, mais c'est aussi notre corps, non ?

– On vous a parlé de l'image de la Vierge apparue à Bernadette ?

– Quelle Bernadette ?

– Celle de Lourdes. Elle a vu la Vierge de la grotte. Elle entre au couvent. Des âmes pieuses lui envoient toutes sortes de statuettes de Saint-Sulpice. Elle les flanque dans un placard. Stupéfaction de la Supérieure : "– Ma fille, comment pouvez-vous mettre la Sainte Vierge dans un placard ? – Parce que ce n'est pas elle, ma Mère !" Restupéfaction. "– Ah ?... et comment est-elle ? – Je ne peux pas vous expliquer..." La Supérieure écrit à l'évêque, qui apporte les grands albums des principales images de la Vierge, ceux du Vatican. Il lui montre Raphaël, Murillo, etc. N'oubliez pas que ça se passe sous le Second Empire, qu'elle est une jeune paysanne, bergère je crois, qui n'a certainement vu, dans son bled, que des Vierges sulpiciennes, baroques à la rigueur. Elle fait non de la tête, toujours non. Au hasard des feuillets, passe la Vierge de Cambrai, une icône. Bernadette se lève, exorbitée, s'agenouille : "– C'est elle, Monseigneur !"

« Je vous l'ai dit, la Vierge de Cambrai est une icône. Repeinte, ornée de vagues angelots ; mais ni mouvement ni profondeur, aucun illusionnisme. Le sacré. Et Bernadette n'avait jamais vu d'icône...

Il réfléchit :

– Vous êtes sûr ?

– Les lettres de l'évêque ont été publiées. Et à qui aurait servi le mensonge ?

– Une intrigue des cubistes !... Tout de même, je voudrais bien la voir, sa Vierge...

– Elle est toujours à Cambrai. Je vous enverrai la photo.

– Quand ?

Maintenant, il est pressé.

– Le temps de la retrouver : je crois savoir où elle est.

– Que la fille l'ait reconnue, c'est drôle... Mais que les Byzantins l'aient inventée, c'est drôle aussi, tout de même !... Il faudra réfléchir. C'est intéressant. Très intéressant ! D'où vient-elle ? Pourquoi est-ce que j'aime ma Vénus préhistorique ? Parce que personne ne sait rien d'elle. La magie, ça va ! j'en fais aussi ! j'aime aussi les Nègres pour ça, mais on commence à savoir, enfin, on croit...

Je me dirige vers l'atelier. Il m'accompagne. Il semble avoir rangé la Vierge de Cambrai dans un coin de sa mémoire, et penser à haute voix, comme s'il prenait maintenant conseil des formes révulsées que nous retrouvons :

– Nous avons dans la tête un musée qui n'est pas le Louvre, sûr. Qui lui ressemble. Qui ne lui ressemble pas. Mais attention : seulement dans la tête. Les intellectuels, ça ne les gêne pas. Au contraire. Les peintres, ça les gêne. L'idée d'un tableau...

– En l'occurrence : le souvenir, ou la reproduction...

– ... ce n'est pas un tableau.

– Le Musée Imaginaire est nécessairement un lieu mental. Nous ne l'habitons pas, il nous habite.

– Il pourrait tout de même exister en réalité, non ? Un petit. Avec des vrais tableaux. Il faudrait essayer. Comment faire ? Dans notre tête, les époques des tableaux n'ont pas beaucoup d'importance. Mais si on fait une exposition ? On ne peut pas mettre les tableaux par sujets, c'est idiot ? Au hasard ? Mais nous retrouverions la succession, non ? Si on supprimait l'Histoire, qu'est-ce qu'ils diraient, les artistes-peintres ? Le Douanier se mettait dans les modernes, avec les peintures électriques ; moi, il me mettait avec les Egyptiens... Tout de même ! Le Musée Imaginaire de Van Gogh : Millet à côté de Rembrandt, et Mauve ; vous connaissez Mauve ? On mettrait ses ancêtres, à Van Gogh, on mettrait ses descendants.

– Le Musée Imaginaire de Baudelaire : pas de sculpteurs avant Puget, sauf Michel-Ange, pas de primitifs. *Les Phares* commencent au XVIe siècle...

Il s'arrête devant la *Femme à l'artichaut*. L'arbitraire pur.

– Oui, répond-il. Nous avons fait du chemin... Votre Musée Imaginaire aussi... Parce que, pour un peintre, les choses qu'il aime s'y retrouvent. Elles sont ensemble, vous avez raison. Comprendre l'art nègre, c'est une chose. Comprendre l'art nègre avec les statuettes de Minorque, comment déjà ? ibéro-phéniciennes ? et *La Dame d'Elche*, et les idoles des Cyclades (Zervos veut faire un grand livre sur cette sculpture-là, un inventaire) et les préhistoriques, c'est une autre chose, non ? Surtout devant les originaux, pas les photos. Si on faisait une exposition. Les sculptures qui nous parlent, elles se parlent. Elles ne disent pas la même chose.

Comme les tableaux. Musée ou pas, nous vivons dans les tableaux, sûr ! Qu'est-ce qu'il dirait, s'il voyait *Guernica,* Goya ? Je me demande. Je crois qu'il serait assez content ? Je vis plus avec lui qu'avec Staline. Autant qu'avec Sabartès. Je peins contre les tableaux qui comptent pour moi, mais aussi avec *ce qui leur manque.* Faites bien attention ! C'est tout aussi important. Il faut faire ce qui n'y est pas, ce qui n'a jamais été fait. C'est la peinture : pour un peintre, le catch avec la peinture, le... l'exercice de la peinture, non ? Les tableaux qui arrivent, même ceux qui n'arrivent pas, ça joue un aussi grand rôle que votre musée imaginaire. On en a un, mais on en change... Même pour peindre contre...

Beaucoup d'autres peintres diraient, non pas : contre le Musée Imaginaire, mais : en face de lui.

– Est-ce qu'il n'y a pas aussi, une petite salle qui ne change pas ?

– Tout de même, votre espèce de Musée, avec ses revenants copains, et mon idole, et ma Vénus... tout ça ne part pas de l'esthétique ; c'est bien. Il faudrait d'abord faire comprendre aux gens que la création est rarement une chose esthétique.

– Celle des œuvres que nous sommes en train de ressusciter ne l'est presque jamais.

– Vous dites que je ne choisis pas d'aimer l'idole des Cyclades. C'est vrai. Des Grandes-Déesses de la vie, des Fécondités, j'en connais de toutes les sortes, sans parler de celle que vous m'avez montrée tout à l'heure. (Formidable !) Il n'y a que les sculpteurs des îles qui aient trouvé le moyen de les transformer en signes. D'habitude, elles sont plutôt fantastiques. Ou symboliques. Un peu comme la *Vénus* de Lespugue : des ventres. La mienne, celle que vous avez vue, elle me plaît, parce que j'aime la trouvaille du violon. Mais dans d'autres îles, le violon disparaît. Donc plus de ventre. C'est la déesse si vous voulez, enfin, l'objet magique, ce n'est plus la Fécondité. Il reste les petits seins sans volume, les lignes gravées pour les bras... Plus fort que Brancusi. On n'a jamais rien fait d'aussi dépouillé.

« Donc, vous avez raison, je suis obligé de les aimer. Je ne choisis pas. Mais est-ce que je choisis beaucoup de peindre ce que je peins ? De peindre comme je peins, et pas autrement, oui ! Mais... En travaillant, je me demande ce qui va entrer dans la toile, forcément. Je pars d'une idée, on ne part pas de rien ; d'une idée vague. Il faut qu'elle soit vague. Si un peintre ne sait pas trop ce qu'il veut, ça ne fait rien. Pourvu qu'il sache très bien ce qu'il ne veut pas.

« Quand je gagne, je le sais. Si je me trompe, l'avenir choisira. C'est son métier d'avenir, non ? La suite au prochain numéro. Il y a des toiles auxquelles on fait des enfants ; d'autres, on ne peut pas. Les bonnes, après, elles nous guident. Des bâtons de vieillesse ! Il en sort, il en sort ! comme des pigeons des chapeaux. Je sais ce que je veux, d'une façon vague, comme quand je vais commencer la toile. Alors, ce qui arrive est très intéressant. C'est comme les corridas : on sait, et on ne sait pas. Comme tous les jeux, au fond. Je peux dire : je fais mes œuvres complètes ; ça, c'est pour le catalogue de Zervos. Mais pour moi... Si je regarde ma main, c'est le destin, elle change au cours de la vie, non ? Je veux voir pousser mes branches. C'est pour ça que j'ai commencé à peindre des arbres ; pourtant je ne les peins jamais d'après nature. Mes arbres, c'est moi.

Cette comparaison fait partie de sa pensée, car il m'a dit un jour « qu'il voulait faire pousser les branches, les siennes, bien sûr, pas celles de l'arbre ! »

Il reprend :

« Pour couper les branches aussi. Qu'est-ce que c'est,

un tableau, une sculpture ? Ce sont des... des objets ? Non. Quoi ? Disons : des machins, ça ira. Des machins où les choses doivent rencontrer leur propre destruction. Le peintre prend les choses. Il les détruit. En même temps, il leur donne une autre vie. Pour lui. Plus tard, pour les gens. Mais il faut transpercer ce que les gens voient, la réalité. Déchirer. Démolir les armatures.

L'ironie a disparu. Il résume sans aucun doute une pensée familière, car il parle d'abondance, dans un vocabulaire précis, qui trouve l'accent lacérant de sa peinture.

– Un peintre doit créer ce qu'il ressent. *Cuidado !* Ressentir, ressentir, on dit ça ! Ce n'est pas : voir comme ça ! Il ne s'agit pas d'interprétations. Regardez (il désigne la géométrie en transe de la *Femme qui pleure*) : Dora, pour moi, a toujours été une femme qui pleure. Bon. Un jour, j'ai pu la faire.

Je pense à la seule phrase élogieuse que Léonard ait écrite sur sa propre peinture : « Un jour, il m'advint de peindre une chose réellement divine... » C'était *La Joconde.*

« J'ai pu la faire. C'est tout. C'est important, parce que les femmes sont des machines à souffrir. Alors, je retrouvais le thème. Comme pour *Guernica.* Pas longtemps après *Guernica.* Il ne faut pas trop savoir ce qu'on fait. Quand je peins une femme dans un fauteuil, le fauteuil, c'est la vieillesse et la mort, non ? Tant pis pour elle. Ou bien, c'est pour la protéger... Comme les sculptures nègres. Il y a de la peinture innocente. Les impressionnistes, enfin les Promeneurs, c'était de la peinture innocente. Pas les Espagnols. Pas Van Gogh. Pas moi. Les Hollandais, des fois, ils pourraient être espagnols, non ? Van Gogh, Rembrandt...

« Le mot le plus important, peut-être c'est le mot : tension. La ligne devrait... ne même plus vibrer : ne plus pouvoir... Mais il n'y a pas que la ligne. Il faut trouver le plus grand écart. La tête qui devient un œuf. Les sculpteurs des Cyclades ont bien compris ça, pas dans les violons : dans les idoles qui sont des œufs obliques, fixés par un cou... Le corps et le végétal. Ça, dans ma *Femme au feuillage*, je l'ai fait. Aussi, déconcerter. Les têtes carrées, puisqu'elles devraient être rondes.

Il a changé insensiblement de ton, retrouvé l'ironie, jusqu'à la limite de la parodie. Je pense à l'affirmation de Mallarmé : « Tout le mystère est là : établir des identités secrètes par un deux à deux qui ronge et use les objets, au nom d'une centrale pureté. » Mais Picasso ne dirait pas : pureté.

« Déplacer. Mettre les yeux dans les jambes. Contredire. Faire un œil de face et un de profil. On fait toujours les deux yeux pareils ; vous avez déjà vu ça ? La nature fait beaucoup de choses comme moi, elle les cache ! Il faut qu'elle avoue. Je peins à coups de coq-à-l'âne ? Bon, mais qui se suivent ! C'est pour ça que les gens sont obligés de compter avec moi. Comme je travaille avec Kazbek, je fais une peinture qui mord. La violence, les coups de cymbale... l'éclatement... En même temps, il faut que le tableau se défende. C'est très important. Mais les peintres veulent plaire ! Un bon tableau, quoi ! il devrait être hérissé de lames de rasoir.

Je n'ai jamais vu la plupart de ces tableaux, et ne l'ai jamais vu seul dans cet atelier-ci. Je prends soudain conscience de ma silhouette, de mon uniforme, comme si je me voyais moi-même. Conscience aussi, de l'aspect insolite de Picasso, auquel je n'ai prêté aucune attention : son imperméable trop long qui semble une blouse d'atelier, son petit chapeau d'étoffe conique, ses yeux étrangers à son masque. On m'a montré récemment un film américain où un acteur jouait le rôle de la Mort, vêtu aussi d'un imperméable ; il attendait toujours au même endroit, des voyageurs qui allaient tous mourir du même accident. Picasso attend au passage ses prochains tableaux. Ceux qui l'entourent, il semble les avoir évoqués comme des esprits. Il pourrait avoir l'air d'un clochard, il a l'air d'un sorcier.

J'ai souvent éprouvé, jadis, cette sensation de "déjà vu". Un aboiement vient de la rue.

– Qu'est-ce que ça veut dire : travailler ? Aller plus loin ? Corriger, comment faire ? On perd la spontanéité. Matisse croit au dépouillement. Pour les dessins, rien n'est meilleur que le premier jet. Et puis, la toile vierge, c'est bien. C'est très bien !

« Après tout, on peut seulement travailler contre. Même contre soi. C'est très important. La plupart des peintres se fabriquent un petit moule à gâteaux, et après, ils font des gâteaux. Toujours les mêmes gâteaux. Ils sont très contents. Un peintre ne doit jamais faire ce que les gens attendent de lui. Le pire ennemi d'un peintre, c'est le style.

– Et de la peinture aussi ?

– La peinture, elle le trouve quand vous êtes mort. Elle est toujours la plus forte.

Reste que tous ses grands rivaux ont été obsédés par l'approfondissement de leur art ; lui seul est possédé par la rage de métamorphoser le sien. Rage à laquelle répondait si étrangement ce qu'il me disait de l'idole des Cyclades, et à quoi je n'ai guère cessé de penser. « Il y a eu un Petit Bonhomme des Cyclades... Il croyait faire une idole, il a fait une sculpture, et je sais ce qu'il a voulu faire... » A côté de moi dans l'atelier mal éclairé, il y a un petit bonhomme coiffé d'un chapeau pointu, son frère. Je lui demande :

– Vous souvenez-vous de l'extraordinaire phrase de

Van Gogh : "Je peux bien, dans la vie et dans la peinture, me passer du Bon Dieu. Mais je ne peux pas, moi, souffrant, me passer de quelque chose qui est plus grand que moi, qui est ma vie, c'est...

— ... la puissance de créer." Il a raison, Van Gogh, il a bien raison, non ? Le besoin de création, c'est une drogue : il y a inventer, il y a peindre. Ce n'est pas pareil. Pourquoi faut-il toujours inventer ? Dans mille ans, tout ça !... Mais comment faire ?

Je l'ai souvent entendu demander : comment faire ? avec ironie : les deux mots correspondent au masque étonné. Mais dans la pénombre, le ton de sa voix est sérieux.

— Van Gogh, dis-je, ne parle pas de postérité. Je suppose qu'il appelle créer : donner la vie à ce qui n'existerait pas sans lui ?

— Ça aussi. Il y a toujours eu des Petits Bonshommes pour vouloir sculpter à leur manière, exactement à leur manière. On les coupait, ils repoussaient. Comme l'amour des femmes pour les enfants.

« Plus tard il y a eu des artistes-peintres qui ont fait des peintures, des artistes-sculpteurs qui ont fait des sculptures. Heureusement, on n'a pas tout gardé : il y en aurait jusqu'à la lune ! Vous voyez ça ! tout ce qu'ont fait les artistes-peintres ! Et on en faisait toujours ; des belles filles et des femmes moches, des dieux et des pas-dieux ! On savait toujours ce que c'était, malheureusement. Si on n'avait pas su, ça aurait pu être bien ?... Enfin, quoi, haffreux ! dégoûtant. Et puis, de temps en temps, mais sans faute, il y a eu le Petit Bonhomme. Des fois, clochard. Des fois, riche. Honoré. Ami du roi : Vélasquez. Rubens. Après, Rembrandt : on dit qu'on l'appelait le Hibou ; vous croyez ? Riche, pauvre, mais toujours un peu fou, non ? Il n'y a pas de femmes.

Le son de sa voix est aussi déconcertant que pendant son précédent monologue. C'est celui d'une surprise émerveillée. Il ne fait pas un numéro, car il improvise. Mais il joue. Un jeu d'autant plus troublant que cette volubilité ne s'accompagne pas de gestes. Les paroles sont seulement accordées au plissement ou à l'écarquillement des yeux si noirs, visibles malgré la pénombre.

« Et les sculpteurs préhistoriques ! Pas tout à fait des hommes ? Si. Sûrement. Très contents avec leurs sculptures. Pas du tout des artistes-peintres ! Mais tous, ils voulaient sculpter ou peindre à leur idée. Goya, il mettait ses peintures noires dans sa salle à manger, pour les montrer seulement aux amis. Savez-vous ce que je pense, des fois ? Ça m'amuse : je suis superstitieux. Je pense que c'est toujours le même Petit Bonhomme. Depuis les cavernes. Il revient, comme le Juif errant. Vos types de l'Inde, ils croient que les peintres se réincarnent comme peintres ?

– Ça dépend de leurs mérites. Plutôt pas.

– N'y connaissent rien. Les peintres se réincarnent forcément comme peintres. C'est une race. Comme les chats. Alors, d'un côté, il y a toutes les images que les gens fabriquent. Enorme ! très énorme ! encore plus énorme ! des montagnes ! Des musées, des collections, Dufayel, les calendriers des postes, les timbres ! De l'autre côté, il y a le Petit Bonhomme. Tout seul. Il regarde les artistes-peintres. Il attend qu'ils aient fini. Ils n'ont jamais fini. Alors, il rempile. Il revient. Encore une fois ! Peut-être c'est moi, comment savoir ? Il aime la corrida. Forcément...

Malgré l'improvisation des paroles, je crois qu'il parle d'un personnage auquel il a pensé. Et que je retrouve dans les avatars d'un autre quidam inspiré, celui du *Peintre et son modèle*, qu'il appelait affectueusement : « Ce pauvre type... » L'humour n'efface pas la grandeur sarcastique du petit fantôme chargé du pouvoir créateur comme le Père Noël de sa hotte, et qui, depuis des siècles, traverse le tourbillon des images inutiles dans le vent de la mort, avec l'acharnement de l'amour maternel.

– Et quand il y a plusieurs Petits Bonshommes à la même époque ?

– Par erreur ! Il y a toujours des erreurs, non ? En sens inverse aussi. Des fois, il s'en va. Il a cru que Derain était un grand peintre, il a vu comment ça tournait, il est reparti. Chaque fois, il change de manière. Des fois, dans une seule vie. Jamais autant que moi. Mais il sait bien qu'au fond, on fait toujours la même chose : la peinture, la mort, la vie...

L'ironie s'est éloignée. Il se tait. Je lui réponds :

– Vous m'avez parlé du thème de la mort, au sujet des *Fusillades* de Goya. Vous avez représenté des femmes enceintes depuis... combien ? l'*Etreinte* est de 1905 ?

– 1903.

– La naissance et la création sont peut-être aussi profondes, aussi troublantes que la mort – et pour les mêmes raisons...

– Je descends avec vous : je vais à Saint-Germain-des-Prés.

Dans l'escalier très sombre, sa voix, derrière moi, a retrouvé la blague :

« J'ai oublié de vous montrer mes assiettes. J'ai fait des assiettes, on vous a dit ? Elles sont très bien. (La voix devient grave.) On peut manger dedans.

Nous nous séparons sur le trottoir. La nuit est belle – comme lorsque Max Jacob, jadis, m'a montré pour la première fois le Bateau-Lavoir amarré dans la nuit d'été : les arbres, le réverbère devant la fenêtre de Juan

Gris, personne sur la petite place intime comme un rêve. La voiture démarre. Ni Picasso ni moi ne savons que j'organiserai, vingt ans plus tard, la plus vaste exposition de ses œuvres... Ni que trois mois après sa mort, la Fondation Maeght, à côté de Notre-Dame-de-Vie, tentera pour la première fois d'incarner un Musée Imaginaire – dans lequel il eût retrouvé presque tout le sien.

*

Saint-Paul-de-Vence.

La Fondation Maeght, la seule fondation française comparable aux grandes fondations américaines, dresse au-dessus des arbres de Renoir ses toits en pagode. Je l'ai inaugurée, sans la voir, une nuit de 1964. Au ras du sol, les fumées de Giacometti tremblaient dans l'ombre ; Miró avait fiché sur le firmament provençal, les cornes de ses diables et la fourche de son enfer ingénu. Les voici. Les petites filles qui m'avaient apporté les clefs de la Fondation sur un beau coussin grenat sont mariées.

Exposition *André Malraux et le Musée Imaginaire.* Beaucoup de documents. Je pense, comme Picasso : tout ça concerne un type qui s'appelait comme moi.

On me remet le catalogue. Profusion de tableaux illustres. Très beaux fétiches, masques d'Afrique, casques d'initiation océaniens. Incarnation aussi confondante que le serait la représentation de *Macbeth* ou du *Bourgeois gentilhomme* pour un lecteur de toutes les pièces illustres, qui ne serait jamais allé au théâtre... Mais c'est seulement *mon* Musée Imaginaire, ou du moins ce qu'on a pu en rassembler. Le vrai, par définition, n'est pas incarnable...

Voici la maquette d'André Masson pour le plafond de l'Odéon, celle de Chagall pour le plafond de l'Opéra.

Dialogue entre Khrouchtchev et le général de Gaulle, dans la loge présidentielle. Khrouchtchev, tout rond, montre le plafond du doigt « Vous aimez ça ? – Vous a-t-on dit que l'auteur est russe ? – Alors c'est encore pire ! Sûrement un blanc ! »

Les premières aquarelles de Braque pour les mosaïques de la Faculté des sciences, qu'on n'exécutera plus, le *Faucheur* de Picasso, qui devait commémorer *Les Fleurs du mal.* Au temps du général de Gaulle...

Lors de la première Biennale de Paris, je venais de prendre les Affaires culturelles. Elle n'accueillait les peintres que jusqu'à trente-cinq ans, et choisis par un jury de leur pays, non par le nôtre. L'Union soviétique et ses satellites, l'Inde, Formose, le Japon, un peu l'Afrique, l'Amérique latine. Importante participation anglo-saxonne. Ça valait ce que ça valait. Mais les tableaux venaient du monde entier. Des jeunes peintres multicolores et chevelus examinaient les toiles des autres, ou les premières "affiches lacérées", les plus insidieux des ready-made. Toutes les tendances d'alors : abstractions géométrique, expressionniste ou lyrique, tachisme informel, néo-réalisme et néo-surréalisme, réalisme socialiste, art gestuel, étaient représentées. Devant l'entrée du Musée d'Art moderne, une machine baladeuse de Tinguely jetait au nez des visiteurs les bandes qu'elle imprimait. Tendance majeure : l'informel agressif. L'art futur montrait les dents.

– C'est plus lourd qu'ils ne croient, la liberté !, disait Picasso.

Devant quelques tableaux dispersés à travers les abstraits – et à travers le monde – Maroc, Yougoslavie, Inde, Mexique, les visiteurs s'aggloméraient : pour regarder, non les tableaux des peintres ravageurs, mais ceux des peintres du Dimanche. J'avais dit : « Quel que soit le destin des nouvelles écoles, la peinture, étonnée, a désormais conquis l'arbitraire, et ne le perdra pas de sitôt... » Il y a quatorze ans.

A droite de la porte de sortie de la salle, la *Chaise* de Braque. A-t-il pensé à la *Chaise* de Van Gogh ? Il a entrepris l'une de ses toiles majeures, *Paysage au ciel sombre*, en face des *Corbeaux* de Van Gogh, peints quelques jours avant sa mort, et qui sonnent son glas. Braque a repris les oiseaux, le long signe jaune du blé, remplacé le ciel intense par un ciel noir. Il avait repris aussi les *Tournesols* ravagés – comme pour les apaiser. On dirait qu'il attend alors, de la peinture, une puissance de paix plus forte que la mort.

De l'autre côté de la porte, le Chagall : *Devant le tableau*. Une crucifixion d'un noir intense est entourée de personnages clairs ; devant elle, le peintre, animal fantastique, tient sa palette et semble l'enchanteur de l'exposition.

Voici Chagall, d'ailleurs.

Il parcourt les salles en sens inverse, et a vu celles de l'Asie.

– Toutes les formes que les hommes ont pu inventer !..., dit-il du ton de la rêverie et de l'étonnement.

Picasso était étonné comme ses diables ; Chagall l'est comme ses anges :

« L'Espagnol me reproche mes anges, parce qu'il n'en a pas ! »

Ils étaient brouillés. Picasso lui reprochait, en effet, son « folklore » ; mais Matisse mort, tenait Braque et Chagall pour les deux plus grands coloristes vivants.

– La peinture, c'est la couleur, la chimie de la

couleur... Mais qu'est-ce que c'est ? Je ne sais pas... Vous, vous savez, moi, je ne sais pas...

Presque la phrase de Picasso, qui disait : on ne peut pas savoir... Certes, cette innocence est un jeu. Celle de Picasso était à la limite de l'ironie, celle de Chagall est affectueuse.

– Il faut seulement savoir s'en servir, dis-je. Vous savez plutôt bien...

– Toutes ces formes ! Mais pour la couleur, regardez, on n'a pas beaucoup inventé... Très peu, jusqu'à Venise...

– Vous ne croyez pas que la couleur a changé quand l'Europe a inventé l'ombre ?

– Si Delacroix revenait, il serait plus étonné par nous, que par tout ce que les savants ont retrouvé, dans le passé ! Mais par la couleur. En Asie, les tons ne sonnent pas... »

Ce qu'il dit serait plus vrai encore si la peinture de l'Asie était mieux représentée. En peinture comme en musique, le grand orchestre, c'est nous. Je lui cite la phrase amère de Picasso : « La couleur affaiblit. »

– Bien sûr : ses meilleurs tableaux sont des camaïeux !

– Ceux de Léonard aussi. Même *La Joconde*... Les *Peintures noires* de Goya...

– Ah, dit-il d'un ton ironiquement navré, quel dommage qu'un si grand génie, l'Espagnol, n'ait pas fait de peinture !

« Vous savez, je regrette que la Fondation n'ait pas trouvé un des derniers Monet...

– Je le regrette aussi. Il aurait montré brutalement que Van Gogh et Cézanne, sans s'en rendre tout à fait compte, attendaient de la peinture un autre pouvoir, le vôtre en somme. Mais je me demande ce que vous allez penser de la stridence des Nouvelles-Hébrides. C'est la seule couleur sauvage qui en soit une. Quand j'ai accroché un Matisse au-dessus de mes fétiches tricolores, il a eu l'air d'une fresque persane...

Le grand roi parthe de Hatra, envoyé par le musée de Bagdad. L'exposition des œuvres parthes trouvées en Irak serait l'une des expositions révélatrices du siècle. Après la conquête macédonienne, pendant la lutte contre Rome, ce sont ces Parthes habillés à l'iranienne, mais qui combattaient au frappement des gongs, qui maintiennent l'Orient. Les femmes voilées à la cour de Perse comme à celle de Constantinople, connaissaient-elles la Sémiramis barbare de Hatra, leur ancêtre, l'ancêtre des formes orientales du sacré, qui empliront l'empire byzantin ?

Ce colosse de Hatra, je l'ai vu à Bagdad. En l'honneur du mariage royal, on avait vidé les caves du musée de Mossoul, où s'accumulaient les effigies trouvées dans la capitale militaire parthe, inconnues alors, mères de celles des Sassanides et des reines de Palmyre, qui avaient maintenu l'hiératisme achéménide : souverains à la polychromie décomposée, trinités hérissées de scorpions. La catalepsie de l'éternel Orient emplissait un vaste hangar sous des tableaux surréalistes irakiens : girafes enflammées, fers à repasser hérissés de clous, mannequins somnambules – ex-voto bizarrement offerts à ces dieux qui avaient retenu César et vaincu les légions. Au centre, les photos, grandeur nature, de la reine et du roi. Assassiné depuis.

D'autres œuvres appellent le lieu où je les ai rencontrées. Le prince de lapis appelle le bas-relief de Darius qui marque le Zagreus comme on marque les taureaux ; le vent des steppes dessinait ses moires sur les graminées pareilles à celles qui virent passer le Grand Roi, et un enfant iranien m'apportait des roses pompons, au pied du bas-relief criblé par le miaulement des aigles.

La première fois que je suis allé à Persépolis, on n'y avait pas encore retrouvé la *Pénélope captive*, prise sur l'Acropole, envoyée ici par l'Iran. Le long de l'escalier géant, les lézards, qui jouaient à leurs jeux de lézards, sautaient par-dessus les lances de la Garde des Immortels.

Des divinités précolombiennes. J'entends la phrase de je ne sais quel conquistador – Bernal Diaz ? « Après avoir pris la ville capitale, nous arrivâmes dans la très grande Teotihuacán depuis longtemps en ruine... » Pendant sa restauration, les djinns de poussière parcouraient la Voie des temples avec le bruit soyeux des trombes, comme ceux de Saba. Dommage qu'il n'y ait pas ici d'idoles sabéennes !

Voici une katchina, prêtée par le Musée de l'Homme. Les katchinas sont les poupées des Indiens Hopi : elles permettent aux enfants d'identifier les Esprits des cérémonies magiques. J'en possède toute une collection, dans quelque garde-meuble. J'avais découvert cet art à l'aide d'un briquet, dans une vitrine obscure du Trocadéro. Divinités du farfelu, vaguement apparentées aux managers de Parade, maisons sur la tête (les leurs sont des nuages) et costumes de papillons géométriques. J'en avais reproduit une dans *Les Voix du silence* ; on montra l'édition américaine du livre à des sculpteurs hopi au service d'un musée. Lorsque j'accompagnai *La Joconde* aux Etats-Unis, je trouvai chez mon éditeur des cartons pleins de katchinas sculptées selon la tradition, « remerciements des dieux ». J'en possédais de plus anciennes, achetées à Hollywood au magasin de la réserve indienne, lorsque j'étais allé parler pour l'Espagne républicaine... Je demandai à

André Breton, qui les examinait : « Savez-vous où était le centre religieux des Indiens Hopi ? – Au Nevada, je crois ?... – A Los Alamos. » On y travaillait alors à la bombe atomique, et on en avait chassé les Indiens. « – Ça ne m'étonne pas, répondit-il, avec son air de féticheur découragé. Je ne crois pas aux coïncidences : la magie succède à la magie. »

Que sont devenues mes katchinas ?

A l'admirable Titien de la salle voisine, aux fêtes des Doges et des Arlequins appelées par Venise dans notre mémoire, les sculptures sumériennes prêtées par Alep et Damas affirment, du fond de quatre mille ans, qu'il existe un monde où la *Grande Chanteuse* et le *Saint Jérôme* de Titien sont des "semblables". Un chef-d'œuvre est devenu beaucoup plus proche d'un autre chef-d'œuvre que de son modèle. Malgré un réalisme intermittent, rare ici, comment ne pas voir l'humanité traversée par son cortège de création comme par la permanence de ses rêves ? Sous les masques des ténèbres comme sous les tableaux informels, en passant par l'imaginaire qui s'appela lui-même fabuleux lorsqu'il ressuscita Vénus, comment ne pas entrevoir la métamorphose qui joue comme une divinité de l'Inde, avec les reflets de ce que les hommes ont vu, sur le fleuve de ce qu'ils n'ont jamais pu voir ?

« Il ne faut pas croire qu'un tableau soit un objet d'art, disait Picasso : c'est le contraire ! » Devant ces œuvres de toutes les civilisations, délivrées de l'histoire par leur présentation arbitraire, tout confirme la phrase faussement paradoxale, tout en montre la longue perspective d'arcades. J'imagine la *Grande Chanteuse* sumérienne (annexée maintenant par l'art babylonien...) remplacée par la parure de la reine

Subad, le *Roi* de Beauvais et la présence secrète de la *Pietà* d'Avignon, par des bijoux médiévaux ; la *Pénélope* de Persépolis par... quoi ? la Grèce nous a laissé peu d'objets... Remplaçons les masques nègres et les dieux aztèques par des pendants d'or, tous les tableaux depuis Giorgione jusqu'à Delacroix par des meubles, ça crée l'atmosphère ; ou toutes les œuvres, par les plus riches costumes de leur temps. Et pour les *Bouquetins* du Roc-de-Sers ? Faute de crinoline préhistorique, nous exposerons un silex bien taillé. On peut rêver devant un *homo sapiens* ou non, ironiquement apparu sans dents de sagesse, il y a six cent mille ans, pour nous révéler que l'hominien en a perdu cent mille avant d'inventer le piège... Mais on s'est servi du crâne pour reconstituer la tête ; et nul ne se sert des peintures de Lascaux pour reconstituer des bisons, des tableaux pour reconstituer des tableaux vivants – sauf précisément ceux pour qui la peinture n'existe pas. Le silex est le témoin d'une étape de la préhistoire : il nous enseigne, les bronzes nous parlent. Et se parlent. Car les œuvres d'art sont les seuls « objets » sur lesquels s'exerce la métamorphose. Pas les meubles, pas les bijoux – pas les silex. C'est même, peut-être, une de leurs définitions. « La présence, dans la vie, de ce qui devrait appartenir à la mort... » Quand ai-je écrit cela ? Il y a vingt ans ?

Construite pour les œuvres d'art, cette Fondation abrite le Musée Imaginaire de la survie comme les cathédrales recèlent le surnaturel. Fut-elle élue de toute éternité pour piéger, dans ses beaux édifices entourés de géraniums, de diables de Miró et d'oliviers qui frémissent dans la chaleur prodigue, le « monde de l'art » de la fin de notre siècle ? C'est ici, qu'on aura enfin entendu des arts historiques parler avec la même voix que les arts sans histoire. Avec la voix de la métamorphose, notre fugitive immortalité. Les nuages passent au-dessus des toits en pagode.

Pour continuer la visite, il faut traverser la cour cubique, ouverte sur le dévalement des collines jusqu'à la mer, et à laquelle les statues de Giacometti s'accordent dans l'odeur de résine et le crissement des cigales. Les diables de Miró, déjà familiarisés avec ces oliviers et ces chênes verts, les habiteront-ils plus tard comme des chèvre-pieds ? J'aimerais voir avec eux quelques faunes de Picasso. La même race, si j'en juge par les petites cornes. Plus bas, sous les pins, les murets de mosaïque de nos grands peintres brillent comme les tronçons bleus des remparts de Babylone. Voyons les salles d'Asie, où je n'enendrai plus crisser la chaleur...

Quel rêve, serait un passé sans images ! Alexandre sans statues et Napoléon sans portraits, perdus non dans l'obscurité, mais dans la nuit constellée de la Bible... Tout ce qui se trouve ici évoque ce qui ne s'y trouvera jamais : effigies des Prophètes, allégorie d'Israël, têtes de bronze de Jérémie et d'Isaïe, ravagées comme celle du roi Sargon d'Akkad... figure du Christ par l'un des Apôtres... images de Gengis Khan et des Karakorum, moineaux des jardins suspendus de Babylone, Timour à cheval dans les chardons devant ses volières d'or pleines d'oiseaux, fresques timourides depuis les Balkans jusqu'au Gobi... Un Napoléon sans portraits serait-il celui de Victor Hugo, comme Cléopâtre sans bustes était celle de Shakespeare ?...

Sculptures, dialogue inépuisable. Je regrette les cavernes de l'Inde, et les fleuves chinois couleur de glaise, endormis naguère dans le grand sommeil de l'Asie... A mon dernier passage en Chine, quand j'attendais le retour de Mao, le fleuve débordé atteignait la grotte ; des enfants avaient déposé leurs petits souliers, comme des offrandes, au pied des colosses protecteurs, et des radios éloignées enroulaient les serpentins de leurs chants patriotiques autour du Bouddha géant, blason de la montagne.

Les statues rouges de l'Inde, le *Roi-Serpent* de Mathura. Pourquoi l'Inde appelle-t-elle dans ma mémoire, la belle lépreuse qui m'a tendu des fleurs auprès de la déesse aux yeux-de-poisson, les petits chats noirs qu'un enfant tibétain voulait me donner au Népal, les clous de cuivre polis par les pieds nus dans la poussière des seuils sacrés, comme des lampes dans le brouillard ?

Bouddhas khmers. Je n'avais pas quinze ans quand je lisais Loti : « J'ai vu l'étoile du soir se lever sur Angkor... » On se bat ces jours-ci au Cambodge, et la rosée de l'aube continue à perler sur les toiles géantes des araignées, au-dessus des maquisards morts. Moi, j'ai vu l'étoile du soir se lever sur Lascaux où nos armes étaient cachées, et je ne savais pas que c'était Lascaux... Il existe au fond de la brousse une autre Angkor encore emmêlée aux lianes : Banteai-Chmar, la "Forteresse du Chat". Voici un petit relief près duquel, vers 1924, méditait un dieu de pierre, les grenouilles des ruines endormies sur son épaule ; les grenouilles des ruines sont presque transparentes. Reverrai-je la forêt d'Asie ?

Cette semaine, les Khmers rouges atteindront Angkor.

Pourquoi aucun Américain n'a-t-il sculpté un autre Progrès que la *Liberté* de Bartholdi ? aucun Soviétique, une autre *Révolution* que celle de Rude ? Faudra-t-il venir au musée pour analyser la religion de ceux qui n'en ont pas ? Du moins ne le quittons-nous pas sans y prendre conscience que si nous étions menacés de renaître oiseaux, ou seulement femmes, nous regarderions autrement les oiseaux, les femmes, et nous-mêmes. L'Inde est inséparable de l'Englobant, des « états psychiques » (illumination, extase), de la transmigration. Le shéol et les Champs Elysées de notre parrain Israël, de notre marraine la Grèce, n'ont jamais trop bien su ce que devenait l'homme après la mort, ni ce qu'il ne devenait pas – et le savons-nous si bien ?

Je pense aux foules sculptées des grottes d'Asie, et aux Tarots de Picasso qui couvraient les murs du Palais des Papes. Derrière moi, la Méditerranée d'Homère, les oliviers de Virgile, le cimetière, les hommes du début de l'ère atomique et du vrai Musée Imaginaire, celui qui n'existe pas – comme naguère, devant moi, la caverne hantée d'Eléphanta où l'Absolu méditait parmi les figures délivrées de l'impermanence et de l'Illusion. Dans l'hindouisme comme dans le bouddhisme, le christianisme et la tragédie grecque, le mot accession s'applique à l'un des hauts pouvoirs de l'art. Non pas exprimer : atteindre...

Dans la dernière salle, isolé, le conservateur japonais à côté de lui, un chef-d'œuvre illustre : le *Portrait de Shigemori* de Takanobu. Le plus pressant interrogatoire de la peinture occidentale.

Cet art fait, du nôtre, un art de l'antagonisme. Chez nous – à l'exception de la fine et secrète tendance que symbolise Vermeer –, quelque chose se bat toujours contre quelque chose. Devant le grand art de l'Asie, notre peinture depuis le baroque, Rubens, Venise, la triade romantique qui unit Goya et Rembrandt à Michel-Ange, tout l'esprit des cathédrales, le génie roman malgré sa rigidité (la catalepsie romane est hantée), tout l'art occidental depuis les premières figures chrétiennes jusqu'à Van Gogh, devient un art ravagé. L'Asie a découvert dans l'Occident moderne, le secret meurtrier de l'univers : pour Darwin, Nietzsche,

Marx, même Freud, le *tao* de la nature, de l'histoire, de l'homme, est combat. Pour Picasso, l'âme de la peinture est la « tension » – terme clément. Même l'« homme réconcilié » de Raphaël accueillerait mal le sourire pacifié dont le bouddhisme avait béni l'Abîme...

L'Extrême-Orient non bouddhiste veut échapper à la Vie comme le bouddhisme veut échapper à la Roue ; mais par la communion *avec son essence*. Son art découvre et exprime l'essence que les choses choisies recèlent, toutes ces essences reflétant l'Essence suprême. « Il y a une vérité picturale des choses », écrivait Cézanne. Et même une vérité tout court, eût répondu l'Extrême-Orient. Je me souviens d'une cellule dans un couvent presque abandonné, près de Nara ; accroché aux nattes verticales, un seul vase, merveille informe ; une seule fleur d'hibiscus grenat tremblait aux battements d'un gong lointain, espacés dans l'éternité.

Un de mes amis asiatiques m'a dit : « Vous voulez être dans le tableau, alors que nous voulons être dehors. La peinture européenne a toujours voulu attraper les papillons, manger les fleurs et baiser les danseuses. » Magnétisés par le tableau, les amateurs extrême-orientaux en restent séparés par une aura qui le protège à la façon d'un invisible verre. Ce que nous traduisons par le mot : retrait, au sens où l'on peut employer ce mot pour l'horizon marin qui recule devant nous : il s'agit d'un lointain protégé par son essence même. Nul n'étreint la *Majesté*, nul ne se rapproche du *Shigemori*, séparé de nous mais non éloigné.

Paul Valéry m'a dit en 1935, lorsqu'il écrivait le *Préambule* à la grande exposition italienne : « J'appelle grand art, celui qui engage tout l'homme, selon la hiérarchie même de l'esprit. » J'y pensais tout à l'heure devant le portrait de Berthe Morisot, sa tante, qui tient si peu pour le plus grand art, celui qui exprime le plus haut degré de civilisation ! A cet appel, Claude Monet, les Promeneurs, avaient répondu avec des voix d'opticiens et de jardiniers ; Van Gogh répond avec la voix d'un martyr. Lequel d'entre nous, devant ses tableaux, devant ses lettres atroces, dirait que sa peinture, qui l'engageait d'évidence tout entier, n'engage pas tout son spectateur ?

« Tout l'homme », c'est tout l'homme classique. L'art que Valéry plaçait le plus haut, celui de Léonard ou celui de Racine, exprimait, nourrissait un état supérieur de *culture*. Il en tirait sa promesse d'immortalité. L'Occident l'a longtemps entendu ainsi. Mais celui des grandes époques de foi ? Valéry, pour ramener la peinture de son temps à la modestie, lui oppose la « hiérarchie même de l'esprit ». Manet lui répond ici faiblement, même dans l'admirable *Berthe Morisot* ; mais le *Roi* de Beauvais, Moissac, toute la sculpture romane ? Sans doute pensait-il qu'elle n'engageait pas l'esprit. L'intelligence désespérée de cet adversaire de Pascal n'employait guère le mot âme. Quand Picasso a dessiné son portrait, que n'ont-ils parlé des masques ! L'esprit n'aime pas non plus les esprits. Mais je sais ce qu'il répondrait : « Même si ces arts assument tout l'homme, il ne les gouverne pas. »

Pourtant, à la leçon méditerranéenne que me rappelle le bruit de la pluie qui commence à tomber sur les oliviers, le Musée Imaginaire répond à son tour : « L'esprit ne suffit pas à rendre intelligible l'opération qui créa tour à tour la frise du Parthénon, le *Shigemori* et les masques africains ; les arts que l'homme gouverne peut-être, et ceux qu'il ne gouverne pas. Et rien, hormis la métamorphose, ne rend compte de l'action commune qu'ils exercent sur nous. Le Musée Imaginaire n'a pas annexé le monde, imposé par les conquérants : il l'a conquis parce que son émancipation de la beauté, et même de la culture, semble découvrir un langage inconnu, mais universel. Le Musée Imaginaire, provisoirement, c'est l'Occident. »

Les statues sumériennes retourneront en Syrie, le *Shigemori* dans son temple, tous les tableaux modernes chez leur possesseur. On ne verra plus *Berthe Morisot* de Manet auprès de la grande *Forêt vierge* du Douanier ; Titien, Vélasquez, le Greco, Poussin, Chardin et Corot dans la salle voisine, tant de sculptures de haute époque dans celle-ci, et dehors, le jour qui baisse sur la Méditerranée... Au-delà des collines, à quelques kilomètres, les toiles veillent dans les pièces encombrées de Notre-Dame-de-Vie. « Un objet d'art et une peinture, ce n'est jamais la même chose... »

De Chardin jusqu'à Picasso, tous les grands peintres, comme ils allaient jadis à Rome, sont venus à Paris. J'entends mon discours d'inauguration de la première Biennale : « Auprès d'un fleuve que bordent les boîtes des bouquinistes et les marchands d'oiseaux, dans cette ville où la peinture pousse entre les pavés... » Braque et Picasso vivaient encore. J'ai lu jadis dans *Le Journal* la mort de Renoir, j'ai vu la « vente Degas » ; je n'étais pas surpris de vivre pendant cinquante ans, dans la plus grande peinture de mon temps... Là-haut, habitué du néant, le prince Shigemori, de ses yeux japonais qui n'ont jamais vu peindre l'ombre, regarde l'art de l'Occident, qui ressuscita toute la peinture de la terre, rejoindre les grands poètes de l'ombre occidentale, l'obscurité hantée de Goya, de Titien, de Rembrandt. Il faut aller préparer le discours que je prononcerai au dîner ; ajouter à mes notes, celles que cette journée m'apporte... La lumière se couche dans les pins, que les cyprès solennels accordent aux mosaïques comme à toutes les ruines de la Méditerranée depuis Sagonte jusqu'au bois sacré d'Epidaure. Dans la cour, les figures de Giacometti recueillent l'ombre pour devenir de vrais fantômes. La nuit monte peu à peu des collines de Provence jusqu'à la fourche et au diable de Miró, qui se découpent sur le ciel de plus en plus pâle. Demain, *Vauvenargues* : Jacqueline vient me chercher. « Il y a eu un Petit Bonhomme des Cyclades... »

*

Vauvenargues.

A droite et à gauche, les pans verticaux des montagnes de Provence. Les nuages bas cachent la Sainte-Victoire de Cézanne. Dans la vallée, au-dessous de moi, le château cubique et ses quatre tourelles plates aux pointes rognées. Vertical, séparé de tout par son piédestal rocheux, c'est un tombeau.

L'idée vint-elle de lui ? De Jacqueline, plutôt. A Kahnweiler qui lui disait : « C'est très grand... », Picasso avait répondu prophétiquement : « Je compte bien l'emplir ! » Il voulait dire : de peintures. Celles de Mougins l'empliraient.

C'est un peu le mausolée du Cid, mais il serait alors plus altier, ressemblerait davantage aux tours du Palais des Papes ; c'est plutôt celui de Don Quichotte. Les Français tiennent trop pour un fol, cet aîné du Fou de Lear, égal à son roi, égal à son frère Hamlet. Pendant la guerre civile, mes amis d'Espagne le citaient comme Karl Marx ; c'est devant la *Sagrada Familia* de Barcelone (la seule église diabolique du monde) tordue par les flammes, qu'une infirmière m'a dit timidement : « Le Tombeau de Don Quichotte... »

Pour moi aussi, Don Quichotte est un personnage d'enchantements et de sortilèges ; sur la glaise crevassée des plateaux de Castille, j'ai vu le coucher du soleil étendre l'ombre de ses moulins comme il avait allongé devant l'Armée d'Alexandre, sur le désert de Perse et ses grillons énormes, les ombres du bûcher qui brûlait Bucéphale.

J'ai vu la tombe de Cervantes, dans l'église d'Alcala, pendant l'hiver de 1936. On réparait nos avions, et j'errais sur la grand'place que balayaient les ramages glacés de la poussière espagnole. J'entrai dans l'église incendiée. Le crucifix intact était relié à la pierre tombale par une grande flèche au charbon, que les anarchistes avaient ornée d'une inscription à l'adresse du Christ : « Tu as de la chance. Il t'a sauvé. »

La route permet d'atteindre le château de Vauvenargues. On y entrait par un perron abrupt au-dessus duquel l'édifice se lève sans doute lentement et solennellement, et qui s'achève par des ferronneries d'Escurial, à l'entrée de la terrasse où est enseveli Picasso. Sur le gazon, le bronze noir de la *Figure au vase*, génie gardien, étend sur les nuages de la fin de la matinée, son geste d'offrande parallèle à la terre.

Des volutes de pierre espagnoles ou mexicaines, une entrée médiévale, la cage d'un escalier confus, une salle des gardes dont on ne distingue que les galets du dallage, étroits et serrés ; tout au fond, une cheminée monumentale très basse. Dans le prolongement de l'entrée, un énorme chaudron de cuivre rouge où flamboient des glaïeuls : la vie d'un brasier, au centre des murs plats qui montent vers l'ombre. Plus loin, quelques vraies flammes dans la cheminée au-dessus des bûches rouges, glaïeuls allumés. Des lévriers de plomb, trouvés chez quelque antiquaire, grandeur nature, assis.

– Ça vous paraît bien ? demande Jacqueline.
– Extraordinaire...
C'est bien l'amour qui a inventé ce tombeau, mais les dieux de l'ombre l'ont aidé. Il y avait dans tous les ateliers de Picasso, même à Mougins, le diablotin farfelu qui a fait dire à Rafael Alberti et aux poètes amis, devant les Tarots, qu'il venait de conquérir le Palais des Papes à la tête de ses Mousquetaires, de ses Masques et de ses Toreros. Ici, le pittoresque s'efface devant l'interrogation qui brûla sa vie, non sans l'incandescence de ces bûches. Je pense à la chambre funéraire de la Grande Pyramide, à la lueur qui montait du bureau souterrain de Hitler avec le chant désolé des camionneurs noirs, quand nous avons pris Nuremberg. Livré aux tableaux, Vauvenargues sera sans doute le plus noble mausolée de peintre. Mais rien n'y maintiendra ces fleurs comme une flamme funèbre devant la porte ouverte où la *Figure au vase* tend son offrande à un ciel traversé de nuages bas. Seuls veillent les lévriers symétriques.

Dans la salle à manger, près de la cheminée aussi, la queue en l'air, un chat en bronze doré de Picasso, frère de celui de Mougins. Le buffet du célèbre *Buffet de Vauvenargues*, une photo de Picasso grandeur nature, surprenante : ses yeux jouaient un tel rôle dans son visage, que lorsqu'ils sont baissés, presque fermés, sa face ne lui ressemble plus. Des fauteuils à haut dossier, où sont peints, au trait, des chèvre-pieds.

– Ils auraient dû être tendus de velours, dit-elle. Mais il n'y avait que la toile. Alors, Pablo les a peints.

Sur la cheminée, près de la photo, une sorte de petite serviette de papier, découpée mais pliée. Elle la pince entre deux doigts de chaque main, et déploie avec son triste sourire, dont le bonheur passé traverse cette fois la brume, une guirlande de figures dansantes qui se tiennent par la main, et ressemblent aux chèvre-pieds.

A droite, le tableau des toits de Barcelone que j'ai vu à Mougins. Le mur de la salle de bains est peint à fresque : sous-bois et un nouveau chèvre-pied farceur.

– Il vous a fait cadeau d'une forêt ? dis-je.

– Oh non ! je ne lui demandais jamais rien. Quand il a vu le ciment frais, il a eu envie de peindre dessus, il a fait le faune dans le bois. Alors, naturellement, j'ai acheté des meubles de jardin...

Un banc, en effet, porte la marque des bancs de square : *Allez Frères*.

Une pièce vide.

– Nous avons vécu ici, dit-elle, mais nous ne nous y sommes jamais tout à fait installés...

– Vous êtes-vous jamais installés quelque part ? Si j'en juge par Mougins, c'étaient les troupeaux de tableaux, qui s'installaient. Et se reproduisaient en toute hâte. Vous deux, vous gardiez les moutons...

Nous revenons du côté de la mort. Dans l'encadrement de la porte, dehors, la *Figure au vase*.

En opposition à la statue dont le geste unit la tombe au paysage amer, j'aimerais la tête du cheval d'Apocalypse que *Guernica* dresse sur le charnier comme celle des chevaux des rêves.

– Malheureusement, répond-elle, on ne peut pas. Mais quand la République espagnole sera revenue, nous irons ensemble le porter à Madrid, comme il l'a promis. Avec Miguel. Vous voulez venir avec nous ?

Je retrouve son pauvre sourire de Mougins ; il me semble pourtant qu'elle souffre moins, parce que ce tombeau emplit sa vie.

Guernica, arme et blason, eût semblé pendu par lui au-dessus de l'âtre de la salle des Gardes, comme ces épées noires que des Espagnols amputés et noirs aussi, pendaient sur la chaux après Lépante, dans leurs châteaux déserts peuplés de cheminées. Bientôt Jacqueline emplira Vauvenargues de ses tableaux. « Ils ne sont plus faits pour les salons des gens », disait-il.

Aucun grand artiste n'est veillé par son œuvre. On a transformé en musée une maison de Michel-Ange, la maison de Rembrandt, celle du Greco. Il y manque la mort. Que serait le tombeau du Colleone, même sous sa statue, en face du tombeau de Rembrandt veillé par *Bethsabée*, de Titien veillé par sa dernière *Pietà* ! On rêve de Piero della Francesca dans l'église d'Arezzo, de Giotto dans celle d'Assise ; leur génie y demeurerait au service de Dieu.

Le plus saisissant tombeau du monde n'a jamais été construit. Lorsque Shah-Djehan vit le Taj blanc où allait reposer la reine, il décida de faire ériger pour lui-même un Taj de marbre noir, que les arches blanches et noires les plus grandes du monde relieraient au premier par-dessus la Djumma. Shah-Djehan est mort dans la citadelle d'Agra, prisonnier de son fils Aurengzeb. Par sa fenêtre de marbre, on voit encore le Taj, l'immense rivière, et le désert du mausolée-fantôme.

Picasso disait que ses tableaux n'étaient plus faits pour les salons. Pour le musée ? Il le tolérait, entendait n'en être pas écarté. Pour son atelier, peut-être ? tous ses ateliers ont regorgé de tableaux et de sculptures... Pour le palais pontifical d'Avignon, occupé par ses toiles en attendant le Diable ? Le lieu élu qu'appelait sa peinture, il le cherchait, mais la mort est patiente : c'est ce tombeau. Bien entendu, si l'idée de Jacqueline devient une découverte, c'est par la nature du génie de Picasso. La tombe de Corot dans un petit château d'Ile-de-France où l'ombre de Gérard de Nerval veillerait sur la *Rose dans un verre* et la *Femme à la perle*, ressemblerait à son art ; on regrette que l'Angelico ne soit pas enterré à San Marco de Florence ; qu'il n'existe pas un cercueil de Michel-Ange, sous une *Nuit* presque retournée à la pierre, dans l'une de ses vignes aujourd'hui sauvages. Mais le tombeau imaginaire de Goya ! La bousculade hantée des *Peintures noires* gardée par le spectre *Saturne*, dans l'abandon d'un château sans meubles, au fond de la sierra d'Aragon sans herbes... A un tel art, rien ne s'accorde autant que le tombeau. Monument, solitude, cercueil et révolte. La Mort honore mieux que le musée.

Par cet affrontement de la mort et du génie, les tableaux de Jacqueline vont opposer à la tombe, un autre lieu hanté. *Guernica* excepté, qu'attendre ici ? Sur ces vastes murs funèbres, les toiles encore absentes qui se pressent aux portes de la mort sont plus présentes que celles qui viendront. Puissent celles-ci ne pas connaître l'ordre chronologique de la vie, retrouver l'envoûtement de Mougins, depuis les études pour *Les Demoiselles d'Avignon* jusqu'aux Tarots les plus déchirés, depuis la *Femme au feuillage* qui ensorcelle ses branches et ses boîtes, jusqu'au totem diabolique de Notre-Dame-de-Vie...

« On ne sait jamais comment ça vit ni comment ça meurt, les tableaux... »

Du moins pressent-on comment ils vivront ici : de l'inexplicable vie des œuvres d'art dans le temps. Ils n'entreront pas « dans l'immortalité ». Ils n'apporteront pas une présence de Picasso, comme le film que Clouzot lui a consacré (et pourtant, sa voix...). Ils apporteront d'abord la vie qui modifie les tableaux qu'on n'a pas vus depuis longtemps, et qui reviennent, disait-il, dans des robes dorées. Jacqueline murmurait en assemblant des Tarots à Mougins : « Quelquefois, avec Pablo, nous nous faisions des murs... » Chaque tableau fait lui-même son mur. J'ai toujours entendu les peintres traiter les tableaux, d'objets ensorcelés. Le préjugé qui fit de la peinture l'imitation ou l'idéalisation de ses modèles, a rendu insaisissable, le *pouvoir* du tableau. Ceux que nous ne voyons plus n'ont pas changé, nul n'en a effacé les personnages : les œuvres qui meurent ne perdent pas leurs feuilles, elles perdent leur phosphorescence. « – On croit qu'on fait une idole, on fait une sculpture, grommelait Picasso. N'importe comment, une vraie image est une image capable de courir l'aventure, non ? Le bateau s'en va quand le peintre meurt. »

Alors commençait la métamorphose la plus confuse, car nous ne passons des œuvres des vivants à celles des morts qu'insensiblement, par de petits purgatoires, nommés musées d'art moderne. Mais les artistes ne parlent d'art qu'en termes de vie, et la vie des œuvres est devenue leur énigme majeure. Un jour, aux Grands-Augustins, Brassaï dit : « Nous savons maintenant que des pilotes portugais, Pinzon par exemple, avaient atteint l'Amérique, sans doute au Brésil. Avant Colomb. N'oublions pas qu'il est mort en affirmant que ce continent n'existait pas, et que ses bateaux avaient atteint les Indes par l'ouest. Pourquoi, malgré le nom d'Americ Vespuce, est-il encore l'Ancêtre ? » Je rappelai qu'après les premiers sauvages, les autres navigateurs n'avaient découvert que d'autres sauvages, alors qu'après les sauvages de Colomb, Cortez avait découvert l'empire, et l'or. Picasso me saisit le bras, ce qu'il ne faisait jamais : « Comme en peinture ! dit-il. Au lieu de l'or, ils auraient pu découvrir la peste, non ? Ou ne pas revenir ? Un peintre, il fait un tableau. Il est assez content. Ou pas. Mais on le refait ! On le refait beaucoup ! Tout de même, on ne peut pas tuer ses successeurs !... »

Il ne craignait pas la postérité, mais il rêvait aux Cortez futurs. Son génie de sourcier savait que certaines pulsations de l'histoire, et les révolutions de la sensibilité, ne métamorphosent pas moins un grand artiste, que ne font ses successeurs. Cortez transfigure Colomb – et la puissance des Etats-Unis transfigure Cortez...

Appartient au mystère tout ce qui échappe au temps. Si, un jour, Jacqueline expose ici *Guernica* en route pour Madrid, *Guernica* n'y appartiendra pas au même passé que la guerre d'Espagne. Car la guerre d'Espagne a été, alors que le tableau *est* ; ce qui nous rend perplexes, depuis que les chefs-d'œuvre ne sont plus immortels, mais survivants. Ou ressuscités. Confier un mort à la mystérieuse survie qui rejette seule l'essence du monde, le fleuve cosmique, aussi présent que la symétrie de notre corps, qui roule la terre et chacun, de la naissance vers la mort... Dans ce Vauvenargues où les songes d'Espagne brisent leur vol de chauves-souris, je me souviens de la caverne où Çiva mêle les hommes aux singes qui fermaient les yeux des morts des batailles védiques – et les choucas provençaux crient comme les mouettes de l'océan Indien.

Les glaïeuls rougeoient dans l'ombre, semblables aux glaïeuls jaunes que l'Asie posait devant les dieux des musées. Au temps du grand sommeil, depuis Pékin jusqu'à Constantinople, d'admirables petits morceaux de faïence et de mosaïque tombaient à petit bruit dans le silence. J'ai entendu les fragments des tuiles mandarine de la Cité Impériale quand les renards débouchaient dans les asters violets au pied des murailles ; les fragments turquoise de l'Ecole coranique d'Ispahan où les roses redevenaient sauvages derrière les portes d'argent ; les fragments de porcelaine des temples siamois que l'on appelait encore pagodes. Leurs tours plus hautes que celles de Notre-Dame étincelaient de verroteries et d'assiettes brisées, celles dont la Compagnie des Indes avait jadis comblé le Siam. Le vent du matin faisait bruire doucement les clochettes, et tomber, sur les pages de mon livre, des fragments de Chinoise et de Hollandais peints en bleu... Pour les grandes cérémonies, des milliers de femmes agenouillées qui tenaient entre leurs mains aux doigts allongés, les glaïeuls jaunes comme la robe des bonzes, inclinaient d'un geste leurs champs de fleurs où des ramages couraient comme ceux du vent. C'est au musée de Bangkok, que j'ai vu pour la première fois les bonzes offrir des colliers de tubéreuses aux Bouddhas des anciens rois. (Où ai-je revu ces colliers, il y a quelques mois ? Au cou des grands blessés du Bangla Desh...) Le gardien approuvait.

Si des Dominicaines en robe apportaient des lis aux Vierges gothiques du Louvre ? Si nos musées accueillaient les offrandes, si les dieux et les tombeaux accueillaient encore leurs fidèles... Toutes nos résurrections recevraient des fleurs, qui remplaceraient auprès d'elles le temple, la cathédrale ou le palais perdu ; les anémones, canas, cinéraires et valérianes des jardins de la Fondation n'y auraient pas suffi. Surprenante époque, qui demande ses statues, aux anciens arts fonctionnels de l'âme... « Les idoles qu'on ne connaît pas, ça peut toujours faire des sculptures, rappelait Picasso ; celles qu'on connaît aussi, mais moins... » Depuis longtemps Aphrodite est statue ! mais déjà Vénus n'était plus Aphrodite qu'à demi ; c'est seulement par notre civilisation, son goût du mystère et sa rage du passé, que le passé de l'art regorge d'idoles désaffectées. Si bien passées de l'autre-monde des dieux ou des morts, dans celui de l'art ! Hier, à la Fondation, j'imaginais, autour des sculptures, l'enchevêtrement des cathédrales, des temples de l'Inde, des grottes pour lesquels on les sculpta. Dans les temples hindous de la secte de Narayan, la profusion de la sculpture a insensiblement uni les fidèles, aux dieux luxuriants comme leurs colliers de tubéreuses ; Narayan a remplacé ces dieux par des miroirs, et dans la demi-obscurité des vestibules sans fin, les cadres de madrépores dont l'art a couvert les murs, guident les fidèles vers leur propre image qu'ils divinisent et délivrent de la mort...

Ces miroirs en appellent un autre. Visitant le Musée National de Mexico, à peine achevé, avec le dernier ambassadeur de la République espagnole, j'avais retrouvé le crâne précolombien d'obsidienne, que la Fondation attend. Objet illustre, il est présenté seul dans une vitrine, devant un miroir qui unit à lui les visiteurs, comme des miroirs encastrés à la place des dieux hindous unissent les fidèles au sacré. Il reflète aussi la verrière géante à travers laquelle les arbres entrent dans les salles – les grands arbres héritiers de ceux qui ont bordé les canaux de la capitale aztèque où les Espagnols trouvèrent « tant de fleurs magnifiques, et des nains tristes ». Dans ce musée cyclopéen, l'un des plus modernes du monde, les Indiens apportent leurs fleurs aux idoles qui ne sont pas encore tout à fait des statues.

Ce crâne figure la Mort, mais comprenons-nous jamais les idoles disparues ? Pourtant, il transcende les civilisations mieux que les idoles mexicaines qui l'environnent ; comme la faim, que la métempsycose ne détruit pas, transcende les sentiments passagers. Malgré la pérennité des archétypes, son style en fait le signe d'un dialogue de l'homme avec l'autre monde. Un signe, et aussi un symbole au sens ancien, le symbole qui exprime ce qui ne peut être exprimé que par lui. « Le secret des choses, qui n'est pas dans leur apparence... », dit Aristote.

Les nuages qui traversent le miroir s'immobilisent ; l'obsidienne luit sur leur fond plombé. Un bruit de papier froissé vient du dehors, éclate dans le ruissellement de la pluie sur l'immense verrière. Chassés du jardin par l'orage, des Indiens entrent ; leur nonchalante procession traverse le miroir. Les Indiens qui mourront passent devant le signe sacré des Indiens morts ; passent avec la pluie indifférente aux symboles funèbres, qui tombait jadis sur les dinosaures...

Ses reflets rencontrent ceux des hommes sur le crâne poli. Le miroir dit que depuis les combattants aux casques en forme de tête d'aigle, le ciel étoilé étend sa lueur « sur les guerriers morts et sur les vainqueurs endormis » ; et aussi, qu'un destin non moins persévérant fit de l'idole aztèque, pour les Espagnols, d'abord un démon, puis l'imitation d'un crâne, un chef-d'œuvre enfin. Momies royales voisines, nuages chassés par le vent qui dérivent dans le miroir sont entraînés par le crâne d'obsidienne dans sa métamorphose. La métamorphose joue avec les images des dieux plus volontiers qu'avec celle de la mort. Toute vie créée par les dieux est promise au néant ; nous oublions que celles qui ont triomphé de lui : formes, idées et dieux, ont été créées par les hommes. Le mot art prend un étrange accent, dans ce musée inachevé, temple de la métamorphose né avec notre civilisation, et sans doute promis à disparaître avec elle...

Picasso fut habité par la métamorphose plus profondément que par la mort. Il lui semblait lié comme les féticheurs le sont au peuple d'outre-tombe. Il éprouvait contagieusement (je n'ai pas oublié l'atelier des Grands-Augustins) celle qui lui apportait l'idole-violon et la *Vénus* de Lespugue, mais aussi celle qui lui apportait la *Tête de taureau* qu'il souhaitait voir redevenir selle et guidon. « Ce que j'ai fait, le guidon-selle, tout ça, ça ne suffit pas : il faudrait trouver une branche, et qu'elle devienne un oiseau. » Celle qui lui faisait dire qu'aux expositions, ses toiles oubliées lui revenaient en robe de luxe ; et que lorsqu'une forme était créée, « elle était là pour vivre sa vie ». Sa propre métamorphose, qui abandonnait ses manières successives, et à laquelle il jetait ses créations comme les autres confient les leurs au temps ; celle qui lui imposa les Confrontations, et le peuple des Tarots comme des papillons au long des quatre cents mètres de ses deux Jugements derniers – dans le Palais des Papes où les vociférations crétoises montaient comme les hurlements de Pasiphaé pour le trépas du Minotaure. Et celle qui l'attendait ici.

« Il y a eu un Petit Bonhomme des Cyclades... »

Son atelier de Paris, un jour avec *Guernica*, un soir sans *Guernica* ; le cagibi encombré de statuettes sous de minces os de chauves-souris, le court personnage à la tête ronde, aux yeux illuminés de noirceur sous son chapeau pointu ; vêtu de la gabardine avec laquelle un acteur américain interprétait la Mort cette année-là. Il manipulait une idole-violon en parlant du Juif errant, du pouvoir créateur, et du Petit Bonhomme né aux Cyclades il y a trois ou quatre mille ans, dont la réincarnation traversait les siècles jusqu'à Van Gogh, comme la file invincible de l'amour maternel – du Petit Bonhomme qui savait que les images des dieux sont toujours trouvées par des sculpteurs inconnus. Sur les statuettes taillées au canif, la *Vénus* de Lespugue et les tableaux enragés, la rue des Grands-Augustins pénétrait par quelques courts abois. Il demandait avec l'air étonné des chatons : « C'est peut-être moi, comment savoir ? Il aime la corrida, forcément... Et les gens se souviennent de lui, forcément... »

C'était à Paris, chez les vivants. Ici, le Petit Bonhomme a encore quelque chose à dire. On reprochait à Picasso, de tenter seulement de renouveler son art, alors que ses prédécesseurs, même Van Gogh, avaient voulu approfondir le leur. Comme la statue noire sur le cercueil, ce château dressé contre la mort répond qu'un peintre peut changer de costumes, mais qu'un mort ne choisit pas entre ses déguisements : il ressemble à sa peau. Les Tarots sont loin des premières toiles "nègres", mais dans le même sens, qui le sépare de tous. « Le style, m'a-t-il dit, c'est quand on est mort : voyez les Gisants ! » Quoi de commun entre la peinture de ses plus grands rivaux – l'une des époques majeures de la peinture, dans le pays des premiers peintres de son temps – et ses sculptures de prophète prisonnier, ou la fureur ligotée de ses Tarots ? L'acharnement. A partir des *Demoiselles d'Avignon*, la constance de son art vagabond, c'est l'approfondissement de sa révolte.

Jacqueline n'aurait-elle fait qu'en donner conscience aux peintres qui viendront ici, elle n'aurait pas perdu sa peine. Dans sa révolte, Van Gogh cherche sa communion ; Rembrandt aussi. A travers le chaos des siècles, je suppose que Picasso a trouvé un seul précurseur : son maître Goya. Les *Disparates* s'enfoncent dans l'irrémédiable plus profondément que les *Caprices*, le dernier *Colosse* de brouillard rêve parmi les astres, comme un nuage atomique, au-dessus des petits bras affolés de la multitude. A quatre-vingts ans, les doigts du peintre tremblent en dessinant ses derniers supplices. Pourtant son art ignore la vieillesse autant que celui de Picasso. Mais ses derniers chefs-d'œuvre continuent ceux d'autrefois. Même les *Peintures noires*, clandestines, sauf pour ses amis, sont loin de rompre avec les *Fusillades* comme les Tarots d'Avignon avec *Guernica*. Autour de Goya enfermé dans la solitude et de Picasso incarcéré dans la gloire, je me souviens de Menuhin : « Il y a aussi la louange... »

– Je ne vais pas supporter qu'on me prenne pour Bonnard, tout de même ! Ni maintenant ni plus tard !

Bonnard symbolisait pour Picasso, une sérénité coupable qu'il ne reprochait ni à Matisse ni à Braque. Et un accord avec les tableaux, que son ambivalence enviait et réprouvait. La peinture ne cessa d'être le domaine de son esclavage et le moyen de sa liberté. Il entendait que sa révolte fût incurable ; elle l'était. En raison de cette ambivalence, de son agressivité, de son hostilité fondamentale à tout cosmos. L'anti-Takanobu, l'anti-Valéry. Il m'avait dit à peu près qu'il n'avait pas besoin de style, parce que sa rage deviendrait un élément capital de celui de notre époque. Il affirmait que la sculpture nègre avait conservé son virus. Et Vauvenargues ne pourra demeurer qu'un défi. Les Danses macabres finissent au musée, avait-il ajouté.

Il était trop conscient de jouer son destin sur l'approfondissement de sa révolte, pour ne pas craindre d'être "récupéré" par la métamorphose. La révolte devenue lancinante devient sentiment : refus fondamental de l'univers – c'est-à-dire de la condition humaine. Mais, pendant que Rimbaud écrit la *Saison en enfer*, pendant que Goya peint *Saturne*, il existe un monde où la dérision n'est pas seulement dérisoire, et qui existerait même si Rimbaud brûlait son manuscrit, si Goya brûlait sa peinture. La dérision universelle est un sentiment de sujétion, et la plus profonde sujétion est mise en cause par la création même. Ni le sculpteur aztèque ni Picasso ne sculptent un crâne pour se soumettre à la mort. Que veut dire : récupérer *Saturne* ? En faire un tableau ? Il l'est. N'en faire qu'un tableau ? On n'y a pas très bien réussi... L'accusation de Goya est peut-être plus profonde pour nous qu'elle ne fut pour ses contemporains. Et le Prado récupère les *Fusillades du 3 Mai*, au bénéfice de qui ? Du roi Alphonse XIII, de l'aristocratie espagnole, ou des soldats de la République que j'ai vus agglutinés autour du tableau ? Et si c'est au bénéfice du jeune Picasso, étrange récupération, qui continuera par *Guernica* !

« – Il y a aussi la louange... »

La musique ignore l'accusation directe qu'expriment les suppliciés de Goya, le tronçon de prisonnier sur sa branche, le vainqueur abruti qui fume sa pipe devant les pendus de 1813 comme mon chef de la douane soignait ses oiseaux devant la cohue des réfugiés de 1938 ; et, entre toutes les sculptures, le *Dévot Christ* de Perpignan. Ni le terrible crucifié, ni Goya, ni le Çiva des *Danses de mort*, n'ont été conquis par les figures sereines, ni même par les figures de communion. Nul Angelico, nul Giotto, ne les ont chassés du Musée Imaginaire. La plus âpre révolte s'éloigne de sa révolte, mais le plus radieux accord s'éloigne de son accord : Goya comme Raphaël, Picasso comme l'Angelico. Et Goya ne s'en éloigne pas pour se soumettre à Raphaël. Rien n'a fait de lui un peintre de Fêtes galantes, malgré les cartons de tapisseries ; ni même, un rival de Manet. Les cris des Atrides déchirent la mémoire de l'Occident, qui a très bien oublié la réconciliation par laquelle s'achève *L'Orestie*. Le Prospero de *La Tempête*, maître des hommes « faits de l'étoffe des songes », ne l'est pas, pour nous, du somnambulisme de lady Macbeth. Les fétiches ne deviennent pas des anges, et le monde de l'art est plus irrationnel et plus profond que celui de la Réconciliation. Même la Grèce disait, peut-être au sujet de Saturne : « Il est des dieux qu'on adore la nuit... »

Notre peinture ne se réclame plus que de son propre pouvoir. Mais ce pouvoir a fait à Picasso une promesse confuse et secrète. Dans son atelier des Grands-Augustins, le peintre avait entendu des paroles que le Petit Bonhomme n'avait jamais prononcées, bien qu'il les portât en lui ; de même, deux ou trois mille ans après nous, les artistes entendraient du Petit Bonhomme de Vauvenargues qui sur la pelouse, atteste la terre, des paroles imprévisibles, bien au-delà de ce que nous appelons la récupération et la révolte... Le langage futur de l'art est toujours un langage inconnu.

Ce tombeau que vont emplir les toiles éclatantes ou traquées, ce mausolée de la création au temps des villes en flammes et des camps d'extermination, sera aussi temple de la création hors du temps, même si les siècles emprisonnent Picasso dans le nôtre. On a dit que le génie de Shakespeare arrachait un rideau pour révéler ce que chacun connaît, comme si nul ne l'avait jamais vu ; en ce sens, l'art de Picasso lui révélait le pouvoir créateur jusqu'à sa *Vénus* de Lespugue. Le Petit Bonhomme qui croit se perdre dans le divin en imitant avec fidélité quelque prototype, sculpte la *Majesté* d'Eléphanta, le masque-antilope des Dogon ; le sculpteur anonyme de Moissac, révèle à la foule chrétienne le divin qu'elle salue comme le peuple fidèle portera en triomphe la Madone toscane. Gorgé de toiles rayonnantes du tombeau, Vauvenargues va crier que la création est aussi mystérieuse que la mort.

C'est sans doute pourquoi le Petit Bonhomme qui, sous le nom de *Figure au vase*, semble présenter son offrande au soleil, appelle opiniâtrement la tête d'obsidienne dans ma mémoire. Le crâne est le signe de la mort, à quelque civilisation que son image appartienne, mais elle est sans poids dans les religions qui connaissent le grand langage funèbre. Le collier de têtes de Dourga est en face de Çiva, le crâne et les tibias sont dérisoires en face du crucifix.

Encore ce langage est-il subordonné : pour Çiva, au Brahman incréé ; pour le Christ mourant, à l'Incarnation et à la Résurrection. Seule la Mort aztèque, que nous connaissons mal, nous semble régner ; l'art semble y atteindre l'Englobant qu'il n'atteint ni dans Yaveh, ni dans le Père, ni dans Allah, ni dans le Brahman. Car les crânes d'obsidienne, de quartz, de turquoises, ne se limitent pas plus à des signes que le crâne de bronze sculpté par Picasso, sur lequel j'ai trébuché dans le couloir des Grands-Augustins. Le signe, nous le connaissons, c'est l'hiéroglyphe mexicain, celui du monolithe de la Guerre Sacrée, qui dans une salle voisine du Musée National mexicain, symbolise le cœur arraché des prisonniers. Alors que le sculpteur a donné au crâne d'obsidienne, la vie énigmatique de l'art : une transfiguration aussi radicale que celle par laquelle la Grèce a fait du corps humain, le corps de ses dieux. La rivalité directe de l'art et de la mort, si elle ne nous était connue, nous semblerait inimaginable.

Mais la sombre fraternité de la mort nous contraint à la reconnaître, là où nous en ignorons tout. Les idoles des Cyclades, trouvées dans les sépultures, ont été la vie dans le même domaine de limbes : la Grande Déesse, la Terre-Mère qui deviendra la Vierge de Byzance. Emblème en forme de violon, ou trapèze inscrit entre des signes de bras autour de seins allusifs, au-dessus du coup de couteau qui fend les jambes en partant du sexe. Je me souviens de la stupéfaction avec laquelle Picasso, habitué à son idole dont il négligeait le sens, regardait les corolles carnivores de mes Fécondités d'argile, apparemment aussi arbitraires que ses propres sculptures. Pour figurer à la fois l'essentiel et l'invisible, les Cyclades ont trouvé le signe le plus subtil et le plus abstrait : la Déesse-Mère qui abandonne inépuisablement à la terre, ceux qu'elle appelle inépuisablement. L'âme de la vie et celle de la mort, les lianes de Vichnou et de Çiva s'entrelacent dans l'inconnu du Brahman incréé ; la Fécondité de l'archipel et le crâne mexicain se rejoignent dans le miroir où passaient au-dessus de l'obsidienne, les nuages sans mémoire... L'Englobant de ce que nous continuons d'appeler art, c'est la métamorphose. Sa dérive d'astres entraîne Vauvenargues avec les ruines mexicaines où les trombes de poussière dansent sur les dieux funèbres : ce tombeau qui dressera dans le matin les œuvres les plus intraitables de l'histoire, y rejoint l'accent qu'un Petit Bonhomme aztèque osa donner à la mort, et les idoles qui guidaient dans la nuit des Cyclades, entre les démons, les ombres trébuchantes sur le chemin de leur résurrection.

Pourquoi Dostoïevski fut-il obsédé du « supplice d'un enfant innocent par une brute ? » J'ai écrit naguère que sur fond de néant, l'acte le plus humble d'héroïsme ou d'amour n'était pas moins mystérieux que le supplice. Sur fond de néant, la plus humble création est miracle ; plus timide, mais non moins insolite, non moins fascinante. Elle ne dialogue qu'avec la métamorphose qui l'attire dans sa propre énigme, plus loin que la révolte et la réconciliation – dans l'imprévisible Prado où l'Espagne attend *Guernica* et où le plus grand Goya attendait le jeune Picasso. En face de moi, la menue guirlande du papier découpé jadis par lui tremble dans l'air chaud du foyer. La farandole me remet en mémoire, à cause de la tête d'obsidienne, une scène rencontrée maintes fois au

Mexique. Des enfants regardaient tourner autour d'une lampe invisible la roue d'une loterie : les ombres gesticulantes des petits squelettes passaient sur les hâves frimousses qu'éclairait lentement un merveilleux sourire...

Ici, devant la mort d'un ami, je crois comprendre enfin ce que je ne faisais que pressentir devant les œuvres en gloire rassemblées par la Fondation : cette lutte avec la mort conserve sa voix profonde même en face de l'éternité. Parce qu'elle la tient de l'affrontement, non de la victoire.

Nous connaissons un affrontement beaucoup plus répandu : celui du courage. Une vie de courage ne repousse pas la mort, de quelques siècles, comme le fait l'art : elle ne le repousse pas d'une heure. Pourtant le courage traverse les civilisations comme le Petit Bonhomme des Cyclades. La relation de l'artiste avec l'art nous échappe autant que celle de l'art avec la mort. C'est pourquoi Picasso savait par cœur la phrase où Van Gogh dit qu'il pourrait se passer de Dieu, mais non de la puissance de créer.

Ce matin, le Petit Bonhomme, sous le nom de *Figure au vase*, dresse sur la tombe sa statue sans visage qui ressemble inexplicablement à Picasso, devant les nuées basses en dérive vers la montagne Sainte-Victoire, comme les nuées dans le miroir de Mexico. Depuis les cavernes, ce farfelu magique secoué par la mort comme une balle par un jet d'eau, a-t-il parfois deviné qu'il luttait contre le destin ? En Van Gogh, a-t-il pris conscience que l'enjeu de sa lutte était plus insaisissable même que la survie ? Cette phrase que Picasso savait par cœur, elle l'avait, dès la période rose, contraint aux *Demoiselles d'Avignon*, acculé à son œuvre. Je me souviens de l'*Etreinte*, le couple à la femme enceinte qui m'avait fait penser, aux Grands-Augustins, que la naissance le troublait autant que la mort. Pour Van Gogh, la vie et la mort appartenaient au même domaine ; mais non la création picturale. En opposant une gamme aux bruits de la nature, il pressentait que l'art oppose la création artistique à la Création tout court. De cela, Picasso était plus conscient que le chrétien Vincent. Lorsqu'il disait : « Il ne faut pas imiter ce que fait la vie, il faut travailler comme elle », en ajoutant à l'occasion : « Pour travailler contre elle », il pensait que Van Gogh avait voulu dire : « J'écoute ma création au plus profond de moi-même – aussi mystérieuse que Dieu. » Le Petit Bonhomme des Cyclades l'avait dit au long des siècles sans le savoir. La création et la métamorphose sont les deux maillons extrêmes de la même insaisissable chaîne. Erigée sur le cercueil, là où l'on eût naguère dressé la croix, la statue du sculpteur sans nom des plus anciennes îles grecques veille sur Vauvenargues.

Dans un siècle, que sera devenu ce tombeau de la Révolte ? « Le bateau s'en va quand le peintre meurt... On ne sait jamais comment ça vit et ça meurt, la peinture... Tous ces jugements idiots... Heureusement, il n'y a plus de Jugement dernier !... » Quand je lui ai demandé comment nous admirions à la fois Poussin et Goya, il a haussé les épaules, comme pour suggérer qu'aux vraies questions, il n'y avait jamais de réponse, et ronchonné seulement, sur le ton de l'évidence :

« La peinture !... »

Puis il m'a répondu :

– Les dialogues... Poussin, Goya, bon. Mais Cézanne et Van Gogh ! Contemporains !... On finit par se retrouver avec les types de son temps, non ? A un certain âge, on devient attaché aux gens qui vous emmerdent depuis toujours. Qu'est-ce que c'est, les amis ? C'est les peintres avec qui on s'est fâché. Drôle ! Quatre-vingts ans ! me faire ça, à moi !

« Les peintres, enfin : les tableaux ! deviennent comme les canards qui ont mangé la même ficelle. Les vieux couples, vous savez ? Peut-être, c'est la France : Corneille et Racine, Ingres et Delacroix, Corot et Daumier, Cézanne et Van Gogh, Nénette et Rintintin... On ne dit pas Vélasquez et Machin. Pourtant, nous, nous avons deux noms : Ruiz y Picasso. C'est drôle...

– Eschyle et Sophocle, l'Orient et la Grèce...

– Depuis que ça dure, ça doit vouloir dire quelque chose...

Il savait qu'à ces dialogues illustres, s'ajouterait celui de Braque avec Picasso. Au temps de son exposition aux deux Palais, et de l'entrée de *l'Atelier* de Braque au Louvre, chacun était devenu l'invincible adversaire de l'autre... A-t-il regardé, aux Actualités, les obsèques de Braque ?

Le catafalque était dressé entre les deux ailes illuminées de la colonnade du Louvre. Des projecteurs traversaient au passage les rafales de la nuit pluvieuse. La famille et les amis attendaient sous la voûte de la vieille entrée du Louvre, profondeur de nuit sur la cour sans lumières. On entendait s'approcher une musique incertaine, puis la *Marche funèbre pour la mort d'un héros.* Les soldats qui portaient le corps atteignirent les projecteurs ; la cérémonie terminée, la foule se dispersa de rafale en rafale, et sur le catafalque noir, le cercueil resta seul dans le trou d'ombre qui séparait les colonnades des deux ailes, comme des rangs de statues pour un tombeau de roi.

Dans son atelier, *La Grande Charrue* inachevée reposait encore sur le chevalet. Au-dessous, pour quelque comparaison sans doute, l'*Atelier au crâne* de 1938, qu'il avait appelé aussi *Vanité*. Autour, vingt toiles, rangées comme par elles-mêmes : héritières du recueillement de Vermeer et de Chardin malgré les grands oiseaux blancs qui les traversaient, religieuses du silence autour des deux dernières prieures de la sérénité. Je me souvins du bas-côté de l'église de Varangeville, où le vitrail bleu pâle du peintre veillait sur son cercueil, comme, jadis, des dômes turquoise d'Ispahan sur la nuit persane où passaient les calèches. La *Charrue* abandonnée sur le vieux travail des hommes entraînait dans son monde pacifié la *Vanité*, occulte déléguée des funérailles, où le traditionnel crâne funèbre rencontre ses pinceaux et sa palette, comme si Braque avait toujours su que la fin de son art serait d'apprivoiser la mort.

La dernière fois que je m'étais trouvé là, je lui avais cité la phrase de Cézanne : « Si j'étais sûr et certain que mes toiles seront détruites, et que je n'entrerai jamais au Louvre, je cesserais de peindre. » Déjà très courbé, il avait réfléchi patiemment, et dit à mi-voix, comme avec crainte : « Moi, si j'avais la certitude que tous mes tableaux seront brûlés, je crois que je continuerais à peindre, oui, je continuerais à peindre... »

Il y a dix ans qu'il est mort...

Qu'eût répondu Picasso ? La même phrase, je crois... Braque parlait comme les sculpteurs gothiques des tours, et travaillait comme eux – mais pour un Dieu inconnu. « On ne finit jamais de sélectionner la sélection... » Picasso a tiré les cartes de son œuvre avec ses derniers Tarots : la dernière aventure, pour la peinture la plus aventureuse. Ici, pas de cortège de colonnes, mais la *Figure au vase*, fétiche protecteur des montagnes, l'incandescence du monceau de glaïeuls sous l'obscurité gothique, Jacqueline, et la secrète présence de Don Quichotte, qui fait veiller la plus opiniâtre révolte, par le plus grand rêve du monde.

Je vais partir, et reviens prendre mon imperméable dans la salle à manger. Au coin de la cheminée, le chat de bronze doré, dont j'avais vu la première épreuve aux Grands-Augustins.

Est-ce celui de Mougins ?

A Notre-Dame-de-Vie, il y a si peu de temps, Jacqueline et moi allions vers la salle des sculptures, et parlions de Picasso. Dans le corridor, j'ai demandé :

– Il avait travaillé tard dans la nuit, n'est-ce pas ?

– Oui. Quand le docteur est venu, le matin, je voulais me lever. Pablo m'a tenu la main. Il a dit : "Vous êtes célibataire, docteur ?" Le docteur a répondu oui. Pablito a dit : "Vous avez tort. C'est bien, une femme." J'ai passé un peignoir et je suis sortie. Cinq minutes après, j'ai senti quelqu'un derrière moi dans le couloir. Je me suis retournée, j'ai compris. Je n'ai même pas entendu le médecin dire : "Il est mort."

Nous sommes revenus dans la salle. L'ombre d'un nuage passait sur l'enchevêtrement de cuivre des sculptures. Je me suis souvenu de : « Qu'adviendra-t-il de tout ça ?... » et de : « Il n'y a pas de Jugement dernier !... » Le haut de la pièce était encore éclairé. Sur le plan supérieur, *Le Chat* doré ; sur l'autre, à la même hauteur, le fétiche, séparé de la voiture d'enfant qu'il conduisait comme Anubis conduit les morts. Les photos n'ont jamais fixé les cabochons constellés de ses yeux qui rencontraient dans ma mémoire les pylônes atomiques de Bombay, veilleurs martiens en face d'Eléphanta – et les vastes orbites vides du *Dévot Christ*, icône devenue folle. Ces yeux, cette coiffure en crosse, ce bras d'offrande comme celui de la *Figure au vase*, ce haut corps en pieu sans âge. Sur une table, le moulage de la *Vénus* de Lespugue. Tout poteau sculpté vient du fond des temps ; celui-ci plongeait aussi dans un abîme plus trouble que celui de l'humanité, dans le passé de la plus ancienne bête, l'araignée millénaire qui nous attend au coin du cauchemar. Comme toujours, il unissait l'immémorial aux réacteurs atomiques, les formes barbares aux créations d'un siècle futur – et régnait, ce jour-là, hypnotique, sur la horde convulsive des bronzes, imperturbables dans l'attente du Jugement que récusait Picasso.

Totem lié à toute sa race de bois et de cuivre, comme les totems en tronc de fougère le sont à la brousse des Nouvelles-Hébrides. Il me fit penser à la déesse-lionne vue à Louxor dans son hypogée où le rayon de soleil ne l'atteint qu'à midi : c'est la déesse du Retour éternel. Plus tard, je voudrais trouver le totem à Vauvenargues, en face de *Guernica*. Nous ne le conduirons pas en Espagne avec Miguel, après la Révolution. Le Petit Bonhomme comprendrait pourquoi il l'a sculpté, et ce que vient faire ici le Saturne de la Métamorphose...

Jacqueline l'avait-elle deviné alors ? Dans la salle des sculptures, au haut du perron, en face du *Chat*, le soleil éclairait un fouillis de bouts de bois, d'objets inconnaissables, de ressorts à boudins.

– Vous, vous ne deviendrez plus jamais des sculptures..., leur a-t-elle dit tristement.

VI

J'ai été atteint d'une maladie du sommeil ; mes jambes se sont à plusieurs reprises dérobées et je suis tombé, comme en syncope mais sans perte de connaissance ; puis, deux fois au cours de la même semaine – la seconde fois, précédée d'un tournoiement convulsif. Examens. Professeurs et docteurs ne pourront se consulter que dans douze jours. En attendant, sclérose des nerfs périphériques et menace sur le cervelet, donc menace de paralysie. Laquelle ?

Puisque je travaille peut-être à ma dernière œuvre, j'ai repris, dans *Les Noyers de l'Altenburg* écrits il y a trente ans, l'un des événements imprévisibles et bouleversants, comme la Croisade des Enfants – cent mille gosses partis seuls délivrer Jérusalem, exterminés ou pris pour esclaves – qui semblent les crises de folie de l'Histoire : la première attaque allemande par les gaz à Bolgako, sur la Vistule, en 1916. J'ignore pourquoi l'attaque de la Vistule fait partie du *Miroir des Limbes*, je sais qu'elle s'y trouvera. Peu de "sujets" résistent à la menace de mort. Celui là met en jeu l'affrontement de la fraternité, de la mort, – et de la part de l'homme qui cherche aujourd'hui son nom, qui n'est certes pas l'individu. Le sacrifice poursuit avec le Mal le plus profond et le plus vieux dialogue chrétien ; depuis cette attaque du front russe, se sont succédé Verdun, l'ypérite des Flandres, Hitler, les camps d'extermination. Tout ce cortège n'efface pas la journée convulsive où l'humanité prit la forme de la démence comme devant la bombe atomique, mais aussi d'une pitié forcenée. Si l'aviateur s'était fait sauter avec sa bombe, au lieu de la jeter sur Hiroshima, nous ne l'aurions pas oublié – même après une autre bombe ; si je retrouve ceci, c'est parce que je cherche la région cruciale de l'âme, où le Mal absolu s'oppose à la fraternité.

Nous connaissons assez ce qui s'est passé ce jour-là, pour l'imaginer ; de ce qui s'est passé ensuite, il ne reste rien. Les souvenirs publiés cessent à l'ambulance ; n'espérons pas en découvrir après soixante ans. En Alsace, à la fin de 1944, on ne connaissait plus les noms des survivants de Bolgako. L'histoire efface jusqu'à l'oubli des hommes ; cette fulguration s'est aussitôt dissipée dans le néant des jours de guerre, car le second régiment, qui montait en ligne avec les ambulances, a enfoncé la ligne russe.

Il ne reste rien de l'événement. Pour trouver sa lueur surhumaine, la fulguration *devait*-elle s'effacer ? Sinon, ne se serait-elle pas perdue dans les récits de délires, de saouleries ou de paniques, que les nations n'aiment guère à retenir ? Cette attaque exerce sur moi la trouble et puissante action des grands mythes de la révolte depuis Antigone. L'humanité archaïque vivait ses mythes ; jusqu'en 1911, l'empereur de Chine conduisait la charrue pour tracer le premier sillon de l'année, comme l'empereur mythique avait tracé le premier sillon de la terre. J'ai revécu le mythe inconnu de la Vistule, parce que je l'ai écrit – sous une autre forme, en 1940 quand j'étais prisonnier, en 1941 quand je m'étais évadé. Je quitte, pour le reprendre, les fragments de ce livre où se bousculent mes souvenirs, mes obsessions, mes prémonitions. J'ai d'abord étudié l'attaque de Bolgako parce qu'un certain nombre de soldats qui la conduisirent étaient Alsaciens. L'Allemagne affectait volontiers l'Alsace au front russe. (D'où la liberté intérieure de mon personnage, qui combat pour l'Allemagne avec indifférence.) J'ignorais, en 1941, que la brigade Alsace-Lorraine existerait un jour, que je serais lié à l'Alsace par le sang. La mort qui tourne autour de moi me livre à ceci, qui me parvint, il y a trente ans, de l'autre côté de la vie.

Le mot : convulsion, me hante. Le texte que je corrige depuis onze jours pourrait le prendre pour titre ? Pourtant sa violence s'éloigne (non son égarement). J'avais envie d'ajouter à ce récit, les souvenirs qu'il appelle aujourd'hui en moi. Devant la main suspendue des gazés de la Ville de la Mort, à une heure que tous ces hommes ont tenue pour une heure de destin, je pense à la fresque de Nefertari, en face de Louxor : à l'entrée de sa tombe, la femme de Ramsès joue contre un dieu des morts invisible, dont nous ne connaissons la présence que par ses pions sur l'échiquier. Devant le vide, elle joue son immortalité.

Avec les premiers gaz de combat, Satan reparaît sur le monde ; mais le Fléau ne prévaut pas sur l'aveugle instinct de vie resurgi dans la seule forêt d'Europe où vivaient encore les bisons du quaternaire. Connaissons-nous tant d'exemples de l'homme et de la mort, broyés par la fraternité sauvage – inscrite en l'homme, programmée, diraient les ordinateurs ricanants ? Ce jour-là, venue d'aussi loin que le Mal, la demi-bête des profondeurs où naquit l'homme, a découvert, en bavant, le défi de Prométhée. Peut-être investi par la mort, je me réfugie dans le récit d'un des plus énigmatiques sursauts de la vie.

L'individu n'y existe pas. Le commandant Berger, à peine. Dans la sape, il écoute ; pendant l'attaque, il regarde. Le professeur gesticulant compte à peine plus que ses bulldogs. Les autres parlent avec la plus vieille voix de l'humanité, la voix de caverne des soldats allemands dans la sape, des prisonniers français dans le camp. Au fond de l'ennemi, il y a aussi la miséricorde.

Quand l'auto du professeur s'arrête, le commandant Berger et le lieutenant adjoint voient répondre à leur salut militaire le grand mouvement d'un feutre à large bord ; une main rejette en arrière un cache-nez mis en écharpe (en juin), une autre lance à leurs pieds une cigarette à demi consumée : mains, cigarettes, cache-nez, cheveux gris presque longs, tout un pigeonnier s'envole du visage du professeur, qui ressemble à un Bismarck prestidigitateur. Un gros garçon placide quitte derrière lui l'auto, une mallette dans la main gauche, un panier dans la droite : son fils.

– Très heureux ! dit le professeur, je suis vraiment très heureux, messieurs ! J'ai toujours eu pour les officiers de renseignements un intérêt très particulier !

Du commandant, il sait que cet assez jeune ethnologue a été conseiller du Sultan Rouge et l'adjoint d'Enver Pacha, présentement défenseur des Dardanelles contre les Alliés. Du professeur, Berger sait qu'il est l'un des quelques spécialistes des gaz de combat. Il s'intéresse plus aux gaz qu'aux minables histoires de renseignements.

– Allons dîner !

Le professeur a passé son bras sous celui de Berger surpris. *L'Europa* est le moins délabré des trois hôtels réquisitionnés à Bolgako. Sous le ciel calme à cause de la venue du soir, sous l'incertaine odeur des roses poussiéreuses pas encore fanées, un grondement de canonnade monte dans la solitude du jardin de curé.

La table est mise dans la chambre de Berger. Le professeur pose d'un air désolé son grand chapeau sur la cheminée, tire de son panier un flacon et une bouteille jaune dont il boit une gorgée au goulot.

— Pour l'asthme, messieurs ! mais ceci (il tient l'autre flacon) notez ! est de la véritable fine française. Parfaitement !

Il le pose sur la table avec tristesse.

— Mangeons : demain matin, les Russes seront enfoncés.

Toujours consterné.

Berger descend chercher la bière. Quand il revient, canettes en éventail autour des poings, le professeur, son fils et le lieutenant sont penchés sur des photos : la première, entre les assiettes, est celle de la maison du professeur. On va la démolir pour établir un champ d'aviation. Il espérait la sauver : un des télégrammes qui l'attendent lui apporte un refus définitif. D'où sa consternation. L'autre photo est celle des deux enfants du lieutenant.

— A mon tour, je vais vous montrer mes enfants, dit le gros fils du professeur.

Berger regarde : trois bouledogues.

— Heinz a fait ses études à Oxford, dit son père. Puis il s'est spécialisé dans la médecine animale. Par vocation, notez !

— Par passion, murmure le gros Heinz endormi. Et, s'inclinant un peu comme pour une présentation, il ajoute d'un ton humblement orgueilleux : « Vétérinaire. »

Il ressemble aux bouledogues, en mou.

— Demain, devons-nous faire seulement un essai,

monsieur le professeur, – ou une véritable attaque ? Comme la tentative précédente a échoué...

– Les essais qui ont eu lieu jusqu'ici sur ce front, je vous en prie !...

Il éclate d'un rire enfantin : comme les grands singes, ce moustachu est tour à tour vieux et enfant, pas jeune.

– On a essayé d'employer des poisons. Mais c'est parfaitement idiot ! l'acide cyanhydrique, l'oxyde de carbone sont des poisons parfaits, qu'est-ce qu'ils ont donné ? L'acide cyanhydrique demande un demi-gramme au mètre cube d'air : le sujet entre en convulsions et tombe mort dans une rigidité tétanique. C'est parfait en lieu clos ! Le champ de bataille figurez-vous, se permet d'être à l'air libre !

« Ensuite, quoi ? On a essayé l'oxyde de carbone. En laboratoire. Toxique redoutable, présentant toutes les qualités requises, facile à préparer, bon marché ! Il fixe l'hémoglobine du sang, l'empêche de s'unir à l'oxygène de l'air. Mais il y a toujours le problème de l'air libre !

« J'ai fait écarter les poisons. Nous allons employer... autre chose. Nous sommes au-delà des dérivés du chlore. Pas si mal, le chlore, vous savez ! Facile à liquéfier, intolérable à l'organisme humain, très bon marché, notez ! D'après vos... collègues du front occidental, messieurs, notre attaque chimique sur l'Yser a déterminé entre dix et vingt mille intoxications immédiates : plus qu'il n'en fallait pour enfoncer le front anglais ! Parfaitement ! Mais si l'ennemi emploie des masques, il faudra tout recommencer !

– Quand on écarte les poisons, demande Berger, que s'agit-il d'atteindre ?

Le professeur ouvre les bras avec un geste de danseur.

– Mais les muqueuses, mon commandant ! C'est bien simple : les muqueuses !

« Nous avons des composés plus agissants que le chlore, naturellement ! la virulence du phosgène atteint dix fois celle du chlore, mais le phosgène...

Il passe devant la fenêtre ouverte, étend la main pour reconnaître le vent. Au-delà du jardin, les bulbes et les croix d'une église orthodoxe brillent dans le soir au fond de la place en pente. La voix du professeur énumère les qualités et les défauts du phosgène, et Berger ressent la profondeur du monde slave jusqu'au Pacifique.

Le professeur jette sa cigarette éteinte par la fenêtre qu'il referme, et revient, épanoui :

– Le vent est toujours excellent, toujours excellent ! Je crains d'ailleurs moins une saute de vent qu'une humidité soudaine...

Il a déjà allumé une nouvelle cigarette et repris son dîner.

– Mais nous en sommes à la préhistoire, dans la guerre chimique ! le sulfate d'éthyle bichloré, c'est peut-être le gaz de combat par excellence. Un produit caustique, vésicant et toxique à la fois ! Tout particulièrement dangereux, notez ! car le sujet ne souffre pas au moment même de l'intoxication : l'action commence plusieurs heures après...

« Efficace jusqu'à une partie pour quatorze millions de parties d'air !

Et, agitant la photo de sa maison comme une preuve :

– Sans doute la chimie est-elle l'arme définitive, l'arme supérieure qui conférera aux peuples qui la manieront bien, – qui la gouverneront ! – une suprématie mondiale... Parfaitement ! Peut-être l'empire du monde, vous entendez !

– Est-il probable que le Service de renseignements ennemi puisse se procurer nos formules ? demande le lieutenant.

– Avant six mois, nous aurons employé six gaz différents ! Voyez-vous, il va se passer entre les gaz et les moyens de protection, la course de vitesse commencée depuis des milliers d'années, depuis... le premier fabricant de casse-tête ! entre la lance et la cuirasse, la balle et le blindage ! Seulement, et voilà ce qui donne à la question toute sa gravité...

La photo lui échappe. Il se baisse pour la ramasser, sans s'interrompre :

« ... depuis que cette lutte existe, ce n'est jamais le blindage qui gagne la dernière manche, entendez-vous !

– Monsieur le professeur, vous avez bien dit que les nouvelles découvertes permettent d'intoxiquer les troupes ennemies sans que celles-ci le sachent, n'est-ce pas ?

Le professeur brandit de nouveau la photo de la maison :

– Une partie pour quatorze millions de parties d'air !...

« Si vous vous placez d'un point de vue supérieur, les gaz constituent le moyen de combat le plus humain. Parfaitement. Car le gaz s'annonce, la cornée opaque devient d'abord bleue, la respiration commence à siffler, l'iris – c'est même à noter ! – passe presque au noir. En somme, l'ennemi est prévenu. Or si je crois que j'ai ma chance, même infime, je suis courageux ; mais si je sais que je ne l'ai pas, le courage, pffut !...

– Ce sera un grand malheur, dit le lieutenant, si nous devons voir disparaître de l'Empire le vieux sens allemand de la guerre...

– Oui ! répond le professeur sèchement. Mais les Allemands sont aussi des hommes, et susceptibles de faiblesse non ?

« Le sulfate, lui, est incorruptible. »

Une heure plus tard, le professeur sait que le jeune ethnologue ne s'intéresse qu'à l'homme, le lieutenant, qu'aux Allemands ; Berger sait que le professeur ne s'intéresse qu'aux gaz de combat, et Max, qu'aux chiens. Le professeur savait en arrivant que les camarades de Berger le surnomment Frégate, et ce nom d'oiseau ou de bateau ne va pas mal à son visage de proue. La voix intérieure de Berger nomme le professeur, tantôt Bull-Dog et tantôt Bismarck. Le vent n'a pas changé, la canonnade a cessé ; des pelles éloignées sonnent, au-dessus du pas triste et lent d'un cheval. Une cavalerie glisse au fond de la nuit ; il y a trop de guerre au ras du sol pour l'angoisse métaphysique. Le vent frais de la nuit glisse fidèlement vers la Russie.

A six heures du matin, Berger attend le professeur et le lieutenant dans la sape qui communique avec les tranchées de première ligne. L'attaque ne doit pas être annoncée avant leur arrivée. Berger a été installé dans une petite sape (destinée au commandement ?) qui communique avec la première, vaste cave rayée des barres diagonales du jour que lancent les trous d'observation comme des saluts d'épées. Il ne voit les soldats que lorsqu'ils traversent ces faisceaux d'atomes. Presque tous, assis par terre, causent.

– Le tsar ! dit la voix la plus haute. Anéantir l'Allemagne ! (On replie un journal.) Anéantir l'Allemagne ! Il reste dans son palais, à Pétersbourg ! Sous terre ! Malheureux de voir ça ! Et le peuple qui est assez con pour l'écouter ! Le Grand Frédéric, y a une chose qu'on peut dire, les gars, c'est que, lui, il se mettait à la tête de son armée, et puis il marchait devant !

Brouhaha indifférent.

– Les Français, ils en ont plus, de fusils, dit une autre voix, en parenthèse.

– Toi, quand on te réveille la nuit pour te filer un coup de bière, tu crois que c'est un contre-appel, et puis tu viens parler du Grand Frédéric ! Ça vous fait mal !

La discussion, partie comme un furet dans un autre coin d'ombre, est remplacée par des confidences :

– Dans mon métier, c'est pas absolument manuel, c'est plutôt la tête...

– T'es ajusteur ?

– Fraiseur.

– Oui, c'est comme moi, dans le découpage, c'est l'attention, la tête, quoi !

La modestie du ton n'appelle pas l'ironie.

Un temps. Une autre voix continue une autre confidence :

– Les femmes, elles travaillent au triage ; avant, c'était au fond, maintenant c'est au jour, y a un tapis roulant. Mais quand on est marié, on peut plus travailler à la mine.

– Un mineur a pas le droit d'être marié ?

– Pas les hommes : les femmes. La femme mariée, elle peut plus passer la porte de l'usine. Fini.

Le silence, de nouveau. Au loin, la profonde canonnade et l'éclatement des obus.

– Et t'sais, dans les sapes, dans les galeries, on travaille toujours à poil, juste le pantalon. Pour le maquillage des yeux, t'as pas à t'en faire ! Mais pour la peau, la poussière de charbon, c'est sain... La lampe, c'est le bon Dieu, sans ta lampe t'es perdu.

Malgré les barres de lumière venues des trous d'observation, le respect magique avec lequel est prononcé le mot lampe s'accorde à l'obscurité.

– Y a une inspection toutes les semaines, tu parles d'une revue de détail ! Moi, j'avais une petite poule, une jolie petite poule ; ma lampe, elle me l'astiquait tous les jours.

Un homme qui se souvient de l'amour lorsqu'il pense à une lampe de mine et à un torse nu couvert de charbon...

Une autre voix, plus près :

– ... Le gars a spécialement demandé le rapport du capitaine pour avoir sa permission : il avait fait le front Ouest, il avait rebondi ici, il était pas allé une fois en détente ! Il avait une gosse de cinq ans. A cinq ans, les gosses, ça commence à comprendre... Alors, il a eu sa perm, il s'amène, et la gosse elle dit : "Où que tu couches ? – Ben, qu'il répond, dans mon lit ! – Alors, qu'elle dit, la môme, le Suisse, y pourra pas venir ?" Ah ! dis donc ! y avait un Suisse qui couchait toutes les nuits avec la bonne femme !

– Et alors ?

– Ben, rien. Il s'est pas marré... Mais il a laissé courir, à cause de la gosse...

Le bombardement rageur emplit la sape.

– Moi, j'en connais un qu'est venu en perm, sans pouvoir prévenir. C'était la nuit, il a frappé : on a pas ouvert. Et i'savait bien que la femme était là ! Presque toute la nuit il a frappé. Elle a pas voulu ouvrir. Alors il a compris. Il est rentré à l'escadron, et pis i's'est pendu. Comme ça, avec sa ceinture, au-dessus de son lit. C'était pourtant un lit ordinaire...

Berger n'a jamais connu la chambrée. Mais malgré les casques à pointe recouverts de toile qui passent parfois dans les rais du jour, il entend la voix secrète des hommes, plus profonde que celle de la guerre.

– Le *Messager boiteux*, j'y crois pas, mais il a dit : "Quand la récolte aura été mauvaise et que les serviteurs auront leur nom qui commencera par la même lettre que celui du Maître, y aura la guerre..."

– Hindenburg...

Aucun ne prononce le mot Hohenzollern. Berger

connaît le *Messager boiteux*, un des vieux almanachs édités à Strasbourg. « Quand la récolte aura été mauvaise... » Le lien paysan, sans âge, de l'imprévisible récolte avec l'imprévisible destin.

– Qui c'est qui gagne, dans la prophétie ? Nous ?

– Non...

– On s'en fout. Le *Messager*, encore des conneries alsaciennes.

– Ça m'aurait étonné ! Bien sûr, les Alsaciens, personne n'en veut !...

– Ta gueule ! Y en a quand même pas mal, ici !

On dit, plus loin :

– Quand nous sommes arrivés, elles avaient déjà été violées par les Cosaques et par les Autrichiens, elles protestaient même plus...

Nombre de soldats qui ne portent pas de chemise ont déboutonné leur tunique.

– Tu ne connais pas la croix luthérienne ? répond une voix enrhumée, à une question que n'a pas entendue Berger : qu'est-ce que tu connais ?

Voix différente de celles entendues jusque-là – populaire encore, mais retenue, et où passe un sourire. Sur une poitrine, un rai de lumière fait briller avec un éclat électrique, les branches d'une croix et la goutte lumineuse de la colombe huguenote. La même voix répond de nouveau à une question :

– Je ne suis pas croyant, mais j'aime aller au temple, quelquefois. A condition d'être tout seul. Dans certaines circonstances...

– Lesquelles ?

– Si je suis malheureux... Ou si je veux me rappeler des choses...

Ceux qui parlent s'éloignent. Un temps assez long s'écoule : les canons ne tirent plus que par intervalles, la marche des hommes qu'il vient d'entendre – des sous-officiers – les ramène vers Berger.

– Il y a toujours un problème moral avec les volontaires. Voyez : il m'en faut trois, tout à l'heure, et ces histoires de gaz peuvent toujours être... sérieuses... J'ai pris les trois plus sympathiques. Pourquoi ? Parce qu'ils en avaient envie ; ça leur plaisait, je voulais leur être agréable... En fait de plaisir, je les ai peut-être condamnés à mort. Et j'aurais dû choisir ceux dont la mort a le moins d'importance...

– Et comment le résolvez-vous, le problème moral ?

Berger n'entend pas la réponse : un geste sans doute... Il est étonné que les sous-officiers aient été informés de la nature de l'attaque. Une autre voix apprend que les troupes le sont aussi :

– Nous, quand je travaillais encore dans la Ruhr, on est arrivé dans une sape qu'avait été touchée par le grisou, y avait longtemps. Y avait un ouvrier, comme vivant avec son pic au bout du bras, et le cheval, derrière, qu'avait encore l'air de traîner sa benne. C'était le gaz qui les conservait, mais l'air, il est arrivé avec nous. On y était pas depuis dix minutes, le gars et le bourrin, en poussière tous les deux ! Qu'est-ce que t'as à rigoler, conard ! puisque je te le dis !

Un brouhaha sans précédent brasse l'obscurité d'où sort enfin :

– Les gaz, j'vais t'dire c'que ça fait...

C'est la voix lente et basse du peuple en face du mystère, la voix qui fait soupçonner que celle des sorciers était sans doute infantile :

« Les gaz, j'vais t'dire ; le gars qu'est touché, hein, i' reste immobile. Immobile qu'i' reste... I' peut plus bouger. Juste comme il était quand ça l'a pris, la même chose. Des types qui jouent aux cartes, par exemple...

– Avant même de s'en apercevoir, on est mort !

– Et si le vent changeait ?

– Le commandement a organisé l'attaque ! crie un sous-officier.

– On dit ça... répond faiblement quelqu'un.

C'est tout, jusqu'à un nouveau spécialiste des gaz.

– On a fait des essais sur le front Ouest... Quand i' sont arrivés, les Français se méfiaient pas, y avait tous les fossoyeurs qu'apportaient des morts à un cimetière, près de la Maison des Morts. I' sont restés là, le pied en l'air avec les morts dans les couvertures, dis donc ! Tous pareils, comme les morts dans les vitrines.

– Oh pardon ! C'est pas pasque t'es fossoyeur qu'i faut venir nous raconter des conneries.

– Le pied en l'air que j'te dis, pauvre abruti !

– Ah ça va ! ça va !

– Puisque moi j'te dis qu'i' sont restés là !

Ils ignorent qu'il n'existe pas en France de Maisons des Morts. Le ton monte, selon la technique de la discussion populaire : répéter la même chose en criant de plus en plus fort. Le canon couvre les voix.

– Un cantonnier arrêté pile, son balai de travers, tu te rends compte ?

– Le cochon qu'on égorge, i' reste le couteau dans le bide, mais ce coup-là, i' peut gueuler !

Les hommes parlent, ou les métiers ?

L'ironie permet de rêver sans honte. Chacun voit la vie soudain arrêtée – moins peut-être celle de l'ennemi, que la sienne.

– Le comptable qui finit pas son addition..., murmure une voix timide.

– C'est pas si sérieux qu'on dit, ces trucs-là, les mécaniques, les gaz... Ces gens-là connaissent point les bêtes. Si tu fais une fente au nez d'une mule, elle peut plus braire. On l'entend plus. Tu te rends compte, ce qu'on pourrait faire avec des mules comme ça – une cavalerie que les autres ils entendraient pas ?

J'écoute peut-être ceux qui vont mourir, pense Berger. Chacun croit qu'il parle de lui... Depuis combien de temps les entendent-ils ? Les dieux de la forêt, Charlemagne... On dit : le peuple allemand. Leur pauvre tête prend ce costume-là, comme ils ont pris leur uniforme. L'ancienne chrétienté... les hommes blancs peut-être...

Il se souvient de l'Asie centrale, des caravaniers. Les steppes, le petit feu, le ciel immense – un semblable murmure, comme la voix de la terre. Dieu beaucoup plus présent. Mais le balbutiement qu'il écoute ne plonge-t-il pas dans le temps, dans l'homme, au-delà des paroles divines ?

– Ils mobilisent les gosses de dix-sept ans, les Français ! y en a la moitié qui désertent...

– Y aura une révolution, c'est un pays qu'à toujours une révolution...

– Vos gueules !

Les gaz les intéressent plus que les Français.

– Quand même, vous voyez ça, le maréchal-ferrant avec son marteau au-dessus de l'enclume ! qui bouge plus ! Ces trucs-là, c'est des blagues, le marteau tomberait, vu qu'il est trop lourd.

– L'électricité, elle, a' doit rester allumée...

Berger pense à la ville des Mille et Une Nuits où tous les gestes humains, la vie des fleurs, la flamme des lampes ont été suspendus par l'Ange de la Mort. Le geste pétrifié des forgerons fabuleux sous une lumière à peine troublée du passage des volontés humaines, éphémères comme cette guerre et comme les armées. Celui qui vient de parler de l'électricité, une tête d'alcoolique héréditaire, farfouille dans une valise de poupée misérable. L'obscurité est de nouveau habitée.

Les timbres des voix changent, mais les tons restent les mêmes – la même résignation, la même fausse autorité, la même absurde science et la même expérience, la même inusable tristesse et la même inusable gaieté, les discussions qui ne connaissent que l'affirmation de plus en plus brutale, comme si ces voix de l'obscurité ne parvenaient plus à individualiser leur colère.

Le temps redevient le temps qui dépend des ordres supérieurs. Sous un des rais de lumière, net sur le sol charbonneux, un jeu de tarots est étalé ; une main en tire de temps en temps une carte, avec un murmure qui s'efforce de prévoir une vie... Cette main sans corps semble courir sur les cartes comme un rongeur, de toute éternité.

Après un nouveau silence, une voix chuchote, sur un ton d'excuse attendrie :

– C'est pas pour sa beauté que je l'ai épousée...

Un des hommes montre une photo à un autre ? Ses paroles, dans l'obscurité, prennent une intensité mystérieuse. Autour des rais de lumière, nul ne montre rien. Sous le plus proche, un adolescent au fin visage lit. Que fait-il dans ce régiment territorial ? Est-ce lui, qui vient de parler ? Il n'a pas bougé une seule fois depuis que Berger écoute. Accroupi dans le jet de lumière lancé par le trou, il lit. Comme le plafond des sapes est bas !

Deux silhouettes passent, confondues devant une faible auréole : la photo est éclairée par la flammèche d'un briquet. Avec la même résignation, la voix enrhumée qui avait dit : « Je vais au temple quand je veux me souvenir... » répond :

– Oh ! moi, tu sais, ma femme, elle est pas bien jolie non plus...

Le fossoyeur revient.

– ... Mais vois-tu, elles ont trouvé un chien. On

pouvait bien le garder, hein, puisqu'on l'avait pas payé ! La femme, elle l'a appelé Peterl, presque comme moi. La petite, jamais elle avait pu prononcer le nom de son père. Eh bien, tu me croiras si tu veux, depuis qu'il a le chien, la gosse, elle dit Peter comme tout le monde !

La voix devient amère :

– Elle y était pas arrivée pour moi. Enfin, c'est quand même un résultat...

Les rais de lumière se brouillent : dans le ciel, une migration d'oiseaux descend vers la Vistule. Berger écoute venir de l'épaisse pénombre la voix de la seule espèce qui sache – si mal – qu'elle peut mourir.

Tous les hommes de la sape se lèvent. Quelqu'un vient d'entrer :

« Mettez les masques ! La 132ᵉ d'abord ! »

Berger comprend pourquoi les soldats savaient qu'ils allaient suivre les gaz.

Ils se harnachent, dans la nuit aux taches de jour, et se dirigent vers la contre-sape avec un tintamarre de bidons, de boucles et de ferrailles, pour gagner la première ligne. Leur capitaine vient chercher Berger. Ils partent ensemble, les derniers. Les cartes à jouer n'ont pas été ramassées. Ni le livre que lisait le jeune homme au visage d'étudiant : *Les Aventures de trois boy-scouts.* Les soldats doivent-ils revenir ? Ils partent à la file, de dos. La tranchée atteinte, ils apparaissent de profil, groin en avant. Par une chicane percée obliquement dans le parapet, Berger voit le terrain qui les sépare des tranchées russes, clair après l'obscurité de la sape. Sur le fond vert déjà jauni par l'été, de grandes vagues d'ombelles déferlent dans le vent. La première ligne allemande est un peu plus bas, au-dessus de fleurs blanches à demi sèches ; le vent, qui dessine au loin sur elles de longs ramages, les secoue furieusement devant les trous d'observation. Deux versants opposés, la rivière au fond. Le versant russe s'élève dans une telle sérénité, que les barbelés semblent des clôtures champêtres. Pas un homme, pas un animal. Le canon s'est tu. Il fait beau comme avant la guerre.

Une longue poussière soulevée monte dans le soleil. Pas en panache, comme les sillages des autos ; partout aussi dense et aussi haute, comme un mur. Elle grandit, bien qu'on n'entende aucun moteur. La route disparaît ; l'émission des gaz a commencé.

Une à une, quatre ambulances gagnent des boqueteaux, en avant des tranchées.

On se bat pour regarder par les créneaux. Le professeur serre les bras au-dessous d'un trou d'observation, grand faucheux bismarckien, pattes ramassées, vers le cache-nez dans lequel il tente d'emmitoufler ses moustaches. La nappe de gaz atteint les troncs parallèles d'un verger de pommiers, puis leurs branches. Le fond de la vallée n'est plus qu'un brouillard jaune, rougeâtre le long des prés et des sapins verts, et d'où sort, fantomatique, un haut poteau de télégraphe.

La nappe de gaz glisse sur un kilomètre de large, vers la position avancée des Russes. Elle s'infiltre dans un bois, cache les bases des sapins sans en atteindre les sommets, reparaît au-delà, laissant les crêtes en dents de scie émerger sur fond de brouillard comme dans les estampes japonaises. Elle continue sa molle ascension, couvre les champs dont les rubans montent vers les hauteurs, les prés violets de trèfles, les derniers seigles, et les vastes rectangles piqués de meules ; enfin, au plus haut, vers les tranchées russes, les boqueteaux de plus en plus serrés, et le lambeau de forêt haché de clairières qu'a pilonné l'artillerie. Rien n'y bouge.

Quelque chose fonce des lignes russes vers les gaz : un cheval, très petit même à travers les jumelles. Les gaz semblent aller beaucoup plus vite, maintenant qu'ils approchent des tranchées. Le cheval les charge sans cavalier, avec le mouvement balancé des galops lointains. Il s'arrête, tournoie, reprend enfin sa course vers la gauche, et un bruit de sabots sur une route parvient à travers la terre, surprenant de netteté, beaucoup plus proche que cet infime cheval lancé dans l'immensité. Un hennissement s'élève, porté par la vallée. A travers les jumelles, le cheval dresse la tête pour hennir, comme hurlent les chiens. Il reprend son galop, fonce droit vers les gaz. On n'entend plus ses sabots. Il disparaît dans le silence.

Il ne reparaît pas ; l'avance sourde et sans fin des gaz, qui semble devoir continuer jusqu'aux limites de la terre, le hennissement perdu, les bords presque nets de la nappe, commencent à faire de ce brouillard, une menaçante machine de guerre.

Les Russes ont-ils abandonné leurs positions ? Il est difficile, même avec les jumelles, de deviner l'instant où les gaz atteindront leurs tranchées. Bientôt, elles seront recouvertes ; et, sauf ce cheval d'Apocalypse hennissant dans le plein soleil avant de se précipiter comme pour un sacrifice, rien ne les quitte. Qu'elles soient abandonnées est impossible. Au fond de la vallée, le petit bois de sapins, le poteau télégraphique et ses isolateurs ont disparu sous l'accumulation des gaz ; à mi-côte, quelques cimes d'arbres dépassent encore... Les graminées, les minces chardons qui cachent le trou d'observation, deviennent silhouettes sur le fond roux et laiteux. Le professeur, le nez pincé par un tic entre ses jumelles et ses moustaches, presse Berger de tout son poids.

L'ennemi a-t-il trouvé un moyen d'arrêter les gaz,

immobiles à la limite du parapet ? Le vent en pousse une nouvelle vague, qui, elle, continue sa marche comme si elle sautait par-dessus les premiers. Berger se souvient :

« La cornée opaque devient d'abord bleue, la respiration commence à siffler, la prunelle, c'est même très curieux ! passe presque au noir... Aucun des Russes ne pourra supporter la douleur... »

Cela se passe-t-il sous ce brouillard où rien ne bouge, et qui avance avec des torsions de saurien préhistorique, comme s'il ne devait plus s'arrêter sur la terre ?

– Quand nos troupes arriveront là, il n'y aura plus de gaz dans les tranchées ?

– Rien à craindre ! répond le professeur, péremptoire ; le gaz sera évacué, et il y a l'ambulance !... Il ne s'agit pas d'y rester ! Et d'ailleurs, n'est-ce pas, je...

La fin de la phrase est écrasée par une frénétique reprise des canons russes. Ils pilonnent les gaz comme ils pilonneraient une charge. Les obus éclatent en rouge, spasmodiques, dans la nappe redevenue jaune ; quand ils déchiquettent ses bords, la charpie avance un peu plus vite que la masse, sans pourtant s'en séparer tout à fait. La nappe qui grouille de leur éclat rouge, comme une rivière, de celui du soleil couchant, pousse avec indifférence sa marche de fléau, devenue ce qu'elle est : le gaz de combat.

Aussi soudainement qu'elle s'est déchaînée, l'artillerie russe cesse de tirer.

– Pour ceux qui ressentiraient des symptômes d'empoisonnement, crie aussitôt dans la tranchée une voix de commandement, c'est bien compris : retraite vers l'ambulance ! Goût d'amandes amères, sifflement de la respiration... Compris ?

Quand Berger et ses compagnons quittent la tranchée, les gaz ont disparu de l'autre côté de la crête :

il n'en reste que le brouillard japonais au fond de la vallée, et une traînée noirâtre sur tout ce qu'ils ont atteint, comme si leur passage avait laissé un morceau d'hiver sous le ciel rayonnant. Toujours rien vers les tranchées russes.

Des compagnies, parties beaucoup plus tôt, franchissent la rivière. Berger les voit nettement. Les Russes les voient-ils aussi ? Entre les vastes bancs stagnants de brume, des hommes rampent comme entre des marais, se dispersent, se rejoignent. Aux cimes des sapins, le vent secoue des lambeaux de nuages roux. La rivière dépassée, les compagnies, sans cesser d'avancer, prennent la formation de combat.

Chacun est suspendu au premier obus qui annoncera le nouveau pilonnage de l'artillerie russe – le massacre, l'écrasement.

Berger retrouve des jumelles sa 132e, maintenant parmi les compagnies de tête. Sous la ligne de casques à pointe tendus de toile les petits corps masquent les barbelés ; l'avance cahotante s'arrête, les taches humaines commencent à s'emberlificoter dans le réseau des fils, à y gigoter comme des mouches dans une toile d'araignée. A l'opiniâtre progression que l'éloignement ralentit comme il a ralenti celle des gaz, succède un guignol sur place. Puis tous disparaissent dans la tranchée russe, ou au-delà.

Non : certains restent sur les barbelés. De nouvelles compagnies arrivent, flottent, plongent. Toute la brigade avance. On n'entend que le vent ; sur tout le champ de l'attaque, plus un homme. Plus de guerre, rien que l'éblouissant soleil sur l'immensité paysanne, sur la ville de bois bizarrement intacte là-bas avec son clocher en bulbe. Mais ni Berger, ni le lieutenant adjoint, ne quittent du regard l'imperceptible ligne des tranchées russes.

Le professeur semble avoir enfoncé dans ses orbites ses jumelles qui tremblent. Les troupes ont reçu l'ordre de continuer vers les secondes lignes ennemies, d'occuper au plus vite les boqueteaux, derrière la crête que masque maintenant la marche des gaz ; pourtant, aucun des soldats ne reparaît.

– Peuvent-ils avoir été gazés eux-mêmes ? demande enfin Berger.

Le professeur hausse rageusement les épaules ; ses jumelles secouées perdent le champ.

– On a dit qu'ils n'y restent pas ! On a donné l'ordre qu'ils n'y restent pas ! S'ils y passent leur vie, évidemment !...

Sa main gauche lâche ses jumelles tressautantes, se crispe sur le bras de Berger : un homme en manches de chemise vient de surgir de la tranchée.

Un homme de deux mètres cinquante, aux toutes petites jambes... Sans masque. Il s'arrête, tombe. Il y en a un autre sous lui. Tout le long de la tranchée, des hommes en manches de chemise, taches blanches nettes malgré la distance, sortent, sans groin. Tous trop hauts, comme des géants de foire dont la tête, trop haute aussi, cahote au bout d'un manche à balai invisible. Pourquoi diable les soldats ont-ils retiré leur tunique et leur groin ?

Plusieurs géants de foire se rompent. La partie du corps en manches de chemise tombe ; l'autre continue d'avancer. Ils sont faits de deux hommes, l'un portant l'autre. Y a-t-il déjà tant de blessés ? Toujours ce silence sous le vent.

Les soldats verts masqués rechargent les taches blanches sur leurs épaules, leur cortège clopinant s'engouffre dans les passages entre les fils cisaillés. Il ne part pas vers les Russes : il revient.

Sur toute la ligne, à travers les passages – une pullulation confuse autour des soldats à groin qui portent les taches blanches avec un mouvement hésitant, comme des fourmis leurs œufs –, les compagnies refluent. Elles abandonnent la position russe. Dans ce silence sans un coup de canon. Sans un coup de fusil.

Le professeur laisse tomber ses jumelles, qu'un cordon suspend à son cou, et court devant lui, cache-nez au vent.

A gauche de Berger, il y a un cheval : il le prend, fonce. La retraite maintenant éparse des compagnies apparaît et disparaît, de plus en plus près. Berger croise enfin la course de deux soldats qui le regardent sans voir. Ils ne voient rien. Ils courent. Ils ont conservé leur groin. Scaphandriers de quelque océan, bêtes d'une autre planète.

– Que font les Russes ?

Il hurle, ils ne l'entendent pas : de l'homme, ils n'ont gardé que la faculté de courir. Ils disparaissent sous les arbres. Son cheval hennit comme celui qui s'est jeté dans la nappe des gaz. Apparaît un soldat de la 132e. Il court lui aussi, masqué, casque perdu. Berger place son cheval en travers :

– Quoi, qu'ont fait les Russes ? hurle-t-il de nouveau. L'homme répond frénétiquement en agitant les bras et le cou. Berger lui fait signe de retirer son masque. L'autre crie. Berger devinc.

– On peut pas !

– On ne peut pas quoi ? et vos armes ?

– On peut pas ! On...

Il crie « non » des mains, des épaules, de la tête. Il s'étrangle. Les deux mains en avant avec le geste de l'orateur qui adjure une salle, il montre le trèfle incarnat aux fleurs serrées qui les entoure tous deux, comme s'il dénonçait cette toison rose entre les murs sombres des arbres. Il repart avec frénésie. Berger remet au galop son cheval ; au sortir du bois, l'animal foudroyé glisse de cinq mètres sur ses pattes rigides et le précipite dans les buissons. Quand il relève lcs yeux, le cheval est encore dans sa pose terrible de statue. La vie revient dans ses babines qui découvrent ses dents ; elle s'engouffre d'un coup, de ses oreilles à son échine ; il repart, emballé. Berger est devant le terrain qu'ont traversé les gaz.

Il masse sa rotule, le regard devant lui ; ses doigts rencontrent quelque chose de répugnant, touffe de cheveux morts, toiles d'araignée, flocons de poussières agglomérés. Sa botte a raclé le sol sur un mètre, accumulant entre cuir et genou les trèfles et les ombelles de carottes sauvages qui poussent jusque dans les buissons : noires, gluantes, comme rapportées d'un fond de vase. La forme des fleurs est intacte. Celle des cadavres aussi, somme toute : sa main se rétracte du dégoût de la vie pour la charogne. Dans le pré dégagé devant lui sur plus de trois cents mètres, les gaz n'ont pas laissé un centimètre de vie. Sur les hautes graminées tombées, le soleil luit avec le lugubre éclat qu'il a sur le charbon. Quelques rangs de pommiers décomposés ressemblent aux arbres à lichens, leurs feuilles couleur de fumier collées aux branches blafardes. Pommiers taillés par l'homme, tués comme des hommes : morts plus que les autres arbres, parce que fertiles... Sous eux, toute l'herbe est noire. Noirs les arbres qui ferment l'horizon, gluants eux aussi ; morts les bois devant quoi passent en courant quelques silhouettes de soldats allemands qui s'y enfoncent en voyant Berger se relever. Mortes les herbes, mortes les feuilles, morte la terre où s'éloigne, dans le vent, le galop emballé du cheval. Berger met son masque.

Seuls restent verticaux, entre les pommiers, des chardons en touffes, dont boules, épines, feuilles, sont devenues du même roux de fleur prête à tomber en poussière, tandis que leurs tiges ont pris le blanc répugnant des pièces anatomiques dans les bocaux. Le pré poisseux étend entre deux murs de forêt ses branches d'équerre. Bien que blessé au genou, Berger peut marcher ; il traîne des mottes de plus en plus lourdes. Le galop de son cheval s'est perdu dans le bruit du vent. Un autre cheval aux pattes réunies comme dans les instantanés de courses s'effondre devant lui, peut-être celui qui a foncé sur les gaz : pas encore raide, les yeux ouverts et gris, le poil pourri comme l'herbe et les feuilles, muscles convulsés. Autour de lui montent des bouillons-blancs aux cierges roux comme les chardons, mais toutes leurs feuilles recroquevillées ; une grappe d'abeilles tuées est collée à l'une des tiges comme les grains d'un épi de maïs. Au-delà de cette entrée de vallée des morts, au-delà d'une ligne lointaine de poteaux télégraphiques, le vent pousse de hauts nuages dans le ciel sans oiseaux.

Berger avance lourdement. Isolé dans la solitude comme pour veiller le cheval gazé, s'élève un arbre mort ; non pas moisi de gaz, mais toutes ses branches nettes, anguleuses, ossifiées, avec la poussée tragique de tous les arbres morts de la terre. Cet arbre pétrifié depuis tant d'années semble, dans cet univers de pourriture, le dernier vestige de la vie. Une pie passe d'un vol ralenti, ses plumes blanches découpées dans ses ailes noires ; et tombe comme un oiseau de chiffon.

A travers la clairière, Berger atteint l'autre rive de la forêt. Il ne s'agit plus de marcher dans le dégoût, mais d'y plonger. Le taillis des ronces et des aubépines doubles est fauché, gluant lui aussi, de ce roux livide de bête crevée qui devient noir à vingt mètres. Les ronces n'accrochent plus : avec l'inquiétante sensation d'avoir retrouvé sa force, Berger avance sans résistance à travers une barrière épineuse en déliquescence sous ses genoux, sous son épaule, sous son ventre. Seules piquent encore les longues épines des acacias, dont les branches ne se rompent pas au premier contact ; leurs feuilles pendent comme des salades cuites, avec çà et là une araignée morte au centre de sa toile où perle une rosée verdâtre. Le lierre agglutiné pend aux troncs suppurants. Chaque pas fait monter, des buissons écrasés, une odeur amère et douceâtre, celle des gaz ? Apparaissent quatre soldats masqués couverts de feuilles : les moins atteintes par les gaz se collent sur celles qui s'engluent à leur uniforme, mais le grand vent les souffle comme des feuilles mortes. Les soldats avancent l'un derrière l'autre, sans se regarder, seuls dans cette forêt pourrie ; à peine est-il possible de passer à deux de front dans le sentier. Berger le barre, mais son autorité a disparu ; et il n'est plus à cheval. Ils ont autant d'horreur que lui de ces feuilles, de ces troncs purulents, décomposés debout. Le premier s'arrête à moins d'un mètre, lève son groin :

– Ça me concerne pas..., dit-il entre ses dents, regardant tout sauf Berger, d'un regard traqué, – moi, ça me concerne pas !

Et il prend sa course à travers les arbres, happé par la glu. Le second et le troisième passent coude à coude, comme s'ils se soutenaient contre Berger. L'un lui crie au visage :

– « Mais non, mon vieux, mais non ! » comme excédé d'un long discours (peut-être celui qu'il a subi, depuis le début de la guerre, de tous ses officiers...).

L'autre rit hystériquement, et Berger ne devine son rire qu'au tremblement ininterrompu du groin.

Est-ce que vous avez des blessés ? pense Berger. Le soldat passe. Berger n'a rien dit. Pas même levé son masque. Le dernier soldat, arrivé à sa hauteur, hoche le groin, hésite, frappe du pied, fait tomber en pluie les feuilles collées à sa capote, lève son masque :

– Parce que moi, mon Commandant, j'ai quelque chose à vous dire !

Et stupéfait d'entendre sa voix emplir ce silence, il s'engouffre, comme les premiers, dans les fourrés agglutinés.

Au-delà des rideaux d'arbres dont quelques hautes cimes demeurent vertes dans le vent, au-dessus de ces bois infernaux, la côte très raide montre à Berger la débâcle des compagnies, des centaines d'hommes en manches de chemise portés par d'autres. Boitant, courant au plus court, il entre de nouveau sous les arbres infects. Les soldats dont il croise la fuite, gluants de feuilles, ne lui répondent pas. L'un d'eux, arrivé tout près de lui, regarde en arrière à la dérobée, avec un mouvement nerveux du cou. Il fuit, mais pas de peur.

Au-dessus de ravins profonds, la lumière découpe en silhouettes, comme aux orées, le monde sordide de la forêt liquéfiée. Un corps poussé de bas en haut, en manches de chemise encore, surgit avec les bras pendants des descentes de croix. Puis, celui qui le porte. Le premier gazé allemand... Berger court, tombe de nouveau, court ; la douleur de son genou s'est endormie.

Ce n'est pas un Allemand, c'est un Russe.

Le porteur est bien allemand. Il lève son masque, et regarde haineusement Berger.

– Qu'est-ce qu'il y a ? Quoi ? Quoi ?

L'Allemand a une tête de paysan, très ancienne.

Son front se plisse, devient encore plus bas. Il regarde Berger de biais. Portant le Russe sur ses épaules, il a jeté son fusil. Berger croit avoir crié, et s'aperçoit pour la seconde fois, qu'il n'a pas articulé un mot. Il lève son masque.

– L'ambulance ! dit enfin l'homme entre ses dents, menaçant.

– Qu'est-ce qui se passe, sacré bon Dieu ?

Berger vient de retrouver sa voix.

– Là où qu'i'a des trucs pour soigner !

Le front de l'homme se plisse de plus en plus. Il semble beaucoup plus âgé que Berger, qui sent, comme si le soldat le criait, à quel point il méprise son apparente jeunesse. Le soldat fait un effort de tout le tronc : attentif à ne pas laisser tomber le corps, et pourtant brutal comme s'il voulait lancer le visage du Russe à la figure de Berger. Son coup d'épaule rejette en arrière la tête pendante qui se retourne, remplaçant les cheveux semblables à du tabac, par la face gazée – atroce. De sa capote monte la même odeur amère et douceâtre que des branches écrasées. Le mouvement, la façon dont l'Allemand tient le corps, expriment une fraternité maladroite et déchirante.

– Faut faire quèque chose... dit-il, un peu moins menaçant.

Les lèvres et les yeux du Russe sont violets dans sa peau grise. Ses ongles raclent sa chemise pour l'arracher, sans parvenir à la saisir. Sous les arbres sinistres d'où continuent à tomber des feuilles gluantes, la lumière étend la marbrure des futaies, plombée par la décomposition ; tout près, le vent ride l'eau épaisse d'une mare, bordée de moisissures intactes semblables au cresson, dont les petits îlots roulent un cadavre ballonné d'écureuil, la queue molle. Le porteur repart pesamment.

Berger doit sortir de ce bois où il n'apprendra rien, où rien d'humain n'existe, ne peut plus exister. Le vide lumineux du ravin qu'il contourne en cahotant donne une netteté d'ombres chinoises aux haillons des basses branches, aux masses de feuilles comme des capotes pendues, à des tentacules collés aux troncs, à ce monde de fond de mare. Mais ce n'est pas seulement le vide du ravin, c'est la proximité de l'orée qui presse maintenant, dans un brouillard poudroyant, tous ces troncs enveloppés d'algues mortes ; un brouillard plein d'étincelles de juin dans la retombée du vent, et qui ramène la forêt submergée à la paix des sous-bois d'été. Berger a regardé cinq secondes le visage du Russe gazé. Depuis un an, il a vu son compte de blessés et de morts, la raideur des premiers cadavres sous leurs couvertures, les visages de charbon entre les lignes de barbelés ; aucun visage de tué ne lui fera oublier cette face terrible.

Ce qu'il atteint n'est pas une clairière, mais un nouvel espace de prés murés par les arbres de vase : l'herbe pourrie révèle d'innombrables toiles de petites araignés de terre, intactes, toutes perlées d'une rosée vireuse ; elles brillent dans la lumière frisante, d'un bout à l'autre des prés abjectement fleuris. Sur toute cette scintillation nauséeuse flamboie un point de lumière, comme une fenêtre qu'un éclat du soleil couchant fait surgir d'une ville dans la brume crépusculaire. Il tremblote à la poitrine d'un soldat courbé sous un Russe jeté sur ses épaules, bras de-ci, jambes de-là. Une breloque dans le triangle de la chemise ouverte jusqu'au ventre, et l'homme est assez proche maintenant pour que Berger devine la colombe et le crucifix, la double goutte de la croix huguenote. Il retrouve la petite croix comme un visage d'ami.

Cette tête de bon chien giflée de cheveux que le vent

rabat sur le nez, sans casque, ne ressemble guère à celle entrevue dans la sape... Le soldat arrêté, masque relevé, groin comme un chapeau pointu, les paupières battantes, redresse le torse, lentement pour ne pas laisser tomber le corps qu'il porte, assez pour échapper à une douloureuse ankylose.

– C'est loin ! dit-il.

Celui-là aussi se veut hostile ; pourtant, au fur et à mesure qu'il redresse prudemment son torse sous le Russe, son visage sourit à la désolation qui les entoure. Berger voit l'insigne de son grade :

– Sous-officier ? Qu'est-ce qu'il... Pourquoi...

L'homme hoche la tête, et, le cou calé sous le corps qu'il porte, grimace, sans que sa grimace parvienne à détruire le sourire hébété que le repos élargit sur son visage.

– Pourquoi..., répète-t-il, ahuri.

Berger croit reconnaître la voix enrhumée qui disait dans la sape : « Il y a un problème moral avec les volontaires... » Sûrement pas un paysan.

– On ne peut pas non plus les laisser là-haut !...

Il parle des Russes.

– Il y a un ordre de repli ?

Le sous-officier écoute en tanguant sur un fond de pommiers mangés de gui chancreux, ses grosses lèvres écartées, avec toujours le même battement précipité des paupières.

– Il n'y a plus d'ordres..., dit-il enfin.

Ne pouvant faire de geste sous le lourd corps qu'il porte, il secoue la tête comme pour exprimer que les ordres ont à jamais sombré, avec le monde entier.

– Les officiers ? crie Berger.

– Je sais pas...

« Ils font comme nous...

« Non, l'homme n'est pas fait pour être moisi !

Il reprend sa marche haletante – vers l'arrière. Berger le suit.

– Si la guerre... devient... comme ça... dit le sous-officier.

Il s'arrête pour reprendre souffle. Une feuille entre dans sa bouche ouverte. Il la crache comme il vomirait, n'achève pas.

Deux soldats qui portent un Russe sur leurs bras en chaise sortent de la corne du bois ; ils s'arrêtent, et, se courbant jusqu'à ce que leurs mains touchent le sol gélatineux, y couchent leur blessé. Ils se relèvent avec le même sourire que le sous-officier, regardent au-delà des bois et des champs morts – pour gagner l'ambulance, ils redescendent vers la rivière –, des lignes de tournesols énormes que le vent secoue ; au loin, les couleurs existent toujours, les fleurs, les taches fauves et vertes de la terre, les ramages du vent sur la rivière et sur l'immensité. Le Russe allongé entre eux, fait un effort pour se retourner sur le ventre, y parvient enfin. Les deux Allemands se redressent lentement, les jambes encore à demi ployées, stupéfaits de retrouver cette vallée de Terre Promise.

Berger laisse retomber ses jumelles : son compagnon, le sous-officier, parle. Moins haut que ses bottes, qui pompent la vase des feuilles.

– Quoi ? crie Berger.

Le sous-officier voudrait montrer du doigt, mais il tient par la capote celui qu'il porte.

– Il se débine, leur gars..., répète-t-il enfin.

Le grand vent s'engouffre dans les chemises des deux porteurs que le repos abrutit ; derrière eux, le gazé essaie de ramper vers les lignes russes. Plus de cent mètres le séparent du bois ; à chaque effort, il retombe ; remonte vers sa tranchée, vers l'étroite fosse à gaz où sans doute se décomposent les siens. Le plus inhumain n'est pas ce mourant qui rampe, bras dans la boue jusqu'au-dessus des coudes, yeux en face des bouillons-blancs gainés d'essaims morts ; c'est le silence.

Les porteurs à groins ont enfin vu le mouvement du Russe. Ils le rejoignent, l'un lui botte les fesses, tous deux le reprennent dans leurs bras, repartent et disparaissent.

Berger s'est engagé de nouveau sous les arbres. Il devrait monter vers les lignes russes, chaque pas l'en éloigne ; sa consigne était de ne pas quitter le professeur : Quel professeur ? Il revient vers l'ambulance. Il devrait aussi aider son compagnon qui halète à chaque pas sous son mourant ; il ne le regarde pas, ne le touche pas. Il descend, descend à travers les fourrés, bras ballants, regarde d'un œil idiot des oiseaux morts sur le magma qui fut la mousse. La tranchée ennemie, pourtant, est creusée à moins de trois cents mètres. Il se retourne sans cesse vers elle, mais, pas après pas, il s'en écarte.

Le sentier oblique vers les positions allemandes. Un homme y bondit à quatre pattes, spasmodiquement. Nu. A deux mètres, l'apparition lève son visage gris aux yeux sans blanc, écarte les lèvres comme pour un hurlement d'épileptique : Berger s'efface. Folle de douleur avec les mouvements de tous les fous, comme si son corps n'était plus habité que par un supplice, en quelques sauts de grenouille, l'apparition s'enfonce dans la purulence.

Un hurlement traverse le silence préhistorique ; le hurlement de l'extrême souffrance, qui finit en miaulement.

Berger entend de nouveau une trouée dans ces bois morts.

Il y a au-dessus du sentier, des capotes russes lancées à la volée, des chemises accrochées aux branches comme par les obus ; aucune trace d'explosion. Tout près, dans une infime clairière cachée par une ligne de tournesols, une trentaine d'hommes sont écroulés dans une tranchée en T : un poste avancé de l'ennemi.

Morts, plus ou moins nus, retombés sur un pillage de vêtements lacérés, cramponnés les uns aux autres en grappes convulsives. Bêtise des rêves de la sape, morts immobiles leurs cartes en l'air ! Des pieds sortent du grouillement pétrifié des morts, orteils crispés, comme des poings... Pas de plaies.

Bien que les mains de Berger soient immobiles, son épaule droite tremble. Ses muscles se contractent comme si tout son corps voulait se mettre en boule ; ses coudes serrent si furieusement ses côtes qu'il respire à peine. Sans doute les croyants appellent-ils présence du démon une semblable visitation de l'épouvante. L'Esprit du Mal est plus fort encore que la mort, si fort, qu'il faut trouver un Russe qui ne soit pas tué, n'importe lequel, le mettre sur ses épaules et le sauver.

Cinq ou six sont épars dans les buissons, au-dessous d'une capote accrochée par le col, pendu qui oscille dans le vent sur ce délire ; Berger se jette sous le premier, s'arc-boute dans les ronces molles et se relève avec lui. Il tient des poings comme des cordes. L'homme s'est débattu dans les tournesols et le bracelet d'un de leurs fruits énormes et plats, décomposé par le gaz et troué d'un coup comme un gâteau, brinqueballe à son bras. Ces gâteaux s'appellent des couronnes.... On dit : couronnes mortuaires, non ?... Berger, paupières serrées, tout son corps collé sous ce cadavre fraternel qui le protège contre tout ce qu'il fuit, marmonne : « Vite, vite, vite », sans savoir ce qu'il veut dire, et n'a plus conscience de marcher. Mais il prend soudain conscience que le Russe qu'il porte est mort, et le laisse tomber.

Il se redresse. La lumière l'envahit malgré ses paupières collées ; il ouvre les yeux. Tout le haut du versant russe lui apparaît : Ces longs boqueteaux à flanc de colline, rongés et noircis par un automne définitif, tués par une force comme celle de la Création, ne sont plus rien en face d'un seul visage gazé : sur ces étendues frappées d'un châtiment biblique, Berger ne voit plus que la mort des hommes. Et pourtant – ses yeux s'accoutument au soleil – il sent le flamboiement mort frémir, comme la brousse frémit de ses bêtes invisibles en marche vers les points d'eau. Il distingue au loin des points blancs de chemises, nombreux, par lignes presque parallèles ; de chaque promontoire de forêt, les porteurs, leurs lignes coupées et recoupées par une fourmilière de fuyards, descendent lourdement dans le vent jusqu'à la clairière. Ce que font ces hommes, Berger l'apprend maintenant : non de sa pensée, mais du corps sous lequel il enfonçait jusqu'à mi-jambe... Béant, il regarde dégringoler vers les ambulances l'assaut de la pitié.

Devant lui, le sous-officier qu'il a oublié emporte pesamment son Russe. Lorsque Berger, masque levé, le rattrape, il entend :

– Qu'est-ce qu'il y a de drôle ?

Il comprend qu'il rit aux éclats. Ils marchent sous le vent qui, derrière la crête, apporte encore les gaz.

Bien que la matière végétale soit morte, les formes ne sont pas toutes détruites ; les ronces et les fougères, comme les chardons, dressent souvent au-dessus de l'herbe retournée au limon, des silhouettes intactes. Elles se dressent encore dans les endroits abrités. Le vent, moins chargé de feuilles maintenant, les chasse comme des papiers brûlés ; de longues ronces viennent comme des fils d'araignée se pulvériser sur la tunique de Berger, et tombent sans que s'accrochent leurs épines.

– Nom de Dieu ? dit soudain le sous-officier d'une voix bizarrement interrogative. Il s'arrête, le poids de tout son corps sur sa jambe gauche enfoncée dans la tourbe. Les quelques phrases qu'il a dites jusque-là ont été dites au vent, bafouillées en tenant à peine compte de la présence de Berger ; cette fois il tourne vers lui son visage et tout le corps du Russe : et pourtant il regarde "en dedans", les yeux absents, aux aguets de son corps.

– T'en as déjà mangé, toi, des amandes amères ?

– Qu'est-ce qu'il y a ? Vous l'êtes ?

Epiant sa langue, son palais, le sous-officier, redressé d'un coup, se délivre furieusement du Russe, les bras dressés dans les ronces et les fougères du grand vent, tandis que le corps qu'il portait dégringole avec un bruit mou. Le Russe revient à lui ; Berger entend son souffle affreusement sifflant, voit sa main sur le genou du sous-officier. Celui-ci dégage sa botte de la pourriture des graminées, mais la main ne lâche pas le pantalon vert.

– J'ai trois enfants ! crie le Russe en allemand.

Son autre main tente de déchirer sa chemise.

« J'ai trois enfants, j'ai trois... »

La phrase apprise par cœur, la conjuration qui devait le préserver dans la guerre. Il la répète précipitamment, les mots coupés par un sifflement de soufflet troué, comme si ses poumons étaient perforés ; le sous-officier regarde partout où il peut ne pas le voir, paupières battantes comme lorsqu'il a rencontré Berger, et tire furtivement sa jambe que l'autre retient.

– Moi, j'ai vingt-six ans ! hurle-t-il.

Le gazé ne comprend pas. Cheveux presque gris, traits inachevés de moujik. Ses grosses lèvres bleues bougent – parlent ; ses yeux bleuis aux iris noirs regardent. Il ne lâche pas le pantalon.

Le sous-officier arrache à la main et aux graminées pourries sa botte qui frôle le visage du gazé, court vers l'ambulance de toute sa force. Devant Berger, des silhouettes enfoncent les buissons ; comme le sous-officier, comme lui-même, elles vont vers la grande lueur d'une clairière, d'où le vent apporte une voix :

– ... rien faire !... Plutôt l'autre ! par ici ! Bleu foncé... Tout au bout à gauche !...

Berger va vers cette voix, ne peut plus courir.

– C'est idiot ! Contre-indiqué ! Bleu... A gauche...

Au-dessus du bois, un capitaine rallie les hommes, tente d'organiser le transport des mourants vers l'ambulance. Des infirmiers aux masques d'oxygène éblouissants vont vers des corps couchés. Le professeur, couvert de feuilles lui aussi, son cache-nez dans le vent, le chapeau en arrière et les bras en ailes de moulin, tourne autour du capitaine comme un chien de chasse, court aux intoxiqués, revient, Berger le hait comme les soldats l'ont haï lui-même quand ils l'ont rencontré. Le professeur court à lui :

– Vous voyez ! vous voyez ! Décisif ! Parfaitement !

Il hurle : « Mais non, idiots ! », se retourne : « Ceux-là (Berger sait quelques mots de russe), ça ne va pas ! dites-leur donc !

Ses prunelles affolées battent la clairière où les gazés deviennent de plus en plus nombreux.

– Oui, ces idiots qui boivent !

Ce sont des Russes que les porteurs viennent de déposer à côté d'un ruisseau. Ils lapent avec des convulsions.

– Contre-indiqué ! Contre-indiqué ! Issue fatale s'ils boivent !

Devant les Russes couverts de feuilles, Berger prend

conscience de l'être aussi, se secoue sans cesser de les regarder.

Tout près, un commandant russe, délivré du masque à oxygène, ouvre les yeux.

– Faites avancer le plus possible les ambulances ! crie le capitaine allemand à Berger. Au moins une ! Beaucoup de victimes à nous aussi !...

Les Allemands ont retiré leur groin. Berger croit ne voir que des Russes... Sauvés ? L'un se précipite, l'embrasse, tire de sa poche une photo : femme et enfants. Ils prieront pour lui... Le Russe se trompe de sauveur. Berger entend les moteurs des ambulances dans les montées du vent, se hâte vers leur bruit. Son genou lancinant lui donne envie de vomir. Quand retombe le vent, l'appel des moteurs s'éteint comme si les ambulances étaient très éloignées, et dans chaque trou des frondaisons, dans chaque échappée, Berger cherche une perspective au fond de laquelle apparaîtrait la route. Dégagé de la forêt gazée, il traverse un bled d'orties et de teignes, ébahi par leur éclat, leur vert vivant, les fines dents de scie à métaux des feuilles d'orties, les teignes rougies à blanc ; à tel point stupéfait de retrouver des couleurs qu'il croit voir partout au loin la petite tache des ambulances camouflées. Beaucoup de ronciers ont déjà le grenat de la vigne vierge ; devant eux, le bleu incandescent des campanules et des chicorées, le blanc des carottes sauvages, pétales rebroussés par les bourrasques, sont si intenses, que ses paupières reconnaissantes battent comme une montre à secondes. Dans cette palpitation de braises rouge et bleue, le bruit des ambulances invisibles approche, s'éloigne, reprend, et soudain, multiplié par un écho, semble entourer Berger.

Enfin le bruit se maintient dans les retombées du vent ; les ambulances avancent à sa gauche. Berger y court : les moteurs qu'il entend ne sont pas ceux des ambulances, mais ceux des camions qui précèdent une colonne.

Au passage, les chauffeurs, puis les soldats, l'examinent, stupéfaits : boucle de ceinture, agrafes, toutes les parties métalliques de son uniforme sont couvertes de vert-de-gris. Ainsi, bientôt, regarderont-ils le premier gazé. Outre leur paquetage, ils portent au côté leur masque. Berger les regarde, lui aussi, l'un après l'autre : ils montent en lignes, et le barrage de la pitié ne sera pas efficace plusieurs fois. C'est seulement à mourir, que l'homme ne s'habitue pas.

– Vous avez des ambulances ? crie Berger au premier sous-officier.

– Oui, à l'arrière !

Berger se sent enfin inutile – vidé. A ses pieds, sur la poussière blanche, les graminées découpent leurs fleurets, leurs constellations de folioles ; sur toute cette flore d'infimes et frémissants roseaux, les chardons vivants dressent leurs hampes forgées. Faits de la même paille légère, des insectes s'agitent autour de ces minces avoines, tremblantes du lointain ébranlement de la route sous les bottes, et bousculées par le vent. Jaune sur l'uniforme où collent encore des feuilles, une sauterelle vient s'agripper à la cuisse de Berger. De même que les gaz ont tout confondu dans une même purulence, la vie renaît d'une seule matière, de cette paille dont la tension de ressort anime à la fois les plus légères graminées et le fin élan de la sauterelle, enfuie dans la poussière embrumée du soleil. Sur un rideau d'arbres, le vent passe avec le murmure marin qu'il a dans les peupliers... Très haut, une grande migration d'oiseaux.

Berger n'est pas délivré de l'instant où il a jeté sur son

dos le Russe mort. Ses épaules sont possédées par le glissement du corps : ses mains encore tremblantes, par la seconde où il les a ouvertes, où a craqué l'énorme bracelet de tournesol (entrevus, deux hérissons juste au-dessous de lui, deux écouvillons aux piquants férocement frisés par les gaz...). La pitié ? pense-t-il confusément, comme lorsqu'il a compris que les compagnies revenaient ; il s'agit d'un élan plus obscur, où l'angoisse et la fraternité accouplent leurs démences. Jusqu'au ciel miroitant et bleu, le coteau monte avec son odeur retrouvée d'arbres, l'odeur des buis et des sapins après l'averse. Un gros insecte métallique s'envole, éclatant, fourbi, – sans vert-de-gris ; la rumeur des paroles entendues dans la sape accompagne son bourdon plus que le bruit marin du vent, comme elle accompagne les troupes qui disparaissent au tournant.

Affalé dans l'herbe, il allume une cigarette. Infecte. Une autre : même goût ; une troisième. Il la jette : le goût amer et douceâtre persiste. Il se précipite à contre-courant de la colonne, toute sa force retrouvée : Intoxiqué ? En une seconde ravagée s'enchevêtrent la sape, les gaz et la voix du professeur bourdonnante sous les étoiles de Bolgako (la veille ! la veille !). Mais qu'est-ce que l'homme vient foutre sur la terre ! La douleur revenue le traverse du genou jusqu'au ventre, chaque fois que son pied droit porte sur le sol ; sous le sifflement du vent dans les branches, il entend distinctement au fond de sa gorge son souffle déjà sifflant et mince, – soyeux...

Enragé de freiner sa course à chaque descente, un coup de fourche dans l'aine à chaque pas et ce goût implacable jusqu'au fond du nez et de la gorge, il est possédé d'une évidence péremptoire comme ce sifflement ténu dans sa gorge : il s'est occupé, crétin ! d'autre chose que d'être heureux ! Est-ce l'ambulance ? Courir plus vite ! ses jambes tournent à vide, l'univers chavire d'un coup, la forêt bondit dans le ciel.

Il n'est qu'à demi évanoui. On le porte. L'oxygène pénètre dans ses poumons : il a un masque sur le visage. Euphorie. Conscience toujours prête à disparaître. Le bonheur n'a plus d'intérêt. Tous ces types à groins, indigènes de la forêt pourrie, et les morts, pourris aussi. Le sol de la sape, avec les tarots dans un rayon de soleil bienveillant. Le bonheur est bizarre. Le reste aussi. On dit que les mourants retrouvent leur passé. Sa vie, c'est son avenir. A côté de lui, sur une civière, un officier russe gesticule : « Ne m'empoisonnez pas maintenant ! pas maintenant ! », repousse un masque brillant ; ses cris ne couvrent pas le bruit de respiration qui monte dans la poitrine de Berger comme une sirène dans la brume – jusqu'à ce qu'il s'évanouisse tout à fait.

*

Nouvelle crise.

Il est temps que les augures se réunissent.

Je parcourais mon bureau. Comme si la scène que je décrivais avait empli la pièce, j'ai été possédé d'une tension forcenée, j'ai tournoyé de toute ma force, me suis précipité, front en avant, sur la vitre de la bibliothèque, ai heurté l'un des montants de bois, et me suis effondré. Le montant n'a pas cédé ; ai-je fait dévier la chute qui me lançait vers la vitre ? Je ne me suis pas évanoui ; après la commotion, j'ai inscrit, afin de ne pas l'oublier : « possession foudroyante ». Ce dont j'étais menacé ressemblait plus à la folie qu'à une maladie ; le terme maladie, qu'imposerait le cancer ou la tuberculose, ne me vient pas à l'esprit devant une maladie que je ne connais pas ; surtout, dont je ne *souffre pas.* Peut-être les fous ne souffrent-ils pas non plus.

Ma vue de l'homme (comment appeler cela autrement ?) a peu changé depuis trente ans. En face de la mort, le commandant Berger donne au bonheur, un rôle outrecuidant ; il est jeune, et, si je l'avais tiré de l'ambulance de Bolgako, je lui aurais donné le temps de réfléchir.

Ce n'est pas lui, qui m'intéresse : c'est la voix des profondeurs entendue dans la sape, hurlante ou étouffée par le silence de la forêt.

J'ai écrit la première partie de ce récit au camp de prisonniers, en 1940. Ecrire était alors le seul moyen de continuer à vivre. Tour à tour, j'écrivais ce que disaient les voix de la sape, et notais ce que disaient mes compagnons de captivité.

Sous le ciel que striaient encore les barres obliques des réservoirs d'essence en feu, des ombres sortaient comme des prisonniers sélénites, de tuyaux gigantesques laissés là par quelque entrepreneur ; les nouvelles passaient en vol de coquecigrues :

– Paraît que l'armistice est signé... On démobilise, mais toutes les usines de guerre seront obligées de travailler contre les Anglais...

– Pétain a été tué par Weygand, en plein conseil des ministres...

– Mais non ! Reynaud est en Amérique et Flandin a pris le pouvoir, avec Pétain à la guerre.

– Ils ont réclamé dix-sept départements, dis donc ! Encore ces vaches de Bretons qui vont avoir le coup de veine !

Les Bretons, tenus jusqu'ici pour des « lourds » sont l'objet de l'envie générale : comment Hitler annexerait-il la Bretagne ?

– Les autonomistes, i' d'vaient êt' dans l'coup !

– Nous, tu crrois point qu'on pourrait s'démerder pour devenir ôtonomistes bourrguignons ?

– Le commandant de la Place, il est passé tout à l'heure. Moi je comprends un peu l'allemand, il a dit qu'il y avait quinze cent mille prisonniers.

Et de rire !

Des voix de plus en plus faibles reparlaient de trahison. Les visages plombés par la faim, la nuit, la barbe de huit jours, regardaient dans un silence envieux les cuisiniers improvisés qui rôtissaient leur dernier biscuit ou faisaient bouillir des soupes de sorcières. Ce qui commençait à sourdre de la foule hirsute et résignée n'était pas le bagne, mais le Moyen Age. Qu'importait le temps ? Ils vivaient au jour le jour depuis des millénaires, à l'écoute de la même voix absurde et profonde.

Le soir, les coquecigrues étaient couchées.

Aux Indes, on connaît la musique du matin et la musique « qu'il faut entendre la nuit »... Le second soir, dans une masure babylonienne faite de piliers trapus, de drains et de branches, trois momies du Pérou recroquevillées, écrivaient sur leurs genoux.

Un pionnier, pas très jeune, dans la même position mais les mains croisées, regardait fixement un des piliers. Il sentit que je le regardais, tourna un peu la tête :

– Moi, j'attends que ça s'use...

– Quoi ?

– Tout. J'attends que ça s'use...

C'était presque la phrase que m'avait dite la vieille paysanne, après la fosse à chars.

La nuit enfin étalée sur le camp, un prêtre ami me confia : « Au fond, croyants ou incroyants, les hommes meurent dans un mélange bien enchevêtré de crainte et d'espoir... » Le lendemain, des feux roses flamberaient dans l'aube.

Enfin, conciliabule des médecins. C'est bien la menace sur le cervelet : guérison, paralysie ou mort. Hospitalisation d'urgence.

Le chuchotement de la mort change l'aspect des routes, en direction de la Salpêtrière.

Chaque passage de vitesse répète en grinçant le mot : insolite.

Je regarde tout ce que je vois. Comme si ça devenait intéressant. Auto-comédie ? Insolite, seulement insolite – et passager. Passager toi-même.

La route de Verrières est presque sans voitures à dix heures du matin. Il y a trente ans, elle était bordée de maisons d'autrefois, et de "pavillons" de meulière dont la France possédait le navrant monopole. Les grands ensembles s'y succèdent, et les grues mécaniques, Martiens vainqueurs – comme la cité Nasser à l'assaut de la Ville des Morts du Caire, où les Cadillac frôlent au petit matin les ânes et leurs touffes de jasmin mouillées par la rosée de la nuit. Il a suffi de cinquante ans pour effacer l'Islam semblable aux champs de la Bible devant le désert éternel ; pour effacer de l'Inde, l'Empire britannique. A Hong-Kong, les typhons du Sud qui s'amusaient avec les paillottes, font tourbillonner au-dessus des derniers paquebots illuminés, les échafaudages de bambous arrachés aux gratte-ciel en construction.

Sur le chemin de la place de Grève, des condamnés souriaient aux jolies filles. Je n'ai jamais lu le nom du sentiment que j'éprouve. Disons : une angoisse différée. Qui se nourrit de tout.

Plus de fortifications. Jadis, j'ai vu celles de la Porte d'Allemagne par où les taxis de la Marne et leurs amoncellements de spahis partirent pour traverser les haies des femmes « descendues des banlieues » sans vivats ni chants. A ma porte d'Orléans comme place Jean-Jaurès, même les H.L.M. sont insolites. Toutes les formes s'apparentent, lorsque le regard qui passe sur elles peut être le dernier.

J'entre dans le vieux Paris du Sud, qui appartient à Daumier par ses étages, et à la laideur mondiale par ses boutiques, leurs réclames et leurs affiches. L'Europe, quand j'y suis revenu pour la première fois, c'était les boutiques.

Voici la gare d'Austerlitz, le bistrot qui a remplacé le cabaret luxueux où Hortense Allart s'asseyait sur les genoux de Chateaubriand : « J'étais jeune, il me demandait de chanter des chansons légères ; et après, il faisait ce qu'il voulait... » Voici la Salpêtrière, le dôme en as de pique de la chapelle. Ma voiture rebondit en passant sous le porche comme rebondit en 1944 la Mercedes blindée de la Gestapo qui me livrait à la prison de Toulouse.

Les cours, les longs édifices qui tiennent de la caserne et du monument : du passé. Les deux cliniques très modernes. Dans le hall, des ombres silencieuses de Descente aux Enfers mêlées à des pyjamas de retraités, des poussettes furtives.

Ma chambre. Deux infirmières antillaises. L'une ressemble à ces nourrices noires qui ont calmé tant de peines pendant les siècles des Isles ; l'autre, grande, joyeuse et belle, semble déléguée par les anges hilares du film *Verts pâturages*. Installation, robe de chambre, couloir, on me conduit à la salle d'électrologie. Dans l'ascenseur arrêté entre deux étages, une voix appelle à l'aide. Autre ascenseur. Autre couloir. D'affreuses petites voitures, des civières – l'une, avec ce bras des héros morts qui pend à travers les siècles. Silence surprenant, parce qu'on attend des gémissements ou des cris. L'infirmière m'introduit. Cordialité du professeur. Appareils.

Retour. La salle d'électrologie était ripolinée. Les fleurs envoyées par mes amis sont intruses dans cet univers sans bois et sans étoffes, étranger comme une planète où ne pourraient vivre que la peinture blanche, le nickel, les éprouvettes, les objets de verre, les draps – et les malades... Je ne suis pas couché depuis un quart d'heure, qu'entre un médecin ami, qui ressemble au général de Gaulle en 1940, au temps de son képi à feuilles de chêne : « – Rien n'est irréversible. » Ce qui veut dire, je suppose, que le cervelet n'est pas encore touché. Verdict de vie ?

L'autre, le prononce-t-on ?

... Hôpital militaire de Madrid aux premiers jours de la Révolution, cave où la lumière d'aquarium venue des soupiraux encombrés de fougères plombait les faces du Greco, des miliciens amputés ; en 1945, salles préparées pour nos combattants de l'Ill et du Rhin atteints jusqu'à la ceinture de gelures B au sortir du fleuve (et qu'allait sauver le docteur Jacob grâce au sérum de Leriche conservé à Strasbourg). Tant d'hôpitaux d'Alsace et le sang partout, le sang qu'on ne voit pas ici...

Des bruits d'assiettes et de fourchettes s'affaiblissent, la nuit vient. Malgré l'insonorisation, des cris de torture que je connais car tous ressemblent à des cris d'enfants, se répondent à travers le couloir quand la porte s'ouvre. Cris des malades sombrés dans le pré-coma et qui n'éprouvent rien, dit l'infirmière : quand on les sauve, ils n'ont pas d'autre souvenir que de s'être endormis. « C'est faux, m'a dit tristement l'un des professeurs : nous ne savons guère ce qui se passe dans le pré-coma ; les malades sauvés nous citent parfois des phrases que nous avons dites devant eux pendant leur catalepsie. » Pauvre infirmière ! Ceux qui doivent vivre dans la rumeur des souffrances ont besoin de les ignorer.

La perfusion qui m'immobilise doit durer onze heures. L'aiguille enfoncée dans la veine de mon bras tremblote. Plus de lumière sous ma porte ; plus rien que les passages des infirmières de nuit, – et, chaque fois qu'elles entrent, les cris éloignés que poussent sans le savoir ceux qui vont revivre et ceux qui ne revivront pas. Accroupies comme des Parques, l'inconscience et la mort ont pris possession de la Salpêtrière.

Une fois de plus, ne pas souffrir me déconcerte. La mort, dans notre esprit, se lie si fortement à la douleur, que l'homme reste stupéfait devant une maladie qui peut être mortelle, mais qui ne le torture pas : éberlué par le plus déconcertant divorce de notre temps. L'agonie erre dans les hôpitaux d'une façon insinuante, biologique, ignorée des combats. Ici, les malades se succèdent comme les générations sur la terre. Mais les générations, elles, ne guérissent pas.

L'importance que j'ai donnée au caractère métaphysique de la mort, m'a fait croire obsédé par le trépas. Autant croire que les biologistes voués à l'étude de la naissance cherchent des places de nourrices. La mort ne se confond pas avec mon trépas.

Le deuil disparaît, on écarte les enfants du cimetière, mais à la télévision, un jour sans meurtre serait un jour sans pain. Le trépas est lié au combat. J'ai noté autrefois la surprise de Saint-Exupéry, à qui je répondais : « Le courage physique est nourri par un sentiment d'invulnérabilité. » Je n'ai cru à la mort dans aucun combat aérien, dans aucun bombardement de mon avion par la D.C.A. *Il n'arriverait rien* – bien qu'un tir de barrage gueule comme un âne : l'avion *peut* tomber ! Voir sauter sur une mine, le char qui précède le vôtre, n'est pas non plus encourageant. A Gramat, je n'ai pas cru que le peloton d'exécution allait tirer sur moi – et il n'a pas tiré, mais s'il avait reçu l'ordre de le faire, j'aurais, jusqu'au feu, cru qu'il ne tirerait pas. Quand plus tard, des mortiers m'ont encadré, j'ai cessé de raconter des blagues, mais n'ai pas cru que le prochain obus me toucherait ; pourtant, les obus de mortier arrivent en miaulant de plus en plus près, comme s'ils cherchaient, et mon ceinturon venait d'être coupé par un éclat. J'ai été menacé, non par le son des balles, mais par la chute de mes compagnons touchés. J'ai subi quelques maladies graves – et attendu qu'elles finissent. Quand les anesthésistes m'ont endormi, je n'ai jamais craint de ne plus me réveiller. Dans les maladies comme dans les guerres, je n'ai pas même ressenti la stupéfaction devant la vie que je ressens aujourd'hui – bien que je l'aie parfois ressentie *après* les attaques, comme à Bône après mon atterrissage : l'enseigne du gantier, énorme main rouge au-dessus de la boutique mal éclairée dans le soir, et le chien immobile dans la vitrine du fourreur. Quant au suicide, on a suffisamment tiré sur moi pour que je puisse le faire aussi. Sans doute la peur naît-elle souvent, d'imaginer des blessures au ventre ou au sexe ; je n'imagine rien. Je n'ai pas le vertige, c'est tout. Mais je vis avec des mourants, non avec des combattants.

La maladie ignore la trouble attirance du danger. Pour moi ; car au chevet de mon père mort...

Pendant la guerre de 1914, on le logeait souvent chez le curé, lorsqu'il revenait à l'arrière. Il avait la foi distraite de tant d'hommes de sa génération : souvenirs d'église, contagion de la foi de ma mère, déisme vague. Dans chaque nouveau presbytère, il interrogeait un nouveau curé : « Naturellement, je crois en Dieu ; mais nos Arabes, les Hindous, les Bouddhistes, les Juifs, y croient aussi ; et si je crois en Jésus-Christ, n'est-ce pas parce que je suis allé au catéchisme ? » Les réponses variaient, et ne le convainquaient pas plus que ne l'avait convaincu Pascal. Quand il s'est tué, il a laissé sur sa table de nuit un bouquin ouvert à une page où il avait souligné la phrase : « Et qui sait ce que nous trouverons après la mort ? » Dans l'ombre stoïcienne du suicide, s'était glissée la curiosité de l'inconnu...

Les phénoménologies des religions n'existaient pas. La meilleure n'eût pas agi plus fortement que Pascal. Dans ce domaine, quel rôle joue la pensée ? J'ai perdu la foi après ma Confirmation. Et plus tard, mon agnosticisme a moins été accompagné de méditations taries à vingt ans, que des cérémonies religieuses asiatiques, comme si le destin incarnait en spectacles, la simple interrogation de mon père. La foi des foules est pénétrante. Non qu'elle convainque, mais celle d'Asie m'imposait sa présence de Pamir, d'aube dans l'océan sans rivages, de ciel étoilé sur le désert. « Une immense bonté tombait du firmament », dit Victor Hugo, des temps bibliques. J'ai entendu l'appel qui montait des milliers de corps prosternés pour la prière dans la cour de la plus grande mosquée du monde, à Lahore ; la même prière lui répondait de toutes les mosquées dressées depuis Tombouctou jusqu'aux confins du Gobi dans l'abandon solennel de l'Islam. La même montait des foules en pèlerinage aux lieux où le Bouddha parlait aux gazelles, des profusions de glaïeuls jaunes inclinés ensemble par les mains jointes des femmes dans la pagode de Rangoon...

J'ai vu à Lisbonne le musée des carrosses. Pas une remise, comme celui de Versailles jadis : un vrai musée, habité par les carrosses comme Versailles par les meubles. Ils entourent une bizarre voiture noire, cabriolet pour une personne, semblable aux rickshaws qu'une toile cirée fermait naguère devant l'occupant lorsque commençait le déluge du crépuscule. Au Portugal, l'occupant était un cercueil ; ce véhicule fantôme s'appelle le carrosse de la Mort. « Toujours avec un cheval noir, monsieur », dit le gardien.

La souffrance, perfusions, piqûres, entrées de Verts-Pâturages précédée de son rire, autres infirmières qui voudraient causer en attendant le moment où je pourrai leur répondre, le lendemain, le surlendemain... Bien que je souffre peu, je suis réfugié dans la fièvre : l'esprit s'abandonne au tâtonnement de la mort comme à celui du sommeil.

Lorsque auront cessé de tinter les verres et les fourchettes du dîner, la porte ne s'ouvrira plus que pour la visite de la surveillante de nuit. Le silence que je commence à connaître s'installe, habité de son fourmillement de plaintes, comme le silence de la forêt tropicale s'installe jusqu'au fond du clair de lune sur la rumeur des plantes et des insectes qui veillent.

Dix heures. A la désolation de l'enfant italien que j'entends tous les quarts d'heure appeler « Mamma... » au-dessus de moi, répondent les cris des oiseaux nocturnes dans la forêt siamoise, l'aube dans le hululement des singes. Les hôpitaux sont hantés, mais l'épuisement des malades s'accorde à l'invincible pacification de l'ombre. Comment les bouddhistes appellent-ils cela ? Oui : la Paix de l'Abîme.

Les jours glissent. Délivré de la perfusion, je puis marcher jusqu'à la fenêtre. Dans la cour, des voitures de médecins et de visiteurs semblent gardées par quelques éclopés en promenade. N'existe-t-il plus sur la terre que des malades ? Irréalité renforcée par une joviale infirmière que j'appelle intérieurement Moulinette puisque j'ignore son nom, et qui me dit : « Ah ! petit coquin ! » Tout ça ressemble aux rêves, que les somnifères entretiennent. Il y a aussi la réalité. On a couché un nouveau dans la chambre voisine. A six heures du soir, il a ronflé très fort. « Il faudrait le changer de chambre », me dit-on. Je réponds en bafouillant : « Si les malades ne se supportent pas entre eux, qui les supportera ? » Je crois, hélas ! reconnaître ces ronflements : ils vont devenir des râles. Le murmure de douleurs s'établit peu à peu dans le silence de la nuit ; ces râles le scandent, réguliers et calmes.

Comment peut-on *s'habituer* à une attente intolérable ? Pendant douze jours, j'ai attendu la décision des médecins ; depuis que je suis ici, j'attends, en griffonnant des notes illisibles, l'effet du traitement, ou son échec. Si je dois mourir cette fois, mourir aura-t-il consisté à attendre ? Pensons aux maladies comme à des drames ; certaines sont des somnolences – des somnolences dont on ne s'éveille pas.

L'inconscient est un collaborateur attentif. Je corrige ma phrase, car j'avais écrit seulement : si je meurs – comme si la mort était une hypothèse.

Les draps chauds de la fièvre diurne mêlent tout. Pour échapper au murmure des plaintes, je tente de soumettre ces images à une chancelante chronologie. L'été qui s'approche, avec les hannetons, le long d'un rideau d'acacias ; la première odeur de la mer invisible, la peur des Romanichels ; le soir où se mêlent la découverte du château de Versailles, et une musaraigne, menu kangourou, qui a sauté sur la route de forêt pour fuir la petite auto de mon père ; mon retour à la maison des Ardennes vers la gare de Rethel : bestiaux endormis debout dans la nuit d'août 1914, champs balayés par un escadron de lanciers dont les lances luisent. La neige dans laquelle le train fut arrêté toute la nuit, au début de la bataille de Verdun ; la silhouette rencontrée dans une bouche de métro, qui me dit au passage, comme un mot de passe : l'armistice est signé !

Fin d'été 1939. A Montpellier, sur la place de l'Œuf, la ronde des annonces lumineuses poursuit la marche circulaire des promeneurs de plus en plus nombreux. On vient de lire l'annonce du pacte germano-soviétique. L'odeur de l'été roux traverse la place. La Mort écrit en mots qui passent comme des rangs de lucioles sous les étoiles, chassés par d'autres lettres lumineuses : LE REICH EXIGE POUR LES COLONIES FRANÇAISES ET ANGLAISES, UNE FORMULE DE CONDOMINIUM. La guerre de France est là.

La retraite à travers les dahlias et les dernières glycines, tout le ciel rayé par les traînées des réservoirs en flammes ; les cahots assourdis du dernier train qui s'éloigne : vous se-rez-pri-son-niers, vous se-rez-pri-son-niers...

L'aube quotidienne sur les feux, les tuyaux géants et les barbelés du camp. Le jour de mon évasion, tous les arbres menaçants comme si leurs troncs cachaient des Allemands, mes souliers trop petits devenus des brodequins de torture, le film de la prise de Varsovie, au cinéma dans l'obscurité duquel je me réfugie entre deux trains : l'écrasant bouillonnement de fumée de la ville, traversé par l'avion, se change en une mer de nuages sereine – sous laquelle les villes flambent et les routes s'emplissent de fuyards lancés depuis des siècles...

Le chat qui me suit à la lisière de la forêt, intriguant les sentinelles allemandes, pendant que je passe la ligne de démarcation pour l'anniversaire de ma quarantième année...

Roquebrune, le bruit des petits sabots de mon fils dans le jardin aux arbres de Judée en fleur (et je pensais que j'entendrais ainsi les battements de mon cœur quand je mourrais).

Revoit-on réellement sa vie quand un accident fait perdre connaissance ? Marcel Arland m'a dit avoir rencontré ce film vertigineux. Je ne l'ai rencontré ni dans les combats d'avions ni devant le peloton d'exécution de Gramat. Y faut-il le spasme (Arland avait failli se noyer) ? Je provoque une confuse autodéfense, et le sais. Pour ces *Antimémoires*, j'ai pris depuis quelques années l'habitude d'accueillir, de saisir, les images d'autrefois. Celles qui se succèdent ici se hèlent, biographie aussi fausse que les autres. Se dirigent-elles vers la guerre à cause du râle qui continue au-dessus de moi ? Voici de nouveau le tourbillonnement des lanciers auprès des bestiaux endormis. L'imagerie tourne comme les chevaux de bois espagnols abandonnés continuaient leur chevauchée en musique dans la solitude du bombardement. Le râle, dont les plaintes sont maintenant moins fréquentes, pense pour moi. Je me souviens des siestes mortes de la guerre civile, du grand froid de l'Ebre, d'une chèvre, affolée par un bombardement, qui faisait tourner le tambour de la Banque d'Espagne en le poussant de la tête – d'un retour de mission sur Teruel, guidé par la lueur bleue des feux d'oranges, avec un des pilotes tué, et le soleil levant sur la gueule du mitrailleur de cuve. Quel souvenir marmonne la phrase de Napoléon : « Le courage le plus pénible est celui de trois heures du matin » ? Aérodromes de la fin de la nuit avant le départ des bombardiers, et, des années plus tard, nous tous collés aux champs de Dannemarie, dans le givre que rougissent vaguement des fermes qui flambent.

Du moins sais-je d'où viennent ces images-ci : trois heures sonnent.

Quelquefois paraît l'esprit, qui tâtonne. Mais le frôlement de la mort n'appelle pas l'examen ; il le chasse. Hommes et femmes qui parlent de leur vie, ici, disent qu'« ils ont eu de la chance » ou non. Que serait un examen qui ne serait pas « de conscience ? » D'étonnement ? Là où rôde la mort, l'étonnement ne s'adresse qu'à elle. Je pense à ceux qui m'ont parlé de leur vie en feignant de s'adresser à moi, car ils s'adressent d'abord à eux-mêmes. Mon père, peu de temps avant son suicide : « Si je dois avoir une autre vie, je n'en veux pas d'autre que la mienne. » Drieu, par lettre. Surtout Méry, lorsqu'il évoquait le cortège de ses femmes. Depuis, une star m'a dit : « Vous ne vous imaginez pas ce qu'est pour la plupart des femmes, le souvenir du premier amant ! Et celui-là, il ne crève jamais ! »

Dans la nuit de Singapour qui sentait l'asphalte, le poivre et la Chine, la très haute silhouette du centurion désabusé jouait avec l'enfant cambodgien, qui jouait avec le chat Essuie-Plume... Il disait, de la rue de la Mort : « Avant qu'elle ou moi disparaisse... » On l'a détruite. Il disait, et je devinais à sa voix qu'il souriait dans l'ombre : « Je me hâte patiemment vers la mort... Oh non, je n'ai vraiment pas envie de rempiler... »

Il me parlait de l'orchestre militaire qui jouait Verdi au crépuscule dans le square de Pnom-Penh, pour les Pierrots français de toile blanche et les Pierrettes de mousselines imprimées, – au temps des colonies. (Depuis, à Pnom-Penh, il y a eu le discours du général de Gaulle.) Et de la fin de l'Indochine : « C'était le temps du Bonze Fou, créateur des Hoa-Hao... Le temps du riz jeté au vent pour les âmes errantes... » Le pas d'une infirmière dans le couloir de la Salpêtrière se mêle aux ventouses des pieds nus sur les dalles de la véranda, pendant la saison des pluies. Avec une amertume lasse, Méry parlait des femmes qu'il avait aimées ; sa voix lente et offerte faisait passer le cortège millénaire de la dérision dans la nuit malaise, où aboyait un seul chien. « Je voudrais confier à la mort, qui n'est pas loin : quelle chance elle a, l'humanité, de ne rien comprendre à rien ! »

Comprendre quoi ? répond la mort qui m'entoure. Nous ne mettons pas en question notre identité. « Le moi, ce monstre incomparable et fuyant que chacun choie dans son cœur », ai-je écrit dans *La Condition humaine*, il y a quarante ans...

Le murmure de plaintes reprend (reprend-il à la même heure dans tous les hôpitaux du monde ?).

Nous appelons maladies mortelles les maladies dont on meurt ; comment appeler celles dont on pourrait mourir ? Une maladie qui n'a de nom que pour les médecins semble une énigme, quand elle échappe à la souffrance qui a un nom pour tout le monde. En face de cette menace informe, mon sentiment le plus constant est la stupéfaction. Car dans ce lieu hanté de douleur, je ne souffre toujours pas. Une soudaine « grippe de Londres », intruse comme les chats dans les cimetières, est venue fausser les observations. Appuyé sur une canne, je puis marcher jusqu'à l'extrémité du couloir, dont la fenêtre domine la cour. Autour des voitures, les malades, en groupe pour la première fois. Je les avais entrevus à mon arrivée, et je ne pénètre dans la salle d'électrologie qu'en longeant des petites voitures, et des civières au bras pendant. Il y a sept ans

– sept ans – aucun de nous ne fût sorti valide. En bas, errent des pyjamas avec canne, poussette ou patte-folle, et, lorsque l'éclopé se retourne, le visage de la maladie. C'est notre Rue de la Mort. Pyjamas rayés, ombres des camps d'extermination délivrés en 1945. L'ennemi n'est pas le Reich éphémère, c'est la paralysie aussi vieille que l'homme.

Donc, évidemment, le suicide.

En Espagne, à Gramat, sur le Rhin, la mort a été plus proche. Elle n'appartenait qu'au destin ; celle-ci m'appartient aussi. Décollage de l'avion, saut en parachute « Hop ! on verra bien ! » ; avec la même insaisissable chance, à laquelle on croit dur comme fer : l'atterrissage, et ici, la guérison.

Ou non.

Ce qu'on écrit du suicide m'a toujours surpris. Le besoin saugrenu d'en faire une faute, ou une valeur. L'homme, né pour la mort, est né pour la donner s'il le décide. Je veux bien que la vie des autres soit sacrée (elle l'est si peu !) ; pas la mienne. L'un de mes personnages disait la phrase d'un aventurier fameux en Indochine : « Il n'y a pas la mort, il y a moi – moi, qui vais mourir... » La valeur du moi est en baisse, disait Max Torrès.

La mort par la ciguë était un privilège ; Socrate n'a pas souffert. Nous connaissons fort bien la ciguë, les ciguës. Les textes antiques déclarent indolores certaines d'entre elles. Quel spécialiste occidental a étudié leur action ? Des analyses devenues aussi simples que celles qui isolèrent la morphine donneraient elles à l'homme, la maîtrise de sa vie ?

A condition de lui tendre la mort. C'est trop cher.

Je n'oublie pas la perplexité de Méry : « Dans aucune civilisation, aucune ! les hommes n'ont décidé de choisir leur mort... Ne pas choisir de naître suffit pourtant ! » Alors que le courage est commun dans les civilisations militaires, l'était à la Légion étrangère, à Verdun, à Stalingrad. Mais tout courage s'éclaire de la lueur rouge des loteries. L'irrémédiable n'est pas une loterie.

Est-ce bien sûr ? Et le livre que parcourait mon père ? « Toujours la mort, disait Méry, mais pas toujours la même... » La lune védique se reflétait dans le petit bassin du patio ; des femmes en robe du soir traversaient la lumière. De ce qu'il appelait sa destinée, il parlait surtout avec étonnement. Il y a cinq ans. Il est mort.

« Si tu es un chevalier, meurs comme un chevalier ! » ordonne la *Baghavad*. La vie cosmique de l'hindouisme néglige assez la vie individuelle pour cacher la mort sous le devoir d'Etat. La chrétienté, bien que la mort appelle pour elle le Jugement dernier, l'a sereinement accordée aux « métiers dangereux ». Ses chevaliers n'étaient pas moins intrépides que les kchatrya. Ni que les plébéiens de l'an II, ou les bolcheviks d'Octobre : le devoir d'Etat se réincarne. Pour moi, le droit au suicide appartient au droit d'Etat – au devoir d'Etat ? Et puis, comment faire du suicide, un monde ! quand on a passé vingt mois en choyant un cyanure *sauveur* ?

Les médecins de cet hôpital tiennent pour hypothèse de travail, que nous conservons à l'intérieur de notre cerveau, un cerveau préhominien, héritage de quelque plésiosaure ; un seul de nos deux cerveaux accepte la mort. Il est vrai que nous parlons du suicide avec une intelligence de sauriens. Mais l'hostilité qu'il inspire est souvent accompagnée de solidarité inconsciente avec le malheur. Comme si le suicide trahissait tous les infirmes, les amputés, tous les malheureux qui ne se sont pas tués. La communion, comme le courage, a ses heures. Cette nuit, je serai moins ferme et beaucoup moins lucide. Plésiosaure ou pas, je sais ce que je penserai si je pense à ces pauvres clochards de la vie, car je sais que je n'oserais pas me tuer devant eux.

Retour de la grippe. D'abord 40° ; puis la fièvre baisse, je m'enveloppe dans sa chaleur et la rêverie. De nouveau Singapour et sa rue de la Mort, la brume, le chien qui aboie. « Qu'ai-je à faire avec cet enfant en capuchon ? » et l'enfant cambodgien qui caresse Essuie-Plume. Et moi, qu'ai-je à faire avec... quoi ? Ma mémoire ne s'applique jamais à moi sans effort. J'ai lu ce qui concerne mes livres, non ce qui me concerne. Je ne me souviens pas de mon enfance. Pas même, sauf attention délibérée, des femmes que j'ai aimées ou cru aimer, de mes amis morts. Retrouverais-je, en m'y appliquant, trois de mes anniversaires ? Etudierai-je un jour (si un jour vient...) les mécanismes de la mémoire, qui m'intriguent depuis longtemps ? La psychanalyse n'en retient que le contenu ; pourtant, l'aptitude aux souvenirs heureux n'oriente pas l'homme vers le même pôle que celle aux souvenirs ennemis. Freud a-t-il jamais écrit le mot bonheur ? Quand je pourrai m'adresser à mes compagnons de maladie, je leur demanderai si leurs souvenirs sont souvent liés aux éléments : nuages, courants de rivières, nuit. Le soir anniversaire de mes dix-sept ans, je passe sur le pont du Châtelet, et l'émotion de l'*Orestie* que je viens de découvrir au théâtre dans la version de Leconte de Lisle se mêle au crépuscule derrière les tours noires du Trocadéro... Ou si ces souvenirs sont liés à ce qui appartient à *la* vie autant qu'à la nôtre. « Mes souvenirs sont groupés par la chaleur et par le froid », m'a dit Hemingway.

Pendant la nouvelle consultation des médecins, à la salle de radiologie, je regardais les illustrations d'une étude sur moi. Mes photos d'enfant, de collégien, de soldat, de ministre, de passant expriment moins encore ma vie, que la succession de ceux qui m'y accompagnent. Le chat noir qui me suivait à l'orée du bois pendant mon évasion ne succède pas aux tours noires du Trocadéro dans le crépuscule, ni même à cette évasion. La montagne entre les deux versants de la Malaisie déployés jusqu'à l'océan Indien et jusqu'au Pacifique ne succède pas à mon souvenir de l'Himalaya perdu dans la brume qui cachait la chaîne supérieure ; les coolies malais ne succèdent pas aux porteuses tibétaines, langue tirée en signe de bienvenue, sur le quai de la petite gare. Des images ne composent pas une biographie, des événements non plus. C'est l'illusion narrative, le travail biographique, qui créent la biographie. Qu'a fixé Stendhal, sinon des moments de la sienne ? Chacun articule son passé pour un interlocuteur insaisissable : Dieu, dans la confession ; la postérité, dans la littérature. On n'a de biographie que pour les autres. J'ai commencé à me souvenir en 1941, devant le feu de ma maison de Roquebrune ; il y avait longtemps que je n'avais pas vu flamber des bûches dans une cheminée, et je pensais : est-ce l'âge qui frappe à la porte pour la première fois ? Les images, ici, s'ordonnent par analogies, lances des Ardennes et de Djibouti, aveugles de Montmartre et de la nuit espagnole, chien de Bône dans sa vitrine et chat qui m'accompagnait vers la ligne de démarcation – feux où gesticulaient les ombres sur les champs de la Résistance, et tant d'aérodromes dans l'aube...

J'entends une fois de plus, au-dessus de moi, le cri : « Mamma ! » Les plaintes de la chambre voisine sont devenues plus élevées, distinctes de celles qui les accompagnent. Plus d'erreur possible : ce sont des râles.

Moi. Inexplicablement, ce personnage, qui parfois m'obsède, ne m'intéresse pas ici. Mon corps aux cellules provisoires est le mien, et si je m'empoisonne, ce n'est pas un autre qui mourra ; pourtant, un monde comme le nôtre, et où le divorce est répandu, suggère la discontinuité plus que la continuité de l'individu. « J'ai admiré Goethe, disait Méry ; je ne crois plus trop que l'accident se transforme en expérience ; ni que je porte le moindre intérêt à l'insupportable adolescent à capuchon que j'ai été... » Reste qu'il se souvenait de cet adolescent, d'une façon qui n'appartenait qu'à lui. Mon passé m'encombre. Le jour anniversaire de ma quarantième année, lorsque je passais clandestinement la ligne de démarcation avec le chat noir, j'aurais voulu être né la veille. Notre civilisation, où l'instant devient roi, traite le passé comme le fait la mort. L'homme. L'Homme, ce sont les voix des prisonniers français du camp, les voix des soldats allemands dans la sape. Et qu'est-ce qu'un passé qui n'est pas une biographie ? Une conscience d'exister, plus profonde que la connaissance, et même que toute autre conscience ?

J'ai relu la mort d'Antoine dans *Les Thibault.* Roger Martin du Gard, fort soucieux de documentation, a vécu parmi les médecins. Longtemps, Antoine espère guérir. Ses sentiments m'étonnent. Devra-t-on parler, si je meurs ici, d'une mort singulière ? Je ne rencontre pas plus le bilan de la vie, que le vertigineux passé de la noyade. Aucun attendrissement pour ce qui doit disparaître avec moi. Peu de souvenirs de sentiments, même d'amour. Pas de litanie des « jamais plus ». Une grande rapidité du passé ; à peine une durée. Des images, pas d'événements, sauf si je les recherche. Une conscience sans mémoire. Indifférence à l'obligation de fixer un moment au suicide (« Se dire : ce soir... », note anxieusement Antoine, qui se suicidera). On peut penser à loisir au suicide, je sais ; les patriciens romains condamnés ne se hâtaient pas. Socrate se fût-il montré moins patient, s'il avait lui-même appelé la mort – qu'il a au moins acceptée ?

On peut aussi se tuer au plus tôt.

« Qu'importe ce qui n'importe qu'à moi ? » ai-je-écrit. L'égoïsme ne nous mène qu'à nous préférer, avec une véhémence confuse. Ai-je beaucoup pensé à moi ? L'auto-approbation n'en demande pas tant. Ni le contraire après tout : l'homme ne se juge guère. Je ne commencerai pas cette nuit. « Connaître les hommes pour agir sur eux » fait partie des balivernes. Se connaître soi-même ? Les décisions capitales sont des lapins qu'on tire au passage ; mieux vaut savoir tirer. Nous sommes habités par des monstres banals. Nous appelons méditation une pensée qui n'a pas l'action pour objet, et ce mot n'est pas loin d'oraison. Après quoi « philosopher, c'est apprendre à mourir ». Phrase ambitieuse, à la Salpêtrière. Sa résonance ne répond pas à « Qui suis-je ? » mais à « Qu'est-ce qu'une vie ? »

Le râle a repris.

Je ne sais rien de mon voisin : un homme. Une vie inconnue. Sauf pour lui. Et même ? C'est Jean-Jacques, je crois, qui osa emplir de sa propre vie et de sa découverte de la "nature" (« J'ai découvert les papillons et la nature à l'approche de la mort », m'a dit Méry) la grève mise à nu par le reflux de la vie universelle, que le Christ emportait avec lui. Je sais ce qu'un artiste peut tirer du dialogue sans fin du soleil et de l'océan ; je sais ce que signifient la course des ombres autour des crémations, les cendres qui descendent le Gange nocturne entre les reflets bleus et rouges. Je sais, Rousseau, ce qu'un grand esprit peut tirer d'un herbier ; et aussi qu'un moine zen tente de deviner, à défaut de la voir, la poussée d'un brin d'herbe. Mais à l'heure où s'éveille la ville avec le crissement faible et profond du gravier dans les golfes, la plus forte voix n'est pas celle de la mort qui m'entoure et que je porte en moi, c'est le mystère de la vie sous lequel les hommes se consument ou passent comme Varsovie en flammes s'éteignait, dans le film, recouverte par la sérénité blanche de la mer de nuages. La conscience de ma vie suspendue est une réponse péremptoire et informe, comme la conscience de l'équilibre révélée par l'instant où nous la perdons. L'ultime conscience n'a rien de commun avec le souvenir de nos actes ni la découverte de nos secrets. On n'est pas son histoire pour soi-même. L'Asie a maintes fois pressenti que le problème capital de l'homme est de saisir « autre chose ». Les bûchers nocturnes reflétés par le Gange dans l'attente du destin, comme nos feux de maquis dans l'attente des avions de Londres, le Bouddha rendu phosphorescent par l'Illumination, et au-dessus de qui pivote le vol en fer de lance des oiseaux migrateurs... La mort me chuchote, aujourd'hui comme au retour de la fosse à chars d'assaut, que le secret de notre vie ne serait pas moins poignant, si l'homme était immortel.

L'infirmière entre, seringue de Pravaz en main : « N'ayez pas peur ! » Rire inutile ; je ne sens plus les piqûres. Ces mots font sans doute partie du métier. Elle part. Les bruits de la douleur montent avec le jour. Dès mon départ de Verrières, les rues étaient devenues bizarres ; infirmières, médecins le sont comme les plantes laissées devant ma fenêtre malgré le règlement.

Il y a des cyclamens, et j'aime leurs pétales charnus comme j'aime les champignons. Quel Japonais m'a dit : « Si vous regardiez les fleurs de la même façon que vous regardez les chats, vous comprendriez honorablement la Vie ? » C'est elle, qui est insolite ; et quand tournent les chevaux de bois des souvenirs, c'est la mienne. Mon chat se précipitait à travers le salon, s'arrêtait, pattes tendues, se léchait minutieusement : il avait changé d'avis. Rêves de chats, destins de plantes... Chaque forme de la vie est bizarre pour les autres comme la route de Verrières, mais toutes à la fois sont étranges pour... pour qui, pour quoi ? Les religions sont-elles nées afin d'apporter aux hommes, des dieux pour lesquels ils ne soient pas surprenants ?

Au « conte plein de bruit et de fureur, et ne signifiant rien » de Shakespeare, le misérable petit tas de secrets n'aura pas longtemps imposé sa signification dérisoire. « Que signifie la vie ? » est la plus tenace interrogation. Je pense à Bénarès, au général de Gaulle. Il est mort, maintenant... Devant la neige qui recouvrait les champs de saint Bernard, j'avais dit, et il avait redit avec lenteur : « Pourquoi faudrait-il que la vie ait un sens ? »

La proximité des agonies submerge le « Que suis-je ? », le rend oiseux. Serait-ce faux d'une agonie solitaire ? Ce tourisme dans l'archipel de la mort ignore toute suite d'événements, laisse seule à nu la conscience la plus informe et la plus intense, la convulsive « Je suis ». Mais au-delà de l'autre question : qu'est l'aventure humaine ? La neige de Colombey, la neige de la Vézère... Pendant l'hiver de 1943, entre les Eyzies illustres et Lascaux inconnue où nos armes étaient cachées, je me suis demandé, en rêvant des troupeaux de rennes au loin dans la neige préhistorique, si l'homme est né lorsque pour la première fois, devant un cadavre, il a chuchoté : « Pourquoi ? » Il s'est beaucoup répété depuis. Inépuisable bête.

On frappe. Un inconnu entre sans attendre la réponse. Un vieillard, souris blanche aux cheveux blancs.

– Monsieur, je m'excuse si je vous dérange... Je sais que vous êtes très instruit, et puis, vous... on vous cache moins les choses... Je suis votre nouveau voisin, j'ai pensé que nous pourrions peut-être... Enfin, voilà : on meurt beaucoup, ici.

Je réponds, non sans malaise :

– Plus maintenant...

– Ah, vous croyez, plus maintenant ? Plus maintenant... Je ne veux pas vous déranger... Je m'en vais...

Il salue, par petites saccades.

– En tout cas, pour moi, si jamais... enfin... si jamais, on peut être sûr que je saurai me tenir : je n'importunerai personne. Merci, monsieur. Je crois que vous m'avez un peu rassuré...

On m'a envoyé un joli chat artificiel, qui miaule lorsqu'on presse son ventre. Il s'appelle Fourrure. Les Antillaises viennent le caresser, enchantées de voir un chat dans la clinique, même faux. Sa présence me fait penser aux types de la Gestapo qui jouaient à saute-mouton sous les voûtes de la prison de Toulouse. Mais ce pauvre Fourrure me protège mal. La remontée verticale de la température tient-elle à ma "fièvre de Londres" épisodique et intense, ou à une rechute ? Emprisonné par elle, je rôde de souvenir en souvenir et vois le chat artificiel rôder de meuble en meuble. Des images d'Espagne recommencent à tourbillonner dans les chansons et dans la défaite. J'ai revu à Madrid cette fille que j'aimais en Sibérie quand les lumières des usines soviétiques s'allumaient au ras des steppes comme l'espoir du monde. Mao Tsé-toung, aussi puissant et massif que l'absurde colonne égyptienne du palais du Peuple contre laquelle il s'appuie, son infirmière derrière lui. La guerre de jadis : un vieillard chancelant comme l'Empire chinois s'enfuit sous les bombes en serrant contre lui la cage de son grillon. Dans la cour d'un restaurant, un bananier brille au-dessus d'un corail transparent comme un énormes pêcher fleuri : les carapaces amoncelées des langoustines.

Une cloche sonne. (La chapelle de la Salpêtrière n'est-elle pas désaffectée ?) Comment sonnait la première cloche, dans son campanile de bois mérovingien ? Où sonnera la dernière ? Devant les cadavres aux dos hérissés de vertèbres d'un camp d'extermination, un survivant interrogé par un journaliste gratte sa tenue qui ressemble au pyjama de nos malades, et répond avec la voix qui lui reste : « Il ne peut plus y avoir de place dans notre cœur que pour le pardon, voyez-vous... » Des trains sous la pluie. L'inscription d'Assourbanipal : « Voix des hommes, cris du bétail petit et grand, cris d'allégresse, je les fis cesser dans les campagnes où s'établirent enfin les animaux sauvages. » Animaux sauvages – je connais la région de Babylone – en troupeaux sur le sable du désert qui murmure comme celui des sabliers, comme murmure maintenant la douleur autour de moi : la nuit vient. Rumeur, tintements de couverts, plaintes s'approchent : vers les maquis investis, les bruits nocturnes se levaient avec les cris des animaux réveillés, aboiements de l'invisible guerre pour l'approche de l'invisible ennemi. Tête de Moulinette, rire de Verts-Pâturages.

Je m'éveille. La nuit est venue... « Ne me faites pas mal ! » crie mon pauvre voisin que l'infirmière ne parvient pas à rassurer. On m'a laissé dormir. Souvent, je descends insensiblement dans le sommeil. Bien que je souffre toujours peu, j'éprouve un déséquilibre enveloppant, prêt à se rompre, comme si j'allais vomir. On a laissé dans la salle de bains les comprimés que je dois prendre. Je vais les chercher sans allumer, reviens vers mon lit, très haut comme tous ceux des cliniques. Je tâtonne le long du mur. Plus d'interrupteur. Je m'affaisse dans le brouillard noir, sans douleur, jambes en chiffons, fraîcheur. Tombé sur les dalles ? Le lit devrait être en face. Je ne puis me relever. Ni bouger. Je n'ondule pas seulement dans l'obscurité comme un noyé, il n'y a plus de directions. Comment exprimer une sensation inconnue ? Nous possédons nos quatre directions comme nos membres ; mon corps a disparu avec elles : plus de corps, plus de « je », rien qui m'entoure, une conscience angoissée qui ne suggère pas l'approche de la mort, bien qu'elle ne soit pas conscience de la vie habituelle. L'obscurité dérive. Je parviens à me retourner, à m'appuyer sur les bras pour avancer vers le lit. M'accrocher aux draps, trouver l'interrupteur ou le bouton d'appel ? J'ai avancé d'un mètre ; ma main touche une paroi. Ce n'est pas le lit, mais un mur – qui bouge. "Attraction" de Luna-Park, jadis : enfant calé dans un fauteuil, je voyais la petite salle s'ébranler, tourner de bas en haut autour de moi. Plus tard, de façon plus menaçante, quand l'avion qui tombe, au sortir des nuages, découvre la terre oblique. Est-ce une crise ? De quoi ?

Voici le lit. Il a beaucoup diminué. Très dur. Un objet en tombe, se brise. Pourquoi a-t-on posé des objets de verre sur mon lit ? Et qu'il est étroit ! Ne pas tomber.

Ai-je perdu connaissance ? Avant mon arrivée à la clinique, lorsque je tombais, je restais conscient. L'obscurité ne tourne plus. J'émerge insensiblement. Ce n'est pas mon lit. Je puis poser les pieds sur les dalles fraîches, longer la chose sur laquelle j'étais couché ; je retrouve l'obscurité sans formes et toujours sans directions, où mon poids me colle au sol. Ma main gauche atteint une paroi, je m'agenouille. Je ne sais où je suis, mais les dalles me font mal aux genoux, et la paroi est certainement un mur. J'essaie de me dresser, y parviens la troisième fois, rencontre un autre mur. Toujours pas de lit. Serais-je aveugle ? L'obscurité est épaisse, mais, par bonheur, inégale... A tâtons, vers la gauche. Un meuble : c'est la table de chevet une lampe tombe. Je touche le lit – le commutateur !

Voici la chambre ripolinée, les fleurs devant la fenêtre. J'ai marché vers la droite en croyant marcher devant moi. Je m'étais pelotonné sur une table basse : surface plane. Voici mon vrai lit. Dans lequel mon prédécesseur est peut-être mort, dans lequel la maladie attendra mon successeur. Quitté depuis vingt-cinq minutes, dit la pendulette.

Et les comprimés ? Le flacon brille au pied du mur, dans le coin opposé. J'ai fait le tour de la chambre. Pendant mon évanouissement ? Je ne me souviens pas de m'être *évanoui*. S'en souvient-on ? Je pense à ce que le professeur m'a dit, de ses malades sauvés du pré-coma. Ces vingt-cinq minutes de vie somnambule sous la menace de la mort ne me troublent pas comme une syncope, mais comme une possession. Syncope ne veut rien dire pour moi : je me suis évanoui une seule fois, à douze ans. S'évanouir, comme être endormi pour une opération, suggère le sommeil ; avant de m'allonger sur cette table que j'ai prise pour mon lit, je ne dormais pas, loin de là...

Dans le couloir, les cris ont repris.

J'ai donc fait le tour de la chambre... Le sentiment de la mort s'est toujours lié pour moi à l'agonie, et je suis stupéfié par cette angoisse où je ne distingue que la menace inconnue de me retrouver amputé de la terre.

Ni douleur, ni mémoire, ni amnésie – ni dissolution. Perte de conscience, pas de toute conscience. Je me croyais dans une autre partie de la chambre, mais quelque part ; je ne comprenais pas ce qu'était devenu mon lit, mais je tentais de m'y allonger, de m'installer dans une litière : essayons de dormir, je comprendrai demain matin. Je me souviens de mon effort. Conçoit-on Lazare se souvenant d'efforts pour s'accommoder de son tombeau ?

Sans en avoir conscience, sinon par le souvenir, j'ai vécu ce que je pressens depuis mon arrivée à la Salpêtrière : un je-sans-moi. Le fou se prête une identité. Perdre son identité suggère tout perdre ; je ne me dissolvais nullement, parce que ma conscience s'était réfugiée dans mon effort. Une conscience animale ? Un somnambule conscient seulement de sa tension pour atteindre le toit, et qui en eût gardé la mémoire ?

L'homme, ai-je pensé, est ce dont les voix emplissaient la sape et le camp de prisonniers. On a proclamé : l'homme, ce sont ses fantasmes, ses pulsions, ses désirs cachés. J'ai envie d'écrire : c'est ce qui se construit sur cette conscience véhémente d'exister, seulement d'exister. Mais n'est-elle pas liée à l'homme comme le socle à la statue ? Pourquoi m'intéresser à cet être d'amibe ? Pour ce qu'il a de commun avec moi, avec le moi du rêve et le fou : la conscience de l'effort.

Ce qui me fascine dans mon aventure, c'est la marche sur le mur entre la vie et les grandes profondeurs annonciatrices de la mort. C'est aussi le souvenir de ces profondeurs. « Les réanimés ne se souviennent de rien » (de rien, mais de conversations entre les médecins !). Avoir frôlé la part de l'homme qui marche, geint ou hurle quand la conscience n'est pas là.

J'ai été conscient de ne plus savoir où j'étais –, d'avoir perdu la terre. Pas d'autre douleur que celle des autres, qui bat confusément cette chambre blanche où veille la petite lampe de la nuit comme, dans ma chambre de Bombay, la rumeur de l'Océan battait la grève. Je suis lucide, d'une lucidité limitée au ressassement d'une terre de nulle part, à la stupéfaction devant un état ignoré. Ce qui s'est passé n'a rien de commun avec ce que j'appelais mourir.

D'où vient ce remue-ménage assourdi ? Je ne pressens pas encore le gris de l'aube. Aucun bruit de couverts ; les bruits semblent d'ailleurs venir du sol, et je reconnais le pas alourdi des infirmiers qui emportent les malades à la salle d'électrologie. Ils s'éloignent, et la porte de la chambre contiguë bat sourdement le silence. Je n'entends plus les hautes plaintes. Les infirmiers ne sont pas partis pour la salle d'électrologie : mon voisin est mort.

Le vrai jour m'éveille. Je me souviens d'une réalité, nullement d'un cauchemar. Pourtant les souvenirs prennent vie par ce qui leur ressemble, et cette crise ne ressemble à aucune autre. J'ai échappé aux directions. Comme dans mon bureau ; mais je reviens de terribles limbes, non du vide. Et de l'informulable, non de décombres. Rien de commun avec le haschisch et son tournoiement de grandes ailes. Ni avec le sommeil des tables d'opération. Je reviens d'une sensation inconnue comme la première sensation sexuelle, comme le goût de l'eau lorsque à Tachkent, enragé par la soif, j'ai entendu ma langue cornée frapper mon palais avec le son d'un petit morceau de bois.

Je continue à noter ce qui m'est arrivé. Ce que m'a dit

aux Indes mon ami Raja Rao, l'écrivain qui fut mon interprète auprès de Nehru, et qui vint à *La Lanterne* me parler d'Alexandre le Grand.

« Les Occidentaux, et pas seulement eux, croient qu'il existe une chambre : la vie, une autre : l'au-delà, et que la mort est la porte par laquelle on passe de l'une dans l'autre, n'est-ce pas ? Pourquoi dramatisent-ils la porte ? La mort est le chemin vers la lumière... On le sait quand on est revenu – enfin, n'est-ce pas, revenu de quelque chose qui lui ressemble... Mon gourou entrait dans l'extase pour plusieurs heures, et revenait. Le Bouddha connut l'Illumination bien avant de disparaître en elle. On peut choisir sa mort. Indirectement : Gandhi avait annoncé qu'il serait assassiné. Ou même directement. Vous a-t-on raconté, en Europe, cette histoire : la police arrête une bande de voleurs de grand chemin. Un des leurs ne ressemble pas aux autres. Il impressionne tellement les policiers, n'est-ce pas, qu'on fait surélever le mur qui entoure sa cellule. Après des mois, arrive un jeune homme, avec des quantités de protections. Il demande à voir le prisonnier. On les mène au parloir, séparés par une grille, comme chez vous, je crois. Le jeune se prosterne. « – Relève-toi ! Pourquoi es-tu venu si tard ? » Il y a des explications, des questions du jeune. Les voix deviennent basses ; les gardiens entendent des noms divins, s'écartent. « Il a été dur d'attendre si longtemps... Maintenant, va ! » Le jeune part en hâte. Les gardiens viennent rechercher son interlocuteur : il est mort.

« On a repris l'instruction, les interrogatoires, que sais-je ? Ce faux bandit connaissait le sanscrit.

– Pourquoi vous a-t-on trouvé avec les autres ? lui demande-t-on.

– J'avais fait route avec eux vers la ville. Ils

m'avaient dit : "Reste avec nous. Nous avons besoin de toi." Je suis resté.

– Pourquoi ?

– Qu'importait ?

« Son indifférence n'avait cessé que pour faire attendre la mort : il attendait le jeune visiteur pour mourir. »

Encore ce « Qu'importe » obsédant ! Lors de cette conversation, je n'avais aucune expérience de l'approche de l'inconnu. Aujourd'hui je suis moins frappé du récit, que de la familiarité de mon ami avec des états psychiques apparentés à celui que je viens d'éprouver – de sa domestication de la mort, que l'Inde doit peut-être à la métempsycose.

La fièvre ne chassera la lucidité qu'à cinq heures.

Toute sensation que l'on vient de découvrir encombre la mémoire. Mon vertige m'obsède. Je ne connais pas le vrai vertige. L'expression : perdre pied de la vie, ne me quitte pas, liée à une glissade sur l'aile – celle de l'avion que l'air ne soutient plus. Je pesais fortement sur un sol magnétique ; je me suis souvenu des cosmonautes qui flottent dans leur cabine et revêtent pour marcher sur la lune, un scaphandre aux pieds de plomb. Le scaphandre de la conscience de vivre m'enveloppait, prêt à m'abandonner dans l'inexplicable légèreté du néant ; le trépas est sans doute ce qui la suit...

Il m'est advenu de découvrir soudain la vie, après avoir échappé à la mort ; je n'oublierai pas les épingles à linge posées sur leur fil de fer comme des hirondelles, le premier matin après la fosse à chars. J'ai éprouvé ce sentiment, retourné comme un sac : j'ai découvert soudain autre chose qu'une autre-vie. Je ne l'ai pas prise pour la mort ; mais *elle en parle.*

Après coup, j'ai connu le dieu de l'épouvante. Comme la sexualité indépendante de tout objet (mais non de nous-mêmes), l'épouvante indépendante de toute peur. Peur de quoi ? De la mort ? Faux. Aucun rapport avec le chatouillement de mes poils pendant les secondes où l'on me tira de l'avion fracassé. La peur, même rétrospective, est peur de quelque chose. Mon sentiment était à l'angoisse, ce que la terreur est à la crainte. Bien au-delà de la peur. Au fond de moi-même, à moi comme la pulsation de mon sang. Une horreur sacrée nous habite, nous attend comme les mystiques disent que Dieu les attend.

La mort aspire. Je suis encore habité par l'entonnoir de sable au fond duquel un insecte meurtrier attend les fourmis. L'édition illustrée d'Edgar Poe m'a montré jadis un tout petit bateau dans l'entonnoir invincible du maelström. Mais je ne suis pas le bateau. Aucune religion, aucune expérience ne nous a dit que l'épouvante est *en nous.* En avoir fait l'expérience me sépare imperceptiblement d'elle. Les forces intérieures qui nous jettent à l'autodestruction, à la honte, appellent sans doute le désespoir plus que la terreur ; celle-ci ne nous jette à rien. Je l'ai rencontrée comme le psychiatre trouve en lui-même la pieuvre, l'araignée, qu'il a trouvées chez ses malades. Le monstre a occupé mes décombres, puis ma conscience qui se perdait dans le sommeil ; enfin, ce chemin s'est dissipé – mais je l'avais reconnu, je le reconnaîtrai, comme ces rêves où l'on pense : j'ai déjà rêvé cela.

Limaille collée à l'aimant de la terre, mais aussi, prisonnier qui se débat (alors que je ne bougeais certainement pas), frère des soldats de la Vistule dans leur bouleversant sursaut. Les images de la fièvre ont joué leur jeu onirique, entre les convulsions des Russes, leurs ombres de lapins boulés dans la forêt décomposée – et les ombres galvaniques et brumeuses des photos d'Hiroshima. La force obsédante de cet événement est semblable à celle d'un mythe. Affronter la mort – et, de façon plus secrète, les morts, car les soldats allemands agissent contre la volonté des Allemands tués dans cette guerre – appartient au mythe. A un mythe dont le héros n'est ni une nation ni un peuple, mais l'homme ; parce que les Allemands de la sape et les Français du camp se mêlaient en moi dans la voix des cavernes, et que seul l'homme, bavard semblable aux muets, est l'acteur du mythe archaïque.

Je me suis souvenu (toujours le mot : convulsion ?) d'un gibet, dans le camp d'extermination que nous avons délivré. Les condamnés, mains liées, corde au cou, se soutenaient par le gros orteil, suspendus entre la faiblesse et le supplice. Nous les avions cru pendus, et allions continuer notre marche quand ils ont hurlé.

La lutte contre les gaz m'habite ; pas le gibet. Parce que j'ai fixé autrefois les événements de la Vistule, ou parce qu'entre les malheureux qui m'entourent ici, cette lutte démente des hommes, sans combat, semble prémonitoire ? Les gaz sont le Fléau – qui doit être la mort.

Des jours passent, dans l'éloignement de la stupéfiante expérience qui se transforme en séisme flou. La menace est toujours présente, le serait sans le murmure de l'hôpital ; la lucidité, toujours périodique, devient quelquefois plus vive.

Une rêverie suit sa pente, même si elle se croit une pensée. La ciguë ramène le suicide, Socrate, et le récit de ses dernières heures. J'en ai découvert l'accent en lisant la Crucifixion selon saint Jean. Dans son langage de Panathénées, malgré sa théorie de l'âme si élémentaire, Socrate a la chance d'ignorer la douleur jusqu'aux dernières paroles : « Et n'oublie pas demain, Criton, que nous devons un coq à Esculape... » Du Hadès, à qui adresser son offrande avec une plus amicale complicité, qu'au dieu qui l'a guéri de la vie ?

En face de cette fin, l'agonie du Christ. « Et il sortit, chargé de sa croix, vers la colline du Crâne, en hébreu Golgotha. » Jésus dira seulement : « Femme, voici ton fils – J'ai soif – puis : C'est la fin. » Et, selon saint Marc : « Lama sabachtani. »

Du récit semblable à la nuit qui aveugle la terre quand le Christ expire, les sculpteurs du Rhin, Grünewald, l'Espagne, ont tiré les images qui nous crient qu'on évoquait la Passion dans les charniers. La Crucifixion est plus profonde que cette éloquence. Nul ne parle sous la torture avec sérénité. Socrate, qui dialogue noblement avec la mort, n'aurait rien à dire au supplice. Le crayon s'est cassé sur la dernière phrase de Valéry : « Après tout, personne, avant le christianisme, n'avait dit que Dieu est amour. » Personne, depuis qu'existait la parole, n'avait répondu à l'esclave née en vain, qui présentait aux dieux de Rome le corps de son enfant mort en vain.

Mon aumônier du Vercors connaissait seulement ce que lui avaient enseigné le séminaire de Lyon (jamais il n'était venu à Paris) et un sacerdoce d'une inaltérable charité du cœur. C'est lui qui avait baptisé les Juifs à tour de bras parce « qu'il en resterait toujours quelque chose ». L'histoire de l'attaque de la Vistule l'avait frappé de stupeur. Lorsque je lui avais envoyé les *Karamazov*, en lui signalant l'importance que beaucoup d'entre nous donnions à la phrase d'Ivan : « Si le monde permet le supplice d'un enfant par une brute, je ne m'oppose pas à Dieu, mais je rends mon billet », il m'avait écrit : « C'est un terrible problème, puisque c'est le problème du Mal... Mais le Mal n'est pas plus fort que la Rédemption, la Rédemption est plus forte que le Mal. » Moi qui ne crois pas à la Rédemption, j'en suis venu à penser que l'énigme de l'atroce n'est pas plus fascinante que celle de l'acte le plus simple d'héroïsme ou d'amour. Mais le sacrifice seul peut regarder dans les yeux de la torture, et le Dieu du Christ ne serait pas Dieu sans la crucifixion.

On apporte dans le lit voisin un nouveau malade – qui ne mourra peut-être pas... Qu'a pensé mon pauvre voisin ? Mes camarades tués en Espagne ou en France ont dit : « Dommage ! », le temps de penser furtivement à ceux qu'ils aimaient. Ils ont accompli le devoir de caste des volontaires, celui qui fait un chevalier de quiconque meurt pour ce qu'il a choisi. Mon père ? A-t-il pensé ce que je pense aujourd'hui ? Presque tous ceux que j'ai aimés ont été tués dans des accidents. Pourtant Josette, qui savait que je viendrais du front et qui avait demandé qu'on maquille son beau visage avant mon arrivée, a dit la même phrase que le plus sage de mes amis, Bernard Groethuysen, rongé par le cancer : « Je n'aurais pas cru que ce soit comme ça, de mourir... »

Le tabou m'interdit de m'imaginer guéri, je m'interdis de me croire condamné. Les miens sont incrustés en moi, mais je ne vais au cimetière que par devoir. Je me souviens du Jour des Trépassés du Mexique, festins sur les tombes, distribution de squelettes en sucre aux enfants, vanniers qui doivent achever leurs sirènes à tête de mort avant la nuit. Je me souviens du murmure des Indiens à genoux dans l'église du Guatemala, devant les cierges qui leur parlent de leurs enfants morts ; le bruit d'abeilles de ce tendre bavardage tremblait avec les flammes sur le sol couvert de fleurs. La Chine, terre élue des ancêtres, a chassé la mort. Quand j'ai retrouvé Clappique à Singapour, les Papous frappaient leurs gongs et leurs touques pour appeler les paquebots blancs chargés de tous les fantômes de l'Océanie, où les fantômes sont plus blancs que les Européens. Théâtre de la vérité, comme les corridas. Rien autre. Le sentiment de survie m'est inconnu.

Un piétinement de groupe, dans le couloir. Le chef des services de neurologie ?

Non. C'est le professeur ami qui est venu, le premier jour, me dire : rien n'est irréversible. Sa trop grande silhouette, qui ressemble toujours à celle d'un général de Gaulle jovial, entre seule en battant l'air de ses bras, mais l'étroitesse de la chambre ou l'atmosphère de la clinique (dont il a cependant l'habitude, car il dirige l'un des principaux services psychiatriques de Paris) oppose sa gaieté, à l'austérité des professeurs en blouse.

Je lui offre des cigarettes.

– Merci ; je préfère les anglaises. Je me demande pourquoi j'aime le tabac anglais, le thé, le whisky, le breakfast, la confiture d'oranges, alors que je me fiche de l'Angleterre. Tout cela doit aller ensemble, comme notre cuisine, le vin, la peinture, la mode...

En effet, je l'ai toujours vu habillé selon la tradition anglaise de sa jeunesse, tweed et semelles crêpe ; comme le Quai d'Orsay, la Faculté a changé de style, et remplacé le veston noir par le tweed. Il vient d'interroger ses confrères neurologues, ne m'apporte que de bonnes nouvelles, mais la menace est toujours là. Anecdotes, soit qu'il veuille me distraire, soit m'examiner. Il m'a dit, avant mon arrivée ici : « Nous sommes maintenant en avance sur les Etats-Unis. Si Hemingway s'était fait soigner en Suisse ou en France, au lieu d'aller à Mayo, il ne se serait pas tué. » Je l'interroge sur sa vie professionnelle, inépuisable comme celle de tous les psychiatres. « Cette semaine, les bons résultats habituels, bien que personne ne devine à quoi tient l'action de ces sacrées drogues. Enfin, vous savez, mieux vaut guérir sans savoir pourquoi, plutôt que laisser mourir en sachant comment ! J'ai eu un cas embêtant. Je soupçonnais bien que la fille me jouerait un tour un jour ou l'autre, mais quand on m'a appelé, elle était morte. Je l'avais soignée autrefois : mythomane, perverse, très intelligente. La mère vient me consulter avec une bande de magnétophone, monologue de la fille qui confie à une amie imaginaire ses raisons de se suicider. A elle-même, sans doute. Puis le coup de revolver. Elle ne s'est pas manquée ! Elle avait déjà essayé. Ils recommencent presque tous. Pas tout de suite. On a la paix pendant quelques mois. Ils sont entêtés, vous savez, mais la vie aussi.

Il me fait penser avec force à Max Torrès, non en raison des virevoltes de Max dans son domaine, mais en raison du relief qu'elles donnent à ce qui les sépare. Il fait de Max un amateur de tout. A "la vie aussi", je réponds :

– Auriez-vous une définition de la vie ?

Je suis couché, il est resté debout. Vu par dessous, sa tête un peu naïve (alors que sa perspicacité est bien connue) dont les cheveux blonds folâtrent autour d'une précoce calvitie, devient austère. Mais il rit :

– Oui-da, j'en ai plusieurs !

Le rire dévoile souvent, dans les hommes, leur visage d'enfant. Le professeur devient à la fois un praticien goguenard et un gamin à bouclettes, malgré son front dégarni ; puis, redevient sérieux :

– Vous savez, la vie, je la connais parce que je cours après ; donc, finalement, bien mal – comme tout le monde... Ici, c'est tantôt le coma, tantôt la lucidité... Nous voyons mourir beaucoup moins qu'autrefois, vous savez... Les gens meurent chez eux... Quand j'étais interne, nous faisions deux autopsies par jour. Voyez-vous, cette année, je parle de l'année entière, l'hôpital en a fait trois ! Trois !... C'était intéressant, les autopsies : la preuve que le diagnostic était bon...

Il ferme les yeux.

– La douleur peut changer beaucoup de choses, c'est une autre question...

– Qu'est-ce qui aide les malades ? dis-je.

– Les chrétiens, vous savez, meurent selon ce qu'ils croient du Jugement et de la Miséricorde ; ils ne le savent guère à l'avance. Il y a des surprises. Comme pour les autres... Sauf, presque toujours, voyez-vous, pour les sceptiques.

– Ils s'en tirent mieux ?

La part d'enfance de son visage disparaît. Il répond lentement, pesamment :

– Ils ne s'en tirent presque jamais, vous entendez ! Jamais. Le « mol oreiller du doute » est pire que la grande dépression, et elle est pire que le cancer... Votre pauvre voisin a eu bien du mal, dit-on ici.

– Jeune, vieux ?

– La soixantaine... Un intellectuel...

De ma petite souris blanche, je n'ai connu que les cris étouffés – et l'angoisse. Il criait : « Ne me faites pas de mal ! » Son sourire...

– La science, reprend le professeur, a fait bien moins d'athées que de sceptiques, vous savez. Finalement, il y a de l'Anatole France partout. On joue avec le « Qu'importe ! » Pour nous, médecins, le véritable aquoibonisme était un symptôme qui ne pardonnait guère...

– Lawrence d'Arabie l'avait fait graver sur son cottage.

– Voyez-vous, c'est le premier mot que nous souffle le suicide. Rien à voir avec l'interrogation distraite de Montaigne, qui croyait tout de même en Dieu. On doute de bien des choses, pas du cadavre. Et pas ici. On peut faire semblant dans les livres...

Il est plus grand encore que Jacques Méry, et ses gestes de sémaphore, à son arrivée, m'ont rappelé, par opposition, les gestes frileux de mon ami de Singapour. C'est Jacques Méry, qui m'a parlé de l'inscription de Lawrence.

– L'aquoibonisme, dit le professeur, nous le soignons, maintenant. Et il...

– Auriez-vous guéri Lawrence ?

– Qui sait ? Je vous soigne bien ! Mais aurait-il accepté d'être soigné ? Je voulais dire : les malades guéris de la grande dépression découvrent parfois l'opposé, je ne sais comment l'appeler ! la maladie de la certitude. Je me souviens d'une paroissienne que je soignais d'une névrose à la limite du suicide. Elle avait trompé son mari pendant qu'il était prisonnier. Ravagée, je n'exagère pas. Sauvée par les amphétamines, elle disparaît. Reparaît après quelques mois : "Je me demande vraiment pourquoi j'ai attaché tant d'importance à tout ça ! – Peut-être y avait-il de quoi, madame, puisque vous m'avez dit que vous ne pouviez vous pardonner d'avoir trompé votre mari ; d'autant plus qu'il était alors prisonnier ; et que vous êtes profondément religieuse..."

Le professeur se lave les mains d'un air de chanoine, en dresse une qui semble se déployer au-dessus de lui, imite l'indignation qu'il peint :

« – Docteur, s'il n'avait pas été prisonnier, je n'aurais sans doute pas eu à le tromper ! quant à mes sentiments religieux, si le bon Dieu ne me comprend pas, qui est-ce qui me comprendra !

« Ça vous plaît ?

La main levée n'est plus qu'un index démonstratif :

« L'humanité, voyez-vous, me fait l'effet de cette bonne femme. Moi aussi, parfois... Un siècle est possédé par sa névrose dépressive ou paranoïaque, le suivant se demande pourquoi on attachait tant d'importance à tout ça...

A Barcelone, vers la fin de la guerre d'Espagne, je lisais une histoire des doctrines sociales, lorsque les sirènes emplirent de leur morne appel de fléau, la ville reconquise par la nuit en quelques secondes. Je poursuivais ma lecture à la lueur d'une lampe de poche cachée par le drap. Le livre, antérieur à Lénine, ignorait la technique de l'insurrection et, fidèle à son titre, définissait toute pensée révolutionnaire par une doctrine – comme s'il eût étudié l'histoire de l'utopie : toutes les sociétés rêvées, depuis Thomas Morus jusqu'à l'anarchie, depuis Fourier jusqu'à Kropotkine. Cette immense dérive frémissait de l'approche des bombardiers ennemis. Des passions qu'elle avait jadis inspirées, il ne restait rien : la dernière chasse les autres. Le démon que l'Extrême-Orient appelle celui des choses-qui-passent ne me parlait pas sur le ton de l'hypothèse, mais avec la profonde rumeur du sang. Malgré son "Qu'importe", le prisonnier recommençait toujours sa tentative d'évasion ; ces choses-qui-passent, ces rêves, on les avait salués comme l'aurore dont le rose mort commençait d'envahir le plafond de ma chambre, dans les salves en arpège des premières bombes. Mais ce n'était pas l'aurore. J'avais choisi le dernier étage de l'hôtel, toujours libre en ces temps ; je me levai pour aller vers l'incendie qui emplissait la fenêtre, d'où l'on voyait la ville nocturne jusqu'aux collines. La sournoise douceur du rougeoiement et des fumées tranquilles succédait aux traînées des explosions, le paraphe gigantesque et lent des fumées s'allongeait comme les utopies ou les révoltes. Les bombes et les antiaériens se turent ensemble ; la sirène de fin d'alerte et un piaillement enfantin emplirent le silence rouge ; je pensais à la foule de Madrid, chargée de ses édredons écarlates et de ses machines à coudre, lorsque les monts-de-piété avaient rendu aux malheureux leurs pauvres gages. Je la raconte au professeur, qui répond :

– C'est une faculté de notre drôle de cerveau, vous savez... Mais quand cela devient obsédant, gare ! Lawrence d'Arabie, en faisant graver son inscription, faisait imprimer son faire-part de mort. On trouve toujours une motocyclette pour se tuer. Vous vous souvenez souvent de votre nuit de Barcelone, ici ?

– Souvent, non.

– Tant mieux ! Quelle forme prend ce souvenir ?

– Le convoi des utopies et des espérances, je crois ; et j'entends craquer les souliers neufs d'un type, dans le silence qui tombe juste avant les sirènes de fin d'alerte.

L'Espagne appelle de nouveau le souvenir de Max Torrès : « J'en ai abrité, des hôtes de passage !... » et « Les herbes ondulent toujours dans l'eau, la rivière n'a pas changé depuis les guerres contre les Maures... Je suis un homme de ce drôle de temps... » Et Max appelle Jacques Méry, le petit bassin de Singapour où les vagues morcelaient le reflet de la lune.

Le professeur ébauche un geste qui semble signifier : revenons en arrière.

– Vous avez écrit autrefois que la Mort avec une majuscule, votre Mort métaphysique...

– Çiva.

– Çiva si vous voulez, n'est pas du tout semblable au décès. C'est à partir de là que j'ai commencé à vous lire avec attention. Vous répondiez par l'art.

– J'ai surtout dit que l'aventure de l'art au long des siècles devenait inintelligible si l'on écartait le problème dont vous parlez...

L'un de mes personnages, dans l'*Altenburg*, écrit quelque chose comme : « Le plus grand mystère n'est pas que nous soyons jetés au hasard entre la profusion de la vie et celle des astres ; c'est que, dans ce que Pascal appelle notre prison, nous tirions de nous-mêmes des images assez puissantes pour nier notre néant... » Le professeur continue :

– Oui, bon, si vous voulez. Tout de même, vous pensiez à la guerre. J'ai rencontré la même expérience à l'hôpital. Mais depuis que la réanimation fait partie intégrante de la médecine... Finalement, les réanimations, congélations et autres, ne suppriment pas la question métaphysique posée par la mort, puisqu'elle concerne le sens de la vie. Pourtant, la "dernière heure" nous coule entre les doigts.

– Avez-vous remarqué que les femmes, même croyantes, attachent à la dernière heure moins d'importance que nous ?

– Ecoutez, les hommes et le christianisme, soit ! je veux bien, mais aussi l'antiquité. Vous savez ce qui est arrivé au co-patron de cette clinique, Lhermitte. Une fille est dans le coma, à Necker : plus d'activité nerveuse, mais la respiration, la circulation, le cœur, maintenus par la réanimation. On l'appelle en consultation, il entreprend des examens, recommence, toujours perplexe. Finalement : "Je crois cette malade, morte depuis trois jours." Ce qu'a prouvé l'autopsie. Cerveau liquéfié. De temps à autre, il me semble que je devrais congeler mes malades pour une centaine d'années : quand ils reviendraient à la vie, la médecine aurait fait les progrès nécessaires pour les guérir. Drôle d'idée. Ignorer quand le malade meurt, nous rend la mort compliquée ; mais finalement, chercher le *quand* nous distrait de chercher le *pourquoi*...

Il ne se soucie pas plus que moi d'avoir raison. Ce qui me retient, c'est l'expérience humaine que suggèrent ses paroles : « ... Ils ne recommencent pas tout de suite, on a la paix pendant quelques mois... Je lutte, finalement bien mal, comme les hommes... Les sceptiques ne s'en tirent presque jamais... Ma paroissienne... Notre drôle de cerveau... C'était intéressant, les autopsies... Je devrais congeler mes malades... » De ce qui m'obsède ici, cet homme intelligent prend conscience à travers un domaine de connaissances, de recherches, qui m'est presque inconnu. Si l'homme est moins une espèce unique pour lui que pour moi, c'est que je pense à ce qu'elle a de particulier, et lui, à ce qu'elle a de général. Menace pour moi, est métier pour lui... Je réponds :

– Les réanimés, eux, qu'est-ce qu'ils pensent ?

– Les suicidés ? (Il y a les autres !) Ils sont euphoriques. Pas du tout par goût de la vie retrouvée. Comme ça. Il y en a qui *ont été* morts, vous savez. Aucun souvenir. Le mystère continue. Les autres, ceux des “soins intensifs”, ils ne pensent rien. Sauf si la souffrance est là ; alors, ils pensent à elle. Ceux qui ne souffrent guère sont plus nombreux qu'on ne croit ; notamment ici. Les gens pensent difficilement à ce qui ne leur est pas familier. Ils n'ont pas l'habitude du coma, vous savez !

– Les grandes époques de foi ont cru que la mort leur était familière...

– Chacun savait bien que l'expérience de la mort ne se double pas ! Finalement, mes collègues athées croient au néant, et mes collègues chrétiens, au salut –

de la même façon : comme-ci, comme-ça... Croire que la biologie rendra compte de la vie et de l'homme, n'est pas plus singulier que le contraire. La connaissance dernière est peut-être une carotte sublime : nous courons, nous courons !

Je pense à Colombey, lorsque je parlais au général de Gaulle du psychiatre auquel l'homme apparaissait comme un voyageur qui de métro en métro emporte fébrilement ses valises vers la mort. « – Quel âge a votre ami ? » m'avait demandé le général.

Le professeur continue :

« Nous courons peut-être à tort, mais découvrir les limites des mathématiques n'a jamais fait revenir les artilleurs au lance-pierres, que je sache ? Un peu de chance, on découvre le petit palier du dessus ; après, on meurt...

– Ou avant...

– ... et : au suivant ! L'homme invente beaucoup de choses, il vient même d'inventer la biologie moléculaire... Vous savez, nous avons appris plus de chimie du cerveau depuis quinze ans, qu'on n'en avait appris en cinq mille ans...

Que penser, de la nonchalance intellectuelle que son sourire accompagne si bien ? Mais ce ne sont pas les connaissances dernières qui le guident, c'est l'objet des recherches qu'il conduit passionnément, et ne met en balance avec rien.

– Au camp, dis-je, un prêtre prisonnier m'a affirmé que beaucoup de gens meurent dans un mélange inextricable de crainte et d'espoir... Mais il m'a dit aussi qu'un mourant l'avait flanqué à la porte pour terminer *Les Mystères de Paris.*

– Et puis quoi : penser à la mort ? L'anxiété est-elle une pensée ?

– A sa manière...

Les pensées sur la mort sont toujours plus ou moins vaines, comme celles de Socrate quand il veut démontrer l'existence de l'âme. Soit ! Pourtant, le sentiment de la mort existe : un sentiment sans objet, comme l'angoisse, et qui invente son objet. La demi-liberté d'esprit que me laisse souvent la maladie me montre à quel point la douleur nourrit ce sentiment-là : si je souffrais davantage, je serais beaucoup plus tyrannisé par la mort. Le christianisme paraît bien complaisant, à ce sujet. Surtout à partir du XVe siècle... J'ai cherché comment est né le sujet de la Pietà. Sans succès.

La méditation de la mort, pratiquée longtemps, dans la chrétienté, à partir de cinquante ans, n'a pas peu contribué à nourrir son virus redoutable. Le sage de l'Inde avait rendez-vous avec elle, et la rejoignait dans la forêt pour s'unir à l'absolu. Alors que beaucoup de nos maniaques du duel, survivants de trente combats, ont fini bouleversés par le masochisme religieux : « Ces pieds qui couraient, ces mains qui s'ouvraient, ne bougeront plus jamais ; ces yeux ne regarderont plus... » Le christianisme a beaucoup tisonné la mort pour y chercher la présence de Dieu – qu'il a souvent oublié, au bénéfice de sa minutieuse évocation de la souffrance.

– Voyez-vous, quand je sauve un paroissien, ou quand je fais reculer la douleur ou la folie, finalement, ce que vous avez appelé l'absurde, recule. Tout ça durera bien quelques générations ? Vous l'avez fort bien écrit : "A quoi bon aller sur la lune, si c'est pour s'y suicider ?" Est-ce que je crois aux conclusions de la biologie ? J'y crois plus qu'au reste. Elle répond moins mal aux questions que pose la mort...

– Il semble toujours que sa réponse doive être une *explication* du monde et de l'homme ; qu'elle dise : la génétique explique bien ce que la Genèse expliquait mal.

« Constatez que même pour cette explication, il reste des ombres. L'origine de la "soupe primordiale" d'où surgit la vie. – Puis, ce surgissement même. – Et l'entrée en scène de l'homme : un chaînon de l'évolution ? encore ne serait-il pas un chaînon comme les autres. Malgré les parentés. Et cette différence m'intéresse (m'interroge ?) – autant que l'évolution des espèces.

– N'y a-t-il pas plus de différence entre l'idiot du coin et... vous, par exemple, qu'entre un grand singe et ledit idiot ?

– L'espèce à laquelle nous appartenons, l'idiot et moi, possède des aptitudes fondamentales : s'interroger, par exemple, qu'aucun singe n'a jamais possédées.

« Parenthèse. Vous étudiez cette question en termes d'espèces, et vous voilà dans les individus ; parti de l'individu, je parle en termes d'espèces. Curieux, non ? Fermons la parenthèse.

« Une autre chose m'intrigue davantage : cette conversation demande de l'attention, mais je ne suis pas fatigué.

– Le Pertofran ajouté ce matin à vos médicaments est un stimulant.

– Donc, allons-y. Ce qui est en cause, c'est la façon dont vous tentez de rendre intelligible l'aventure de la vie. Un peu comme l'histoire a fait de l'aventure humaine un destin.

« J'ai entendu poser la question "à la base" jadis. En Asie, un de mes amis m'a dit : "Dans la forêt tropicale, je ne peux m'empêcher de penser : les hommes ont été en face de tout ça, et ils ne savaient rien. Les biologistes nous disent que d'innombrables sélections, et une expérience héréditaire, accumulée, une expérience de l'espèce, leur ont permis de manger seulement ce qu'ils devaient manger pour survivre. S'ils avaient dû essayer, comme nous le croyons plus ou moins, l'expérience ne se serait pas accumulée : l'humanité aurait disparu, empoisonnée."

– Les essais ont duré très longtemps...

– La brousse nous crie que l'homme n'avait aucune chance, répond mon ami. Une autre force a joué. Une force qui affleure dans bien des domaines, comme l'électricité quand on en pressentait la découverte...

(Georges Salles disait : Nous tâtonnons vers un champ inconnu. Au temps du Louvre et de Madame Khodari-Pacha.)

« L'oiseau qui se nourrit de la pulpe du strychnos, l'arbre à strychnine, ne touche jamais au noyau, poison violent...

– En général, répond-il, les oiseaux ne mangent pas les noyaux !

Jacques Méry, aussi, changeait de traits lorsqu'il riait. Comme lui, le professeur semble avoir reçu son visage par accident. Méry a fini par adoucir et attrister son masque de centurion, le professeur a fini par alourdir d'autorité ses gestes jovialement nonchalants, son visage étonné. Sa personnalité a donné du fil à retordre à ses traits. Le résultat n'est pas sans charme, et ses succès sont connus. N'étaient les phrases amères, je penserais à un type traditionnel du cinéma américain : le grand boy gauche qui les tombe toutes, et gagne toujours la partie.

– Peut-être les noyaux sont-ils parfois ouverts, dis-je. Le fait est souvent cité, vous le savez ; on aime les histoires de curare et de belladone. Changeons d'exemple.

– Oui-da, j'en connais pas mal !

– Alors, je vous fais grâce des miens. J'ai donc

tendance à penser, comme mon ami, que certains instincts des animaux, leurs migrations, ne viennent pas de sélections. Bien que les migrations soient programmées, selon l'expression consacrée. De plus, disait mon ami, l'espèce canine n'a transmis à aucun chien le refus instinctif des boulettes empoisonnées. Il citait la phrase de votre collègue Haldane à ce sujet : "S'il s'agit de Dieu, qu'on le dise !"

– Il était croyant ?

– Agnostique, avec des reflets de bouddhisme.

– Donc, il ne proposait rien ? Alors, une explication plausible vaut bien une absence d'explication !

– Plausible, à condition d'en écarter l'homme. Les espèces... Ce n'est pas l'espèce des fourmis, ni d'ailleurs des lions, qui possède l'aptitude constante à concevoir des au-delà, à mettre le monde en question ; c'est l'homme, qui a créé (en passant !) le langage, l'écriture, l'outil, le tombeau et d'autres gadgets – outre les moyens de faire sauter la planète... Faut-il donc être chrétien pour penser que l'homme est séparé de *tout le reste* par une différence de nature, non de degré ? Tant bien que mal, il commence à s'habituer à l'impensable. Et quand Pascal parle de l'homme, il n'a pas toujours tort, même sans l'âme, même sans Dieu. Ce n'est pas d'un quelconque exploit dans les Andes, qu'aucun animal n'eût été capable, c'est de l'au-delà.

« Ne me supposez surtout pas à la poursuite d'une âme immortelle. Vous connaissez l'histoire du Martien qui a passé quelques heures sur la terre, n'a pas rencontré d'hommes, mais a trouvé un kodak. Il le rapporte dans sa soucoupe volante, le fait marcher. Ce truc est si manifestement *organisé* pour prendre des images, qu'il est nécessairement un être vivant. Très juste. Si l'on ignore Kodak. Nous tâtonnons, nous brûlons, nous allons finir par trouver Kodak. Après quoi nous découvrirons que comprendre Kodak est bien plus difficile que comprendre l'appareil. Je n'espère pas du tout la clef du monde – mais un relais. Pourquoi faire... Pour courir, comme vous disiez. Peut-être aussi parce que je voudrais savoir ce que devient l'homme, sans Dieu – et ici.

Il semble vouloir répondre, et se tait. Mon : ici, le gêne. Je reprends :

« Voici donc ce qui me semble essentiel, soit que nous interprétions les instincts et la nature humaine d'une façon, soit d'une autre. Les explications du monde, de l'homme, qui ont précédé celle de la science, ce sont les religions, n'est-ce pas ? Or, chaque grande religion révélait simultanément le monde, par une explication : mythe, histoire, etc., et par une signification. Avec l'évolution, pour la première fois – je dis bien : pour la première fois – une explication du monde n'en apporte pas la signification. Il y a eu, pas longtemps, la lutte pour la vie.

– Qui n'est pas de Darwin !

– Je sais : de Spencer. D'ailleurs, à vos yeux, dépassée. Mais je voudrais insister sur ceci, que la Bible n'était pas d'abord une histoire, dont le chrétien tirait ensuite des conséquences. Le récit était inséparable de son sens, sécrétait ses valeurs. Les hommes y trouvaient leur Loi, au plus grand sens du mot, ils ne l'y cherchaient pas. Ils ne la trouvent ni dans la soupe primordiale ni dans l'évolution.

– Oui-da ! Et ils la re-trouveront dans la Bible ?

– Ils ont voulu vivre selon le Christ ou le Bouddha, mais comment vivraient-ils selon Darwin, Mendel ou qui vous voudrez ? Pas plus que selon Einstein, Newton ou Max Planck.

– Pourquoi Einstein ne succéderait-il pas à saint Paul ?

– Le chrétien, à travers saint Paul, participe du Christ ; l'homme quelconque, comme disaient les Italiens, ne participe pas de la relativité, ni du monde, à travers Einstein. Il le respecte. Il l'envie peut-être. Mais la science change la terre, elle ne change pas l'homme. Le Christ, le Bouddha, Mahomet s'adressaient à lui. La science, non. Depuis qu'ils n'en attendent plus le bonheur, ils en ont peur.

– Il serait bien intéressant de comparer ce que la science a été pour les hommes avant 1914, et ce qu'elle est devenue...

– Le scientisme fut un petit dieu tonitruant, pas très durable ; la science devient un dieu tout-puissant, à demi clandestin, et l'ordonnateur de la civilisation dans le monde entier, qu'elle le veuille ou non... Il n'y a pas de science qui ne pose la vérité comme valeur suprême. Cette vérité-là n'est une valeur suprême que pour les chercheurs. On a pris à la légère la phrase d'un personnage de Dostoïevski : "Si j'étais contraint à choisir entre le Christ et la vérité, je resterais avec le Christ contre la vérité." On a eu tort. Le nouveau dieu peut faire plus que tous les autres, puisqu'il peut détruire la terre. Mais il est un dieu muet.

– Intéressant... Selon vous, la crise de la jeunesse vient de là, naturellement ?

– Ce qui commence à disparaître, c'est la *formation* de l'homme. La science peut détruire la planète, elle ne peut pas former un homme. Les sciences humaines le montrent à merveille. L'homme n'est pas ce qu'elles posent, mais ce qu'elles cherchent. Ce qui rendait compte du monde avait formé les hommes – en se formant, si je puis dire. Pas seulement les religions : le Romain, qui éblouit l'Europe depuis la Renaissance jusqu'à Napoléon, n'était pas un type religieux.

– Pourquoi n'apprendraient-ils pas à se former tout seuls ?

– L'homme occidental reste informe parce qu'il attend. La science, en tant que croyance et non en tant que science, est croyance en une explication *future* du monde. Et les Occidentaux ont toujours l'air de croire qu'ils vont remplacer les Croisades par l'instruction civique. La formation de l'homme passe par le type exemplaire : saint, chevalier, caballero, gentleman, bolchevik et autres. L'exemplarité appartient au rêve, à la fiction. Et sans jeu de mots, la fiction de la science, c'est la science-fiction.

Il répète à mi-voix, comme s'il s'interrogeait :

– Même en acceptant votre analyse, pourquoi l'homme ne parviendrait-il pas à se former lui-même ?

Et retrouve sa voix :

« C'est moins difficile que d'inventer le feu... Vous avez raison sur un point : il traverse une sorte de no man's land. Il commence à s'en apercevoir, vous savez... Pendant un siècle, il essaiera de s'en tirer en différant tout ce qui pourra être différé... Le jugement différé n'a point la niaiserie du scepticisme... La traversée sera rude.

Il s'assied. Donc, il pense que ma lucidité va continuer. Sa ressemblance avec le général de Gaulle s'affaiblit. Son nez est imperceptiblement retroussé ; sa bouche, petite mais ronde. Il a pris un de ses genoux dans ses mains croisées. Sa voix s'est abaissée avec lui ; non plus grave, mais distraite comme celle de nos obsessions et de nos rêveries :

« – Je vais peut-être vous surprendre : comme médecin et personnellement, je crois que le doute est toujours superficiel. En outre, très mauvais. On en parle avec des sourires entendus, complices. Idiots, car tout ce qu'il tire avec lui, nourrit l'angoisse :

incertitude, scepticisme, remise à plus tard. Devant le cadavre, finalement, il ne fait pas le poids. La mort gagne pour une raison pas claire, raison tout de même.

– Le cadavre était léger, en face des dieux. Il devient encombrant.

– Et savez-vous ce qu'il devient quand il répond au scepticisme, c'est très surprenant : une espèce de sarcasme.

– Il n'y avait que les religions, pour répondre à la mort. Elles sont sans doute nées pour ça...

Le prince Siddharta, surpris par une crémation dans la nuit chaude de l'Inde, entend : « Prince, c'est ce qu'on appelle un mort. » Il y a longtemps que les peintres et ermites regardent le ricanement illustre. Mais le professeur a raison : les crânes n'ont jamais tant ri que pour nous. Il dit :

– La force du cadavre se fonde sur : *je* serai *ceci.*

Il désigne sa poitrine, baisse le doigt vers le sol, semble me prendre à témoin, l'air plus qu'étonné : ingénu – enchaîne :

« Or, pour chacun de nous, « ceci » veut dire : le cadavre des autres. Nul n'a jamais vu son propre cadavre, vous savez...

– Il y a beau temps que la Grèce a proclamé : le vivant ne peut ni concevoir ni ressentir la mort – et le mort non plus.

– Elle l'a proclamé ; finalement, personne ne l'a jamais éprouvé. Notre relation avec la mort appartient à une croyance, bien sûr, mais depuis que je vois mourir, je me demande si le contenu de cette croyance n'est pas, pour l'inconscient, la transmigration de l'homme dans le cadavre. Pensez-y. Sans blague. L'homme a eu la métempsycose diablement chevillée au corps ! en Asie il l'a encore, ailleurs aussi.

Le cadavre maintient l'angoisse chez des hommes qui ne croient à aucun Jugement : nous connaissons une anxiété de l'au-delà, pas de l'en deçà. Notre mort ne nous pose pas les mêmes questions que la naissance de notre grand-père ! L'angoisse, je passe mon temps à la soigner : elle se nourrit de la mort, la mort ne la crée pas.

« La véritable foi s'est beaucoup affaiblie, sur la terre ! Je me demande si dans trois ou quatre siècles, peut-être un peu plus, on ne parlera pas du nôtre en nommant à peine le Christ, Çiva, et en disant : c'était l'époque où les hindouistes croyaient à la métempsycose, et les Occidentaux, au cadavre... Les religions ne sont pas toujours celles qu'on croit... »

Il sourit maintenant comme si cette conversation se moquait de quelqu'un. Je voudrais réfléchir, non parler. D'ailleurs, il se lève.

– J'ai ici un autre malade, qui va sortir demain, j'espère. C'est une parente de Georges Pompidou. Allons, pour un homme dans votre état, vous n'allez pas trop mal, finalement ! Continuez à travailler du chapeau et de la couronne de lauriers !

Autrefois, les professeurs se montraient graves – mais autrefois, ils étaient toujours plus âgés que moi... Il me quitte, laisse la porte ouverte et retrouve, dès le couloir, les gestes qui jonglent avec sa serviette.

Repos. Ou stagnation. Sauf... Comment appeler ce que j'éprouvais à Barcelone, ce que j'éprouvais encore avec violence en regardant les rues pour venir à la Salpêtrière, et qui n'a pas de nom en Occident – le sentiment du « passage-des-choses », disent les bouddhistes ? Celui qui me fait penser : En l'an 1973 avant l'ère chrétienne, dans le Moyen Empire d'Egypte... Je pense aujourd'hui : Que disait-on de la mort, vers 1573 ? Je sais un peu ce qu'on écrivait sous Henri III, mais ce qu'on disait ?... La fatigue commence. Pendant ce dialogue, je me sentais guéri ; je repars pour l'inconscience comme pour le sommeil. A travers le passage complaisant de poèmes sans naissance et sans fin, des vers que Shakespeare reprit de la Bible : C'est par une nuit pareille, Jessica, quand le vent faisait trembler en silence les feuilles des arbres... – C'est par une nuit pareille, Lorenzo, quand Médée cueillait les herbes enchantées... Sérénité de tant de poèmes de mort ; Piero della Francesca et la *Pietà* d'Avignon, la tombée du soir de Monteverdi, le *Crucifiez-le* ! de Bach, l'amour, quand le destin ne l'a pas effacé...

La fraternité, que le destin n'efface pas.

Pourquoi accompagne-t-elle fidèlement la mort ? Aujourd'hui, j'ai besoin d'elle. En réponse à mes avions de Barcelone ? Les drogues, même dans la somnolence, m'aident à diriger mes souvenirs. Et sous l'action du nouveau médicament, la somnolence est envahie d'une ébriété d'images – comme, tout à l'heure, d'idées... La fraternité est rarement absente de ces images, et les scènes de la Vistule m'obsédaient à cause d'elle. Sentiment des profondeurs, ajouté comme par repentir à la devise de la République, dont les premiers drapeaux ne portent que Liberté-Egalité.

On veut que la fraternité ait été ajoutée le dimanche à des sentiments profonds, justice ou liberté. Elle ne s'ajoute pas. Elle fait partie des mystères que les hommes cachent en s'embrassant. Comme le sacré, elle nous échappe dès que nous pressentons son irrationnel de cavernes. Aussi obscure que l'amour, étrangère comme lui aux bons sentiments, aux devoirs ; comme lui – et non comme la liberté –

sentiment provisoire, état de grâce. Si le 14 juillet de la Fédération a bouleversé la France, c'est qu'il fut la Fête de la Fraternité. Que nous nous gardions de lui donner son nom puérilisé, et ce qui lui appartient élève en nous sa rumeur profonde comme celle du sacrifice, de l'amour, du fantastique, de la mort. « Les hommes auront un jour vécu selon leur cœur... » Les Mères ne hantent pas seulement les ténèbres. Un combattant d'Espagne m'a dit : « Le contraire de l'humiliation et de la mort n'est pas la liberté, on raconte ça ! c'est la fraternité. » Les Russes, même sous les tsars, retournaient la devise : Fraternité-Liberté-Egalité. De notre devise républicaine, ce mot rescapé est le seul qui réponde au christianisme ; mon Espagnol aurait pensé que la Crucifixion aussi, c'est la fraternité.

J'ai dit : l'amour. Vers 1925. Comme les jeunes imbéciles d'alors, je ne croyais pas à son existence. Dans un petit cinéma, au moment où la lumière reparut, je vis devant moi Nénette et Rintintin, dix-huit ans chacun. Ils ne s'embrassaient même pas. Ils se regardaient. Avec tant d'émerveillement que je pensai aux insectes qu'on tue sans pouvoir desserrer leur étreinte. Cramponnés l'un à l'autre comme les mourants se cramponnent au fer rouge de l'agonie.

La vraie fraternité. Au Panthéon, j'ai senti la chaleur « qui parcourait le grand froid », selon l'une des survivantes de Jean Moulin :

« *Dans un village de Corrèze, les Allemands avaient tué des combattants du maquis, et donné ordre au maire de les faire enterrer en secret, à l'aube. Il est d'usage que chaque femme assiste aux obsèques de tout mort de son village en se tenant sur la tombe de sa propre famille. Nul ne connaissait ces morts, qui étaient des Alsaciens. Quand ils atteignirent le cimetière, portés par nos paysans sous la garde menaçante des mitraillettes allemandes, la nuit qui se retirait comme la mer laissa paraître les femmes noires de Corrèze, immobiles du haut en bas de la montagne, et attendant en silence, chacune sur la tombe des siens, l'ensevelissement des morts français.* »

Ces images se poursuivent comme les mots lumineux annonciateurs de la guerre chassaient les réclames sur la place de Montpellier ; les images du seul sentiment qui, jusqu'au retour de la fièvre, osera regarder la mort.

A Roquebrune, devant le feu de bois, le moment où l'homme de quarante ans, pour la première fois, est pris de la maladie de se souvenir. De quoi ? Ce jour-là, de Saigon, du temps où nous publions *L'Indochine enchaînée*. Aucun imprimeur n'ose plus composer le journal. Nos ouvriers ont remonté de vieilles presses. Nous n'avons trouvé (à la mission de Hong-Kong...) que des caractères de langue anglaise, sans accents. Impossible d'imprimer. La nuit, un ouvrier annamite entre, tire de sa poche un mouchoir noué, coins dressés comme des oreilles de lapin : « Y a rien que des *é*. Y a des accents aigus. Des graves. Des circonflexes. Pour les trémas, plus difficile. P't'êt on pourra s'en passer. Demain, nous Ann'mites, nous allons apporter tout. » Il a ouvert le mouchoir, vidé sur un marbre les caractères enchevêtrés, et les a étendus de son doigt d'imprimeur, sans rien ajouter. Il les avait pris dans les imprimeries gouvernementales, et savait que s'il était trahi, on ne l'enverrait pas au bagne comme révolutionnaire, mais comme voleur.

Le plus saisissant instant de fraternité que je connaisse, et que j'ai inventé... Dans un hôtel de Peïra-Cava, je suis en train d'écrire la scène de *La Condition humaine* où les révolutionnaires de Shanghai blessés vont être jetés dans le foyer de la locomotive. Katow a pu conserver son cyanure. Dans la nuit, sa main rencontre celle de Sonen, jeté à côté de lui, qui la serre. Je devine alors que Katow va déposer le cyanure dans la main qui vient d'étreindre la sienne.

Pendant la Résistance, j'ai possédé du cyanure pendant deux ans. Lorsque Londres nous l'a distribué, je me suis demandé si la scène de mon livre deviendrait prémonitoire. Prémonitoire comme l'histoire de la Vistule devant les soubresauts de mes pauvres compagnons ? En partie – car je n'aurais, hélas ! pas donné mon cyanure.

Une autre scène, que j'ai transposée dans *Le Temps du mépris.*

Boris Savinkov en prison, avec les condamnés qu'on va pendre. A l'appel de son nom, un autre prisonnier s'avance. Les terroristes savent que Savinkov est l'un des chefs du mouvement, que sa vie doit être préservée, et ils se regardent avec fierté. Sauf lui.

Des scènes d'Espagne que j'ai écrites, filmées ou voulu filmer. D'autres que j'avais oubliées.

L'hôpital militaire de Madrid, cave voûtée de Goya, soupiraux d'où tombe le jour à travers les plantes. Sous le voile de la moustiquaire, un blessé hurle. Aviateur, tombé avec sa bombe, vingt-sept éclats. Une femme, sa mère ? plonge dans la moustiquaire. Les cris cessent. Je n'entends même plus le grincement des dents qui les suivait. De l'intérieur, une main tord la moustiquaire. Un nouveau bruit commence, devient distinct : un bruit de lèvres. Que dire en face d'un corps déchiqueté ? La mère fait la seule chose qu'elle puisse faire : elle l'embrasse.

La prédication du moine des Hurdes aux miliciens, dans la nuit livrée aux camions de l'armée.

– Le Christ Jésus a trouvé que chez nous ça n'allait pas bien. Il s'est dit : J'irai là. L'ange a cherché la meilleure femme de la région. Jésus s'est mis à apparaître. Elle a répondu : "Oh ! pas la peine : l'enfant viendrait avant terme, vu que j'aurais pas à manger."

« Le Christ est venu chez une autre. Autour du berceau, y avait que des rats. Pour réchauffer l'enfant, c'était faible, et pour l'amitié c'était triste. Alors, Jésus a pensé qu'en Espagne ça n'allait toujours pas.

« On a obligé les propriétaires à donner des terres aux paysans. Ceux qui ont des bœufs ont hurlé qu'ils étaient dépouillés ! Par ceux qui ont des rats. Et ils ont appelé des soldats romains.

« Alors le Seigneur est allé à Madrid. Et pour le faire taire, les rois du monde ont commencé à tuer les enfants de Madrid.

« Alors le Christ s'est dit qu'il y avait vraiment pas grand-chose à faire avec les hommes. Qu'ils étaient si dégoûtants que même en saignant pour eux jour et nuit pendant l'éternité, on n'arriverait jamais à les laver.

« ... Les descendants des rois mages étaient venus à sa deuxième naissance, vu qu'ils étaient tombés clochards ou fonctionnaires. Alors, pour la première fois au monde, la première, de tous les pays, ceux qui étaient tout près et ceux qui étaient au diable, ceux chez qui il faisait chaud et ceux chez qui il faisait gelé, tous ceux qui étaient courageux et misérables se sont mis en marche *avec des fusils.*

« ... Et ils ont compris avec leur cœur que le Christ

Jésus était vivant dans les pauvres types de chez nous. Et par longues files, de tous les pays, ceux qui connaissaient assez bien la pauvreté pour se battre contre elle, avec leurs fusils quand ils en avaient et leurs mains à fusils quand ils en avaient pas, ils sont venus se coucher les uns après les autres sur la terre d'Espagne...

« Ils parlaient toutes les langues, même qu'il y avait avec eux des marchands de lacets chinois.

... Et quand tous les hommes ont eu trop tué, – et quand la dernière file des pauvres s'est mise en marche...

Les derniers mots à voix basse, avec l'intensité chuchotée des sorciers :

– ... une étoile qu'on n'avait jamais vue s'est levée au-dessus d'eux...

Le retour des blessés du bombardier abattu dans la sierra de Teruel, civières portées par les paysans et suivies par tous les villages que le cortège a traversés.

Derrière les créneaux, le bourg se masse. Le jour est faible, mais ce n'est pas encore le soir. Bien qu'il n'ait pas plu, les pavés luisent, et les porteurs des civières avancent avec soin. Dans les maisons dont les étages dépassent les remparts, quelques faibles lumières sont allumées.

Les paysans, sur le rempart, sont graves, mais sans surprise : le visage du premier blessé est hors de la couverture, et il est intact. L'atmosphère devient plus lourde lorsque passent les suivants : assez de jour encore, pour que les yeux attentifs voient sur le cuir de larges plaques de sang. Quand Gardet arrive, sur cette foule déjà silencieuse tombe un silence tel qu'on entend tout à coup le bruit lointain des torrents.

Tous les autres blessés voient ; et, quand ils ont vu

la foule, ils se sont efforcés de sourire, même le bombardier. Gardet ne regarde pas. Il est vivant : des remparts, la foule distingue, derrière lui, le cercueil. Aveugle ? Recouvert jusqu'au menton par la couverture, et, sous le serre-tête en casque, ce pansement si plat qu'il ne peut y avoir de nez dessous, ce blessé-là est l'image même que, depuis des siècles, ces paysans se font de la guerre. Et c'est un volontaire. Un moment, ils hésitent ne sachant que faire, résolus pourtant ; enfin, comme ceux des autres villages, ils lèvent le poing en silence.

La bruine commence à tomber. Les derniers brancards, les paysans des montagnes et les derniers mulets avancent entre le grand paysage de roches où se forme la pluie du soir, et les centaines de paysans immobiles, le poing levé. Les femmes pleurent sans un geste, et le cortège semble fuir le silence des montagnes, avec son bruit de sabots entre l'éternel cri des rapaces et ce bruit clandestin de sanglots.

Une escadrille fasciste bombarde le port de Valence à six kilomètres. La bruine recouvre Valence et ruisselle doucement sur les orangers. Pour la fête des enfants, les syndicats ont préparé un cortège. Les délégations des gosses ont exigé les personnages des dessins animés ; les syndicats ont construit en carton des Mickeys énormes, des Félix-le-Chat, des Canard-Donald (précédés, quand même, d'un don Quichotte et d'un Sancho). Entre les milliers d'enfants venus de toute la province pour la fête dédiée aux enfants réfugiés de Madrid, beaucoup sont sans abri. Sur le boulevard extérieur, les chars, leur triomphe terminé, sont au rancart ; pendant deux kilomètres apparaissent dans les phares de mon auto les animaux parlants de la féerie, du monde où tous ceux qu'on tue ressuscitent... Des gosses sans abri se sont logés sous les personnages de carton, entre les jambes des souris et des chats. L'escadrille ennemie continue à bombarder le port ; sous la garde du don Quichotte nocturne, les animaux que les explosions font trembler dans la pluie branlent la tête au-dessus des enfants endormis.

Ces souvenirs de *L'Espoir* me rappellent qu'en Espagne, en Alsace, au camp de prisonniers les médecins soignent des blessés qui ne s'éveillent pas.

Au camp de 1940, devant les barbelés auxquels des prisonniers s'accrochent, une femme passe. Devant quatre, cinq grappes d'hommes. Elle n'ose pas tirer le pain de son sac. Un peu plus loin, la faim ne marquera pas autrement les faces.

Enfin – lassitude, angoisse, peur du retour de la sentinelle –, elle avance avec effort vers les barbelés, tire du sac de moleskine une couronne de pain sur quoi le soleil étincelle :

– Partagez, partagez ! implore-t-elle précipitamment.

Tant de mains se lancent, et sans doute avec une telle expression, qu'elle recule, et la couronne tombe hors des barbelés. Dans le grondement des prisonniers, il n'y a pas une parole. Elle ramasse le pain, le jette enfin, et s'enfuit sans regarder les hommes qui se relèvent, ensanglantés par les crochets de fer, et s'enfuient, eux aussi, un lambeau de pain à la main.

Elle reviendra... Ce sont toujours les mêmes qui viennent.

Pendant la Résistance, un des passeurs du colonel Rémy. Il doit passer une rivière, la mère sur son dos, l'enfant dans ses bras. Elle a si peur que l'enfant crie, qu'elle le bâillonne, le remet à l'homme, s'accroche à son cou, et le passeur part une fois de plus dans la nuit.

Une vieille dont j'ai oublié le nom, bien que je l'aie fait décorer à la Libération. Les chars allemands avancent dans le manche de la route en fourche, et la femme sait que la route de droite touche le maquis. Elle part vers eux, panier au bras. Ils l'interrogent, nous la voyons désigner la route de gauche par de grands gestes. Les chars partent à gauche, ce qui va nous permettre d'attaquer de flanc. Elle le sait, et elle sait qu'ils peuvent revenir.

J'ai connu aussi la dérision de la fraternité.

« Salut, roi des Juifs ! »

Ça commence dans un bistrot de marché noir, à Paris, en 1943. Cinq « responsables ». Le déjeuner expédié, nous filons. Raguse, le chef de la Mission gaulliste de Paris, est harcelé par un des nôtres, dont je sais seulement qu'il est un colonel d'active.

– Lancelot, lui dit-il, voulez-vous régler avec Berger cette petite question ? Il est plus compétent que moi.

Et à voix basse :

« Délivre-moi à tout prix de ce dingo ! Autre chose à faire aujourd'hui, bon Dieu ! »

Les autres l'accompagnent, le colonel m'attend, et dit dès que j'ai repris ma place :

– Voici. Il existe entre l'armée et les intellectuels un fossé qui semble infranchissable. Il ne l'est pas. Nous avons, mon cher compagnon, bien des poètes dans l'armée ! Dès la Libération, il faudrait créer une revue de poésie, consacrée aux poètes de l'armée. Au début, nous ne donnerions que des sonnets. Parce que...

Eberlué, je regarde ma montre. Ça va durer, et mon agent de liaison, Violette, « la meilleure tireuse de l'armée anglaise », m'attend dans le jardin du Trocadéro. Il ne faut pas décourager ce résistant, qui a d'autres qualités que de collectionner des sonnets ; il ne faut pas non plus manquer Violette. Raguse exagère. Dialogue sur les sonnets. Promesses. Que n'aura pas promis la Résistance ? La montre, les sonnets, la revue ; les sonnets, la revue, la montre. Fini, enfin. De la porte du restaurant à la bouche du métro, je rumine ce que m'a dit Raguse à propos de la torture : combien de résistants ont été pris, donc torturés, pour avoir mis trop longtemps à abandonner leur chat ! – et : maintenant, nous combattons en face de l'enfer.

Bon, allons chercher les documents de Ballataire, qu'apporte Violette.

Vingt minutes de retard, c'est beaucoup. Du bas du Trocadéro, je vois Violette à la porte de droite. Je ne connais pas Ballataire. Le petit bonhomme à béret basque qui vient vers elle ? Coup de sifflet. Des types surgissent des fourrés, la jettent dans une voiture militaire allemande. Ballataire les suit, sans courir. Il l'a livrée ? Je repars d'un air nonchalant vers la Seine ; j'entends ma respiration comme le halètement saccadé d'un hors-bord qui s'éloigne ; si j'étais arrivé à l'heure...

Un enfant joue au cerceau.

C'était de Violette, que j'attendais mes nouveaux contacts. Raguse s'est évanoui dans la nature, je repars demain. Mon dernier contact possible à Paris est Camaret, le chef national et le héros des Groupes Francs, les sections d'assaut de la Résistance. Il a été pris après avoir attaqué un fourgon de l'Abwehr boulevard Saint-Michel, à cent cinquante mètres de la Préfecture, délivré deux des nôtres prisonniers. Torturé, mais évadé. Raguse m'a indiqué sa nouvelle planque. Essayons. Dans quel état vais-je le trouver ?

Si je le trouve.

Et pas avant sept heures.

J'attends que la nuit tombe.

Une H.L.M. de luxe, si l'on peut dire ! dans le XVe. Escalier vide. Au second, à gauche. Je frappe selon le signal. Camaret vient ouvrir. Grand, mince, beau, Aryen blond ! comme naguère (il est Juif) sauf un sourire qui ne quitte pas son visage, et semble une cicatrice. Il me regarde à la lumière de l'antichambre, incline sa tête bandée comme pour exprimer qu'il me reconnaît. Je lui demande :

– Vous êtes seul ?

– Oui.

Nous entrons dans une pièce bien-pensante, où se trouve un piano droit. Nous nous asseyons sur un petit divan tendu d'andrinople.

– Violette est embarquée, dis-je. Il faut que je trouve d'autres contacts.

Violette peut avoir (sait-on jamais ?) laissé des notes dans son sac – et on peut parler sous la torture. Je sais que Camaret vient d'être torturé. Le bandeau de sa tête, et, sous la chemise ouverte, des pansements... La torture m'obsède, comme elle nous obsède tous.

– Comment a-t-elle été prise ? demande-t-il.

– Livrée. Par miracle, j'étais en retard.

Je raconte.

– Où est-elle ?

– A la Gestapo de l'avenue Foch, je suppose. Nous le saurons demain.

– Nous ne pouvons rien contre l'avenue Foch. S'ils l'amènent ensuite à la Conciergerie, essayons. En attendant, s'ils savent qui elle est, et ils doivent le savoir, ça ira mal. Essayons...

– Vos Groupes Francs ont réussi une fois. Ils ne réussiront pas deux.

Il se lève, arpente la petite pièce.

– Nous pouvons attaquer les voitures allemandes (cette fois, vous avez raison, il y en aura plusieurs) dans l'avenue Foch même, avant l'Etoile...

« Dites donc, vous connaissez quelque chose à la haute couture ?

– Non. J'ai réfléchi un peu à la mode ; ce n'est pas tout à fait la même chose, mais...

– A quoi avez-vous réfléchi ?

– Il faudrait comprendre pourquoi les hommes portent la barbe pendant des siècles, et puis se rasent, alors que les femmes changent de costume chaque année... Mais dites donc, parlons de mes contacts !

– Quoi ? Ah, oui !

La radio de Londres commence, étouffée, à passer les « messages personnels ».

Il reprend sa marche, s'arrête devant la table, écrit sur un bloc.

– Voici le Délégué militaire pour Paris. Maintenant, mon contact pour Londres. C'est noté ?

Il veut dire : est-ce appris. La Résistance ne note plus rien. Je tire mon briquet, j'écrase dans le cendrier la petite feuille brûlée.

– J'ai besoin aussi d'un contact moins important : une émettrice, une agent de liaison, une autre Violette.

– Voici la mienne. Très mal habillée. Pourquoi les

femmes changent-elles de costume chaque année ? Et pourquoi la mode est-elle plus forte qu'elles ?

A peine a-t-il posé sa question, qu'il se prend la tête à deux mains : son visage n'est plus que celui de la souffrance.

A la radio, le général de Gaulle parle.

– La réponse à la première question me paraît simple, dis-je, être à la mode avant les autres, c'était être une femme du monde, non ? Mais qu'est-ce que ça peut vous faire ?

Il s'assied, pianote furieusement sur la table.

– J'aime une artiste. Une artiste de la mode. Créatrice de modèles. Charmante. Aristocrate tchèque. Savoir pourquoi on peut créer un modèle et non un autre, est aussi important que savoir comment on peut contacter le Délégué militaire de Paris, non ?

Il reprend sa marche, retrouve son rire crispé. D'autant plus crispé qu'il ne semble pas lui appartenir : sa superbe gueule de Siegfried appelle son sourire de naguère, et ce rictus y semble intrus.

– Vous savez, Berger, la Résistance devrait créer ses modes. Invisibles, bien sûr. Invisibles. Mais nous les reconnaîtrions. La radio de Londres décrirait les modèles. Nos copines s'habilleraient en conséquence, chez elles. Les religieuses portent leur costume dans leur couvent. La mode de l'année prochaine suivra les modèles de mon amie. Je le lui ai dit. Quand on m'a interrogé à la Gestapo, le second jour, toutes les souris-grises portaient cette mode-là. Pour me faire honneur.

Il ne plaisante pas. Est-ce que je commence à comprendre ? Je ne vais pas lui demander comment on l'a torturé le premier jour ? Après le colonel aux sonnets, c'est le temps des extravagants. Camaret se transforme de plus en plus – son rictus, maintenant, le ravage – mais les “contacts” qu’il a donnés sont sans doute exacts. Sa voix monte :

– Alors quoi, vous pensez quelque chose sur l’évolution de la mode, oui ou non ?

– Ce que je pense est assez banal...

Il hurle, écumant :

– Vous n’êtes pas Berger ! Berger sait ce qu’il pense, mais je vous ai pris au piège ! Vous êtes de la Gestapo ! N’essayez pas...

Il tire de son aisselle un revolver. Depuis quelques secondes, j’attends quelque chose de ce genre. Les fous ont rarement l’air de fous. J’ai pensé à une amie folle rencontrée rue du Bac, jadis ; normale, et même éloquente : « Quand j’ai changé de chambre, à l’hôpital, dans ma fenêtre, il y avait un arbre. Je n’avais pas vu d’arbre depuis des mois. Un arbre !... » Emu mais pressé, je suivais la nurse qui poussait la voiture de ma petite fille, la folle à côté de moi. Au moment où elle ajoutait avec calme : « J’ai retrouvé la vie... » elle avait ouvert son sac et en avait tiré un rasoir.

D’un coup à casser le bras de Camaret, j’envoie rouler le revolver, cours vers la porte. Haletant, comme lorsque j’ai quitté le Trocadéro.

La Gestapo surveille-t-elle la maison ? Le doigt sur la gâchette de mon propre revolver, je me glisse dans le black-out de la rue. Ni passants ni police. Je trébuche en m’appuyant au mur. En face de moi, sur une grande maison aux volets clos, le vaste rectangle de lumière projeté par la fenêtre ouverte, comme un écran de cinéma ; l’ombre de Camaret qui gesticule, et ses cris dans le silence de Paris aux aguets :

– Tous des indicateurs ! M’auront pas ! Peuvent courir, et les cons de Fritz aussi ! La mode sera française !

La radio de Londres, branchée à pleine puissance, hache ses hurlements.

A la radio, les « messages » continuent : « Le petit bonhomme a perdu sa bouteille... Le... »

Sans ralentir, je regarde l'ombre du héros des Groupes Francs se démener dans son rectangle de lumière projetée sur la maison aux volets clos, en face. Sous le ciel presque éclairé par la profusion d'étoiles.

L'hôtelière de Gramat agenouillée dans mon sang : « C'est pour l'officier français fusillé. »

La belle religieuse qui m'apporte l'évangile selon saint Jean, et du vrai café. (J'étais en train de lire une pièce idiote dans *L'Illustration théâtrale*.) Le couvent ressemblait à la Salpêtrière.

Dans la lucarne de l'ambulance allemande qui m'emporte, les fumées de nos fermes incendiées raient tout le ciel, comme celles des réservoirs en feu au temps de la retraite.

En Auvergne, au pied des puys, nos gazogènes en route pour le front d'Alsace comme des taxis de la Marne. Brive et Périgueux prises, les maquis de Corrèze et de Dordogne partent pour le front d'Alsace avec les Alsaciens qui ont libéré leurs villes avec eux.

La dernière lettre à sa femme du capitaine Peltre, notre premier mort des Vosges : « Je n'ignore pas que j'ai femme et enfant, peut-être enfants, et pour vous, pour moi, je tiens à la vie, assez pour faire mon devoir – celui d'homme au sens plein du mot, qui essaie de donner à tous ce qu'il doit de lui-même, et qui est sans témérité. » Maquisards en calot, habitués aux bazookas et à la forêt, nous prenons position en avant des chars de la 1re D.B. paralysés par une boue préhistorique. Les casques arrivent le cinquième jour, et Peltre est tué en distribuant ceux de ses hommes.

Nous l'avons enseveli au cimetière de Froideconche, où sont enterrés les soldats dont on a rapporté les corps.

Les petites filles et l'institutrice ont passé la nuit à coudre et toutes nos tombes sont fleuries de drapeaux enfantins.

Encore des fermes qui flambent : la bataille de Dannemarie. Les « unités de volontaires » attaquent au matin. Tous ont été volontaires, avec le haussement d'épaules de l'évidence. La nuit entière, ils ont attendu, couchés sur les champs de givre le long des bêtes chaudes, pendant qu'à l'horizon brûlaient des fermes. C'est l'aube. Ils attaquent les chars allemands couverts de gelée blanche, à droite ; la Légion, à gauche. Elle ne choisit pas sa guerre. Ceux qui ont longtemps combattu avec leurs mains nues, ceux qui chipaient les poulets, avancent au lent pas historique des Légionnaires, résolus à servir de cible à l'égal des « képis blancs » formés par les batailles. Les files d'ambulances reviennent à l'hôpital de campagne, dégorgent leurs blessés, et les messagers demandent des chefs de commandos pour remplacer ceux qui viennent de tomber, vague après vague. Déjà les compagnies se sont dispersées pour l'attaque, et l'on ne voit plus, à gauche, que des casques perdus dans les buissons, les champs et le givre, et à droite, des képis blancs. Les deux vagues montent du même pas. Dans l'aube des champs de Dannemarie gorgés de sang depuis trois cents ans, les clochards voltigeurs des maquis, accompagnent le pas pesant de la première troupe d'élite de l'armée française morte, avec l'ébranlement sourd qui rejoint dans ma mémoire, l'ébranlement de la Garde. Tous les officiers supérieurs blessés, l'attaque va finir avec moi.

Qu'il fait froid sur la terre ! Le lendemain, dans la nuit de lune et d'incendies, la longue suite des prisonniers allemands – comme nous, quatre ans plus tôt...

Nos armes prises à l'ennemi.

Nos brancardières qui allaient ramasser les blessés sous les obus.

Bien plus tard, après le retour du général de Gaulle, les gorilles amis, prêts à la même bombe que moi, l'un d'eux lisant assidûment *Le Canard enchaîné* : Paris...

L'adolescente en armure qui commémore Jeanne d'Arc aux fêtes d'Orléans. Je lui ai dit qu'elle ressemblait à la France et elle sera la première à m'écrire quand mes enfants mourront.

Les menus jeux en fil de fer auxquels s'entraînait le général.

A Colombey, pour ses funérailles. Ponchardier, le « Gorille » de la Résistance, inventeur du mot, et qui ouvrit en pleine occupation la prison d'Amiens – devenu gouverneur de Djibouti, me raconte que les Afars et les Issas, dès l'annonce de la mort, se sont mis en marche à travers le désert pour venir écrire leur signe sur le registre ouvert au palais du Gouvernement. Nous nous hâtons dans le jour gris, sous le glas auquel répond celui de toutes les églises de France dans mon souvenir, toutes les cloches de la Libération. La communion est quelquefois aussi forte que la mort.

S'enfouir, glisser, sombrer – rejaillir, comme la flamme de l'Arc de triomphe que plaquait au sol le vent nocturne, la nuit où la chuchotante marche des femmes portait dans la nuit pluvieuse, les fleurs du général de Gaulle. Autant que par cette nuit-là, je suis habité par les Russes et les Allemands dans la forêt de la Vistule. Par le mot : spasmodique, par des trombes sur la mer de Chine. Pourtant la lucidité revient. Non seulement l'examen de ma vie me reste étranger, mais le frôlement de la mort le rend dérisoire ; non seulement la mort n'appelle pas ceux que j'ai aimés, mais, dans cette chambre de clinique, elle nous chasse ensemble. Alors qu'elle accueille mes souvenirs de fraternité. La criante religion de la fraternité avec la mort reste énigmatique. Comme avec la folie : l'ombre gesticulante de Camaret rejoint les figures à groins qui portaient les Russes gazés, aux ambulances de Bolgako.

Depuis l'*Altenburg* – plus de trente ans – je veux savoir ce que je pense de l'homme pareil à lui-même à travers les civilisations, pareil au passant de Babylone ; pareil au semi-gorille qui, levant les yeux se sentit pour la première fois le frère du ciel étoilé ; pareil aux noyers de l'Altenburg qui renaissaient des noix mortes, à cent mètres des saints sculptés dans les noyers de jadis. Pareils à tant de morts – et, en 1943, la Résistance comptait plus de morts que de vivants. La fraternité du combat est rigoureusement, communion.

Le sursaut des soldats de la Vistule a révélé en chacun le semblable de celui qu'il devait combattre, et qu'il sauvait – le semblable de la mère espagnole qui se taisait pour embrasser son fils déchiqueté. Les Allemands de Bolgako, la vieille qui engageait sur la mauvaise route les Allemands de Hitler, ont été des *témoins*, au sens où le général de Gaulle le disait des Français Libres... Presque tous auraient dit : « Il faut ce qu'il faut. » Nos petits morts dans la haute montagne. « ... La solennité des montagnes ne prévaut pas sur une tache de sang, quand elle est d'un sang fraternel. » Notre première attaque dans la forêt d'Alsace : nous n'entendions pas encore les chars ennemis. Je regardais les sapins comme des piliers de cathédrale, et les nôtres sur qui le tir des mitrailleuses faisait pleuvoir les branchettes : témoins – de quoi ? – en face de la grande indifférence des arbres.

De nouveau, la fièvre monte. De gros insectes sourds qui se promènent autour des tubes lance-torpilles... La nuit du Panthéon, sur les sabres de la garde, les reflets de la lune enchantée... Le soir s'approche avec ses plaintes, et ce que je note commence à se dissoudre dans une plongée tiède, comme si mes mains, en s'ouvrant, découvraient qu'elles abandonnent la vie. Confusément, je...

La crise a été moins forte que la précédente. Je savais que mon stylo allait m'échapper. Ne noterai-je, de la Maison des morts, que la vie, et de la démence, que la lucidité ? Nous devenons conscients de notre respiration lorsqu'elle est coupée, et de l'espoir, lorsqu'il se retire. La vertu théologale nommée Espérance ne se confond pas avec le halètement insatiable du joueur pendant que tourne la roulette : l'espérance n'est pas espérance de quelque chose. Mais la crise l'escamote vite. Retour à travers les rêves.

Il m'advient de retrouver d'anciens rêves, et de les reconnaître. Je parcours des terres plombées, tuyaux et débris de tuiles où erre une multitude de frileux manteaux sans corps, entre des clôtures aux perspectives sans fin ; un compagnon, qui devine mon angoisse malgré mon silence, murmure, désignant vaguement ces limbes : « Ce n'est rien, monsieur : c'est l'inconscient... » Au camp de prisonniers de 1940, je regardais des milliers d'ombres dans l'inquiète clarté de l'aube, et je pensais : « C'est l'homme. » Cette nuit, je n'ai rien pensé, j'ai glissé dans l'état inconnu. J'émerge d'immenses décombres, mais ne me souviens pas que des décombres. Voici mon dernier rêve. L'exode de 1940 plein de roses et de poussière, les paysans qui incendient leurs meules avant l'arrivée de l'ennemi, pendant que le soir tombe dans le brouillard d'été. Retour aux terres plombées du rêve précédent. Puis, vers une nuit solennelle l'escadre des astres appareille. L'immense bonté qui tombait du firmament chaldéen, les constellations de Booz se lèvent sur la mort.

Les états extatiques, hors du christianisme qui les lie au Christ, sont sans doute parents de celui qui m'envahit. Pourtant, si le haschisch, dont j'ai connu au Siam l'action religieuse, prodigue son intensité à la musique ou au divin que nous lui apportons, il ne fait naître aucune pensée, n'apporte aucune découverte. Il ne m'eût pas dit que ces deux rêves me parlaient de la mort. Je ne me posais aucune question. J'ai été pénétré par : « Ma propre mort appartient radicalement à l'impensable. » Radicalement. L'adverbe se prolongeait, s'approfondissait, comme intensifié par un stimulant, s'enroulait autour du professeur dont la longue silhouette au nez en l'air avait empli ma mémoire de ses longs mouvements, et qui venait alors de se serrer comme un nœud :

« – La fascination du cadavre... Le pire pourvoyeur de l'angoisse... »

Pour moi, le pire pourvoyeur de l'angoisse était la syncope, d'autant plus qu'elle se mêlait, dans mon esprit, au coma prolongé qui hésite de la vie à la mort... La syncope n'est pas la vie artificielle, elles n'en ont pas moins en commun la terre de l'absence. Je n'avais pas oublié : « On pense : *je* serai *ceci.* » « Ceci » ne suggérant pas moins la catalepsie que la décomposition.

« – Mon expérience de la mort, avait dit le professeur, n'inclut pas encore la mienne, vous savez ! » Ma plus profonde conscience ne se confond ni avec un moment élu de mon passé ni avec sa totalité ; même en face de la mort, car elle eût été de même nature dix ans plus tôt. Affirmation informe et véhémente de chacun pour soi-même, dont je me suis souvenu en entrant à l'hôpital, « le monstre incomparable et fuyant que chacun choie dans son cœur ». Je ne le choie plus guère, je le connais toujours. D'autant mieux que si la syncope ne m'a pas livré ce moi informe, elle m'a désincarné de l'autre. Au bénéfice de rien. Désincarné pourtant. J'avais perdu tout, sauf vivre. Plus de directions. Plus guère de corps. Plus d'identité : *exit.* La conscience de vie n'est pas celle de la personne. Un passé actuel. Les plaintes de la Salpêtrière répondent à celles du préau de Shanghai. Presque plus d'images ; elles se sont pressées et se dissipent par essaims, comme celles des drogues apparaissent par cycles ; mon traitement agit souvent comme un stimulant, accroît la confusion ou la lucidité tour à tour. J'ai mis en scène un personnage (lequel ?), qui entend un phonographe émettre sa voix enregistrée, et ne la reconnaît pas. L'expérience, aujourd'hui banale, n'a pas perdu sa force de symbole. Les hommes entendent toujours leur voix avec la gorge, et celle des autres, avec les oreilles. Si nous entendions soudain une autre voix que la nôtre avec la gorge, nous serions terrifiés. J'avais écrit que tout homme entend la vie des autres, avec les oreilles, mais non dans la fraternité ou l'amour. Le livre s'appelait *La Condition humaine.*

J'ai, depuis, beaucoup retrouvé la mort. Je retrouve, entre la menace et le souvenir, la conscience fondamentale que connaît bien le bouddhisme. Lorsque l'ascète a perdu toutes les formes de l'illusion sans atteindre l'illumination, il n'éprouve plus que l'insondable conscience d'exister, la Paix de l'Abîme, dans l'unité de tous les âges de sa vie. L'homme a moins absurdement tenté de se voir en Dieu qu'en autrui, car le reflet ne nous présente qu'une connaissance, et la conscience est de l'ordre de la croyance. L'opération mentale par laquelle nous tentons de nous concevoir est aussi distincte de cette conscience, que la théologie est distincte de la foi. Le plus humble croit en soi parce qu'il ne peut pas faire autrement ; à un moi plutôt qu'au néant – et se croit néant plutôt que de ne rien croire. La conscience archaïque que l'on prête au cerveau du plésiosaure humain est au-delà de la pensée parce qu'elle rejoint le plus profond inconscient, au-delà du langage. Muette – comme la force qui peut détruire la terre, mais n'a rien à dire à l'homme. Présente, néanmoins, quel que soit le moi vivant, celui de la dernière douleur qui ne veut pas mourir, celui de la dernière victime de « Nuit et Brouillard », celui de l'empereur Andronic devant la dernière torture : « Seigneur, pourquoi t'acharnes-tu sur un roseau brisé ? » Un *je* suis bien au-delà du *je pense.*

« Depuis que j'étudie les papillons, disait Méry, l'homme me paraît la seule bête qui ait le malheur de se souvenir de son enfance-chenille. »

Ce qui le livre au cadavre, car un mort pacifié (ils le sont presque tous ici, disent les infirmières) ressemble plus au vivant qu'il était hier, qu'un vivant à l'enfant qu'il était jadis. L'enfant appelle-t-il la dépouille ?

Et si notre conscience fondamentale n'est que conscience de vivre, ne se révulse-t-elle pas devant le néant comme le corps devant la strangulation, comme les hommes de Bolgako devant les gaz asphyxiants ? J'entends la psalmodie sur le Gange :

« ... *non né, éternel perpétuel,*

« *Ancien. De même que l'on rejette les vêtements usés, et que l'on en revêt d'autres,*

« *De même, ce qui est revêtu d'un corps rejette*

« *Les corps usés...* »

Mais notre cerveau de saurien n'a connu que des trépassés éternels ; ils changeaient de vie, retrouvaient les Ancêtres. Puis, l'humanité changeait d'au-delà... L'âge des Lumières, déiste, croyait l'âme immortelle. La planète comble de morts entend pour la première fois nommer humanité, notre mince pellicule de vivants. La mort est une découverte récente et inachevée. Le saurien mythique enseveli en nous la récuse aussi radicalement que la conscience des vrais fous récuse notre monde. Il achève cinquante millénaires de paradis, d'enfers et de libérations par la dérisoire survie d'un visage de mort. « Je serai ceci. » Le drame de l'agnosticisme ne vient pas de ce que nous tenons la mort pour impensable, mais de ce que nous n'y parvenons point. A ce jeu, le cadavre est plus fort que l'homme. Le mot : inconnaissable, suggère sournoisement une connaissance jamais atteinte, mais qui prolongerait la nôtre ; pourtant, loin de nous être donné, l'impensable doit être arraché aux réincarnations, aux survies, à tout ce qui demeure, fût-ce le cadavre. Le professeur a raison : l'homme lui est attaché par une étreinte d'insectes que ne dénoue pas le feu. Mais mon interlocuteur n'a pas pressenti comment le cadavre est garant du néant. Parce que ce néant, contre le « rien » de l'impensable, est la dernière forme de la survie. Avec l'ambivalence de crainte et d'espoir attachée aux survies – et que mon prêtre du camp de 1940 accordait aux derniers instants... L'humanité se lie au cadavre comme elle l'a fait aux figures de gisants et de transis : jamais la chrétienté n'a craint le Jugement, plus qu'à l'époque de la Danse Macabre.

Les chrétiens du XIe siècle se convertirent en masse au christianisme lorsqu'ils arrachèrent à la forêt capétienne la fameuse robe d'églises ; pourtant, ils étaient chrétiens. Je tâtonne vers l'évidence si profondément enfouie en moi, comme vers le commutateur dans la nuit de la première syncope. L'impensable n'est pas ce qui nous est caché. Il n'implique pas notre impuissance, il n'implique RIEN.

L'impensable épouvante l'humanité, alors que lui seul la délivrerait.

Où me mène la rêverie ? Assis sur le marchepied d'une auto dans le désert de Lout, en Perse, au temps du Moyen Age éternel ; le chauffeur change une roue. Je m'entretiens de religion avec Souleyman d'Ispahan et son neveu Saïdi, le sioniste (les deux antiquaires qui enverront au Louvre l'étoffe teinte, peut-être, du sang d'Alexandre le Grand). Une caravane de camions, hérissés de turbans et de cages à poules, s'éloigne, à travers les mouches, vers l'horizon piqué de moulins à vent.

– Vous connaissez, dit le sioniste, la sourate qui

enseigne que nous ne pouvons pas comprendre le monde ? Iaweh a déclaré cela à Job bien avant leur prophète ! Mais à Shiraz, les mollahs ont transformé cette histoire avec une grande excellence. On les cite partout.

Il montre du doigt les deux ornières creusées dans la piste par les camions. Un grillon gros comme une écrevisse vient d'y sauter, antennes dressées.

« Ils disent : "Le camion, supposons, aurait écrasé le grillon. Il ne serait pas tout à fait mort. Il penserait : j'ai été écrasé par un diable. Très gros, très fort. Il ne faut pas rencontrer les diables, ils vous tuent." Il pourrait penser que ce diable est très méchant, mais il ne pourrait pas du tout penser comment marche un moteur à explosion. Ni ce que le moteur pense. Ou qu'il ne pense rien.

– Voilà pourquoi il faut que les gens aient un Livre, dit Souleyman, qui fut maître d'école à la communauté israélite. Même les Russes. Vous m'avez dit qu'ils en ont un.

Le petit Souleyman tout rond, Saïdi grand et cambré, me font penser à un moutardier en désaccord avec sa cuiller dans la solitude éternelle.

– Il faut surtout ne jamais s'occuper des moteurs des autres ! répond Saïdi.

Car l'inconnaissable absolu n'est pas un domaine du doute, il est aussi impérieux que les Fois successives de l'humanité, même dans ce désert sans oiseaux, comme celui où Satan apparut à Jésus. La chenille doit devenir chrysalide, la chrysalide, devenir papillon – le papillon, ne se souvenir ni de la chrysalide ni de la chenille. Doit ? Le papillon ignorera toujours d'où vient l'ordre, au sens double du mot. Mais si nous craignons le cancer, nous ne craignons point de nous voir soudain pousser trois bras. Si mon pauvre voisin avait été réellement possédé par la certitude de ne rien comprendre de la mort, il ne l'eût pas crainte. « Sauvé » disent les religions. Sauvé au moins de l'épouvante, à l'affût dans la pénombre : les toiles d'araignées pendent dans les encoignures.

« – Je vous parle comme quelqu'un qui a vu beaucoup mourir, et, la plupart du temps, bien mal... », m'a dit le professeur. L'épouvante que j'ai rencontrée dans cette chambre, après mon écroule-ent et mon voyage sur la petite table, n'avait rien de commun avec ce que je *pense* de la mort. Combien d'humains terrifiés depuis si longtemps par leur au-delà, bête d'Apocalypse plus avide que les fléaux ou la bombe atomique, puisque nul ne lui échappait ! De quelle manière secourir mon malheureux voisin, s'il était perdu ? Plus les êtres nous sont proches, plus nous sommes aveugles ; mais combien d'hindouistes, de bouddhistes, combien de ceux qui ne savent pas ce qu'ils croient, auraient été délivrés du Spectre par la certitude de ne pas renaître. Intouchables, animaux immondes, créatures de désespoir – et de n'être pas davantage néant ? Le vocabulaire de l'Orient cerne la démente métempsycose de l'Occident, terrifié par le fascinant et absurde : « *Tu renaîtras néant.* » Le professeur a raison lorsqu'il parle de transmigration. De ce qui relie : tu deviendras cadavre, à : tu deviendras souris. Quel poids aurait cette pensée-araignée, si l'Occident n'avait livré l'homme à sa propre dépouille ? L'angoisse du néant ne sait pas qu'elle aurait pour caricature l'angoisse du zéro, car on croit au néant comme on croit au diable, et non comme on connaît la naissance. Le néant *veut* le gisant. L'esprit a prodigué ses formes inépuisables à l'au-delà, jusqu'à la dernière âme immortelle ; le néant mis en ballottage, c'est la conscience la plus profonde, celle d'être vivant, qu'asservit l'inconscient pour lier l'homme au cadavre. La pensée agnostique ne parle à la mort, d'égale à égale, que si elle se fonde elle-même en foi. Tout dialogue avec la mort commence à l'irrationnel. On *sait* que la mort est impensable, personne n'en a *conscience,* me répètent la fièvre, l'hôpital, le professeur. L'agnosticisme, lorsqu'il accepte son propre irrationnel, lorsqu'il éprouve l'impensable avec la force de la foi, découvre, dans l'angoisse de la mort, la réincarnation de la Danse macabre, dérisoire comme elle.

Mes souvenirs, a-t-on écrit, s'attardent à mes retours sur terre – après le cyclone ou la fosse à chars, aux heures de la Vistule, de l'Espagne et de la Résistance, moments qui jouent le rôle d'épiphanies. La métamorphose en conscience, de l'ignorance de la mort, ou la métamorphose de toute connaissance en croyance, n'est-elle pas semblable aux épiphanies ? Mon errance hors de la terre pour rapporter les comprimés, est aussi une épiphanie des ténèbres. La révélation est que rien ne peut être révélé. L'inconnu de l'impensable n'a pas de forme ni de nom.

Une bouffée comme l'odeur du rideau d'acacias plein de hannetons de mon enfance, le premier grand froid de la guerre d'Espagne, le premier feu de bûches dont j'ai compris la langue de souvenirs... Le prédicateur des Hurdes sur le front de Madrid : « Une étoile inconnue se leva au-dessus d'eux... » Quelles épiphanies rejoignent l'épiphanie de l'impensable ? Celles de la vie : précisément lorsque l'avion échappé au cyclone m'avait livré à la petite ville terrestre, avec ses blanchisseries, son chat dans une vitrine et l'énorme enseigne de gantier comme une Main du destin... Celle du premier matin après la fosse à chars, la paysanne réconciliée avec le cosmos comme une pierre. (« Quand on est vieux, on n'a plus que d'l'usure... ») Les granges, les feux éteints, le puits, les ronces, les épingles à linge tellement accordées à la terre dans la miraculeuse révélation du jour... Celle des noyers d'Alsace dressés au centre de l'anneau des jeunes pousses et des noix mortes de l'hiver...

Si, plus tard, à travers radios et télévisions, devant les hommes enfin prêts à l'entendre, le dernier Prophète venait hurler à la mort, qu'il n'y a pas de néant ! L'humanité ne se souvient pas des tremblements de terre de ses religions. Saint Paul, saint François, Luther, épisodes... Le bouleversement du bouddhisme, péripétie : les paroles sacrées elles-mêmes avaient condamné les hommes à la Roue, des inspirés révèlent que le bouddha Amida délivrera enfin, dans sa Terre Pure, les myriades de croyants qui l'auront invoqué en compatissant à la misère des êtres... Passer de la tanière des Intouchables au paradis de la Terre Pure, cinq cent millions d'évadés ! vanité des vanités... Vanité, ces multitudes sauvées, cent fois plus nombreuses que les foules pourries par la Peste Noire. Insignifiance, les Grandes Découvertes de l'âme... le chrétien d'Orient après le schisme, le chrétien d'Occident après la Réforme – l'homme devant la première rencontre de l'agonie, la civilisation qui croit exorciser l'anéantissement par la peur de la mort... Sous cette dérive de nuées à travers l'oubli, les paysans qui brûlent leurs meules dans le soir ne prévalent pas sur le soir où se lèvent les étoiles de bénédiction : « Je sens mon profond soir vaguement s'étoiler... » L'inconcevable n'a aucun attribut – pas même la menace : l'homme ne devient pas plus scorpion que damné, et pas plus néant que scorpion.

Notre corps se défend avec tant de force, que nous ne pouvons pas nous étrangler. Nous ne nous habituons pas même à la menace ; pourtant ce terrible voyage devient moins fréquent. Les souvenirs précis du premier m'abandonnent. Et nul ne doute du langage du corps. Il y a trois mois, la dernière phalange de mon index droit a été fracturée par une portière d'auto. Un peu plus tard, a paru au-dessus de la lunule une coupure aussi nette qu'un coup de gouge ; elle avance avec le temps, partage maintenant l'ongle en deux. Je n'ai jamais vu avec une telle précision la marque de ma vie sur mon corps. Il se modifie partout insensiblement ; ici, de façon aussi visible que l'alcool rouge monte dans un thermomètre. Las du bruissement des voix de la mort, au réveil, sur mon ongle, je regarde la vie avancer.

Mais depuis plusieurs jours, je diffère de noter ceci. Les textes zen disent que le sentiment d'agonie qui précède l'Illumination déclenche le rire. Peu avant de perdre conscience, j'ai vu mon chat Fourrure, et entrevu dans l'obscurité le sourire du chat invisible d'*Alice au pays des merveilles.* A l'instant de basculer (j'avais quitté terre) j'ai senti la mort s'éloigner ; pénétré, envahi, possédé, comme par une *ironie* inexplicablement réconciliée, qui fixait au passage la face usée de la mort.

DU MÊME AUTEUR

Aux Éditions Gallimard

LA CONDITION HUMAINE.

LE TEMPS DU MÉPRIS.

L'ESPOIR.

LES NOYERS DE L'ALTENBURG.

LE MIROIR DES LIMBES

I. ANTIMÉMOIRES

II. LA CORDE ET LES SOURIS.

L'HOMME PRÉCAIRE ET LA LITTÉRATURE.

SATURNE. LE DESTIN, L'ART ET GOYA.

LES VOIX DU SILENCE.

LE MUSÉE IMAGINAIRE DE LA SCULPTURE MONDIALE.

I. LA STATUAIRE.

II. DES BAS-RELIEFS AUX GROTTES SACRÉES.

III. LE MONDE CHRÉTIEN.

LA MÉTAMORPHOSE DES DIEUX.

I. LE SURNATUREL.

II. L'IRRÉEL.

III. L'INTEMPOREL.

Bibliothèque de la Pléiade.

ŒUVRES COMPLÈTES, I *(Nouvelle édition)*

LE MIROIR DES LIMBES.

Aux Éditions Grasset

LA TENTATION DE L'OCCIDENT.

LES CONQUÉRANTS.

LA VOIE ROYALE.

Impression Brodard et Taupin
à La Flèche (Sarthe),
le 18 décembre 1996.
Dépôt légal : décembre 1996.
1er dépôt légal dans la collection : mars 1976.
Numéro d'imprimeur : 1631R-5.

ISBN 2-07-036731-2 / Imprimé en France.

80807